Kristen Ashley a vécu à Brownburg, dans l'Indiana, mais aussi à Denver et en Angleterre. Elle a eu la chance de grandir dans une famille dont les membres sont plus cinglés les uns que les autres. S'inspirant de ce grain de folie, Kristen met un point d'honneur à ce que tous ses romans mettent en scène des personnages intrigants à l'humour décapant tout en y incorporant une sacrée dose de romance.

Kristen Ashley

À la diable

Rock Chick – 1

Traduit de l'anglais (États-Unis) par Julie Lauret-Noyal

Milady Romance

Milady est un label des éditions Bragelonne

Titre original : *Rock Chick*

ISBN : 978-2-8112-1707-5

Bragelonne – Milady
60-62, rue d'Hauteville – 75010 Paris

E-mail : info@milady.fr
Site Internet : www.milady.fr

I

À la poursuite de Liam le Magnifique.

Jusqu'ici, je n'ai jamais eu d'ennuis avec la justice.

C'est tout bonnement impossible : je suis fille de flic, et ça bouleverserait l'ordre cosmique des choses.

Le Karma des Filles de Flics me protège ; et comme je ne suis ni une camée, ni une dealeuse, ni une cambrioleuse, ni une prostituée, ni un bandit, ni une meurtrière (toutes activités qui annihileraient le Karma de la Fille de Flic), je reste protégée.

Ce qui ne veut pas dire que je n'ai jamais fait de trucs idiots, limite hors-la-loi. En fait, j'en ai fait tout un tas.

Voyons voir…

Je me suis pris un paquet de PV, mais ça, ça ne compte pas vraiment.

On m'a déjà arrêtée pour excès de vitesse, mais je n'ai jamais eu d'amende. Il m'arrive aussi de traverser en dehors des passages piétons quand je suis pressée (c'est-à-dire souvent).

Un jour, je me suis faufilée dans les coulisses pendant un concert d'Aerosmith. C'est un autre de mes exploits limite hors-la-loi, lui aussi. J'ai réussi à effleurer le torse de Joe Perry du bout de l'index et du majeur et, en le touchant, j'ai ressenti une vague de pure extase me parcourir tout le corps (surtout certaines parties), sensation qui n'a jamais été égalée, ni avant ni depuis. Malheureusement, je n'ai eu droit qu'à cet effleurement avant de me faire jeter dehors par le vigile.

Je ne suis pas certaine qu'il soit illégal de se faufiler dans les coulisses pour effleurer le torse de Joe Perry ; mais vu que cette expérience était de loin beaucoup plus agréable que nombre d'activités illicites, ça devrait l'être.

Il y a vingt minutes de ça, mon employé Rosie m'a raconté une histoire que je n'avais vraiment pas envie d'entendre.

Rosie peut parfois se montrer pénible, mais là, c'était ridicule.

Cette histoire impliquait également un autre employé (un type que j'adore), Duke.

Un quart d'heure après, Rosie et moi avons fermé la boutique. Nous sommes restés debout devant ma librairie, *Fortnum's*, en nous demandant ce que nous allions bien pouvoir faire au sujet de cette fichue histoire.

Ensuite, deux types sont arrivés vers nous, nous avons eu une petite discussion qui a mal tourné (si je suis honnête, la raison pour laquelle la discussion a mal tourné, c'est moi), et les types nous ont tiré dessus.

Tiré.

Dessus.

Avec des fusils.

Des fusils avec des vraies balles.

Nous nous sommes enfuis à toute vitesse, sans laisser de traînées de sang derrière nous. *Ouf.*

Puis, Rosie et moi nous sommes assis dans ma voiture, à hyperventiler dans un coin sombre d'une allée sombre des entrailles du quartier historique de Baker, quartier qui ne s'est pas encore embourgeoisé, et je fixais du regard mon téléphone portable en me demandant ce que je devais faire, bon sang.

Bon. On rembobine.

Je m'appelle Indiana Savage, mais tout le monde m'appelle Indy. Je suis la fille de Tom Savage, et pratiquement tous les flics me connaissent, même les bleus. Tout ça parce que quand j'étais petite, je passais beaucoup de temps au commissariat à attendre papa ou à traîner avec ses amis.

Oh, et mon père et moi continuons d'aller ensemble aux soirées grillades de l'OFP, l'Ordre fraternel de la police.

Mon physique joue aussi. Je ne me vante pas, hein ; c'est juste qu'être flic implique d'avoir un bel excès de testostérone et moi, ben… je suis une fille.

La plupart des collègues de papa ont commencé à me remarquer vers mes seize ans. Malheureusement, si l'un d'entre eux n'avait fait ne serait-ce que m'effleurer (même après ma majorité), les autres l'auraient abattu.

C'est comme ça, la vie d'une fille de flic. Il y a des avantages et des inconvénients.

Une nuit, au cours de mon passé pas si net que ça, je m'étais fait attraper par les amis de mon père, Jimmy Marker et Danny Rose. Ma meilleure amie Ally Nightingale et moi, mineures toutes les deux, étions en train de consommer de l'alcool : Jimmy et Danny nous avaient traînées jusqu'au commissariat.

Mon père ne s'était pas mis en colère face à cet exploit de jeunesse. Papa avait une gosse et plus de femme. Il avait espéré avoir un garçon après moi, mais ma mère était morte alors que j'avais cinq ans. Mes parents avaient eu assez à faire avec moi et n'avaient jamais eu le temps d'envisager un deuxième enfant. Ensuite, mon père ne s'était jamais assez remis de la mort de ma mère pour se dégotter une autre épouse.

Il disait toujours que Katherine Savage, c'était le genre de femme dont on ne se remettait pas.

Il disait aussi que je lui ressemblais beaucoup, et les photos le prouvent (à l'exception de mes yeux bleus, évidemment, que je tiens de mon père).

Tout le monde affirme également que je me comporte *exactement* comme elle.

Bref, papa trouva ma petite beuverie plutôt mignonne et, si j'avais été un garçon, le fait que ses potes me ramassent aurait constitué un rite de passage. Son meilleur ami et partenaire de longue date, Malcolm Nightingale, l'approuva.

L'épouse de Malcolm, Kitty Sue Nightingale, qui avait été la meilleure amie de maman et lui avait juré sur son lit de mort qu'elle aiderait mon père à m'élever correctement, ne trouva pas ma brève incarcération amusante du tout.

Kitty Sue ne trouvait aucune de mes incartades de jeunesse amusante, de quelque manière que ce soit. Kitty Sue se préoccupait de l'immortalité de mon âme.

Et elle avait de quoi faire. Non seulement Kitty Sue avait fait une promesse à ma mère, mais en plus, elle avait elle-même trois enfants à élever. Et deux de ces enfants étaient Lee et Ally, ce qui en dit déjà long.

Kitty Sue s'entretenait avec les pasteurs, les professeurs, les conseillers d'orientation, les entraîneurs de la Petite Ligue de softball, de base-ball et de football, les voisins qui venaient fouiner, tous les gens qu'elle croisait et pouvaient l'aider à établir son Réseau de Surveillance des Enfants Nightingale/Savage. Malgré tous ces efforts, ça ne fonctionnait pas si bien que ça.

Allison Nightingale est ma meilleure amie, et ce depuis notre naissance. Ally est la cadette de Kitty Sue et Malcolm, et elle est bien plus cinglée que moi, principalement parce qu'elle n'a peur de rien.

Lee, c'est encore une autre histoire. Lee, c'est un Bad Boy avec des B majuscules.

Après avoir été surprises par Jimmy et Danny sur le bord de la chaussée en train de vider nos tripes emplies d'alcool, Ally et moi avions peaufiné notre stratégie. À la suite de cet épisode, lorsque, toujours mineures, nous sortions faire la fête et avions fini de nous imbiber, nous téléphonions à Lee pour qu'il vienne nous chercher.

Quels que soient l'heure ou le lieu, Lee arrivait dans sa vieille Mustang, ouvrait la portière côté passager et restait là à sourire pendant que nous sortions de la maison de je-ne-sais-qui pour tituber jusqu'à sa voiture. Lee savait exactement quel bruit quelqu'un faisait juste avant de dégueuler ; par conséquent, il savait à quel moment s'arrêter pour extraire la personne concernée du véhicule afin que l'opération se fasse sur le bord de la route plutôt que dans sa voiture. Lee avait également un *tas* d'expérience dans le fait de retenir les cheveux d'une fille qui vomissait.

À la glorieuse époque de ces fiestas, nous avions essayé plusieurs fois de téléphoner à l'autre frère d'Ally, Hank, mais ce dernier nous faisait toujours la leçon. Hank est l'aîné des trois enfants Nightingale ; du coup, il éprouve le besoin de se comporter en être responsable. Il nous faisait peut-être la leçon, mais ne mouchardait jamais. Moucharder, c'était quand même trop.

Sans surprise, Hank est devenu flic. Personne ne sait en quoi consiste le métier de Lee.

Henry « Hank » Nightingale était capitaine de l'équipe de foot, souverain de sa promo, et avait été élu Meilleur Athlète, Garçon le Plus Populaire, membre du Couple de l'Année et Plus Beau Sourire. Il fait un mètre quatre-vingt-six, ses cuisses pourraient broyer des noix, il a les atouts nécessaires pour remplir à la perfection l'avant comme l'arrière de son jean, un sourire à tomber, des cheveux bruns épais à l'ondulation parfaite et des yeux couleur whiskey. Au lycée, Hank était toujours de bonne humeur, galant, et avait une petite amie attitrée. Peu de choses ont changé depuis (à l'exception de la petite amie, qui a disparu de la circulation).

Liam « Lee » Nightingale était capable de faire démarrer n'importe quelle voiture juste en faisant se toucher les fils de contact, possédait une Mustang *et* une moto, avait commencé à fumer à treize ans, était soupçonné de pouvoir coller une fille enceinte d'un simple regard et avait lui aussi été élu Plus Beau Sourire. Il mesure un mètre quatre-vingt-neuf et donne l'impression que les jeans délavés ont été créés rien que pour lui. Lee arbore également des cheveux bruns épais à l'ondulation parfaite et des yeux couleur chocolat cerclés de longs cils. Lee aussi avait un caractère enjoué, mais d'une tout autre manière. Sans faire aucun effort (principalement en recourbant un doigt, en lançant un regard ou bien, si une fille jouait à faire la difficile, en décochant son sourire qui tue), Lee baisait tout ce qui était de sexe féminin, avait les cheveux longs, des gros seins, un beau cul et respirait.

Toutes les filles sauf moi, malgré tous les efforts que je faisais – et disons simplement que j'en avais fait beaucoup. Moi aussi, j'ai des gros seins, un cul du tonnerre, des cheveux longs brun-roux (à l'ondulation parfaite) et, à ce que je sache, je ne suis pas une morte-vivante.

Du plus loin que je me souvienne, j'ai toujours essayé de mettre le grappin sur Lee.

J'aurais dû choisir Hank. Si j'avais choisi Hank, je serais déjà mariée, j'aurais des enfants, je serais probablement très heureuse et je tirerais un coup régulièrement, ça c'est sûr.

Mais j'aime les sales types.

J'ai le rock dans la peau, un point c'est tout.

À huit ans, Ally et moi avons décidé que j'épouserais Lee pour que je devienne la « vraie » sœur d'Ally. Celle-ci serait ma demoiselle d'honneur, nous habiterions en face l'une de l'autre dans des maisons ceintes de clôtures blanches et notre première fille, à Lee et moi, s'appellerait Ally en l'honneur de mon amie.

On a même conclu un pacte de sang en se piquant le pouce avec des épingles à nourrice, avant de les écraser l'un contre l'autre. Nous avons passé les douze années suivantes à essayer de transformer ce rêve en réalité, par tous les moyens que nos esprits un peu retors et toujours extravagants ont pu imaginer.

Mais pas de chance pour moi, vu le code moral pas très élaboré de Lee : j'incarnais la règle numéro deux du Code Éthique de Liam Nightingale (la règle numéro un étant « *Tu ne baiseras pas la petite amie de ton frère* »). Moi, je figurais dans : « *Tu ne baiseras pas la meilleure amie de ta petite sœur.* »

Il faut dire que j'ai grandi un peu comme un membre de leur famille, ce qui, par défaut, faisait presque de moi la petite sœur de Lee. Lors de mon ultime tentative désespérée pour lui mettre le grappin dessus, alors que j'avais vingt ans et lui vingt-trois, c'était exactement ce qu'il m'avait dit. Ça avait été vachement embarrassant, mais bon, toutes mes autres tentatives aussi et ça ne m'avait jamais arrêtée.

Pourtant, allez savoir pourquoi, cette dernière fois m'avait vraiment blessée. Lee ne s'était pas montré cruel, hein, il avait juste été… sans appel.

La Traque de Liam le Magnifique s'était arrêtée là, du moins en ce qui me concernait. Ally nourrissait toujours de grands espoirs (démesurés, même). Sans mentionner Kitty Sue qui, je crois, avait toujours souhaité que je tombe amoureuse de l'un de ses fils, de préférence Lee, à l'évidence. Probablement parce qu'elle pense qu'on serait bien assortis.

Je me résignai donc à croiser Lee tous les Noëls, tous les Thanksgiving, tous les Quatre Juillet, à chaque anniversaire, à la plupart des fêtes de famille et des barbecues, chez Hank lorsque nous allons y regarder les matchs à la télé, et tout le tralala (malheureusement, je le croise donc encore beaucoup). D'habitude, il y a toujours assez de gens autour de nous pour faire interférence.

Si, au cours des rares occasions où Lee dîne chez ses parents (ces jours-ci, ça devient moins rare : on dirait que Kitty Sue désespère un peu, elle joue l'entremetteuse de manière de plus en plus flagrante), je suis aussi invitée, j'invente une excuse (bidon, la plupart du temps) et je me carapate aussi vite que mes bottes me le permettent. Ça a tendance à énerver sérieusement Ally et Kitty Sue, mais ce ne sont pas elles qui se sont jetées au cou de cet homme pendant toute une décennie pour essuyer des rebuffades chaque fois, avant de finir par être obligées de passer le restant de leur vie à croiser ce même homme au dîner et pendant les vacances. Croyez-moi, c'est mortifiant.

Sans oublier qu'en une demi-décennie à faire le Bad Boy, Lee s'était transformé en vrai dur à cuire. À la fin de cette même décennie, c'était un coriace de première classe. On ne plaisantait pas avec Lee. J'avais peut-être été une enfant rebelle, mais j'avais assez joué avec le feu en m'y brûlant parfois les ailes pour savoir qu'en dix ans, Lee Nightingale était passé du petit feu de joie à un brasier monstrueux.

Ne vous méprenez pas. Liam Nightingale a toujours un look du tonnerre, que seule une petite cicatrice en forme de croissant de lune sous son œil gauche vient ternir. Il a toujours un corps de rêve, superbe en jean, en pull, en costume, bref en n'importe quoi. Il a toujours ce sourire qui tue dans les rares occasions où il l'esquisse. Et enfin, il aime toujours les femmes qui ont de gros nibards, un beau cul et trois tonnes de cheveux (ce qui me décrit toujours parfaitement).

Mais il est aussi dangereux.

Je ne sais pas comment vous expliquer ça, mais c'est vrai. Faites-moi confiance.

Aujourd'hui, j'assiste toujours à des concerts de rock. J'écoute toujours la musique beaucoup, beaucoup trop fort. Mes cheveux roux sont toujours aussi longs et je les porte toujours lâchés, dans un fouillis de boucles qui tombent en cascade dans mon dos. J'ai toujours une sacrée poitrine et un beau cul. Disons que mon corps est la fois un cadeau et une malédiction. Un corps comme le mien n'est pas très difficile à entretenir : il suffit de le gaver de cochonneries pour qu'il conserve ses courbes, tout en restant assez en forme pour réussir à le trimballer partout.

Aujourd'hui, la seule chose qui a changé, malgré tout, c'est qu'à mes fêtes, on trouve des hors-d'œuvre faits maison, des bols de noix de cajou, et que plus personne ne tombe ivre mort sur mon lit ni ne va vomir dans la cour.

Aujourd'hui, je suis également propriétaire d'une librairie de livres d'occasion située sur Broadway (non, pas *le* Broadway de New York ; l'autre Broadway, celui qui se trouve à Denver, Colorado, États-Unis).

Ma grand-mère m'a légué la boutique à sa mort. Ça peut paraître guindé, de tenir une librairie. Vous m'imaginez peut-être avec des lunettes à monture d'écaille et un chignon. Ce qui est très, très loin de la vérité, même en faisant de gros efforts d'imagination.

Ma grand-mère était un trublion, voyez-vous. Elle a élevé un autre trublion, ma mère Katherine, et cette dernière, secondée par mon père, a pris grand soin d'élever la troisième génération de trublion, c'est-à-dire moi.

Ma librairie se trouve à l'angle sud-est de Broadway et Bayaud. Ni le quartier le plus sympa, ni le pire. À l'époque de ma grand-mère, il tombait en décadence. À présent, il est en train d'évoluer.

Mon héritage comprenait aussi la moitié d'un duplex, un pâté de maisons plus loin, sur Bayaud, dans le quartier historique de Baker. Je vis dans la partie est de la bâtisse ; un couple gay occupe le côté ouest, un autre couple gay vit dans la maison à ma droite et encore un autre dans celle de derrière. C'est pour ça que Baker est un quartier sûr : il est peuplé principalement de couples homos, de couples sans enfants, de hippies et de Mexicains. Lorsque j'ai emménagé, moi, une femme blanche célibataire ayant l'apparence d'une groupie de rock déchaînée (ce que je suis véritablement, en fait), ils se sont tous téléphoné pour se lamenter de ce que devenait le quartier.

Ma librairie s'appelle *Fortnum's*. Sans aucune raison, si ce n'est que mamie s'était rendue chez *Fortnum and Mason*, à Londres, l'année précédant l'ouverture, et qu'elle avait trouvé que ça faisait chic.

Il n'y a absolument rien de chic chez *Fortnum's*.

À l'époque (je veux dire, l'époque de mamie), c'était un repère de hippies, ce qui est toujours le cas, d'une certaine manière. Les propriétaires de Harley y venaient souvent aussi, ne me demandez pas pourquoi. À présent, c'est également bourré de BCBG, de yuppies et de couples sans enfants qui essaient de se donner l'air branché, ainsi que d'internes et de goths, parce qu'ils sont effectivement branchés, eux.

Il y a tout un tas d'étagères hétéroclites bourrées de toutes sortes de livres d'occasion et des tables recouvertes de piles de vinyles. C'est un labyrinthe de désordre très ordonné, ponctué de temps à autre par un fauteuil molletonné rembourré. La plupart des gens entrent, dénichent un livre, bouquinent dans un fauteuil et repartent sans acheter l'ouvrage. Ils reviennent parfois le lendemain pour poursuivre leur lecture.

En plus de la boutique, j'ai aussi hérité des deux employés. Hum, pour le dire avec tact, ils sont aussi excentriques que l'était mamie.

Jane est mon experte en romance (nos plus grosses ventes). Elle mesure plus d'un mètre quatre-vingts et pèse environ soixante kilos ; elle est terriblement maigre et terriblement timide. Jane a le nez fourré dans un roman à peu près toute la journée, sauf quand elle rachète ceux que les gens nous cèdent pour remplir nos étagères ou bien qu'elle les vend à des gens à qui elle marmonne des conseils. Elle m'a avoué avoir écrit plus de quarante romans sans jamais avoir la jugeote d'essayer de les faire publier. Jane n'a même pas le courage de me les faire lire, alors que je le lui demande tout le temps.

Il y a aussi Duke. Il possède une Harley, est toujours vêtu de jean et de cuir et arbore une bonne vieille barbe grise, des tonnes de longs cheveux gris argent et un bandana noué autour du front. Il est grossier, vit grossièrement et c'est un dur à cuire, mais il peut devenir aussi doux qu'un marshmallow s'il vous apprécie (heureusement, Duke m'apprécie). Il était prof de littérature anglaise à Stanford avant de quitter son job pour aller vivre à la montagne. C'est l'époux de Dolorès, qui bosse à mi-temps chez *L'Ourson* à Evergreen, là où Duke et elle possèdent une minuscule cabane.

Mamie adorait *Fortnum's*. Elle considérait la librairie un peu comme sa MJC personnelle. Mamie n'était pas une femme d'affaires très douée, mais ça lui plaisait de jouer à l'hôtesse avec sa petite bande éclectique. Papi ramenait un salaire correct et, à sa mort, il a laissé une pension convenable à ma grand-mère, qui n'avait par conséquent pas à se soucier de grand-chose.

Fortnum's sentait un peu le renfermé et la vieillerie et, comme mamie, j'aimais absolument tout dans cette boutique.

Lorsque je n'étais pas au commissariat, avec les Nightingale ou en sortie avec Ally, j'étais à *Fortnum's*, en compagnie de mamie et de Duke, puis, un peu plus tard, de Jane. Ça a toujours été l'un de mes autres chez-moi, et on en a beaucoup quand on est orpheline de mère, croyez-en mon expérience.

Mais vu l'état de la boutique lorsque j'en ai hérité, celle-ci ne risquait pas de me permettre de payer mes bottes de cow-boy, mon Levi's et mes ceintures en cuir ciselé avec leurs énormes boucles en argent – la couche supérieure de mon uniforme. Au-dessous, cet uniforme n'était que soie et dentelle ultraféminines. Mamie disait que c'était une chose de ressembler à une groupie style cow-boy à l'extérieur, mais que toutes les filles se devaient d'avoir un secret, et que la lingerie sexy était le meilleur secret qu'une fille puisse avoir.

À présent, je tiens mon commerce à l'avant de la boutique. Il y a tout un tas de canapés confortables et de fauteuils, ainsi que quelques tables. J'ai investi dans une machine à expresso et débauché mon *barista* préféré, Ambrose « Rosie » Coltrane, de la chaîne de cafés du bas de la rue.

Rosie est un dieu du café. Il peut vous concocter un *skinny vanilla latte* capable de vous conduire à l'orgasme rien qu'à l'odeur. Rosie est un peu chiant, c'est une sorte d'ermite du café (il arrive, prépare le café, et rentre chez lui), mais il a un talent indéniable.

Proposer du café a eu un succès fou. Lorsque l'expresso s'est mis à couler à flots, les livres se sont écoulés de la même manière et aujourd'hui, j'ai du mobilier neuf dans mon salon et une collection de ceintures et de bottes de cow-boy ultracool qui prend de l'ampleur tous les jours.

Tout ça défile sous mes yeux en quelques secondes.

J'ai appris très vite que des tas de trucs défilent sous vos yeux en quelques secondes, quand on se fait tirer dessus.

Tandis que je regardais fixement mon téléphone en m'efforçant de ne pas faire de crise cardiaque, j'essayai de choisir qui appeler. Je pouvais, et c'était certainement le mieux à faire, téléphoner à papa, à Malcolm ou à Hank.

Au vu des options et de la situation, parmi les flics, je miserais plutôt sur Hank. Il piquerait une crise en apprenant que je m'étais fait tirer dessus et arrêterait probablement Rosie illico presto, mais il était peu probable qu'il l'assassine pour m'avoir mise en danger.

Hank savait se maîtriser. C'était la raison pour laquelle il était si bon athlète, la raison pour laquelle il était un étudiant aussi doué et la raison pour laquelle c'était un bon flic.

Papa était mon père et Malcolm se considérait comme mon père aussi ; par conséquent, eux péteraient les plombs et causeraient un tel esclandre qu'ils feraient complètement flipper Rosie.

Rosie était un artiste du café.

En tant qu'artiste, Rosie était d'un naturel sensible. Il flippait facilement. Il ne fallait lui donner que deux commandes de café à la fois, sans quoi il faisait une minidépression nerveuse. Cette grande chaîne de cafés lui convenait mal. *Fortnum's*, c'était son nirvana. Rosie pouvait créer ses boissons, et lorsque ça devenait animé et que la pression devenait intense, quelqu'un d'autre – Jane, Duke ou moi – supportait le fardeau pour laisser Rosie à ses performances.

Mais là, Rosie venait de décréter : pas de flics.

Et je comprenais pourquoi.

Alors, même si j'avais *très, très, très* envie d'appeler Hank, je ne le fis pas.

Je pouvais appeler Lee. Lee n'est pas flic. J'avais ses numéros dans mes contacts – c'était Ally qui les y avait notés.

Lee, c'était le bon choix. Il était entré dans l'armée après le lycée. Il s'était engagé dans les forces spéciales. Lee avait fait de sacrées saloperies lorsqu'il se trouvait dans les forces armées, des saloperies qui avaient éteint l'étincelle de ses yeux bruns pour la remplacer par autre chose de plus froid, de plus sérieux et de bien plus flippant. Il avait quitté l'armée, était devenu détective privé et avait ouvert un bureau dans LoDo, le sud du centre-ville de Denver. Lee était censé être détective privé, mais personne ne savait vraiment ce qu'il faisait. Je ne suis même pas sûre que quelqu'un se soit déjà rendu dans ses bureaux.

Je pouvais appeler Lee et lui dire qu'on m'avait tiré dessus. Ça réglerait le problème très vite. C'est vrai : je n'avais plus véritablement de relations avec lui depuis dix ans, mais ce serait comme une sorte de responsabilité familiale, vu qu'il me considérait comme sa petite sœur (hum hum).

Cela dit, Lee pourrait traquer les tireurs (peu importe de qui il s'agissait) et les abattre. Les torturer d'abord, puis les abattre. Lee possédait des talents que je ne pouvais pas comprendre. En tout cas, c'est ce que j'avais entendu plus d'une fois dans les murmures de Malcolm et papa.

Rien à voir avec mes seize ans, quand Brian Archer avait raconté à tout le monde qu'il était sur le point de coucher avec moi (alors qu'il m'avait *à peine* pelotée) et que Lee était allé lui casser le nez.

Cette situation-là, ce serait du sérieux.

Bon. Peut-être que Lee n'était pas le meilleur choix.

Il me restait Ally.

Allyson Nightingale est toujours partante pour l'aventure.

Allyson Nightingale sait garder un secret.

Et Ally n'est pas flic.

2

Je devrais te flanquer une fessée.

Vingt minutes plus tard, je me retrouvais debout au milieu du salon de l'appartement de Lee.

J'étais déjà venue ici à quelques reprises, mais seulement pour de brèves visites. La plupart du temps, il s'agissait de déposer ou de récupérer un truc, et je me trouvais toujours en compagnie de Kitty Sue ou d'Ally.

Et Lee était systématiquement présent.

Ce qui n'était pas le cas cette fois-ci.

— Ce n'est pas *du tout* une bonne idée, dis-je à Ally.

Ally et moi faisions la même taille : un mètre soixante-dix-huit. Ally pesait dix kilos de moins que moi, portait des jeans trois tailles en dessous de la mienne parce qu'elle avait un cul nettement moins large, et faisait un bonnet de moins parce qu'elle avait nettement moins de poitrine. Ses yeux étaient de la même couleur brun whiskey que ceux de Hank et elle avait hérité les cheveux de tous les Nightingale, bruns et épais, qu'elle portait incroyablement longs, style rockeuse, exactement comme moi.

Ce jour-là, elle arborait une minijupe en jean à l'ourlet effiloché, un débardeur jaune fluo avec « Sugar » imprimé en lettres scintillantes sur la poitrine, et des tongs.

Nous avions trente ans toutes les deux ; Ally était ma cadette de deux semaines. À quatre-vingts balais, nous porterions toujours des minijupes en jean et des tee-shirts à l'effigie de groupes de rock. C'était ma prédiction. Et même si je trouvais ça cool, ça me faisait aussi un peu flipper.

Ally était d'ailleurs en train de me parler.

— Lee n'est pas en ville. Il ne rentrera pas avant des plombes. Certainement pas cette nuit, en tout cas. Et de toute façon, personne n'est assez timbré pour entrer par effraction dans son appart.

Je réfléchis à ce qu'elle venait de me dire tout en observant Rosie.

Celui-ci était en mode « artiste talentueux en pleine crise ». Il avait les yeux hagards et on aurait dit qu'il s'apprêtait à prendre ses jambes à son cou.

À ce moment précis, Rosie n'était pas la personne que j'affectionnais le plus au monde. Il avait failli me faire mourir sous les balles, mais ce n'était pas entièrement sa faute. Ce n'était pas lui qui m'avait tiré dessus, ni lui qui avait engueulé les méchants.

J'ai toujours eu un problème pour tenir ma langue.

Mais bon, Rosie était mon pote et il fallait que je le mette en sécurité. C'est ce que font les amis. Ils restent sobres pour pouvoir vous ramener à la maison quand vous êtes bourrée. Ils sont fans de votre petit copain tant que vous sortez avec, puis le dénigrent comme pas possible une fois que vous avez rompu. Et ils vous dénichent un refuge quand des gens vous tirent dessus.

Et puis, Ally avait raison : seul un candidat au suicide s'immiscerait dans l'appartement de Lee. Même moi, j'avais des palpitations cardiaques à l'idée d'avoir osé pénétrer son repaire. Je craignais qu'il nous exécute façon commando s'il nous trouvait ici.

En plus de tout ça, Lee vivait au quatorzième étage d'un immeuble sécurisé (avec panorama sur les Rocheuses, au passage).

Ally nous dévisagea, Rosie et moi.

— Qu'est-ce qui se passe, en fait ? demanda-t-elle.

— Ne lui dis rien ! hurla Rosie.

— Je ne vais pas tout lui raconter ! hurlai-je à mon tour.

Je commençais à perdre patience avec Rosie. Ce dont je me pardonnais. J'imagine que c'est ce qui arrive quand on se fait tirer dessus. Je ne m'étais jamais fait tirer dessus auparavant, mais j'apprends vite.

Ally haussa les sourcils et je lui lançai un regard qui signifiait : « Plus tard ».

— J'ai besoin de caféine, gémit Rosie en se dirigeant vers le canapé de Lee.

C'était un canapé en cuir souple, qui faisait face à une énorme télévision LCD. Rosie se jeta dessus et entreprit de se masser les tempes avec les doigts. Il essayait probablement de retrouver son point zen sans pichet en inox rempli de lait mousseux à la main.

— Ce n'est pas de caféine que tu as besoin, mais de Valium, rétorquai-je.

— J'en ai, intervint Ally.

Ally avait généralement tout un tas de médicaments à sa disposition, soit dans sa propre pharmacie, soit grâce à son réseau de contacts.

— Je ne veux pas de Valium. Je veux récupérer le sac que j'ai filé à Duke le plus vite possible et partir pour San Salvador, décréta Rosie en s'emparant de la télécommande d'un geste un peu trop théâtral.

— C'est un artiste, avec un tempérament d'artiste, expliquai-je à Ally en la raccompagnant à la porte.

— C'est juste un *barista*, répliqua mon amie.

J'ignorai sa remarque. Ally n'était pas sensible à la beauté du café. Elle préférait la tequila.

— Tu es sûre que Lee ne va pas revenir ? demandai-je.

Je n'avais aucune envie de me faire surprendre dans l'appartement de Lee alors que ce dernier ne savait pas que je m'y trouvais. Je n'avais pas passé dix ans à l'éviter avec un minimum de succès pour me faire choper dans son appart au beau milieu de la nuit, en train d'héberger un criminel potentiel avec des méchants aux trousses. Il y avait de grandes chances que Lee n'apprécie guère.

— Il est dans le district de Columbia, me rassura Ally. Je pense que tu devrais prendre son lit.

Elle prononça ces paroles avec des yeux grands comme des soucoupes et pleins d'étincelles. Je soupirai et appuyai mon épaule contre le mur.

— Tu devrais peut-être lui téléphoner, suggérai-je.

— Il n'aime pas qu'on le dérange quand il quitte la ville pour affaires. Sauf en cas d'urgence.

— On pourrait peut-être considérer ça comme une urgence ? insistai-je.

Le rappel n'était pas franchement nécessaire, vu que j'avais appelé Ally il y avait vingt minutes de ça, le souffle court, pour lui annoncer que je venais de me faire tirer dessus avec Rosie et qu'il nous fallait un abri. Ce n'était pas le genre de truc qui arrivait tous les jours. En fait, ça n'arrivait même jamais, jamais, jamais – en tout cas, pas à moi.

Ally jeta un coup d'œil à Rosie à travers la cuisine à l'américaine. Il avait allumé la télé et regardait Cuisine+.

— De quel sac parle-t-il ? chuchota Ally.

— Je t'expliquerai plus tard. Contente-toi d'appeler Lee pour le prévenir qu'on est là, juste au cas où.

Ally reporta son attention sur moi.

— Il y a une époque où tu aurais donné n'importe quoi pour ce « juste au cas où », dit-elle.

— Je te l'ai déjà dit : cette époque est révolue depuis longtemps.

Ally me dévisagea. Ça faisait dix ans qu'elle m'entendait dire ça et elle n'y croyait toujours pas. Espèce d'idiote bornée.

— D'accord, dit-elle. Je l'appellerai. Cela dit, je crois que s'il rentrait chez lui, il préférerait te trouver dans son lit plutôt que Rosie.

— Je dormirai dans la chambre d'amis.

Ally sourit.

— Ma belle, Lee n'a pas de chambre d'amis. La seconde chambre est fermée à clé et personne n'y entre. Hank et moi, on l'appelle la Tour de Contrôle, mais personne ne sait ce qu'il y a là-dedans.

Je me retournai pour observer les trois portes closes qui donnaient sur le couloir. Lorsque je fis demi-tour, Ally était déjà sur le seuil.

— À plus tard, lança-t-elle.

Et elle s'en alla.

Je m'agrippai à la porte et observai mon amie descendre le couloir d'un pas léger.

— Appelle-le ! criai-je.

Elle me fit le signe « peace and love » avant d'entrer dans l'ascenseur.

— Elle ne l'appellera pas, marmonnai-je dans le couloir désert.

Ally avait raison.

Je furetai un peu au hasard (n'importe qui aurait fait la même chose à ma place). Deux des portes du couloir s'ouvrirent sans problème, l'une sur la salle de bains et l'autre sur la chambre de Lee. La dernière porte était verrouillée. Je me rendis même sur le balcon qui faisait le tour de l'appartement pour voir si je pouvais jeter un coup d'œil à l'intérieur, mais les baies vitrées qui donnaient sur la seconde chambre étaient munies de rideaux, et ces rideaux avaient été tirés avec soin.

Après une éternité de Cuisine+, je dénichai un oreiller et une couverture pour Rosie avant de me glisser dans l'immense lit de Lee. Mes yeux larmoyaient et j'étais encore un peu effrayée (non seulement par les événements de la soirée, mais aussi par notre logement).

J'avais envisagé de dormir par terre, mais j'étais trop épuisée. De toute manière, Lee était très occupé ces derniers temps et ne se trouvait jamais à Denver, sauf à l'occasion d'un anniversaire, d'un jour férié ou d'un week-end où les Bronco jouaient à domicile. J'avais entendu Kitty Sue s'en plaindre si souvent que si j'avais reçu une pièce de dix cents chaque fois qu'elle l'évoquait, à présent, je serais riche.

J'avais ôté mon jean, mes bottes, mes chaussettes, mon soutien-gorge, et déniché un marcel appartenant à Lee, qui, par chance, se trouvait dans le premier tiroir que j'avais ouvert. Je n'avais pas envie de les vider tous : il n'apprécierait peut-être pas plus que ça.

J'avais dû lui emprunter son débardeur parce que je portais mon tee-shirt Guns'n'Roses, celui sur lequel scintillaient des diamants fantaisie qui risquaient de s'accrocher dans les draps. Sans oublier que c'était un de mes tee-shirts préférés et que je n'avais pas envie de le déformer en dormant.

Je n'avais pas le sommeil léger. Je dormais profondément et je bougeais beaucoup. Je veux dire, *vraiment* beaucoup. Tellement que la plupart de mes petits amis finissaient par opter pour le canapé, juste avant de choisir la porte, en règle générale. J'essayais de dormir dans des tenues qui ne me causeraient aucun problème lors de mes péripéties nocturnes : une simple culotte, et c'est tout. Mais l'idée de dormir à moitié nue dans le lit de Lee était juste inenvisageable. Je tentai d'ignorer totalement le fait que je me glissais dans *son* lit. C'était juste un lit. Oui, il s'agissait du lit de Liam Nightingale. Oui, on sentait un peu son odeur, un mélange de cuir, de tabac et d'épices. Et alors ?

L'odeur et le lit me mirent un peu dans le même état qu'après avoir effleuré le torse de Joe Perry : j'eus une envie subite d'assouvir quelques désirs. Heureusement, je m'endormis avant d'avoir eu le temps de passer à l'acte.

Lorsque je repris conscience, quelque chose m'agrippait la cheville et était en train de me traîner sur toute la longueur du lit, exactement comme si j'avais été l'héroïne d'un film d'horreur.

Quand mes genoux heurtèrent le pied de lit, je me retournai sur le dos en poussant un petit cri. Une ombre immense se pencha sur moi dans l'obscurité. J'ouvris la bouche pour hurler, convaincue que ceux qui nous avaient tiré dessus nous avaient retrouvés et que tout était fini.

Ma vie s'achevait là, c'était la fin, et je n'avais jamais vu Pearl Jam jouer en live.

Avant que je puisse hurler, on lâcha ma cheville, deux mains me saisirent par les hanches et m'arrachèrent du lit. Mon dos se cambra douloureusement dans le mouvement. Ma tête bascula vers l'arrière et je ravalai mon cri dans un hoquet de surprise.

On me remit sur mes pieds, les deux poignets serrés dans le dos, et je poussai un gémissement de douleur avant de m'écraser sur un corps en béton.

— Parle, ordonna une voix grave.

Je sentis soudain le parfum de tabac, de cuir et d'épices.

C'était Lee.

Merde, merde, merde.

Soit je n'avais vraiment pas de chance, soit Ally m'avait piégée.

Peut-être qu'Ally *et* Rosie m'avaient tendu un piège. Ally tenait vraiment à cette connerie de devenir ma belle-sœur. Elle s'impatientait peut-être au point d'engager quelqu'un pour me tirer dessus ?

— Deux secondes, prévint Lee d'un ton menaçant.

— Lee, c'est moi. Indy.

Les mains sur mes poignets relâchèrent leur prise, sans pour autant me libérer.

— Qu'est-ce que c'est que ce bordel ?

Je pris une grande inspiration, ce qui eut pour effet de plaquer encore plus mes seins contre le torse de Lee.

Je n'avais jamais été aussi proche de lui : on était en pleine attaque frontale. Même à l'époque où je lui courais après, je n'étais jamais parvenue aussi près.

J'expliquai (très très vite) :

— Je suis un peu dans le pétrin et j'avais besoin d'un endroit sûr où passer la nuit. Ally m'a laissée entrer.

Lee mit quelques secondes à enregistrer ce que je venais de dire.

— Qui est le type sur le canapé ? demanda-t-il.

— Rosie, mon *barista*.

— Ton quoi ?

— Le mec qui prépare le café dans ma librairie.

— Merde.

Lee ne m'avait toujours pas lâchée. Il me libéra, fit demi-tour et quitta la pièce.

Quelque chose dans sa démarche me poussa à lui emboîter le pas.

En entrant dans le salon, Lee alluma brusquement la lumière. Rosie gisait face contre terre, au beau milieu de la pièce. Il avait les mains et les pieds attachés avec du gros Scotch qui lui recouvrait aussi la bouche.

— Lee ! Bon sang ! Qu'est-ce que tu lui as fait ? m'écriai-je en me précipitant vers Rosie.

Je m'agenouillai auprès de lui. Rosie avait les yeux fous, son regard partait dans tous les sens et il luttait contre le ruban adhésif.

Je n'arrivais pas à y croire. Je n'avais rien entendu du tout.

Purée, Lee était impressionnant.

Il avait déjà sorti son canif et était en train de découper le Scotch.

— Je rentre chez moi et je trouve ce type sur mon canapé et toi dans mon lit. Tu croyais que j'allais faire quoi ? lança Lee en arrachant le Scotch de la bouche de Rosie.

— Ouille ! pleurnicha ce dernier.

Je m'accroupis et dévisageai Lee.

Il avait fait exactement ce que j'imaginais.

— Ally ne t'a pas appelé, présumai-je.

— Non, Ally ne m'a pas appelé, confirma Lee.

— Je vais la tuer, déclarai-je sèchement.

— Putain de bordel de merde ! marmonna Rosie.

Lee s'était accroupi pour le délivrer. Il se releva, les bras croisés sur la poitrine.

— Ça va ? demandai-je à Rosie.

Il me lança un regard qui signifiait : « T'es cinglée ou quoi ? Ce malade vient de me ligoter avec du ruban adhésif ! »

On pourrait penser qu'on ne peut pas lire tout ça dans un regard, mais croyez-moi, si, c'est possible.

— Qu'est-ce qui se passe ? demanda Lee en nous examinant des pieds à la tête.

À ce moment-là, je m'aperçus que je portais un tanga en dentelle couleur pêche qui dévoilait une belle part de mes fesses, plus le débardeur de Lee. Pas exactement la tenue que j'avais envie de porter pendant cette conversation.

Pas exactement la tenue que j'avais envie de porter dans quelque circonstance que ce soit en présence de Lee.

Je me relevai et déclarai :

— Je vais m'habiller.

Lee secoua la tête.

— Tu vas parler.

— Il faut que je me rhabille !

— Ce qu'il faut que tu fasses, c'est m'expliquer ce que c'est que ce bordel, répliqua Lee.

Disons que quelque chose dans le ton de sa voix indiquait qu'il ne tolérerait pas de discuter et qu'il arborait une expression très, très contrariée.

Je lui lançai tout de même un regard furieux, pour faire bonne mesure.

— Putain de bordel de merde, répéta Rosie en arrachant les restes de Scotch sur ses poignets.

Je pris une autre grande inspiration et me départis de mon regard furieux. Il était temps d'expédier cette situation pour pouvoir regagner mon Levi's. En règle générale, sans mon jean, je me sentais toute nue, mais là, j'étais *effectivement* pratiquement nue.

— OK, voici la situation. Rosie et moi avons besoin d'un endroit où passer la nuit ; on s'en ira demain.

— Pourquoi ? demanda Lee.

— Ne lui dis pas ! hurla Rosie, complètement paniqué.

— Tu parles ou tu te casses, déclara Lee.

Je jetai un coup d'œil à Lee, puis à Rosie.

Je connaissais Rosie depuis cinq ans ; il était déjà venu à des soirées chez moi. On avait assisté à des concerts ensemble. C'était un mec cool, un peu frivole, cachottier et pas si relax qu'on aurait pu s'y attendre, vu le fumeur de joints invétéré qu'il était.

Je ne m'étais jamais doutée de ses activités annexes. Tout ce que je savais, c'était que Rosie faisait un super café, que pour lui, Jim Morrison était Dieu sur Terre et qu'il était accro aux joints.

Je regardai à nouveau Lee.

— Tu dois me promettre de ne rien dire à personne, déclarai-je.

— Non ! hurla Rosie en sautant sur ses pieds.

— Je n'ai pas à te promettre quoi que ce soit, répliqua Lee.

Je les regardai à nouveau tous les deux.

Lee ne se montrait pas très conciliant. Bon, il avait le droit : nous étions sur son territoire sans sa permission.

Rosie se montrait pénible aussi, mais lui, il l'avait toujours été.

La seule chose à laquelle je pensais, c'était que j'avais vraiment besoin de mon jean.

— Tu peux lui faire confiance, rassurai-je Rosie.

Ce dernier dévisageait Lee. Rosie n'était franchement pas relax, là, tout de suite. Rosie s'était fait tirer dessus dans la soirée puis ligoter comme une dinde de Noël et moi, je ne m'étais même pas réveillée.

Cela dit, Rosie avait de quoi se faire du mouron. Il avait intérêt à prendre enfin les bonnes décisions en matière de personnes à qui faire confiance.

Il prit donc une décision, décision dont j'espérais qu'elle allait me rapprocher de mon Levi's.

— Il doit promettre de ne rien dire à personne. Tout sera réglé demain, annonça-t-il.

Lee n'avait pas décroisé les bras. Il était toujours en colère. Ce n'était pas difficile à savoir : tout chez lui l'indiquait.

— Est-ce que je peux te parler une minute ? lui demandai-je.

Ensuite, je fis un geste du bras et Lee me suivit jusque dans l'entrée.

Les urgences d'abord. Comme la situation était encore instable et que prendre le temps de m'habiller en laissant Lee et Rosie tout seuls ne semblait pas être la meilleure des options, j'essayai une autre tactique dans l'espoir de recouvrir mes fesses.

— As-tu une robe de chambre que je puisse t'emprunter ? demandai-je à Lee.

— Non.

— Ça veut dire que tu n'as pas de robe de chambre que je puisse t'emprunter, ou que je ne peux pas emprunter ta robe de chambre ?

Lee me dévisagea quelques instants.

Puis il dit :

— Indy. Parle.

Apparemment, sa patience arrivait à son terme. Il allait falloir que je garde les fesses à l'air. Je me dis qu'il s'agissait de Lee : ce dernier m'avait déjà vue en bikini dans son jardin (et dans le mien, et pendant les vacances en famille à Mexico, et pendant celles à San Diego). Et là, j'étais beaucoup plus habillée que quand j'étais en bikini.

Je pris mon courage à deux mains.

— OK. L'histoire, c'est que Rosie a un petit commerce caché. Quelqu'un l'a payé avec un truc et ce truc a, euh… une certaine valeur, je veux dire, une valeur *vraiment* importante, quoi. Ce truc a aussi, euh… été volé à quelqu'un d'autre et ce quelqu'un d'autre veut le récupérer. Rosie l'a donné à Duke pour le mettre en sécurité et donc, Rosie ne l'a plus. Duke est parti pour quelques jours, il revient demain matin. Alors, jusqu'à ce que Rosie puisse reprendre le truc à Duke, il faut qu'on se planque.

— Pourquoi « on » ? demanda Lee.

— Hum, j'étais avec Rosie quand ils sont venus chercher ce truc.

— Et ?

— Et, comme je te l'ai dit, Rosie ne l'avait pas.

— Et ?

— Et j'ai eu une petite discussion avec eux, pour... défendre Rosie, expliquai-je.

Grosse hésitation, gros énervement, tout ça avec rétrécissement des yeux de Lee, puis :

— Et ?

— Et c'est là qu'ils nous ont tiré dessus, qu'on s'est enfuis et que j'ai appelé Ally.

Zéro commentaire verbal, mais un muscle tressaillit dans la mâchoire de Lee.

Ça ne devait pas être un bon signe.

Lee ne devait pas être très content que j'aie impliqué sa sœur dans ce foutoir.

Il ne devait pas être très content non plus que je l'aie impliqué lui aussi.

— C'est quoi, ce « truc » ? demanda-t-il.

— Je ne peux pas te le dire.

— Si tu ne me le dis pas, je le fous dehors.

Je secouai la tête.

— Rosie est inflexible : personne ne doit savoir.

— Je vais l'escorter dehors moi-même, déclara Lee.

Je jetai un coup d'œil du côté du salon. Rosie se trouvait près de la porte, en train de nous épier. Je poussai un grand soupir.

— On ferait peut-être mieux d'y aller, de se trouver une chambre d'hôtel, dis-je.

Cette déclaration parut plaire à Rosie.

Il ne nous restait que quelques heures à attendre. Denver était une grande ville. Il faudrait plus de quelques heures avant de nous retrouver.

— Je n'ai pas dit que je te laisserais partir, dit Lee. J'ai dit que je *le* laisserais partir.

Ces paroles me firent sursauter. Je me retournai vers lui.

— Quoi ?

Pas de réponse.

— Qu'est-ce que tu veux dire ? insistai-je.

Toujours pas de réponse.

Je persévérai :

— Qu'est-ce que tu vas faire de moi ?

— Si tu me dis de quoi on parle, rien du tout.

— Et si je ne te le dis pas ?

— Pas encore décidé.

— Lee !

Lee perdit patience. Il saisit mon bras, pointa le doigt vers Rosie et annonça :

— Toi, si tu bouges, tu vas le regretter.

Son ton était tellement menaçant qu'à mon avis, Rosie allait faire la statue jusqu'à la réapparition de Lee.

Ensuite, Lee me traîna dans sa chambre, alluma la lumière et referma la porte derrière nous.

— Aïe ! Tu me fais mal ! m'exclamai-je en libérant mon bras.

— Je devrais te flanquer une fessée, rétorqua-t-il sèchement.

Je restai bouche bée quelques instants avant de plisser les yeux.

— Qu'est-ce que tu viens de dire ?

— Ce mec a un sac de diamants. Je n'arrive pas à croire que tu sois embarquée dans ce désastre.

J'en eus le souffle coupé.

— Comment tu le sais ? demandai-je.

Lee ne répondit pas.

Je répétai, beaucoup, beaucoup plus fort :

— Comment tu le sais ?

— File au lit. Je vais discuter avec ton pote. Demain, je m'occuperai des diamants.

— Ne me dis pas ce que j'ai à faire !

À présent, je parlais beaucoup, beaucoup, *beaucoup* plus fort.

Non mais sans blague, pour qui se prenait-il ?

Lee avança d'un pas et pencha la tête vers moi jusqu'à ce que nous nous retrouvions nez à nez.

— Ça fait des années que tu m'évites et maintenant, tu viens déposer cette merde sur le pas de ma porte, dit-il. On n'est pas dans une histoire drôle, Indy. Pas *du tout*. C'est un vrai merdier. Tu ferais mieux de faire exactement ce que je te dis, de fermer ta gueule et de prier pour que le type qui veut récupérer ses diamants soit assez patient pour attendre toute la nuit.

— Ça ne fait pas des années que je t'évite !

À présent, je criais vraiment (et je mentais, par la même occasion).

Lee décida que le nez à nez ne suffisait plus. Il avança d'un dernier pas, de manière que je sente la chaleur de son corps.

Qui, entre parenthèses, était vraiment impressionnante.

— Tu parles, murmura-t-il.

Bon, d'accord, ça faisait des années que j'essayais de l'éviter. Mais ça n'avait pas vraiment marché. C'est vrai ; ne se souvenait-il pas de tous ces Noëls et de tous ces Thanksgivings ?

— Je t'ai acheté des cadeaux de Noël ! contrai-je.

— Ça ne compte pas.

J'émis un son étranglé.

— Alors, tu es en train de me dire que tu n'as pas aimé le coffret de Billy Holiday ?

— Je dis que ça ne compte pas.

— Je croyais que tu aimais le blues !

Lee se rapprocha, tel un prédateur en colère.

— Indy, tu ne vas pas pouvoir te tirer de là en battant des cils.

OK. Peut-être que dans le passé, j'avais usé de mon statut de jeune fille innocente pour me sortir du pétrin. Plusieurs fois. Surtout avec Lee, Hank et Malcolm. Ça ne marchait jamais avec papa.

— Très bien !

Je me dirigeai d'un pas digne vers le lit. Je cédais surtout pour pouvoir m'éloigner de Lee. De près, il était beaucoup trop oppressant. En atteignant le pied du lit, je me retournai brusquement.

— Qu'est-ce que tu vas faire ? demandai-je.

— Je vais calmer ton pote, passer un coup de fil qui devrait apaiser certains esprits et demain, je l'emmène chercher les diamants et les rendre à qui de droit.

J'en eus le sifflet coupé.

— Eh bien, merci, dis-je d'un ton hautain.

Lee entama un demi-tour, s'interrompit, pencha la tête en arrière et contempla le plafond, puis se retourna vers moi et revint sur ses pas. Il était à nouveau si proche que je pouvais sentir la chaleur de son corps.

— Normalement, je facture 500 dollars de l'heure pour ce genre de truc.

Je m'arrêtai de respirer.

— Quel « genre de truc » ? demandai-je.

— Jouer l'intermédiaire au milieu de ce bordel, répondit Lee.

Sous le choc, mes yeux s'arrondirent comme des soucoupes. *Waouh.*

Pas étonnant que Lee puisse s'offrir cet appart avec vue, en plus d'un bureau dans LoDo. Sans oublier sa voiture ; Lee avait une voiture superbe. Et il possédait toujours une moto.

— C'est vrai ? Pourquoi ? demandai-je.

Lee se rapprocha encore, si près que je ne voyais plus que lui.

— Parce que si je passe ce coup de fil ce soir, répondit-il, ça me colle au milieu de ce merdier. Si demain je n'ai pas les diamants, alors c'est *moi* qui me ferai tirer dessus. Et moi, je n'aime pas me faire tirer dessus.

Je hochai la tête, me mordis la lèvre inférieure et acquiesçai sans réserve :

— Moi non plus, ce n'est pas très amusant.

Lee ne bougea pas. Je compris qu'il s'attendait à une autre réponse.

— Je ne crois pas que Rosie ait autant de fric, expliquai-je. Tu n'envisagerais pas de faire, disons, un tarif famille ?

Lee secoua la tête.

— Ce type n'est pas de la famille.

— Je parlais de toi et moi, clarifiai-je.

— Tu n'es pas de la famille non plus.

— Bien sûr que si. Il y a dix ans, tu m'as dit que j'étais comme ta petite sœur.

Lee laissa passer quelques secondes.

Quelque chose sembla lui traverser l'esprit ; ses yeux étincelèrent. Je ne compris pas ce dont il s'agissait mais visiblement, lui semblait parfaitement au courant. Quoi que ce fût, ce truc adoucit légèrement l'expression sérieusement irritée que Lee avait arborée toute la soirée. En fait, il avait presque l'air… *content*.

— Ça, c'était à l'époque ; ce n'est plus le cas maintenant, dit-il.

Même sa voix semblait plus douce, moins sèche.

— Bon, combien d'heures ça va prendre, cette histoire ? demandai-je. Ça peut revenir à des milliers de dollars. Rosie n'a pas autant d'argent, même avec son petit business.

— Ce n'est pas Rosie qui me paiera.

Lorsque je compris ce que Lee voulait dire, je relevai brusquement la tête.

— Je n'ai pas autant d'argent, moi non plus.

— Tu ne me paieras pas en espèces.

Mon estomac se noua aussitôt et pendant quelques secondes, mon cœur s'arrêta de battre.

— Comment ça ?

Lee ne me répondit pas très clairement.

— On en discutera demain, dit-il.

— Maintenant ! rétorquai-je d'un ton sec.

— Mets-toi au lit et dors.

— Cesse de me donner des ordres !

Lee s'approcha encore et je laissai échapper un petit cri. Je ne pus m'en empêcher ; Lee était plaqué contre moi, je n'avais nulle part où aller et l'arrière de mes genoux était scotché au lit. Et je crois bien vous avoir déjà dit que Lee était franchement effrayant : c'était un dur de dur.

— Tu files dans ce lit toute seule ou c'est moi qui t'y attache, menaça-t-il.

Son visage affichait à nouveau une expression sérieusement irritée. Au vu de la lueur froide étincelant dans ses yeux, je décidai qu'il ne s'agissait pas d'une menace en l'air.

— OK, murmurai-je.

Merde, quelle mauviette.

3

Je vais choisir la deuxième option.

J'essayai de rester éveillée pour écouter ce qui se passait entre Lee et Rosie, mais c'était difficile : j'étais fatiguée. Se faire tirer dessus, c'est épuisant. De toute manière, ce qui se passait entre eux prenait vraiment du temps, et je suis une fille qui tient à son sommeil.

À mon réveil, il faisait encore nuit. J'avais le dos pressé contre un truc dur et chaud, et un autre truc dur et chaud était enroulé autour de ma taille.

Lee.

Liam Nightingale était au lit avec moi.

Bordel de merde.

Vous savez, nombre de femmes à Denver donneraient un paquet de fric pour se retrouver dans cette situation. Bon sang, des femmes de tous les pays, même, certainement. Pas moi.

Surtout pas.

J'en avais déjà fait l'expérience.

À une certaine époque, quand nous étions enfants, Lee, Ally, Hank et moi dormions ensemble tout le temps. Nos parents passaient la soirée entre adultes et nous nous retrouvions fourrés dans le grand lit de Kitty Sue et Malcolm, alignés les uns à côté des autres par ordre d'âge. Ce qui signifiait que je me retrouvais entre Lee et Ally. Bien sûr, en grandissant, on nous a séparés.

Ensuite, il y eut les expéditions sous la tente lorsque papa et Malcolm nous emmenaient faire du camping en montagne.

Je me retrouvais toujours coincée entre Lee et Ally dans mon sac de couchage. Adolescente, alors que j'attendais de plus en plus désespérément que Lee me déclare sa flamme, c'était devenu une forme de torture. Je ne pouvais pas franchement lui sauter dessus alors que Hank, papa et Malcolm se trouvaient tout près (Ally, elle, ne se serait même pas réveillée).

Puis il y eut cette brève expérience où Ally et moi, à dix-neuf ans, étions parties voir un concert de rock et avions découvert les cow-boys. Lee nous avait emmenées à Cheyenne pour le rodéo et nous avions dormi dans une chambre qui ne contenait qu'un immense lit *king size*. Par la force des choses, nous avions dormi tous ensemble, moi au milieu. En tout cas, j'avais dormi au milieu jusqu'à ce que Lee finisse par terre, probablement pour me donner plus d'espace pour bouger. Mon sommeil agité ne réveillait jamais Ally. Elle aurait pu dormir pendant un tremblement de terre.

Donc, ce n'était pas comme si je n'avais jamais dormi avec Lee.

Mais jamais toute seule, jamais juste nous deux, jamais en tant qu'adultes consentants, et surtout jamais dans *son* lit.

Je fis un mouvement sur le côté: soudain, le sol me paraissait très confortable.

Le truc lourd et chaud autour de ma taille resserra son emprise.

—Ne bouge pas, marmonna Lee d'une voix légèrement enrouée.

Je sentis des frissons parcourir mon ventre. Comme la main de Lee était plaquée dessus, je suis quasiment sûre qu'il les ressentit.

Merde.

—Qu'est-ce que tu fais? demandai-je.

—Je dormais, en fait.

Lee avait toujours la voix rauque.

—Dans ce lit, je veux dire, clarifiai-je, même si ça me semblait aller de soi.

— C'est mon lit.

Ah, oui.

Il était temps de changer de tactique.

— Je vais dormir par terre, décrétai-je.

— Certainement pas.

J'hésitai quelques instants, confuse, avant de tenter le plan C.

— Alors, je vais dormir à l'autre bout du lit.

— Non.

Qu'est-ce que c'était que ce bazar ?

Je ne comprenais pas.

— Pourquoi ?

— Parce que quand tu dormais là-bas, tu m'as donné deux coups de poing dans le torse et trois coups de pied dans le menton.

Oups.

Le refrain me disait quelque chose.

— Hum, j'ai le sommeil un peu agité, l'informai-je.

— Sans blague !

Je considérai les options qui s'offraient à moi.

Il y avait le sol, qui apparemment n'en était pas une.

Il y avait la Tour de Contrôle, dans laquelle il me serait certainement impossible de pénétrer et qui ne contenait probablement ni canapé ni lit, vu que dans mon imagination, la pièce était remplie de super ordinateurs en lien direct avec le Pentagone.

Mon esprit embrumé se posa une minute pour considérer à quel point, au fond, j'étais bien au chaud ici.

Rosie était petit, au moins vingt centimètres de moins que moi, et aussi sec qu'un fil de fer. Il était également asexué, en quelque sorte : jamais de petite amie ; sa vie, c'était le café, l'herbe et le rock'n roll.

D'un autre côté, Lee, lui, n'était pas asexué du tout. Il pouvait peut-être me considérer comme sa petite sœur et dormir paisiblement à côté de moi sans que ses tétons durcissent (ou quoi que ce soit d'autre, d'ailleurs), mais moi, j'étais assez certaine de ne pas pouvoir faire la même chose.

Lee possédait un de ces énormes canapés moelleux, le must pour regarder le football.

Peut-être que Rosie et moi tiendrions à deux sur ce canapé.

— Je vais dormir avec Rosie.

La réponse fut instantanée.

— Jamais de la vie.

Hum, tout aspect rauque et endormi avait disparu de la voix de Lee. Il était à présent parfaitement réveillé et avait pris son ton « ne discute pas avec moi ».

J'étais coincée.

J'avais trop peur d'aller à l'encontre de Lee Nightingale le dur à cuire et j'étais trop fatiguée pour tenter de trouver un arrangement confortable avec Rosie.

En fait, j'étais surtout trop bien pour envisager de bouger, point à la ligne.

Donc, je me rendormis.

Ça ne fut pas si difficile que ce que je pensais.

Je me réveillai à nouveau plusieurs heures plus tard, dans une position entièrement différente. Lee était couché sur le dos et moi, j'étais vautrée à moitié sur lui, à moitié sur le lit.

Zut.

Je clignai des yeux en direction du réveil sur la table de nuit. 6 h 07.

J'avais beau être une fêtarde, je n'avais jamais réussi à dormir tard. Même lorsque je me couchais à 4 heures du matin, je me réveillais avant 7 heures.

Ce qui m'a valu l'occasion de perfectionner, au fil des années, l'art de la petite sieste réparatrice.

Petite sieste qui s'avérerait indispensable aujourd'hui, je le savais déjà.

Il m'était donc impossible de me rendormir. Tout comme il m'était impossible de rester étalée comme ça sur Lee.

Je fis un geste pour me lever. Le bras de Lee posé sur mon dos se raidit et ses doigts agrippèrent ma hanche.

— Bon sang, c'est quoi ton problème ? maugréa-t-il.

— Il fait jour.

Lee ouvrit un œil pour regarder le réveil et le referma aussitôt.

— À peine, grommela-t-il.

— Je vais préparer le café.

Apparemment, l'argument était acceptable, car le bras de Lee retomba mollement.

— As-tu une brosse à dents de dépannage ? demandai-je.

— Sûrement.

Question idiote. Lee n'était peut-être plus le coureur qu'il avait été au lycée, mais ça ne signifiait pas qu'il ne levait pas un nombre incroyable de midinettes au corps de rêve. Il avait probablement un tiroir complet de brosses à dents neuves.

— Tu en aurais deux ? m'enquis-je.

Lee rouvrit l'œil et me fixa.

Re-zut.

Je sautai du lit, attrapai mes vêtements et filai à la salle d'eau. Je dénichai une brosse encore dans son emballage et me lavai consciencieusement les dents.

Je prenais soin de mes dents. Je m'étais promis que je mourrais avec celles d'origine, et je comptais bien m'y tenir.

J'ouvris la porte qui menait à la chambre et criai :

— Tu as du fil dentaire ?

— Nom d'un chien.

Manifestement, Lee ne prenait pas autant soin de ses dents que moi.

Pas grave. Lee entretenait avec succès et beaucoup, beaucoup de soin d'autres parties de son anatomie.

J'enfilai mon jean et luttai pour passer mon soutien-gorge sous le débardeur, que j'avais décidé de dérober si j'en avais l'occasion. Ça me ferait un petit souvenir. Ensuite, je me rendis à pas de loup dans la cuisine, en essayant de ne pas faire de bruit pour ne pas réveiller Rosie.

Il allait avoir une grosse journée et aurait besoin de sa grasse mat'.

Salon, salle à manger et cuisine ne formaient qu'une seule grande pièce en forme de L. L'appartement, doté d'un balcon qui le longeait, se trouvait à un angle. Baies vitrées dans la salle à manger, en face de la cuisine. Baies vitrées dans le salon, qui consistait en une extension de la salle à manger, et baies vitrées dans les chambres. Il devait falloir un sacré pognon pour habiter ce genre d'endroit, avec ces pièces immenses et la vue splendide.

Lee avait aménagé une cuisine dernier cri, presque cachée du salon par le mur de la salle de bains et de la chambre d'amis.

Ce qui ne me dispensait pas d'éviter de faire du bruit.

En temps normal, j'aurais préparé le café la veille, pour n'avoir qu'à appuyer sur le bouton après m'être extirpée du lit et avoir descendu l'escalier.

En temps normal, il y avait une tasse sous la machine plutôt que la cruche de la cafetière. Comme ça, je pouvais rester debout sans rien faire en attendant que la tasse se remplisse. Ensuite, je remplaçais la tasse par la cruche ; ça m'évitait d'attendre que celle-ci soit pleine.

En temps normal, je ne fonctionnais pas correctement avant la tasse numéro deux.

La caféine, c'était ma drogue à moi.

Il me fallut un bon moment pour dénicher tout l'attirail. Heureuse surprise : apparemment, Lee tenait aussi à son café, un Java de qualité supérieure.

Je le fis ultrafort, en employant ma stratégie de la tasse. Vu l'imitation d'Oscar le Grincheux que m'avait faite Lee, il semblait très clair qu'il n'allait pas se lever de sitôt, et aucun son ne me parvenait du canapé ; je pouvais donc me montrer égoïste et radine sur le café.

J'étais concentrée sur le merveilleux breuvage qui allait me ramener à la vie et s'écoulait présentement de la cafetière. Par conséquent, je fus un peu surprise lorsque des mains vinrent se poser sur le comptoir, de chaque côté de mes bras, et que je sentis un corps tout chaud dans mon dos.

Ces mains n'appartenaient pas à Rosie.

Je jetai un coup d'œil par-dessus mon épaule.

Lee m'emprisonnait.

Il avait les cheveux ébouriffés de manière très sexy, et ses yeux étaient aussi doux que ses traits. Il était torse nu. Je le savais parce que du coin de l'œil, j'apercevais ses épaules.

Je n'osais pas regarder plus bas.

Après dix ans de pratique, j'étais (presque) capable de me sortir de la tête les cheveux ébouriffés de manière sexy et de (presque) ignorer le fait que Lee était torse nu. Malgré tout, ça restait un peu difficile d'ignorer sa proximité.

— Qu'est-ce que tu fais ? demandai-je.

Lee se pencha par-dessus mon épaule.

— Tu fais du café pour tout le monde, ou juste pour toi ?

À certains moments, être honnête représente le meilleur choix. Au cours de mon existence, ces moments avaient été rares, mais s'il existait un risque de ne pas bénéficier de la première tasse de café et que l'honnêteté soit susceptible de me sauver, il n'y avait aucune hésitation à avoir.

— Pour l'instant, juste pour moi, répondis-je.

Je reportai mon attention sur le café. Je venais de décider que je ne voulais pas connaître la réponse à ma question concernant ce que Lee pouvait bien fabriquer. Quelque chose se tramait et moi, j'étais aux trois quarts vide de caféine, sans parler du manque de sommeil. Je parvenais à peine à penser plus loin que la seconde suivante, encore moins à comprendre à quoi jouait Lee. Il était probablement encore en colère contre moi parce que j'avais déposé toutes mes emmerdes sur le pas de sa porte, et il avait décidé de se venger en me pourrissant la vie. Ce que je pouvais comprendre. J'aurais sûrement fait la même chose.

Comme la tasse de café était pleine, j'ignorai à nouveau Lee. D'un geste expert, je remplaçai la tasse par la cruche, puis me concentrai sur ma première gorgée sans cesser de me demander pourquoi Lee ne faisait pas un geste.

Il finit par en faire un : l'une de ses mains disparut et, une seconde plus tard, je sentis qu'on dégageait mes cheveux de mon épaule gauche et qu'on les faisait glisser le long de mon cou pour les rejeter sur mon épaule droite.

L'intimité du geste me fit sursauter (ainsi que certaines parties de mon anatomie). Je ne tentai même pas de le nier : tout effort aurait été vain.

Le menton de Lee se posa à l'endroit où mes cheveux se trouvaient une minute plus tôt, et sa main glissa contre mon ventre pour m'attirer contre lui.

Mon corps tout entier se figea.

— Il faut qu'on parle, murmura Lee dans mon oreille.

Je restai là, pétrifiée, ma tasse de café suspendue dans les airs, très, très loin d'être assez réveillée pour analyser le comportement surréaliste de Lee et aussi, hum... eh bien, totalement en état de choc.

J'articulai la seule chose à laquelle je parvins à penser :

— Il me faut du lait.

Sans bouger quoi que ce soit d'autre, Lee ôta sa main de mon ventre. J'entendis le réfrigérateur s'ouvrir, le glouglou du lait contre le plastique, puis le frigo se refermer. Lee posa le lait devant moi et sa main s'immobilisa sur le comptoir, m'emprisonnant à nouveau.

Une opération rondement menée.

Des papillons se mirent à voleter au creux de mon estomac.

— Merci, dis-je poliment en clignant des paupières comme une malade.

Je me demandais si j'étais encore endormie, en train de rêver.

Je versai du lait dans mon breuvage, en me concentrant pour ne pas trembler. J'essayais de garder mon calme, mais j'étais désorientée. Lee n'avait jamais eu ce genre de comportement auparavant.

Je veux dire, *vraiment* jamais.

Je bus une gorgée de café et tentai de faire démarrer mon cerveau.

— As-tu envie de m'expliquer pourquoi tu me plaques contre le comptoir ? demandai-je, d'un ton que j'espérais à la fois interrogateur et plein de tact, plutôt qu'aussi flippé que si je venais de croiser une poule avec des dents.

La situation était difficile à gérer. Je devais rester alerte et vigilante dans toute situation impliquant Lee, pour ne pas craquer et lui faire une déclaration d'amour éternel, mais dans le cas présent, je n'avais bu qu'une seule gorgée de café.

Et là, la situation impliquait *vraiment* Lee. En fait, on pouvait même dire qu'il s'agissait d'une situation *dangereuse* l'impliquant.

Je bus une seconde gorgée, énorme, et me brûlai la langue.

— Ouille !

Pendant que je me remettais, Lee me fit pivoter et se rapprocha encore de moi.

Il était doué, car il n'y avait pas beaucoup d'espace pour bouger et encore moins d'espace entre nous. Sans oublier que je tenais ma tasse de café au milieu. Lee reposa à nouveau ses mains sur le comptoir, m'encerclant.

— Pourquoi m'as-tu évité tout ce temps ? demanda-t-il.

Mince.

Coup franc.

Sans préambule.

La douceur était toujours présente dans les yeux et sur les traits de Lee, mais ce n'était plus la même qu'au réveil. Je voyais bien qu'il était on ne peut plus vif et réveillé. Cette douceur-là provenait donc d'autre chose.

Merde, merde, *merde*.

Bon sang, que se passait-il ?

Je décidai de jouer à l'imbécile.

— Quoi ?

— Tu m'as entendu, répondit Lee.

OK. Bon, il y avait aussi des fois où l'honnêteté était loin d'être la meilleure stratégie.

— Je ne t'évitais pas, répliquai-je en reprenant une gorgée de café.

J'aurais vraiment dû ajouter une ou deux cuillerées supplémentaires dans le filtre.

— Menteuse. La dernière fois qu'on était invités à dîner ensemble, tu es partie pile au moment où maman apportait les *fajitas* en prétextant que tu avais oublié de nourrir ton chat.

Oh oh.

— Et alors ? demandai-je.

— Tu n'as pas de chat.

— Je faisais du cat-sitting.

C'était un gros mensonge.

Lee sourit.

De son fameux sourire qui tue.

Putain, putain, *putain*.

Bordel, quel sourire !

Puis il déclara :

— Bon, je perds patience, là. Tu as deux options. Soit tu me parles de ce qui te tracasse depuis dix ans, soit je te dis comment tu vas me dédommager pour le fiasco concernant Rosie.

— Il y a une troisième option ? demandai-je.

Lee secoua la tête.

Je détournai le regard, me mis à mâchouiller l'intérieur de ma lèvre et réfléchis aux choix qui s'offraient à moi. Je faisais de mon mieux pour oublier la tablette de chocolat et le torse ferme et musclé que j'avais aperçus quand, dans un moment de faiblesse, je n'avais pu m'empêcher de baisser les yeux.

En plus, Lee portait un jean délavé dont le bouton du haut était ouvert.

Mince. OK.

Concentration.

Mes options.

Primo, je n'avouerais jamais, jamais, *jamais* à Lee Nightingale, même dans un million d'années, que j'étais amoureuse de lui depuis l'âge de cinq ans, depuis le moment où il s'était assis à côté de moi et m'avait pris la main, à l'enterrement de ma mère. Je ne lui avouerais jamais qu'il m'avait frappée au cœur façon Bon Jovi lorsqu'il m'avait dit n'être pas intéressé parce que j'étais la meilleure amie de sa petite sœur. Et je ne lui avouerais jamais, jamais, jamais, *jamais* que quelque chose avait changé chez lui et qu'il me fichait une trouille bleue.

Deuzio, peu importe ce qu'il racontait, Lee restait Lee. Il avait eu raison, il y avait des années de ça. En un sens, nous formons une famille. Petits, nous passions toutes nos vacances ensemble, comme une famille normale, et assistions aux matchs des Bronco avec nos papas. Nous faisions des barbecues presque tous les samedis en été, et c'est encore le cas à présent. Nous étions à la mi-juin et je venais de faire un barbecue chez moi, il y avait quinze jours de ça, bon sang ! Lee était venu. Même s'il avait changé, il resterait toujours Lee. Il allait probablement me demander que je lui fasse le ménage pour pas cher, ou un truc dans le genre. Peut-être cherchait-il quelqu'un pour faire sa lessive. Emmener sa voiture au garage pour la vidange.

Ça, c'était dans mes cordes.

Tout ce cirque autour du fait qu'on ait dormi ensemble, qu'il ait passé la main dans mes cheveux et m'ait parlé à l'oreille ne servait qu'à m'intimider. Lee ne laisserait pas Ally dormir avec Rosie non plus, et encore moins par terre.

Ma décision était prise.

— Je choisis l'option numéro deux, annonçai-je.

Le sourire de Lee s'élargit. L'étincelle qui scintilla dans ses yeux fit frissonner mes parties les plus intimes.

J'avais dû faire le mauvais choix.

—J'espérais que tu allais dire ça, déclara-t-il.

Je battis en retraite.

—Je vais peut-être encore réfléchir…

—Trop tard.

Je fis une grimace et plissai les yeux.

—Pourquoi ne peux-tu pas te comporter gentiment ? demandai-je.

—Je n'ai jamais été un gentil.

C'était vrai, en grande partie.

—Bien sûr que si, répliquai-je. Tu venais nous chercher, Ally et moi, à la fin de nos soirées, pour nous éviter les problèmes.

—Navré de casser le mythe, mais c'était pour le fun. Ally et toi, bourrées, vous étiez hilarantes. Une fois, vous avez chanté *My Favorite Things* tout le long du trajet en vous plantant sur tous les mots.

J'émis un grognement de frustration et persévérai :

—Et la fois où j'étais punie et où je suis sortie par la fenêtre pour aller à la fête de Darran Pilcher ? Je suis restée coincée entre l'arbre et la maison, et tu es venu m'aider à descendre.

—Je pouvais voir sous ta jupe.

J'en restai bouche bée.

Puis je poussai un soupir.

Il n'y avait que moi pour tenter une sortie par la fenêtre en jupe.

J'étais à court d'arguments. La seule occasion où je pouvais affirmer avec certitude que Lee s'était trouvé parmi les gentils, c'était quand il avait été dans l'armée. Or, à cette époque, pendant une partie tout du moins, j'avais commencé à l'éviter. De plus, la plupart de ses missions étaient top secrètes : je n'avais donc aucun exemple à donner.

Je bus une autre gorgée de café avant de capituler.

— Très bien, qu'est-ce que je dois faire pour te rembourser, dans l'affaire Rosie ? Je te préviens, je refuse de nettoyer ta salle de bains.

— Tu es sûre que c'est la seule condition que tu souhaites poser ?

Je réfléchis une seconde, en me demandant ce que je pouvais bien ajouter d'autre, lorsque Lee s'exclama :

— C'est l'heure !

Il jouait avec moi et j'étais en train de perdre mon sang-froid.

— Oh, accouche, bordel ! lançai-je sèchement.

À peine avais-je prononcé le mot « accouche » que Lee fondit sur moi.

Je n'avais jamais vu personne bouger si vite, je crois, surtout si tôt le matin.

Ma tasse de café disparut, Lee posa les mains sur mes fesses et je me sentis soulevée. J'atterris sur le comptoir et Lee vint se plaquer contre moi, les deux bras dans mon dos. Je n'eus pas d'autre choix que d'écarter les jambes, sans quoi mes genoux lui seraient rentrés dans les abdos. Il m'attira contre lui, son sexe vint se plaquer contre le mien et il pencha la tête pour m'embrasser.

C'était la première fois de ma vie que *Lee* m'embrassait.

Bordel de merde.

Sacré putain de bordel de merde, merde, *merde*.

Il embrassait sacrément bien.

C'est simple : ce seul baiser envoya mon expérience du nirvana avec Joe Perry aux oubliettes, ce qui n'est pas peu dire.

Lorsque Lee releva la tête, je lui demandai (en hurlant, vu qu'à ce moment précis, j'avais complètement oublié Rosie) :

— Bordel, c'était quoi, ça ?

J'étais sous le choc. Seules mes lèvres fonctionnaient encore. Tout le reste de mon corps s'était transformé en compote.

— Un paiement anticipé pour services reçus, répondit Lee.

Je le dévisageai, hébétée.

Lee baissa les yeux, probablement pour juger de ma réaction.

— C'est mon débardeur ? s'enquit-il.

Sa main quitta mon dos pour venir effleurer le tissu, tout près de mon sein. Je l'éloignai d'une tape, sentis mes tétons durcir et remerciai le ciel de porter un soutien-gorge légèrement rembourré qui les cachait.

— Oui, c'est ton débardeur. Que veux-tu dire par « paiement anticipé pour services rendus » ?

La main de Lee effleura le côté de mon sein sans le toucher vraiment, ce qui fut un soulagement pendant seulement cinq courtes secondes puisque, ensuite, il repassa le bras dans mon dos et me serra de nouveau contre lui.

Pas du tout une attitude de frère avec sa sœur, ça.

À quoi jouait-il ?

J'obtins aussitôt ma réponse.

Sans ménagement.

— Si je fais ça pour Rosie, tu couches avec moi.

Je le dévisageai, la bouche grande ouverte, muette de stupeur.

Évidemment, j'avais compris ce que Lee venait de me dire, mais il jugea préférable de s'expliquer malgré tout :

— Pas comme la nuit dernière ; on sera nus tous les deux et ça impliquera des actes sexuels.

Mon expression ne changea pas, si ce n'est que ma bouche s'ouvrit peut-être encore plus.

— Auxquels tu devras participer, ajouta Lee.

Bordel de merde.

— Participer activement, poursuivit-il.

Nom d'un chien.

Je finis par murmurer :

— Je suppose que tu plaisantes.

Lee secoua la tête en m'observant.

Je baissai les yeux, incapable de soutenir son regard.

— Je crois qu'il me faut un autre café, déclarai-je en refusant de fixer autre chose que son cou.

Lee passa une main dans mes cheveux, qu'il tira doucement pour me faire relever la tête. Une ampoule se mit à clignoter dans mon cerveau.

Une échappatoire…

— Tu es déjà impliqué, lui remémorai-je. Tu as passé ce coup de fil hier soir, en tout cas, c'est ce que tu as dit.

Lee était dans l'impossibilité de faire un geste de dénégation : sa main était coincée dans mes cheveux.

— Je connais le principe. Je peux faire marche arrière ce matin. Rosie se retrouvera seul, rétorqua-t-il.

Ça, songeai-je, *c'est le moindre des maux, au vu du moyen de paiement attendu.*

— D'accord, dans ce cas, ça ira pour Rosie. J'irai avec lui.

— Rosie fera ça tout seul, décréta Lee. Tu ne t'approches plus de ces types. Pour eux, tu n'existes pas, et j'ai bien l'intention que ça continue.

— Il y a une faille dans ton plan, Lee. Ils m'ont vue hier soir.

— Simple contretemps. Quand j'ai téléphoné, je leur ai dit que tu étais ma petite amie et que c'était pour ça que je m'impliquais. Ils garderont leurs distances.

Bon sang ! Il en parlait déjà à tout le monde ! Alors que je n'avais même pas encore donné mon accord !

— Je ne suis pas ta petite amie !

— Tu le seras ce soir, répliqua Lee avec douceur.

Bordel de merde, merde, *merde !*

Qu'est-ce qui se passait, là ?

J'étais rentrée dans une autre dimension ?

— Tu ne peux pas faire ça ! *Nous* ne pouvons pas faire ça ! m'exclamai-je avec virulence.

— Pourquoi pas ?

Lee paraissait calme, blasé. L'une de ses mains était emmêlée dans mes cheveux et son autre bras passé derrière mon dos. Il avait posé la main sur mes hanches comme si nous faisions ça tous les matins.

Mes deux mains à moi étaient agrippées au comptoir, comme si je m'apprêtais à décoller telle une fusée en trouant le plafond.

Lee n'était pas qu'un simple Bad Boy, un dur à cuire, ni même un coriace de première classe. C'était un taré de première.

Je réfléchis à ça quelques secondes, très fort et de manière un peu hystérique, avant de songer à un truc. Un truc pas très original, mais c'était déjà ça.

— Je te considère comme mon grand frère, lui dis-je.

— C'est pour ça que tu as tenté de me coller ta langue dans la gorge à quinze ans ?

Zut.

— Et à seize ans ? poursuivit-il.

Chiotte.

— Et à dix-sept ?

J'interrompis son énumération.

— OK, OK, j'ai compris. Putain. C'est toi qui as dit que tu me considérais comme ta petite sœur.

— J'ai menti.

À cette nouvelle, mes yeux sortirent de leurs orbites.

— *Quoi ?*

— J'étais dans un sacré merdier à l'époque. En fonction de ma mission, je ne savais pas si j'allais m'en sortir vivant, ni même en seul morceau. Tu avais vingt ans et tu étais folle de moi.

Oh, bordel.

— Je n'étais pas folle de toi du tout.

Lee sourit.

— Oh que si.

Il avait raison, mais hors de question que je l'admette.

Je plissai les yeux. Lee poursuivit :

— Il ne me fallait pas d'attaches. Je ne pouvais rien avoir d'autre à l'esprit que ce que je faisais. Je ne voulais pas abandonner une fille à la maison, le cœur brisé parce qu'il me serait arrivé quelque chose.

Je devais admettre que ça avait du sens, et même que c'était assez attentionné.

Mais hors de question que je lui avoue ça non plus.

Lee continua dans sa lancée.

—Quand je m'en suis enfin sorti, tu as fait marche arrière. Tu avais un mec, à ce moment-là, et j'ai cru que tu m'avais oublié.

Il haussa les épaules d'un air désinvolte, comme s'il s'en moquait. Ça eut tendance à m'énerver. Non, attendez. En fait, ça m'a vraiment, *vraiment*, énervée, et pas qu'un peu.

Lee n'en avait pas terminé.

—Puis ce type est parti, et tu as continué à m'éviter. Les mecs allaient et venaient. Je me suis dit que tu n'avais jamais eu de problème pour m'approcher avant, et que, quand tu serais prête, tu viendrais me chercher.

Je n'en étais plus à éviter les yeux de Lee : je le fusillais du regard.

Quel sale prétentieux !

Lee me dévisagea calmement.

—Je suis un peu fatigué d'attendre, dit-il, et je suis *très* fatigué de voir défiler les mecs. (Sa voix s'était un peu crispée. C'en devenait un peu flippant.) Coup de bol, tu viens de m'offrir une occasion en or.

C'est ça. Quand les poules auront des dents. Hors de question que Lee m'ait gardée à distance pendant une éternité pour se servir de moi juste quand il en avait envie.

—Eh bien, tu peux toujours courir pour que j'arrête de t'éviter ! m'écriai-je.

Pendant son discours, Lee avait légèrement reculé.

Il se rapprocha de nouveau et secoua la tête.

—Non. Fini l'attente, les petits jeux, les stratégies pour me fuir et les autres mecs. Tu as envie que ça arrive, moi aussi, et c'est ce qui va se passer.

— Mais je n'en ai pas envie du tout !

C'était un gros mensonge.

Pour me protéger, bien sûr. Lee était un sale prétentieux. Il me fichait une trouille bleue. Il tentait de m'obliger à coucher avec lui en utilisant un de mes amis pour y parvenir. Il ne valait rien de bon. Je ne voulais surtout pas faire partie de la vie de Lee Nightingale.

Point à la ligne.

Lee rigola.

— Tu parles.

Il me trouvait marrante ?!

Je vis rouge.

— De tous les…, commençai-je.

Lee m'embrassa à nouveau, et le souvenir de Joe Perry disparut dans les limbes.

Je me laissai aller aussitôt.

Que pouvais-je donc y faire ? On parlait de Lee, là.

Ça devenait plutôt agréable : il avait les lèvres entrouvertes, moi aussi, sa langue explorait ma bouche, la mienne le lui rendait bien. J'écartai un peu plus les jambes. Lee se rapprocha. Il m'étreignit et mes seins vinrent s'écraser contre son torse. Je passai les bras autour de son cou et me collai à lui.

À ce moment-là, il interrompit notre baiser. Lee tourna brusquement la tête et son corps se raidit, tendu, dans l'expectative.

Kitty Sue et Ally firent leur entrée dans la cuisine.

Kitty Sue porta la main à son cou et écarquilla les yeux, qui s'emplirent de larmes. Si, si, je vous jure.

Ally éclata de rire.

Quant à moi, je levai les yeux au plafond.

Et merde.

4

Faut-il encore que je t'embrasse ?

Ma réaction fut immédiate.

— Je vais te tuer ! hurlai-je à Ally.

Elle avança et laissa tomber un nécessaire de voyage par terre, en gloussant.

Ally m'avait piégée. Elle savait que Lee devait rentrer la veille. Espèce de cinglée.

— Qu'est-ce qui se passe, ici ? demanda Kitty Sue, la voix pleine d'espoir.

Figée, elle nous dévisageait. Aucune désapprobation ne se lisait sur son visage ; elle observait plutôt notre étreinte avec des yeux béats.

Lee tenait ses yeux de Kitty Sue, et tous les enfants Nightingale lui devaient leur corps élancé. Kitty Sue avait toujours été une boule d'énergie, le genre de mère qui bosse à plein-temps, prépare le dîner tous les soirs, remplit la boîte à gâteaux de cookies faits maison et, tous les ans, coud elle-même les déguisements de Halloween de ses enfants, si possible à partir de rien.

Lee fit un pas sur le côté et sauta sur le comptoir à côté de moi.

Je refermai les jambes à toute vitesse.

— Quelqu'un veut du café ? demanda Lee, très courtois.

Je descendis et fis un pas en avant. J'avais dans l'idée de m'esquiver. Il était parfaitement clair que j'avais glissé dans une faille entre deux dimensions : il fallait d'urgence que je retrouve mon chemin jusque chez moi.

Et à présent que le Lee de cette dimension-ci n'était plus en train de m'embrasser, il valait mieux que je m'éloigne de lui le plus vite possible. Sinon, j'allais finir par lui mettre les mains autour du cou et serrer très fort.

Lee se pencha, m'attrapa par la taille de mon jean et me ramena entre ses jambes.

— Qu'est-ce qui se passe, ici ? répéta Kitty Sue, qui n'avait rien raté de cette charmante petite scène.

Beaucoup trop charmante. Beaucoup trop rapide. Beaucoup trop bizarre.

Merde.

J'ouvris la bouche pour m'expliquer, mais Lee me devança :

— Indy et moi, on sort ensemble.

Je me figeai. J'étais totalement incrédule, et j'avais toujours la bouche ouverte.

— Oh mon Dieu. Oh mon Dieu ! psalmodia Kitty Sue.

— Enfin ! s'exclama Ally.

Je me retournai et fusillai Lee du regard.

— Tu as juste évoqué une nuit de sexe ! m'écriai-je.

Il soutint mon regard.

— Je n'ai jamais parlé d'une seule nuit. Ça fait longtemps qu'on attend. Une nuit ne suffira pas. (Il marqua une pause.) Mais si tu veux, on peut essayer.

À l'idée d'essayer de rattraper des années de sexe avec Lee en une seule nuit, mes seins se tendirent.

Je les ignorai pour n'écouter que ma colère.

Bon, il aurait été malvenu de gifler Lee devant sa mère, non ?

Et la strangulation n'était pas une option.

Kitty Sue était au septième ciel. Elle en avait raté mon allusion à « une seule nuit de sexe » et la réponse de Lee.

— J'ai hâte d'annoncer ça à ton père ! s'écria-t-elle. Et au tien, ajouta-t-elle à l'intention de Lee.

— Euh, peut-être pas tout de suite ? bredouillai-je, en commençant à paniquer.

— Bien sûr, dit Kitty Sue, nous ne devrions pas trop nous exciter. Tout ça arrive bien vite. Enfin, pas si vite que ça, malgré tout, si vous voyez ce que je veux dire.

Vite ? Comment ça, vite ? On fonçait, là. On battait des records de vitesse.

Kitty Sue avait les yeux dans le vague et l'air rêveur, comme si nous nous étions tous dissolus dans l'atmosphère. Elle était en train de choisir les couleurs qu'elle porterait pour le mariage. Elle sélectionnait la vaisselle à motifs chinois. Elle tricotait mentalement des vêtements de bébé. Elle planifiait la visite sur la tombe de ma mère, pour lui faire part de la merveilleuse nouvelle.

Merde.

Je me tournai vers Lee.

— Enfoiré, marmonnai-je.

Lee resta imperturbable, même s'il semblait fasciné par mes lèvres.

— Je t'ai apporté des affaires de rechange et quelques trucs, dit Ally en se penchant pour attraper la cafetière, derrière nous. J'aurais dû en apporter plus, je crois bien.

Je dardai vers elle mon regard assassin.

Elle l'ignora avec autant de talent que Lee. Mieux, même, car elle avait davantage d'entraînement.

— J'en veux bien un peu, dit Lee à voix basse. Indy a déjà une tasse.

— Pas surprenant, fit remarquer Ally, en remplissant trois mugs.

Ils se comportaient comme si tout était normal dans l'appartement de Lee. Comme si ça se passait ainsi tous les jours. Je n'avais plus aucun doute sur le fait de me trouver dans un univers parallèle : c'était vraiment n'importe quoi.

— Écoutez, tous ! criai-je à la cantonade. Ce n'est pas ce que vous croyez.

Ally me dévisagea.

Les yeux ravis et hébétés de Kitty Sue se posèrent sur moi.

Les cuisses fermes de Lee se resserrèrent autour de ma taille, et il passa son avant-bras autour de ma poitrine et de mon cou. Il posa le menton au creux de mon épaule et me chuchota à l'oreille :

— Ne gâche pas le bonheur de maman.

— Que se passe-t-il, alors ? demanda Kitty Sue.

Les doigts de Lee s'enfoncèrent dans mon épaule, et je sentis les muscles de son avant-bras se contracter autour de mon cou. Je jetai un bref coup d'œil à Kitty Sue.

Qu'ils aillent tous se faire voir !

— Nous prenons notre temps, annonçai-je, vu que je n'avais rien d'autre à dire – comme la vérité, par exemple.

« *Ton fils est en train d'essayer de m'extorquer une nuit de sexe. Prochain bulletin à 23 heures.* », ça sonnait moins bien à l'oreille.

Kitty Sue poussa un soupir de soulagement, nous adressa un sourire radieux et mit du sucre dans son café.

Ally s'aventura dans le salon.

Lee repoussa mes cheveux du menton et déposa un baiser à la naissance de mon cou.

Sa façon de dire merci, j'imagine.

Plutôt agréable.

— Hé, où est Rosie ? demanda soudain Ally.

Je me figeai.

Tout comme Lee.

Rosie nous était totalement sorti de l'esprit.

— Bordel ! s'exclama Lee.

Il me repoussa et sauta du comptoir pour filer au salon. J'eus un bel aperçu de son dos musclé et de ses fesses moulées dans son jean, et mes jambes flageolèrent un peu.

— Liam Nightingale, ton langage ! l'admonesta Kitty Sue.

J'emboîtai le pas à Lee, mais celui-ci sortait déjà de la chambre pour traverser la cuisine.

Je fixai la couette et l'oreiller posés sur le canapé.

Pas de Rosie.

— Fait chier ! lâcha Lee depuis un autre endroit de l'appartement.

Je le rejoignis en courant.

La porte de la chambre d'amis était close. La salle de bains était ouverte, mais la pièce était vide. J'entrai dans la chambre de Lee alors qu'il sortait de sa salle d'eau privative.

— Espèce de saloperie d'enfoiré, grommela-t-il.

— Ton langage ! cria Super-Maman, à l'ouïe ultrafine, depuis la cuisine.

Lee avait toujours eu un talent fou pour les jurons. Talent qu'il exerçait depuis que je le connaissais.

Il se dirigea vers la commode et ouvrit un tiroir. Il en sortit un tee-shirt à manches longues bleu marine hyperajusté et s'empara d'une paire de chaussettes. Je l'observai s'asseoir sur le lit pour les enfiler, avant de passer une paire de bottes de motard noires à bout carré, munies de boucles en argent sur le côté.

Sensass, les pompes.

Je secouai la tête pour m'éclaircir les idées et cesser de penser aux bottes de Lee. Je commençais à m'inquiéter pour Rosie. Je me demandais pourquoi il avait bien pu partir, ce qu'il était en train de faire, où il allait et ce qui se passait dans son cerveau embrumé par le hasch.

Alors que Lee se levait du lit, une idée me vint à l'esprit.

Et pour la première fois ce matin-là, je souris.

Si je trouvais Rosie la première et que je rendais les diamants à leur propriétaire, je ne devrais rien du tout à Lee.

Hi hi !

Cette idée me rendit tellement gaie que je ne pus m'empêcher de la partager.

— J'imagine que ça met un sérieux coup d'arrêt à tes projets d'extorsion d'une nuit de sexe, lançai-je.

Mon « nanananananère-heu » tomba plutôt mal. Lee était tout proche : il m'agrippa par le col avec assez de force pour que je vienne m'écraser contre lui. Puis il me tira les cheveux brutalement, de manière plutôt érotique, m'obligeant à pencher la tête en arrière.

Et il m'embrassa.

Un baiser brutal. Du sérieux, quoi.

Mes orteils se recroquevillèrent sur la moquette épaisse.

En relevant la tête, Lee annonça :

— J'ai des projets pour toi. Ne quitte pas cet appartement.

J'avais bien l'intention, au contraire, de filer le plus vite possible !

Lee m'observa et m'avertit :

— Indy, si tu t'en vas, je viendrai te chercher.

— Bon sang, on n'a même pas encore couché ensemble et déjà, tu ne me fais plus confiance.

— Je te connais depuis toujours, sans mentionner le fait que mon idiote de sœur se trouve dans la pièce voisine et que quand vous êtes ensemble, on dirait Laurel et Hardy à Denver.

— Tu plaisantes !

— Ah oui ? Et la fois où vous avez racheté les places du concert de Garth Brooks à Carmine Alfonzo ?

Carmine Alfonzo, alias Oncle Carmine. Nous le connaissions depuis l'âge de sept ans. C'était un habitué de la voiture de police de papa.

— Il était déguisé ! répliquai-je pour me défendre.

— Il portait une casquette de base-ball, rétorqua Lee.

— Oui, mais c'est un fan des Cubs, et il portait une casquette des Sox. Ses cheveux auraient dû prendre feu.

Les yeux de Lee étincelèrent d'amusement. Le sourire ne gagna pas ses lèvres, mais ce fut malgré tout ultra-efficace. Il lâcha mes cheveux.

— Nous n'en avons pas terminé, tous les deux, me dit-il.

— Oh que si, rétorquai-je.

Les petites rides disparurent et le visage de Lee redevint grave.

— Toi et moi, ça va se faire, dit-il.

Je n'étais pas vraiment sûre de ce que ce « ça » signifiait, puisque Lee avait annoncé à sa mère et à sa sœur que nous étions « ensemble ». Au vu de ce que *moi,* j'en savais, « ça » incluait principalement Lee et moi nus, au lit, en train de prendre part à des activités qui requéraient ma participation active, et il était hors de question que j'aie quoi que ce soit à voir là-dedans.

— Certainement pas, rétorquai-je.

— Nous en reparlerons plus tard.

— Non.

Lee plissa les yeux.

— Faut-il encore que je t'embrasse ?

Je reculai vivement et contemplai mon gros orteil qui traçait des dessins sur la moquette.

— Non, marmonnai-je.

— Bordel, il faut que j'aille me faire soigner, grommela Lee.

Je relevai la tête d'un seul coup.

— Ça veut dire quoi ? demandai-je avec colère.

— Rien. Sois là à mon retour.

— Bien sûr.

Jamais de la vie.

Ally Nightingale n'avait pas encore fait de choix de carrière. Actuellement, elle en était à son cent onzième job de serveuse. Ally était déjà en possession d'une licence (en sciences politiques, obtenue de justesse), titulaire d'un diplôme de technicienne en radiologie (un job difficile, mais Ally l'avait mené à terme en s'occupant de la machine IRM au Centre médical suédois pendant deux mois avant de démissionner – la tête de Malcolm avait failli exploser après ce coup-là) et d'un diplôme de technicienne en pose d'ongles.

Ally vous faisait donc des ongles superbes, mais selon elle, rester assise sur une chaise toute la journée à limer, polir et transformer de pauvres bouts de plastique en trucs ayant une vague forme d'ongle était incompatible avec sa personnalité dynamique.

Heureusement, le job de serveuse lui laissait la plupart des journées libres, et lorsqu'elle décidait qu'elle avait besoin d'un peu d'argent (ce qui arrivait très souvent), elle bossait pour moi chez *Fortnum's*.

Avant d'accompagner Kitty Sue, Ally était passée chez moi et m'avait dégotté une tenue spéciale Ally. Si j'avais eu à choisir moi-même des vêtements pour aller à la chasse au Rosie ou une tenue spéciale nuit post-Liam, il y aurait forcément eu un Levi's. Mais bon, presque toutes mes tenues incluaient un Levi's, sauf si j'étais en possession d'un *pass* pour des coulisses.

Ally m'avait choisi une minijupe en jean. Mini dans le sens où celle-ci m'arrivait trente centimètres au-dessus des genoux ; pas mini comme Ally les portait, c'est-à-dire cinq centimètres au-dessous des fesses. Mon amie m'avait aussi apporté mon tee-shirt vintage des Rolling Stones (je ne suis pas fan des Rolling Stones, mais ce tee-shirt est vraiment cool), une grosse ceinture rouge munie d'une énorme boucle argentée avec un motif délicatement tressé en filigrane, et mes bottes de cow-boy rouges.

Après le départ de Lee et de Kitty Sue, je mis Ally au courant du fiasco autour de Rosie et de mon projet de le retrouver. Sans surprise, elle se porta aussitôt volontaire pour m'assister et (là encore sans surprise) j'acceptai immédiatement.

Je pris une douche et m'habillai tandis qu'Ally essayait, sans succès, de téléphoner à Duke.

Ensuite, nous nous rendîmes à la librairie pour aider Jane. En l'absence de Duke et de Rosie, Jane se retrouvait seule à la boutique, et elle était dans tous ses états parce qu'elle devait gérer la machine à expresso et était par conséquent obligée de parler aux clients. Jane n'était pas douée pour discuter avec les gens. Elle était capable de ranger un livre inclassable et avait un sacré talent pour astiquer, passer l'aspirateur et mettre à jour la base de données des livres sur notre ordinateur, mais les relations avec la clientèle n'étaient pas son point fort.

Je restai travailler avec Jane en compagnie d'Ally jusqu'à ce que le rush du matin soit passé. Les habitués se plaignaient de l'absence de Rosie, mais nous l'avions côtoyé assez longtemps pour l'imiter de façon acceptable. Malgré tout, ce n'était pas la même chose.

Ensuite, Ally fit un tour chez Rosie, au cas où celui-ci serait rentré chez lui. Je ne pouvais pas y aller moi-même : Lee avait certainement trouvé l'adresse de Rosie grâce à l'un de ses mystérieux pouvoirs, et il aurait pu se trouver là-bas. Je n'avais aucune envie de le croiser dans l'immédiat. Surtout en cherchant Rosie ou les diamants : Lee n'était pas au courant de mon plan, et je n'étais pas prête à le lui faire partager.

De toute manière, les jours de semaine, la boutique ne désemplissait jamais vraiment avant l'heure du déjeuner, et je ne pouvais pas laisser Jane seule.

Pendant qu'Ally était partie chez Rosie, mon téléphone se mit à sonner.

C'était mon père.

— Salut p'pa ! le saluai-je.

— Qu'est-ce que c'est que cette histoire entre Lee et toi ? Vous êtes ensemble ?

Merde.

Kitty Sue.

— Hum, on prend notre temps.

— Prenez *tout* votre temps, dit papa. Ce garçon est un coureur de jupons hors pair. Bon sang, pourquoi n'as-tu pas jeté ton dévolu sur Hank ? C'est un mec bien, un bon flic, il a un boulot et les deux pieds bien ancrés du bon côté de la loi.

Zut alors.

— Comprends-moi bien, poursuivit mon père. Lee est son propre maître, il ne se laisse emmerder par personne, et pour ça, je le respecte. Mais ma fille, bordel !

Je restai muette : papa était lancé. Et dans ce cas-là, on ne pouvait pas faire grand-chose.

— Kitty Sue est ravie. Ta mère et elle avaient conclu une sorte de pacte de sang, un machin où elles se sont piqué le pouce avec une épingle avant de les coller l'un sur l'autre, une connerie de filles, quoi. Elles se sont juré que leurs enfants se marieraient ensemble, auraient des gosses et que comme ça, elles feraient partie de la même famille.

Tiens, ça me disait quelque chose.

De contrariée, la voix de mon père se fit mielleuse.

— Hank aura une bonne retraite, dit-il.

— Papa, la tête de Hank exploserait avec moi. Entre nous deux, ça durerait, quoi ? Une journée ?

— Oh, merde.

Papa savait très bien que c'était la vérité.

On ne se dit pas grand-chose de plus avant qu'il ne raccroche.

Bon, manifestement, Lee n'obtenait pas la voix de mon père.

Je cessai de penser à ce coup de fil et mentalement, je donnai pour mission à Lee de calmer un peu sa mère.

C'était lui qui nous avait fourrés dans ce pétrin : à lui de nous en sortir.

Je décidai d'appeler deux des amis de Rosie, ceux qu'il avait notés dans son dossier à la rubrique « à contacter en cas d'urgence », pour voir s'il était avec eux ou s'ils l'avaient vu. Pas de réponse chez le premier. Le second était chez lui, en train de cuver, pas très heureux d'être dérangé, et n'avait pas eu de nouvelles de Rosie depuis plusieurs jours.

Je rappelai Duke. Deux fois de suite. Pas de réponse. Pas de répondeur non plus. Il fallait vraiment que Duke entre dans le XXIe siècle. Je pris note de faire quelques achats supplémentaires pour Noël.

Ensuite, la porte s'ouvrit sur Marianne Meyer.

Marianne Meyer avait été la voisine des Nightingale à Washington Park durant toute notre enfance. Elle avait le même âge qu'Ally et moi (son anniversaire tombait entre les deux nôtres) et c'était une bonne amie. Elle avait été affublée d'un corset orthopédique à cause d'une scoliose au collège, et d'un appareil orthodontique au lycée. Elle avait épousé un pauvre type, avait divorcé et était retournée vivre chez ses parents l'année précédente. Marianne vivait mal son divorce, et encore plus mal le fait d'habiter chez ses parents à trente et un ans. Elle faisait un mètre soixante-sept et était mignonne à croquer, mais le divorce l'avait ébranlée et elle noyait ses soucis dans les Oreo. Elle était infirmière à Pres-St Luke, travaillait de nuit pour pouvoir profiter de ses journées, et la recherche d'une maison était devenue son loisir à plein-temps.

Marianne se précipita vers moi et le comptoir à café, les joues roses.

— J'ai entendu dire que tu sortais enfin avec Lee Nightingale !

Merde, merde, *merde*.

Marianne était parfaitement au courant de mon indécrottable béguin, et à l'époque, elle avait été recrutée en renfort au cours de mes manœuvres pour alpaguer Lee. Elle croyait certainement que j'étais au septième ciel et que j'avais besoin d'une amie qui m'emmène choisir ma robe de mariée.

— On prend notre temps, déclarai-je.

— Est-ce que, tu sais, vous... l'avez fait ?

Marianne avait déjà le regard dans le vague à l'idée de « le faire » avec le légendaire Liam Nightingale.

— Non.

— Qu'est-ce que tu attends ? hurla presque mon amie.

Si elle s'était penchée par-dessus le comptoir pour m'attraper par le col et me secouer un bon coup, je n'aurais pas été surprise.

Je fis sortir Lee de la tête de Marianne grâce à un moka nappé d'une tonne de sirop de cacao et de crème fouettée.

Après le départ de mon amie, qui m'avait fait promettre de lui téléphoner juste après « l'avoir fait » avec Lee pour lui donner tous les détails (ce qui n'arriverait jamais), je téléphonai à Hank.

Je pensais que Rosie allait peut-être faire un truc idiot, genre mettre les diamants au clou et filer à San Salvador. D'après lui, on lui devait 50 dollars pour l'herbe « de premier choix » dont je n'avais jamais deviné qu'il la faisait pousser dans son sous-sol, et le type lui avait refilé des diamants qui valaient des millions.

C'était franchement louche, et Rosie avait été sacrément stupide d'accepter ces saloperies.

Cela dit, que faire quand on vous présentait une fortune en diamants ? Refuser ?

En fait, je ne blâmais pas vraiment Rosie de vouloir profiter de son aubaine pour quitter la ville. Sauf que personnellement, je n'aurais pas choisi San Salvador.

Si ce qu'avait dit Lee la veille était vrai, mon *barista* préféré risquait de prendre la poudre d'escampette et de filer au Salvador. Il y avait alors de grandes chances pour que Lee ou moi, ou les deux, soyons pris pour cible. Je n'aurais vraiment pas dû engueuler ces types. J'étais entièrement d'accord avec Lee : il avait dû se faire tirer dessus des tonnes de fois et si lui n'aimait toujours pas ça, moi, je n'apprécierais *jamais*.

Ça signifiait également que je devrais une fière chandelle à Lee : il avait mis sa vie en danger. Sans oublier que ma vie à moi serait en danger aussi, et que j'aurais beaucoup de mal à refuser de coucher avec lui avant de mourir. Juste une fois.

En plus, je n'arriverais jamais à remplacer Rosie derrière la machine à expresso. Sans blaguer : Dieu lui avait donné un don. Rosie, c'était le Picasso du café.

Première parole de Hank :

— J'ai entendu dire que tu sortais enfin avec Lee.

Merde.

Kitty Sue, la femme qui téléphonait plus vite que son ombre.

Il fallait faire quelque chose.

— Hum, pas vraiment.

— Ouais, vous prenez votre temps, c'est ça ?

— C'est un peu ça.

Vraiment beaucoup de temps. À la vitesse d'un escargot souffrant d'une hernie.

— Écoute, est-ce que je peux te confier quelque chose ? demandai-je.

— Tout ce que tu veux.

— Tu peux quitter tes sabots de flic cinq minutes ?

Silence.

Hank n'appréciait pas trop quand je lui posais cette question, ce que j'avais déjà fait pas mal de fois au fil des ans.

— Merde. Ally et toi n'avez pas encore volé des bonbons chez *Walgreen*, hein ? demanda-t-il.

— On ne les avait pas volés ! On en achetait juste tout un tas et on ne savait pas ce qu'on pouvait rapporter, alors on a commencé à les mettre dans nos poches pour voir ce qu'on pouvait prendre.

— Ils ont des sacs chez *Walgreen*, tu sais, me fit remarquer Hank.

— Les sachets en plastique, ça obstrue l'enfouissement des déchets et ça étouffe l'environnement.

Enfin, un truc comme ça.

— Mon Dieu, Indy fait dans le politiquement correct. Que Dieu nous protège, marmonna Hank.

— Imbécile, dis-je en souriant.

— De quoi voulais-tu me parler ?

J'inspirai profondément.

— Comment puis-je faire pour retrouver une personne disparue ?

Hank redevint aussitôt hypersérieux. Je ne pouvais pas le voir, mais je l'entendais, sans l'ombre d'un doute.

— De qui s'agit-il ? s'enquit-il.

— Tu ne le connais pas.

D'accord, Hank connaissait Rosie, mais seulement parce qu'il prenait un café quand il venait à *Fortnum's*.

— Depuis quand a-t-il disparu ?

J'essayai de faire le calcul.

— Environ dix heures.

— Désolé, Indy. Il n'est pas encore porté disparu.

— Mais si c'était le cas, malgré tout ?

— De qui s'agit-il ? répéta Hank.

— Un de mes employés, un type sans histoire.

C'était un mensonge. Rosie était tout sauf sans histoire. Mais il ne manquait jamais une occasion de faire du café. Il travaillait sept jours sur sept, sans jamais se plaindre.

— Il n'est pas venu bosser aujourd'hui, ajoutai-je. Il s'appelle Ambrose Coltrane.

Mieux valait ne pas dévoiler son surnom, juste au cas où Lee demanderait une faveur à Hank.

— Le même Ambrose Coltrane que recherche Lee ? demanda-t-il.

Pardon ?

— Lee ne le connaît que sous le nom de Rosie, répliquai-je sèchement.

Un temps d'hésitation, puis Hank déclara :

— Lee a ses méthodes.

Grrr.

Tout le monde disait tout le temps ça. Lee avait ses méthodes pour draguer les filles. Lee avait ses méthodes pour dénicher des pièces pour sa bagnole même lorsqu'il ne bossait pas. Lee avait ses méthodes pour dégotter des places de parking pile au bon endroit, partout où il allait. Lee avait ses méthodes pour faire lever une punition à peine une heure après l'avoir reçue, alors qu'Ally et moi devions toujours patienter des semaines, voire des mois.

Hank ne perçut pas ma frustration. Il continuait de parler.

— À commencer par ses bases de données de détective privé. Il peut accéder à des tonnes d'infos. Lee m'a appelé il y a deux heures. En me demandant de lui faire savoir si Coltrane refaisait surface. Il fait ça pour toi ?

Pause. Hank attendait une réponse.

Et moi, je refusais d'ouvrir la bouche.

— Qu'est-ce qui se passe ? (La voix de Hank perdit son ton jovial pour prendre son accent de grand frère sévère.) Pourquoi Lee et toi cherchez-vous le même type ?

Article un des Règles de Vie d'India Savage : « Si tu es dans le doute ou possiblement dans le pétrin, mieux vaut mentir. »

— Aucune idée. Écoute, Hank, peux-tu m'appeler en premier si tu entends parler de quoi que ce soit au sujet de Rosie ? Et ensuite, oublier d'appeler Lee pendant une heure ou deux, voire vingt-quatre ?

— Pas si tu refuses de me dire de quoi il s'agit.

Tel frère, tel frère. Aussi bornés l'un que l'autre.

— Oublie ça. À samedi, pour le barbecue chez papa.

— Tu viens avec Lee ?

— Non, je ne viens pas avec Lee. Je suis sûre qu'on aura rompu d'ici là. À plus.

Je raccrochai et ouvris les contacts sur mon mobile. Je les fis défiler jusqu'à Lee, pris une grande inspiration et appuyai sur le bouton qui allait composer son numéro, bouton sur lequel je n'avais jamais appuyé de toute mon existence.

Il répondit à la première sonnerie.

— Ouais ?

— Lee ? C'est Indy.

Un client entra et commanda un double expresso. Je lui fis signe de patienter une minute, et Jane entreprit de taper le porte-filtre contre l'évier pour vider les dernières traces de marc de café.

— Où es-tu ? demanda Lee.

— *Fortnum's.*

— Je croyais t'avoir dit de rester à l'appartement.

Comme si je faisais ce qu'on me disait de faire !

— Je possède un commerce et il me manque deux employés. Il fallait que j'aille bosser.

— Il y a moins de vingt-quatre heures, des gens t'ont tiré dessus.

Hum. Lee avait l'air énervé.

— Jane ne peut pas gérer la boutique toute seule le matin. Elle ferait une dépression. (Pourquoi donc étais-je en train de me justifier devant Lee ?) Écoute, il faut que tu arrêtes Kitty Sue, elle raconte à tout le monde qu'on sort ensemble.

— On sort ensemble.

— Non, on ne sort pas ensemble.

— À qui l'a-t-elle dit ?

— Papa, Marianne Meyer, Hank, Dieu sait qui d'autre. Ce truc nous échappe. Il faut que ça s'arrête.

— Maman n'en a pas parlé à Hank. C'est moi qui l'ai fait.

— Pourquoi ferais-tu un truc pareil ?

J'avais presque hurlé les dernières paroles, et le client recula d'un pas.

Lee resta muet quelques secondes. Il devait songer à des choses que je ne pouvais pas comprendre. Puis il changea de sujet.

— Tu fermes à quelle heure ? demanda-t-il.

— Dix-huit heures.

— Ne sors pas de la boutique. Je viens te chercher ce soir.

— Lee…

— On se retrouve à 18 heures.

Et il raccrocha.

Le salaud.

Ally revint sans nouvelles de Rosie.

Je lui demandai si, par hasard, elle avait croisé Lee chez mon *barista*. Négatif.

Nous nous mîmes en route pour rendre une petite visite à l'ami de Rosie, sa « personne à contacter en cas d'urgence » numéro un. Le type possédait une maison dans les Highlands. Un coin qui regorgeait de superbes maisons anciennes et de pavillons. Sauf que le pote de Rosie habitait un pavillon qui n'avait jamais été rénové. En fait, il vivait dans un quartier où aucune maison ne l'avait été. Un quartier où pas plus de dix brins d'herbe poussaient dans les cours, et où aucune fenêtre n'était garnie de rideaux décents. Ça ressemblait à un terrain vague.

Je frappai à la porte. Pas de réponse.

Je retournai à ma voiture en compagnie d'Ally et composai le numéro de la maison sur mon mobile. Rien.

Ally scruta les environs et pointa le doigt vers l'extrémité du pâté de maisons.

Nous descendîmes de la voiture pour marcher jusqu'à l'épicerie qui faisait l'angle. Chose incroyable, celle-ci avait résisté à l'éclosion des innombrables supermarchés de quartier qui fleurissaient à Denver. Un homme d'origine maghrébine se tenait derrière le comptoir.

Ally et moi nous dirigeâmes vers lui. Il sourit.

— Vous voulez des chewing-gums ? demanda-t-il.

— Non, nous..., commençai-je.

— Des cigarettes ? C'est mauvais pour la santé, mais il faut bien que j'en vende, sinon, je suis fichu. Tout le monde fume, dans ce quartier.

Je secouai la tête et me demandai brièvement pourquoi Lee sentait le tabac. Je ne l'avais jamais vu fumer depuis qu'il s'était engagé dans l'armée.

Je m'aperçus soudain qu'Ally m'observait, l'air de dire : « youhouh » ; je remis donc à plus tard mes rêveries au sujet de Lee.

— Connaissez-vous Rosie Coltrane ? m'enquis-je.

— Vous n'achetez rien ? me demanda en réponse l'homme au comptoir, l'air à la fois déçu et dépité.

Je me sentis aussitôt triste. Impossible de m'en empêcher.

— Si, des pastilles à la menthe.

J'en attrapai un paquet que je déposai sur le comptoir.

L'homme observa les pastilles.

Ally et moi les observions également.

Elles avaient l'air de s'ennuyer toutes seules, et l'achat de pastilles à la menthe ne ferait rien pour aider à nourrir la famille de ce type.

Je déposai un second sachet sur le comptoir, suivi de deux barres chocolatées, puis je me dirigeai vers le réfrigérateur et m'emparai de deux bouteilles d'eau et de deux sodas sans sucre.

En retournant au comptoir, j'attrapai un paquet de cupcakes préemballés et fourrés à la crème. Ça faisait des années que je n'en avais pas mangé.

L'homme entreprit d'enregistrer mes achats.

— Qui cherchez-vous, déjà ? demanda-t-il gaiement.

— Rosie Coltrane. Il travaille pour moi et il n'est pas venu aujourd'hui, alors je m'inquiète, expliquai-je.

J'étais une menteuse hors pair. Je m'exerçais à mentir depuis que Lee, Ally et moi nous étions fait surprendre derrière le garage en train d'essayer de fumer des feuilles. Ally et moi avions huit ans, Lee onze. J'avais inventé une histoire où nous étions censés essayer de faire griller des marshmallows sans savoir comment nous y prendre. Une excuse pleine d'imagination. Malcolm s'y était laissé prendre : des gosses, des marshmallows, mon petit sourire angélique… Ça lui avait paru plausible et inoffensif.

Nous nous en étions tirés avec un sermon sur le danger du feu et des allumettes, et Lee m'avait ébouriffé les cheveux. C'était un bon souvenir.

— Je ne connais personne du nom de Rosie. Quel homme porterait un nom comme celui-là ? fit remarquer l'homme au comptoir.

— Rosey Grier ? suggéra Ally.

— Je ne connais pas non plus de Rosey Grier.

— Le joueur de foot ? Celui qui a aidé à attraper Sirhan Sirhan ? lui souffla Ally.

— Je ne m'intéresse pas au football américain. Je ne connais pas de Sirhan Sirhan. C'est aussi un joueur de football ?

— Non, il a assassiné Bobby Kennedy, expliqua Ally.

— Oh mon Dieu ! Je ne le connais pas, ça c'est sûr ! s'exclama l'homme au comptoir, horrifié.

Je décidai d'interrompre la leçon d'histoire.

— Notre Rosie à nous ne vit pas dans le quartier, mais son ami, si. De l'autre côté de la rue, un peu plus bas, à environ quatre maisons d'ici. Il s'appelle Tim Shubert.

— Je connais Tim, déclara l'homme au comptoir. Il achète beaucoup de friands au fromage et de pizzas surgelées.

Si Tim était un fumeur du calibre de Rosie, je ne doutais pas qu'il s'achète des tonnes de friands et de pizzas.

— Rosie est mince, environ un mètre soixante-dix, cheveux blonds sales. Il ressemble un peu à Kurt Cobain, avec un visage moins pointu, décrivit Ally.

— Je ne connais personne du nom de Kurt Cobain, mais j'ai vu un homme correspondant à cette description avec Tim, déclara l'homme au comptoir. Il s'appelle vraiment Rosie ?

— C'est un surnom, expliquai-je. Il s'appelle Ambrose.

— Ambrose, c'est un nom très bien. Pourquoi ne se fait-il pas appeler Ambrose ?

Ally me regarda.

Je décidai d'ignorer la question. Quelle que soit ma réponse, elle aurait dû combler un fossé générationnel *et* culturel. En moins de vingt-quatre heures, je m'étais fait tirer dessus, traîner hors du lit de manière plutôt virulente et embrasser par Lee Nightingale trois fois et demie (oui, je tenais le compte, et le demi, c'était le baiser qu'il avait planté dans mon cou). J'étais une femme en mission qui n'avait pas le temps d'expliquer à quel point Ambrose était un nom foireux.

— Vous l'avez vu ces derniers temps ? Aujourd'hui, par exemple ? demandai-je en payant mes achats.

— Non, pas aujourd'hui.

— Et Tim ? demanda Ally.

— Tim non plus.

L'homme me tendit un sac, que je saisis. J'étais à court d'idées pour la suite.

— Putain, Indy. Tu ne lis jamais de polars ? Tu tiens une librairie, bordel ! siffla Ally, avant de se tourner vers le propriétaire de l'épicerie.

L'homme au comptoir arborait un immense sourire.

— Vous tenez une librairie ? J'adore les livres. De quelle librairie s'agit-il ? demanda-t-il.

— *Fortnum's*, à l'angle de Bayaud et Broadway.

— Je connais. Ma femme y va. Les livres ne sont pas chers là-bas, et on peut les revendre pour du liquide.

— Yep, c'est ça.

Je hochai la tête en souriant, heureuse de rencontrer un client par procuration.

Ally était occupée à griffonner mon nom et mes coordonnées sur un bout de papier qu'elle avait trouvé dans son sac à main. Une fois qu'elle eut terminé, elle tendit le papier à l'homme au comptoir.

— Peut-être pouvez-vous nous appeler si vous voyez Rosie ou Tim ? Vous feriez ça ?

— Bien sûr. Je suis patron moi aussi. Seule ma femme travaille pour moi, mais je comprends combien c'est important de pouvoir faire confiance aux gens qu'on embauche. Je vous appellerai.

— Merci.

Ally et moi rejoignîmes ma voiture. Nous observâmes la maison de Tim tout en réfléchissant à la suite des opérations.

Nous étions toutes les deux novices dans ce genre de situation. Aucune de nous deux n'avait déjà traqué un mec bourré de shit qui avait pris la poudre d'escampette.

Nous avions filé des tonnes de garçons, mais bon, nous savions toujours où les trouver.

Ally prit un cupcake. Je l'imitai. Les cupcakes, c'est indispensable au bon fonctionnement du cerveau.

— Ce type était sympa, articulai-je entre deux bouchées de mon gâteau jaune à la crème.

— Yep, acquiesça Ally, la bouche pleine.

Quelqu'un toqua à la vitre passager. Ally et moi sursautâmes, avant de tourner la tête.

Ce que je vis me secoua tellement que mon pare-brise faillit être retapissé de crème ultrachimique. On aurait dit Davy Crocket, version tueur en série. Ce type était énorme, avec une masse de cheveux blonds qui partaient dans tous les sens, une épaisse barbe brun-roux beaucoup, beaucoup trop longue (il faisait limite de la concurrence à ZZ Top, là) et portait une chemise en flanelle alors qu'il devait faire près de 32 °C.

Il avait également un fusil de chasse à la main et des espèces de lunettes de plongée bizarres sur le haut du crâne.

— Z'avez besoin de quelque chose ? grogna-t-il.

Ally répondit calmement :

— Nous sommes à la recherche de Tim Shubert.

— Il n'est pas là, déclara le Grizzly. Bougez de là.

— Oui oui. On y va ! m'écriai-je en démarrant la voiture, passant une vitesse et m'éloignant du trottoir.

— On va où ? me demanda Ally.

— Aucune idée.

— On aurait dû lui poser des questions, déclara Ally qui paraissait très à l'aise.

— Oui. Non. On est en train d'essayer *d'éviter* que je meure. Et surtout que *tu* meures toi aussi. Je ne discute pas avec les gens qui se trimballent un fusil à la main en plein jour.

— Il avait l'air intéressant, rétorqua Ally d'un air pensif.

Merde alors.

Il était tout juste 16 heures.

Suite à notre rencontre avec le Grizzly, nous étions rentrées à *Fortnum's* pour prêter main-forte à Jane et lui demander si elle avait eu des nouvelles de Duke (réponse : non).

À présent, Ally et moi nous trouvions dans ma Coccinelle bleu foncé, vitres baissées, toit ouvrant ouvert, devant la maison de Rosie, à attendre en sirotant le peu d'eau qui nous restait.

Ma Coccinelle n'était pas franchement une bagnole rock'n roll, mais elle était chouette. Elle était équipée de sièges en cuir couleur crème, géniaux en hiver parce qu'il s'agissait de sièges chauffants. À présent que nous étions en été, les sièges collaient aux jambes et chaque fois que je sortais de la voiture, j'avais l'impression d'y laisser trois couches de peau (raison de plus pour porter des jeans).

Denver jouissait d'un climat de rêve, presque idéal, en réalité. Les étés étaient chauds, mais en général, la nuit, il faisait assez frais pour dormir sous la couette. Le printemps et l'automne restaient instables, ce qui permettait une jolie variété de tenues. Les hivers n'étaient jamais trop rudes, car l'humidité de l'air était proche de zéro. Les quelques rares blizzards étaient une horreur et parfois, il y avait des tempêtes de neige en juillet, mais le soleil brillait presque tous les jours et le ciel bleu de Denver n'avait pas d'équivalent.

Nous avions déjà téléphoné à Duke un demi-million de fois. Duke et Dolorès étaient partis rendre visite aux parents de cette dernière, à Pagosa Springs, et ils étaient censés rentrer chez eux au matin, mais ils n'étaient toujours pas arrivés. Je ne connaissais ni le numéro des parents de Dolorès, ni son nom de jeune fille. De ce côté-là, nous étions coincées.

La disparition de Duke me paraissait étrange et m'angoissait un peu. Pourtant, Duke était connu pour se volatiliser fréquemment – même si se volatiliser en Harley, c'est dur.

Duke n'avait pas de téléphone portable et je répugnais à me rendre à Evergreen. Il était fort probable que Rosie était là-bas, ou même qu'il ne faisait qu'y passer, car finalement, c'était là que se trouvaient les diamants. Mais Lee risquait de s'y rendre aussi, et j'avais fermement décidé de recommencer à le fuir.

Je n'avais pas encore réfléchi à sa soudaine volte-face et il me fallait du temps pour traiter l'information.

De qui me moquais-je ?

Il n'y avait pas d'information à traiter.

Lee et moi, ça n'arriverait jamais.

Ça me faisait de la peine de briser le cœur d'Ally et celui de Kitty Sue, mais j'avais vu Lee gâcher la vie d'un paquet de filles, et je refusais d'en faire partie.

Ces derniers temps, il n'était jamais chez lui.

Je ne savais pas comment il gagnait sa vie, mais j'avais la certitude que c'était de manière dangereuse.

Et il était beaucoup, beaucoup trop prétentieux.

Ally et moi étions toutes les deux en train de contempler la maison de Rosie – j'essayais de rassembler tout mon courage pour me rendre à Evergreen et éventuellement affronter un face-à-face angoissant avec Lee, face-à-face qu'il faudrait que j'aie les couilles de remporter –, lorsqu'on frappa à la vitre côté passager.

Je sursautai en hurlant :

— Merde !

— Désolé. Je ne voulais pas vous effrayer.

Un bel homme apparut à la vitre d'Ally. Peut-être un peu accro aux stéroïdes et surdéveloppé au niveau du torse, mais bon, ce type avait une bonne coupe de cheveux et portait une chemise, une cravate et un pantalon sympas.

— Nous sommes un peu nerveuses, expliqua Ally avec un sourire aguicheur. La journée a été difficile.

Bizarrement, alors qu'Ally était une fanatique du *heavy metal*, elle flashait toujours sur des mecs impeccables. Les types bien lui plaisaient. Ally aimait les hommes BCBG, les cadres supérieurs, et elle avait un penchant encore plus marqué pour les hommes en uniforme. Elle était sensible à un bon accord de guitare, mais elle aimait que ses mecs aient une allure soignée. Cravates et uniformes la rendaient folle.

— Vous cherchez Rosie ? demanda le type.

Je plissai les yeux.

Ça se voyait tant que ça ?

— Euh, ouais, répondis-je.

L'homme hocha la tête.

— J'habite là-bas.

Il fit un geste vague en direction de « là-bas ». Ally et moi suivîmes son doigt du regard, sans savoir très précisément de quelle maison il parlait, puis nous reportâmes notre attention sur lui.

— Rosie a des problèmes ? demanda l'homme.

— Pourquoi, il a l'habitude d'en avoir ? rétorquai-je en retour.

Le type secoua la tête.

— Pas que je sache. C'est un gars tranquille. Il fait un café du tonnerre.

Tout le monde acquiesça.

— Je m'appelle Gary, dit l'homme.

Ally tendit la main.

— Ally, se présenta-t-elle avant de me désigner du doigt. Et voici India.

En entendant mon nom, l'homme pivota, jeta un coup d'œil par-dessus son épaule et hocha la tête. Ally et moi pivotâmes à notre tour pour regarder aussi.

Trop tard.

Avant que j'aie pu réagir face aux deux hommes qui couraient vers nous, ma portière s'ouvrit violemment et on me tira hors de la voiture. Je poussai un cri lorsque l'arrière de mes cuisses fut arraché des sièges en cuir brûlants.

Cri qui fut stoppé net et remplacé par un « wouf », parce que je n'avais pas détaché ma ceinture et que lorsque le type m'agrippa, ma ceinture me rejeta en arrière.

— Bon sang, Teddy ! Détache sa ceinture ! ordonna un autre homme.

Je saisis cette occasion pour hurler.

Teddy me lâcha d'un seul coup, je heurtai le rebord du siège et je me cramponnai au volant pour me renfoncer dans la voiture.

Ally avait déjà été traînée dehors par l'autre portière. Elle ne criait pas, et ça me fila une trouille bleue.

Mais je n'eus pas le temps d'observer comment elle allait : les mains de Teddy passèrent devant moi pour détacher ma ceinture. Je me penchai et lui mordis le bras.

— Putain ! cria-t-il en reculant.

Et il me balança un coup de poing sur la joue.

Fort.

Jamais, *jamais*, de toute mon existence, un homme ne m'avait frappée.

Je m'étais déjà retrouvée au milieu d'un crêpage de chignons, à un concert de Public Image Limited – en double programme avec Big Audio Dynamite –, mais je me trouvais au milieu d'un mosh pit qui avait mal tourné. C'était du punk. On pouvait s'y attendre.

Se faire frapper par un mec, ça fait mal.

Vachement mal.

Tellement mal que je cessai de crier pour me concentrer sur la brûlure qui irradiait depuis ma joue dans mon visage tout entier.

— Teddy, bordel ! T'es cinglé ? C'est la poule de Nightingale. Il va te découper la queue en rondelles. On est censés y aller doucement.

J'ouvris la bouche pour crier à nouveau et je me remis à lutter.

Teddy s'écarta et quelqu'un me toucha avec un truc. Après ça, je ne me souvins plus de rien.

5

Cupcakes.

Lorsque je repris connaissance, je me sentais toute bizarre et j'étais dans l'incapacité de bouger mes membres.

Je me concentrai sur ce qui ressemblait au plafond d'une voiture. J'entendais des voix, qui paraissaient venir de très, très loin.

Lorsque la voiture s'arrêta enfin, je pouvais bouger un tout petit peu. J'avais des fourmillements dans tout le corps et les idées confuses.

On ouvrit la portière. Quelqu'un me sortit de la voiture en me prenant sous les aisselles. La personne qui m'avait extirpée du véhicule me posa sur mes pieds, mes jambes cédèrent et je faillis m'écraser par terre, juste avant qu'on me rattrape de justesse. Je regrettai à nouveau d'avoir mis une minijupe, parce que aucune fille n'a envie de se faire ballotter par des Bad Boys dans cette tenue.

— Putain, soutiens-là, eh, crétin.

Deux types – je remarquai que l'un d'entre eux était Gary le Gorille (le Crétin, ce n'était pas lui) – me prirent sous les bras pour me traîner jusqu'à un garage bien rangé, puis jusque dans une maison. Je secouai la tête pour essayer de m'éclaircir les idées, sans trop penser à rien, si ce n'est que j'aurais voulu être en jean.

On me conduisit dans une pièce et j'entendis une voix d'homme s'exclamer :

— Bon sang, c'est quoi, ce bordel ?

Une autre voix répondit, hésitante :

— On a dû la paralyser.

— Et son visage ?

Réponse encore plus hésitante :

— Elle a mordu Teddy, alors il l'a frappée.

— Putain ! Qu'est-ce que vous n'avez pas compris dans la phrase « je veux que ça se fasse en douceur » ? Nightingale va faire un carnage. Va lui chercher de la glace, puis appelle Teddy. Fais-lui quitter la ville.

J'étais vautrée sur un canapé et ne comprenais pas grand-chose à leur conversation. Je me concentrais sur le fait de remuer mes doigts. J'étais juste assez consciente pour remarquer que Gary le Gorille et le Crétin du siècle sortaient à la hâte, et que le canapé sur lequel j'étais affalée était vraiment chouette, tout moelleux et recouvert de soie damassée couleur crème. Je venais juste d'acheter mon propre canapé, il y avait à peine deux mois. J'étais encore en mode testeuse de banquettes, le genre d'attitude qui vous vient instinctivement dès qu'on s'apprête à faire un gros achat.

Je réussis à lever un peu la tête pour observer l'homme qui avait parlé. Il portait un pantalon gris, une chemise marron et une cravate unie. Petit, il frôlait la cinquantaine et ses cheveux étaient d'un noir de jais, un peu blanchis sur les tempes. Il ressemblait un peu à Gomez Addams, mais en plus jeune et en plus petit. Sauf qu'il était bien plus effrayant et pas comique du tout.

— Ça va ? me demanda-t-il.

Non, pas vraiment. Je venais de recevoir un coup de poing dans la figure avant de me faire kidnapper.

Je me contentai de le dévisager.

— Je suis vraiment désolé pour cet incident, reprit-il. J'ai des problèmes avec certains de mes employés.

Sans blague.

Je le pensai très fort, mais ne dis rien : je n'étais pas encore assez en forme pour prononcer une phrase.

Gary revint avec une poche de glace emballée dans une serviette de toilette qu'il me tendit. J'étais contente d'avoir suffisamment retrouvé l'usage de mes mouvements pour l'appliquer sur mon visage : ma joue me faisait atrocement souffrir.

— Ça ne s'est pas déroulé comme je l'avais prévu. Je souhaitais simplement discuter un peu. J'ai entendu dire que Nightingale avait une nana, et j'étais curieux, m'expliqua l'homme d'un ton étrangement conciliant.

— Où est Ally ?

Priorité aux urgences. Je voulais savoir si elle allait bien. Ensuite, je piquerais une crise d'hystérie.

Mini-Gomez Addams regarda Gary le Gorille.

— Mlle Savage était avec une autre fille, expliqua celui-ci. On l'a neutralisée aussi. On l'a laissée dans la voiture, avec les clés. Teddy est resté vérifier qu'elle se réveillait bien.

— Ally ? répéta Mini-Gomez Addams.

Gary haussa les épaules.

Le visage de M. Addams se crispa.

— Comme Allyson Nightingale, la petite sœur de Lee Nightingale ?

Gary eut soudain l'air un peu mal à l'aise.

Apparemment, c'était la série des « oups ! » pour Gary le Gorille.

— Les mots me manquent, déclara Gomez. Tu sais qu'il s'agit non seulement de la poulette de Lee, mais aussi de la fille de Tom Savage, n'est-ce pas ? Et son amie est *une Nightingale.*

Gary se trémoussa sur place et devint tout rouge.

Mini-Gomez Addams s'assit en secouant la tête.

— Ce plan est un foirage complet, dit-il.

Il m'observa, l'air à la fois résigné et déprimé. Dans des circonstances normales, j'aurais probablement eu pitié de lui. Mais comme je ne savais pas si je vivrais assez longtemps pour assister à la fin de cette scène, j'étais trop occupée à m'apitoyer sur moi-même.

— Une vie sans histoire, ça a son charme, soupira Gomez Addams.

J'acquiesçai : je voyais très bien de quoi il parlait.

Quelques jours auparavant, je menais une vie sans histoire. Boulot, café, rock'n roll. À présent, je me faisais tirer dessus, trimballer par des sales types et draguer par l'amour de ma vie, auquel, au passage, j'avais décidé de renoncer.

Ma petite vie tranquille me paraissait bien plus enviable.

— Terry Wilcox, se présenta Mini-Gomez Addams.

Je hochai à nouveau la tête. J'avais assez repris mes esprits pour avoir peur, mais pas encore assez pour me montrer polie.

— Vous êtes India Savage, la poulette de Lee, observa Wilcox.

Je fus à deux doigts de répliquer que je n'appartenais en *rien* à Lee, mais ces types avaient l'air de le craindre assez pour que je me ravise.

Wilcox entreprit de me détailler de pied en cap. Puis il se cala confortablement dans son siège, et son air déprimé céda la place à la satisfaction.

— Lee a toujours eu bon goût en matière de femmes, déclara-t-il posément.

La lueur qui luisait dans son regard me donna la chair de poule.

Sérieusement, *beurk*.

Mini-Gomez annonça :

— Je cherche Rosie Coltrane. Savez-vous où il se trouve ?

Génial. Rosie. Le fléau de mon existence.

Rosie, qui m'avait collée dans ce merdier *et* dans le pétrin avec Lee, me portait assez sur les nerfs pour que je me montre de mauvais poil.

— Si je le savais, pourquoi serais-je restée assise dans ma voiture à stationner devant chez lui ? répliquai-je.

Une lueur alarmante scintilla dans les yeux de Wilcox, et je compris que je m'étais laissé emporter. Peut-être que se montrer de mauvais poil n'était pas la meilleure option. Un peu comme avec les types qui m'avaient tiré dessus. L'expérience m'apprenait que les sales types ne raffolaient pas des filles hargneuses. J'aurais peut-être dû me montrer plus polie, plus docile. Mais bon, je n'avais pas beaucoup d'expérience en matière de conversations avec des sales types effrayants qui vous flanquaient la chair de poule.

— Rosie est en possession de quelque chose qui m'appartient, m'informa Wilcox.

Je jugeai plus sûr d'avouer :

— Je suis au courant.

— J'étais censé récupérer cette chose ce matin. Savez-vous ce qui s'est passé ?

Hum, je n'avais jamais pris l'option « Quelles informations divulguer lors d'une discussion avec des sales types qui vous ont kidnappée ? » à la fac. J'avais obtenu mon diplôme en informatique et comptabilité de justesse. Là, je me sentais légèrement dépassée.

— Il a dormi chez Lee, mais ce matin, Lee et moi avons été, euh… hum… (Je m'interrompis, à la recherche d'un mot capable de décrire mon traumatisme matinal.) Occupés… et nous ne l'avons pas vu partir.

— « Occupés », hein ?

Mini-Gomez posa un regard salace sur ma poitrine. *Beurk*. Mon estomac se retourna et je fis de mon mieux pour ne pas retrousser les lèvres de dégoût.

— J'imagine, poursuivit Wilcox. Avez-vous une idée de l'endroit où il pourrait se trouver ?

Je secouai la tête.

— J'aimerais bien le savoir, dis-je. C'est lui qui fait le café à la boutique. Il n'est pas venu bosser. Si je le perds, ça va affecter ma marge de profit.

— Un excellent café, intervint Gary le Gorille. Ce mec est vraiment doué.

Wilcox lui lança un regard « ferme-ta-gueule-imbécile ». Gary obtempéra aussitôt.

Wilcox se retourna vers moi.

— Savez-vous où se trouvent les diamants ? demanda-t-il.

Ça, je le savais, mais je secouai à nouveau la tête. Hors de question que je colle Duke dans un tel pétrin.

Grâce à mes talents de menteuse accomplie, Wilcox sembla me croire.

— Ces diamants valent un million de dollars, déclara-t-il.

Je faillis m'en décrocher la mâchoire.

Bordel de merde !

— C'est vrai ?

— Tout à fait. J'imagine que vous comprenez pourquoi je veux les récupérer.

Je hochai la tête avec ferveur, cette fois.

Si je me retrouvais en possession de diamants valant un million de dollars, sûr que je voudrais les retrouver, moi aussi. Rosie devait cultiver une herbe de première classe pour qu'on lui file un million de dollars en échange.

Gary remua légèrement pour jeter un coup d'œil par la fenêtre et murmura :

— Nightingale est ici.

Un flot d'espoir m'envahit. Je décidai aussitôt de ne plus éviter Lee. Au moins pendant les trente prochaines minutes, en tout cas.

Wilcox resta d'abord muet, à m'observer. Puis il me demanda :

— Êtes-vous certaine de ne pas savoir où se trouve Rosie ?

— Au Salvador ? suggérai-je, très sérieusement.

Wilcox sourit. Il me trouvait amusante. Son sourire mielleux me donna à nouveau la chair de poule.

Puis Lee entra dans la pièce. Je tournai la tête vers lui, la poche de glace toujours plaquée sur ma joue.

Il me suffit d'un coup d'œil pour comprendre pourquoi il faisait peur à ces types.

Je ne l'avais jamais vu ainsi.

Il portait toujours son jean, son tee-shirt bleu marine moulant et ses bottes de motard ; ses mains pendaient le long de son corps dans une posture désinvolte. Pourtant, à la minute où il entra, son charisme éclipsa toute autre présence dans la pièce. Lee avait le regard incroyablement vif et acéré ; il émanait de lui une énergie brute, animale, et manifestement, il était sacrément énervé.

Il s'immobilisa, observant la poche de glace sur ma joue. Un muscle de sa mâchoire tressauta.

Oh oh.

Lee darda son regard sur Wilcox.

— Je croyais que nous avions un arrangement, dit-il.

Wilcox s'était levé. Il agita les mains en signe d'apaisement.

— Lee, c'est une erreur. Je voulais juste avoir une petite conversation avec ta poulette, mais les choses ont dérapé.

— Coxy, les choses dérapent beaucoup, ces derniers temps. Qui l'a frappée ?

Le regard furieux de Lee se posa sur Gary le Gorille.

Wilcox regarda Gary. Moi aussi.

Gary était un petit peu pâle.

— Laisse-moi régler ça, dit Wilcox.

— Si tu ne me dis pas de qui il s'agit, je passerai tous tes hommes à tabac, répliqua Lee. Comme ça, je serai sûr de choper ce connard.

Bon sang.

Je faillis en mouiller ma culotte.

La manière dont Lee avait prononcé ces mots m'avait fait frissonner, mais pas *du tout* de la façon dont Lee me faisait frissonner d'habitude.

Wilcox soupira, visiblement accablé par la stupidité de son personnel. C'est sûr, parfois, c'est difficile d'être le boss des méchants.

— C'est Teddy, déclara Wilcox.

Lee hocha la tête, s'approcha de moi et m'arracha du canapé.

— C'était un plaisir de faire votre connaissance, dit Wilcox d'une voix posée, tandis que Lee m'escortait hors de la pièce, la main sur mon avant-bras.

Je jetai un coup d'œil par-dessus mon épaule et rétorquai (oui, bon, j'étais peut-être un peu reboostée par le fait que Lee la Terreur se trouvait auprès de moi) :

— Tout le plaisir était pour vous.

Wilcox éclata de rire alors que nous quittions la pièce.

Lee, lui, ne rit pas. Il ignora notre échange.

Il m'installa sur le siège passager de sa Crossfire argentée, prit place côté conducteur et démarra le moteur. La voiture s'éloigna du trottoir en crissant des pneus. Avant que j'aie eu le temps de dire un mot, Lee s'empara de son téléphone portable et composa un numéro.

— Allez chercher Teddy et amenez-le au bureau. (Une pause.) Oui, le gars de Coxy.

Puis il raccrocha avant de balancer le téléphone sur le tableau de bord.

Yep. Furieux.

— Ally…, commençai-je.

— Elle va bien.

Je pris une profonde inspiration.

— Comment as-tu su où j'étais ?

— J'ai un gars en planque chez Rosie. Il a tout vu.

— Euh, pardon ? Pourquoi n'a-t-il rien fait ? demandai-je, en haussant un peu trop la voix.

— Il ne savait pas qui tu étais. (Lee marqua une pause.) *Maintenant*, il sait, ajouta-t-il.

Zut.

Je décidai de baisser le ton.

— Tu as un gars qui bosse pour toi ?

Lee me regarda. Il avait le visage fermé et ne décolérait pas.

Il reporta son attention sur la route et répondit :

— Des gars, j'en ai beaucoup.

— Oh.

Je trouvais ça surprenant, mais je décidai que ce n'était peut-être pas le moment de cuisiner Lee sur sa vie secrète, en lui demandant, par exemple, combien d'hommes il avait à sa disposition, et d'où il connaissait une ordure de ravisseur comme ce « Coxy ». Je ne savais même pas si je voulais connaître les détails de cette vie secrète. En fait, j'étais assez certaine de ne rien vouloir savoir *du tout*.

Peut-être le moment était-il venu de réfléchir à une nouvelle stratégie pour fuir Lee. Cela dit, je ne voyais pas bien comment parvenir à mes fins, vu que je me trouvais actuellement avec lui.

La maison dans laquelle j'avais été conduite se trouvait dans le quartier du country club de Denver. Un quartier très riche, très chic. Lee s'engagea sur Speer Boulevard et roula bien au-dessus de la limitation de vitesse et bien au-dessus de ce qui était recommandé en matière de sécurité, changeant de file toutes les trente secondes sur la trois-voies. Je jugeai inopportun de faire une remarque à ce sujet : l'énergie émanant de Lee n'invitait pas franchement à la conversation, et encore moins à des reproches sur sa manière de conduire.

Il dépassa la bifurcation vers Broadway.

— Je dois retourner à la boutique, l'informai-je.

Lee m'ignora. Je répétai :

— Lee, je dois retourner à la boutique.

Il continua de m'ignorer, fonçant vers le centre-ville en direction de son appartement.

Et merde.

Je me renfonçai dans mon siège, un bras sur le ventre, l'autre maintenant toujours la glace sur ma joue, et j'analysai la situation.

Primo, là, je n'étais pas vraiment en position de force. Lee était au volant, en colère, et comme d'habitude, il ferait uniquement ce qu'il avait envie de faire.

Deuzio, on m'avait kidnappée. OK. Mieux valait en faire abstraction.

Tertio, on m'avait kidnappée. Impossible d'en faire abstraction.

De sales types baraqués gavés aux stéroïdes m'avaient arrachée à ma voiture, rendue inconsciente je ne savais comment, et emmenée dans un endroit où je ne souhaitais pas me rendre.

Le choc post-traumatique déferla et mes mains se mirent à trembler.

Lee pénétra dans le parking souterrain, se gara et fit le tour de la voiture pour ouvrir ma portière. Il me guida jusqu'à l'ascenseur, la main posée au creux de mes reins.

Nous étions tous les deux debout dans la cabine. Par curiosité, et aussi parce que je mourais d'envie de rompre ce silence effrayant, je déclarai :

— Ces types m'ont fait un truc qui m'a fait perdre connaissance.

— Pistolet paralysant, articula Lee, dont le visage trahissait les sombres pensées.

Mes tremblements s'accentuèrent. Un pistolet paralysant ! Sur moi !

Bordel de merde.

Je n'avais même jamais *vu* un pistolet paralysant, jusqu'ici. Et à présent, on en avait utilisé un sur moi.

Lee nous fit pénétrer dans son appartement et je le suivis dans la cuisine. Je ne fus que modérément surprise de le voir sortir un revolver de l'arrière de sa ceinture. Il le déposa sur le plan de travail.

J'étais fille de flic : les armes à feu ne me faisaient pas peur. Papa m'avait appris à les respecter des années auparavant. Il m'avait aussi appris à m'en servir. Il m'emmenait au stand de tir deux fois par an et m'expliquait les choses à intervalles réguliers. Chez nous, mon père avait toujours fait attention à ses revolvers, surtout avec Ally, l'ensemble de nos amis et moi qui courions toujours partout. Mais, voir Lee poser son flingue sur le comptoir de la cuisine comme s'il s'agissait d'un couteau à pizza était un chouïa flippant.

Il se retourna et ouvrit la bouche pour parler, ou plutôt pour rugir, vu son expression.

Avant qu'il ait pu placer un mot, je levai les deux mains en l'air en agitant la poche de glace.

— Ne commence pas ! m'écriai-je.

À ce moment précis, les tremblements gagnèrent tout mon corps et des larmes me picotèrent les yeux.

Une réaction à retardement dans toute sa splendeur.

Pour éviter de pleurer ou de m'effondrer, je me mis à hurler.

— Oh mon Dieu ! Je viens de me faire paralyser, kidnapper et frapper au visage par un type ! Et ça fait *mal* ! (Lee ferma la bouche et avança vers moi, mais j'agitai le bras pour le faire reculer.) Non, non, non ! Ne t'approche pas !

Lee s'arrêta, les bras croisés sur sa poitrine.

Je me dirigeai vers l'évier, revins sur mes pas, repartis vers l'évier et continuai mon manège en pressant la glace sur ma joue d'une main et en agitant l'autre dans les airs, sans jamais m'arrêter de crier :

— C'est vrai, quoi ! C'est surréaliste ! Rosie a disparu et il est à moitié idiot, alors, qui sait où il se trouve ? Je me suis fait tirer dessus, paralyser et traîner hors du lit au beau milieu de la nuit, par les *chevilles* ! Des diamants qui valent un million se baladent dans la nature, et ce type voulait avoir une conversation avec *moi* à leur sujet. Je ne sais absolument rien sur ces diamants. Je ne les ai même jamais *vus* ! Et le pire, c'est que je crois que Gomez Addams en pince pour moi, et je pense que tu viens de faire un truc pour lequel je vais encore te devoir quelque chose, une faveur, et ça, ça ne me plaît pas *du tout*. (Je repris mon souffle.) En plus, je suis décalquée. Je n'ai pas encore pu faire ma sieste aujourd'hui. Et enfin, même si c'est sûr que ce n'est pas le pire, hein, je crève la dalle parce que j'ai mangé des cupcakes au déjeuner ! Des cupcakes !

Lorsque j'interrompis ma tirade, j'étais debout au milieu de la cuisine de Lee, les bras pendants, les poings serrés, une poche de glace dégoulinante à la main, et je luttais pour ne pas pleurer. J'avais été élevée par un veuf qui m'adorait littéralement mais qui, malgré tout, avait désiré un garçon. Pleurer n'était pas toléré. Pleurer, c'était bon pour les chochottes.

Je pris une inspiration chevrotante pour reprendre le contrôle de mes émotions, et je crois bien que ma lèvre inférieure se mit à trembloter. Lee comprit que c'en était fini des cris. Il fit un pas vers moi, saisit la poche de glace, la balança dans l'évier et passa les mains autour de ma taille.

— Des cupcakes ? répéta-t-il.

Je pris une autre inspiration chevrotante.

— Oui. Des cupcakes.

Les petits plis autour des yeux de Lee se creusèrent.

— Il faut qu'on te trouve quelque chose à manger.

J'acquiesçai. Tout à fait d'accord.

Les pensées sombres de Lee avaient disparu, tout comme sa colère. Son visage s'était métamorphosé ; ses traits n'étaient plus crispés, et ils exprimaient une émotion entièrement différente.

Lee posa une main sur ma tempe, près de l'endroit où Teddy la Terreur m'avait collé une beigne, et il repoussa mes cheveux derrière mon oreille. Ensuite, sa main demeura sur mes cheveux, son pouce reposant délicatement sous ma pommette. Le regard de Lee resta rivé sur ma joue quelques secondes, puis il plongea ses yeux dans les miens.

— On devrait peut-être commencer par la sieste, suggéra-t-il d'une voix douce.

J'ignorai ses caresses et ses paroles. Elles sonnaient un peu comme une promesse de ce qui était susceptible d'arriver, avant ou après la sieste (ou peut-être même les deux).

J'avais mon compte.

Il me fallait une bouteille de vin rouge, une chambre plongée dans l'obscurité et la sieste du siècle. Sieste qui n'inclurait en aucun cas Lee à mes côtés. Et même, de préférence, une sieste durant laquelle il se trouverait dans un autre pays.

— J'aimerais rentrer chez moi, s'il te plaît, dis-je.

J'essayai de paraître à la fois calme et rationnelle après ma tirade et indifférente à l'intimité de son geste.

Lee changea de sujet.

— Ce matin, je t'ai dit de rester à l'appartement, me rappela-t-il d'un ton presque menaçant, où perçait une pointe de contrariété mêlée à de la résignation ainsi qu'à une certaine frustration (si, si, je pouvais déceler tout ça au ton de sa voix. Ça faisait un bail que je connaissais Lee).

— Je fais rarement ce qu'on me dit de faire.

Lee secoua la tête. Geste qui signifiait qu'il trouvait ma bêtise horripilante, mais mignonne quand même (enfin, c'était ce que j'espérais).

Ensuite, ses lèvres effleurèrent les miennes. Ça aussi, ça comptait comme un demi-baiser, ce qui portait le nombre de fois où Lee m'avait embrassée à quatre, pour une seule et même journée.

— Ce sont vraiment de sales types, répliqua-t-il. Ils ont peut-être des têtes d'imbéciles, mais ils sont loin d'être sympas. On ne se frotte pas à ce genre de gars.

— Ils ont peur de toi.

— Je peux te protéger d'eux. Mais je peux difficilement te protéger de toi-même. Qu'est-ce que tu pensais faire ?

— Je cherchais Rosie, répondis-je en pensant à voix haute.

— Je croyais que c'était moi qui cherchais Rosie.

— Si je le trouve la première, je ne te devrai rien du tout.

— Tu m'es redevable pour cet après-midi.

— Ce n'était pas si compliqué que ça. Tu es juste entré dans la pièce, puis tu m'as fait sortir. Ça vaut, allez, quoi ? Une fournée de cookies. (Les lèvres de Lee tressaillirent, et je décidai de changer de sujet.) S'il te plaît, ramène-moi chez moi.

Lee secoua la tête et m'observa quelques secondes.

— Laisse-moi m'occuper de Rosie, répliqua-t-il enfin.

Je ne dis rien. D'accord, je m'étais fait tirer dessus, paralyser et kidnapper. Ça aurait refroidi n'importe quelle personne saine d'esprit. Pas moi. À présent, j'avais une mission. J'allais retrouver Rosie, le tabasser à mort, rendre les diamants à Terry Wilcox, puis déménager au Bengladesh pour éviter Lee. Et peut-être bien aussi Terry Wilcox.

— Je n'aime pas ce que je vois, déclara Lee. Tu as la même expression que la fois où ton père t'a annoncé que tu n'irais pas au concert de Whitesnake, à Las Vegas.

Hum. Un super concert, qui valait sans aucun doute le mois entier d'interdiction de sorties dont j'avais écopé à mon retour.

Je sentis le bras que Lee avait passé autour de ma taille se contracter. Il m'attira vers lui. On se retrouva face à face, collés l'un à l'autre.

— Tu as intérêt à valoir tous les problèmes que tu vas sans aucun doute me causer, murmura-t-il tout contre ma bouche.

Quelque part au milieu de cette phrase, je fus hypnotisée par ses yeux sombres.

— Bien sûr que je les vaux, chuchotai-je.

Nom d'un chien ! J'étais en train de perdre le contrôle : voilà que je flirtais.

Je penchai la tête en arrière, m'humectai les lèvres et ma langue frôla la bouche de Lee.

— Bon sang, marmonna-t-il.

L'interphone se mit à sonner.

Lee n'en tint pas compte. La main qu'il avait posée sur ma joue vint s'emmêler dans mes cheveux, et il me prit par la taille.

Je me hissai sur la pointe des pieds pour me rapprocher davantage.

L'interphone sonna de nouveau, et cette fois, la personne qui appuyait dessus n'avait pas l'air près de laisser tomber.

— C'est peut-être Rosie ? lançai-je.

— Merde.

Lee me lâcha et se dirigea vers l'entrée.

Deux minutes plus tard, nos deux familles au grand complet franchissaient le seuil de la porte.

— Nous avons décidé de fêter ça ce soir ! annonça Kitty Sue.

— *Tu* as décidé. Nous, c'est juste parce qu'on avait tous faim, précisa Malcolm avec un sourire à mon intention.

Sourire qui se figea aussitôt.

En fait, en me voyant, tout le monde resta pétrifié.

— Qu'est-ce qui t'est arrivé ? brailla mon père.

Hum. Je n'avais pas encore vu ma tête, mais apparemment, c'était aussi moche que la douleur le laissait présager.

Les fils de Malcolm Nightingale lui ressemblaient. Même à présent qu'il se faisait plus vieux, Malcolm restait bien foutu et mince, et son visage était toujours aussi beau et agréable à regarder. Il se maintenait en forme en faisant de la course à pied – beaucoup : il voyageait parfois à travers le pays pour courir des marathons.

Tom Savage était grand, avec un visage qui n'avait rien perdu de sa beauté, des yeux bleu ciel et, la plupart du temps, il pouvait se montrer charmant. Il avait les cheveux poivre et sel et lorsqu'il était jeune, il était bâti comme un joueur de ligne défensive. Au fil des ans, sa carrure athlétique avait cédé la place à une jolie bedaine alimentée par la bière et son obsession pour la bouffe mexicaine.

Il se tourna vers Lee.

— Tu l'as frappée ? demanda-t-il.

Je m'arrêtai de respirer, et tout le monde m'imita. Sa question était insultante.

Lee dévisagea papa et son visage se ferma. Il s'appuya contre le comptoir de la cuisine et croisa les bras sur son torse, sans daigner répondre.

Papa adorait Lee. Il considérait Hank, Lee et Ally exactement comme Malcolm et Kitty Sue me considéraient, moi. Je savais même que mon père admirait Lee.

Mais papa était flic. Il connaissait des choses sur Lee et son passé que j'ignorais. Des choses qu'il n'approuvait pas. Des choses qui l'empêchaient de se réjouir que Lee et sa fille sortent ensemble.

Pourtant, j'avais quand même l'envie étrange et totalement irrationnelle de lui balancer mon poing dans le menton.

— Non, il ne m'a pas frappée. Bon sang, papa ! m'exclamai-je.

Kitty Sue, en éternelle diplomate, balaya la remarque idiote de mon père d'un revers de la main et avança vers moi.

— Bien sûr qu'il ne l'a pas frappée, Tommy. Comment as-tu pu penser une chose pareille ? Que s'est-il passé ?

Je regardai Ally, qui venait de poser un autre sac par terre. Celui-ci n'avait rien d'un nécessaire de voyage. Il était plus gros, bourré à craquer, et à l'évidence rempli d'assez de mes fringues pour me permettre de tenir une semaine complète chez Lee. Semaine au bout de laquelle je serais probablement enceinte, à moins que je ne sois devenue son esclave sexuelle – ou les deux.

Si je n'avais pas été aussi inquiète pour Ally et que je ne l'avais pas aimée de tout mon cœur, je l'aurais étranglée.

— Ça va ? demandai-je.

Ally hocha la tête.

Kitty Sue s'arrêta net et nous observa l'une et l'autre.

— Oh non. Qu'est-ce que vous mijotez, toutes les deux ?

Je répondis à la hâte :

— Rien du tout. Quant à ma joue, *papa*, des livres me sont tombés dessus depuis une étagère. Lee est venu jeter un coup d'œil et m'a ramenée ici pour que j'applique de la glace dessus.

Je marchai jusqu'à l'évier et montrai la poche de glace à papa, puis, sur un coup de tête, je m'appuyai contre Lee.

Ne me demandez pas pourquoi j'ai fait ça. Je n'appréciais pas la manière dont mon père lui avait parlé, ni le fait de voir le visage de Lee se fermer ainsi, c'est tout.

— Il y a de la glace à *Fortnum's*, déclara mon père.

Oups.

C'était vrai.

— Elle est plus fraîche chez Lee, rétorquai-je.

Lamentable. J'étais dans les choux.

— Tu m'étonnes qu'elle soit plus fraîche chez Lee, marmonna Ally.

Kitty Sue et moi lui lançâmes un regard meurtrier.

Hank et Lee échangèrent un coup d'œil. Hank soupira, puis il se mit à se balancer sur ses talons. Lee décroisa les bras et en passa un autour de mes épaules. Je ne tentai même pas de déchiffrer ce que signifiait l'échange de regards entre Lee et Hank. La journée avait été assez éprouvante comme ça.

De toute façon, la seule chose à laquelle je pouvais penser, c'était que leur arrivée mettait un point final à l'éventualité d'une sieste avec Lee. L'affaire avait pris un tour plutôt sexy, et il fallait que je retrouve le contrôle.

— Où allons-nous dîner ? demandai-je gaiement.

Lee me lança un regard en coin, l'air de dire : « Tu ne perds rien pour attendre. » Pour le point final, je pouvais repasser.

Ally répondit :

— *Sushi Den.*

À ces mots, Ally et moi levâmes les mains en l'air, index et auriculaires tendus pour former les cornes du diable, le célèbre signe de ralliement des fans de rock, avant de hurler d'une voix suraiguë : « Sushi ! »

— Hors de question de manger des sushis, décréta Malcolm.

— C'est ce que nous avions décidé. Donc, nous mangerons des sushis, dit Kitty Sue.

— Les sushis, c'est dégueu ! insista Malcolm.

— Les sushis c'est bon pour la santé, répliqua sa femme.

— La bouffe mexicaine, c'est bon pour la santé, la contra papa.

Kitty Sue leva les yeux au ciel.

Je me ruai sur le sac, surexcitée.

J'adorais les sushis, et plus encore *Sushi Den*. C'était l'un de mes restaurants préférés à Denver. Il se trouvait dans Pearl Street, à côté du *Pearl Street Grill* et en face du coffee shop *Chez Stella*.

Chez *Sushi Den*, tout était en béton ou en verre. Les hôtesses avaient une telle classe que d'un seul regard, elles pouvaient provoquer chez les êtres humains inférieurs le sentiment de se sentir tout petits, voire des pulsions suicidaires, et on y servait les meilleurs sushis que j'avais jamais goûtés. On n'y acceptait aucune réservation car le lieu était toujours bondé. Ally et moi dînions chez *Sushi Den* au moins deux fois par mois, et nous tentions désespérément de surpasser la classe des hôtesses (concours que ces dernières remportaient systématiquement).

— Tu m'as pris une tenue spéciale *Sushi Den* ? demandai-je à mon amie.

Impossible de se rendre chez *Sushi Den* en jean et bottes de cow-boy. *Sushi Den* exigeait tout autre chose. Vêtements… noirs. Chaussures… talons aiguilles. Une section complète de ma penderie était dévolue à mes tenues *Sushi Den*.

— Tu me prends pour qui ? répliqua mon amie.

Je me réveillai à nouveau dans le lit de Lee. Ma première pensée fut : *Saké*.

Je n'aimais même pas ça. Mais j'en buvais avec Ally chez *Sushi Den*, parce que c'était une tradition.

À Rome, imitez les Romains.

Chez *Sushi Den*, buvez du saké tiède.

Je me trouvais sur le ventre, la jambe gauche repliée, la droite étendue, le bras gauche recourbé avec la main posée sur l'oreiller, le bras droit écrasé par ce que je supposais être le poids du corps chaud et ferme de Lee.

Une seule nuit lui avait suffi pour peaufiner la stratégie qui lui permettait de me maintenir en place pendant mon sommeil. Il était plaqué contre mon dos, une bonne partie de son corps reposait sur moi, il avait un bras autour de ma taille, la jambe gauche pliée au creux de la mienne et la cuisse collée à mes parties intimes. De manière surprenante, c'était très confortable. C'était douillet, chaud et, quelque part, je me sentais en sécurité comme ça.

Bon sang, comment arrivais-je à me fourrer dans ce genre de situation ?

Je repensai à notre dîner « de fête » en famille, imbibé de saké, et fus soulagée de découvrir que je me souvenais de toutes mes actions de la veille.

Manger, boire du saké, remanger, reboire du saké, terminer bourrée.

Laisser Lee m'installer dans sa Crossfire pendant que j'envoyais des baisers à Ally, Hank, papa, Kitty Sue et au voiturier.

Retourner à l'appartement de Lee, tituber jusqu'à sa chambre, me déshabiller, m'accaparer un second débardeur, tomber la tête la première sur l'immense lit de Lee en raison de mon ivresse et du manque de sieste, et sombrer dans le sommeil.

De la main gauche, je vérifiai ma tenue.

Culotte : OK.

Débardeur : OK.

Soit Lee n'était pas fan de moi bourrée, soit il m'avait rhabillée après m'avoir réglé mon compte. La première option me paraissait plus probable.

Ma pommette gauche me tiraillait et, à présent que l'effet du saké s'était dissipé, une douleur sourde se faisait sentir.

Je planifiai les vingt minutes suivantes du mieux que je le pouvais étant donné que je n'avais pas encore eu ma dose de caféine.

Il fallait que je me désimbrique de Lee sans le réveiller, que j'appelle un taxi et que je rentre chez moi.

Très bien, parfait, ça, c'était un bon plan.

Je bougeai d'un demi-centimètre, en essayant de me faire discrète.

Plantage total.

— Mmmmh, marmonna Lee derrière moi en resserrant son étreinte.

Échec au premier obstacle.

Je refis une tentative en employant l'excuse de la veille, puisqu'elle avait fonctionné :

— Je vais faire du café.

Lee déplaça son bras, mais le poids de son corps suffisait à me maintenir là où je me trouvais. Il se lova contre moi, se recroquevilla, et je sentis ses lèvres effleurer mon cou en même temps que sa main remontait sur ma cuisse, pour s'arrêter sur ma hanche.

— Tu feras du café après, me glissa-t-il à l'oreille.

Tous mes muscles se contractèrent et en même temps, je me sentis fondre.

— Après quoi ? demandai-je.

Sa main quitta ma hanche et ses doigts suivirent l'ourlet de ma culotte, juste en dessous de mon nombril.

— On va le faire, dit-il. Maintenant.

Pas besoin de lui demander ce que « le » signifiait. Bonté divine.

Quelques minutes plus tard, je sentis la preuve de la détermination de Lee contre mes fesses, et mon cœur battit la chamade.

Depuis que j'avais appris l'existence de ce qu'était le « sexe », j'avais eu envie de le tester avec Lee. À présent, confrontée à l'imminence de l'action, j'étais terrorisée.

— J'ai la gueule de bois, l'informai-je.

Lee avait posé sa bouche dans mon cou. Soit il ne m'avait pas entendue, soit il ne me croyait pas et jugeait que mon mensonge ne méritait pas de réplique.

Il plaqua ses hanches contre mes fesses tandis que sa main remontait sur mon ventre. Mes jambes furent parcourues de frissons.

Putain de merde de bordel de merde de putain de bordel de merde !

Je me mordis la lèvre inférieure pour m'empêcher de gémir. Un courant électrique traversa tout mon corps pour se concentrer, avec une précision impressionnante, pile poil entre mes jambes.

Je refis une tentative :

— J'ai mal à la tête.

Les mains de Lee remontèrent sur mon tee-shirt et vinrent s'arrêter juste au-dessous de mes seins. Ses phalanges caressèrent doucement la naissance du renflement.

— La tension, certainement, dit-il. Ne t'inquiète pas, je sais comment la soulager.

Non, jure.

Je fis un dernier essai.

— Ma joue me fait mal.

Je sentis la langue de Lee juste derrière mon oreille avant qu'il ne murmure :

— Je peux te faire oublier ça.

— Lee…

Il me prit par la taille et je fus soudain libérée du poids de son corps et de celui de sa cuisse. Lee me fit basculer sur le dos et se pencha au-dessus de moi.

— Donne-moi une seule bonne raison de ne pas le faire, exigea-t-il en me regardant droit dans les yeux.

Ses cheveux étaient à nouveau ébouriffés de manière hypersexy. Ses traits exprimaient à la fois douceur et tension : douceur à cause de ce je-ne-sais-quoi que j'y avais décelé ces derniers jours, tension à cause de la détermination et du désir.

Face à quoi, sans mon café du matin, j'éprouvais des difficultés à répondre.

— C'est bien ce que je pensais, dit-il.

Il baissait la tête vers moi lorsque le téléphone se mit à sonner.

— Tu vas répondre ? murmurai-je tout contre ses lèvres, alors qu'il m'entourait de ses bras pour m'attirer à lui.

— Putain, certainement pas.

Lee m'embrassa. Je me sentis aussitôt fondre comme une guimauve : l'envie de lui résister s'évapora dans les airs. Oui, les baisers de Lee me faisaient cet effet-là.

Très bien, ainsi soit-il, j'allais finalement faire l'amour avec Liam Nightingale.

Et ça m'inondait d'allégresse.

Lee se laissa retomber sur le dos, m'entraînant avec lui, m'entourant de ses bras, me maintenant serrée contre lui.

Le téléphone se remit à sonner, puis un truc vibra sur la table de nuit, mais Lee l'ignora : il faisait lentement remonter sa bouche le long de ma mâchoire, vers mon oreille.

Je frissonnai.

Une de ses mains glissa sur mes fesses tandis que l'autre m'agrippait les hanches.

— J'adore tes fesses, murmura Lee au creux de mon oreille. Depuis toujours.

Ses paroles provoquèrent un nouveau frisson. Je n'avais jamais imaginé que Lee adorait mes fesses. Cette seule pensée m'excita tellement que j'embrassai Lee à corps perdu.

Il poussa un gémissement, ce qui m'électrisa encore plus.

Le téléphone sonna à nouveau, et le machin sur la table de nuit vibra et cliqueta de plus belle. La main de Lee glissa sous ma culotte. Ma main à moi explorait son torse et descendait lentement.

Puis l'interphone se mit en route, trois sonneries courtes suivies d'une plus longue.

La main de Lee s'immobilisa.

— Putain ! s'exclama-t-il entre ses dents.

— Qu'est-ce qui se passe ?

Lee me retourna sur le dos comme si je n'étais qu'un sac de plumes et déposa un bref baiser sur mes lèvres.

— T'as pas intérêt à bouger, me prévint-il avant de s'extirper du lit.

Il attrapa un jean et se dirigea vers la porte. Je le regardai s'éloigner, clouée sur place et scotchée par ma première occasion d'admirer en toute légitimité son corps nu parfait, y compris les attributs particulièrement généreux dont il était doté.

À cette vue, je pris soudain conscience que j'avais dormi à côté de Liam Nightingale tout nu, et je vous avoue sans embarras que j'eus un mini-orgasme.

J'entendis des voix tout en tentant de reprendre le contrôle de mon corps (échec total) et au bout de quelques minutes à peine, Lee revint dans la chambre.

Il avança droit sur le lit, dont il me tira illico. Je vins m'écraser contre lui et il m'embrassa avec fougue, mais malheureusement pas très longtemps.

— Je dois y aller, annonça-t-il.

J'eus envie de hurler : « Nooon ! » Je commençais à être *sérieusement* émoustillée. Lee venait de m'avouer qu'il avait toujours adoré mes fesses. Et moi, je voulais étudier sous toutes les coutures les faveurs dont Dieu l'avait pourvu.

Au lieu de ça, je me contentai de m'accrocher à ses épaules : c'était tout ce que j'étais capable de faire après son baiser.

Lee sourit.

Quel salaud.

— Je viendrai te chercher à *Fortnum's* dès que possible. Entre-temps, promets-moi de ne pas te fourrer dans le pétrin.

Je hochai la tête.

Lee me dévisagea avant de soupirer.

— Tu mens.

— Pas du tout.

— Ne fais pas de trucs trop idiots, c'est tout.

Comme si ça m'arrivait souvent !

Ses lèvres effleurèrent les miennes. Il me lâcha, se dirigea tout droit vers la salle d'eau, prit une douche, s'habilla et partit.

Je téléphonai à Ally pour lui demander de passer me chercher.

Une journée sacrément longue et chargée nous attendait, si nous voulions retrouver Rosie.

6

Dans un roman noir.

Je décidai d'inclure Jane à notre recherche. En fait, j'avais décidé d'y inclure absolument tout le monde.

Nous passâmes la matinée à attendre les clients qui venaient prendre un café, à accueillir l'unique personne qui souhaitait réellement acheter un livre, et à passer des coups de fil à l'ensemble de nos connaissances pour diffuser un message d'alerte au sujet de Rosie et de Duke.

Après le choc initial qu'avait provoqué la vue de mon visage (j'avais un œil au beurre noir, réduit certes, pas un coquard complet, mais un mégableu sur la pommette et une énorme tache jaune sous l'œil), Jane s'était montrée tout excitée. Elle trouvait cette histoire super amusante. Jane ne s'était ni fait tirer dessus ni paralyser (pas encore). Elle lisait des romances, mais aussi des polars et des romans à énigme. Elle se croyait dans un roman de Kinky Friedman.

Jane partit pour Evergreen après le rush du matin pour aller glisser un mot sous la porte de Duke, lui demandant de nous appeler à la minute où il rentrerait chez lui, avec un petit P.-S. à l'intention de Dolores pour l'inviter à la prochaine soirée filles, le mercredi suivant.

J'avais décidé que ma faiblesse du matin avec Lee relevait d'une crise de démence temporaire et des effets secondaires du saké. J'étais à nouveau convaincue que Lee et moi, ce n'était pas une bonne idée. Tout particulièrement s'il parvenait (et c'était le cas) à me laisser dans tous mes états pour aller s'occuper de je ne sais quel merdier concernant son job pourri. Je voyais bien que mon self-control faiblissait, mais j'avais un nouveau plan. Tout ce que j'avais à faire, c'était ne pas me retrouver dans la voiture de Lee, ni en sa compagnie, ni dans son appartement et surtout pas dans son lit. Voilà, c'était ça, mon nouveau plan.

À la minute même où Jane partit, je téléphonai aux parents de Rosie, dans le Dakota du Nord. Il les avait notés dans son dossier comme étant sa famille la plus proche. Pour ne pas les effrayer, je prétendis être une vieille copine de lycée qui souhaitait reprendre contact.

— Quelle drôle de coïncidence ! s'exclama la mère de Rosie. Deux gentils jeunes hommes sont venus hier en me disant exactement la même chose !

Je jetai un coup d'œil à Ally avec l'air de dire : oh oh. Mon amie haussa un sourcil.

Il devait s'agir de Lee ou de Terry Wilcox. Catastrophe nucléaire pour moi ou pour Rosie, au choix.

Je donnai mon nom et mon numéro de téléphone, raccrochai et résumai la conversation à Ally.

— Ça doit être Lee, décida-t-elle. Il a ses méthodes.

Génial.

— Rappelle-moi pourquoi on fait ça, déjà ? demanda mon amie.

— Lee et moi avons fait un pari, le genre de pari que je ne veux pas perdre.

Ce n'était pas un véritable mensonge. Si Lee trouvait Rosie, j'y perdrais beaucoup : ma tranquillité d'esprit, mon sens des réalités, tout un tas de trucs comme ça.

— Donc, tu as parié avec Lee que tu retrouverais Rosie avant lui et que tu récupérerais un sac de diamants pour les rendre à un gros méchant ?

Ally me regardait comme si je venais de me faire bouffer la moitié du cerveau par un alien.

— Ouais.

— Ma chérie, tu vas te faire lyncher, dit-elle d'une voix traînante.

Heureusement pour moi, Ally était toujours du côté des perdants.

La porte de *Fortnum's* s'ouvrit à la volée et Andrea Cocetti entra comme une furie.

Andrea était allée à l'école avec Ally et moi. Elle faisait partie de la bande. La rumeur disait qu'Andrea s'était envoyée en l'air avec Richie Sambora dans les coulisses après un concert de Bon Jovi, mais ça n'avait publiquement jamais été ni confirmé, ni démenti. Cela dit, en privé, Andrea nous avait avoué à Ally et moi que rien de tout ça n'était jamais arrivé. Donc, en secret, ma rencontre avec Joe Perry restait sans équivalent.

Nous étions restées amies au fil des années, mais nous ne nous voyions pas souvent. Andrea s'était mariée à peu près douze minutes après avoir reçu son diplôme universitaire et, à présent, elle avait quatre gosses. Quatre gosses, surtout aussi chahuteurs que ceux d'Andrea, c'était une bonne raison de ne pas se voir si souvent que ça.

À présent, Andrea s'appelait Andrea Moran. Et elle poussait un landau, traînait un enfant par la main pendant qu'un autre les suivait, et portait un nécessaire de voyage et un sac à langer bourré à craquer. Tout ça avec une telle aisance qu'on aurait dit que l'ensemble n'était qu'accessoire, y compris les enfants.

— Tu as mis le grappin sur Lee Nightingale ! hurla-t-elle d'une voix stridente.

Les quatre clients qui lisaient tranquillement en savourant leur café dans un environnement calme sursautèrent et la dévisagèrent.

— Pourquoi ne m'as-tu rien dit ? poursuivit Andrea.

Au fil des ans, elle aussi avait été mise à contribution dans certaines de mes manœuvres en vue de mettre le grappin sur Lee. Andrea figurait également sur la liste de cartes de vœux de Kitty Sue Nightingale, et par conséquent, dans son carnet d'adresses et donc, sans l'ombre d'un doute, elle avait dû recevoir un coup de fil. Peut-être bien au cours de la seconde vague, puisqu'une journée s'était déjà écoulée.

— Ça ne date que d'hier, l'informa Ally.

Andrea l'ignora en beauté.

— Est-ce que Lee et toi, vous l'avez déjà fait ? demanda-t-elle.

Andrea parlait encore très, très fort. Les quatre clients cessèrent de la dévisager pour tourner la tête vers moi.

Je poussai un soupir.

— On y va doucement.

— « Doucement » !

Les yeux d'Andrea, jusqu'ici fixés sur moi, se tournèrent vers Ally avant de se reposer sur ma petite personne. On aurait dit qu'ils allaient sortir de leurs orbites.

— Je… tu… (Elle émit un son étranglé. Là, je commençai à m'inquiéter.) Ce n'est pas possible. « Doucement », ce n'est pas possible. Lee Nightingale ne fait rien doucement. Il te regarde, et la seconde d'après il s'en va en emportant le petit nœud en satin de ta culotte en souvenir.

Mon Dieu, pourvu que ça n'aille pas aussi vite que ça, ce serait décevant.

Mais à quoi est-ce que je pensais ? Ça n'arriverait jamais, point à la ligne.

— Ça, c'est faux, répliqua Ally. Il prendrait le nœud de ton soutien-gorge. Les culottes n'en ont pas toutes, mais la plupart des soutifs, si. Des fois, ce sont des petites fleurs. Mais il les prendrait aussi.

Je dévisageai mon amie.

— Tu plaisantes, murmurai-je.

Je n'avais aucune envie d'être un petit nœud en satin en train de se balancer au milieu de centaines d'autres petites fleurs et petits nœuds, dans le tiroir à chaussettes de Lee.

Ally haussa les épaules.

— C'est ce qu'on dit.

— Tu les as vus ? Il y en a combien ? demanda Andrea.

— Je ne les ai pas vus, répondit Ally. C'est juste une rumeur. Je la fais circuler, c'est tout. Peut-être que quand Indy cessera d'y aller « doucement », on le saura.

Je calmai Andrea avec un café au lait décaféiné à la noisette glacée, et je lui promis de l'appeler à la minute où je l'aurais fait avec Lee. À ce rythme, après le coït, je resterais au téléphone toute une semaine.

Une fois Andrea installée, je remarquai un type qui était arrivé juste après l'ouverture. Il avait déjà acheté trois expressos qu'il avait engloutis en une gorgée, et ça faisait à présent trois heures et demie qu'il lisait une revue sportive. Il avait des cheveux blonds qui auraient eu besoin d'une bonne coupe, un corps hypercanon, trois tonnes de muscles et pas un gramme de graisse.

Il était vêtu d'un tee-shirt blanc, d'un jean et de chaussures de course.

S'il n'avait pas fait ma taille, que je n'avais pas eu un horrible hématome sur le visage et que je n'avais pas déjà assez de problèmes comme ça avec les hommes, j'aurais flirté avec lui depuis des lustres. Mais je ne sortais pas avec des hommes de ma taille ou plus petits que moi. Ils devaient me dépasser quand je portais des talons. Question de principes.

J'observai ce type quelques minutes, en songeant qu'il devait s'agir d'une revue vraiment exceptionnelle pour nécessiter plus de trois heures de lecture.

Lee m'avait dit avoir tout un tas d'hommes à sa disposition. Peut-être assez pour que certains se rendent dans le Dakota du Nord et que d'autres restent à surveiller la maison des parents de Rosie. Peut-être assez pour que certains traînent à *Fortnum's* et gardent l'œil sur moi.

Quel salaud, ce Lee.

Je me dirigeai d'un pas nonchalant vers le type et restai debout devant lui jusqu'à ce qu'il lève les yeux.

— Salut.

— Salut, dit-il avec un sourire.

Vraiment mignon, et certainement pas l'un des sbires gonflés aux stéroïdes de Terry Wilcox. L'expression de ce type indiquait clairement qu'il ne frapperait jamais sur une femme. Enfin, en tout cas, c'est ce que j'espérais.

— Vous voulez un autre expresso ? demandai-je en inclinant la tête dans un mouvement sexy.

— Nan, merci, j'ai eu assez de carburant.

Et il reprit sa lecture.

Hummm. Qu'est-ce que je faisais, maintenant ? Jamais personne n'avait repris sa lecture après mon petit mouvement de tête sexy. Même si les types à qui je l'adressais n'étaient pas franchement intéressés, ils réagissaient toujours à ce petit geste. Toujours. C'était peut-être la faute du mini-hématome.

— Sympa, ce magazine ? demandai-je.

Et le type releva les yeux.

— Ouais, c'est le top.

Je hochai la tête en regrettant de ne porter ni débardeur, ni caraco. Ça m'aurait permis de me pencher pour lui faire admirer les super-pouvoirs de mon décolleté. Ça aurait annulé les effets de l'hématome.

Mais bon, j'étais en jean, je portais une ceinture marron en cuir munie d'une grosse boucle argentée avec un motif à l'apparence d'une corde miniature, des bottes de cow-boy marron, et un tee-shirt moulant couleur chocolat qui arborait « Je fais toutes mes cascades moi-même » en travers des seins en lettres jaunes et rouges.

— Je ne suis pas fan de sport, informai-je le type avant de m'asseoir sur l'accoudoir de son fauteuil.

Je me penchai par-dessus la revue pour l'examiner.

Le type se tendit, il tourna la tête pour me dévisager et moi, je lui adressai un sourire à le rendre aveugle.

— Mais bon, j'aime bien aller voir des matchs et tout ça, poursuivis-je. Vous assistez à des matchs ?

Je pressai un de mes seins contre son bras, prétextant toujours essayer de jeter un coup d'œil à la revue.

— Qu'est-ce que vous faites ?

Je lui lançai un regard innocent.

— Qui, moi ?

Et je lui fis un clin d'œil.

Son visage pâlit d'un seul coup. Au même moment, son téléphone se mit à sonner. Le type se leva pour sortir l'appareil de son jean, si vite qu'il faillit me faire basculer de mon accoudoir.

Je recouvrai l'équilibre tandis qu'il déclarait :

— J'écoute.

Puis ses yeux se posèrent sur moi et il me tendit le téléphone. Je fixai l'appareil, stupéfaite, avant de m'en emparer et de l'approcher de mon oreille.

— Laisse Matt tranquille. Il fait son boulot, dit la voix de Lee dans le combiné.

J'étais abasourdie. J'avais juste eu envie de taquiner un peu Matt, c'est tout.

Comment Lee avait-il… ?

Salaud. *Salaud*!

— C'est quoi, son boulot ? demandai-je.

Ma tension artérielle venait de monter d'un cran.

— S'assurer que tu ne te fais ni kidnapper ni tirer dessus.

— Ou que je ne fais rien d'idiot ?

— Ça aussi.

— Comment as-tu su que je l'enquiquinais ?

— Secret professionnel.

— Dis-le-moi ou je déménage au Venezuela, je me perds dans la jungle et je me mets à la colle avec un indigène.

Silence, puis gros soupir.

— *Fortnum's* est sur écoute et il y a des caméras. On a installé ça cette nuit.

— Quoi ? Pourquoi ?

— Tu te souviens de notre conversation dans la cuisine, hier ?

Je me souvenais de chaque rencontre avec Lee depuis mes cinq ans. Et je me souvenais encore plus nettement de celles qui avaient eu lieu ces vingt-quatre dernières heures, pas uniquement parce que c'étaient les plus récentes.

— Ouais.

— Tu es dans le radar de Terry Wilcox. C'est mauvais. J'essaie d'assurer ta sécurité.

— En installant des micros dans ma boutique ?

— Ça, et tout ce à quoi je peux penser d'autre.

Je me levai en observant Matt, qui commençait à avoir l'air de s'amuser.

— Est-ce que toi, tu te souviens de la partie de notre conversation de ce matin ? Celle où tu m'as dit que tu passerais à *Fortnum's* dès que tu aurais terminé ? demandai-je.

Lee resta muet, mais de toute façon, je n'attendais pas de réponse.

— Eh bien, ne prends pas cette peine, déclarai-je.

Ally et moi nous dirigions vers la maison de Rosie, accompagnées de Matt.

Il était à présent assis dans son SUV à nous observer, mais nous l'ignorions royalement.

Jane était rentrée sans nouvelles de Duke et de Dolorès, mais elle avait saisi l'occasion de « sonder le voisinage », comme elle disait. Vu que Duke vivait dans une cabane en rondins entourée de deux hectares de forêt de conifères, je me demandais bien de quel voisinage elle voulait parler. Néanmoins, Jane avait quand même marqué quelques points en apprenant que le petit chemin boueux qui menait à la cabane de Duke avait connu un pic d'activité depuis la veille, et qu'on avait cru y voir un homme dont le signalement correspondait à Rosie le matin précédent. Aucun signe du retour de Duke, ni avant ni après Rosie.

Ça signifiait que Rosie recherchait Duke, lui aussi, ou en tout cas qu'il l'avait fait la veille. Quant à savoir s'il était parvenu à le trouver, c'était une bonne question.

Debout sur le perron de Rosie, je toquai à la porte. Rosie vivait seul dans un petit pavillon qui aurait eu besoin d'une sérieuse rénovation. Avant, je me demandais comment il pouvait se permettre d'habiter un tel lieu. On ne pouvait pas dire que je le payais une fortune. La villa se trouvait dans la péri-péri-périphérie de Platte Park, mais assez près du parc tout de même pour constituer un bien immobilier de premier choix.

À présent, je savais comment il avait pu se le permettre.

Aucune réponse à mon coup sur la porte. Nous regardâmes donc par les fenêtres. J'étais venue chez Rosie des dizaines de fois, et rien ne paraissait différent de d'habitude.

— Quel dommage de perdre tous ces plants de cannabis. Tu crois que quelqu'un va en prendre soin ? demandai-je.

Ally haussa les épaules et se tourna vers moi, rayonnante.

— Je crois savoir qui serait au courant ! annonça-t-elle.

— Qui ?

— Lee.

Je lui administrai un coup à l'épaule.

— Andouille.

On décida de suivre l'exemple de Jane et de « sonder le voisinage » en frappant aux portes pour demander aux gens s'ils connaissaient ou avaient vu Rosie.

Pas de chance. La plupart étaient au boulot, ceux qui étaient là le connaissaient à peine, et personne ne l'avait vu. Rosie n'avait pas l'air furieusement populaire, et, en toquant aux portes, Ally et moi non plus.

À un moment ou à un autre, entre l'épisode du pistolet paralysant et notre présente aventure, Ally avait trouvé le temps de faire faire des cartes de visite à nos deux noms et avec nos coordonnées.

Lorsqu'elle dégaina la première carte, je faillis m'étouffer.

— Où t'es-tu procuré ces machins ? demandai-je alors que nous nous éloignions d'une maison.

— J'ai appelé Brody. Il me les a faites hier soir. Déposées dans la boîte aux lettres. Elles sont classes, hein ?

Au secours.

Brody était un pote à nous depuis le lycée. C'était un accro à l'informatique, dont le job consistait à programmer des jeux vidéo depuis chez lui. Il ne sortait presque jamais et gagnait des tonnes de fric. Ah oui, et il ne dormait presque jamais non plus. Il subsistait grâce aux boissons énergétiques et aux friands au fromage, en faisant ses courses exclusivement dans des épiceries de nuit.

On se mit en route pour rendre visite au « contact d'urgence » de Rosie que nous n'avions pas encore rencontré, celui dont j'avais gâché la grasse matinée la veille. Rosie l'avait inscrit dans le registre des employés sous le nom de Kevin « Super-Kev » James.

Super-Kev ouvrit la porte vêtu d'un jean dégoûtant et d'un tee-shirt noir Jimmy Hendrix tellement délavé qu'il était devenu gris, porté par-dessus un haut à manches longues en Thermolactyl, malgré les trente degrés ambiants. Il avait les cheveux en bataille, d'une couleur indescriptible, et il était évident que nous venions de découvrir qui prenait soin des plants de Rosie, avec option libre-service.

— S'lut les gonzesses, nous salua-t-il.

On se présenta et il sourit.

— Pigé ! J'ai entendu parler de vous, les filles. (Il se tourna vers moi.) Rosie parle de toi tout le temps, il te prend pour une déesse. C'est le meilleur boulot qu'il a jamais eu, poulette, de bosser pour une rockeuse comme toi. Une vraie *rock chick* !

Je ressentis mes toutes premières bouffées d'affection pour Rosie depuis deux jours.

— Hé ! Il est arrivé quoi à ton œil ? demanda Kevin.

— Je me suis fait taper dessus par un méchant, l'informai-je.

— J'espère que tu lui as balancé ton pied dans les couilles, dit Super-Kev en se penchant pour observer mon œil.

— Je l'ai mordu.

— C'est cool aussi, concéda-t-il, même si à l'évidence, il aurait préféré un coup de pied dans les couilles comme représailles.

Malheureusement, à ce stade, j'avais déjà été assommée et paralysée.

— On cherche Rosie, expliquai-je.

— Fais la queue, ma vieille. Tout le monde cherche Rosie. Toûûû-leuh-mon-deuh. Y a eu des mecs qui posaient des questions sur lui toute la journée d'hier.

— C'est qui, ces mecs ? Tu les connais ? demanda Ally.

— La plupart, ouais. Y cherchent de la marchandise, si tu vois ce que je veux dire.

On acquiesça. On voyait bien ce qu'il voulait dire.

— Personne d'autre ? m'enquis-je.

— Si, d'abord deux mecs de la brigade, ça, j'en suis presque sûr. Vous savez, genre supracool, mais ils puaient quand même la flicaille. M'ont foutu une trouille d'enfer en disant qu'ils voulaient entrer, mais c'était pas à moi qu'y s'intéressaient. Après, deux groupes de mecs qui devraient changer de médocs sinon leurs muscles vont exploser, comme Hulk. Banzaï ! hurla-t-il en frappant dans ses mains avant de les agiter devant sa poitrine.

Je regardai Ally, puis Super-Kev. Les premiers devaient être les hommes de Lee. Les autres étaient les sbires de Wilcox.

— « Deux groupes » ? répétai-je.

— Ouais, un avec deux mecs qui sont venus à la porte et deux autres qui sont restés assis dans la voiture. Dans le deuxième groupe, y z'étaient que deux.

Mes tripes frémirent. Je décrivis les tireurs qui avaient engendré ce monstrueux fiasco et Super-Kev opina.

— Ouais, ma poule, c'est ça. Le groupe de quatre était calme, mais celui de deux était hypernerveux, on aurait dit qu'ils manquaient de sommeil. Hé, je regrette de pas être venu à une de tes soirées. Rosie dit que tes soirées, c'est de la balle, quoi. Il dit que t'as des noix de cajou et tout ça. J'suis jamais allé à une soirée où y a des noix de cajou.

Ally lui tendit une carte.

— Si tu vois Rosie ou que tu entends parler de quelque chose, fais-le-nous savoir.

— Waouh ! Une carte de rockeuse ! ça arrache, mec ! Eh, est-ce qu'Axl Rose en a aussi ?

— Pas encore, répondit Ally.

— Cool. (Super-Kev hocha la tête.) Vous voulez entrer ? J'allais mettre *The Big Lebowski* et m'allumer un joint. Ce serait cool de regarder le Duc avec deux rockeuses.

Je déclinai l'offre, même si ça m'aurait bien tentée de regarder *The Big Lebowski*. C'était un de mes films préférés. À tel point que c'en était devenu un test d'amitié. Si vous n'aimiez pas le Duc ou *Lebowski*, alors vous pouviez devenir un pote, mais jamais un véritable ami. *Jamais*.

— Non, merci, faut qu'on trouve Rosie.

— Cool, revenez quand vous voulez. À plus.

Ally et moi retournâmes nous asseoir dans la voiture, les yeux rivés sur la maison de Super-Kev. Matt était au téléphone dans son SUV garé juste derrière nous.

— Le second groupe, ce sont les tireurs, et je ne crois pas qu'ils bossent avec les gorilles de Terry, fis-je remarquer.

— Donc, tu es en compétition avec Lee et deux autres concurrents, dit Ally.

— Ouais, sauf que je sais ce qui arrivera à Rosie si Lee ou moi le trouvons. Je ne sais pas ce qui lui arrivera si ces autres gars le chopent.

Ally observait toujours la maison.

— Tu es sûre qu'on a raison de faire ça ?

Je répondis honnêtement :

— Putain, non.

— Mais on le fait quand même ?

— On n'est pas obligées d'être deux, déclarai-je.

Ally se tourna vers moi.

— Ma belle, les cartes sont à nos deux noms. Démarre.

Les meilleures amies du genre d'Ally ne poussent pas sur les arbres, croyez-moi. Elle adorait autant que moi *The Big Lebowski*. C'est tout dire.

On repartit chez Tim avec Matt, l'homme de Lee, sur nos talons. On se gara deux maisons plus loin. Le Grizzly cinglé était assis sur son porche, les lunettes toujours vissées sur le haut de son crâne. La maison du Grizzly se trouvait juste en face de celle de Tim, de l'autre côté de la rue, et le Grizzly avait l'air de passer beaucoup de temps sur son porche.

— On devrait lui parler. On dirait qu'il garde un œil sur le voisinage, fit remarquer Ally.

Elle avait raison. Je le savais. Mais je n'avais toujours pas envie d'aller discuter avec lui.

Mon téléphone portable se mit à vibrer et je jetai un œil à l'écran. *Lee*. Merde.

Je décrochai.

— Salut.

— Qu'est-ce que tu fais ? demanda Lee.

— Je cherche Rosie.

— Bon sang, Indy.

— C'est *mon* pote, *mon* employé et ce n'est pas *toi* qui t'es fait tirer dessus et kidnapper.

— Laisse-moi régler ça.

Son ton était plutôt autoritaire.

— Pas au tarif actuel, non.

Moi, j'avais plutôt la voix boudeuse.

— Très bien, alors, je fais ça gratos, répliqua Lee.

Une vague de soulagement déferla en moi, aussitôt suivie d'une vague de désespoir.

Désespoir que je refoulai à la hâte.

— Bien, donc je ne suis pas obligée de coucher avec toi ?

Ally haussa les sourcils.

— Si, tu coucheras avec moi, mais pas en paiement du fait que je retrouve Rosie.

— Lee…

— Retourne à *Fortnum's*. Je serai chez toi à 19 heures pour t'emmener dîner.

Je me raclai la gorge.

Puis je demandai, par simple curiosité puisqu'il était *hors de question* que je sorte dîner avec Lee (cette sortie pouvait inclure de l'alcool, un baiser ou tout autre élément susceptible de me faire oublier mon plan, et ça, ça ne pouvait tout bonnement pas arriver) :

— Où allons-nous ?

— Au *Barolo Grill*.

Pendant une fraction de seconde, j'oubliai mon serment d'éviter toute chose en rapport avec Lee.

— Oh mon Dieu ! Comment l'as-tu su ? J'adoooore cet endroit ! m'écriai-je.

— Trésor, tu exiges que tes soirées d'anniversaire se déroulent là-bas tous les ans. Pas très difficile de deviner que tu raffoles de cet endroit.

Et il raccrocha.

L'idée que Lee m'appelle « trésor » et qu'il ait enregistré mes préférences en matière d'anniversaires me donna des papillons dans le ventre.

— C'est quoi, cette histoire de ne pas coucher avec Lee ? demanda Ally.

Je fixai du regard le Grizzly avant de jeter un coup d'œil dans mon rétroviseur. Matt parlait au téléphone en secouant la tête.

— Tu sais, quand je t'ai dit que Lee et moi voulions prendre notre temps ? lui rappelai-je.

— Ouais.

— Eh bien, *moi*, je prends mon temps. Lee aimerait bien que les choses aillent un peu plus vite.

— Je vois.

Ally arborait un large sourire.

— C'est quoi, ce sourire ? demandai-je.

— Ma jolie, tu n'arriveras *jamais* à y aller doucement.

Génial.

Nous descendîmes de la voiture pour nous diriger vers la maison du Grizzly. Ally fonçait, totalement insouciante. Moi, je traînais les pieds en jetant des coups d'œil à Matt. Il était descendu de son SUV et avait sorti un pistolet de l'arrière de sa ceinture pour le faire passer sur sa hanche, devant, bien en évidence. Il s'adossa à sa voiture et croisa les bras.

— Les voilà qui reviennent avec un garde du corps, dit le Grizzly en guise de salutation. (Il ne regardait ni Ally ni moi, mais dévisageait Matt.) Donc, maintenant, j'imagine que vous souhaitez que je vous prenne au sérieux. Surtout à présent que t'as un bel hématome, toi. Nom de Dieu. Tu lui as balancé un coup de pied dans les couilles ?

— Comment savez-vous qu'il s'agissait d'un homme ? demandai-je.

— Les filles ne frappent jamais aux pommettes, répondit le Grizzly.

— Oh.

Je ne savais pas.

— Alors ? insista-t-il.

— Quoi ?

— Ce coup de pied dans les couilles ?

— Je l'ai mordu.

— « Mordu » ! (Il rejeta la tête en arrière et explosa de rire.) La prochaine fois, vise les couilles.

— Bon conseil, admis-je.

Le Grizzly observa Matt.

— Laissez-moi deviner. Apprenties détectives privées ?

— Non, répondis-je.

Le Grizzly fit pivoter son énorme tête vers moi.

— Chasseuses de primes ?

— Non plus.

— Pas flics, dit-il avec dérision.

— Nan nan.

— FBI ?

Ces derniers mots furent prononcés avec une bonne dose d'incrédulité.

— Je tiens une librairie.

Le Grizzly demeura silencieux. Il me dévisageait comme si une seconde tête venait de me sortir du cou. L'hydre de Lerne, version Indy.

— Et moi, je suis serveuse et *barista* à mes heures, intervint Ally.

Le Grizzly restait muet. Je remarquai un chat allongé sur ses genoux, qu'il était en train de caresser. Deux autres félins étaient assis sur les balustrades en ciment de son porche, et un quatrième était roulé en boule sur son paillasson. Paillasson sur lequel étaient imprimées deux pattes de chat.

— Vous aimez les chats ? demandai-je.

— Qui ne les aime pas ? rétorqua-t-il.

— Je les aime aussi.

Ce n'était pas un mensonge, mais je l'aurais dit quoi qu'il en soit, parce que sur les genoux du Grizzly était également posé un fusil de chasse.

— Moi aussi, déclara Ally.

Le Grizzly jeta un coup d'œil à Matt, puis reposa les yeux sur nous.

— C'est qui, ce type ?

— Ignorez-le. Nous, c'est ce qu'on fait, dis-je.

Le Grizzly haussa les épaules. Ça lui était égal. Puis il déclara :

— Vous avez fait une bonne action pour M. Kumar. Il a la vie dure. Il m'a raconté que vous aviez été sa meilleure affaire de la journée, avec vos cupcakes.

Je jetai un coup d'œil vers la petite épicerie au bas de la rue. M. Kumar se tenait debout devant, et il nous salua de la main.

Nous lui rendîmes son salut.

— Faut qu'on prenne soin d'ce petit gars, il fait partie des petiots, vous savez ? Les franchises envahissent ce putain de monde. Dans dix ans, ce magnifique pays sera devenu le royaume des franchises. Toutes les petites entreprises familiales seront foutues. La franchise, c'est le début de la fin pour l'Amérique. L'apocalypse. Ça, et le droit de tourner aux feux rouges. Si c'est rouge, mec, on tourne pas. Enfoiré de Nixon.

Je n'étais pas certaine que Nixon ait quelque chose à voir avec les franchises ou les feux de circulation, mais je n'allais pas contredire un type qui avait un fusil de chasse sur les genoux et des lunettes bizarres vissées sur la tête.

— Nous cherchons un ami de Tim Shubert. Tim habite en face.

— Je le connais. Je sais qui vous cherchez. M. Kumar me l'a dit. Tim a eu des tas de visiteurs, ces deux derniers jours. Je l'ai déjà vu, lui, dit-il en hochant la tête vers Matt avant de se retourner vers nous. Vous aussi, je vous ai déjà vues.

— Son pote s'appelle Rosie. Vous savez, un petit maigrichon avec des cheveux blonds crades ? intervint Ally.

— Le roi du café ? demanda-t-il. Ouais, Tim me rapporte des cafés de chez lui. Ce gars est un génie.

— Eh bien, Rosie, c'est *mon* roi du café ; il travaille dans ma librairie, l'informai-je.

— Sans blague ?

— Sans blague.

— Géniale, c'te librairie. Avant, on pouvait bouquiner toute la journée sans être dérangé. La vieille dame était sympa. C'est toujours comme ça ? s'enquit-il.

— Cette vieille dame, c'était ma mamie. Elle m'a légué la boutique à sa mort. Moi, je n'ai fait qu'y ajouter le café, répondis-je.

— Tu songes à te franchiser ?

— Jamais de la vie.

Je levai les mains pour marquer l'emphase, juste au cas où le Grizzly aurait eu un doute sur ma sincérité.

— Alors tu fais partie des petiots, toi aussi. Je serais bien venu te soutenir, vu que j'lis beaucoup, mais je ne quitte pas le quartier. Faut que je garde un œil dessus.

— Bien sûr, acquiesçai-je.

Ce type était cinglé, mais je l'aimais bien quand même.

Ally lui donna notre carte. Le Grizzly fourra la main dans la poche de sa chemise et en donna une autre à Ally en échange.

On y lisait simplement : « Tex, garde de chats », avec son numéro de téléphone.

— Si vous avez un chat et que vous partez en vacances, vous saurez qui appeler, dit-il. Mais je vous préviens, je leur donne croquettes *et* pâtées. Je ne fais ni uniquement croquettes, ni uniquement nourriture humide. Les chats ont besoin de leur petite friandise, mais ils doivent aussi garder les dents propres. C'est important.

Ally et moi acquiesçâmes, avant de partir au pas de course rendre visite à M. Kumar.

— Tex et moi, on a cherché votre Rosie, mais on ne l'a pas trouvé, affirma ce dernier lorsqu'on parvint devant sa porte.

— Merci, monsieur Kumar, dis-je.

— Pas de Tim non plus. Maintenant, je m'inquiète et je crois que Tex aussi. Des tas de gens sont venus frapper à la porte de chez Tim. Il n'a jamais été aussi populaire.

— Rosie avait du succès : il fait du bon café et il manque à ses fans, déclarai-je.

— Je vois ça, dit M. Kumar.

J'achetai du lait, des chips de maïs, deux sodas sans sucre et tous les ingrédients pour la salade de macaronis et les brownies que j'avais prévu de faire pour le barbecue de papa. Ça me coûta deux fois plus cher que si je m'étais contentée d'aller au supermarché, mais Tex avait raison : il fallait veiller sur les petiots, surtout dans mon cas, puisque moi aussi, j'étais une petiote.

Les yeux de M. Kumar s'embuèrent de larmes lorsque j'apportai tous mes achats à la caisse.

— Vous êtes un ange descendu du ciel, murmura-t-il.

7

Une effraction, ma jolie.

Ally et moi rentrâmes à la maison pour décharger les courses, puis nous repartîmes vers *Fortnum's*, où je renvoyai Jane chez elle et bossai les deux dernières heures avant de fermer la boutique, à 18 heures.

Ally prit sa voiture. Quant à moi, je parcourus la courte distance qui me séparait de chez moi à pied, avec Matt qui me suivait comme une tortue.

De retour à la maison, je fomentai un plan. Rosie n'avait pas pu disparaître dans un nuage de fumée, et il n'était pas assez intelligent pour se planquer avec autant de succès ; si Lee ne l'avait pas déniché, alors, c'est qu'il se passait quelque chose. Si Rosie avait récupéré les diamants et était parti pour San Salvador, où était donc Duke ?

À moins que quelque chose soit arrivé à Rosie *et* à Duke (et j'espérais bien que non), ou que Rosie ait renoncé à chercher Duke (ce qui serait idiot, et par conséquent fort probable), Rosie devait traîner quelque part, à attendre Duke. S'il avait eu l'idée de faire du camping près de la maison de Duke en l'attendant, un feu de forêt se serait déjà déclaré. Je n'imaginais pas Rosie prêter beaucoup d'attention aux consignes de sécurité en matière d'incendies.

Rosie était plutôt du genre solitaire ; il ne venait aux soirées ou aux concerts que si on l'invitait, et toujours seul. J'étais certaine que Tim et Super-Kev étaient ses seuls amis.

À part moi, bien sûr.

Je tournai et retournai tout ça dans ma tête du mieux que je pus étant donné que je n'étais ni espionne, ni détective, ni un cerveau du crime.

J'en déduisis que Rosie devait se trouver tout près d'ici. Il avait dû bénéficier de la sympathie d'un ami. Et à mon avis, vu qu'il ne se trouvait pas en compagnie de Super-Kev et que Tim avait lui aussi disparu, Rosie et Tim devaient se planquer ensemble quelque part. Peut-être même chez Tim, au sous-sol, avec une montagne de friands au fromage, n'en sortant que quand la voie était libre pour se faire réchauffer une pizza surgelée.

Même s'ils n'avaient fait que séjourner là-bas quelque temps avant de mettre les voiles, peut-être resterait-il des indices ou une preuve de l'endroit où ils s'étaient rendus ?

Il fallait que j'établisse un schéma des déplacements de Rosie. Sa voiture ne se trouvait plus chez lui, et on l'avait aperçu chez Duke le matin de la veille. C'étaient les seules informations dont je disposais.

Je décidai de fouiller la maison de Tim à la recherche d'indices. Pour l'instant, c'était le zéro pointé partout où nous allions : ça ne pourrait que m'aider.

Comme c'était illégal, primo, je ne voulais pas impliquer Ally, et deuzio, hors de question de faire ça en plein jour.

J'adressai un petit signe de main enjoué à Matt, que j'accompagnai d'un baiser pour faire bonne mesure, avant d'entrer chez moi et de refermer la porte.

Je restai là, presque hébétée, heureuse de me retrouver chez moi pour la première fois depuis deux jours.

J'adorais ma maison. Mamie était morte six ans plus tôt et il m'avait fallu tout ce temps pour m'approprier cet endroit, auparavant bourré à craquer du bazar de mes grands-parents (et il y en avait des tonnes).

Le salon et la salle à manger ne formaient qu'une seule pièce immense, même si on discernait encore qu'à une époque, il y en avait eu deux. La cuisine se trouvait à l'arrière, et il était manifeste qu'elle avait été ajoutée après la construction initiale de la maison.

J'avais tout repeint couleur pêche. J'avais aussi disposé des fauteuils jaune chartreuse et un canapé bleu électrique à la ligne épurée, plus une table de salle à manger trop géniale qui pouvait se déplier pour asseoir douze personnes, même si tout le monde y était alors un peu comprimé. L'ensemble donnait une impression de légèreté, d'espace, de modernité et de dépouillement. Le parquet tout neuf étincelait : j'eus envie de me jeter dessus pour l'embrasser.

Au lieu de ça, je me ruai sur le téléphone. Lee arriverait d'une minute à l'autre et je ne disposais pas de beaucoup de temps. J'allais sacrifier le *Barolo Grill* pour cette histoire, sans oublier mon tout premier rendez-vous amoureux avec Lee. Si je ne me dépêchais pas, j'allais perdre le contrôle et capituler, tout laisser tomber et sortir avec Lee.

C'est alors qu'une idée me traversa l'esprit. Je reposai le combiné et regardai fixement le téléphone.

Si Lee et ses gars avaient été capables de désactiver l'alarme pour pénétrer dans ma boutique, de la mettre sur écoute, d'installer des caméras et de réactiver ladite alarme, alors ils avaient aussi pu placer un mouchard sur mon téléphone.

Chiotte.

Je jetai un coup d'œil par la fenêtre et aperçus Matt, assis dans son SUV. Il ne déguerpissait pas. Re-chiotte.

J'étais peut-être en train de devenir parano, mais mieux valait ne prendre aucun risque.

Je me précipitai à l'étage, qui consistait en deux chambres séparées par une salle de bains ; ma chambre à moi, au fond, possédait une porte qui donnait sur un balcon surplombant pour moitié le toit de ma cuisine, et pour autre moitié ma cour pavée de briques. La chambre à l'avant contenait une télévision et mon bureau.

J'écrivis un petit mot à l'intention de Lee, redescendis en courant et déposai la note sur l'ottomane disposée entre mon canapé et mes fauteuils, et qui faisait office de table basse.

Le petit mot disait : « J'ai un imprévu. On remet ça à plus tard ? »

Je ne savais pas si Lee entrerait chez moi ou pas, mais s'il le faisait, il verrait le mot. Dans le cas contraire, je n'allais pas coller la note sur ma porte pour que Matt la lise aussitôt. Lee devrait se contenter de croire que je lui avais posé un lapin. Je lui expliquerais la situation plus tard, ou alors j'inventerais un mensonge plausible.

Je remontai en courant au premier, sortis sur le balcon et enjambai la petite rambarde qui menait au balcon de mes voisins, puis je cognai sur la porte-fenêtre de leur chambre.

Tod et Stevie vivaient dans la maison mitoyenne. Ils étaient tous les deux stewards. Ils possédaient un chow-chow nommé Chowleena, qui avait plus de classe que Tod et Stevie réunis. Vu que Tod était la meilleure drag-queen de Denver, vous imaginez la classe. C'était moi qui gardais Chowleena lorsque ses maîtres prenaient des vols, et j'adorais cette chienne. Je comprenais ce que c'était que d'avoir de la classe ; j'admirais ça, je le respectais et je l'encourageais. Les deux papas de Chowleena sortaient du même moule. Stevie vous concoctait des œufs Bénédicte à partir de rien, avait toujours le sourire et vous embrassait sur la joue chaque fois qu'il vous voyait. Tod chantait *Time and Tide* en play-back comme personne, parvenait à me faire rire aux larmes, et nous partagions nos robes. Tod et Stevie entretenaient la cour et étaient silencieux. Les voisins idéaux.

Tod ouvrit la porte et me dévisagea.

— Ma jolie, qu'est-ce que tu fabriques, bordel ? Et qu'est-il arrivé à ton visage ?

Je le bousculai pour entrer dans leur chambre, fermai la porte-fenêtre derrière moi et vidai mon sac.

Je racontai à Tod les coups de fusil, les diamants, le roi du café, le pistolet paralysant, le kidnapping, l'arnaque sexuelle de Lee, l'histoire de l'amour de ma vie et même les lunettes bizarres de Tex. Je lui expliquai que j'avais besoin de rester chez eux jusqu'à l'arrivée, puis le départ de Lee, sinon je risquais de succomber à un charme qui me ferait jeter ma culotte par la fenêtre et me laisserait le cœur brisé à 7 heures du mat' le lendemain.

Tod plissa les yeux.

Puis il me prit par le bras pour me conduire hors de la chambre et annonça :

— Stevie fait griller des côtelettes. Je suis sûr qu'on a du rab.

Stevie et Tod avaient toujours du rab, et il en fallait beaucoup pour décontenancer Tod. Nous étions voisins depuis des années et il avait l'habitude de mes frasques, sans mentionner le fait qu'il était drag-queen. Il faudrait que j'ajoute un petit meurtre et peut-être même un complot international contre les membres d'une famille royale pour lui faire perdre contenance.

À 23 heures, j'enjambai à nouveau la rambarde pour rentrer chez moi.

Stevie avait interrompu notre marathon de Yahtzee, endossé le rôle du voisin fouineur et observé Lee arriver puis repartir. Allez savoir comment, Lee avait réussi à entrer chez moi en ouvrant la porte avec un truc qui, selon Stevie, avait tout l'air d'une clé, puis il était reparti avec le petit mot à la main.

— Oh oh, le beau gosse n'a pas l'air content *du tout*, m'annonça Stevie.

Mon estomac se noua.

Je décidai de me préoccuper de ça plus tard.

Les yeux toujours rivés à la fenêtre, Stevie me demanda :

— Rappelle-moi encore pourquoi tu refuses de coucher avec lui ?

Nom d'un chien.

En prévision de mes activités nocturnes, j'attachai mes cheveux en queue-de-cheval à la base de ma nuque et enfilai un col roulé noir, un jean noir, des bottes de cow-boy noires et ma ceinture noire avec les minuscules diamants fantaisie sur la boucle, parce que si je me faisais arrêter, je voulais être à mon avantage, malgré mon séduisant hématome.

J'attrapai mon sac et mes clés avant de sauter à nouveau par-dessus la rambarde. Dans un dernier effort pour éviter d'être suivie, j'avais conclu un marché avec Stevie et Tod : nous avions échangé nos clés de voiture pour la soirée. Je fis donc démarrer leur Honda Cr-v.

Durant tout le trajet, je vérifiai que je n'étais pas suivie, passant plus de temps l'œil rivé aux rétroviseurs qu'à la route. J'étais à l'affût de n'importe quel véhicule susceptible de me filer, mais je guettais tout particulièrement la Crossfire de Lee, une moto conduite par un beau gosse contrarié, ou encore un SUV. Comme à peu près toutes les voitures de Denver étaient des SUV, je paniquai tout le long du trajet jusque chez Tim, mais personne ne semblait me suivre.

Lorsque je bifurquai vers le quartier de Tim, personne ne roulait derrière moi depuis des lustres.

Je ne perdis pas de temps. Je voulais entrer et ressortir de là le plus vite possible. Je ne savais absolument pas ce que j'allais trouver, mais j'espérais que ce serait Rosie, planqué dans le sous-sol, et que ce merdier allait prendre fin.

Je sortis de la voiture et me dirigeai tout droit vers la maison.

Aucune lumière chez Tim ni chez les voisins. Minuit approchait et nous étions la veille d'un samedi, mais apparemment, personne ne veillait.

Je frappai à la porte, attendis une réponse et restai là à écouter, dans l'attente d'un bruit quelconque en provenance de la maison.

Rien.

— C'est Indy Savage, murmurai-je aussi fort que je l'osai. Si Rosie est là, je suis venue l'aider. Promis, juré.

Toujours rien.

Je tentai d'ouvrir la porte, mais elle était fermée à clé.

Je réitérai l'expérience avec la porte de derrière, puis je fis le tour de la maison en jetant un coup d'œil par les fenêtres et en essayant de vérifier si l'une d'entre elles coulissait. Je n'y voyais pas grand-chose et chaque fenêtre était soit condamnée par de la peinture, soit fermée à double tour.

— Fait chier ! sifflai-je entre mes dents, debout à proximité d'une fenêtre du côté est de la maison.

À ce moment-là, quelque chose atterrit sur mon épaule.

Je poussai un cri strident et pivotai sur moi-même, sans savoir à quoi m'attendre. Il pouvait aussi bien s'agir de Lee que des gorilles de Wilcox, des types qui m'avaient tiré dessus, d'un officier de police ou de Dracula.

Au lieu de ça, je tombai sur Tex. Les lunettes avaient glissé du sommet de son crâne pour atterrir sur son nez.

Il posa un doigt sur ses lèvres puis, un quart de seconde plus tard, balança son poing dans la vitre.

Je restai là à fixer du regard la fenêtre, puis Tex, puis à nouveau la fenêtre.

— Qu'est-ce que vous faites ? chuchotai-je.

— Une effraction, ma belle, répondit-il d'un ton désinvolte.

Tex portait une chemise en flanelle, des gants de chantier, et il était en train de balayer le verre brisé.

— Vous ne pouvez pas casser les carreaux des gens ! m'écriai-je. On aurait dû essayer d'ouvrir avec une pince-monseigneur.

— Arrête de brailler et entre là-dedans.

Tex me saisit par la taille, me souleva et me balança par la fenêtre comme un vulgaire sac de farine.

— Attention aux éclats de verre ! lança-t-il.

Trop tard : j'avais atterri dessus et avais roulé un peu plus loin. J'espérais ne pas m'être coupée. De toute façon, j'étais trop crispée pour sentir quoi que ce soit. Je me remis sur mes pieds et jetai un œil autour de moi dans l'obscurité. Je me sentais un peu hystérique.

Quelque chose sentait vraiment bizarre, et pas dans le bon sens du terme.

Tex se traîna avec effort derrière moi. Je pivotai pour fusiller du regard sa silhouette massive.

— Vous êtes cinglé ? demandai-je à ce taré. Vous venez de me jeter par la fenêtre !

— À te voir, j'avais l'impression que tu hésitais un peu.

— Il fait noir, vous ne pouviez pas me voir !

Tex tapota ses lunettes.

— Vision nocturne.

Merde alors.

Merde, merde, *merde*.

— J'aime pas c't'odeur, fit remarquer Tex (et je ne pus que l'entendre renifler vu que moi, je n'y voyais plus rien). Ça pue.

Il avait raison. Ça puait affreusement.

— Tu restes là, m'ordonna-t-il. Je vais jeter un coup d'œil.

Je distinguai son ombre qui se déplaçait.

— Ne me laissez pas là !

— Ne fais pas la midinette, répliqua Tex qui était déjà passé dans une autre pièce.

J'étais étonnée qu'un type aussi imposant parvienne à se mouvoir dans un tel silence. Il ne faisait aucun bruit.

Je restai là dans l'obscurité, à songer que nous avions certainement fait un boucan d'enfer en fracassant la vitre. Je guettais les sirènes qui me mèneraient à ma perte. Papa allait être dans une colère noire, et Malcolm s'assurerait que Kitty Sue ne m'invite pas au barbecue du 4 Juillet. Quant à Hank, je ne voulais même pas envisager sa réaction.

Ensuite, je me demandai si l'une des équipes adverses participant à la Chasse au Rosie pouvait avoir eu la même idée que moi et rappliquer, eh bien, imaginons ce soir, exactement à la même heure. Imaginons aussi que cette équipe soit celle des tireurs, et que ces tireurs dégainent leurs flingues.

— Tex, où es-tu ? murmurai-je.

Très fort.

J'entrepris de me frayer un chemin à travers les pièces emplies d'ombres inquiétantes. Plus je m'enfonçais dans la maison, plus l'odeur devenait pestilentielle.

— T'as pas envie d'entrer ici, entendis-je Tex déclarer lorsque j'eus l'impression d'avoir atteint le plus haut niveau de l'infection.

Je plaquai ma main sur mon nez et ma bouche.

— Qu'est-ce que c'est ? demandai-je.

La silhouette de Tex était aussi immobile qu'une statue, et la manière dont il se tenait me colla la trouille.

— C'est Rosie ? demandai-je en jetant un coup d'œil dans la pièce obscure.

Il me sembla qu'il s'agissait d'une cuisine, mais je ne discernais pas grand-chose de plus.

Tex fit un mouvement, ôta les lunettes et les posa sur mon visage. Ma main retomba et tout prit une teinte verdâtre. J'y voyais beaucoup mieux. Manque de bol, mon champ de vision incluait le cadavre d'un homme, le cul par terre, le dos contre un placard, les jambes écartées devant lui. Il avait de grosses taches noires sur le visage, taches qui trouvaient leur origine dans ce qui ressemblait à un trou au milieu de son front.

— Oh mon Dieu ! balbutiai-je.

Ensuite, tout devint ultralumineux. C'était si éclatant que j'en fus aveuglée et poussai un cri de surprise.

Une main vint se plaquer sur ma bouche et on m'arracha les lunettes de la tête.

— Ne fais pas de bruit, bordel.

C'était Lee. Il avait allumé la lumière de la cuisine. Lorsqu'il fut certain que je n'allais pas me remettre à hurler, il ôta sa main de ma bouche.

Je me retournai et le dévisageai. Il fixait le corps, le visage crispé.

— Qu'est-ce que tu fais ici ? demandai-je.

— Ouais, c'est quoi ? Une petite fête ? demanda Tex.

Lee lui lança un regard glacial et Tex se tut.

Puis Lee se tourna vers moi.

— Je t'ai suivie.

— Personne ne m'a suivie. Je n'ai pas arrêté de vérifier.

Lee me dévisagea.

Salaud.

— Z'êtes avec elle ? se hasarda à demander Tex.

— Ouais, répondit Lee.

J'avais envie de hurler que je n'étais *pas* avec Lee et que lui n'était *pas* avec moi, mais au vu de la situation, je préférai me taire. Au lieu de ça, je pivotai vers le corps inerte. Le cadavre était toujours là, non plus dans la sinistre atmosphère verdâtre des lunettes de vision nocturne, mais en pleine lumière. Là où il était aisé non seulement de le voir lui, mais aussi tout le sang et le magma infâme qui était sorti de l'arrière de son crâne pour venir éclabousser tout le mur de la cuisine.

Il ne s'agissait pas de Rosie.

C'était dégoûtant. Je n'avais jamais rien vu d'aussi abject. Quelle mort atroce, affreuse, horrible, puante et triste !

J'essayai de déglutir. J'étais pratiquement certaine que j'allais vomir. Lee m'entendit, me saisit par le bras et me traîna à travers la maison jusqu'à la porte de derrière.

— Penche-toi. Respire profondément, ordonna-t-il.

Nous étions debout dans le jardin. Lee appuya sur ma nuque pour m'obliger à me pencher. Je posai les mains sur mes genoux et inspirai de grandes goulées d'air frais, laissant derrière moi le parfum de la mort. Au prix d'un gigantesque effort, je refoulai la nausée et me redressai.

Tex nous avait suivis dehors.

— C'était Tim ? lui demandai-je.

— Yep.

— Oh mon Dieu.

— Je t'en prie, dis-moi que tu n'as rien touché là-dedans, me dit Lee.

Je secouai la tête.

— Dis-moi que ce n'est pas toi qui as brisé cette vitre, poursuivit-il.

— C'est moi qu'ai commis l'effraction pour nous deux. Après avoir cassé la vitre, je l'ai balancée par la fenêtre, l'informa Tex.

Lee tourna les yeux vers lui.

— Pardon ? demanda-t-il d'une voix effrayante.

Tex ne parut pas le remarquer.

— Elle hésitait, précisa-t-il.

Lee dévisagea Tex quelques secondes.

— Bon sang, marmonna-t-il avant de pointer le doigt vers moi. Ne bouge pas. (Il désigna Tex.) Vous, vous venez avec moi.

Lee balança les lunettes à Tex et ils pénétrèrent à nouveau dans la maison. J'étais un peu surprise que Tex obéisse aux ordres de Lee, mais bon, Lee venait d'employer son ton on-ne-discute-pas-avec-moi…

Je m'assis dans l'herbe, trop flippée pour rester debout, et posai mon front sur mes genoux.

Je craignais que tout ça ne présage rien de bon pour Rosie, et encore plus que ça ne présage rien de bon pour Duke.

Lee et Tex ressortirent. Lee ferma la porte et traficota la poignée avant de se diriger vers moi, tout en retirant les gants chirurgicaux qu'il portait.

— Pas de Rosie, annonça-t-il.

— Ouf ! m'exclamai-je.

Je ne m'étais même pas aperçue que j'avais cessé de respirer.

Lee me prit par l'avant-bras pour m'aider à me relever.

— Je mets Hank sur le coup, déclara-t-il.

Mes yeux sortirent de leurs orbites.

— Non ! Il va piquer une crise en me trouvant ici !

— Tu n'es jamais venue ici. C'est Tex qui était là. Tex, le voisin sympa qui s'inquiétait, répliqua Lee.

— Ça, c'est moi. Tout le monde ici sait que je suis un voisin inquiet. Faut que je passe un coup de fil. (Tex posa sa grosse main sur le sommet de mon crâne.) Tu t'en es bien sortie, pour une fille. T'as pas vomi ni rien.

— Merci Tex, dis-je avec un sourire tremblotant.

Je n'étais pas certaine qu'il s'agisse d'un compliment, mais j'étais résolue à le prendre comme tel.

Tex s'éloigna d'un pas tranquille et Lee me traîna jusqu'à une Mercedes Sedan. Il avait appuyé sur un bouton de son téléphone et attendait que ça décroche.

— Lee…, dis-je.

Il me fit m'arrêter près de la portière passager, l'ouvrit et me poussa à l'intérieur. Il resta debout devant la porte ouverte le temps qu'on réponde à son appel. Je demeurai assise dans la voiture, trop flippée par le cadavre pour que le comportement autoritaire de Lee réussisse à me rendre furibarde.

— Hank, un appel va arriver au 911 dans quelques minutes. Faut que je te parle à ce sujet. (Pause.) Ouais.

Et Lee raccrocha.

Il claqua ma portière et prit place sur le siège conducteur.

Je me tournai vers lui.

— J'ai une voiture ici, l'informai-je. C'est celle de mon voisin. Mon sac à main est dedans. Il faut que je…

Lee leva la main en l'air. Je me tus.

— Ce qu'il faut que tu fasses, c'est la fermer jusqu'à ce qu'on arrive à l'appartement pour que j'arrive à me convaincre de ne pas t'étrangler.

Ah. Zut.

Je jugeai plus prudent d'obtempérer. Je venais de vivre deux journées difficiles. Je n'avais pas envie qu'elles s'achèvent par une strangulation. Et puis, de toute manière, Lee était un tel dur à cuire que même si je ne me faisais pas étrangler, il était capable d'inventer un châtiment tout aussi cruel.

Lee ne prononça pas un mot jusqu'à notre arrivée à l'appartement. Il me traîna par le bras jusqu'à la chambre, ouvrit un tiroir et me jeta un tee-shirt.

— Mets-toi en tenue pour dormir, dit-il.

Et là, je vis rouge.

Rien de surprenant à ça : je ne faisais pas partie des gars de son équipe. Je n'appartenais pas à ses troupes. Je n'étais plus une gamine. Hors de question qu'il me dise ce que je devais faire. Je venais de vivre une soirée difficile. J'avais vu un cadavre, nom d'un chien !

D'accord pour laisser une petite marge de manœuvre à l'arrogance de Lee tant que je me trouvais à proximité dudit cadavre, mais là, c'en était trop.

— Non ! rétorquai-je d'un ton tranchant. Cesse de me donner des ordres. Je veux rentrer chez moi. Je veux dormir dans mon lit. Je veux…

Je n'en dis pas davantage : Lee avançait sur moi. Je reculai et me heurtai au mur.

Il plaqua son corps au mien et pencha la tête de manière qu'on se retrouve nez à nez.

— Tu veux que ton père voie les photos d'une scène de crime avec toi morte, assise sur ton joli petit cul, le cerveau éparpillé sur un mur ?

Euh…

Mon estomac fit des cabrioles et mes jambes flageolèrent.

— Non.

— Alors, tout ça s'arrête aujourd'hui.

Je le fixai du regard.

— Indy, bon sang, si tu ne promets pas…

— Évidemment que ça s'arrête là ! criai-je. Je viens de voir un cadavre ! Tu ne me crois quand même pas aussi stupide ?

Son visage indiquait clairement que si.

— Lee ! Rosie est mon ami. Il est là-dehors, quelque part. Ces types ne sont pas seulement à ses trousses, ils sont aussi aux trousses de Duke. Et voilà que maintenant, ils se mettent à tuer les gens.

— Je les retrouverai. Lui comme Duke.

On se dévisagea pendant ce qui me parut une éternité. Les yeux bruns de Lee brûlaient d'une colère froide. J'essayais de me convaincre que toute cette colère n'était pas dirigée contre moi, mais j'avais un peu de mal à m'en persuader.

Je détournai les yeux.

— Je ne pouvais pas savoir que j'allais tomber sur un truc pareil, ce soir, murmurai-je.

— Je t'avais prévenue que c'étaient des sales types.

Je dévisageai à nouveau Lee.

— Quel genre de boulot fais-tu pour t'y reconnaître dans un tel merdier ?

Lee secoua la tête. Il avait reculé de quelques centimètres ; nous n'étions donc plus nez à nez, mais il était encore très proche.

— Naaan, hors de question que tu remettes ça sur le tapis, dit-il.

Je me dégageai du minuscule espace qui me restait entre Lee et le mur, me dirigeai d'un pas tonitruant vers la salle de bains et clôturai la conversation par ma réplique préférée :

— N'importe quoi.

Je me brossai les dents avec ce qui semblait être devenu officiellement *ma* brosse à dents, qui était douillettement posée à côté de celle de Lee.

J'essayais de ne pas réfléchir à ma super stratégie qui consistait à ne jamais me retrouver en compagnie de Lee, ni dans sa voiture, ni dans son appart et surtout pas dans son lit, toutes ces choses que j'avais finalement faites. J'essayais de ne pas réfléchir à Tim Shubert mort et dégageant une odeur pestilentielle, qu'on avait laissé pourrir dans sa maison tandis que ses voisins s'inquiétaient pour lui. J'essayais de ne pas réfléchir à Rosie ou Duke dans la même posture, actuellement ou dans quelques jours. J'essayais de ne pas réfléchir à la voiture de Tod et Stevie, que j'avais abandonnée sur une scène de crime. J'essayais de ne pas réfléchir au merdier dans lequel je me trouvais, ni à la manière dont Lee se comportait au milieu de tout ça, avec désinvolture et sans sourciller.

Je me déshabillai et enfilai son tee-shirt. Sur moi, il était immense. J'avais l'insigne des Night Stalkers imprimé en grosses lettres sur la poitrine. Ce tee-shirt était beaucoup trop grand ; vu mon sommeil agité, j'allais m'emberlificoter dedans. Mais hors de question que je m'en plaigne auprès de Lee.

Et puis, c'était quand même un tee-shirt supracool.

Je retournai dans la chambre et m'apprêtais à fourrer mes habits dans mon sac, que j'avais laissé par terre, lorsque je m'aperçus que celui-ci avait disparu.

— Où est mon sac ? demandai-je à Lee, qui venait d'entrer dans la chambre et avançait vers moi.

Je déposai mes vêtements sur un fauteuil.

— Judy a déballé tes affaires, répondit-il en se rapprochant.

Il saisit mon poignet et me conduisit vers le lit.

— « Judy » ? répétai-je distraitement, parce que je pensais surtout à mes affaires sorties de mon sac et à mes habits accrochés aux côtés de ceux de Lee.

Mes sous-vêtements dans un tiroir. Ma brosse à dents à côté de la sienne. Moi dans son lit. Comment tout ça avait-il pu arriver aussi vite ? Ça ne faisait que deux jours, bon sang ! Qu'était-il advenu de mon mantra « on prend notre temps » ?

— Ma femme de ménage, m'informa Lee.

— Tu as une femme de ménage ?

Alors là, j'étais choquée. Choquée que Lee ait une femme de ménage. Choquée de vivre presque en concubinage avec un homme dont je ne savais pas qu'il employait une femme de ménage. Choquée de vivre presque en concubinage avec un homme, point – point à la ligne, même. Et encore plus choquée que cet homme soit Lee.

Il me poussa doucement et je basculai sur le lit, avant de prendre enfin conscience d'où j'étais et de ce que Lee était en train de faire.

— Lee…

Tout se passa à une vitesse fulgurante. Il leva mon poignet au-dessus de ma tête, se pencha au-dessus de moi, j'entendis un bruit sec suivi d'un cliquetis, puis un autre bruit sec suivi d'un autre cliquetis…

Et je me retrouvai menottée à son lit.

— Qu'est-ce que c'est que ce bordel ? hurlai-je.

J'étais sur le dos, le bras gauche ramené au-dessus de mon crâne et menotté à l'un des barreaux de la tête de lit style militaire de Lee. Qui était lui-même actuellement penché au-dessus de moi.

— Je sors, et je m'assure que tu ne feras rien de stupide pendant ce temps-là, répondit-il.

— Tu ne peux pas me laisser attachée à ton lit ! Et s'il y avait un incendie, si quelqu'un venait te cambrioler ?

Lee secoua la tête, s'écarta de moi et se releva.

— Je ne ferai rien de stupide ! dis-je d'une voix assez sourde de colère pour lui indiquer clairement tout le contraire.

Il devinait probablement que la première stupidité à laquelle je m'adonnerais s'il me détachait, ce serait de l'assassiner.

Lee revint sur ses pas, se pencha et déposa un baiser sur mon front.

— Je sais, dit-il.

Puis il traversa la pièce, éteignit la lumière et partit.

Salaud, mais quel salaud, ce Lee !

D'habitude, je pouvais dormir n'importe où ; m'affaler sur le canapé de quelqu'un, me vautrer dans un lit double avec quatre amis supplémentaires (il faut dire que mon activité nocturne faisait de la place dans le lit) ou m'effondrer à l'arrière d'une fourgonnette.

J'étais en train de découvrir que je disposais de talents formidables dont je n'avais jamais soupçonné l'existence, comme prendre mes jambes à mon cou quand je me faisais tirer dessus, garder mon sang-froid lorsqu'on me kidnappait ou ne pas vomir partout quand je tombais sur un cadavre.

Malheureusement, ces nouveaux talents n'incluaient pas la capacité de m'endormir menottée au lit de Liam Nightingale.

Je me dégottai une position à peu près confortable et tentai de trouver le sommeil, mais j'étais folle de rage et chaque fois que je fermais les yeux, je voyais l'image de Tim et de ses morceaux de cervelle.

Une éternité plus tard, j'entendis la porte s'ouvrir. Mon corps se raidit. Je me forçai à rester parfaitement immobile. On marchait dans l'appartement. Je ne savais pas de qui il s'agissait, mais cette personne n'alluma aucune lumière et était aussi silencieuse qu'un chat ; je percevais à peine un léger bruissement. Puis l'individu pénétra dans la chambre. J'entendis quelque chose tomber sur le fauteuil, le froissement des draps, des mains effleurèrent mon poignet et une odeur de cuir, d'épices et de tabac m'assaillit. Lorsqu'on me détacha de la tête de lit, je sus que c'était Lee.

Sitôt les menottes ouvertes, je me mis à rouler vers l'autre côté du lit, en direction de la liberté.

Je parvins à faire un tour sur moi-même avant qu'un bras ne me saisisse par la taille.

— Où vas-tu ?

— Je prends un taxi et je rentre chez moi, dis-je les dents serrées.

— Non.

— Dans ce cas, je dors sur le canapé.

— Non.

Génial. C'était reparti pour le même cirque.

— Je dors de l'autre côté du lit.

— Non.

— T'es un salaud.

— Peut-être.

Merde alors.

Lee se lova derrière moi et m'enlaça.

Je restai figée, à me demander si je devais pivoter, lui envoyer un coup de genou dans les couilles et partir en courant.

Puis, allez savoir pourquoi, l'image de Tim me revint à l'esprit et tout mon corps se mit à trembler. Vraiment beaucoup. Genre tremblement de terre humain.

— Bordel, murmurai-je.

Lee me fit pivoter vers lui et me serra dans ses bras.

Je me blottis contre lui, au chaud, en luttant pour ne pas pleurer.

— Tu connaissais ce type ? me demanda Lee d'une voix douce.

— Non.

Même en ne prononçant qu'un seul mot, j'avais la voix chevrotante. Je pris une grande inspiration, saccadée.

— Mais je crois qu'il venait de temps en temps à la boutique, poursuivis-je. (Je pris une autre inspiration pour maîtriser les larmes qui menaçaient de couler.) C'est atroce, comme façon de mourir. Que vont ressentir ses parents ?

Lee me caressa le dos sans répondre. Il n'avait probablement aucune idée de ce que ressentiraient les parents de Tim et aucune envie d'y songer.

Il se mit à jouer avec mes boucles et j'enfouis mon visage dans son cou. Son corps était ferme et chaud ; sa respiration régulière m'apaisait. Sa main dans mes cheveux me détendit un peu, et le bras qu'il avait passé autour de ma taille me donnait l'impression d'être en sécurité.

Je finis donc par m'endormir.

8

Pas fan de Nixon.

Je me réveillai dans le lit de Lee, mais sans lui, cette fois.

Je n'avais pas encore assez d'énergie mentale pour me demander où il avait bien pu passer, et encore moins pour analyser mon sentiment de déception. Je songeai que cette déception n'avait pas lieu d'être face à l'absence d'un homme qui m'avait menottée à son lit contre ma volonté, et je passai donc outre.

Il était 6 h 20. J'avais disposé d'un max de temps pour réfléchir pendant que j'étais attachée au lit, et j'avais décidé que *Fortnum's* serait fermé pour le week-end.

Parfois, c'est chouette d'être la patronne.

En vérité, bosser à la boutique n'avait rien de pénible. Nous étions quatre, cinq même lorsque Ally traînait dans le coin, c'est-à-dire la plupart du temps. La librairie était ouverte de 7 h 30 à 18 heures en semaine, de 8 h 30 à 18 heures le samedi et de 10 heures à 16 heures le dimanche. En dehors du rush matinal, le reste du temps, nous traînaillions. Chacun arrivait et repartait à l'heure de son choix.

Avec deux employés de moins, ça commençait davantage à ressembler à un vrai travail. Et comme Ally et moi nous baladions en ville à la recherche de Rosie, c'était Jane qui se tapait tout le boulot.

Je ne fonctionnais ni aux horaires de travail ni aux heures de présence. Tout le monde travaillait quand il le souhaitait, c'est-à-dire le plus souvent sept jours sur sept, moins quelques heures par-ci par-là pour : faire des courses, déjeuner entre amis, faire du shopping au centre commercial de Cherry Creek, arriver tard si on avait envie d'une grasse matinée, quitter tôt sous n'importe quel prétexte ou aller tailler une bavette au *Lincoln's Road House*, le bar local des motards. Chacun prenait des congés quand bon lui semblait et personne n'en faisait plus que les autres. Mamie avait montré l'exemple et créé un précédent. Nous l'avions tous suivi et curieusement, ça marchait.

J'avais besoin de faire une pause après les deux derniers jours, et Ally et Jane en avaient grand besoin elles aussi. D'ici au lundi, avec un peu de chance et l'implication de la police, cette histoire serait résolue et tout reviendrait à la normale. Enfin, la normale avec Duke de retour, donc aussi normal que ça puisse l'être.

Rosie, je le savais depuis la nuit précédente, ne reviendrait probablement jamais.

Je souhaitais simplement que, quoi qu'il fasse de ses journées, il le fasse *vivant*.

Ça me rendait triste, mais j'évacuai cette pensée-là aussi.

Je me levai, titubai jusqu'à la salle de bains et me brossai les dents. Je me sentais complètement vidée, pas seulement parce qu'il me manquait ma dose de caféine mais aussi parce que j'avais nettement moins dormi que ce dont j'avais besoin d'habitude. Je m'examinai dans la glace. Mon hématome s'estompait légèrement, mais rien de miraculeux. À moins que les affreux cernes noirs sous mes yeux ne lui fassent concurrence, tout simplement.

Je sortis de la chambre pour aller préparer le café et m'arrêtai net, les yeux rivés sur la porte entrouverte de la Tour de Contrôle.

Je m'étais attendue à ce que Lee soit parti faire un jogging, prendre le commandement d'une troupe de mercenaires en guerre contre la drogue au Pérou, ou encore truffer ma voiture de dispositifs de pistage.

Au lieu de ça, je l'entendais parler au téléphone comme s'il se trouvait dans une pièce banale et non dans le centre névralgique d'un cartel d'envergure internationale.

En temps normal, la curiosité m'aurait poussée à foncer dans la pièce ou, au minimum, à épier la conversation.

À la place, je me dirigeai tout droit vers la cafetière.

Question de priorités.

La cruche était presque pleine : j'émis un petit bruit de pure extase.

Je remplis une tasse, l'éclaboussai de lait et me rendis sur le balcon du salon. Là, je sirotai mon café en admirant les Rocheuses.

Lee jouissait d'une vue vraiment exceptionnelle.

Tandis que la caféine se diffusait dans mon organisme, mon cerveau embrumé tenta de planifier la journée.

J'allais appeler Jane et Ally et déposer un petit mot à *Fortnum's*. J'irais rechercher la voiture de Tod et Stevie, rentrerais chez moi et préparerais une salade de macaronis pour que celle-ci ait le temps de fermenter avant le barbecue. Ensuite, je me mettrais au lit jusqu'à l'heure où je serais obligée de me réveiller pour faire les brownies et me préparer pour le barbecue.

Et si l'envie m'en prenait, j'irais peut-être m'allonger au soleil plutôt que dans mon lit.

C'était comme ça que je voyais ma journée.

Et ça s'annonçait drôlement bien.

Deux mains indiscutablement reliées à des bras, eux-mêmes connectés au corps de Lee, vinrent se poser de part et d'autre de mon corps, sur la rambarde du balcon. Je sentais la chaleur de Lee dans mon dos.

L'espace d'un instant, j'envisageai de faire volte-face, de me mettre à hurler comme une malade et de lui arracher les yeux de la tête pour avoir eu l'audace de me menotter à son lit.

Puis je songeai à la manière dont il m'avait tenue lorsque je m'étais mise à trembler et à sa façon de jouer avec mes cheveux jusqu'à ce que je m'endorme, et je renonçai à cette idée.

— Salut, dit Lee en effleurant mes cheveux du menton avant de m'embrasser dans le cou. Comment te sens-tu, ce matin ?

Sa voix résonnait dans mon oreille et je fus parcourue de fourmillements.

— Bien.

Mince. J'avais oublié de prendre Lee en compte dans l'organisation de ma journée.

Je n'eus pas le temps de m'adonner à l'élaboration d'un nouveau planning, car Lee me fit pivoter et s'empara de ma tasse de café, qu'il posa sur la table, à portée de main. Ensuite, il m'entoura de ses bras, j'ouvris la bouche pour dire quelque chose – peu importe quoi – et il m'embrassa.

Les fourmillements s'intensifièrent et commencèrent à cibler des zones très spécifiques.

À la fin du baiser, les lèvres de Lee suivirent le contour de ma joue jusqu'à mon oreille. J'avais les mains posées sur son torse.

— Qu'est-ce que tu fais ? demandai-je d'une voix chevrotante.

Bon, d'accord, c'était une question idiote.

— Je te dis bonjour, répondit-il.

Ah. Sa manière de dire bonjour était vraiment très, très agréable. Bien mieux que sa façon de dire merci.

Bon, j'allais devoir lâcher du lest, là.

Tout ce petit manège était bien sympathique (et même, parfois, vraiment ultrasympathique). Le hic, c'est que j'avais pris la décision de garder mes distances avec Lee dix ans plus tôt et que je n'étais pas tout à fait certaine de vouloir revenir sur ma décision.

Enfin, pour être honnête, je devais bien admettre que j'en avais envie. Aucun doute là-dessus. Nous parlions de Lee : j'avais passé la totalité de mon existence à attendre ce moment.

Mais il y avait de sacrés enjeux. Qu'arriverait-il si ça ne marchait pas ? Qu'arriverait-il si Lee finissait par se lasser et décidait de passer à autre chose ? Tout s'en trouverait bouleversé. Je serais dévastée, bien sûr, mais il fallait aussi prendre en compte nos relations : la famille, les gens qui comptaient pour nous.

— Lee, il faut qu'on parle.

— Hum ? murmura-t-il avant de faire courir sa langue du haut de ma mâchoire jusqu'à ma nuque.

— Lee !

Mes doigts de pied se recroquevillaient sur eux-mêmes, mes tétons étaient hyperdurs : on passait aux choses sérieuses.

— Parle, dit-il. Je t'écoute.

Il n'écoutait rien du tout. Ses mains se trouvaient sous mon tee-shirt et remontaient le long de mes flancs.

— Il faut qu'on parle de ce qui se passe entre nous, insistai-je.

La bouche de Lee revint à l'assaut de la mienne.

— D'accord. Envoie.

Il m'embrassa à nouveau, fougueusement cette fois : je fus obligée de passer mes bras autour de son cou pour rester debout.

Lorsque ses lèvres s'éloignèrent des miennes, Lee posa une main sur mes fesses et me plaqua contre lui. J'eus tout le loisir de sentir son outillage contre mon ventre. Un très bel outillage, je dois dire. Très impressionnant. J'en eus des frissons jusqu'à l'intérieur des cuisses.

— Je ne suis pas encore certaine, pour tout ça, dis-je.

Bon. En réalité, j'étais de moins en moins hésitante et mon corps, lui, n'hésitait plus *du tout*. Il affirmait sa certitude à chaque seconde qui passait.

— Ah non ? s'étonna Lee en relevant la tête.

Il m'observa. Ses yeux bruns avaient la couleur du chocolat fondu, et en les observant, je cessai de respirer.

Lee fit remonter la main qui se trouvait sur mes fesses et enserra l'un de mes seins. La peau rugueuse de son pouce effleura mon téton durci. Je me mordis la lèvre inférieure. Une décharge électrique partit de mon téton pour se diriger tout droit vers mes parties intimes.

— Tu n'as pas trop l'air de douter, fit remarquer Lee.

— Je ne parlais pas de ça, murmurai-je.

— Je vois. Tu évoquais autre chose. J'irai vérifier là aussi.

Lee sourit et sa main quitta mon sein, pour descendre le long de mon ventre jusqu'à…

— Lee !

Mon corps frémit et je tressautai, à moitié pour me dégager de Lee, à moitié sous le coup de la surprise. Sauf que je n'avais nulle part où aller. Ma seule option était de sauter par-dessus la rambarde, tout droit vers une mort certaine, écrasée sur le trottoir quatorze étages en dessous.

Lee m'adressa un sourire radieux et mon estomac exécuta un looping. Lee fit à nouveau descendre sa main vers mes fesses.

— On aura cette discussion *après* que je t'aurai fait l'amour, d'accord ? dit-il.

Face à ce sourire, mon estomac se noua et mes jambes flageolèrent. Je savais que je n'en supporterais pas beaucoup plus. Je ne sais pas pourquoi, mais ce constat me fit monter les larmes aux yeux.

Lee posa les deux mains sur mes fesses et me souleva. Je poussai un cri de surprise et resserrai mon emprise autour de son cou, tout en passant les jambes autour de ses hanches.

En me tenant toujours par le postérieur, Lee fit demi-tour et regagna le salon à grandes enjambées. Il me lâcha d'une main pour attraper mes cheveux, tirer d'un petit coup sec et me faire rejeter la tête en arrière, puis il m'embrassa en fonçant vers le canapé. Il m'y déposa et vint s'allonger juste au-dessus de moi, sa bouche sur la mienne.

J'agitai la tête et, faisant appel à mes derniers lambeaux de self-control, fis une ultime tentative de conversation.

— Si on foire sur ce coup-là, Lee, on fait tout foirer avec. Ally, Hank, tes vieux, mon père. Tu es prêt à ça ?

Lee se figea.

Quelques secondes plus tard, il glissait une main dans mes cheveux de chaque côté de mon visage et me maintenait la tête pour que je le regarde.

Lorsque je plongeai les yeux dans les siens, j'eus l'impression qu'un énorme poids venait de s'écraser sur ma poitrine.

Quelque chose de significatif avait changé. Un truc significatif *et* effrayant. Lee était mécontent ; la couleur chocolat fondu avait disparu de ses yeux et ses traits étaient durs.

— Tu penses que je veux juste tirer un coup ? demanda-t-il.

Je secouai la tête et me mordis la lèvre inférieure. Honnêtement, je ne savais pas ce que Lee voulait, mais à ce moment précis, je ne me voyais pas le lui dire.

— Tu crois que je te toucherais si ça ne signifiait rien pour moi ?

Ouh là…

Je retins ma respiration en me demandant ce que tout ça voulait dire, les yeux écarquillés. Mes larmes menaçaient de couler.

Lee dirigea ses mains vers mes hanches.

— Bon sang, Indy, tu comptes plus que ça pour moi.

Il tira sur mes hanches d'un coup sec, me mettant intimement, brutalement en contact avec son érection.

Il me maintint dans cette position quelques secondes en me regardant droit dans les yeux, puis il lâcha :

— Oublie ça.

Il s'appuya sur le canapé pour se relever et s'écarta de moi.

— Quoi ? demandai-je, abasourdie.

Mon corps était momentanément sous le choc de se retrouver sans le poids de Lee, et mon cerveau n'était pas encore assez imbibé de caféine pour penser clairement.

Lee me dévisagea, le visage dur, dénué de toute expression. Il s'était refermé exactement comme quand papa lui avait demandé s'il m'avait frappée.

— Habille-toi, je te ramène chez toi, dit-il.

Je clignai des yeux.

— Quoi ? répétai-je.

Lee me souleva du canapé et me posa sur mes jambes flageolantes.

— J'ai dit, habille-toi, remballe ton foutoir. Je te ramène chez toi.

Je clignai des yeux à nouveau. Deux fois, pour faire bonne mesure.

Que venait-il de dire ?

— Attends une seconde…, dis-je.

Lee s'éloignait déjà en grommelant entre ses dents :

— Je savais que je n'aurais jamais dû débuter ce truc. Tu ne vaux pas le coup.

Euh, que venait-il de dire ?

— Pardon ? dis-je.

Mais Lee avait quitté la pièce.

Les larmes ne menaçaient plus de couler : elles s'étaient mises à glisser sur mes joues. Sauf qu'au lieu d'être chargées des émotions confuses d'une femme proche d'obtenir tout ce dont elle avait toujours rêvé et qui était par conséquent morte de trouille, c'étaient les larmes d'une femme furieuse, sur la tangente et à deux doigts de commettre un meurtre.

Les larmes d'émotion, c'était inacceptable.

Les larmes de colère, ça passait très bien, et je leur laissai donc libre cours.

Je me dirigeai à grands pas rageurs vers la chambre et farfouillai dans mes affaires. J'enfilai un jean, mon soutien-gorge et mon tee-shirt Def Leppard, ma ceinture noire et les bottes de la veille. Je trouvai mon sac à main posé par-dessus mes vêtements, sur le fauteuil. Lee avait dû aller le récupérer la veille au soir.

Il pouvait toujours courir pour que je le remercie de sa gentillesse.

Je fourrai tout ce que je trouvais m'appartenant dans mon sac, vidant tiroirs et armoire et semant un bazar absolu au passage. Je m'en fichais. Je n'en étais plus à me soucier du rangement, loin de là.

J'allai à la salle de bains récupérer mon savon pour le visage. Lee pouvait garder sa foutue brosse à dents. Lorsque je regagnai la chambre, il était appuyé contre le montant de la porte.

— Prête ? demanda-t-il, le visage fermé.

— Plus que prête, répondis-je en fonçant furieusement sur mon gros sac pour y fourrer mes affaires, avant de le refermer d'un coup sec. Tu es un vrai cinglé. Complètement taré. Tex et toi, vous devriez former un club. Après toutes ces années, tu t'attends à pouvoir lever le doigt pour que j'accoure sans poser de questions ? Je voulais simplement discuter ! Je ne te demandais pas un acte de dévotion comme de lutter avec un tigre. (Quelques affaires dépassaient de mon sac. Je les tassai tout en poursuivant ma diatribe.) Me mettre dans tous mes états, *deux fois de suite*… (je m'interrompis pour pointer deux doigts en direction de Lee qui se tenait toujours debout dans l'embrasure de la porte, avant de reporter mon attention sur mon sac, dont je passai la lanière par-dessus mon épaule) et ensuite me laisser comme ça ! *Moi*, je ne vaux pas le coup ? Ah ! (Je saisis mon sac à main et me dirigeai droit sur Lee, avec l'intention de lui passer sur le corps s'il le fallait.) Ne prends pas la peine de me reconduire chez moi. J'appellerai un taxi. J'appellerai Ally. J'appellerai mon père. Je refuse d'accepter quelque faveur que ce soit d'un type comme toi !

J'étais arrivée devant lui et j'avais dit (hum, ou peut-être hurlé ?) ces derniers mots juchée sur la pointe des pieds. En fait, je les lui avais crachés au visage.

Une fois mon discours terminé, nous nous retrouvâmes l'un en face de l'autre, à une distance bien trop proche pour que ce soit confortable. Je n'avais pas cessé de pleurer et j'étais certaine d'avoir le visage affreusement rouge et trempé de larmes de rage.

— Laisse-moi passer, exigeai-je.

Lee ne bougea pas.

— J'ai dit, *laisse-moi passer* !

— Pourquoi pleures-tu ? demanda-t-il d'une voix sans timbre.

— Parce que tu m'insupportes.

— Ce sont des larmes de colère ?

— On dirait bien. Maintenant, dégage.

À la vitesse de l'éclair, Lee s'empara de mon sac à main et le balança à l'autre bout de la pièce.

J'observai l'objet voler et atterrir à sa place sur le fauteuil, et je me retournai vers Lee, les yeux écarquillés.

— Qu'est-ce que…

Lee fit glisser la bandoulière de mon épaule, et mon fourre-tout suivit la même trajectoire. Il atterrit par terre avec un léger « pouf », à quelques centimètres du fauteuil.

Je restai là à l'observer, avant de me retourner vers Lee. J'étais sans voix ; je me contentai donc de le dévisager.

Il posa les mains sur mon visage et ses pouces suivirent le trajet de mes larmes sur mes joues.

— Arrête de pleurer, dit-il.

J'en restai comme deux ronds de flan.

— M'ordonner d'arrêter de pleurer, ça ne suffit pas, l'informai-je.

— Alors comme ça, tu étais dans tous tes états ?

C'était le moment d'employer ma stratégie vas-y-que-je-te-balance-mon-genou-dans-les-couilles, j'en étais sûre.

— Bouge de là, intimai-je.

Je me libérai de Lee et fonçai vers mes sacs. Lee m'arrêta d'une main sur le bras et me fit faire volte-face.

— Arrête ça ! criai-je alors qu'il me ramenait vers lui.

Son visage n'était plus ni fermé ni dur ; la douceur y avait repris ses droits. OK. Là, j'étais absolument certaine que Lee était un grand malade en plein délire.

— Non, déclara-t-il. Maintenant, je vais te raccompagner au lit et te faire l'amour. Plus tard, nous irons au barbecue de ton père. Et après ça, on discutera.

Je secouai la tête en essayant de me libérer.

— Désolée, mais j'ai d'autres projets pour la journée.

Lee m'enlaça.

— Trésor, vu ce que tu m'as demandé tout à l'heure, je crois que tu as une fausse opinion de moi. Aujourd'hui, je vais te montrer qui je suis. Ce soir, je te dirai ce que je veux. Et demain, tu pourras prendre ta décision.

Je plissai les yeux.

— Je te connais depuis toujours, lui rappelai-je.

— Tu n'as aucune idée de qui je suis.

Je le dévisageai quelques secondes et soudain, je fus submergée par un mélange de peur, de curiosité et d'allégresse qui me fit frissonner. Le regard de Lee semblait contenir une promesse.

— Il faut que j'aille à la librairie, que je passe chercher la voiture de Tod et Stevie, que je prépare une salade de macaronis.

— Matt a ramené la voiture à tes voisins hier soir. Ally peut passer à *Fortnum's*. Il y a de la salade de macaronis chez *King Soopers*.

— Non.

Lee passa la main dans mes cheveux et me fit incliner la tête, exposant mon cou. Il y posa ses lèvres.

— Si, dit-il tout contre ma peau, tout en me reconduisant vers le lit.

— Arrête. Tu es cinglé ! Tu me dis de remballer mes affaires et la seconde suivante, tu me sautes dessus !

L'arrière de mes genoux heurta le lit et on tomba, Lee au-dessus de moi, ses lèvres collées aux miennes.

— Ma belle, accorde-moi dix minutes et je ne serai plus sur toi, mais *en* toi.

À cette promesse et aux mots « ma belle », mon bas-ventre fut parcouru d'un spasme. Lee m'embrassa, et je rendis les armes.

Quelle traînée. Je n'ai rien à dire pour ma défense : même après une telle crise émotionnelle, je finissais par lui céder.

Pour être franche, je souhaitais vraiment que Lee me montre qui il était et me dise ce qu'il voulait, et je n'avais pas envie d'attendre une seconde de plus pour le savoir.

Sauf que l'interphone se mit à sonner. Trois coups rapides, suivis d'un plus long.

Lee cessa de m'embrasser et posa son front contre le mien.

— Putain, c'est une blague, hein ?

— De quoi s'agit-il ? demandai-je.

— C'est un code, une urgence. Putain. (Il posa les mains de chaque côté de mon corps, se releva et commença à s'éloigner, avant de se retourner.) Tu es dans quel état, là, maintenant ?

— Sur une échelle de un à dix ?

Les petits plis au coin de ses yeux se plissèrent et Lee quitta la pièce.

Salaud.

Je restai allongée sur le lit à contempler le plafond tout en me demandant : « C'était quoi, ça ? »

Mon téléphone se mit à sonner. Je roulai hors du lit, attrapai mon sac, m'assis dans le fauteuil et vis qu'il s'agissait d'Andrea. Elle m'appelait probablement pour un bilan concernant ma vie sexuelle avec Lee. La vache, elle allait être déçue.

Je décrochai avec un :

— Non, on ne l'a pas encore fait.

— Oh oh, je sens des vibrations négatives.

— On est au téléphone, comment peux-tu sentir les mauvaises vibrations ?

— Je te connais depuis tes douze ans. Les mauvaises vibrations, je les *ressens*.

Du coup, je lui racontai tout. Je lui parlai de Lee, de son accès de colère et de son envie de me foutre dehors avant qu'il ne change à nouveau d'avis, ainsi que de son petit discours « qui je suis, ce que je veux, c'est toi qui décides ».

Andrea resta silencieuse quelques secondes avant de déclarer :

— Eh bien, il lutte contre sa réputation. Et il a de quoi faire. Le seul mec pire que lui, c'était son meilleur pote, Eddie. À l'époque, on aurait dit que ces deux-là faisaient le concours du pire mâle en rut. Ça ne doit pas être marrant d'être célèbre parce qu'on baise tout ce qui respire, ni d'être capable de faire ça juste en faisant l'immense effort de décocher un sourire à une nana. Surtout qu'après, quand tu te retrouves dans une position où tu es sérieux avec une femme qui t'a connu toute ta vie et qui est *parfaitement* au courant de toute l'histoire, bonjour pour la convaincre.

Waouh, Andrea avait beau être maman, elle avait encore un sacré bagout.

Cela dit, elle avait raison.

Je m'assis sur le fauteuil et tentai d'ignorer mon estomac noué.

— Tu crois qu'il est sérieux ? demandai-je.

Andrea resta muette quelques secondes.

— Tu rigoles, là ? finit-elle par dire.

— Euh, tu veux dire genre « ah ah ah » ou plutôt genre je suis débile ? m'enquis-je.

— Je n'arrive pas à croire que… Ma puce, à la soirée du Nouvel An chez Kitty Sue et Malcolm, tu étais là avec ce mec, attends, c'était quoi son nom, déjà…

Oh mon Dieu, je ne m'en souvenais plus, moi non plus.

— Euh, marmonnai-je. Brad ? Brett ?

— Peu importe, m'interrompit Andrea. Enfin, quand Lee n'était pas en train de t'observer avec un regard qui, osons le dire, faisait haleter toutes les femmes de la pièce, il observait Brad/Brett comme s'il avait envie de le décapiter.

— C'est pas vrai !

— Oh que si.

Merde alors.

— Alors ouais, je pense qu'il est sérieux, poursuivit mon amie. Et je ne parviens pas à m'imaginer Liam Nightingale comme le genre de mec appréciant que la femme pour qui il en pince le questionne sur son sérieux en plein milieu de… enfin bon, tu vois.

Bon sang de bonsoir de bordel de merde.

Merde, merde et re-merde.

— Bref, appelle-moi quand vous serez enfin passés à l'acte, conclut Andrea. Je veux des détails.

Génial.

Elle raccrocha et je refermai mon téléphone. Qui se remit à sonner aussitôt.

C'était Ally.

J'inspirai profondément en prétendant que tout allait bien (ce qui n'était pas du tout le cas) et je lançai :

— Ça gaze, ma jolie ?

— Ma belle, j'ai reçu une demi-douzaine d'appels. Tout le monde a vu Rosie *et* Duke. On a des pistes à ne plus savoir qu'en faire. Faut qu'on se bouge.

L'excitation s'empara de moi d'un seul coup. Je devais bien avouer que jouer les super détectives commençait à me botter. Puis je me souvins de la nuit précédente.

Je poussai un gros soupir.

— Ça va pas le faire, annonçai-je. Tex, le cat-sitter, et moi, on est allés, hum, faire un tour chez Tim hier soir, et on l'a trouvé raide mort dans sa cuisine. Pas beau à voir.

Ally demeura silencieuse quelques instants avant de demander :

— Tu y es allée sans moi ? Tu y es allée avec cette espèce de taré de cat-sitter ?

— J'allais commettre une effraction ! Tex s'est pointé en plein milieu. On a trouvé Tim dézingué, Ally. Crois-moi, réjouis-toi de ne pas avoir été là. C'est terminé. Lee a confié l'affaire à Hank.

— Et ton pari ? demanda Ally.

Je repensai au programme de Lee pour la journée. Et à ce qu'Andrea m'avait dit.

— Je crois que j'ai perdu.

Honnêtement, je n'en étais pas si effondrée que ça.

— Ben au moins, ça, c'est une bonne nouvelle, marmonna Ally.

Je lui expliquai que je fermais *Fortnum's*. Ally me dit qu'elle préviendrait Jane si je m'occupais de poser le panneau sur la porte. Ensuite, je raccrochai et filai à la cuisine.

Matt était là, ainsi qu'un autre type. Ce dernier mesurait au moins deux mètres et on aurait dit le fils de Tex, sans la barbe et avec une santé mentale un peu plus préservée.

— Salut, dit Matt.

J'inclinai la tête avec un sourire.

— Salut, toi.

Lee se tenait debout au milieu de la cuisine, les poings sur les hanches, et observait l'échange, les dents serrées.

Je remarquai un peu tardivement qu'il avait déjà pris une douche le matin même. Ses cheveux bruns étaient encore légèrement humides et frisottaient sur sa nuque et derrière ses oreilles. Je remarquai aussi qu'il avait besoin d'une bonne coupe de cheveux, mais ça lui allait bien. Très bien. Trop bien. Lee portait un jean ultradélavé et un tee-shirt rouge qui moulait ce qu'il fallait. Il était pieds nus.

Lorsque je m'approchai, son bras se tendit comme un ressort pour m'attirer contre lui et il passa la main autour de mon cou. Je faillis m'écraser sur son flanc. Il fit redescendre son bras, resserrant son emprise sur mes épaules. Au vu de la vitesse à laquelle le sang de Matt refluait de son visage, j'en conclus que Lee venait de mettre les choses au point. S'il s'était frappé la poitrine en grognant « Indy, femme à moi », les choses n'en auraient pas été plus claires.

Ah, les hommes.

Lee me présenta à l'autre type, un dénommé Bobby, puis annonça :

— On a retrouvé Duke.

Mon estomac se noua illico et tout mon corps se contracta. J'en étais arrivée au point où il m'était impossible d'affronter une mauvaise nouvelle, surtout si celle-ci concernait Duke.

Je levai la tête vers Lee et, avant d'avoir pu maîtriser ma réaction afin de ne pas passer pour une midinette devant les garçons, je murmurai :

— Dis-moi, je t'en supplie.

Les yeux de Lee reprirent leur couleur chocolat fondu. Il plongea ses yeux dans les miens et sa main glissa sur mon épaule pour venir caresser ma joue.

— Il va bien, il a juste fait un détour par Sturgis pour aller chercher une cintreuse. Ça n'a pas pris longtemps. Là, il est sur le chemin du retour.

Du Duke tout craché. Il n'y avait que lui pour faire le trajet depuis le versant sud du Colorado jusqu'au Sud Dakota pour dégotter une cintreuse.

L'interphone sonna de nouveau. Je me libérai de l'étreinte de Lee pour aller répondre. C'était Hank.

Arrivé à la porte, il me sourit en guise de salut, puis fit son entrée le bras autour de mes épaules.

— Je suppose que tu te plantais quand tu m'as dit que Lee et toi, vous auriez déjà rompu pour le barbecue de ton père, me taquina-t-il.

Je jetai un coup d'œil à Lee, qui haussa les sourcils.

Oups.

— Ouais, je suppose que j'ai eu tort, marmonnai-je.

Hank laissa retomber son bras et regarda Lee, sans plus aucune lueur de taquinerie. On passait aux choses sérieuses.

— Il faut qu'on discute de la nuit dernière, dit-il.

— Ouais ?

— Quelqu'un veut du café ? proposai-je.

Hank m'observa avant de reposer les yeux sur Lee.

— Peut-être devrions-nous faire ça dans la Tour de Contrôle, suggéra-t-il.

Les lèvres de Lee tressaillirent lorsque Hank évoqua la « Tour de Contrôle », et il répondit :

— Tu peux parler devant Indy.

Hank inspira par le nez, vida lentement le contenu de ses poumons et déclara :

— C'est bien ce que je craignais.

Je fis tourner les cafés, que tout le monde prit noir sauf moi. Une fois ma tâche accomplie, je grimpai sur le comptoir pour écouter la conversation.

Lorsque je fus confortablement installée, Hank prit la parole.

— La police pense avoir relevé des traces d'effraction. Shubert était mort depuis plus de vingt-quatre heures. Ça ressemble à un travail de pro, mais on a trouvé du sang frais sur la scène du crime. L'individu qui a commis l'effraction s'est coupé avec les débris de la vitre. On espère qu'il s'agit du tueur revenu chercher quelque chose.

Sans réfléchir, je regardai mon épaule, à l'endroit où j'avais atterri sur le verre brisé, et retroussai mon tee-shirt pour vérifier que je ne m'étais pas coupée. Je n'avais rien remarqué ni senti jusqu'ici, mais depuis le soir de l'effraction, une avalanche d'émotions m'était tombée dessus. Une coupure aurait facilement pu passer inaperçue.

C'est alors que je me rendis compte d'à quel point j'étais vraiment, *vraiment* stupide. Je me retournai lentement vers les garçons.

Lee avait une main sur une hanche. De l'autre, il tenait sa tasse en étudiant ses pieds. J'avais la quasi-certitude qu'il réprimait un sourire (en tout cas, c'est ce que j'espérais). Matt et Bobby, qui avaient sans aucun doute été recrutés la veille pour faire du nettoyage et qui étaient donc au courant de toute l'histoire, me regardaient tous les deux en souriant ouvertement.

Hank me dévisageait comme si j'étais un accident de la route particulièrement épouvantable. Il finit par tourner les yeux vers Lee.

— J'avais peur qu'il s'agisse de *ton* sang, lui dit-il.

Matt et Bobby s'arrêtèrent tous les deux de respirer. La remarque était choquante.

Même Lee semblait incrédule.

— Je ne laisserais jamais de sang sur une scène de crime, rétorqua-t-il. Bordel, ça ne me viendrait même pas à l'idée de briser une foutue fenêtre.

Je l'observai en me demandant combien de fois il avait eu l'occasion de laisser du sang sur une scène de crime. L'idée ne me plaisait pas du tout.

Hank m'examina à nouveau.

Oh oh.

— Je t'en supplie, dis-moi que tu n'as rien à voir là-dedans, me dit-il.

Je tentai d'afficher un air innocent. Comme je ne l'étais pas, c'était difficile. Surtout face à Hank ; Il était intelligent et me connaissait trop bien.

— Dans quoi ? demandai-je, candide.

— Indy, je te jure que…

La tasse de Lee heurta le comptoir. Il s'empara de mon mug, le posa, me souleva du meuble et me porta jusqu'à la chambre. Là, il ferma la porte.

— Enlève ton tee-shirt, ordonna-t-il.

— Quoi ? Maintenant ?

Je le dévisageai, confuse.

À la vitesse de l'éclair, mon tee-shirt passa par-dessus ma tête. J'étais vraiment contente d'avoir mis un soutif.

— Où as-tu atterri ? demanda Lee.

Je le dévisageai à nouveau.

— Quand Tex t'a balancée par la fenêtre, où as-tu atterri ? précisa-t-il.

Oh. On parlait de ça.

— En bas de l'épaule droite.

Lee me fit pivoter, ses mains parcoururent ma peau puis, avant que j'aie compris ce qui se passait, je les vis arriver devant moi et elles déboutonnèrent mon jean, qui me tomba sur les chevilles.

— Bon sang, Lee ! m'écriai-je.

Il lui avait suffi d'une nanoseconde pour me déshabiller. Si je ne venais pas d'en être témoin, j'aurais cru ça impossible.

J'essayai de me pencher pour récupérer mon jean, mais les mains de Lee s'affairaient sur mes hanches, mes cuisses et mes genoux.

Il remonta mon jean et me fit faire volte-face. Puis il repoussa mes mains – je tentais de remonter ma braguette – et vérifia mes paumes.

— Tout va bien. Pas de coupures, annonça-t-il.

— Merci, répliquai-je d'un ton furieux, comme de raison. N'importe qui aurait fait la même chose, non ?

Lee fit remonter ses mains le long de mes flancs, me forçant à relever les bras au-dessus de la tête, et il me remit mon tee-shirt.

Je terminai de remonter ma braguette, boutonnai mon jean et attachai ma ceinture.

— C'était vraiment nécessaire ? demandai-je sèchement.

Lee me décocha son sourire qui tue, l'air très content de lui.

— Pas du tout, mais c'était marrant.

Il déposa un baiser sur mon nez et sortit de la chambre à grandes enjambées.

Je lui emboîtai le pas, fusillant son dos du regard. Lorsqu'on atteignit la cuisine, j'étais en train de fomenter son assassinat.

— Indy n'a rien à voir avec tout ça, annonça Lee à l'intention de Hank.

Je crus entendre Bobby étouffer un gloussement. Si si, je vous jure.

Hank plissa les yeux.

— Faut-il envoyer quelqu'un vérifier chez Ally ? s'enquit-il.

Je secouai la tête, l'innocence faite femme. Une auréole aurait pu me pousser sur le crâne.

— Je ne vois pas pourquoi ce serait nécessaire, assurai-je.

— Tu veux que je te laisse une demi-heure pour y réfléchir, comme ça, tu peux appeler Ally ? proposa Hank.

Je le regardai droit dans les yeux.

— Pourquoi ferais-je un truc pareil ?

— Dieu soit loué, soupira Hank.

Il roula des yeux vers le plafond, probablement pour mieux exprimer sa gratitude au Seigneur, puis reporta son attention sur moi.

— Quelque chose à ajouter ? me demanda-t-il.

Je réfléchis avant de répondre :

— Si la police découvre de qui provient le sang, rappelle-leur simplement qu'il existe une multitude de raisons de commettre une effraction. Il y a les effractions commises pour de bonnes raisons et les autres.

Le bras de Lee jaillit à nouveau comme un ressort. Cette fois, sa main vint se plaquer sur ma bouche et il me ramena contre lui la tête la première, sa main recouvrant toujours mes lèvres.

— Hé ! m'exclamai-je.

Mais seul le son : « Hrr ! » sortit.

Bobby était parti dans le salon. Je pouvais l'entendre étouffer son rire. Matt examinait le plafond comme s'il s'agissait de la huitième merveille du monde.

Hank nous observa tour à tour, Lee et moi.

— J'ai fait des recherches sur Tex MacMillan, annonça-t-il. Il a un casier. C'est un vétéran du Vietnam qui a perdu les pédales à son retour. Il a trempé dans une sale histoire de drogue ; pas en tant que consommateur, mais comme membre d'un groupe qui faisait justice par lui-même contre les dealers. Il n'a pas bien vécu la prison. Ce type de détention, c'était pas son truc, ça lui a bousillé le mental. Depuis sa sortie de tôle, en vingt ans, il n'a presque jamais quitté son porche. De temps en temps, il braque une carabine sur des types qui essaient de piquer l'autoradio d'une des voitures de son quartier, mais il ne va pas jusqu'à les descendre. Ça va faire tache s'il est impliqué dans un homicide. Il ne survivra jamais à une seconde incarcération. Or, en tant qu'ancien délinquant, s'il est reconnu coupable d'une effraction, même commise dans de bonnes intentions, c'est ce qu'il risque.

Lee me maintenait là où je me trouvais, la main plaquée sur ma bouche. Hank m'observait toujours.

— Tu disposes d'une info susceptible d'aider Tex à s'en sortir ? s'enquit-il.

Je repoussai la main de Lee pour déclarer :

— Je connais Tex. Je fais mes courses à l'épicerie de M. Kumar, en bas de sa rue. Tex ne ferait pas de mal à une mouche, sauf peut-être à Nixon. Il ne le porte pas dans son cœur. Mais comme Nixon est mort, le reste de la population est en sécurité. S'il a foiré dans cette histoire, d'une manière ou d'une autre, je serais heureuse de me constituer témoin de moralité.

J'entendais Bobby se marrer dans le salon. Tête baissée, Matt appuyait ses coudes sur le comptoir, et ses épaules étaient secouées de spasmes. À l'aide du bras qu'il avait passé autour de mon cou, Lee me pressa davantage contre lui.

— Ça n'a rien de drôle, dit Hank d'une voix posée. On parle d'un homicide. Un homme est mort et sa cervelle a giclé partout sur un mur.

D'une voix tout aussi posée, je répliquai :

— Je suis au courant.

Hank regarda Lee.

— Dis-moi qu'elle va s'arrêter là.

— Elle va s'arrêter là, affirma Lee, le visage grave.

Hank hocha la tête.

— Et maintenant, quelles sont tes infos, à toi ? demanda-t-il à Lee.

Lee posa la main sur mon épaule.

— On a retrouvé Duke. Il est au courant de ce qui se passe et va rentrer chez lui. Sa maison est sens dessus dessous.

Je me figeai.

— On a pénétré chez lui ? demandai-je.

— Ouais.

— Des gentils ou des méchants ?

Lee baissa les yeux vers moi.

— Les deux, mais seuls les méchants ont foutu le bordel.

— Ils ont trouvé les diamants ?

Lee échangea avec Hank un regard dont je ne compris pas la signification, puis il haussa les épaules.

— Duke a refusé de révéler où il les planquait. On ne saura rien avant qu'il rentre vérifier par lui-même.

J'observai les deux frères. J'avais la très nette impression qu'ils me cachaient quelque chose.

Hank jeta un coup d'œil furtif à Matt, qui s'était redressé et écoutait en silence.

— J'espère que tes gars et toi, vous vous montrez prudents, dit-il à Lee.

J'eus le sentiment étrange qu'on avait changé de sujet.

— On bosse sur cette affaire pour un client, répliqua Lee.

Autre échange de regards. Puis Hank poussa un soupir d'homme vaincu, déposa un baiser sur le haut de mon crâne et partit. Matt et Bobby faisaient le pied de grue, dans l'expectative. Lee me fit pivoter entre ses bras.

— Ne laisse pas Hank te coller la trouille au sujet de Tex. Il essaie de te filer la pétoche pour que tu restes en dehors de tout ça. Tex s'en sortira sans problème.

Je hochai la tête.

— Il va falloir remettre nos projets pour la journée à plus tard, poursuivit Lee. Je t'emmène à la boutique, et ensuite il faudra que j'aille vérifier une piste sur Rosie. Je dois aussi passer discuter avec Tex. Je serai chez toi au plus tard à 15 heures. Avant, si je peux.

J'acquiesçai.

— Tu crois que Rosie est entré chez Duke ? demandai-je.

Lee posa la main sur mon menton pour me faire lever la tête.

— Mieux vaut que tu te prépares au pire. Rosie n'est peut-être plus de ce monde, et s'il l'est encore, il risque de ne pas pouvoir rester en liberté.

J'acquiesçai à nouveau.

Puis, devant ses hommes, Lee m'embrassa à pleine bouche, plongeant sa langue limite au fond de ma gorge. Il m'enlaça et je passai les bras autour de son cou.

Lorsqu'il releva la tête, je murmurai :

— Ça valait un bon 6 sur 10.

Avant, Lee riait tout le temps, mais après s'être engagé dans l'armée, il avait changé. Il ne souriait plus que rarement et lorsqu'il riait, c'était comme un cadeau.

Après mon commentaire, pour la première fois depuis une éternité, je vis Lee rejeter la tête en arrière et éclater de rire.

9

La définition du mot « génial ».

Lee me déposa à *Fortnum's* et me fit un baiser rapide avant de redémarrer la Crossfire. Je le regardai s'éloigner et essayai de faire taire mon cerveau.

Raté.

J'essayai de ne penser ni à la nuit précédente, ni au matin. J'étais partagée entre une joie démesurée et une trouille de tous les diables. Mon cerveau commençait à assimiler le fait que Lee avait dit à Kitty Sue que nous étions ensemble non pas parce que c'était ce qu'elle souhaitait entendre, ni parce que ça nous sortait du pétrin après avoir été surpris en pleine étreinte, mais parce qu'en fait, nous l'étions vraiment.

Ensemble, je veux dire.

Liam Nightingale et Indiana Savage, en couple.

Andrea avait raison et j'en avais des preuves : Lee était vraiment sérieux à notre sujet.

Oh mon Dieu.

J'accrochai la pancarte indiquant que *Fortnum's* était fermé pour le week-end, puis je rentrai chez moi à pied.

Ma maison était fraîche et douillette, mais j'avais l'impression de ne pas y avoir mis les pieds depuis une semaine alors que je m'y trouvais la veille.

En m'efforçant de ne pas penser à Lee, je mis de l'eau à bouillir pour les macaronis, ouvris la porte de derrière pour laisser entrer une brise inexistante et vérifiai mon répondeur.

Dix-sept messages.

Bien sûr, ça faisait plusieurs jours que je n'avais pas écouté ma messagerie, mais dix-sept messages, c'était un record. Je les écoutai tout en sortant les ingrédients pour ma salade. Je m'attendais à ce que la plupart des messages proviennent de personnes ayant aperçu Duke ou Rosie.

Je me trompais.

La nouvelle s'était répandue que Lee et moi sortions ensemble, et toutes les copines que j'avais eues au cours de mon existence, dont quelques-unes qui avaient quitté la ville et une autre qui vivait à présent en Angleterre, avaient ressenti le besoin de m'appeler pour collecter des infos de première main. Marianne et Andrea avaient téléphoné (à deux reprises, en ce qui concernait Marianne) pour exiger un compte-rendu.

Pour n'importe quelle femme ayant déjà approché Lee, apprendre que celui-ci sortait avec une fille, c'était un scoop. Lee, c'était le Graal des nanas en quête de petit ami. Surtout dans mon cas, moi qui avais mené la Sainte Quête durant de longues et vaines années. Mes copines voulaient connaître tous les détails. Sans aucune exception.

Si j'évoquais l'effet que ça faisait d'embrasser Lee, d'être dans ses bras ou, pire encore, de le voir tout nu, je risquais de provoquer une émeute, voire une guerre. Il faudrait que je sois armée pour les repousser toutes ou Lee se ferait écarteler.

En fait, si je me taisais, c'était pour préserver la santé mentale de la population féminine et la paix dans le royaume.

Évidemment, j'en avais un peu discuté avec Andrea, mais je n'avais jamais trahi son secret au sujet de Richie Sambora. Je n'avais aucune crainte à avoir : elle ne trahirait pas mon secret sur Lee.

Je me fis une cafetière de café ultrafort et entrepris de découper des cornichons et des oignons en laissant mon esprit vagabonder.

Lee avait été très clair : je comptais à ses yeux. D'où la joie que je ne parvenais pas à réprimer. Il n'avait pas bien pris que je le soupçonne de vouloir juste tirer un coup. Il n'aimait pas que je pleure. Il n'aimait pas que je tremble. Et il n'avait vraiment pas apprécié que Teddy la Terreur me colle une beigne.

Je frissonnai à l'idée de ce qui avait dû arriver à Teddy si les hommes de Lee l'avaient retrouvé, comme il le leur avait ordonné.

Ce qui m'amena à réfléchir à qui Lee était vraiment. Il disait que je n'en avais pas la moindre idée, et vu le nombre de fois où il m'avait surprise ces derniers jours, je commençais à croire qu'il avait raison.

Je listai les faits.

J'avais cru que Lee me considérait comme sa petite sœur. Manifestement, ce n'était pas le cas.

Lee avait du personnel, des employés ; au moins deux, trois en comptant Judy, la femme de ménage. Ils étaient vraisemblablement plus nombreux. Ce qui impliquait un sens de la responsabilité et une certaine fiabilité. Les gens comptaient sur Lee pour assurer leur revenu, nourrir leur famille et avoir un toit au-dessus de la tête. Ça signifiait qu'à un moment ou à un autre, Lee était devenu adulte. Chose inquiétante.

Moi, de mon côté, je faisais mon possible pour ne pas grandir. Ma grand-mère n'avait jamais vieilli. Je me souvenais des nombreuses fois où j'avais entendu papi lui dire : « Ellen, un jour, il va falloir que tu grandisses. » Mamie répondait toujours : « Pourquoi faire un truc aussi stupide ? »

J'étais d'accord avec ma grand-mère. Devenir adulte n'avait pas l'air tellement marrant. Devenir adulte, ça impliquait des sacs à langer, de repasser ses habits et de faire ses comptes. Ça avait l'air vraiment rasant et j'évitais ça à tout prix.

Lee semblait également un peu plus doué que moi pour cette histoire de relation stable. Ça ne faisait que deux jours que nous sortions ensemble, mais il parlait de manière tout à fait désinvolte de sortir dîner ou de l'heure à laquelle il viendrait me chercher à la librairie. Il paraissait à l'aise avec moi dans son lit, dans sa maison, avec mes habits dans ses tiroirs et ma brosse à dents à côté de la sienne.

Comment une telle attitude était-elle concevable alors que Lee faisait valser les filles et en changeait comme de chemise ? Ça me dépassait.

Bon, d'accord, ma plus longue relation de couple avait duré huit mois, mais il y avait une raison : aucun des hommes que j'avais rencontrés n'était Lee.

À présent que, à l'évidence, j'étais devenue sa petite amie, n'allais-je pas le faire fuir avec mes mouvements intempestifs dans le lit, même s'il semblait avoir contourné l'obstacle à une vitesse record ? Et puis, mes échappées folles en compagnie d'Ally risquaient de poser un problème, même si Lee en avait eu l'expérience toute sa vie durant et semblait les trouver marrantes. Il y avait aussi mon penchant incontrôlable et limite alarmant à faire des conneries tout le temps, bien que Lee fasse preuve d'une adresse déconcertante pour réparer le foutoir que je semais. Et bien sûr, mon besoin incongru d'indépendance, même s'il avait aussi réussi à surmonter cet obstacle-là en m'obligeant à quitter mon propre espace pour m'introduire dans le sien, espace plutôt sympa, d'ailleurs, avec sa vue splendide et sa femme de ménage. Zut.

Enfin, il y avait le côté effrayant de Lee.

Mon père était flic. La part de dangerosité de ce boulot était nettement plus importante que dans la plupart des autres métiers, et j'avais vécu avec toute ma vie. Je connaissais ce risque et je le comprenais. Je n'aimais pas cet aspect-là, mais j'étais fière de mon père. Il faisait partie des gentils, de ceux qui contribuaient à faire de notre univers un monde sûr. On avait besoin de gars comme papa, Malcolm et Hank, et les gens qui partageaient leur vie devaient leur donner l'espace pour faire leur boulot correctement, ou nous nous retrouverions tous dans un beau merdier.

Lee, lui, était… je ne sais pas.

La mort ne lui faisait pas peur. Il semblait naviguer aisément entre le monde réel et lumineux que j'habitais et les enfers obscurs dans lesquels je séjournais actuellement, séjour que j'espérais de courte durée, d'ailleurs.

Lee appelait les méchants par leur surnom.

Pour lui, rouler trente kilomètres-heure au-dessus de la limitation de vitesse et se faufiler dans le trafic bondé de Speer Boulevard à midi ressemblait à une balade du dimanche.

Lee s'était offusqué à l'idée d'avoir pu bâcler une effraction. Il dégageait une telle autorité que des types aussi cinglés que Tex lui obéissaient sans rechigner. Il était si dangereux que même Gary le Gorille et l'affreux Terry Wilcox masquaient difficilement la peur qu'il leur inspirait.

Je transvasai les macaronis cuits dans la passoire, les rinçai et les laissai refroidir.

Ensuite, je montai à l'étage et me tartinai d'huile solaire à l'exquise odeur de noix de coco. J'enfilai mon bikini turquoise, celui avec un anneau en argent entre les seins et d'autres anneaux qui retenaient l'ensemble sur mes hanches, et nouai grossièrement un sarong autour de ma taille.

Après ça, je songeai qu'il ne me restait plus qu'à attendre d'entendre ce que Lee avait à dire.

Il m'avait affirmé qu'il me montrerait qui il était, ce qu'il désirait, et qu'ensuite, je serais libre de prendre ma décision. Ce qui n'ôtait rien à ma joie ni à ma peur, mais les teintait à coup sûr d'une bonne dose d'excitation.

J'avais l'impression d'être à la veille de Noël.

J'étais en train de composer une salade de macaronis fantaisiste quand la porte de derrière s'ouvrit à la volée et que Rosie fit irruption dans la cuisine.

Avec un pistolet.

Braqué sur moi.

Je le dévisageai, ma cuillère en bois dégoulinante de mayonnaise à la main.

Il avait une mine de déterré. Rosie n'avait jamais été très à cheval sur l'hygiène corporelle. Il faisait le minimum pour servir le café sans avoir l'air totalement répugnant, mais c'était tout.

À l'évidence, il avait sacrément moins dormi que moi et n'avait pas pris de douche depuis notre dernière rencontre.

— Rosie ! m'écriai-je. Où étais-tu passé ? Je t'ai cherché partout, je me faisais un sang d'encre !

— Où sont les diamants ?

Euh, désolée, mais là, ça commençait à m'énerver. Pourquoi tout le monde pensait-il que j'étais en possession des diamants ou que je savais où les trouver ? Je n'avais jamais vu ces foutus cailloux !

Rosie se mit à agiter le pistolet dans tous les sens et les diamants me sortirent de l'esprit.

— Où sont les diamants ? cria-t-il à nouveau.

Je cessai de dévisager Rosie pour fixer du regard le pistolet.

— Je ne sais pas, répondis-je.

— Duke s'est barré. Les pierres ne sont pas chez lui.

Je reposai les yeux sur Rosie. Il était complètement flippé, paniqué, mais pas dans le genre artiste à cran au bord de la crise de nerfs. C'était bien pire que ça.

— Tu n'as pas fouillé la maison de Duke, hein ?

— Non ! C'était déjà comme ça quand je me suis pointé. Je croyais que c'était toi et l'autre espèce de taré, celui qui m'a attaché avec du Scotch.

— Je ne suis pas allée chez Duke, mais il va revenir et je suis sûre qu'il sait où se trouvent les diamants. (J'essayais de rester calme *et* de calmer Rosie.) Rosie, pose ce flingue. Il faut que tu te trouves un endroit sûr. Je peux téléphoner à Lee…

Rosie agita le pistolet. Je cessai de parler et reculai d'un pas.

— N'appelle pas ce maniaque ! Il m'a ligoté au gros Scotch ! hurla-t-il. Ça lui a pris, genre, deux secondes ! J'ai même pas eu l'occasion de crier. Je l'ai même pas entendu entrer. Ce mec est cinglé.

— D'accord, je n'appellerai pas Lee. Mais Rosie, il faut que tu fasses gaffe. Ton pote…

— Il est mort. Ils l'ont flingué. Ils l'ont *flingué*, bordel !

Rosie criait vraiment fort, à présent, en agitant le pistolet dans tous les sens, complètement affolé.

— Rosie…

— Youhou !

Le cri nous parvint en provenance de la porte de derrière en même temps que le cliquetis de chaussures à talons et le bruit des griffes de Chowleena sur les pavés.

Mon voisin. Tod.

— Tod, fiche le camp ! hurlai-je.

Mais Rosie s'était déjà retourné et avait appuyé sur la détente, tirant à l'aveugle à travers la porte. Trois coups partirent en l'espace de trois secondes. Je vis les bras de Tod voler devant lui au moment où il allait heurter le perron et Chowleena se mit à aboyer, chaque aboiement la faisant bondir plus haut dans les airs. J'entendais le bruit de ses griffes retombant sur le sol chaque fois qu'elle atterrissait.

Rosie étudiait le pistolet comme s'il avait oublié ce qu'il tenait à la main. La seconde suivante, il prenait ses jambes à son cou.

Je lui courus après.

— Rosie ! Reviens ici ! Ne fais pas l'idiot ! criai-je.

Mais Rosie ne m'écoutait pas. Il se jeta dans une vieille Nissan Sentra gris foncé garée dans mon allée et démarra en trombe. Je réussis à lire la moitié de la plaque d'immatriculation avant qu'il ne tourne à gauche vers Bannock et disparaisse de ma vue.

Je regagnai la maison en courant. Tod se tenait debout près de la porte de derrière, vêtu d'un short blanc qui lui arrivait aux genoux, d'un débardeur et d'une paire de sandales noires à lanières avec des talons à vous coller le vertige, ornées de petits nœuds tout mignons au bout des orteils et de diamants fantaisie incrustés. Il avait la main sur le cœur, le visage blême et, au vu des taches de sang, il avait dû s'érafler paumes et genoux.

— Super chaussures, déclarai-je en essayant de conserver mon calme.

— J'étais venu pour te les montrer, je les ai achetées hier.

— Je pourrai te les emprunter un de ces quatre ?

— Quand tu veux.

Chowleena s'avança vers moi et fourra sa tête contre mes tibias. Les coups de feu l'avaient laissée de marbre. Elle était beige, plutôt petite pour un chow-chow, avec une collerette toute floconneuse et le derrière rasé. Le coup de tête dans les tibias, c'était sa manière de me faire un câlin et de me dire bonjour, mais aussi « donne-moi une friandise pour chien ». Ses papas étaient très stricts concernant son alimentation, mais Tata Indy craquait tout le temps. Un câlin de Chowleena suffisait à me faire sortir la boîte de friandises.

Tod et moi entrâmes dans la cuisine et je saisis mon téléphone, fis défiler les contacts jusqu'au numéro de Lee et appuyai sur le bouton vert.

Lee répondit à la première sonnerie.

— Ouais ?

— Rosie vient de partir. Il a filé vers le nord en quittant mon allée, direction Bannock, dans une Nissan Sentra gris foncé.

Je lui indiquai la moitié du numéro de plaque d'immatriculation que j'avais retenue et Lee confia l'info à quelqu'un à ses côtés.

— De quoi a-t-il l'air ? me demanda-t-il ensuite.

— Pas en forme. Et il avait un flingue.

— Comment le sais-tu ?

— Il m'a visée avec. Ensuite, il a tiré trois balles quand Tod est venu me faire une visite surprise.

Un silence, puis :

— Tod ?

— Mon voisin.

Second silence.

— Tout le monde va bien ? finit-il par demander.

— Ouais.

— Pourquoi Rosie est-il passé te voir ?

— Il est persuadé que je sais où sont les diamants.

Lee soupira.

— J'arrive dans dix minutes.

Je refermai le clapet de mon téléphone, lançai un biscuit à Chowleena et fis asseoir un Tod encore sonné dans un fauteuil chartreuse, avant de monter en courant jusqu'à ma salle de bains pour farfouiller dans ma pharmacie.

J'étais assise sur l'ottomane en train de tamponner les paumes de Tod avec des compresses d'alcool, avant de souffler dessus pour estomper la douleur, lorsque celui-ci déclara :

— J'ai cru que tu inventais une histoire quand tu m'as dit que tu t'étais fait tirer dessus. Je croyais que c'était encore une de tes conneries.

— Je n'invente rien du tout. Toutes les conneries que je te raconte m'arrivent vraiment, tu sais.

Tod me dévisagea le temps de digérer l'information.

Notre amitié prenait une nouvelle dimension.

J'avais toujours pensé que Tod et Stevie m'acceptaient telle que j'étais, et qu'ils étaient tellement blasés que plus rien ne les étonnait. C'est vrai, quoi : ils étaient stewards. Ils n'avaient plus rien à découvrir.

Je ne m'attendais pas à ce qu'ils s'imaginent que j'inventais des histoires pour me rendre intéressante.

Pour Tod, ça signifiait que j'étais *vraiment* cinglée, et qu'il habitait à côté d'une nana qui s'était fourrée dans un tel pétrin qu'elle se faisait tirer dessus et kidnapper.

— Stevie veut vendre la maison pour acheter un appart. Il dit que ça éviterait les travaux de jardinage et que nous pourrions avoir un parking souterrain, comme ça, on n'aurait pas à gratter le pare-brise en hiver, m'informa Tod.

La nouvelle était loin de me réjouir. Tod et Stevie étaient les voisins rêvés et c'étaient mes amis. Et puis, si j'avais besoin d'une main qui n'ait pas la tremblote pour appliquer mon eye-liner liquide, vers qui pourrais-je bien me tourner ?

Tod poursuivit :

— Aucun de nous n'a envie de t'abandonner. Tu es totalement incompétente en matière de jardinage. Stevie y passe des tonnes de temps. C'est son hobby.

— Alors, maintenant que tu t'es fait tirer dessus, vous allez partir ?

— Ma belle, je viens du Texas. Là-bas, on se tire dessus pour se dire bonjour. Maintenant que *toi* tu te fais viser, impossible de t'abandonner.

Je n'eus pas le temps d'éprouver une quelconque joie ou gratitude à cette annonce, car la porte d'entrée s'ouvrit à la volée. Lee et Matt firent leur apparition.

J'étais sur l'ottomane en train de jouer à l'infirmière. Tod portait toujours ses sandales à talons hauts, du sang gouttait de ses genoux sur ses tibias poilus et il ne s'était pas encore rasé. Chowleena aboya trois fois de suite. Ses griffes crissèrent sur le plancher chaque fois que la partie supérieure de son corps atterrit après un aboiement. Puis elle s'assit, l'air tout excitée, pile entre nous quatre. Elle se demandait visiblement lequel d'entre nous serait le premier à lui lancer une friandise.

Je fis les présentations.

— Je peux te parler en privé ? me demanda Lee.

Il n'attendit pas la réponse. Ni lui ni Matt n'avaient réagi au fait que j'étais en train de dispenser des soins à un homme en chaussures de drag-queen. Lee monta les marches d'un pas tranquille.

— Il y a des boissons fraîches dans le frigo, informai-je Matt et Tod.

Puis j'emboîtai le pas à Lee, que je retrouvai dans ma chambre.

Il regardait autour de lui d'un œil curieux. Les murs étaient tapissés de rose pâle et le sol recouvert d'une épaisse moquette en laine couleur crème. Une coiffeuse surmontée d'un énorme miroir trônait contre un mur, près d'un banc rembourré sur lequel étaient éparpillés pots, pinceaux et flacons. Le lit double était recouvert d'une housse de couette rose de chez *Pottery Barn* à petites fleurs fuchsia, et plusieurs oreillers moelleux étaient disposés en tête de lit.

C'était une chambre de fille, pas de rockeuse, mais c'était un secret. Exactement comme mes sous-vêtements.

À mon entrée, Lee tourna vers moi ses yeux brun chocolat fondu.

— Jolie chambre, dit-il.

Mes orteils se recroquevillèrent sur la moquette. Un jour, j'avais lu un article de magazine qui révélait qu'en fait, les hommes adoraient les chambres de fille un peu girly : en y pénétrant, ils se prenaient pour des conquérants.

Et le visage de Lee m'indiquait qu'il était d'humeur on ne peut plus conquérante.

Ça ne dura pas longtemps ; ses yeux s'éclaircirent et il redevint grave.

— Raconte, demanda-t-il.

Je le mis au courant de la situation. Lee demeura impassible. Une fois que j'eus terminé, il demanda :

— Comment Rosie a-t-il su que Shubert avait été assassiné ?

Je secouai la tête.

— Il ne me l'a pas dit.

— Il était présent ? demanda Lee.

— Je ne sais pas, mais ça avait l'air de lui foutre une trouille bleue.

— Pourquoi es-tu au centre de toute cette histoire ?

Je haussai les épaules.

Lee m'observa quelques secondes avant de constater :

— Tu sens la plage.

— Huile solaire, répliquai-je.

Lee baissa les yeux vers moi et ceux-ci semblèrent fondre à nouveau. Ses intentions étaient parfaitement claires avant même qu'il fasse un mouvement. Il tira sur le nœud de mon sarong pour m'attirer vers lui.

— Tu vas te mettre de l'huile partout, protestai-je.

— Dans ce cas, je retirerai mes vêtements.

Waouh.

Mon cœur s'était arrêté de battre.

— Tu as des nouvelles de Duke ? demandai-je pour changer de sujet.

Manifestement, Lee n'avait aucune envie de changer de sujet, lui. Il était en train d'extirper son tee-shirt de son jean.

— Duke sera de retour dans deux heures. Tex est cool. Il connaît la routine. On a lâché la piste de Rosie quand il s'est pointé ici.

Lee avait dénoué mon sarong, qui avait glissé à terre. Ses yeux étincelaient.

— Matt et Tod sont en bas, lui remémorai-je.

Lee passa le bras par-dessus mon épaule et ferma la porte.

— Lee ! Je suis au beau milieu d'une salade de macaronis et il y a des impacts de balle sur ma clôture ! Ça doit s'arrêter, et c'est *toi* qui es censé régler la situation.

Il m'attira contre lui, assez près pour que mes seins effleurent son torse. Lorsqu'il m'enlaça, un spasme électrique traversa mon corps.

— Si je ne goûte pas à toi rapidement, j'abandonne la traque et je t'emmène dans mon chalet à Grand Lake. Pas de téléphone, pas de couverture satellite, pas d'interphone. Le premier qui frappe à la porte, je le butte.

Lee possédait un chalet à Grand Lake.

Première nouvelle.

J'adorais Grand Lake.

Mais je m'efforçai de ne pas y penser.

— Nous sommes censés avoir une discussion, lui rappelai-je.

— Oh, on va parler, promit-il.

Et j'eus à nouveau l'impression que c'était Noël, sauf que je passais le réveillon avec le diable en personne.

Lee m'observait.

— Je n'arrive pas à savoir ce que tu penses, dit-il.

— Certaines pensées sont censées rester secrètes.

Fait surprenant, Lee parut se contenter de cette réponse.

D'après mon expérience, il existe deux catégories d'hommes. La première se demande sans arrêt à quoi on pense et s'énerve quand on n'a pas envie de partager. La seconde catégorie ne pose jamais de questions, et c'est horripilant parce qu'on a l'impression que le type s'en fout.

Apparemment, Lee appartenait à une troisième catégorie. Celle qui savait que j'avais quelque chose à l'esprit, mais que ça ne dérangeait pas que je le garde pour moi. Je ne savais pas quoi faire de ça. Je savais juste que ça m'aidait à me sentir moins oppressée, mais plus confuse, parce que l'un de nous deux était quand même censé être contrarié et que nous ne l'étions ni l'un ni l'autre.

— Je vais te dire une chose, dis-je. Je ne sais pas quoi faire de ton cas. Je ne parviens pas à me concentrer sur quoi que ce soit d'autre que toi, dans cette histoire.

Lee resserra son étreinte et son visage s'approcha du mien, avant de dévier de sa trajectoire à la dernière minute. Il me murmura à l'oreille quelques exemples de choses que je pouvais faire de lui, et quelques exemples de parties de son corps sur lesquelles je pouvais me concentrer. Une onde de chaleur m'envahit le bas-ventre. Impossible de me retenir : je posai mes lèvres dans le cou de Lee et l'effleurai du bout de la langue. Moi non plus, je n'en pouvais plus d'attendre pour le goûter.

C'est le moment que choisit la sonnette pour retentir.

Lee cessa de murmurer à mon oreille pour pousser un juron.

Je me dégageai de son étreinte et récupérai le sarong que je nouai sur mes hanches. Lee rentra son tee-shirt dans son pantalon.

Grand Lake était peut-être la meilleure solution, finalement.

Le temps que nous arrivions en bas, Tod et Matt étaient tous les deux en train de contempler une énorme boîte blanche ceinte d'un ruban rouge formant un gros nœud, posée sur l'ottomane. Matt tenait une canette de soda light. Tod avait une bouteille à la main et son autre bras maintenait tant bien que mal le plus gigantesque bouquet de roses rouges que j'aie jamais vu ; il y en avait au moins deux douzaines.

On m'avait déjà livré des fleurs, mais jamais en telle quantité, ni accompagnées d'une boîte étincelante. Je jetai un coup d'œil à Lee. Il était en train d'observer les fleurs, le visage fermé. Bon. Je ne savais pas de quoi il s'agissait, mais une chose était sûre : le cadeau ne provenait pas de Lee.

— Il y a une carte sur la boîte, annonça Tod, les yeux fixés sur Lee.

Je m'emparai du petit mot et lus : « Dîner mercredi soir. Mettez la robe. Terry. »

À la fin de ma lecture, j'éprouvais un début de nausée. J'avais l'impression d'avoir l'estomac pris dans un étau. Lee m'arracha la carte des mains.

Je regardais fixement la boîte comme si elle faisait « tic tac ».

— Tu ne l'ouvres pas ? demanda Tod.

— Fais-le, toi, répondis-je.

Tod n'avait pas besoin d'encouragements. Il me balança l'énorme paquet de fleurs, posa sa canette sur le côté et plongea sur la boîte. Il poussa un petit cri ravi en sortant une petite robe noire fabuleuse.

— Je l'ai vue à *Saks* en cherchant des chaussures. Elle coûte 1 750 dollars ! lança-t-il à la cantonade.

L'étau se resserra sur mon estomac et je crus que j'allais vomir.

Tod regardait Lee d'un air béat, persuadé que la robe venait de lui et que j'avais décroché le gros lot parmi les petits copains beaux gosses, avec une carte Platinum en prime.

Un muscle de la mâchoire de Lee tressautait. Il transperça Tod du regard.

— Range la robe dans la boîte, ordonna-t-il.

Tod obéit aussitôt, l'air un peu perdu.

Lee poursuivit, à l'intention de Matt :

— Coxy.

La mâchoire de Matt se crispa et il me dévisagea.

— Je n'ai rien fait ! m'écriai-je. Wilcox m'a kidnappée ! Je ne l'ai pas encouragé du tout ! Il me fiche les jetons.

— Qui ça ? demanda Tod.

— Le type qui m'a envoyé ça. On dirait Gomez Addams, sauf que lui, il fait vraiment peur.

— Ce n'est pas toi qui les as envoyées ? demanda Tod en se tournant vers Lee.

Ce dernier ne répondit pas. Il se contenta de s'emparer de la boîte et de la caler sous son bras.

— Retour à l'expéditeur, annonça-t-il d'une voix glaciale.

Je hochai la tête.

— Ne quitte pas la maison. N'ouvre à personne. Bobby est à la poursuite de Rosie. Après notre visite chez Wilcox, Matt et moi prendrons le relais. Je reviens dès que je peux.

Je hochai de nouveau la tête.

— Je ferai de mon mieux pour convaincre Coxy que tu n'es pas intéressée, ajouta Lee.

— Ça me ferait plaisir, dis-je.

Et c'était la vérité.

Lee arborait une expression indéchiffrable. Il m'observa quelques secondes. Lorsqu'il m'adressa enfin la parole, je compris qu'il sortait d'une lutte intérieure afin de décider quelle quantité d'informations me donner. Il avait apparemment choisi de me faire confiance et s'était persuadé que je n'allais pas flipper de façon démesurée.

— Tu as capté son attention, expliqua-t-il. Coxy fait partie des hommes qui ont l'habitude d'obtenir ce qu'ils désirent. Il sait qu'à mes yeux, tu m'appartiens. C'est une déclaration de guerre.

J'en eus le souffle coupé. Tod aussi. Et Chowleena se mit à aboyer.

— Mais je ne veux pas de lui ! C'est un gros dégueulasse ! m'exclamai-je.

— Beaucoup de femmes passent par-dessus l'aspect « gros dégueulasse » quand on leur livre des robes à 1 700 dollars, répliqua Lee.

— Je pourrais peut-être passer sur l'aspect dégueulasse pour cette robe. Elle va nickel avec mes chaussures, commenta Tod.

Lee me regarda.

— Et toi ? demanda-t-il.

Mon sang commençait à entrer en ébullition. Je plissai les yeux. Je posai ma main libre sur ma hanche, dans une posture que j'espérais être au top de la classe.

— Sérieusement ? demandai-je.

Franchement, je n'arrivais pas à croire que Lee attende une réponse.

Il continuait de m'observer ; par conséquent, je poursuivis :

— Les gros dégueulasses le restent toujours. Pas moyen de passer par-dessus cet aspect-là. Non seulement Wilcox est un gros pervers, mais en plus, il me fiche les jetons. Même si on peut passer par-dessus le côté ignoble, c'est impossible en ce qui concerne la trouille. Enfin, Lee !

Lee ne montrait aucune réaction.

— Ne quitte pas la maison, ordonna-t-il.

Et il partit, me laissant avec les roses.

Une fois la porte fermée, Tod se retourna vers moi.

— Ma puce, ce type est *génial*. Génial puissance dix. La définition du mot génial, c'est lui.

— Je suis amoureuse de lui depuis mes cinq ans, l'informai-je.

— Moi, je le suis depuis seulement quelques secondes. Je veux qu'il me fasse des enfants, déclara Tod.

Nous avions tous les deux le regard fixé sur la porte, et moi, je tenais toujours les roses.

— Il me fout un peu la trouille, à présent, avouai-je. Il est devenu adulte. Il a la tête sur les épaules. Il est doué pour les relations de couple. Je crois qu'il éprouve des sentiments pour moi. Et il rode dans des cercles qui me filent la pétoche.

— Ma puce, si tu fais foirer ce coup-là, j'appelle les petits hommes en blouse blanche. Si tu laisses un truc aussi monstrueusement génial te filer entre les doigts, c'est une chambre capitonnée que tu mérites. Surtout si ce mec est doué pour les relations de couple. Et encore plus s'il éprouve des sentiments pour toi. Aucun mec avec un look pareil et un tel paquet dans son jean n'est doué pour les relations de couple. Je me contrefiche qu'il rôde dans les sept cercles de l'enfer.

OK, Tod marquait un point.

Je déposai les roses sur une table basse. Il fallait que je fasse un truc ordinaire. Si je ne m'attelais pas à une tâche banale, j'allais me retrouver avec un billet première classe dans le premier avion pour San Salvador. San Salvador me paraissait soudain irrésistible.

— Je dois finir de préparer ma salade de macaronis et faire des brownies. Tu me files un coup de main ?

Tod haussa les épaules.

— Bien sûr. Garde-moi Chowleena. Je file à côté prendre mon flingue.

— Ton « flingue » ?

— L'Accro de l'amour brûlant est parti en guerre pour tes beaux yeux. Faut bien que quelqu'un te protège. Je reviens tout de suite.

Tod partit chercher son revolver. J'en profitai pour donner une friandise à Chowleena.

Ce nouveau virage avec Terry Wilcox signifiait que ma vie était officiellement bousillée.

J'avais le choix entre m'autoconsumer ou faire une salade de macaronis. Je choisis la seconde option. Je gardai la première pour plus tard…

Lorsque je serais à Grand Lake, avec un peu de chance.

10

Flou artistique.

Tod m'aida à terminer la salade de macaronis et à faire les brownies. Comme on était tous les deux shootés à l'adrénaline après nous être fait tirer dessus, on fit aussi une tarte chocolat-noix de pécan. Pendant tout le temps que prirent nos préparatifs, je fus assaillie de coups de fil. Certains provenaient de personnes prétendant avoir aperçu Rosie ou Duke (c'était évidemment faux). La plupart provenaient de mes copines, et les conversations avec mes copines se ressemblaient toutes.

Question : « C'est vrai que tu sors enfin avec Liam Nightingale ? »

Réponse (hésitante) : « Oui. »

Cri perçant/Hurlement/Juron/Braillement/Ultrason, suivi en général d'un : « Oh mon Dieuuuu ! » (Choisissez votre option, une ou plusieurs réponses possibles.)

Question suivante : « Vous êtes déjà passés à l'acte ? »

Réponse : « On y va doucement. »

S'ensuivaient : une série de cris me demandant ce qui nous prenait si longtemps, des questions sur la manière dont embrassait Lee (« Tu l'as embrassé, quand même, rassure-moi ? »), des résurgences de la vilaine rumeur concernant les nœuds de soutien-gorge, etc. Je remerciai Dieu d'avoir une si longue expérience en matière de cachotteries et de mensonges, parce que ça m'était présentement très utile.

Après nos éreintantes activités, Tod et moi sortîmes sur mon balcon en compagnie du téléphone et d'un minuteur. On s'effondra sur les transats.

Je ne me faisais aucunement confiance. Je savais que je risquais de m'endormir et de griller comme une chips ; on régla donc le minuteur sur quinze minutes et on fit la crêpe tous les quarts d'heure.

Malheureusement, je finis par oublier de reprogrammer l'appareil, le téléphone se tut enfin et j'entamai une petite sieste réparatrice qui n'était pas du tout prévue au programme. Heureusement, je ne faisais pas partie de ces rousses criblées de taches de rousseur qui cuisent en dix secondes au soleil. Inutile de préciser que je m'étais retartinée d'écran solaire avant de m'affaler sur le transat, et que je disposais déjà d'un bronzage bien marqué.

J'étais allongée sur le ventre lorsque je sentis un truc me tapoter l'épaule. Je me retournai sur ma chaise longue, brandissant les mains dans une posture de karaté digne des Anges de *Charlie's Angels*.

Lee était accroupi à côté de moi.

— Je croyais t'avoir dit de rester dans la maison, dit-il d'un ton de reproche.

Il n'avait pas l'air trop en colère quand même.

En fait, il observait mes mains, et je vis le coin de ses yeux se plisser derrière ses lunettes de soleil ultracool.

Comme je n'avais plus besoin de faire ma démonstration de karaté, j'abandonnai la pose.

— J'y suis restée. Mais c'est devenu ennuyeux, et on ne peut pas se faire bronzer à l'intérieur. De toute façon, Tod me protège.

On regarda tous les deux Tod, allongé sur le ventre sur son transat. Son pistolet gisait sur le sol de la terrasse, sans surveillance, et Chowleena était étendue sur le flanc à l'ombre de sa chaise longue.

Tous deux dormaient comme des bébés.

Oups.

— Tod vient du Texas et il est drag-queen. Il a de bons réflexes, rassurai-je Lee.

Tod ouvrit un œil et nous regarda.

— Je ne suis plus de service ? demanda-t-il à Lee.

Ce dernier hocha la tête.

Tod se leva, ramassa son pistolet, tapota sur sa jambe pour appeler Chowleena et me demanda :

— J'ai une collecte de fonds demain soir, tu me suis en Mission Drag-Queen ?

Tod et la communauté drag-queen de Denver participaient souvent à des collectes de fonds, où ils chantaient en play-back à gorge déployée et offraient leurs gains aux organisations caritatives. Stevie et moi étions les alter ego de Tod, les mégères attitrées de Burgundy Rose. C'était la seule et unique séance d'activité sportive que je pratiquais : trimballer les robes à paillettes de Burgundy. Elles pesaient des tonnes. Comme disait Tod : « C'est pas pour rien qu'on est des reines de beauté, ma puce. On se fait les muscles. »

J'acquiesçai.

— Si je suis toujours vivante, même un troupeau de chevaux sauvages ne pourrait pas m'en empêcher.

Tod posa les yeux sur Lee.

— Spectacle de drag-queens pour une association caritative. Tu viens avec Indy ?

Lee se leva, et vu que Tod ne portait plus ses talons hauts, lui qui baissait la tête vers Lee fut obligé de la relever. Mais son regard ne vacilla même pas.

— Si je ne bosse pas, je viendrai, répondit Lee.

Tod me regarda.

— Je te jure devant Dieu que si tu fais foirer ce coup, j'appelle les blouses blanches.

Là-dessus, il partit avec Chowleena.

— Tu as trouvé Rosie ? demandai-je à Lee en m'extirpant de la chaise longue.

— Non.

— Les diamants ?

— Non.

— Duke est rentré ?

— Oui.

— Il est en sécurité ?

— Oui.

— Pas de diamants ?

— Ils se sont envolés.

— Et merde ! dis-je en tapant du pied. Qui les a pris ?

— Bonne question.

— Fait chier, fait chier, fait chier ! psalmodiai-je. As-tu parlé à Terry Wilcox ?

— Oui.

— Ça s'est passé comment ?

J'avais mis la main en visière pour protéger mes yeux du soleil et mieux voir Lee. Durant mon interrogatoire, il n'avait cessé de surveiller l'allée derrière moi, ainsi que le jardin de mes voisins.

En me répondant, il posa enfin les yeux sur moi.

— Je lui ai présenté tes excuses pour le dîner de mercredi.

— Sous quel prétexte ? demandai-je.

— Je lui ai dit que tu serais avec moi et qu'on baiserait comme des malades.

Mon vagin fut parcouru de spasmes et mes genoux flageolèrent.

— Comment a-t-il pris la chose ? demandai-je en essayant de faire comme si je n'étais pas sur le point de m'évanouir.

— Ça ne lui a pas fait plaisir.

— Hum. Tu peux m'expliquer ce que tu entendais un peu plus tôt par « déclaration de guerre » ?

— À l'intérieur. Ici, nous sommes exposés.

J'attrapai mon téléphone, le minuteur et mon sarong et rentrai dans la chambre. Je balançai le tout sur le lit avant de nouer le sarong autour de ma taille. Lee ferma la porte derrière nous et retira ses lunettes de soleil.

Il avança vers moi, jeta les lunettes sur le lit et défit le sarong noué autour de mes reins.

— Je viens de l'attacher ! m'écriai-je en tendant la main pour le récupérer.

Lee m'ignora royalement et jeta le sarong sur le lit, hors d'atteinte, avant de poser les mains sur mes hanches pour m'attirer à lui.

— Je croyais que tu allais m'expliquer cette histoire de guerre, dis-je.

— C'est simple. Wilcox veut obtenir quelque chose. Cette chose m'appartient. Coxy se met en campagne pour obtenir ce qu'il désire, et moi pour le conserver.

Je fis de mon mieux pour ne pas m'énerver, mais la tâche était difficile.

— Je ne t'appartiens pas !

— Je le sais et toi aussi, mais des types comme Coxy ne comprennent pas ça. Ce type acquiert les choses, y compris les humains, et surtout les femmes. Ses gars ne bossent pas pour lui par respect ou par confiance. Ils le font parce qu'il les paie un max.

OK. Ça avait du sens.

Mes hanches étaient plaquées contre celles de Lee et ses mains remontaient le long de ma colonne vertébrale, amenant le reste de mon corps en contact avec le sien.

Je tentai de ne pas me laisser perturber.

— Tu l'as dissuadé de mener cette guerre ?

— Probablement pas, admit Lee.

— Et maintenant, qu'est-ce qui va se passer ?

— Je m'en charge. Si tu reçois des nouvelles de Wilcox ou que tu le croises, tu me tiens au courant.

C'était dans mes cordes : ça avait l'air simple.

Les mains de Lee atteignirent mes épaules, et je me retrouvai la poitrine collée à son torse.

— Quelle heure est-il ? demandai-je.

Lee m'embrassa dans le cou.

— Deux heures moins le quart, répondit-il tout contre ma peau.

— Oh merde ! m'écriai-je en tentant de me dégager.

Lee resserra son étreinte et me ramena contre lui.

— Il faut que je prenne une douche, paniquai-je. On doit aller chez papa. Je suis censée préparer les steaks pour les hamburgers.

— Ton père peut le faire. On sera en retard.

Je dévisageai Lee avec une expression horrifiée.

— « En retard » ? On ne peut pas être en retard ! Papa t'adore, Lee, mais on ne peut pas vraiment dire qu'il exulte à l'idée de nous savoir ensemble. On ne peut pas arriver en retard la première fois qu'on va à la maison pour un barbecue !

Le visage de Lee se métamorphosa et ses yeux s'adoucirent.

— On est ensemble, alors ? dit-il.

Et merde.

Je réfléchis à toute vitesse.

— Disons, hum, qu'on n'est pas *pas* ensemble.

— Je ne suis pas tout à fait certain de savoir quoi faire de cette réponse.

Je m'expliquai :

— On n'est pas vraiment ensemble, mais pas non plus pas ensemble. On est, euh, dans le flou artistique. Disons qu'on teste la bagnole pour savoir si on veut l'acheter.

— Si on arrive en retard chez ton père, je pourrai te convaincre de l'acheter, cette bagnole.

J'étais absolument certaine que Lee avait raison ; par conséquent, dans un sursaut d'autodéfense, je posai mes mains sur son torse et je le repoussai.

Lee ne bougea pas d'un poil.

Je changeai de stratégie.

— Comment peux-tu être aussi sûr de ton choix de bagnole, toi ? demandai-je.

— C'est une certitude, c'est tout.

— Mais pourquoi ? insistai-je.

— Fais-moi confiance.

— Pourquoi ?

— J'ai une idée. Si on se douchait ensemble ? proposa Lee.

— Ça ne m'expliquerait pas le pourquoi, lui fis-je remarquer.

— Non, ça ne te l'expliquerait pas, mais ça te le *montrerait* dans les faits.

— Donc, le pourquoi, c'est un truc qui se montre, pas un truc qui se raconte ?

— Les deux ; c'est juste que je me sens davantage d'humeur à te le montrer.

Grr.

OK, en route pour le plan C.

— Quand tu me montreras ce pourquoi, tu as vraiment envie que j'aie des steaks de hamburgers en tête ? demandai-je.

Lee me décocha son sourire qui tue.

— Tu n'auras pas les steaks en tête, assura-t-il.

J'étais certaine qu'il avait raison sur ce point aussi.

Ce qui m'amenait au plan D.

— Lee, laisse-moi souffler. On parle de mon père, et je lui ai promis d'arriver tôt pour l'aider.

Lee m'observa quelques secondes avant de capituler – enfin, presque.

— D'accord, mais tu dois me donner quelque chose en échange de l'attente.

Je commençais à paniquer et à désespérer un peu.

— Quelque chose ? Quoi donc ?

Lee baissa les bras.

— À toi de choisir.

J'allais être en retard. Papa serait en rogne. Terry Wilcox avait défié Lee pour mes beaux yeux. Et le fiasco Rosie continuait : quelqu'un était en possession des diamants, et pourtant tout le monde les cherchait encore. Enfin, Lee et moi étions dans le flou artistique, ni ensemble ni pas ensemble, et nous y resterions tant que nous n'aurions pas trois minutes à nous deux. Je n'avais pas le temps de faire preuve d'une grande créativité.

Alors, j'embrassai Lee.

Enfin, je *commençai* par l'embrasser, la bouche entrouverte, les bras autour de son cou, ma langue se faufilant jusqu'à toucher la sienne.

À la fin, c'était lui qui m'embrassait. Un bras dans mon dos, l'autre main emmêlée dans mes cheveux, sa langue sur la mienne.

— Bon sang, tu es douée, dit-il en relevant la tête.

Je clignai des yeux.

— Ah bon ?

Lee me lança un regard de braise.

— Oh que oui, et le mieux, c'est que tu ne t'en rends même pas compte.

À ces paroles, je me pressai davantage contre lui, mais il posa les mains sur mes hanches et me repoussa.

— Si tu ne prends pas ta douche maintenant, la famille devra composer sans salade de macaronis ni brownies, décréta-t-il.

Je saisis ses mains.

— On peut peut-être arriver un peu en retard ?

Je sentis ses mains se crisper, mais il me garda à distance.

— Je ne parle pas d'arriver en retard, je parle de ne pas se pointer du tout, dit-il.

Je le dévisageai.

— Indy, va te doucher.

Je filai sous la douche.

J'étais assise dans le jardin de mon père en compagnie de Kitty Sue.

C'était mon jardin aussi, étant donné que j'y avais grandi, mais j'étais partie de la maison depuis assez longtemps pour que papa y retrouve ses droits. Depuis mon départ, il n'était plus obligé de se faire du souci pour moi vingt-quatre heures sur vingt-quatre et avait donc eu le temps d'aménager un jardin agréable, bien différent du simple bout de terrain qu'il tondait toutes les deux semaines en été à mon époque.

Mon père habitait le quartier de Bonny Brae, à environ huit pâtés de maisons de chez Kitty Sue et Malcolm. Quand j'étais petite, j'avais l'impression de mettre une éternité pour me rendre chez Ally. En grandissant, cette distance avait semblé s'amenuiser au fur et à mesure, et elle et moi avions fini par la parcourir plusieurs fois par jour.

— Comment vas-tu ? me demanda Kitty Sue.

Elle me regardait, mais je savais qu'elle pensait à ma prétendue relation de couple.

Lee et moi étions arrivés chez papa un quart d'heure avant tout le monde. C'est-à-dire quinze minutes après ce que j'avais promis à mon père. Papa en voulait à Lee, même si je lui avais avoué que tout était ma faute : c'était moi qui m'étais endormie au soleil.

J'avais pris Lee à part pendant que mon père mettait les hamburgers sur le feu.

— Ne le prends pas personnellement. Il n'a jamais aimé aucun des mecs que j'ai ramenés à la maison, le rassurai-je.

C'était vrai, mais apparemment, ce n'était pas ce que Lee rêvait d'entendre. Il m'avait transpercée du regard jusqu'à ce que je m'aperçoive de la gaffe que je venais de commettre. Évoquer mes autres conquêtes n'était pas l'idée du siècle.

En essayant d'arranger les choses, je m'étais encore enfoncée.

— Même si j'avais choisi Hank, papa aurait trouvé un truc à redire. C'est son boulot : il est père.

À la remarque précédente, Lee m'avait lancé un regard meurtrier mais n'avait pas bougé. Là, il fit volte-face, me cachant à la vue de tout le monde.

— Hank était une option ? demanda-t-il.

Oh oh.

— Bien sûr que non, c'était juste un exemple.

— Un exemple de… quoi ? Réponds-moi.

— J'essayais juste de te réconforter !

— Ça allait très bien pour moi. Je sais que ça ne plaît pas à ton père qu'on sorte ensemble. Ça lui passera. Je n'ai pas envie d'imaginer Hank dans tes bras. Bordel, Indy !

Hank se dirigeait vers nous.

— Je voulais juste vous prévenir que vous aviez du public, dit-il.

Je jetai un coup d'œil par-dessus l'épaule de Lee. Tout le monde détourna le regard à la hâte.

Génial.

Hank passa un bras autour de mes épaules, de manière désinvolte, comme il l'avait fait un million de fois auparavant.

Sauf que cette fois, Lee plissa les yeux – vers moi.

— J'ai besoin d'une bière, marmonnai-je d'une voix désespérée.

Et je m'enfuis.

Lorsque je m'étais installée à côté de Kitty Sue, j'en étais à ma troisième Fat Tire et j'avais déjà englouti un hamburger, une énorme assiette de salade de macaronis, et une autre de la salade de chou cru à l'orientale de Kitty Sue. Je portais un short taillé dans un pantalon vert kaki et un débardeur noir. Sur mon top, des roses rouges entrelacées de barbelés gris et blanc serpentaient le long de ma taille, de mon buste et de mon épaule jusque dans mon dos. Il faisait trop chaud pour les bottes de cow-boys. De toute façon, les bottes, ça faisait ridicule avec un short (et croyez-moi, j'avais testé ce look à de multiples occasions). J'avais donc enfilé une paire de tongs noires à semelle épaisse. Mon short commençait déjà à me serrer à la taille, alors que je n'avais mangé ni brownie ni tarte aux noix de pécan.

Depuis notre petite discussion, j'étais parvenue à éviter Lee. Pas trop difficile : j'avais dix ans d'expérience en la matière. J'étais devenue imbattable pour ne pas le croiser au cours des réunions de famille.

Je me tournai vers Kitty Sue et me surpris à lui répondre honnêtement :

—Je vais bien. Lee aussi. Mieux que moi, d'ailleurs. J'ai quelques difficultés d'adaptation. Lee paraît vachement sûr de lui. Il paraît vachement sûr de tout, en fait.

Je m'aperçus soudain qu'il s'agissait de l'une des caractéristiques de Lee. De toute mon existence, je n'avais jamais rencontré personne ayant une telle assurance. Sauf peut-être Hank, mais sa confiance en lui dégageait quelque chose de paisible, de posé. Il y avait bien le meilleur ami de Lee, Eddie. Mais Eddie, c'était comme le frère jumeau de Lee : on aurait dit qu'ils avaient été séparés à la naissance, mais taillés dans la même étoffe. L'assurance de Lee, tout comme celle d'Eddie, ne ressemblait pas à celle de Hank : c'était une assurance effrontée, insolente.

—Et toi, tu n'es pas sûre de toi ? me demanda Kitty Sue.

Je la regardai en songeant que j'aurais peut-être mieux fait de mentir. À présent, il était trop tard.

—Non. Lee me fout la trouille, avouai-je.

Kitty Sue hocha la tête.

—Ouais, il est terrifiant.

J'en restai bouche bée. Bon sang, elle parlait de son fils, là !

—Tu trouves ? demandai-je.

Kitty Sue jeta un coup d'œil à Lee avant de se tourner vers moi.

—Ma chérie, ce garçon me rend folle. J'ai l'impression qu'il n'est pas de moi. Je ne sais même pas d'où il peut venir. Si Ally ne ressemblait pas tant à Lee, je me serais même demandé s'il n'y avait pas eu un échange à la maternité.

J'en étais abasourdie. Kitty Sue poursuivit :

—Hank est le portrait de son père : intelligent, prudent, posé, et il ne prend que des risques mesurés. Je suis certaine que Lee examine aussi les risques qu'il prend, mais je pense qu'il s'autorise une marge d'erreur beaucoup plus large et qu'il compte sur… en fait, je ne sais pas sur quoi il compte pour se sortir de tous les pétrins dans lesquels il se fourre.

Je ne parvenais pas à me ressaisir. Kitty Sue continuait de parler, et tout ce qui sortait de sa bouche me faisait l'effet d'un accident verbal de la circulation. Si elle voulait me convaincre de rester avec son fils, elle se trompait de tactique.

—Il… tu sais? dit-elle.

Je compris qu'elle me posait une question et secouai la tête pour lui indiquer que non, je ne savais pas.

Kitty Sue s'expliqua:

—Il se tire toujours d'affaire. Toujours, et toujours seul. Mais il faut être un sacré brin de femme pour accepter de vivre une vie comme celle-là, en sachant qui est Lee et en connaissant les risques qu'il prend.

Kitty Sue posa la main sur mon genou, qu'elle pressa doucement.

—Personne ici ne t'en voudrait de ne pas être cette femme. Je te le dis parce que c'est vrai. Nous vous adorons tous les deux et nous vous aimerons toujours, peu importe ce qui se passe entre vous. (Elle s'interrompit et poussa un soupir.) De toute façon, je ne sais même pas si une telle femme existe. Et pourtant, je suis sa mère. J'ai vécu avec lui, je l'ai vu survivre à des mauvais passes qui te feraient dresser les cheveux sur la tête, et je m'inquiète pour lui tous les jours. Il me fiche une trouille bleue.

Je n'avais pas envie que mes cheveux se dressent sur ma tête, ça c'est sûr. Comme look, on faisait mieux.

Je n'avais pas envie non plus d'imaginer une autre femme acceptant allégrement la marge de manœuvre que se laissait Lee, parce que ce serait la femme vers qui il reviendrait tous les soirs. Et enfin, je n'avais pas envie que la famille me pardonne si je larguais Lee juste parce que j'étais une chochotte: je n'en étais pas une. Lee était peut-être effrayant, mais pas si flippant que ça. Je pouvais rivaliser avec n'importe quelle salope envisageant de concurrencer ma tolérance à sa marge d'erreur.

— Je vais chercher les brownies, déclarai-je.

Kitty Sue me tapota le genou. Je me levai et me dirigeai droit vers Lee.

Il était assis sur une chaise de jardin, les jambes étendues devant lui, en compagnie de Hank, Malcolm et Ally. Il m'observa traverser la pelouse sans sourciller.

— Je peux te parler ?

Lee se leva sans répondre. Il me suivit et franchit la baie vitrée menant à la cuisine. Je refermai la porte derrière nous et me retournai vers lui.

— Tu es en colère contre moi ? demandai-je.

Lee croisa les bras sur son torse sans rien dire. Bon, je supposais que ça voulait dire oui.

Je tentai de jouer la carte de la séduction et lui décochai un sourire radieux avec un petit geste de la tête sexy.

— Qu'est-ce que je peux faire pour que tu décolères ?

Pas de réponse.

OK, ça ne marchait pas.

Je soupirai et levai les mains en l'air.

— Il n'a jamais été question de Hank. Ça n'aurait jamais pu être lui. Hank n'est même pas une option.

— Bordel, arrête de me parler de Hank ! explosa Lee.

Il me prit par la main et s'enfonça dans la maison, hors de portée des yeux et des oreilles des autres dans le jardin.

— Qu'y a-t-il, alors ? demandai-je à son dos lorsque Lee s'arrêta dans le salon.

Il se retourna et répondit :

— Réfléchis !

— Je n'ai pas envie d'y réfléchir. Si je savais ce dont il s'agit, je serais déjà en train de m'expliquer ou de m'excuser. Il va falloir que tu me mettes au courant.

— Hors de question.

— Oh, mais bordel ! hurlai-je. Comment veux-tu que j'arrange les choses si je ne sais même pas ce qui ne va pas ?

— Oublie ça. Je ne suis plus en colère contre toi.

— Tu parles.

— Non, dit-il de sa voix flippante. Plus en colère du tout.

— Purée, quel lunatique ! Tu es le mec le plus instable que j'ai jamais rencontré !

— Si tu voulais vraiment arranger les choses, tu pourrais commencer par cesser de parler de tous les mecs de ta connaissance. Ça aiderait.

J'en eus le souffle coupé.

— Tu me prends pour une pute ?!

Lee avança vers moi. Je ne bougeai pas d'un pouce. Il était si près que je pouvais sentir la chaleur de son corps.

— Très bien, Indy. Primo, je n'aime pas t'imaginer avec d'autres mecs. Il n'y en a peut-être pas eu beaucoup, mais rien qu'un seul, ça me fait grincer des dents. Deuzio, je n'apprécie pas que tu me compares à Hank, ni l'idée que selon toi, Tom l'accepterait plus facilement que moi.

La lumière se fit dans mon esprit. Une lumière tellement aveuglante que je ne pus que constater à quel point j'étais débile.

— Lee…

— Je vais faire un tour en bagnole. Je serai de retour pour te reconduire chez toi.

— Lee…

Il tourna les talons et je restai là, debout dans le salon, à regarder par la fenêtre panoramique qui donnait sur le jardin. La Crossfire était partie depuis longtemps quand la porte des toilettes s'ouvrit et que mon père en sortit. Il m'observa.

— Qu'est-ce que tu as entendu ? demandai-je.

— Tout. Vous parliez plutôt fort, répondit papa en avançant vers moi.

Je posai ma tête sur son épaule et il passa un bras dans mon dos.

— Quelle crétine ! me lamentai-je.

— Hum, je ne sais pas ce que tu lui as dit, mais ça n'avait pas l'air formidable.

— Quelle crétine !

Papa m'embrassa sur la tempe, à la naissance des cheveux, et déclara :

— Lee serait vraiment idiot s'il n'acceptait pas tes excuses. Il reviendra. On peut dire beaucoup de choses de ce garçon, mais pas qu'il est idiot. Je vais sortir les brownies.

Papa se dirigea vers la cuisine. J'entendis la baie vitrée s'ouvrir, puis se refermer.

Je filai aux toilettes. Pas parce que j'avais envie de faire pipi, mais parce que si mon père nous avait entendus, ça avait dû être le cas des autres aussi. J'avais besoin d'un moment pour me ressaisir. Ça commençait plutôt mal : pour notre premier repas de famille, j'avais dit un truc tellement stupide que Lee était en colère au point de devoir faire un tour pour se calmer.

En sortant des toilettes, je réfléchissais aux moyens de me faire pardonner. La sonnette retentit et je gagnai la porte : peut-être était-elle fermée à clé ? Ce ne pouvait être que Lee. D'habitude, il entrait directement ou faisait le tour par le jardin.

J'ouvris la porte et tombai nez à nez avec les types qui m'avaient tiré dessus. Je restai momentanément abasourdie : ils étaient sur le seuil de ma maison d'enfance, en train de sonner tranquillement.

J'ouvris la bouche pour hurler. L'un d'eux se pencha, bras tendu, et pour moi, ce fut l'extinction des feux.

11

C'est l'heure de l'histoire pour les petites filles pas sages !

Cet enlèvement différait totalement du précédent.

Personne ne me demanda si j'allais bien. En plus, les types ne se montraient pas très cordiaux.

Exit le canapé en soie damassée couleur crème.

On ne m'adressait pas la parole, en fait. Ça, c'était chouette. Ça signifiait que je n'avais pas à parler non plus, et donc que je n'attirerais pas l'attention de ces types. Comme ça, impossible que je les énerve au point qu'ils me tirent dessus ou me collent une beigne.

On me menotta les mains dans le dos et on me ligota à une chaise avec une corde en nylon. Ça me paraissait un peu exagéré de faire les deux, mais je jugeai plus sage de ne pas partager mon opinion. Se retrouver menottée et ligotée était loin d'être confortable. Le moindre geste me faisait mal. Soit la corde me rentrait dans la peau, soit j'avais les bras étirés en arrière bien au-delà de ce que leur permettait ma souplesse naturelle. Je n'avais pas encore retrouvé l'usage de mes membres après la deuxième attaque au pistolet paralysant de mon existence, et je n'avais pas pu lutter pendant qu'on m'attachait. Ça n'aurait rien changé, de toute façon : les types étaient tous deux armés d'un revolver. J'avais arrêté les cours de *self-defense* au bout de trois semaines et, à ma connaissance, je n'étais pas blindée contre les balles comme Superman.

Je me trouvais dans une maison, Dieu savait où. La seule évidence, c'était que personne n'y habitait plus depuis longtemps. Le salon dans lequel nous nous trouvions était dégueulasse et contenait un vieux canapé déglingué, tout poussiéreux, ainsi que la chaise sur laquelle j'étais assise. C'était tout. Voilà pour le décor, sauf si on comptait les tas de poussière produits par des mites de la taille d'un cocker.

Les deux hommes qui s'étaient emparés de moi étaient ceux qui avaient tiré sur Rosie et moi et étaient à l'origine de ce désastre. L'un d'eux passa un long moment dans une pièce voisine. Au son étouffé de sa voix, j'en déduisis qu'il était au téléphone. L'autre resta me tenir compagnie. Ces types n'étaient pas aussi flippés que Rosie, et eux avaient manifestement pu se doucher au cours des deux derniers jours. Pourtant, leur regard me collait la frousse. J'étais au milieu d'un beau merdier. Ces gars étaient des professionnels et n'avaient pas l'air de plaisanter.

Mon angoisse aurait été insoutenable si je n'avais pas eu une affreuse envie de faire pipi.

D'habitude, j'avais une vessie en béton. On me faisait sans cesse des remarques quant à son volume. Je mettais deux fois plus de temps à me vider que la plupart des gens. Je pouvais boire un tonnelet de bière juste avant un concert et ne manquer aucune note d'aucune chanson. Ma vessie était presque aussi légendaire que ma rencontre avec le Joe Perry d'Aerosmith. Sauf que ce soir-là, la Fat Tire avait cheminé à travers mon organisme en un temps record et je mourais d'envie d'aller me soulager.

Je ne savais absolument pas depuis combien de temps je me trouvais là. Je me concentrais pour garder la bouche fermée et ne pas mouiller ma culotte. Je ne voulais pas demander à ces types de me laisser aller aux toilettes : je n'avais pas encore recouvré assez mes esprits pour élaborer un plan de fuite. Je refusais de me demander combien de temps il faudrait à ma famille pour s'apercevoir que j'avais disparu, d'autant que l'incident avec Lee supposait que je me planque un bon moment avant d'oser me montrer à nouveau dans le jardin. Je refusais aussi de réfléchir au fait que la situation risquait de mal tourner pour moi, et que la dernière chose que j'avais faite, c'était me disputer avec Lee.

Je regardai par la fenêtre : si j'observais bien, je pourrais peut-être trouver un indice de l'endroit où je me trouvais, et si je parvenais à me concentrer sur quelque chose, ça m'éviterait de penser à mon envie pressante ou au fait que ma vie risquait de bientôt prendre fin.

C'est à ce moment-là que je vis le dessus d'une énorme tête blonde et une paire d'yeux. La touffe de cheveux ébouriffés était un peu tassée par des lunettes de vision nocturne.

Tex était en train d'épier par la fenêtre.

Bordel de merde.

À peine l'avais-je entraperçu qu'il avait déjà disparu.

— Qu'est-ce que tu regardes ? me demanda le type qui m'avait tiré dessus, en se retournant pour regarder par la fenêtre.

Son collègue le rejoignit. Ils étaient tous les deux imposants, un peu sur le même modèle que Gary le Gorille ou Teddy la Terreur, vêtus de pantalons et de chemises de soirée aux manches retroussées. Sans cravates.

L'un d'entre eux – celui qui avait parlé au téléphone – semblait plus âgé : il avait les cheveux poivre et sel. L'autre, celui qui était resté me surveiller, avait les cheveux blond-roux. Il avait dû être mignon à une certaine époque, mais fonçait à présent tête baissée vers la cinquantaine.

— Il est d'accord, annonça Poivre et Sel, le type qui était sorti téléphoner, à son acolyte le Blondinet qui était resté me surveiller. Il fera l'échange : la fille contre les diamants.

— Elle regardait un truc dehors. Je vais jeter un coup d'œil, l'informa le Blondinet.

Poivre et Sel resta avec moi pendant que Blondinet allait voir dehors.

— C'est ton petit ami, là-dehors ? me demanda Poivre et Sel.

Je secouai la tête sans dire un mot. J'espérais que Tex était parti depuis longtemps appeler le 911. Mais je craignais qu'il ne soit tout près, en train de préparer l'Armageddon.

Poivre et Sel alla de fenêtre en fenêtre, prenant bien soin de rester sur le côté, pour jeter un coup d'œil à l'extérieur. Il commençait à avoir l'air un peu moins pro et sérieux et un peu plus paniqué et désespéré.

— Salopard de Nightingale ! cracha-t-il avant de se tourner vers moi, dégainant son revolver de sa ceinture et le braquant sur moi. Tu l'as vu dehors ? hurla-t-il.

— Non.

Je ne mentais pas : il parlait de Lee, et ce n'était pas Lee que j'avais vu dehors. Au moins, je mourrais sans qu'un dernier mensonge vienne entacher mon âme.

Poivre et Sel tenait son revolver différemment de Rosie : il restait stable, avec une aisance due à son expérience, et il me fichait une trouille bleue. À tel point que j'en oubliais ma vessie pleine.

— Tu regardais quoi ? insista-t-il.

Bon sang, quelle crétine ! Pourquoi ne pouvais-je pas rester super calme, comme dans les films ? Siffloter en prétendant que je n'avais rien vu, puis communiquer tranquillement une stratégie de fuite sophistiquée à l'aide de trois clignements d'yeux et de deux signes de tête à l'intention de Tex pendant que mes ravisseurs avaient le dos tourné ?

— Je ne regardais rien du tout. Il n'y a rien à voir ici, alors, je regardais par la fenêtre.

Poivre et Sel pointait toujours son flingue sur moi. Il n'avait pas besoin de formuler ce que le revolver me faisait clairement comprendre : « Parle ou t'es morte. »

— Écoutez, il faut que j'aille aux toilettes, lâchai-je. Sérieusement, j'ai bu trois Fat Tire avant que vous ne me paralysiez, les gars. Je crois que toute cette électricité a fait un truc à ma vessie. D'habitude, je peux me retenir mais là, ça urge.

Poivre et Sel continua à me regarder fixement, son revolver braqué sur moi, puis l'autre type revint. Poivre et Sel ne bougea pas d'un pouce ; il ne jeta même pas un coup d'œil à Blondinet lorsque celui-ci nous rejoignit.

— Personne, annonça-t-il.

— Tu ne verrais aucun signe de Nightingale s'il se trouvait là-dehors, trouduc. Ce mec est capable de se métamorphoser en fumée.

Blondinet détourna les yeux de Poivre et Sel pour m'observer.

— Pourquoi tu la braques avec ton flingue ? demanda-t-il.

— T'as dit qu'elle avait vu quelque chose. Je pense que si je lui colle une balle dans le genou, elle me dira p't'être ce que c'était.

Merde alors !

Blondinet parut aussi choqué que moi.

— Bon Dieu, Rick ! T'as perdu la tête ? On est censés l'échanger contre les diamants, sans balle dans le genou ! Tu crois que Nightingale est dehors et qu'il peut se transformer en fumée ? Colle une balle dans le genou de sa foutue nénette, et il te traquera jusqu'à t'écorcher vif.

— Elle respirera toujours, faudra qu'y fasse avec. Tout le reste fonctionnera encore. Elle a pas besoin de son genou pour baiser, répliqua Poivre et Sel.

Et là, je cessai de respirer.

J'imagine que Poivre et Sel ne m'avait pas pardonné de l'avoir engueulé quelques jours auparavant.

La porte d'entrée s'ouvrit à la volée. Poivre et Sel et le Blondinet se retournèrent à toute vitesse. Il n'y avait personne, mais un objet roula à terre.

On l'observa rebondir sur le sol, heurter le canapé, revenir sur sa trajectoire, puis s'immobiliser à quelques dizaines de centimètres du canapé.

Tiens, ça ressemble à une grenade.

Bien sûr, je n'en avais jamais vu ; ça pouvait être autre chose.

À peine le premier objet s'était-il immobilisé qu'un autre rebondit sur le sol.

Lui aussi ressemblait à une grenade, sauf que ses contours étaient lisses et que de la fumée s'en échappait.

— C'est ce que je pense ? s'inquiéta le Blondinet.

Le premier objet explosa.

Bon, ben j'avais raison : c'était bien une grenade.

Il y avait de la fumée et de la poussière partout ; je m'étouffais, j'étais aveuglée et je ne pouvais plus bouger.

J'entendis des toussotements, des cris, le son de corps qui se heurtent, puis quelqu'un s'avança vers moi, ma chaise s'inclina et on me traîna hors de la pièce.

Je regardai derrière moi, mais mes yeux larmoyaient à cause de la poussière et de la fumée. Une vraie torture. Impossible de les essuyer vu que je n'avais pas l'usage de mes mains.

Pourtant, je vous jure que je crus entrevoir l'image floue de Tex derrière moi, affublé de ce qui ressemblait fortement à un masque à gaz de la Seconde Guerre mondiale.

Il franchit la porte avec moi et reposa ma chaise. Il traficota derrière mon dos, la corde céda, puis Tex retira son masque et hurla :

— Cours !

Je ne perdis pas de temps : je bondis et pris mes jambes à mon cou. Ce n'était pas facile. J'étais complètement raide et courbaturée d'avoir été ligotée à la chaise. Mes mains étaient menottées dans mon dos. Je toussais et m'étouffais toujours, et je n'y voyais presque rien. Et pour couronner le tout, j'étais en tongs. Pas exactement la chaussure idéale pour sprinter.

Mais je fis ce que j'avais à faire, d'autant que ne *rien* faire impliquait l'éventualité de ne jamais visiter le chalet de Lee à Grand Lake. Je courus à en perdre haleine derrière la silhouette floue de Tex.

Nous avions parcouru la moitié d'un pâté de maisons lorsque j'entendis des coups de feu. Tex se retourna et m'expédia un coup avec la force d'un bœuf grâce son bras, m'envoyant valser la tête la première dans un buisson. J'entendis qu'on armait un fusil, puis : « Boum » !

Les broussailles m'écorchèrent lorsque je m'extirpai du fourré. Nouveaux coups de feu, puis un autre « Boum » ! Je crus voir Tex, jambes écartées, s'offrir telle une cible géante, comme le cinglé qu'il était, apparemment indifférent aux balles volant autour de lui, et recharger calmement son fusil.

J'avais roulé sur le dos et ressemblais à une tortue, me tortillant un coup par-ci, un coup par-là, à moitié empêtrée dans les buissons, les bras toujours attachés derrière moi. J'entendis un crissement de pneus, des cris, des coups de feu et encore un autre « Boum », d'autres coups de feu, et Tex fit un bon effrayant en arrière avant de retomber sur un genou.

— Nom de Dieu ! hurla Hank. Lee, elle est là !

Je pense m'être concentrée sur l'image de Hank qui se penchait sur moi, mais je n'y voyais rien du tout. Ensuite, on me souleva, et Lee apparut. Je le savais car je perçus le parfum discret de cuir, d'épices et de tabac.

— Tends les bras en arrière autant que tu peux, poignets écartés, et ne bouge pas, ordonna Lee.

J'obéis. Une main puissante se posa sur mon avant-bras, puis un coup de feu retentit, me faisant sursauter et libérant par la même occasion mes bras. J'eus l'impression que ceux-ci s'envolaient dans les airs.

Enfin libre !

Sans prêter attention aux épines ni aux aiguilles qui ornaient mes bras, je portai les mains à mes yeux pour essuyer les larmes qui coulaient à flots.

— Ne frotte pas, dit Lee. Il faut rincer le gaz de ton visage. Ça va ?

Je hochai la tête et dis simplement :

— Tex.

La tête floue de Lee se tourna vers Hank.

— Tu t'occupes d'elle ?

— Ouais, répondit Hank.

Lee s'en alla.

Je titubai jusqu'à l'endroit où Tex était assis en tailleur dans l'herbe, se tenant l'épaule. Je ne voyais toujours pas très bien, mais je me laissai tomber à genoux à côté de lui, pris son bras valide entre mes mains et m'y accrochai. Je ne savais absolument pas ce que je faisais, mais il aurait fallu un levier pour m'en détacher.

J'entendis des sirènes et des voitures de police ralentir, mais Hank leur indiqua de poursuivre plus bas dans la rue, et elles repartirent en trombe.

M. Kumar sortit de nulle part, avec de l'essuie-tout et des bouteilles d'eau en provenance de sa boutique à la main. Je lâchai Tex le temps de me passer de l'eau sur le visage et les mains. Lorsque j'eus recouvré suffisamment la vue, je m'aperçus que Tex saignait, et je déchirai un morceau d'essuie-tout que je transformai en compresse géante sur son épaule.

Nous étions dans le quartier de Tex et de M. Kumar. Si nous avions poursuivi notre chemin et franchi la deuxième moitié du pâté de maisons, nous serions arrivés à la petite épicerie. Les tireurs m'avaient amenée presque sous le nez de Tex.

Quelle chanceuse, hein ?

Ou bien était-ce Tex qui n'avait pas de chance ?

J'aperçus le gyrophare d'une voiture de police. Celle-ci vint s'arrêter en travers de la route dans un crissement de pneus.

Brian Bond et Willie Moses s'extirpèrent de la voiture et se dirigèrent vers Tex et moi au pas de course.

— Bon sang, Indy. Qu'est-ce qui s'est passé ? demanda Willie.

Willie était un ami ; il avait passé son bac la même année que Hank. Il portait toujours l'uniforme, selon ses souhaits. Willie était un homme d'action, pas le genre à rester assis derrière un bureau. Il faut dire que l'uniforme lui allait vraiment super, *super* bien. Willie était grand, sa peau noire n'avait aucun défaut et était aussi lisse que du satin, il avait un sourire étincelant et un corps composé à cent pour cent de muscles. Il avait reçu une bourse en tant que receveur écarté à l'université du Colorado ; il avait été bon, mais pas assez brillant pour intégrer la Fédération américaine de football. Tout comme Hank, il avait obtenu son diplôme universitaire et était entré directement à l'école de police. C'était lui qui m'avait appris à jouer au poker. Mal, comme par hasard : il me battait chaque fois que nous jouions ensemble. J'avais déjà rencontré Brian à quelques reprises, mais lui sortait à peine de son statut de bleu.

— Appelle une ambulance, dis-je à Willie.

Ce fut Brian qui me répondit :

— Les secours arrivent dans deux minutes. Ils étaient juste derrière nous.

Willie me saisit par l'avant-bras.

— Viens, on t'aide à te relever.

— Hors de question. Je ne lâche pas Tex tant que l'ambulance n'est pas arrivée.

J'appuyai la compresse à présent imbibée de sang sur l'épaule de Tex, luttant contre les larmes. Le sang coulait vite et abondamment. En temps normal, j'aurais eu des haut-le-cœur, j'aurais peut-être même vomi, mais j'étais en train d'acquérir de nouveaux talents à la vitesse grand V. Y compris celui d'infirmière dopée à l'adrénaline.

— Là, tu fais ta petite fille, dit Tex. Bientôt, tu vas te mettre à me pleurer dessus. C'est rien qu'une balle dans l'épaule, bordel. J'ai vécu pire.

Je l'observai. Il était livide, ses yeux étaient hagards et sa voix trahissait sa douleur. Je décidai de communiquer avec lui d'une manière qu'il comprendrait.

— Eh bien, désolée ! hurlai-je. Je n'avais jamais vu quelqu'un se faire tirer dessus ! Flash info, Tex : je *suis* une fille, et je ne te lâcherai pas avant que cette putain d'ambulance arrive. Tu m'entends, oui ou merde ?

Willie me lâcha et recula d'un pas.

— OK, pas besoin de faire un syndrome prémenstruel pour ça, dit Tex.

Puis il observa quelque chose derrière moi. Je jetai un coup d'œil par-dessus mon épaule.

Lee se dirigeait nonchalamment vers nous, un revolver pendouillant à la main. De l'autre, il poussait Blondinet dont les bras étaient menottés derrière son dos. Lee le projeta dans le jardin que nous occupions, et Blondinet s'affala sur les genoux.

— C'est l'un d'entre eux ? demanda Lee à Tex, sans m'accorder un regard.

— Ouais, répondit Tex.

— C'est lui qui t'a eu ? demanda Willie.

— Il m'a *tiré* dessus, et aussi sur Indy. L'autre m'a touché, par contre.

Brian et Willie n'écoutaient déjà plus. Ils avaient entendu « et aussi sur Indy », l'air s'était figé autour d'eux et ils avaient plissé les yeux en direction de Blondinet.

Presque pire que d'abattre un flic : tirer sur *la fille* d'un flic.

Blondinet venait de s'acheter un billet en première classe pour l'Île aux Emmerdes.

À ce moment-là, l'ambulance arriva.

Je persuadai le personnel de l'ambulance de me laisser monter à l'arrière avec Tex. J'obtins gain de cause en piquant une crise monumentale. Je restai scotchée à Tex jusqu'à ce qu'on le conduise sur un lit d'hôpital dans la salle des urgences. Tex me laissa faire, surtout parce qu'il avait été témoin de ma crise d'hystérie et qu'il savait que ma santé mentale ne tenait qu'à un fil. À certains moments, il fallait se plier aux souhaits d'une femme, même si vous étiez un cinglé qui n'avait pas peur des balles. Et là, c'était l'un de ces moments.

Dans l'ambulance, Tex me raconta que M. Kumar habitait à quelques maisons de celle dans laquelle on m'avait conduite et qu'il avait vu mes agresseurs me décharger de la voiture. Comme c'était apparemment d'usage dans le quartier, M. Kumar était allé tout droit trouver Tex, qui lui avait confié ma carte en lui disant d'appeler Ally et de demander à parler à Lee. Ça expliquait que Hank et Lee soient arrivés aussi vite.

L'inspecteur Jimmy Marker, celui qui m'avait surprise en flagrant délit d'ébriété quand j'étais mineure, écopa de l'affaire. Il me questionna dans la salle d'attente de l'hôpital. Jimmy était d'humeur sombre. Il essayait de cacher sa colère. Quand j'avais huit ans, Jimmy m'avait accompagnée à une journée parent-enfant parce que papa était de service. Nous avions fait une course attachés l'un à l'autre par la jambe. J'avais l'impression que Jimmy regrettait de ne pas pouvoir accompagner Blondinet dans une descente d'escalier très longue et très raide, sans lui ôter ses menottes ni ses chaînes de chevilles.

L'interrogatoire prit un bon moment car la moitié du service de police de Denver défila dans la salle d'attente pour s'assurer que j'allais bien. Je m'y étais fait des tonnes de copains : la moitié des effectifs avaient joué les baby-sitters pour moi quand j'étais petite, et l'autre moitié avaient partagé mes fiestas.

Ensuite, comme il se devait, j'eus droit à l'arrivée hystérique de Kitty Sue et d'Ally, avec Malcolm et papa sur leurs talons.

Kitty Sue ne pleura pas en continu ; non, elle *hurla* en continu. Mamie me répétait tout le temps qu'en cas de surcharge émotionnelle, crier faisait autant de bien que de chialer. L'un comme l'autre vous enlaidissait, mais une seule des deux options se soldait par des yeux rouges et gonflés et un visage tout barbouillé. Kitty Sue avait épousé un flic. Ça faisait longtemps qu'elle avait appris que les larmes d'hystérie ne la mèneraient nulle part, mais que hurler captait l'attention. En règle générale, les hommes ne savaient pas quoi faire face aux larmes ; en revanche, ils auraient fait n'importe quoi pour mettre fin aux hurlements d'une femme.

M. Kumar était venu à l'hôpital lui aussi, et il semblait ne pas trop savoir quoi faire devant toutes ces allées et venues ; il demeurait donc silencieux et tentait de se rendre invisible. Jimmy l'interrogea juste après moi.

Une fois Jimmy parti, je pus enfin aller aux toilettes. Sans blaguer, j'éprouvai un tel soulagement que je faillis en pleurer.

J'informai ensuite tout le monde que j'attendrais que Tex sorte des urgences. Personne ne protesta. J'avais toujours les bracelets des menottes autour des poignets et pas mal de sang sur le corps, sang qui provenait pour une part de mes égratignures dans les buissons et peut-être aussi de Tex. Je n'étais pas en état, ni mentalement ni physiquement, qu'on chipote avec moi.

Je m'assis à côté de M. Kumar, lui pris la main et la serrai fort. Ça ne sembla pas le déranger outre mesure, mais bon, lui aussi avait assisté à ma crise d'hystérie.

Les autres s'installèrent en vue de la longue attente.

Sur les ordres de Kitty Sue, papa et Malcolm partirent à la recherche de boissons chaudes. Les cafés immondes des distributeurs firent le tour de la pièce. Kitty Sue et Ally ne s'éloignaient ni de M. Kumar ni de moi. Lee et Hank avaient disparu.

Je les avais perdus de vue pendant que je piquais ma crise. Tandis que j'attendais des nouvelles de Tex, j'eus quelques brefs moments de clarté. La mémoire me revint en partie, et des morceaux du puzzle commencèrent à s'assembler.

J'étais furieuse de m'être fait kidnapper une seconde fois. J'étais également positivement certaine d'avoir été à deux doigts de perdre une rotule. Je n'avais jamais prêté grande attention à mes genoux, mais après une inspection rapprochée dans la salle d'attente, je décidai qu'ils me plaisaient exactement comme ils étaient.

J'avais eu très peur. Peur pour ma vie, peur pour ma rotule et, même si j'avais été presque aveuglée par le gaz lacrymogène, j'avais vu Tex se prendre une balle pour moi.

Cette peur me rendait folle de rage. Folle de rage d'avoir été enlevée sur le perron de ma maison. Folle de rage d'avoir rendu Kitty Sue hystérique. Folle de rage de voir Malcolm me jeter un coup d'œil toutes les deux secondes comme s'il voulait dire quelque chose, mais pensait que j'étais trop fragile pour l'entendre. Et folle de rage d'être responsable de l'expression soucieuse de mon père, à l'autre bout de la salle d'attente.

Et tandis que j'assemblais les pièces du puzzle qui flottaient autour de moi depuis des jours… des pièces de puzzle que j'avais été trop idiote pour mettre en place, la rage me submergea.

Le hic, c'était que j'étais quasi sûre que Lee s'était royalement foutu de moi.

Lorsque Lee et Hank entrèrent dans la salle d'attente, tout le monde les dévisagea. Lee avait le visage de marbre. Hank paraissait encore plus furieux que moi. Il secoua la tête une fois en signe de dénégation à l'intention de Malcolm, et le visage de celui-ci se crispa encore davantage. Prenant note de cette conversation silencieuse, mon père poussa un juron.

Poivre et Sel avait filé.

Hank fonça sur moi, me souleva de ma chaise et me prit dans ses bras dans une étreinte à me couper le souffle.

Lee s'arrêta près de papa. Malcolm les rejoignit et ils entamèrent une discussion à mi-voix, que je ne parvins pas à déchiffrer.

Ce qui contribua à faire monter ma rage d'un cran.

Hank était venu m'enlacer, mais Lee m'avait à peine regardée.

Connard.

Enfin, quoi ! Il était peut-être encore en colère contre moi à cause de ce que j'avais dit au barbecue, mais je venais de me faire kidnapper, bordel ! Ça méritait au moins une petite tape sur l'épaule, non ?

Hank me lâcha : les docteurs venaient d'entrer dans la pièce pour nous annoncer que Tex allait bien. La balle était entrée par l'épaule, avait brisé la clavicule, ricoché et fait un second trou en sortant.

Ils nous informèrent que si nous étions calmes et ne restions pas longtemps, M. Kumar et moi avions l'autorisation d'aller voir Tex ensemble.

Tex ne cadrait pas dans le décor. Il était bien trop paisible et beaucoup trop grand pour le lit. Sans ses lunettes de vision nocturne, je ne le reconnaissais plus.

En fait, je connaissais à peine cet homme, et il venait de sauver ma rotule.

Il revint à lui, groggy, et ouvrit les yeux sur moi.

— Alors toi, t'es rigolote. On fait quoi demain soir ? demanda-t-il.

Il se rendormit au son de mon rire incrédule.

M. Kumar était venu à l'hôpital en voiture et rentra chez lui de la même manière. Ally raccompagna Kitty Sue chez elle, tandis que Hank ramenait les autres. Malcolm s'assit à l'avant avec lui, et je me retrouvai prise en sandwich entre Lee et papa à l'arrière. Manifestement, c'était ma garde d'honneur.

Papa me serrait la main très fort. Lee avait étendu son bras sur le dossier du 4Runner de Hank, et il m'effleurait les épaules. Mais ce n'était pas une marque d'affection : il s'agissait juste de gagner de la place.

Personne ne pipait mot. Il n'y avait rien à dire.

Hank s'arrêta devant l'immeuble de Lee. Ce dernier détacha sa ceinture, sortit de la voiture, me détacha à mon tour et me saisit par le bras pour me faire descendre avec lui.

J'étais plutôt étonnée. Je croyais que Lee m'en voulait encore pour le barbecue. Je m'attendais à dormir chez moi cette nuit-là, et non chez lui. D'ailleurs, j'avais *envie* de rentrer chez moi. Lee était peut-être en colère contre moi et ma langue bien pendue, mais j'avais davantage de raisons d'être furieuse.

— Liam ! appela mon père.

Lee garda la main posée sur mon bras et se pencha pour jeter un coup d'œil à l'arrière de l'habitacle.

— Ouais ?

— Prends soin d'elle, dit mon père d'une voix bourrue.

Les types du *Livre des records* auraient pu passer consigner l'événement : je venais d'atteindre l'apogée universelle de l'énervement.

C'est vrai, quoi : personne n'avait le droit de donner cette voix bourrue à mon père. Foutus kidnappeurs à la gomme !

— Oui m'sieur, dit Liam.

Je me penchai à mon tour pour souffler un baiser à papa. Il me sourit, Lee ferma la portière et Hank fit tourner le moteur au ralenti le temps que Lee me pousse à l'intérieur de l'immeuble. J'aurais certainement dû lui dire que je souhaitais rentrer chez moi, mais je me disais que tout le monde avait eu assez d'émotions pour la nuit.

Hank ne démarra pas avant que la porte se soit refermée derrière nous et que nous soyons sains et saufs dans le hall.

On ne perdit pas de temps à bavarder. Lee m'ôta les bracelets des menottes dans sa chambre, avec l'aide d'un passe-partout.

Une fois qu'il eut balancé la clé sur une commode et se fut retourné vers moi, je croisai les bras sur ma poitrine, me campai sur mes deux jambes et demandai :

— Tu m'en veux encore ?

Lee ignora ma pose belliqueuse. Pourtant, tous les autres hommes que j'avais connus la comprenaient sans équivoque ; elle signifiait : « Casse-toi. » Pas Lee : il fonça sur moi et posa les mains sur mes hanches.

— Non, dit-il.

— Alors c'est quoi, ton problème ?

Il répondit sans une seconde d'hésitation. Une réponse sincère, à l'honnêteté déconcertante.

— Je suis en colère contre moi-même d'avoir réagi comme je l'ai fait. Je sais que tu ne voulais pas me faire de mal avec ta remarque, et je m'en veux de t'avoir laissée sans défense.

Je le dévisageai quelques instants en essayant de masquer ma surprise.

— Très bien, finis-je par déclarer. Maintenant que c'est réglé, je vais prendre une douche.

Les mains de Lee se crispèrent sur mes hanches et il me regarda en plissant les yeux. À son tour de me dévisager.

— J'en déduis que je ne suis pas invité à la partager, dit-il.

Je me dégageai de son emprise.

— Effectivement.

Je pris ma douche, me lavai les cheveux et fis le décompte de mes nouvelles coupures et de mes nouveaux bleus sous l'eau chaude.

En sortant de la douche, je me rendis compte que, manque de bol, je n'avais pas pris de vêtements propres. Je décrochai le peignoir bleu en coton de la patère vissée à la porte, m'enveloppai dedans et le nouai solidement.

Je gagnai la chambre. Lee était allongé sur le lit, torse nu, le drap remonté jusqu'à la taille. Il était en train de lire. Si si, je vous assure. Il lisait tranquillement dans son lit.

Grr.

Si j'avais eu un objet à la main, il l'aurait pris dans la figure. À la place, je fonçai sur mon sac et farfouillai dedans pour dénicher une culotte. Une fois ma mission accomplie, je me redressai et épiai Lee. Il avait posé son livre et avait roulé sur le flanc, la tête posée sur sa main, et il m'observait.

— Enfiler ça serait un vain effort, déclara-t-il.

Je lui décochai un regard assez glacial pour le congeler sur place, lui tournai le dos et enfilai ma culotte.

— Parle-moi, Indy, soupira Lee.

Je pivotai, les mains sur les hanches.

Il voulait que je lui parle ? Très bien, j'allais le faire.

— J'ai eu le temps de réfléchir, après m'être fait kidnapper et avoir passé une partie de la soirée attachée à une chaise, menottée, puis le reste de la nuit dans la salle d'attente d'un hôpital.

Bon, je mentais en affirmant avoir réfléchi pendant mon kidnapping, mais Lee n'avait pas besoin de le savoir. De toute façon, ça rendait mon intro plus théâtrale.

— Ce matin, poursuivis-je, tu as dit à Hank que tu bossais pour un client. Je croyais que tu parlais de moi, mais je me trompais, hein ? (Lee me dévisageait toujours.) Le truc, c'est que quand tout ça a commencé, tu te trouvais dans le district de Columbia. Ally m'a dit que tu ne reviendrais pas tout de suite. Et tout à coup, tu te pointes, en sachant tout sur les diamants. Tu connaissais déjà l'histoire. (Lee m'observait toujours. Mon ton se fit accusateur.) Tu étais revenu récupérer les pierres. Tu as un autre client. Tu bosses pour quelqu'un d'autre.

Lee s'appuya sur le coude.

— Tu es maligne, murmura-t-il.

Puis il tapota le lit devant lui.

— Viens. Laisse-moi t'expliquer.

Ah ! Compte là-dessus.

— Tu es rentré dans ton appart et moi, je t'ai pratiquement livré les diamants à domicile en t'amenant Rosie. Ensuite, tu as tenté de me forcer à coucher avec toi en paiement d'un job pour lequel tu te faisais déjà payer par quelqu'un d'autre, tout en sachant que monsieur Diamant dormait sur ton canapé !

— Indy…

Je l'interrompis aussitôt.

— Pas besoin d'explication, Lee. Je dors sur le canapé. Demain, je rentre chez moi. Ça s'arrête là. Fin de l'histoire.

Là-dessus, je tournai les talons, quittai la pièce en bougonnant, allumai la lumière dans le salon et m'emparai des télécommandes. Je mis dix minutes à comprendre leur fonctionnement, cinq minutes de plus pour régler le minuteur

« sleep » de la télé et dix minutes supplémentaires pour trouver une émission potable. J'éteignis la lumière et m'installai confortablement.

Durant tout ce temps, la lumière filtrait en provenance de la porte ouverte de la chambre de Lee, mais aucun bruit ne me parvint. Ce qui acheva de m'énerver. Au bout de cinq minutes de mon émission, la lumière s'éteignit dans la chambre. Ma colère atteignit des sommets inégalés. Au bout de cinq minutes, je compris que tout était fini. Lorsque j'avais décrété « fin de l'histoire », ça n'avait posé aucun problème à Lee.

OK. Super. Merveilleux. Ça m'allait très bien, à moi aussi.

Coup de chance, j'avais eu une journée plutôt traumatisante, étant donné que je m'étais fait enlever et tirer dessus à deux reprises.

Sans oublier les deux scènes de ménage avec Lee.

Si mon cerveau turbinait toujours, mon corps, lui, était en train de s'effondrer avec le reflux de la poussée d'adrénaline. Avant que le programme « sleep » ne se mette en route, j'étais déjà partie au pays des rêves. Je me réveillai quand la télévision s'éteignit. Pas trop grave : je n'étais pas pleinement consciente. C'était plutôt un quart de somnolence et trois quarts de sommeil profond.

Soudain, j'eus l'impression de décoller.

Lee me portait vers la chambre.

— Qu'est-ce que tu fabriques ? demandai-je, à moitié endormie, à moitié en colère.

— Je t'emmène au lit, répondit-il d'une voix parfaitement claire.

— Je dors sur le canapé, marmonnai-je tandis qu'il lâchait mes jambes et me déposait debout à côté du lit, sans répondre.

Ses mains se posèrent sur la ceinture du peignoir.

— Qu'est-ce que tu fabriques ? répétai-je.

— Je te prépare à aller te coucher.

— Arrête ça ! (Je lui donnai une claque sur les mains. Il m'ignora royalement ; j'empoignai donc les pans du peignoir pour le maintenir fermé.) Je suis presque nue là-dessous !

La ceinture se dénoua et Lee se pencha vers moi. Je reculai et faillis basculer sur le lit. Lee se redressa : il tenait devant moi ce que j'avais, jusqu'à quelques heures auparavant, considéré comme *mon* tee-shirt de Night Stalker.

Comme ma probabilité de gagner un combat à mains nues avoisinait zéro et que j'étais complètement lessivée, j'arrachai le tee-shirt des mains de Lee et lui tournai le dos.

Je peux dormir avec lui, songeai-je en passant la tête par le col du tee-shirt. J'avais dormi avec Lee la veille et plein d'autres fois, et j'avais survécu. Une nuit de plus ne me tuerait pas.

Je fis glisser le peignoir de mes épaules, le laissai tomber au sol puis, le plus vite possible, passai les bras dans les manches du tee-shirt.

Zut ! Pas assez rapide.

Lee posa les mains sur mes hanches, juste au-dessus de ma culotte, avant que le tee-shirt ne descende. L'ourlet retomba sur sa main.

Lee posa le menton sur mon épaule.

— Tu vas m'en vouloir combien de temps ? demanda-t-il d'une voix grave, un peu rauque.

Des frissons me parcoururent à des endroits étranges.

— Toute la vie.

Lee fit glisser ses mains de mes hanches jusqu'à mon ventre et m'attira contre lui.

— Je ne peux pas évoquer mes clients avec toi, Indy. Mes services incluent la confidentialité. Je ne pourrai jamais te parler de mon boulot. Il va falloir que tu t'y habitues.

Ce n'était pas franchement ça, le problème.

Bon, d'accord. C'était *un* des problèmes, mais pas le plus important.

J'avais une théorie très élaborée selon laquelle les hommes faisaient exprès de ne jamais évoquer le *vrai* problème.

Lee repoussa mes cheveux de mon cou à l'aide de son menton et colla sa bouche à mon oreille.

Et là, il évoqua le vrai problème :

— Tu m'as évité pendant dix ans, puis tu m'as offert l'occasion d'obtenir ton attention. Je ne suis pas doué pour rater les opportunités, donc j'ai saisi celle-ci au vol. Ça a marché. J'ai obtenu ton attention. Je ne le regrette pas et je le referais sans hésiter, même en sachant qu'au cours du processus, j'ai perdu l'Homme aux Diamants.

Hum. C'était agaçant mais c'était honnête, et cette honnêteté était agaçante.

Je repoussai Lee et me dégageai en posant un genou sur le lit.

J'aurais pu ramener sur le tapis l'histoire du dodo sur le canapé, mais je craignais qu'on en vienne aux mains et Lee avait déjà obtenu un petit frisson indécent de ma part. Je ne survivrais jamais à une lutte à mains nues.

Je rampai jusqu'à l'autre bout du lit et ramenai les draps sur moi.

Le lit s'affaissa quand Lee s'y installa, puis la lumière s'éteignit.

Ensuite, je fus traînée à travers le lit et me retrouvai dans la position que Lee affectionnait.

Je ne résistai pas. Le silence comme châtiment, c'était mon fort, et je me contentai donc de rester crispée. J'utilisais mon corps pour faire savoir à Lee que tout n'était pas pardonné. Le Châtiment du Silence et le Snobage Total faisaient partie de mon arsenal de guerre ; je les maniais à la perfection et les employer ne me faisait pas peur.

Totalement hors de propos, Lee s'adressa à l'arrière de mon crâne :

— Dans mes souvenirs, la dernière fois que j'ai eu peur, c'était pendant un entraînement à la survie. Je me disais : « Si des types sympas ont réussi à inventer ça pour l'entraînement, de quoi seront capables les sales types ? »

Hum.

Quelle horreur !

Apparemment, c'était l'heure de l'histoire réservée aux petites filles pas sages.

— Par la suite, j'ai compris que si je ne pouvais pas contrôler ce que ferait l'ennemi, en revanche, je pouvais contrôler ma propre réaction. La peur mine l'attention, fait perdre le contrôle, rend faible. Ça fait perdre l'avantage. C'est la dernière fois que j'ai eu peur, la dernière fois aussi que j'ai perdu la maîtrise de moi-même.

J'étais toujours crispée, mais pour des raisons différentes : j'attendais la suite.

— Ce soir, Ally a téléphoné pour me prévenir qu'on t'avait enlevée, poursuivit Lee. Je t'avais laissée là-bas, et ces connards étaient venus frapper à la putain de porte de Tom pour s'emparer de toi. Quand j'ai entendu ça, j'ai pété les plombs.

Nom d'un chien.

Qu'est-ce que ça signifiait ?

Que voulait dire Lee ?

Qu'il avait eu peur ?

Peur pour moi ? Peur de l'éventualité de me perdre ?

Oh mon Dieu !

J'attendis que Lee en dise davantage, qu'il s'explique. En vain.

J'attendis encore un peu.

Rien.

— Comment ça, tu as « pété les plombs » ? murmurai-je.

Toujours rien.

Au bout d'un moment, les doigts de Lee repoussèrent mes cheveux et ses lèvres effleurèrent ma nuque.

Je lâchai prise et écoutai sa respiration paisible. Je savais que Lee ne dormait pas, comme je savais aussi que notre conversation était terminée. Liam Nightingale n'avouerait jamais à haute voix qu'il avait eu peur. J'allais devoir me contenter de ça.

Et ça me suffisait amplement.

Je laissai la tension quitter mon corps et me lovai contre Lee, calant mes fesses contre son bassin.

À certains moments, la rancune est de mise.

Pas là.

12

Le hasch est servi.

Je me réveillai en sentant qu'on baissait les draps sur mes hanches. Une main me caressait la taille.

Je tournai des yeux ensommeillés vers Lee qui, de ce que je pouvais distinguer dans la lumière diffuse de l'aube, était assis au bord du lit, habillé de pied en cap.

—Il me faut un café, marmonnai-je.

—Ne te lève pas. Je venais juste te dire au revoir, m'expliqua-t-il.

Je clignai des yeux dans la semi-obscurité.

—Où vas-tu ?

Mais Lee ne m'écoutait plus. Son regard s'était égaré sur mes hanches et autres courbes.

—Tu portes toujours des sous-vêtements comme ceux-ci, ou c'est en mon honneur ? demanda-t-il.

Je roulai sur le dos et remontai la couverture jusqu'à ma taille.

—Rien à voir avec toi. Je porte ce type de sous-vêtements depuis que Mamie m'a offert mon premier coffret *Frederick's of Hollywood* pour mes seize ans. Maintenant, je suis une addict de *Victoria's Secret.*

Avant de reprendre la parole, Lee attendit quelques secondes que je ne peux vous décrire que comme un silence chargé. Silence qui s'étira. Lee baissa à nouveau les draps.

— Tu es en train de me dire que depuis tes seize ans, tu t'assois à côté de moi chaque année au réveillon de Noël avec ces sous-vêtements-là ?

J'avais un peu de mal à assimiler ce qui se passait : nous étions aux aurores, Lee était habillé pour partir et on discutait de mes sous-vêtements.

M'étais-je assise à côté de lui chaque année au réveillon de Noël ?

Oui. Au début, parce que je m'arrangeais pour, et les dix dernières années, par une cruelle ironie du sort.

— Je ne m'asseyais pas près de toi, dis-je (ce qui était une forme de mensonge).

— Non. C'est *moi* qui m'asseyais près de toi.

Quelle révélation ! Je m'appuyai sur les coudes et fis la grimace. Autre expérience riche d'enseignements : rouler dans les fourrés avec les bras menottés dans le dos, ça donne des courbatures.

Je jetai un coup d'œil au réveil. 5 h 05.

— Il est 5 heures ! m'écriai-je. Mais où vas-tu ?

Lee se pencha et effleura mes lèvres.

— À la chasse.

À sa manière de prononcer ces mots, je ressentis une profonde pitié pour toutes les petites créatures poilues cachées dans la forêt. Puis je me souvins que Lee ne chassait pas, en tout cas pas les petites créatures poilues.

Zut alors.

Je cherchai un truc à dire et finis par opter pour :

— Sois prudent.

Lee m'attira contre lui. Je n'étais pas fan des bisous du matin avant le brossage de dents, surtout s'il fallait mettre la langue. Mais le baiser de Lee était si savoureux que je fis une exception et le lui rendis.

Il me positionna sur ses genoux et son baiser se fit plus ardent. Un peu plus, et ma jolie petite culotte vert cendré à dentelle gris fumée se consumerait spontanément.

Lee releva la tête.

— Appelle Hank si tu vas quelque part. J'ai besoin de mes hommes ce matin. C'est Hank qui te surveille aujourd'hui.

Comme je n'avais aucune envie de me faire rekidnapper et que la journée d'hier avait battu à plate couture l'horreur du jour où j'avais appelé la billetterie téléphonique pour m'entendre répondre que Pearl Jam était complet – journée que j'avais considérée jusqu'ici comme la pire de ma vie –, je répondis :

— D'accord.

Lee déposa un baiser sur mes lèvres, me reposa sur le lit et partit.

Je dormis encore un peu, bus du café, avalai de l'ibuprofène et téléphonai à Hank pour qu'il vienne me chercher. Je ne savais pas encore ce que j'allais faire de ma journée, mais j'étais trop stressée par les récents événements pour rester assise dans l'appartement de Lee.

J'observai mon reflet dans le miroir de la salle de bains. Le minicoquard s'estompait, mais n'avait pas encore disparu complètement.

Je fis un examen de mon corps.

J'avais de nouveaux hématomes sur les poignets, les biceps et les cuisses, plus quelques éraflures sur les bras et les jambes.

Hyperséduisant.

Pour améliorer la situation, je me tournai vers mes cosmétiques MAC. MAC ne m'avait jamais fait défaut. J'appliquai un léger blush, une ombre à paupières presque incolore mais très pailletée, une base de mascara blanche qui me faisait des cils de deux kilomètres suivie d'une double couche de mascara. J'enfilai mon tee-shirt Lynyrd Skynryd, un jean, une ceinture tressée noire avec une énorme boucle carrée en argent ornée de petites roses, et des bottes de cow-boy noires.

Je venais d'enfiler ma seconde botte lorsque mon portable sonna.

— On a un problème, annonça Duke de sa voix craquelée à la Sam Elliott.

— Duke ! Bon sang, je suis heureuse de t'entendre !

— Je suis à la boutique…

— Je l'ai fermée pour le week-end, l'informai-je.

— J'ai vu le mot. C'est moi qui ai ouvert. On fait face à une mini-émeute ici. Les gens ont les nerfs parce que Rosie est absent. Ça a commencé tranquille, mais là, la foule réclame du sang.

— Tu es tout seul là-bas ?

J'étais atterrée. Gérer seul *Fortnum's* le matin, c'était faisable… dans les années d'avant le comptoir à expresso. Post-expresso, c'était impossible.

— Dolorès est avec moi, répondit Duke.

Oh oh.

Dolorès buvait du café instantané. Mauvais signe.

— J'arrive au plus vite.

Je raccrochai. L'interphone sonna exactement en même temps que mon téléphone.

Au téléphone, c'était Ally. Je lui demandai d'attendre le temps que j'appuie sur le bouton de l'interphone. C'était Hank. Je l'informai que je descendais.

— Comment va ? demanda mon amie.

— Bien. Des courbatures, mais à part ça, ça va.

— Tu fais quoi aujourd'hui ?

— Duke a ouvert *Fortnum's*. Il vient de m'appeler. On risque une émeute pro-Rosie. Je file là-bas avec Hank.

— Je t'y retrouve.

Hank ne se montra pas fou de joie que la première tâche de son service de surveillance spéciale Indy consiste à aller apaiser une émeute. Je le convainquis en lui faisant partager mes inquiétudes quant à sa virilité.

Je poussai la porte de *Fortnum's* et regrettai aussitôt de ne pas m'être rangée à l'avis de Hank. Il y avait au moins quinze, voire vingt personnes présentes, et l'hostilité alourdissait l'atmosphère. À l'évidence, les habitués s'accoutumaient à l'idée de devoir passer quelques jours sans Rosie, mais les autochtones s'agitaient.

Annie m'aperçut avant même que la porte ne se referme derrière Hank. Annie passait tous les matins de la semaine depuis des années, toujours à 8 h 15, vêtue d'un tailleur, ses cheveux blonds moulés dans une forme qui rappelait vaguement un casque de football américain. Nous avions papoté des centaines de fois au comptoir, toutes les deux. Elle s'était toujours montrée agréable, même lorsqu'elle était pressée. Nous étions dimanche, et je ne l'avais jamais vue là le week-end.

— Qu'est-ce que c'est que ce bordel ? m'apostropha-t-elle. Où est passé le petit gars qui prépare le café ?

Je la dévisageai, bouche bée.

— Ouais. Où est Rosie, et pourquoi la boutique était-elle fermée hier ? Ellen ne fermait jamais. Jamais, *jamais*.

Ça, c'était Manuel. Un habitué datant de la période sans caféine. Il avait l'habitude de lire Vonnegut et Updike pendant des heures dans le coin dédié aux auteurs dont les noms commençaient par T-U-V. Je le connaissais depuis une éternité.

— Je fais un détour de dix-sept pâtés de maisons pour le roi du café. Qu'est-ce que je vais faire maintenant ? Où est-ce que je vais aller ? s'indigna un autre client.

Je ne connaissais pas son nom, mais il avait suivi Rosie lorsque ce dernier avait quitté sa grande chaîne de cafés, et il passait ici quelques dimanches par mois. Parfois, il achetait même un livre.

Les clients commencèrent à se bousculer. Hank se plaça devant moi en mode garde du corps.

Franchement, j'en avais marre. Je comprenais l'amour du café mais là, ça devenait ridicule. Je venais de vivre les deux pires journées de mon existence. J'étais la petite amie de Lee Nightingale et nous n'étions pas encore passés à l'acte. Ma santé mentale ne tenait qu'à un fil.

Je grimpai sur une chaise, introduisis pouce et index dans ma bouche et émis un sifflement à percer les tympans, celui que papa m'avait appris à faire quand j'avais onze ans.

— Écoutez, tous ! criai-je.

Tous les visages se tournèrent vers moi. Au même moment, j'aperçus M. Kumar, accompagné d'une femme asiatique de son âge et d'une autre beaucoup plus âgée, peut-être même d'origine préhistorique.

Je reportai mon attention sur la foule.

— Le roi du café – qui s'appelle Rosie, au passage – a déménagé à San Salvador, annonçai-je.

La nouvelle ne fut pas accueillie par des cris d'exultation. Je poursuivis.

— Il a tourné le dos au monde du café et est parti en Amérique Centrale bâtir des maisons pour les pauvres. Je pense que nous devrions tous prendre quelques instants et faire passer au second plan notre quête de caféine pour réfléchir à cette noble décision. Pendant que vous vociférez pour obtenir votre dose et que vous maudissez mon personnel, un personnel dur au travail et innocent, Rosie est assis au fond d'un pick-up déglingué, ballotté sur des routes poussiéreuses, pour construire des cases en torchis pour les miséreux.

On pouvait dire que j'en passais une bonne couche. Je n'avais aucune idée de ce dont je parlais réellement, mais je comptais sur l'étroitesse d'esprit américaine. Nous n'avions jamais été en guerre contre le Salvador, personne ne devait donc rien connaître à ce pays, si ?

À présent, les gens me dévisageaient comme si j'étais une artiste tout droit sortie du Jim Rose Circus.

Ça ne m'empêcha pas de continuer :

— Je comprendrai si vous prenez la décision de nous quitter pour un coffee-shop franchisé. Mais réfléchissez-y. Dans deux ou trois ans, des petites entreprises comme la mienne, ou celle de M. Kumar ici présent (je pointai le doigt vers M. Kumar, dont la tête faillit lui rentrer dans les épaules), seront rachetées et l'Amérique sera envahie par les franchises. Les franchises assassinent les petites entreprises familiales américaines. Demandez-vous bien… « Est-ce ce que je souhaite ? » Est-ce ce que vous souhaitez *vraiment* ?

Personne ne pipa mot.

— J'ai dit : « Est-ce ce que vous souhaitez ? » hurlai-je.

Il y eut quelques mouvements de pieds nerveux puis quelqu'un murmura :

— Non.

Ce n'était pas exactement un engouement retentissant ni un cri pour la liberté, mais je commençais à me sentir un peu idiote. C'est vrai : je parlais comme Tex, bordel, sans oublier le fait que j'étais debout sur une chaise.

— Bien. Duke prend les commandes. On va vous servir ça en deux temps trois mouvements. Merci de votre attention.

Je descendis de ma chaise. Hank m'adressait un sourire épanoui. Je soupçonnais que Lee allait entendre parler de cet épisode. Tant pis ; ils avaient l'habitude de mes coups de folie, tous. J'ignorai Hank et souris à M. Kumar.

— Salut, monsieur Kumar.

— India. Voici ma femme, madame Kumar, et sa mère, madame Salim.

Je souris aux deux femmes. À l'évidence, Mme Kumar avait dû être une beauté dans la fleur de l'âge, et elle avait encore de beaux restes. Elle me rendit mon sourire avec des yeux pétillants.

Mme Salim avait le visage tout ridé et figé. Je réprimai le besoin d'écouter pour savoir si elle respirait vraiment.

— Vous achetez de la nourriture chez moi, déclara monsieur Kumar. Nous sommes ici pour acheter des livres chez vous.

Cette démonstration de solidarité me donna envie de pleurer. M. Kumar dut le sentir car il inclina la tête vers moi. Je lui rendis son geste.

— Ensuite, nous irons voir Tex à l'hôpital. Puis nous irons ouvrir notre épicerie, conclut-il.

— J'irai rendre visite à Tex un peu plus tard, moi aussi, l'informai-je.

Il acquiesça.

— Maintenant, je vois qu'il faut que vous prépariez du café.

Je hochai la tête et la porte s'ouvrit sur Ally. Elle vit immédiatement M. Kumar et lui sourit en se frayant un passage vers nous.

— Salut monsieur Kumar. C'est votre femme ? Waouh !

Ally avait fait le tour des Kumar, aperçu Mme Salim et n'avait pu cacher sa réaction.

Je la laissai essayer de remboîter sa mâchoire.

Dolorès prenait les commandes en disant ce genre de trucs aux clients :

— Un la-thé light, euh, pardon ? Vous pouvez répéter ?

Et Duke préparait le café.

Dolorès bossait à *L'Ourson*, un bar ultracool où éclataient régulièrement des bagarres, à Evergreen. Elle était capable de prendre commande de huit margaritas, dont deux sans sel et trois glacés, trois whisky-Coca, un Russe blanc et un Shirley Temple sans se tromper et de l'apporter sur un seul plateau. En matière de café, elle était un cas désespéré. Elle était venue nous aider à *Fortnum's* à quelques reprises, et le résultat était toujours très mitigé.

Je me frayai un passage jusqu'à Duke et préparai un grand cappuccino à Hank. Rick Poivre et Sel était toujours en cavale, et je voulais que Hank reste en alerte maximale. Il se plaça à l'extrémité du comptoir pour avoir une vue dégagée sur la porte tout en me gardant dans son champ d'action.

— J'imagine que j'ai mal choisi mon moment pour récupérer la cintreuse, dit Duke.

— Ouais, mais je commence à m'habituer à me faire paralyser, kidnapper ou tirer dessus. Trouver le cadavre, c'était vraiment un mauvais trip, et Tex s'est pris une balle hier soir, mais à part ça, pas de souci.

Duke se figea. Dolorès leva les yeux du gobelet en carton sur lequel elle notait à toute vitesse des commandes bourrées de fautes d'orthographe au marqueur rose fluo et elle m'observa, les yeux écarquillés. Le client qui se tenait debout devant la machine à expresso me regarda, interdit.

Euh, j'avais comme l'impression que la veille, Lee n'avait pas mis Duke au courant de toute l'histoire.

— Tu veux bien me répéter ça ? demanda Duke.

Je jetai un coup d'œil au client et tirai sur la machine.

— Plus tard.

La foule commençait tout juste à se disperser lorsque le tintement joyeux de la caisse en provenance du comptoir des livres retentit. Comme d'habitude, tout le monde releva la tête et Ally cria le rituel : « J'ai vendu un livre ! » Parfois, quand on vendait un bouquin, on criait cette phrase. Ça se fêtait.

Je me lançai dans ma petite danse « spéciale livre vendu » en agitant les bras et en décrivant des cercles. Une fois que j'eus terminé, je constatai qu'il s'agissait d'un achat de la famille Kumar. Ils se tenaient debout devant Ally. Je levai les deux pouces dans leur direction.

Au ralenti, la vieille Mme Salim me rendit mon geste et j'eus peur que son pouce ne se détache dans un nuage de poussière, comme le bras du zombie dans le clip de *Thriller* de Michael Jackson. Elle saisit brusquement le sac des mains d'Ally avec ses doigts osseux, puis tous sortirent en file indienne, Mme Salim en dernier, d'un pas traînant, avec son sac froissé.

— Maintenant qu'on a une minute, revenons à cette histoire de kidnapping et de cadavre, dit Duke en se grattant le front sous son bandana rouge.

Mon portable sonna.

Sauvée par le téléphone.

Je décrochai aussitôt.

— Allô ?

Silence. Puis une voix ténue murmura :

— J'ai besoin du secours d'une rockeuse.

— Pardon ?

— Il y avait un mec effrayant à la porte. Là, il est parti, mais je sais qu'il va revenir, je le sais. Il sait que je les ai et il va m'avoir comme il a eu Tim.

C'était Super-Kev. Qui était venu à sa porte ? Dieu seul le savait, mais ça ne me disait rien de bon. Et Super-Kev était en possession de quelque chose, quelque chose dont j'espérais que ça scintillait et valait un million de dollars.

— Kevin ?

— Faut que tu m'aides.

Et il raccrocha.

Je regardai Ally.

— Super-Kev a un problème. (Je me tournai vers Hank.) Faut qu'on y aille.

Je me ruai pour contourner le comptoir mais dérapai lorsque Hank me retint par un pan de mon tee-shirt.

— Qu'est-ce qui se passe ?

Je le mis au parfum tout en essayant de le tirer à ma suite, mais il restait figé comme un roc et il secoua la tête.

— J'appelle la brigade, déclara-t-il.

— Non ! Pas de flics, rétorquai-je. Super-Kev est un peu… sensible.

Hank me regarda, les lèvres pincées.

— Je *suis* flic, me remémora-t-il.

— Pas aujourd'hui.

Raté.

— Tous les jours, répliqua Hank.

— Hank, sérieusement, je ne sais pas pourquoi, mais il nous fait confiance, à Ally et moi. Il faut qu'on y aille et tu dois rester cool.

— Indy, sérieusement, tu n'iras nulle part et je ne suis obligé de rien du tout.

Ally s'approcha de nous.

— J'irai, moi.

— Tu n'iras pas non plus. (Hank nous regarda l'une après l'autre.) Bon sang. J'y vais.

Hank se dirigea vers la porte, en demandant où habitait Kevin.

Je lui emboîtai le pas.

Il fit volte-face et je lui rentrai dedans.

— Reste, m'ordonna-t-il.

— Je ne suis pas un chien !

— Tu ne bouges pas.

— Je ne reste pas ici.

Hank lança un regard à Duke. J'étais presque certaine qu'ils allaient se liguer contre moi.

— Ils m'ont kidnappée sur le seuil de la maison de mon enfance ! m'écriai-je. Ils ne réfléchiront pas à deux fois avant de venir ici. Je ne te quitte pas, et comme il faut que tu ailles chez Super-Kev, je t'accompagne.

— Moi aussi, déclara Ally.

Ally et moi contournâmes les tables pour faire pression sur Hank. On aurait dit qu'il était prêt à commettre un assassinat, mais il finit par se laisser fléchir. Il nous connaissait depuis assez longtemps toutes les deux pour savoir que nous finirions par obtenir gain de cause, quoi qu'il arrive.

— Vous avez intérêt à faire ce que je vous dis, exigea-t-il.

Quand les poules auront des dents.

— Bien sûr.

Hank me dévisagea. Il savait que je lui mentais. Il poussa un soupir et on partit.

À peine Hank eut-il garé sa 4Runner juste devant la maison de Super-Kev que je descendis de voiture.

— Indy, bordel ! cria Hank.

Je fonçai vers la porte de Kevin que je martelai de coups de poing.

— Kevin, c'est moi. Indy Savage, la rockeuse ! criai-je.

J'avais l'air d'une idiote, mais je pensais que Kevin était peut-être en possession des diamants et je voulais les récupérer. Je voulais que toute cette histoire se termine.

Je ne voulais plus jamais être ligotée à une chaise. Je le souhaitais à tel point que ça ne me dérangeait pas d'avoir l'air d'une débile.

La porte s'ouvrit juste au moment où Hank arrivait derrière moi.

Kevin tendit la main, saisit mon bas et me tira à l'intérieur. Mes muscles fourbus et douloureux hurlèrent de protestation et Kevin claqua la porte derrière moi.

Pas assez vite. Hank avait eu le temps de se contorsionner pour passer l'épaule dans l'embrasure de la porte. Lorsque celle-ci se rouvrit à la volée, Kevin alla valser dans le mur opposé.

En deux foulées, Hank fut sur lui, la main sur sa gorge, le maintenant plaqué au mur.

— Hank, tout va bien ! C'est Kevin, l'informai-je.

Hank pivota vers moi, jeta un coup d'œil derrière moi et marmonna :

— Putain.

Ally était entrée elle aussi et observait le décor derrière moi. Elle rejeta la tête en arrière et éclata de rire.

Je me retournai pour découvrir le salon de Super-Kev. Rempli de plants de haschich. Chaque surface en était recouverte, y compris le sol. Un minuscule passage sinuait à travers les plants, mais à part ça, c'était blindé de marijuana. Une jungle de hasch.

— Merde alors ! m'exclamai-je.

— Gloups, dit Super-Kev.

— Hank, lâche-le, dit Ally.

Hank desserra son emprise sur le cou de Kevin et passa son autre main sur ses reins. Hank portait un jean, des bottes et un tee-shirt gris ajusté aux épaules et sur le torse, mais ample au niveau de la taille. Il remonta le bas de son tee-shirt, exposant un revolver coincé dans sa ceinture, juste à côté d'une paire de menottes. Il sortit les menottes, referma un bracelet sur Kevin, puis le tira vers une porte et accrocha l'autre bracelet à la poignée.

Kevin essayait de s'expliquer au milieu de quintes de toux.

— Mon pote ! Fallait que je sauve ces plants ! Ils étaient en train de crever. Ils n'ont rien fait de mal, les pauvres. Ils sont innocents. Rosie les a laissés crever. Fallait bien que quelqu'un s'en occupe ! C'était un devoir.

Hank ignora Kevin et se tourna vers moi.

— Il faut que je te parle, grinça-t-il.

Il se fraya un chemin à grands pas furieux à travers les pots et je le suivis jusqu'à la cuisine de Kevin, elle aussi envahie de plants de hasch.

Hank jeta un coup d'œil autour de lui avant de se tourner vers moi.

— Qu'est-ce que c'est que ce bordel, putain ? demanda-t-il.

— Comment veux-tu que je le sache ? Je pensais qu'il appelait au sujet de Rick Poivre et Sel, le type qui m'a kidnappée. Je ne savais rien de tout ça.

Hank me dévisagea quelques instants avant de lever les yeux au plafond.

— Qu'est-ce que tu vas faire ? demandai-je.

— Appeler les troupes, répondit-il de son ton je-suis-flic-que-veux-tu-que-je-fasse-d'autre.

Oh oh.

— On peut ramener les plants chez Rosie et les appeler après de là-bas ? proposai-je.

Hank me fixa d'un air incrédule, comme si je venais de lui demander la permission de gouverner le monde et de décréter que le mardi était désormais la Journée internationale en l'honneur du champagne rosé.

Bon, apparemment, ça n'allait pas être possible.

— Bon, d'accord. Dans ce cas, est-ce que la police peut embarquer les plants et laisser Kevin tranquille ? proposai-je.

Ce ne sont pas ses pots. Il ne fait que les surveiller, en écolo concerné.

Hank posa les mains sur ses hanches.

Je pris une grande inspiration par le nez et expirai d'un seul coup.

— Ça va lui causer beaucoup de problèmes ? demandai-je.

— Indy, est-ce que tu as une idée de la valeur de toute cette saloperie ? rétorqua Hank.

Je jetai un coup d'œil autour de moi. Je connaissais des fumeurs de joints. J'en avais même fumé quelques-uns moi-même, au cours de mon passé trouble. Mais je n'avais aucune idée de la valeur de ces plants.

— Euh, non, répondis-je.

— Ce mec va avoir *des tas* de problèmes.

C'était bien ce que je craignais.

On parcourut de nouveau le sentier couvert de pots qui nous menait à Ally et Super-Kev. Ce dernier paraissait flippé. Manifestement, Ally lui avait fait saisir l'étendue du problème pendant notre absence.

— Que vas-tu faire ? demanda-t-elle à Hank.

Il la dépassa sans un regard et sortit, son portable à la main.

— Mauvais signe, dis-je à Ally.

— Pourquoi avez-vous amené un flic ici ? geignit Kevin.

— C'est mon garde du corps. J'arrête pas de me faire tirer dessus et kidnapper, l'informai-je.

Super-Kev me regarda, hébété. Cette info conférait le même air ébahi à tout le monde.

Cela dit, c'est vrai que c'était quand même incroyable.

— Tim est mort, annonça Kevin. Je l'ai entendu aux infos. Rosie nous a tous foutus dedans.

C'était vrai. Le petit Rosie effacé, le roi du café, nous avait tous foutus dedans. Ally posa la question à un million de dollars :

— Pourquoi as-tu amené les plants ici ?

— J'suis accro au hasch, ma pote. Ce truc, c'est la meilleure herbe de Denver, du Colorado, peut-être même de l'univers. Ce serait un crime de la laisser crever. J'ai fait mon devoir envers le hasch, je suis prêt à en payer le prix. Sans regret.

Confronté à l'éventualité d'une incarcération, Super-Kev devenait théâtral. Je songeai que c'était le moindre mal.

— Parle-moi du type qui est venu aujourd'hui. À quoi ressemblait-il ? demandai-je.

Super-Kev haussa les épaules. Manifestement, un futur incluant d'avoir du public quand on allait aux chiottes rendait les sales types tout de suite moins angoissants.

— Y faisait partie de ceux qu'étaient déjà venus, mais là, il avait lâché son partenaire. Cheveux bruns grisonnants, genre armoire à glace... Je l'ai aperçu par la fenêtre. Il avait l'air furax.

Je me tournai vers Ally, qui haussa les sourcils. Je hochai la tête.

Rick Poivre et Sel.

— Quand est-il venu ? s'enquit Ally.

— Ce matin, répondit Super-Kev. Y faisait même pas encore jour. Il a cogné sur la porte et sur les fenêtres en hurlant. M'a fichu une de ces trouilles ! J'osais pas quitter ma chambre, et votre carte était sur mon frigo. J'ai attendu, genre, une éternité. Mais il a fallu que j'aille pisser, alors j'ai chopé la carte et le téléphone en allant aux chiottes. Je t'ai appelée après avoir pissé.

Euh, je me serais volontiers passée de cette info.

Manque de bol, Rick Poivre et Sel avait dû repartir depuis longtemps. J'allais quand même appeler Lee : il était à la chasse et je tenais une info sur sa proie.

En sortant, je vis Hank qui parlait à deux types en uniforme. L'un d'eux était Jorge Alvarez, censé passer l'examen de commissaire d'ici peu et qui, selon Malcolm, finirait un jour chef de la police.

Son partenaire, Carl Farrell, avait couché avec Ally après une soirée grillades du O.F.P. Carl était titulaire d'une licence en biologie et sciences politiques et étudiait à présent la médecine légale. Il était grand, baraqué, avec les yeux bleus et des cheveux blonds ébouriffés en permanence. Il avait un super sens de l'humour et vous observait toujours comme s'il vous déshabillait du regard. En bref, Carl était hypersexy. Si je n'avais pas été aussi accro à Lee, Ally aurait eu de la concurrence.

J'agitai la main en direction de Carl et Jorge qui pénétraient dans la maison. Jorge agita le doigt d'un geste taquin, mimant la colère. Carl sourit, m'adressa un clin d'œil et disparut à l'intérieur.

Hank se dirigeait vers moi.

J'étais en train de composer le numéro de Lee lorsque mon portable sonna.

— Allô ?

— Allô toi-même, fillette. Tu viens me chercher, oui ou merde ?

C'était Tex.

— Euh, de quoi parles-tu ?

— Je suis autorisé à sortir, mais ces imbéciles refusent de me laisser rentrer à pied ou prendre un taxi.

Je réfléchis à toute vitesse. Tex se trouvait à Denver Health, à au moins huit kilomètres de chez lui. Tex le Cinglé shooté aux antalgiques en train d'errer dans les rues, ça risquait quand même de troubler la tranquillité de Denver.

Deux voitures de police supplémentaires firent irruption, suivies par un fourgon de Channel 9 News.

Génial.

La jungle de marijuana aux infos nationales. Ça allait faire un scoop.

— Ils t'ont relâché quand ? demandai-je à Tex.

— Y a dix minutes.

— J'arrive dès que possible.

Je raccrochai. Hank me dévisagea.

— Quoi encore ? demanda-t-il.

Ally sortit de la maison, juste devant Jorge, Carl et Super-Kev.

Enfin, je devrais plutôt dire : Ally *sautilla* hors de la maison, un sourire entendu collé sur le visage, avec Carl sur les talons, les yeux rivés sur ses fesses, le même sourire entendu scotché sur son visage à lui.

Une autre voiture de police arriva. Channel 7 News manœuvrait pour s'insérer sur une place de parking. Jorge balança ses menottes à Hank lorsqu'il nous dépassa en escortant Kevin vers la fourgonnette.

— Venez me rendre visite ! cria Kevin. Apportez-moi des brownies !

Chouette. Pas rancunier, le gars.

— Si vous lui apportez des brownies, je vous assassine, toutes les deux, nous menaça Hank.

J'ignorai royalement sa remarque.

— Tu dois rester ici ? lui demandai-je.

— Non, j'ai fait mon compte-rendu à Jorge. Ils s'en chargent. On passera au commissariat plus tard pour faire nos dépositions.

— Super, parce qu'on doit aller chercher Tex à l'hôpital, annonçai-je. Ils l'ont relâché il y a dix minutes et il a besoin d'un taxi.

— On ne va pas chez Tex. Il y a de fortes suspicions sur le fait qu'il porte bombes lacrymogènes et grenades sur lui. Je ne veux même pas imaginer ce qu'on trouverait dans sa maison. Je serais obligé d'appeler l'ATF, et ces gars-là sont des malades.

— Dans ce cas, n'entre pas, suggérai-je.

— Indy…

Je sortis mon dernier atout.

— Il s'est pris une balle à ma place.

Victoire.

— Lee va me devoir une sacrée chandelle, sur ce coup-là, marmonna Hank en se dirigeant vers son SUV.

Mon téléphone sonna alors que nous quittions le trottoir.

Lee.

— Salut, j'allais justement t'appeler, dis-je.

— Le bureau m'a téléphoné. On ne parle que de toi sur la radio de la police.

Oups.

— Euh, en fait, j'ai conduit Hank à une planque pleine de hasch, et son instinct de flic a pris le dessus.

Silence.

— Lee ?

— Pourquoi n'es-tu pas à l'appartement ?

— Duke a téléphoné. Il avait ouvert la librairie. Il faisait face à une mini-émeute pour réclamer Rosie. On a réglé le problème, et ensuite, Super-Kev a appelé pour nous prévenir qu'un type devant chez lui lui foutait la trouille. J'ai pensé qu'il s'agissait de mon ravisseur, Rick Poivre et Sel, et j'avais vu juste. C'est pour ça que j'allais t'appeler : Rick était devant chez Kevin ce matin, en train de cogner à sa porte. Je me suis dit que ça t'intéresserait.

Silence à l'autre bout de la ligne.

— Lee ?

— Où est Hank ?

— Au volant. On va chercher Tex pour le ramener chez lui. Il sort de l'hôpital.

— Passe-moi Hank.

Je regardai Hank. Il n'avait pas l'air heureux du tout.

— Je ne crois pas que ce soit une bonne idée, répondis-je.

— Pourquoi ?

— Je crois bien qu'il t'en veut.

— Laisse-moi reformuler ça. Il est censé te protéger, il t'emmène dans une maison où ton ex-ravisseur se trouvait il y a quelques heures à peine, et c'est *lui* qui m'en veut ?

Zut alors.

— Je suppose que c'est un sentiment partagé, dis-je.

Autre silence.

— En fait, j'ai un peu forcé la main à Hank, avouai-je.

— Ouais, j'ai cru comprendre que tu étais douée pour ça.

— Si ça te rassure, il a déjà menacé de m'assassiner.

J'entendis un soupir, puis :

— Fais gaffe, bon sang.

Et Lee raccrocha.

Lorsque Hank gara le SUV, Tex nous attendait à l'entrée des urgences, assis dans un fauteuil roulant, le bras en écharpe. Un type baraqué, en sabots et blouse, se tenait debout à côté de lui.

Tex se hissa hors du fauteuil pour aller à notre rencontre, jetant un regard noir au type en blouse.

— Foutus fauteuils roulants. Foutus garçons de salle, râla-t-il.

— Je ne suis pas garçon de salle. Je suis aide-infirmier, précisa Blouse Man.

Vu son physique, je ne risquais pas de le contredire. Il pouvait bien être ce qu'il voulait.

— C'est ça, ouais, marmonna Tex avant de m'interroger du regard. J'ai raté quoi ?

Je lui fis le résumé de la situation, en lui donnant un peu plus de détails qu'à Lee : l'émeute, la belle-mère préhistorique de M. Kumar, le coup de fil de Super-Kev, le signalement de mon ravisseur, les plants de hasch, la police et les deux fourgonnettes de la télé.

— Quel merdier, ma jolie ! dit-il.

— Quel merdier, ouais, confirmai-je. Et maintenant ?

Tex se dirigea d'un pas pesant vers le SUV.

— Maintenant, on va nourrir les chats.

13

Tohu-bohu au bar gay.

On alla chez Tex pour qu'il puisse se changer, et on nourrit ses trois millions de chats avant de nettoyer cinq bacs à litière. Ce n'était pas le boulot le plus plaisant de mon existence, mais les minets eurent l'air ravis. Tex prit le temps de leur faire des câlins, de suspendre des plumes partout et d'agiter des faisceaux laser car, selon lui, il était important que les chats conservent leur vivacité physique et intellectuelle.

Coup de bol, aucun stock d'armes à feu ou d'explosifs n'était en vue.

Lorsqu'on fit mine de partir, Tex nous emboîta le pas.

Hank s'arrêta et pivota vers lui.

— Où allez-vous ?

— Je vous accompagne, répondit Tex.

— Certainement pas, répliqua Hank.

— Vous croyez que vous pouvez protéger Miss Catastrophe ici présente tout seul ? se moqua Tex en agitant le pouce dans ma direction.

Euh, pardon ? « Miss Catastrophe ? »

— Vous avez le bras en écharpe, rétorqua Hank.

— Écoute, mon gars. Je suis resté vingt ans sans quitter ce pâté de maisons, sauf pour aller chez le dentiste quand j'ai chopé une rage de dents, en 1998. J'en suis sorti hier soir et, pour la première fois depuis des années, je me sens libre.

Hank réfléchit à ce que Tex venait de lui dire.

Hank était coriace, mais il avait toujours été plutôt bonne poire. Les seules bagarres dans lesquelles il avait été impliqué, c'étaient celles où on se moquait des gosses impopulaires à l'école ou quand on racontait des conneries sur des filles (Ally et moi, la plupart du temps). Petit, il ramenait les chiens estropiés et les oiseaux blessés à la maison. Je m'étais toujours dit que Hank était entré dans la police bien moins pour servir que pour protéger.

— Lee va me devoir une sacrée chandelle, sur ce coup-là, répéta-t-il en capitulant.

On descendit jusque chez M. Kumar pour faire des réserves de cochonneries et se confectionner un déjeuner tardif. Puis on se rendit au commissariat pour faire nos dépositions sur la ferme de hasch de Super-Kev. Ensuite, on rentra chez moi.

Stevie et Tod étaient dans le jardin en train de tondre, désherber et tailler. Kitty Sue prenait le soleil sur mon perron dans mon antique fauteuil Butterfly tout usé, celui dont la toile était autrefois d'un turquoise lumineux et était à présent devenue bleu grisâtre. Marianne Meyer était assise sur une marche et jouait avec un bébé, tandis qu'Andrea courait après un tout-petit en train de foncer tout nu sur ma pelouse. Deux autres enfants se roulaient dans l'herbe avec la ferme intention de s'entre-tuer.

Hank se gara de l'autre côté de la rue, en face de la maison, et Ally, Hank, Tex et moi nous dirigeâmes vers mon appartement.

Tout le monde dévisageait Tex. Même sans ses lunettes de vision nocturne, il valait le spectacle.

Marianne fut la première à reporter son attention sur moi.

— Alors ? demanda-t-elle.

— Alors quoi ?

Marianne leva les mains en l'air.

— Lee a pris possession du petit nœud de ta culotte ?

Grr.

Tod et Stevie arrivèrent, ce qui m'évita de devoir répondre.

— Kitty Sue nous a raconté que tu t'étais fait kidnapper hier soir, déclara Stevie, l'air inquiet.

— Encore une fois, ajouta Tod.

Avant que j'aie pu répliquer quoi que ce soit, Kitty Sue lança depuis son fauteuil :

— Pourquoi ne m'as-tu pas prévenue que Tod jouait ce soir ? Tu sais que j'adore voir Burgundy en action.

— C'est quoi, cette histoire de culotte ? intervint Tex.

— Tu crois qu'on peut brancher le tuyau d'arrosage pour les gosses ? La chaleur est étouffante et ça leur ferait plaisir, cria Andrea depuis l'autre extrémité de la pelouse, en luttant pour enfiler un short sur l'exhibitionniste précoce.

Kitty Sue s'extirpa de son fauteuil Butterfly.

— Oh, au fait, dit-elle, nous avons décidé de sortir manger une pizza avant le spectacle de Tod, tous ensemble. Ce sera sympa, non ?

Tout le monde avait les yeux fixés sur moi. Je restai momentanément confuse. D'accord, ce n'était pas comme si ma vie avait été monotone jusqu'ici. Je menais une existence bien remplie et plutôt excitante, mais tout était sous contrôle. Là, je ne maîtrisais plus rien.

Comme d'habitude, ce fut Ally qui me tira du pétrin.

— Marianne, ça ne te regarde pas, alors cesse de poser la question et va tirer un coup, bon sang. Hank, va chercher le tuyau et arrose les monstres avant qu'ils ne mettent le jardin à sac. Tex, monte te reposer un peu. Maman, aide-moi à préparer un sandwich à tout le monde.

Puis elle s'élança, s'emparant de nos sacs de courses, ouvrit ma maison avec sa clé et entra.

— J'adore ta sœur, déclarai-je à Hank.

Celui-ci passa un bras autour de mes épaules et me serra contre lui.

Tod et Stevie étaient retournés à leurs travaux de jardinage. Je sentis la culpabilité pointer le bout de son nez. Leur côté de la pelouse était luxuriant, vert et impeccable ; les haies qui délimitaient nos chemins pavés de briques étaient parfaitement taillées. Des fleurs multicolores poussaient le long de la clôture en fer forgé noir sur le devant, dans des parterres le long des lisses en bois sur le côté, et dans des jardinières sur leur perron. Une balconnière sur l'avancée regorgeait de fuchsias, et des pots en terre cuite contenant du lierre grimpant et une multitude d'autres fleurs ornaient chaque marche de la véranda.

Mon côté de la pelouse était tondu et les haies taillées, mais c'était juste parce que Stevie s'en occupait. J'avais planté des fleurs dans les parterres, mais celles-ci avaient été étouffées par les mauvaises herbes, n'avaient pas été arrosées depuis des jours et étaient toutes desséchées, limite agonisantes. La corbeille de fuchsias que Tod m'avait offerte pour harmoniser nos deux maisons était dans un sale état. Elle allait quand même un peu mieux que les parterres de fleurs, car il n'y avait pas de mauvaises herbes pour les attaquer.

De leur côté, on se serait cru chez Kate Middleton. Du mien, c'était plutôt la vallée de la Mort.

Il fallait que je file un coup de main dans les travaux de jardinage. C'était mon devoir de voisine.

Je rentrai chez moi et montai dans ma chambre. J'étais à court de vêtements chez Lee. Je vidai donc le contenu de mon sac de gym, toujours prêt mais très rarement utilisé, et y fourrai des affaires, juste au cas où mon séjour chez Lee s'éterniserait. J'ôtai mes habits, m'aspergeai d'huile solaire, enfilai un short en jean et un caraco vert pomme à brassière intégrée. Je rassemblai mes cheveux en un chignon désordonné au-dessus de ma tête, m'emparai du téléphone et appelai Lee.

— Ouais ?

— Comment ça va ?

— Pas top.

Il n'avait pas l'air très heureux.

Zut alors.

— Si tu finis à temps, nous sortons manger une pizza avant le spectacle de Tod ce soir, l'informai-je.

— C'est qui, « nous » ?

— Ta mère a dit « tous ensemble », donc j'imagine que ça signifie Marianne Meyer, Andrea Moran et ses enfants, probablement Ally et Hank, papa et Malcolm ça c'est sûr, et quelques joueurs d'élite des Colorado Rockies. (Je marquai une pause.) Oh, et aussi Tex.

— Marianne Meyer et Andrea Moran ?

— Elles sont en poste de surveillance concernant notre vie sexuelle.

— Pardon ?

— Elles veulent être au courant quand on passera à l'acte.

Silence.

Je poursuivis :

— Si on ne fait pas ça vite, elles risquent de nous y obliger en braquant un flingue sur nous.

— Nom d'un chien.

— Je sais. Mais décompresse. Je leur ai dit qu'on prenait notre temps.

— Il faudra que tu leur fasses un rapport ? demanda Lee.

— Je m'y sens un peu obligée, admis-je.

— Pourquoi ça ?

Impossible de lui avouer que je les avais recrutées toutes les deux lors de mes manœuvres d'approche dans le passé. Je répondis donc :

— Laisse tomber.

— Si rien ne se passe bientôt, ça va mal tourner. Je n'arrive pas à rester concentré. Je pense tout le temps à tes dépenses chez *Victoria's Secret*.

— Il faut que tu restes vigilant. J'ai des sales types aux trousses.

— Sans blague.

Lee raccrocha et je passai dans la chambre voisine. Tex était étendu sur le canapé, avec un sandwich sur une assiette et un sachet de chips ouvert en équilibre sur son bras en écharpe, la télécommande à la main, télévision allumée sur un match retentissant.

— Ça va ? demandai-je.

— Super.

Il zappa d'une chaîne à l'autre, comme s'il était invité ici tous les jours.

Ally et Kitty Sue m'offrirent un sandwich, que je mangeai debout avant de sortir. Hank arrosait alternativement les monstres d'Andrea, mes fuchsias et ma pelouse. Je m'accroupis pour désherber le parterre de fleurs devant ma maison et travaillai sur un mètre avant de décider de faire une pause.

Je m'allongeai sur le dos dans l'herbe et entamai une petite sieste à l'improviste. Je n'y pouvais rien. Le jardinage me faisait toujours cet effet-là.

Quelque chose de doux me caressa la tempe, puis la joue. J'ouvris les yeux. Lee était accroupi à côté de moi, m'abritant du soleil.

— J'aime pas le jardinage, me justifiai-je.

— Mon appart n'a pas de jardin, répliqua Lee.

Hum.

Je m'assis. Lee me prit par la main et m'aida à me relever. Quelqu'un (probablement Kitty Sue ou Marianne) avait désherbé les autres parterres de fleurs ; celui sur lequel je travaillais était encore à moitié inachevé. Le jardin était silencieux. J'inspirai une bouffée d'air frais. Ah, la solitude, quelle extase !

— Ne te réjouis pas trop. On a un public qui nous observe depuis trois fenêtres différentes, m'informa Lee.

Il était tout proche, la tête baissée vers moi, me forçant à incliner la mienne en arrière pour le regarder. Lee avait toujours eu belle allure, mais à présent, la fatigue marquait ses traits autour de ses yeux et de sa bouche. Je pris alors conscience qu'il bossait sur cette affaire depuis plusieurs jours, non-stop. J'avais eu de la chance de pouvoir grappiller quelques petites siestes de-ci de-là.

— Comment s'est passée la chasse, aujourd'hui ? demandai-je.

— Elle a déjà été meilleure.

— Pas génial, alors ?

— Non.

— Qu'est-ce que tu penses de la situation ?

— Je ne crois pas que Rick se planque. Un de mes contacts serait au courant. Donc, soit il a quitté la ville, et c'est l'option la plus probable, soit il est mort.

Je pris une profonde inspiration.

— C'est possible qu'il soit mort ?

— Il a des ennemis, à commencer par Coxy, répondit Lee.

— Tu veux bien m'expliquer ?

— Pas maintenant. Ça va être l'heure de la pizza et je dois rentrer chez moi prendre une douche.

— Tu veux te doucher ici ? proposai-je, en essayant de ne pas tenir compte du frisson qui me parcourut à l'idée de savoir Lee nu sous ma douche.

Mieux valait prétendre que ça ne m'affectait pas.

— J'ai envie de prendre ma douche avec toi. Tu m'accompagnes ? demanda Lee.

OK. Impossible de prétendre que ça ne m'affectait pas. Lee m'affectait *sérieusement*.

Je jetai un coup d'œil vers la maison et entrevis plusieurs visages aux fenêtres, visages qui disparurent aussitôt.

— Vaut mieux pas, répondis-je. J'ai des invités.

Lee me prit dans ses bras et m'embrassa fougueusement. Malheureusement, ça ne dura que quelques secondes.

— Mets une culotte sexy ce soir, murmura-t-il.

— De toute façon, je n'ai pas d'autre option, à moins d'y aller à poil, rétorquai-je.

Les bras de Lee se crispèrent et il chuchota :

— Nom d'un chien.

Lee nous retrouva au *Beau Jo*.

Le Beau Jo proposait d'énormes pizzas, avec une pâte hyperépaisse cuite au feu de bois. Je n'en avais jamais mangé de meilleures, excepté la fois où papa et moi étions allés rendre visite à tante Sunny à Chicago. Au *Beau Jo*, la pâte des pizzas était tellement épaisse qu'on réservait les bords pour le dessert, pour les déguster nappés de miel.

Notre table devait faire à peu près un kilomètre de long et le chaos y régnait en maître. Comme si les gosses d'Andrea ne suffisaient pas à faire assez de bruit pour nous rendre odieux aux yeux des autres clients, Duke et Dolorès nous avaient rejoints, ainsi que papa et Malcolm. Duke, Tex, papa et Malcom s'étaient lancés dans un concours de blagues viriles. C'était à qui aurait la voix la plus tonitruante.

Lee se glissa à côté de moi, ses cheveux, encore humides à la suite de son passage sous la douche, frisottant légèrement sur sa nuque et autour de ses oreilles. Il portait un vieux treillis kaki délavé et une chemise à col ample, dont il avait laissés ouverts quelques boutons. Ses manches étaient remontées sur ses avant-bras.

Hypersexy.

Sans raison apparente, juste avant que Lee s'installe sur son siège, le bébé d'Andrea poussa un cri strident. J'aimais les enfants, bien sûr, surtout ceux des autres. À petites doses. Des doses homéopathiques. Une fois qu'Andrea eut (presque) apaisé son tout-petit, je me tournai vers Lee.

— Tu veux des enfants ? lui demandai-je.

Il me jeta un regard en coin en attrapant la carte des menus, avant de répondre prudemment :

— Ouais.

— Combien ?

Lee pivota vers moi et posa son bras sur le dossier de ma chaise.

— Trois.

Je m'imaginais avec trois enfants. Le cauchemar.

— Et toi ? me demanda Lee en me caressant les cheveux.

— Hum ?

— Les enfants ?

— Je n'arrive même pas à entretenir mon jardin, lui rappelai-je.

Il me décocha son sourire qui tue, et je changeai aussitôt d'avis. Trois gosses ? Génial.

— Comment ça avance ? demanda mon père à Lee.

Lee regarda papa, ôta son bras du dossier de ma chaise et se mit à étudier le menu.

— Ça dépend. Bien par certains côtés, pas si bien dans d'autres domaines.

Papa hocha la tête. Apparemment, il se satisfaisait de cette réponse, ou en tout cas, la comprenait. Je restai assise là, songeant à tous les sous-entendus là-dedans. Les hommes avaient une drôle de manière de communiquer.

On mangea. On courut après les enfants qui voulaient explorer les tables d'autres clients. On discuta. On rit et au bout d'un moment, je commençai à me détendre. Mon existence était devenue si bizarre ces derniers temps que je ne m'étais même pas rendu compte d'à quel point j'étais nerveuse. Ni d'à quel point j'avais besoin d'une soirée comme celle-ci.

Je versai du miel sur ma pâte à pizza et observai Tex. Il ne ressemblait pas à un type qui s'était barricadé dans son quartier pendant deux décennies, mais plutôt à quelqu'un de détendu. Il s'intégrait bien parmi mes amis et ma famille.

Mais bon, c'est vrai que libérer une fille/sœur/petite amie d'une prise d'otages et se prendre une balle dans l'opération, ça vous garantit une certaine loyauté.

Je dégustai ma pâte gorgée de miel et tournai les yeux vers Lee qui écoutait Dolorès. Sa cuisse était pressée contre la mienne sous la table. À deux reprises, il m'avait tendu le pot de miel sans que j'aie à le lui demander. Les familles Savage et Nightingale s'étaient rendues des dizaines de fois au *Beau Jo*, que ce soit à Denver à n'importe quelle occasion ou à Idaho Springs, après une journée de ski.

Lee savait quand j'avais besoin du pot de miel.

Mince.

Comment était-ce arrivé ?

Inutile de nier que nous sortions ensemble. Rien à voir avec un test. Nous avions sauté la phase « faisons connaissance » car nous n'en avions pas la nécessité, et avions plongé directement dans la phase « on est à l'aise ensemble », celle qui permet de partager une intimité en raison d'une histoire commune.

Malgré tout, l'excitation liée à la nouveauté de la situation demeurait. C'était merveilleux de découvrir les petits secrets de l'autre, comme le fait que Lee avait une femme de ménage, gardait un bon paquet de café de Java dans sa cuisine, était affreusement lunatique, embrassait comme un dieu ou que nu, il ressemblait à un dieu du stade.

À ces pensées, curieusement, la panique me submergea.

Lee était un accident de la nature : il sentit aussitôt mon affolement et me regarda.

— Qu'y a-t-il ?

Dans un réflexe d'autoprotection, je surmontai ma vague de panique et répondis par un gros mensonge :

— Rien du tout.

Lee pivota vers moi et posa à nouveau le bras sur le dossier de ma chaise. Son autre bras resta posé sur la table : il m'encerclait.

— Qu'y a-t-il ? répéta-t-il.

— Rien !

Lee m'observa quelques secondes avant de déclarer d'un ton posé :

— Il va falloir qu'on fasse quelque chose contre cette habitude de mentir.

— Je ne mens pas.

Tu parles.

Lee se pencha.

— Ce qu'il y a entre nous, c'est quelque chose de bien, dit-il. Si tu parvenais à surmonter ta crainte que ça ne dure pas, tu verrais à quel point ça peut devenir génial. Détends-toi un peu.

Ah, vous voyez ? Lee me connaissait trop bien. Ça commençait à me foutre la pétoche.

Comme mentir ne me menait à rien, je changeai de stratégie et optai pour la colère.

— Sors de mon cerveau, ça m'énerve, répliquai-je.

Et là, j'appris (ou plutôt, je *compris* enfin) un truc nouveau au sujet de Lee. Un truc qu'il me montrait depuis des jours.

Lee ne s'amusait pas, et il n'appréciait pas non plus que je joue à des petits jeux. Peut-être que survivre à des situations mettant votre vie en péril et mener une existence bourrée de dangers vous rendait plus honnête et moins enclin à perdre un temps précieux.

— Tu portes quoi, comme sous-vêtements ? demanda-t-il.

— Hein ? Pourquoi ?

— Parce que si tu me les décris, je me dirai peut-être que tu en vaux la peine.

OK. Mieux valait arrêter les frais. Je croisai les bras sur ma poitrine et fusillai Lee du regard.

Il se détourna, pas perturbé le moins du monde.

Du coin de l'œil, j'entrevis mon père assis de l'autre côté de la table. Impossible qu'il ait entendu notre conversation : Lee lui tournait le dos et avait parlé à voix basse. Pourtant, papa secouait la tête.

— Quoi ? lançai-je d'un ton sec.

— Bon sang, c'est troublant, dit papa. On dirait ta mère.

Tout le monde mit la main au porte-monnaie avant de se mettre en route pour le spectacle de Burgundy Rose. Ally prit la responsabilité de Tex, car Lee me raccompagnait à bord de sa Crossfire.

J'avais pris ma douche avant *Le Beau Jo* mais n'avais pas pu en faire davantage, car presque toute ma panoplie de maquillage se trouvait chez Lee. Nous montâmes dans ma chambre pour que je puisse me changer et Lee aperçut le sac.

— C'est quoi, ça ?

Je n'avais aucune envie de lui avouer, ni de réfléchir au fait que j'avais préparé mes affaires. Comme Lee voyait clair dans la plupart de mes mensonges et était assez effronté pour ouvrir le sac et vérifier par lui-même, je fis bref.

— J'étais à court d'affaires chez toi, alors j'ai pris une petite réserve.

Les petites rides au coin des yeux de Lee se creusèrent et il m'attira à lui. Sa bouche glissa sur ma peau, juste en dessous de mon oreille.

— Fini de faire semblant d'être en colère contre moi pour masquer ta peur ? murmura-t-il.

Je me contractai.

— Ne joue pas au con.

Lee releva la tête et me regarda droit dans les yeux.

— Tu as raison. C'était une remarque très conne.

Merde alors.

Que pouvais-je bien répondre à ça ?

— Je suis crevé. La journée a été longue, ajouta Lee.

Il se pinça le haut du nez, entre les sourcils.

— D'accord, capitulai-je. Et non, je ne suis plus en colère contre toi, pas plus que je ne fais semblant de l'être. Mais j'ai besoin de maquillage et tout mon attirail est à ton appart, alors il va falloir que je rende visite à Burgundy.

J'avais enfilé ma tenue Lynyrd Skynyrd pour *Le Beau Jo*. J'échangeai mon haut contre un petit top noir en soie, partiellement recouvert de perles, avec des bretelles spaghettis. Il se trouvait dans la section *Sushi Den* de mon armoire. Pas besoin de soutien-gorge avec ce top. Comme Lee paraissait plutôt bien, allongé sur le dos sur mon lit, les bras croisés derrière la tête, à m'observer me changer, et que je me serais sentie complètement idiote d'aller m'enfermer dans la salle de bains, je dus exécuter une chorégraphie digne de Jennifer Beals dans *Flashdance* pour enlever mon soutien-gorge après avoir enfilé mon petit haut. Je gardai le jean mais troquai ma ceinture pour une autre ornée de diamants fantaisie, et mes bottes pour des sandales à talons hauts avec des perles noires cousues sur la sangle. J'ajoutai deux douzaines de bracelets noirs scintillants à mon poignet et des pendentifs à mes oreilles.

Une fois ma mission accomplie, je me retournai vers le lit. J'étais persuadée que Lee m'observait, mais il s'était endormi.

Je m'assis à côté de lui. À la seconde où il sentit mon poids sur le matelas, il ouvrit les yeux.

— Pourquoi ne restes-tu pas te reposer ? Je reviens après le spectacle.

Lee retira sa main de derrière sa tête et traça du doigt le contour de ma bretelle en soie.

— Je ne te quitte pas des yeux.

À son contact, ma respiration s'était accélérée.

— Tout se passera bien, le rassurai-je. Tout le monde sera là.

Lee me regarda droit dans les yeux et je sus que rien ne le ferait changer d'avis. Il avait pris sa décision.

Il entortilla son doigt dans ma bretelle et m'attira vers lui. J'avais deux options : soit je résistais au risque de déchirer le tissu, soit je suivais le mouvement. J'aimais bien mon petit top, alors je me penchai vers Lee.

Il m'encercla de ses bras et je posai ma tête contre son torse.

— Combien de temps ça va durer, ce soir ? demanda-t-il.

Je réfléchis.

— Ça devrait se terminer vers 1 ou 2 heures. Je suis en Mission Drag-Queen, donc je dois rester jusqu'au bout.

Les yeux de Lee avaient repris leur couleur chocolat fondu, mais ils s'assombrirent d'impatience.

— Je n'arriverai jamais à faire autre chose que dormir avec toi dans mon lit, hein ? dit-il.

J'espérais bien qu'il avait tort, sinon, ça craignait. À présent que je commençais à accepter l'idée de sortir avec lui, j'étais impatiente de découvrir certaines choses que nous n'avions pas encore eu le temps de pratiquer, par exemple, l'échange de fluides corporels.

J'ouvris la bouche pour parler, mais la couleur chocolat fondu était réapparue dans les yeux de Lee.

— Pas besoin de répondre, m'informa-t-il. Ton visage m'a tout dit.

Génial.

On sortit par-derrière, empruntant le portail de séparation qui menait chez Tod et Stevie. Je frappai à leur porte et glissai ma tête dans l'entrebâillement.

— Youhou ! criai-je.

Depuis les entrailles de la maison, Stevie nous enjoignit d'entrer et nous pénétrâmes dans la cuisine. Chowleena vint à notre rencontre, ses griffes cliquetant sur le carrelage, et elle frotta sa tête contre mes jambes, puis elle recula et aboya deux fois à l'intention de Lee en se dressant sur ses pattes arrière. Après cet avertissement, elle se frotta sur ses jambes aussi.

— Elle t'aime bien, dis-je à Lee.

Il se pencha pour grattouiller les oreilles de Chowleena et je criai :

— Lee est avec moi !

Stevie apparut à la porte. Il détailla Lee de pied en cap, puis me sourit en guise d'approbation.

— Stevie, se présenta-t-il en s'adressant à Lee.

Puis il pénétra dans la pièce.

— Lee.

Ils se serrèrent la main, puis Stevie me fit la bise.

Chowleena aboya de nouveau avant de trottiner hors de la pièce, son derrière se balançant effrontément. La classe totale.

On lui emboîta le pas.

Le salon-salle à manger était barricadé contre les voyeurs. La métamorphose de Burgundy Rose était jalousement gardée secrète par des volets clos et une porte d'entrée verrouillée à double tour. Le coin repas ressemblait aux coulisses d'un défilé de mode new-yorkais après l'explosion des bagages. Des produits de maquillage étaient éparpillés sur la table, en compagnie de deux miroirs éclairés et de trois têtes de mannequin affublées de perruques. Des robes de soirée de toutes les couleurs de l'arc-en-ciel et de toutes les matières possibles et imaginables étaient jetées sur le dossier des chaises, les paillettes scintillaient et les plumes frémissaient dans la brise du ventilateur. Des chaussures jonchaient la pièce.

Tod était en mode semi-drag-queen. Il était assis en peignoir, bas et porte-jarretelles, et je devinais qu'il était déjà affublé de sa silhouette de femme sous la robe de chambre. Il avait emprisonné ses cheveux sous une calotte, prêt à poser sa perruque, avait appliqué une bonne couche de base de fond de teint et avait presque terminé ses yeux. Des faux cils en forme d'araignée lui pendouillaient au bout des doigts et il avait une cigarette aux lèvres.

Il observa Lee à travers le nuage de fumée.

— Personne, et je dis bien *personne*, excepté l'Accro de l'amour brûlant d'Indy, n'est autorisé à me voir dans cet état. Si tu parles, t'es mort.

C'étaient des paroles dans le vide et tout le monde le savait. Primo, à qui Lee pourrait-il en parler ? Deuzio, Lee casserait la gueule à n'importe qui s'il le souhaitait.

— Quelqu'un veut un verre ? lança Stevie, en hôte parfait qu'il était toujours.

— Il me faut du maquillage, le mien est chez Lee, expliquai-je à Tod.

Tod souffla une volute de fumée et fit un geste vers la table.

— Ce qui est à moi est à toi, dit-il.

Il fallut près d'une heure pour emmener Burgundy au *BJ Carrousel*. Elle ne faisait pas qu'y jouer, elle était également maîtresse de cérémonie et par conséquent, elle changeait plusieurs fois de tenue. Avec l'aide de Stevie, je glissai précautionneusement les robes que nous indiquait Tod dans des sacs à vêtements. On se les trimballa en plus de trois perruques, six boîtes de chaussures, un fourre-tout Louis Vuitton bourré de matos de secours (bas supplémentaires en cas d'accroc, paquets de clopes, briquets, trousses remplies de bracelets, boucles d'oreilles, colliers et autres accessoires, dissolvant, etc.) ainsi que la monstrueuse valisette de maquillage MAC cerclée d'acier de Tod, pleine à craquer de produits cosmétiques, jusqu'à la voiture.

Lee et moi suivîmes Tod jusqu'au *BJ* dans la Crossfire. Le bar se trouvait sur Broadway, à environ un kilomètre et demi au sud de ma librairie, juste après le pont autoroutier de l'I-25. C'était un petit bar à divas, même si ça n'y ressemblait pas car il faisait sombre et que c'étaient les Reines des Divas, sur la minuscule scène, qui lui donnaient vie.

On se gara à l'arrière, tout le monde déchargea le matériel de Burgundy et on pénétra dans le petit espace réservé qui servait de loge. L'atmosphère était tellement enfumée qu'il était presque impossible de discerner quoi que ce soit, et la pièce était bondée de drag-queens et de leurs partenaires, de filles à homos et d'autres parasites. À la seconde où nous entrâmes, tout le monde, homme, femme ou travesti, se retourna pour mater Lee.

— Doux Jésus ! murmura un sosie de Shania Twain qui se tenait à un mètre, ses yeux avides rivés sur lui.

Burgundy fonça droit devant en annonçant :

— Il est hétéro, il est déjà pris et s'il retourne sa veste, c'est moi la prem's.

Stevie laissa tomber son chargement. Lee lui tendit le sac à vêtements qu'il avait à la main, puis il se retourna vers moi et proposa :

— Je vais te chercher un verre.

— Bonne idée. Ne sors pas, ils te sauteraient dessus pour t'arracher tes vêtements.

Lee fit la grimace.

— Quelle pensée agréable.

— Je ne plaisante pas, l'informai-je. Si tu veux bien me rapporter un…

J'allais lui passer ma commande, mais il m'interrompit.

— Je sais ce que tu bois, Indy.

La panique me submergea de nouveau. J'étais engloutie.

Lee me décocha son sourire qui tue, mais en plus radieux : un sourire chaud, intime. L'air parut se figer dans la pièce et les coups d'œil furtifs se firent francs. Ma réaction : frisson de mes parties intimes et gonflement des seins.

Lee passa un bras autour de mes épaules et effleura mes lèvres.

— N'aie pas si peur. Je ne vais pas te manger, murmura-t-il.

Sa main descendit vers mes fesses et il plaqua mes hanches contre les siennes, dans un geste qui contredisait ses mots.

Merde, merde et re-merde.

Lee s'éloigna et la moitié de notre public resta là à s'éventer, l'autre moitié étant occupée à rajuster son pantalon.

Stevie m'aida à préparer Burgundy. Lorsque je regagnai le bar, c'était une vraie cohue. L'équipe Savage/Nightingale s'était dégotté une table à l'avant, en plein milieu. Tout le monde y était entassé. Andrea avait fourgué ses enfants à une baby-sitter et obligé son mari à l'accompagner ; il avait l'air aussi à l'aise qu'un banquier dans un rassemblement hippie. Pour Tex, en revanche, on aurait dit que ce genre de soirée faisait partie du quotidien. Il était détendu, assis les pieds sur une chaise qui aurait certainement pu servir à quelqu'un d'autre, mais que personne n'avait eu le cran de lui réclamer.

Deux sièges demeuraient vides : un pour Stevie et un pour moi, avec des boissons devant chacun d'entre eux.

Lee n'était pas à la table. Hank et lui étaient adossés au mur de l'entrée, une bouteille de bière à la main, les bras croisés sur le torse. C'était involontaire, mais il émanait d'eux une hétérosexualité un brin agressive. Même dans le bar bondé, on leur réservait une place à part.

Le spectacle commença avec du retard. Burgundy démarra en engueulant un type un peu trop imbibé qui s'impatientait et hurlait son désagrément.

Un conseil : ne chahutez jamais une drag-queen. Elle vous transformera en chair à pâté.

Le spectacle était excellent et les boissons affluaient. Lorsque Stevie et moi reçûmes le signal qu'il fallait changer de costume, je filai. Dans les coulisses, je luttai pour extirper les hanches en caoutchouc-mousse de Burgundy d'une robe fantaisie qui pesait des tonnes, recouverte de paillettes, pour la revêtir d'une autre du même type, avant de regagner la table. Au cours des performances, notre petit groupe s'était montré généreux avec les pourboires : à coups d'un dollar pour une bise dans les airs, nous devînmes vite les favoris et par conséquent, les chouchous de toutes les divas.

Tout marchait à merveille. J'étais détendue, heureuse, je m'amusais et les souvenirs d'une vie drôle et excitante me revenaient, une vie où aucune balle ne traversait jamais les airs. J'en étais à mon cinquième rhum arrangé au soda lorsque Burgundy monta sur scène pour faire une annonce surprise.

— Nombre d'entre vous la connaissent et l'adorent. À présent, nous allons la faire monter sur scène pour vous montrer ce qu'elle a dans le ventre. Sortez vos pourboires, dames et vermisseaux : nous faisons une entorse à la tradition pour amener une vraie femme sur scène ! On applaudit India Savage !

Hein ? Quoi ?

Oh bordel.

Merde, merde et re-merde.

Au même instant, piano et guitare entamèrent *No More Tears* de Barbra Streisand et Donna Summer. J'avais chanté cette chanson des millions de fois avec Tod dans son salon, après des marathons de Yahtzee un peu trop arrosés au mousseux glacé.

Mais jamais devant un public.

Jamais.

Ally me fit lever de ma chaise, Marianne, Dolorès et Andrea me poussèrent sur la scène qui était beaucoup trop proche à mon goût et Stevie me colla un micro dans la main.

Burgundy ayant déjà entonné le « *hum* » de Barbra, je n'avais pas franchement d'autre option que de chanter en play-back le « *Oouuuu* » de Donna.

Je me retrouvai sur scène, à débiter la lente introduction où Donna se plaint du manque de romantisme dans sa vie, en essayant de tirer parti de Burgundy et de la regarder dans les yeux comme si les paroles venaient du tréfonds de mon âme.

Le problème, c'est que j'étais raide comme un piquet et que le passage disco allait arriver d'une minute à l'autre.

Lee m'observait. La dernière chose que je voulais, c'était danser sur scène devant des centaines de personnes, l'une d'entre elles étant Liam Nightingale, en chantant en play-back sur un foutu rythme disco.

Il fallait que je me ressaisisse. Nous étions à la soirée d'une organisation caritative. Je ne savais absolument pas laquelle, mais quelle importance ? J'aurais l'air encore plus idiote si je ne me lâchais pas, et vite.

Pas d'autre choix.

Burgundy et moi chantâmes les yeux dans les yeux tandis que Barbra et Donna s'harmonisaient. Burgundy me darda un regard putain-Indy-bouge-toi-le-cul, et j'envoyai valser ma timidité.

Burgundy donna tout ce qu'elle avait en tenant la longue note pleine d'émotion de Barbra, les yeux clos, la main sur la gorge. Je restai intentionnellement raide, prétendant être affreusement mal à l'aise, comme si j'avais envie de me trouver n'importe où sauf ici.

Lorsque le disco s'amorça avec ma série de « *ah* », j'oscillai d'un pied sur l'autre avec gêne, continuant de jouer la comédie. Puis les cuivres entrèrent dans la danse et je sortis le grand jeu : je me pavanai en agitant les hanches et en frappant du pied comme une Tina Turner blanche super énervée, avec une classe qui aurait fait la fierté de Chowleena.

La foule se déchaîna et bondit sur ses pieds. Ça aidait que la rangée de devant et le centre soient occupés par mes amis et ma famille, sans oublier que le spectacle était bien lancé et que presque tout le monde était pété. Le public levait les bras en l'air, les doigts pointés vers nous, en claquant des mains, le corps rebondissant en rythme.

Je me servis des paroles de Donna pour donner une leçon à l'auditoire, puis Burgundy et moi terminâmes nez à nez à nous hurler dessus, secouant nos cheveux en tandem en mimant la colère, et la foule reprit le refrain en chœur.

C'était la chanson de Barbra. Donna n'était que la cerise sur le gâteau ; je chauffai donc la foule, pliée en deux, les mains sur les hanches, offrant une moue dédaigneuse à ceux qui osaient m'approcher avec des billets d'un dollar, leur arrachant l'argent des mains comme si les pourboires m'étaient dus. Je me composai un visage faussement irrité et refusai de donner une seule bise. J'allai même jusqu'à poser la semelle de ma sandale sur le torse d'une motarde lesbienne, que j'envoyai valser en arrière tandis qu'elle se tordait de rire.

Le public s'en donnait à cœur joie, applaudissant à tout rompre, poussant des sifflements à vous percer le tympan et m'apostrophant.

C'était magnifique. C'était aussi le moment d'extase le plus monumental de toute mon existence.

Au moment où le disco ralentit pour céder la place au rythme funky, où Barbra est si en colère que sa voix en devient rauque, j'aperçus Rick Poivre et Sel debout au milieu de la pièce, un revolver pointé sur moi.

Je me figeai.

Puis, avant même que mon cerveau ait eu le temps d'analyser la situation, je tourbillonnai sur moi-même et me jetai sur Burgundy que je plaquai au sol. L'argent de nos pourboires et les micros nous échappèrent des mains et Burgundy hurla un viril :

— Putain, qu'est-ce qui… ?

La foule se mit à applaudir, convaincue que ça faisait partie du spectacle, mais les applaudissements se transformèrent en cris et en hurlements lorsque les coups de feu retentirent.

— Rampe, sifflai-je à Tod. Reste couché et file, bordel. Fous le camp d'ici.

On se mit à avancer, aplatis sur le ventre, tandis que d'autres coups de feu retentissaient dans le bar. Je me jetai sur Tod pour lui faire un rempart de mon corps. Une fois que les coups de feu se furent interrompus, j'entendis papa et Malcolm crier des ordres aux gens, leur enjoignant de rester calmes et de cesser la débandade.

On se remit à ramper. Je ne distinguais que les fesses pailletées de Tod. J'entendis des pas lourds sur la scène et tout à coup, on me souleva. Je laissai échapper un cri mi-surpris, mi-furieux et tentai de me dégager, mais à peine avais-je entraperçu la personne qui m'emprisonnait que je fus projetée, tel un disque humain, au bas de la scène.

Je volai dans les airs et heurtai Lee de plein fouet. Nous poussâmes tous deux un grognement, et il me réceptionna dans ses bras en reculant d'un pas pour rétablir son équilibre. Du coin de l'œil, je discernai Tex : il avait réussi à se frayer un chemin vers la scène, et par conséquent jusqu'à moi, avant Lee. Tex exécuta un plongeon mémorable et encore inégalé de nos jours, sa masse monumentale venant écraser les pauvres gens pris au dépourvu qui se trouvaient sur sa trajectoire.

Je n'eus pas le temps d'assimiler quoi que ce soit car Lee m'avait saisie par la taille, soulevée puis portée jusqu'à la porte, dégageant le passage en bousculant les gens, en leur tapant dessus ou en leur flanquant tout simplement un bon vieux coup d'épaule.

J'aperçus Hank qui nous précédait, avec Ally dans une position analogue à la mienne, et Malcolm qui poussait Sue par la porte.

Lee me traîna jusqu'à la voiture d'Ally, une Ford Mustang décapotable toute neuve. Hank avait déposé Ally sur le siège conducteur ; Lee me poussa sur le siège passager.

— Indy ! cria mon père depuis je ne savais où.

— Ici. Saine et sauve, lui cria Lee.

J'aperçus enfin papa. Il leva l'index et claqua des doigts à l'intention de Lee, comme pour lui dire : « chapeau ! » puis il monta avec Malcolm et Kitty Sue.

— Attends là, verrouille les portes, baisse-toi et reste hors de vue, m'ordonna Lee.

Je le regardai.

— Tod, Stevie, Tex…, énumérai-je. Oh mon Dieu, Andrea est maman !

Mais Lee n'écoutait déjà plus.

Il avait claqué la porte et repartait en courant vers le *BJ*.

— Et maintenant, toi, murmurai-je en le regardant s'éloigner.

Ally me prit la main.

— Tout va bien se passer, dit-elle. Tu sais, tu ne voudrais jamais d'un homme qui ne retournerait pas porter secours à une maman et à une drag-queen.

Elle avait raison.

Ally me lâcha la main et appuya sur ma nuque, me forçant à me baisser. Lee avait attaché ma ceinture de sécurité, et je testais ses limites.

— Je te raconterai ce qui se passe, me proposa Ally.

Je me penchai le plus possible pour me cacher et entendis les portières se verrouiller et Ally démarrer la voiture, juste au cas où on devrait prendre la fuite. Ally m'informa que Duke et Dolorès étaient hors de danger : ils venaient de partir en trombe sur leur moto. Marianne sortit en compagnie de Hank, qui l'emmena directement à sa voiture. Puis Andrea sortit avec Lee, son mari sur les talons. Lee s'assura qu'ils étaient montés dans leur monospace avant de retourner à l'intérieur.

Tex sortit comme une furie par ses propres moyens, mais Ally commenta :

— Oh oh, je crois qu'il saigne à nouveau.

Je faillis bondir de mon siège comme un diable de sa boîte, mais Ally me maintint en place d'une main sur la nuque.

Les portes se déverrouillèrent. Je me retrouvai pliée en deux : on venait d'incliner mon siège, avec moi dessus. La ceinture de sécurité atteignit ses limites et me rentra dans la poitrine tandis que Tex se jetait sur la banquette arrière.

— Bordel de merde, c'est le tohu-bohu au bar gay ! beugla-t-il.

Je tendis la main pour fermer la portière, les portes se reverrouillèrent et je tournai la tête en arrière du mieux que je pus vu la position dans laquelle je me trouvais.

— Ça va ? demandai-je à Tex.

— J'crois bien que j'me suis déchiré un truc en te balançant, ou bien quand j'ai plongé, ou peut-être quand je m'suis battu avec ce mec tout en cuir. On s'en fout. Je me sens foutrement bien, ouais ! C'est une vraie maison de fous là-dedans. Enfoirés de tarés ! (Il s'interrompit, se pencha en avant et regarda à travers le pare-brise.) Hé, c'est le type qui t'a tiré dessus !

Je relevai la tête d'un seul coup. Ça alors ! Il s'agissait bien de Rick Poivre et Sel.

Il courait vers une petite Mini qui contenait déjà des gens. Ceux-ci venaient de quitter le bar et s'apprêtaient à s'enfuir. J'entendis des sirènes au loin, puis je vis Rick extirper le conducteur tandis que le passager se jetait dehors de l'autre côté. Rick prit le volant et démarra sur les chapeaux de roue.

— Go ! Go, go, go ! hurla Tex.

Ally n'hésita pas une seule seconde : elle démarra en trombe derrière Rick.

Je me tournai vers elle.

— Qu'est-ce que tu fais ?!

— Hors de question qu'il s'enfuie ! hurla Ally.

En tournant la tête, je vis les sbires de Terry Wilcox, Gary le Gorille et le Crétin du Siècle, sortir du *BJ*.

Bon sang, on aurait dit une Convention spéciale sur les moyens de torturer Indy Savage.

Ensuite, je ne distinguai plus rien : Ally venait de faire un brusque écart pour éviter une voiture qui sortait du parking. La Mustang rebondit sur le trottoir, fonça plein sud sur Broadway dans un crissement de pneus, coupa la route à une voiture, fit des embardées sur la deux-voies qui allait vers le nord et déboîta juste devant une voiture de police qui arrivait en sens inverse.

Le fourgon de police était sur le point de bifurquer vers le *BJ*, mais il fit demi-tour en dérapant sur Broadway derrière la Mustang.

— Range-toi, laisse les flics s'en occuper, dis-je à Ally.

— Hors de question ! Ce type m'a tiré dessus ! vociféra Tex.

De toute manière, Ally n'écoutait rien. Elle filait comme une fusée sur Broadway, embrayant toutes les trente secondes jusqu'à atteindre une vitesse tellement fulgurante que ce n'en était plus drôle du tout.

— Ally, range-toi ! hurlai-je.

— Il est deux voitures devant nous. Double ! Double ! vociféra Tex.

On croisa deux voitures de police qui filaient vers le nord, gyrophares allumés et sirènes hurlantes. L'une d'elles freina sur les chapeaux de roue et fit demi-tour derrière nous.

— Arrête-toi tout de suite ! Il y a d'autres flics, il ne s'en tirera pas ! criai-je.

— Ne t'arrête pas ! brailla Tex. Faut jamais s'avouer vaincu !

Je ne prenais jamais mon sac à main lorsque je me rendais dans des bars ou des boîtes de nuit. En général, je transportais mes sous, mes cartes bancaires, mon permis de conduire et mon rouge à lèvres dans mes poches avant, et mon portable dans celle de derrière. Je sentis mon téléphone vibrer contre ma fesse au moment même où je l'entendis sonner. Je l'extirpai de ma poche et détachai mes yeux de la route assez longtemps pour lire « Lee » sur l'écran.

Je décrochai alors que Tex exultait :

— Plus de voitures devant ! Emboutis-le ! Vas-y, fonce !

Je poussai un cri perçant :

— Ne l'emboutis pas ! Cette voiture ne lui appartient pas !

Ally ne m'écouta pas. La Mustang emboutit la Mini et, hors de contrôle, fit une embardée qui me colla la nausée, avant de retrouver sa trajectoire. Ally hurla :

— Bien fait !

Moi, j'étais trop morte de trouille pour crier.

— Indy.

La voix de Lee résonna dans mon oreille. Je ne m'étais même pas rendu compte que j'y avais collé mon téléphone.

— Ouais ? dis-je d'un ton plus calme que je ne l'étais en réalité.

— Emboutis-le encore un coup, ma jolie ! brailla Tex.

— Où es-tu, bordel ? demanda Lee.

Lui, en revanche, n'avait pas l'air calme du tout.

Une énième voiture de police filant vers le nord s'arrêta dans un crissement de pneus avant de faire demi-tour. Je jetai un coup d'œil derrière nous : nous avions trois voitures de police aux trousses, toutes sirènes hurlantes et gyrophares allumés. D'autres voitures semblaient elles aussi prendre part à la course-poursuite, et l'une d'entre elles ressemblait fortement à la Crossfire de Lee.

Je me retournai et répondis :

— On a croisé Rick Poivre et Sel, alors on le suit. Il descend Broadway vers le sud.

Une voiture nous doubla en trombe. Ses passagers ressemblaient singulièrement aux hommes de main de Terry Wilcox. Le véhicule vint se placer devant Rick Poivre et Sel et freina brutalement. Derrière lui, tous les conducteurs, y compris Ally, écrasèrent la pédale du frein et manœuvrèrent au hasard. La Mustang exécuta quelques écarts supplémentaires qui me soulevèrent le cœur, puis tout le monde accéléra. Rick Poivre et Sel et les sbires de Coxy se bousculaient pour la première place, comme s'ils se trouvaient sur une piste de formule 1. Heureusement, sur Broadway, tous les véhicules se rangeaient sur le côté en voyant l'essaim de voitures de police.

— Arrêtez-vous, ordonna Lee dans mon oreille.

— Ally refuse de m'écouter ! me lamentai-je. Tex et elle sont en mission.

— Indy, dis à Ally de S'ARRÊTER, bordel ! hurla Lee.

— Ally, Lee veut que tu t'arrêtes.

— Impossible, rétorqua Ally. Je ne peux pas faire ça. Ce type ne va pas s'en tirer comme ça. Il t'a tiré dessus.

À ce moment-là, je perdis mon sang-froid. J'éloignai le téléphone de mon oreille et vociférai :

— Bordel de merde, Ally, arrête-toi !!!

Nous étions déjà bien engagés dans Englewood lorsqu'une voiture de police surgit derrière nous, Willie Moses au volant. Assis sur le siège passager, je vis Brian Bond nous faire de grands signes de la main, le visage décomposé par la fureur et l'incrédulité. Ally tourna la tête pour le regarder et perdit le contrôle de la Mustang.

La voiture fut projetée sur la droite, puis sur la gauche, manquant de heurter Willie et Brian sur le flanc. Willie nous évita, accéléra, et la Mustang franchit le terre-plein central. Les véhicules qui arrivaient en sens inverse firent des embardées et klaxonnèrent furieusement.

Par un coup de chance incroyable, la voiture atterrit sur un parking désaffecté, brisant un grillage sur lequel elle roula avant de s'immobiliser dans un vacarme épouvantable, juste après s'être écrasée sur un bloc de béton.

14

Il passait un coup de fil ?

Sous l'impact, les airbags se déclenchèrent.

Je restai assise, hébétée, pendant quelques secondes, le temps de faire l'inventaire de mes membres pour constater les dommages. Lorsque je compris que j'étais en un seul morceau, je me libérai de l'airbag et demandai :

— Tout le monde va bien ?

Ally marmonna quelque chose, un grognement nous parvint depuis la banquette arrière, et ma portière s'ouvrit violemment.

Un canif perça l'airbag, qui se dégonfla aussitôt. On plaqua une main sur mon torse pour me maintenir contre mon siège afin que je ne m'effondre pas. De toute manière, la ceinture de sécurité ne m'aurait laissée aller nulle part : elle s'était bloquée au moment de l'impact, et mes côtes me faisaient atrocement souffrir. Lee était accroupi à la portière, juste à côté de moi.

— Ça va ? demanda-t-il en vérifiant par lui-même.

Il fit courir ses mains le long de mes membres, scannant mon corps du regard à la recherche de sang ou d'os faisant saillie à travers ma peau. Grâce aux lampadaires qui éclairaient le parking vide, je distinguais son visage : il était crispé par la colère et l'inquiétude.

Hank se trouvait de l'autre côté. L'airbag d'Ally était dégonflé et Hank se livrait à la même inspection que Lee.

— Ouais. Je crois, répondis-je.

— Faut qu'on les sorte de la voiture, dit Hank.

Lee se pencha au-dessus de moi pour détacher ma ceinture. Il m'aida à descendre et m'éloigna du véhicule, vers la rue. J'en profitai pour rassembler mes esprits, faire le compte des nouvelles douleurs qui m'assaillaient, refermer mon téléphone portable et le glisser dans ma poche.

Ally et Tex se tenaient à un peu plus d'un mètre. Allez savoir pourquoi, Tex tapait des pieds, comme s'il exécutait une danse guerrière sans bouger les bras. L'écharpe qui maintenait son épaule était maculée de sang. Heureusement, personne d'autre ne saignait.

En une fraction de seconde, je décidai que j'allais les tuer tous les deux.

— Vous êtes complètement cinglés, vous deux ! hurlai-je.

Je chargeai vers eux avec l'intention de les assassiner ou, pire encore, de les estropier.

— Vous auriez pu nous tuer !

J'avais parcouru deux enjambées lorsqu'un bras m'attrapa et me projeta en arrière. Je vins m'écraser contre le corps de Lee. Je continuai à lutter malgré tout, battant des bras et tapant des pieds.

— Je n'arrive pas à croire que tu viennes de faire ça ! criai-je à Ally d'une voix stridente. Tu es folle ! Complètement déjantée ! Tu pensais à *quoi*, bordel ?

— Il allait s'enfuir ! beugla à son tour Ally.

— On s'en fout ! hurlai-je.

— Pas moi ! vociféra mon amie.

— Ce n'était pas très futé, intervint Hank.

C'était un euphémisme. Hank l'avait balancé d'une voix vibrante de colère. En fait, son ton, son visage et son corps vibraient d'une fureur à peine contenue.

Ally me fusilla du regard, puis pivota vers Hank et poussa un soupir d'exaspération.

— Ce type a tiré sur Indy ! Deux fois ! Il l'a kidnappée. Hors de question que je le laisse s'enfuir, alors lâchez-moi, bordel ! Je suis une Nightingale. (Elle pointa le doigt en direction de

Hank, puis de Lee). Si l'un de vous deux était assis dans une voiture et se retrouvait face à une occasion comme celle-ci, vous la saisiriez sans même y réfléchir. Alors quoi ? Pour moi, c'est impossible parce que je suis une *fille* ?

OK. Bon argument.

Je cessai de lutter et avançai vers elle.

— Et toi ! poursuivit Ally en me pointant du doigt à mon tour. Si quelqu'un m'avait fait la même chose, ou l'avait fait à ton père ou à n'importe lequel d'entre nous, et que tu t'étais trouvée au volant d'une voiture avec une chance de l'épingler, tu aurais hésité, dis-moi ? Hein ?

Hum, un autre excellent argument.

Je me mordis la lèvre inférieure.

Accaparée par les événements de ces derniers jours, je n'avais pas pris le temps de réfléchir à ce que devaient ressentir les gens que j'aimais, et qui m'aimaient aussi, face à la situation actuelle.

Je fis donc l'effort de me mettre à leur place. Je fus aussitôt submergée par l'émotion et ravalai les larmes qui me montaient aux yeux.

— Ally, ma belle, murmurai-je.

Mais Ally n'en avait pas terminé.

— Je ne suis ni un flic coriace ni un dur à cuire de… (elle observa Lee) de je ne sais pas trop quoi, d'ailleurs, mais si on me laisse une chance de participer, je saute dessus. C'est vrai, quoi ! Ce type a interrompu *No More Tears* ! Burgundy et Indy, c'était du feu de Dieu, là. Fallait faire quelque chose !

— Je crois que tu t'es fait comprendre, dit Lee derrière moi.

Il m'enlaçait toujours de son bras.

Une voiture vint se garer sur le parking, avec à son bord mon père, Malcolm et Kitty Sue.

Malcolm se rua hors de la voiture, vérifia que les fruits de ses entrailles respiraient toujours et étaient tous sains et saufs, puis il rugit à l'intention d'Ally :

— Dis-moi que tu ne viens pas de participer à une course-poursuite !

— On a déjà abordé le sujet, l'informa Hank.

Lee me lâcha pour me pousser entre les bras de mon père. Papa me serra et m'embrassa sur le front.

— Ça va ? me demanda-t-il.

— Ouais.

Une voiture de police arriva, Carl et Jorge à son bord. Carl bondit de la voiture, le visage déformé par la colère.

— Tu as perdu la tête ? hurla-t-il à Ally.

À l'évidence, ce n'était pas la nuit de mon amie.

Même si je devais bien admettre que je trouvais très, très intéressante la grosse inquiétude de Carl.

Hum.

Jorge descendit plus lentement, le visage fermé, neutre. Il s'approcha de Lee, papa et moi.

— Je ne sais pas ce qui se trame, Nightingale, mais tu devrais songer à mettre Indy en lieu sûr jusqu'à la fin de ce bordel, dit-il.

Lee ne fit aucun commentaire. Ally et Carl étaient en train de se hurler dessus, et papa me serrait dans ses bras. Lee et Hank se mirent à passer des coups de fil, Jorge sortit son calepin et tout le monde y alla de sa déposition.

Lee m'installa dans la Crossfire après qu'une dépanneuse fut venue charger la Mustang d'Ally. Carl était assis dans sa voiture, le micro de la radio à la main, en train de faire son rapport. Tex monterait en compagnie de Carl et Jorge, qui le ramenaient à l'hôpital pour se faire re-recoudre. Ally et Hank se faisaient raccompagner par Malcolm jusqu'au *BJ* pour récupérer le SUV de Hank.

Je fis « au revoir » de la main à tout le monde tandis que Lee démarrait pour s'engager sur Broadway, vers le nord.

— Je ne veux pas être mise en lieu sûr, l'informai-je.

— Tu *es* en lieu sûr. L'appart est sécurisé. Le truc, c'est que tu n'arrêtes pas d'en sortir.

Je n'aimais pas la manière dont il avait prononcé la dernière phrase.

— Tu songes encore à me menotter au lit ?

— Oui.

Génial.

— À ta place, je ne ferais pas ça, l'avertis-je.

— Y songer, ce n'est pas pareil que passer à l'acte. Tu es un défi en matière de sécurité. Je dois te protéger, mais je ne veux pas faire baisser mes chances de voir ce qu'il y a en dessous de tes sous-vêtements sexy, ou plutôt de te les retirer.

Lee me semblait digne de relever ce genre de défi. En tout cas, je l'espérais vraiment.

— Au fait, belle performance, ce soir, me fit-il remarquer. J'ai beaucoup apprécié le moment où tu as repoussé cette nana du pied. Trop classe.

Génial.

Au moins, la voix de Lee oscillait entre amusement et admiration.

Une fois de retour à l'appartement, je l'informai que je devais faire la tournée des coups de fil pour m'assurer que tout le monde allait bien.

Je restai debout sur le balcon avec mon téléphone et, sans que j'aie eu à le lui demander, Lee m'apporta trois comprimés d'ibuprofène avec un verre d'eau. Il m'observa les avaler, reprit le verre et disparut.

Bordel.

Il était *super doué* pour les relations de couple.

J'appelai d'abord Tod et Stevie.

Ils étaient chez eux, sains et saufs, peut-être un chouïa effrayés, mais pas en colère contre moi. En tout cas, pas Tod. Il était trop occupé à disséquer notre performance sur scène.

— Ma belle, on était du tonnerre ! Le public était debout. Les gens chantaient. Faut qu'on aille faire du shopping. On va te dégotter des tenues de mini-Burgundy. On va faire tourner ce spectacle, yeah !

Andrea et Marianne étaient saines et sauves elles aussi, même si le mari d'Andrea lui avait interdit de sortir avec moi. Ça avait déclenché une dispute car personne ne disait à Andrea ce qu'elle était censée faire. Personne. Richie Sambora, le guitariste phare de Bon Jovi et aussi le fantasme absolu d'Andrea, aurait pu lui donner un ordre qu'elle lui aurait répondu d'aller se faire foutre.

Duke trouvait la situation tordante. Dolorès songeait à se désister pour la soirée filles du mercredi suivant.

Je raccrochai et regagnai la chambre. Lee était dans la même position que la nuit précédente : au lit, torse nu, sur le dos, le drap remonté presque jusqu'à la taille. La lumière était allumée. Sauf que cette fois, il ne tenait aucun livre : il dormait à poings fermés.

Je n'avais jamais vraiment eu le temps de l'observer endormi. Il paraissait différent. Il ressemblait un peu à l'ancien Lee, celui d'avant les forces spéciales. Sa dureté et son aspect effrayant avaient disparu, et il ne restait plus que… Lee.

J'avais envie de l'embrasser. Très, très envie. Il était superbe, allongé là à dormir. Vraiment superbe. À croquer.

Au lieu de ça, je me lavai le visage, me brossai les dents et enfilai le tee-shirt Night Stalker. Je vérifiai à deux reprises que la porte d'entrée était fermée à clé et les baies vitrées du balcon verrouillées. Puis je regagnai le lit du côté de Lee sur la pointe des pieds, éteignis la lumière et repassai de mon côté pour me glisser sous les draps, tout doucement pour ne pas le réveiller.

Je ne cessais de me répéter : « Non, tu ne frapperas pas Lee et tu ne le roueras pas de coups dans ton sommeil. » Ça m'aidait à me sortir de la tête les balles qui volaient dans les airs et le fait que ma vie était hors de contrôle.

Lorsque je me réveillai, l'une des mains de Lee se trouvait sur mes fesses, dans ma culotte, et l'autre sous mon tee-shirt. Il me caressait le sein. J'étais à moitié vautrée sur lui, le visage niché dans son cou.

— Réveillée ? me demanda-t-il.

J'acquiesçai, évaluant, à moitié endormie, mon état de semi-excitation.

La main de Lee enserra mon sein. Son pouce glissa contre mon téton. Un frisson délicieux me parcourut aussitôt et la partie « semi » de ma semi-excitation ne fut plus qu'un lointain souvenir.

J'inclinai la tête pour regarder Lee et marmonner un truc qui ressemblait à : « café », « dentifrice » et « encore », mais il posa la bouche sur mes lèvres.

Lee me souleva et je me retrouvai à cheval sur lui. Il extirpa sa main de ma culotte et m'enlaça, sa bouche quitta la mienne et « wouf », mon tee-shirt Night Stalker s'envola.

Nous étions peau contre peau. Je connus un moment d'exultation mêlée à une panique monumentale et, avant que j'aie eu le temps de décider à laquelle de ces deux émotions céder, Lee me fit repasser sur le dos et se positionna sur moi.

Il commença par m'embrasser. Ses mains parcoururent mon corps de caresses douces, excitantes. Puis sa bouche quitta la mienne pour aller effleurer mon cou, ma gorge, mes seins, mon ventre, suivie par ses mains, et ensuite…

Mince alors !

Mes hanches tressautèrent sous l'effet de la surprise. Lee venait de m'embrasser juste là, par-dessus ma culotte.

— Ça va ? marmonna-t-il tout contre moi.

— Oui.

Oui, oui, oui, ouiiiiiiiii !

Il glissa les doigts sous l'ourlet de ma culotte et je sus qu'on touchait au but – nous étions même très, très, *très* près de l'atteindre. En tout cas, *moi* je l'étais. La panique s'envola, cédant la place à l'excitation et au ravissement, et mes mains entrèrent en action. Je plongeai les doigts dans les cheveux de Lee.

Et l'interphone sonna. Trois coups brefs, trois plus longs, suivis de trois nouveaux coups brefs.

Lee cessa aussitôt ce qu'il était en train de faire et remonta vers mon visage.

— Putain ! explosa-t-il. Bon sang, je suis désolé. Vraiment, vraiment désolé.

Il se leva et quitta la pièce à grandes enjambées.

Nu.

Je restai là, à moitié nue moi aussi et en état de choc.

Encore raté.

Quel manque de chance ! Qu'est-ce que ça voulait dire ? S'agissait-il d'une intervention divine ?

Je roulai sur moi-même. Mon corps meurtri protesta vigoureusement – un peu tard. J'attrapai mon tee-shirt qui gisait au sol et l'enfilai. Le temps que j'aie terminé, Lee était de retour dans la chambre.

— Un de mes hommes s'est fait tirer dessus, annonça-t-il.

Toutes mes douleurs s'évanouirent d'un seul coup. Je bondis hors du lit.

— Oh mon Dieu !

— Bobby et Matt arrivent. Je file sous la douche. Tu veux bien leur ouvrir ?

Et Lee disparut dans la salle de bains.

Je fonçai dans la cuisine, farfouillai dans les placards et mis le café en route. On frappa à la porte.

Je regardai à travers le judas et ouvris à Bobby et Matt. Ils avaient l'air grave.

— Ça va, les gars ?

Ils hochèrent la tête sans un mot.

— Qui est-ce ? Comment va-t-il ?

— Il portait un gilet, balles perforantes.

Ce fut tout ce que dit Matt. Et ça suffisait ; il n'y avait rien d'autre à ajouter.

— Oh non.

Je mis la cuisine à sac. Lee possédait toute une collection de mugs de voyage. Il était évidemment du genre à courir partout, pas à siroter son café assis. J'en sortis trois et demandai :

— Vous avez petit-déjeuné ? Vous voulez quelque chose ? Je peux vous faire griller du pain en vitesse.

— Pas faim, répondit Bobby, les mâchoires serrées.

On resta là, à se dévisager. Comme je ne supportais pas de ne rien faire, je retirai la cafetière de sous le bec verseur, glissai un mug à la place, puis en remplis deux autres de café.

J'étais occupée à visser les couvercles lorsque Lee fit son apparition, les cheveux humides et rasé de près.

— C'est parti, dit-il.

Et Matt et Bobby lui emboîtèrent le pas.

Je leur tendis les cafés, arrachai le dernier mug de sous la cafetière et remis la cruche en place, puis suivis le mouvement tout en vissant le couvercle.

— Celui-ci n'est pas plein, dis-je à Lee à la porte.

Je me sentais idiote et inutile.

— Pas de problème, répondit-il en s'emparant de la tasse.

— Appelle-moi quand tu sauras quelque chose.

Il se pencha pour déposer un baiser sur mes lèvres, puis partit.

Pendant que Stevie et moi préparions Burgundy la veille au soir, Lee était allé chez moi récupérer mon sac. Il l'avait apporté à l'appartement la veille. Super : je disposais de vêtements propres et comme il était tôt, je pouvais me rendre à *Fortnum's* donner un coup de main pour l'ouverture. La foule qui venait prendre son café le lundi matin me changerait les idées. Ça m'éviterait de penser à ce que faisait Lee et à la peur qui m'envahissait lorsque je songeais qu'un homme s'était fait tirer dessus en essayant de m'aider.

Je prendrais la Crossfire. J'étais quasi certaine que ça ne poserait pas problème à Lee.

Je pris ma douche, engloutis mon café avec de l'ibuprofène, décidai de laisser mes cheveux sécher à l'air libre et me maquillai à la va-vite pour me donner meilleure mine. Je m'efforçai de ne pas contempler l'hématome qui s'estompait enfin. J'enfilai un tee-shirt jaune orné sur la poitrine de la voiture de Starsky et

Hutch, une espèce de tomate rouge zébrée de blanc. Je passai un jean délavé, ma ceinture rouge et mes bottes de cow-boy assorties, puis descendis au garage.

Je ne doutais pas que la Crossfire soit une petite merveille à conduire, mais j'avais l'esprit trop encombré pour en profiter. Je ne savais pas si les flics avaient chopé Rick Poivre et Sel la nuit précédente. L'idée que Lee, homme d'action, soit confiné dans la salle d'attente d'un hôpital ne me plaisait pas du tout, pas plus que ne me plaisait ce qu'il risquait d'apprendre au terme de son attente. Je n'avais aucune envie de songer à ce que cette journée pouvait me réserver.

Il était 7 h 10, *Fortnum's* ouvrait à 7 h 30. En arrivant, j'aperçus Jane debout devant la boutique, les yeux rivés sur le trottoir. Je garai la Crossfire juste devant et descendis. Jane n'avait pas bougé.

Je jetai un coup d'œil à l'objet de ses contemplations et m'arrêtai net.

Rick Poivre et Sel gisait devant *Fortnum's*. La boutique faisait l'angle, et Poivre et Sel était affalé là, le dos et les fesses sur le trottoir, les épaules et ce qui restait de sa tête appuyés sur ma porte. Il était mort, mort, plus que mort, exactement comme Tim Shubert, sauf qu'il n'y avait pas de cervelle partout.

— Jane, ma belle, recule de là, dis-je tout doucement.

Jane était pétrifiée, son téléphone à la main.

— Jane, répétai-je un peu plus fort en essayant d'attirer son attention.

Elle sursauta et lâcha son téléphone. Celui-ci décrivit un arc de cercle dans les airs avant d'atterrir sur Rick poivre et Sel, rebondissant pour venir s'arrêter dans sa main.

On suivit toutes les deux du regard le portable s'envoler, atterrir et venir se loger là.

— Oups, dit Jane.

Apparemment, elle venait mentalement d'opter pour l'achat d'un nouveau téléphone. Je sortis le mien de mon sac à main, réfléchis à qui appeler et me décidai pour Hank.

— Ouais ? répondit-il.

— Euh, c'est Indy. Je suis désolé d'avoir à t'annoncer ça, mais il y a un cadavre allongé à l'entrée de *Fortnum's*.

Silence.

Duke apparut au coin de la rue et je pivotai vers lui, accompagnée de Jane. Le visage de Duke s'illumina, il leva la main pour nous saluer, baissa les yeux et s'arrêta net.

— Putain de bordel de merde ! laissa-t-il échapper.

— Duke vient d'arriver, hein ? dit Hank à mon oreille.

— Yep.

— Je t'envoie quelqu'un. On connaît ce cadavre ?

— Ben, disons que je n'ai plus trop de risques de me faire à nouveau kidnapper, éludai-je.

Hank raccrocha et Duke me regarda.

— Ce mec était en train de passer un coup de fil ? s'enquit-il.

J'eus envie d'éclater de rire, et deux secondes après, j'eus envie de pleurer. Comme pleurer n'était pas une option – je n'étais pas une chochotte –, je décidai qu'en fait, j'avais envie de hurler.

Un quart d'heure plus tard, l'endroit était bourré de flics, parmi lesquels Hank, papa et Malcolm. La scène de crime était délimitée par des rubans. Les badauds et les clients venus se procurer un café étaient maintenus à distance par des hommes en uniforme.

Je m'installai à l'écart et fis défiler mes contacts jusqu'à trouver le numéro de Lee.

— Tout va bien ? me demanda-t-il en guise de salut.

— Ton bureau t'a mis au courant, hein.

J'étais persuadée que les forces mystérieuses qui tiraient les ficelles de son cartel l'avaient déjà averti de ma dernière mésaventure.

— Mis au courant de quoi ? demanda Lee.

Oups.

— Euh, je ne veux pas te déranger, mais j'ai pensé que je devrais t'informer avant que tes gars n'en entendent parler via la radio de la police. On a déposé le cadavre de Rick Poivre et Sel à l'entrée de *Fortnum's* ce matin.

Silence.

Puis :

— C'est un cadeau.

— Pardon ?

— J'arrive.

— Lee, tu n'es pas obligé de…

Mais il avait déjà raccroché.

Jimmy Marker s'avança vers moi pour me poser quelques questions, après quoi il s'essuya les yeux de la main.

— Indy, jure-moi que tu ne me caches rien.

Après que Tex s'était fait tirer dessus, j'avais tout raconté à Jimmy à l'hôpital. Au sujet de Rosie, des diamants, de Terry Wilcox, tout. Enfin, pas tout quand même. J'avais omis de parler de mon effraction, alors, *presque* tout. Je n'avais plus rien à ajouter ; si Jimmy commençait à se sentir frustré et à perdre patience, qu'il se mette donc un peu à ma place.

— Jimmy, je suis peut-être cinglée, mais je ne suis pas stupide et, quoi que tu penses, je connais la différence entre le bien et le mal. Je t'ai dit tout ce que je savais à l'hôpital.

Mon père nous rejoignit et passa un bras autour de mes épaules.

— J'aimerais juste comprendre pourquoi tu es le point central de cette histoire, déclara Jimmy.

— Moi aussi, j'aimerais bien le savoir, dit papa.

— Eh bien, quand vous le découvrirez, filez-moi l'info, parce que tout ça commence à me faire vraiment chier !

Le ton de ma voix n'avait cessé de monter, si bien qu'à la fin, je criais vraiment.

Jimmy recula d'un pas et tous les visages se tournèrent vers moi.

Un SUV se gara en double file. Lee en descendit. Il avait les yeux rivés sur moi, mais Malcolm et Hank l'interceptèrent avant qu'il ait pu se frayer un chemin jusqu'à moi.

— J'imagine que tu sais ce qui se passe, dis-je à mon père en détournant les yeux de Lee.

— Ce qu'il y a à savoir. Les flics parlent, et tu es ma fille. Jimmy me tient au courant, répliqua papa.

— Pourquoi n'as-tu rien dit ?

— Je fais confiance à Liam pour régler cette affaire, et à toi pour faire ce qui est juste, déclara-t-il.

Aussi simple que ça.

Papa était cool. Il l'avait toujours été. À un moment donné, au cours de ces derniers jours, il avait donné sa bénédiction à Lee. Probablement après que j'avais été victime de certains incidents ; des incidents face auxquels n'importe quel papa aurait aimé que sa fille soit la petite amie de Liam Nightingale.

Je me dirigeai vers la petite troupe des Nightingale. Malcolm me tournait le dos. Lee et Hank se trouvaient à ses côtés.

En m'approchant, j'entendis Malcolm déclarer :

— Hank, je sais que tu te sers de Lee pour régler les saloperies qui te saliraient les mains. Lee, je sais que tu règles tout ça en prenant de sacrées libertés. Je vous laisse faire ça à votre guise, les garçons, parce que jusqu'ici, votre petit arrangement fonctionnait bien. Mais là, ça pue vraiment, et...

Lee tourna la tête et m'observa du coin de l'œil.

— Indy, murmura-t-il, plus à l'intention de Malcolm que de la mienne.

Les trois hommes Nightingale se retournèrent vers moi. Je n'avais aucune idée de ce qui se jouait là, mais ça prit fin d'un seul coup.

Génial. Tant pis. Ça ne me dérangeait pas.

Je m'arrêtai près de Lee, mais pas assez près à son goût, car il passa un bras autour de mon cou pour m'attirer vers lui. Hank, papa et Malcolm s'éloignèrent.

— Comment ça va, ma belle ? s'enquit Lee.

— Je perds patience. J'en ai marre. Comment va ton employé ?

— Pas de nouvelles. Je dois retourner à l'hôpital. Tu as réquisitionné la Crossfire, à ce que je vois.

— Ça t'ennuie ?

— Pas du tout.

Je me tournai vers Lee et posai la main sur son ventre avant de demander d'une voix hésitante :

— Cet homme… Il n'était pas en train de… faire quelque chose pour m'aider ?

Lee me tira tout doucement les cheveux.

— Il était sur une autre mission. Rien à voir avec toi ou les diamants.

Un immense soulagement m'envahit. J'avais déjà la blessure de Tex, la voiture bousillée d'Ally et l'inquiétude de tous les autres sur la conscience : ça me suffisait. Puis je regardai Lee et songeai que tout ce que je venais d'évoquer, plus ce nouvel accident, pesait encore davantage sur ses épaules que sur les miennes.

— Tu dois y aller, dis-je.

— Ouais.

Je m'apprêtais à reculer, mais Lee baissa la main et me fit pivoter face à lui de son bras passé autour de mes épaules. Nous étions collés l'un à l'autre.

— Maintenant que Rick est hors d'état de nuire, tu devrais être en sécurité, mais fais gaffe quand même, dit-il. Coxy n'est pas une menace, mais ça reste un électron libre.

J'acquiesçai.

— Je veux que tu sois chez moi à mon retour, décréta Lee.

Je cessai de respirer. J'avais l'impression que l'oxygène avait disparu de l'atmosphère. Je me donnai une gifle mentale.

— Pardon ?

— Ce soir. Je te téléphonerai sur le chemin du retour. Tu trouveras tout ce dont tu as besoin pour entrer dans le parking souterrain puis dans l'appart sur le porte-clés de la Crossfire. J'aurai encore des trucs à régler après que Luke sera sorti du bloc, mais quand je rentrerai ce soir, je veux que tu sois là.

J'hésitai à peine une seconde.

— D'accord.

Lee m'observa quelques instants, son regard s'adoucit et il murmura :

— Désolé pour ce matin.

— Tu n'y pouvais rien.

— On terminera ce soir.

Ouf ! Enfin quelque chose que j'attendais avec impatience.

Duke fabriqua six grandes affiches qu'il accrocha sur toutes les fenêtres pour annoncer que *Fortnum's* était fermé. Difficile d'ouvrir la boutique avec des scellés de la police sur la porte d'entrée.

Heureusement que je n'avais pas d'emprunt à rembourser.

La journée s'étalait devant moi et je n'avais pas de garde du corps sur les talons. Ça faisait bizarre.

Je me rendis chez Tex pour lui faire un compte-rendu de la situation et l'aider à s'occuper de ses chats. On l'avait re-recousu et laissé sortir la veille. Je n'étais pas certaine de sa réaction face au décès de Rick Poivre et Sel. Je pariais sur de la jubilation, mais je me trompais.

— On vit, on meurt, constata-t-il simplement.

Très philosophique.

Une fois les chats nourris, les litières nettoyées et après avoir agité les faisceaux laser sur les murs, je passai chez M. Kumar pour faire le plein de l'appartement de Lee et bavarder. Il n'était pas là, mais je papotai avec Mme Kumar, qui se trouvait au comptoir, avec Mme Salim figée sur un tabouret derrière elle. Je songeai que les affaires marcheraient peut-être mieux sans momie installée derrière la caisse, mais évidemment, je n'en dis rien. Je me demandais déjà si Dieu n'allait pas me foudroyer pour avoir eu une telle pensée.

Je récupérai mes achats auprès de Mme Kumar et filai chez Ally.

Celle-ci me prépara un café et me redonna de l'ibuprofène.

— Je suis au courant pour le cadavre. Papa a appelé maman qui m'a appelée. Ça va, toi ? me demanda-t-elle.

— Je commence à en avoir ras le bol.

— J'imagine, marmonna Ally.

— Qu'est-ce que tu fais, toi, aujourd'hui ?

— Je reste tranquille. Je suis de service ce soir.

Pour le moment, Ally bossait au *Frangin*, près de la rivière Platte. Le bar était assez vieux pour que les murs et les tables en bois soient patinés par le temps, on y servait les meilleurs snacks de Denver, des membres de l'orchestre symphonique venaient y boire un verre après les spectacles et les pintes de Guinness étaient incomparables.

— Je commençais à croire que tu avais lâché ton poste, fis-je remarquer.

— Non, j'étais de service le soir où tu t'es fait kidnapper, mais apparemment, ça ne les dérange pas qu'on leur pose un lapin quand notre meilleure amie est retenue en otage.

— Bon à savoir, marmonnai-je.

Ally me proposa une séance de manucure et pédicure que j'acceptai avec joie. En échange, je lui lavai les cheveux et la coiffai. Si je n'avais pas hérité de *Fortnum's*, j'aurais intégré une école d'esthéticienne. Depuis mon adolescence, j'étais douée pour entretenir les cheveux. Avec Ally, ce n'était pas difficile : les siens étaient souples et épais, naturellement ondulés et toujours magnifiques.

— Comment ça va avec Lee ? cria-t-elle par-dessus le bruit du sèche-cheveux, tandis que je lui faisais son brushing.

— Je suis complètement flippée, criai-je à mon tour.

— Ouais, c'est l'impression que j'avais.

Ally hurlait toujours.

J'éteignis le sèche-cheveux et regardai mon amie.

— Il est doué pour ce genre de trucs.

— Quel genre de trucs ?

— Être en couple. C'est inné chez lui. Ça fait bizarre. C'est à la fois de l'histoire ancienne et nouvelle, entre nous. J'arrive pas à m'y faire.

— Lee est nul pour les relations de couple. S'il est doué, c'est parce qu'il est avec toi.

— Pardon ?

— Toi aussi t'es nulle dans ce domaine, mais c'est juste parce que tu n'avais jamais été en couple avec lui.

Oh oh. Ally repartait dans son trip vous-êtes-faits-l'un-pour-l'autre.

Je rallumai le sèche-cheveux. Fin de cette conversation.

Après ma visite à Ally, je rentrai chez moi, fis le ménage, triai mon courrier et arrosai jardin et fleurs. Puis j'arrosai celles de Tod et Stevie. Ensuite, j'allai frapper à leur porte.

Stevie vint m'ouvrir, en jetant un regard inquiet derrière moi pour s'assurer qu'aucun *sniper* ne rôdait.

— J'ai arrosé vos fleurs, annonçai-je.

— C'est gentil.

— Je suis désolée pour hier soir.

— Je ne suis pas sûr de te pardonner. Tod affirme que tu t'es jetée sur lui pour le protéger des balles, alors j'imagine que je ne t'en veux pas tant que ça, mais bon. Tod a trouvé ça marrant. Il dit que ça lui a rappelé chez lui.

— Vu ce qu'en raconte Tod, je ne suis pas tout à fait sûre d'avoir envie de visiter le Texas, observai-je.

Stevie ne répondit pas.

— En plus, c'est facile pour Tod de trouver ça marrant : il était protégé par trente centimètres d'épaisseur de caoutchouc-mousse.

Nous savions très bien tous les deux que les balles n'auraient pas eu beaucoup de mal à traverser le caoutchouc.

Je continuai de parler. Je savais que Stevie était en colère contre moi et je n'arrivais pas à m'arrêter.

— Le cadavre du type qui a provoqué la fusillade a été déposé à l'entrée de *Fortnum's* ce matin.

Stevie écarquilla les yeux.

OK. Voilà que le choc m'arrivait dessus à contretemps. Sans oublier que Stevie était en colère contre moi. J'avais horreur que les gens que j'aimais m'en veuillent. Rien de tout ça n'était ma faute, même si je ressentais le contraire. Les larmes me montèrent aux yeux.

— À plus tard, bafouillai-je.

— Ma jolie, tu fais peur à voir. Entre.

Stevie me tira à l'intérieur, me colla un verre dans les mains et me fit asseoir sur le canapé. Je vidai mon sac. Je l'informai même que Lee et moi n'étions encore pas passés à l'acte, même si nous nous rapprochions sans cesse du but.

Stevie m'écouta. Il me fit des câlins et m'apporta des mouchoirs lorsque les larmes menaçaient de couler, sans jamais porter de jugement. Ensuite, il me ramena chez moi, farfouilla parmi les cintres de ma penderie, ouvrit et referma des boîtes à chaussures jusqu'à trouver ce qu'il cherchait, et me fit part de son plan.

En m'accompagnant à la Crossfire, il m'informa que Tod était à l'aéroport international de Denver : il était prévu sur un vol et ne rentrerait pas avant quelques jours. Stevie partait tard le lendemain matin pour les mêmes raisons. Il me demanda de garder Chowleena pendant leur absence.

— Ça pose un problème si je l'emmène chez Lee ?

— Non, laisse-nous juste un petit mot.

Puis, telle une tante aimante (si si, le jeu de mots est intentionnel), il m'envoya d'un geste de la main accomplir ma mission. Celle-ci s'achèverait par mes retrouvailles avec Lee.

Je me rendis au centre commercial de Cherry Creek et passai chez *Linens'n'Things*. J'y fis quelques emplettes et enchaînai sur *Fresh and Wild*, où je fis le plein de nourriture pour la soirée en ajoutant quelques bricoles pour le lendemain matin. Et même un peu plus, juste au cas où mon séjour à l'appartement de Lee se prolongerait. J'emportai l'ensemble, ainsi que mes achats chez M. Kumar, ma robe et mes chaussures, jusqu'à l'appartement.

Je déposai le tout par terre et me mis au travail. Je commençai par la tarte au chocolat et à la crème pâtissière. Ensuite, je préparai le gratin dauphinois et recouvris les deux plats d'une feuille d'aluminium, prêts à être enfournés. J'écossai les haricots verts en vue de les blanchir. Je laissai les steaks au réfrigérateur. Dix minutes suffisaient à les faire cuire, et Lee m'avait promis qu'il m'appellerait sur le chemin du retour.

Je mis la table, que j'agrémentai avec les sets et les serviettes en tissu entourées de ronds de serviette que j'avais achetés chez *Linens'n Things*. Comme tout était destiné à Lee, je m'étais évertuée à dénicher l'ensemble le plus macho possible, mais ce genre de boutique ne donnait pas franchement dans le viril.

Au centre de la table, je déposai les chandelles dans des bougeoirs argentés que je venais aussi d'acheter. J'arrangeai les fleurs trouvées chez *Fresh and Wild* dans le vase que je m'étais procuré. Je sortis les verres ballon que j'avais aperçus dans le placard de Lee et, comme dernière touche, posai une bouteille de vin rouge – que j'avais payée bonbon – entre les verres, sur la table.

Je n'avais pas vraiment besoin d'une stratégie de séduction, mais un peu de romantisme ne faisait jamais de mal. En tout cas, c'était ce que m'avait affirmé Stevie. De toute façon, Lee tomberait forcément dans le piège : je savais qu'il adorait le steak, le gratin dauphinois et la tarte au chocolat et à la crème. C'était le repas que Kitty Sue lui concoctait à chacun de ses anniversaires. Lee méritait une petite gâterie. Et peut-être qu'après l'avoir obtenue, il m'en ferait une, à moi aussi ?

J'emportai la robe et les chaussures dans la chambre et restai figée devant le fauteuil. Mes deux sacs avaient disparu. Je vérifiai dans l'armoire et dans deux des tiroirs. Mes habits avaient été rangés et les affaires sales lavées, repassées et pendues dans l'armoire ou repliées dans les tiroirs. Je jetai un coup d'œil autour de moi. On avait changé les draps et passé l'aspirateur sur la moquette.

Manifestement, le lundi était le jour de Judy, la femme de ménage.

Je me lançai dans la totale : crinière de lion façon Heather Locklear, mèches de devant retenues par une barrette de façon désinvolte, maquillage *smoky* sur les yeux. J'enfilai la robe choisie par Stevie : un bout de tissu en satin noir à fines bretelles, moulante sans trop d'ostentation et avec un joli décolleté. Mais son véritable atout, c'était son quasi-dos-nu. Je mis des sandales spéciales rockeuse à talons aiguilles vertigineux, munies de tellement de lanières que certaines me remontaient jusqu'au mollet. Une touche de parfum, pas de bijoux – dans le feu de l'action, qui aurait envie de perdre du temps à les ôter ?

Il se faisait tard. Je mis le gratin dauphinois au four ; même si Lee avait un max de retard, ce serait facile de le réchauffer en même temps que je ferais griller les steaks.

Je dénichai un roman de John Grisham et me mis à bouquiner. Je sortis le gratin du four et repris ma lecture. Plus tard dans la soirée, je me levai pour récupérer mon portable et le téléphone sans fil de Lee qui se trouvaient dans la cuisine, posai les deux sur la table basse à portée de main, et repris mon livre. Je m'installai sur le côté, dans une position plus confortable, et poursuivis ma lecture.

Ensuite, comme il était tard et comme à mon habitude, je m'endormis.

15

La tarte choco-crème.

Je sentis mes cheveux glisser de mon épaule pour retomber dans mon dos.

J'ouvris les yeux. Lee était assis sur le canapé, sur le coussin que n'occupaient pas mes jambes.

— Salut, marmonnai-je.

— Salut.

— Tu n'as pas téléphoné.

— Il était tard. J'avais peur de te réveiller.

Je me redressai sur un coude.

— Quelle heure est-il ?

— Bientôt minuit.

Je m'étirai discrètement et me redressai. Lee en profita pour poser les mains sur mes hanches et me faire pivoter. J'atterris sur ses genoux. Mon livre tomba au sol, mais ni Lee ni moi ne cherchâmes à le récupérer. Lee s'installa confortablement sur le canapé et moi, je me lovai contre lui, la tête sur son épaule, mes bras autour de lui. Lee avait posé une main sur ma taille et l'autre juste au-dessus de mon genou.

— Tu avais préparé le dîner, constata-t-il. Tout est fichu ?

— J'ai prévu un repas adapté aux horaires incertains. On peut le manger demain ou ce soir. Tu as faim ?

— Oui, mais pas de nourriture.

Sa main remonta sur ma cuisse, soulevant l'ourlet de ma robe au passage.

Mon estomac fit un saut périlleux.

— Tu es fatiguée ? demanda Lee.

— Ben, je dormais…

Ça me paraissait évident.

— Ce n'est pas ce que je te demandais.

— Et toi, tu n'es pas crevé ?

— Je l'étais. Plus maintenant.

— Oh.

Zut alors.

La main de Lee poursuivit son ascension. Il pencha la tête pour effleurer mon cou de ses lèvres.

— Comment va ton employé ? demandai-je.

— Vivant, répondit Lee tout contre mon oreille. En état critique, mais Luke est un battant.

Sa langue vint caresser ma peau. Je frissonnai.

— C'est bon signe, j'imagine, murmurai-je.

— On va au lit ?

— Oui.

Lee leva la tête et glissa la main derrière ma cuisse, sous l'étoffe de ma robe. Du bout des doigts, il vint effleurer le bord de ma culotte, sur ma jambe.

— Attends, je reformule. Tu veux aller dormir ? demanda-t-il.

Il planait ou quoi ? C'était quoi, cette question ?

J'essayai de garder mon calme.

— Pas vraiment, répondis-je.

Lee me décocha son sourire qui tue.

Je me sentis fondre.

— Parfait, murmura-t-il, et il m'embrassa.

Un baiser délicieux : long, lent, intense et ardent. À la fin, la bouche de Lee descendit sur ma joue, mon cou, puis sur mon épaule. La main qu'il avait posée sur ma taille remonta dans mon dos et me tira les cheveux, exposant mon cou. De la langue, Lee vint effleurer l'échancrure de ma gorge.

Il lâcha mes cheveux, posa la main sur ma nuque et m'embrassa à nouveau. Même chose que la première fois, mais en mieux. À pleine bouche. D'une main, il me maintenait la tête, de l'autre, il me caressait le sein à travers la robe.

C'était parfait. En fait, c'était même magnifique. Le problème, c'était que Lee agissait comme si nous avions une éternité devant nous. Comme si son interphone ne risquait pas de se déclencher à tout instant avec un code secret qui me l'arracherait, me laissant en plan comme une vieille chaussette – ou pour être plus adéquate, *sans* plan cul.

Je repoussai Lee, changeai de position et l'enfourchai. J'arrachai son tee-shirt de son jean, le fis passer au-dessus de sa tête et le balançai au hasard. Ensuite, je fis glisser mes mains sur son torse, effleurant ses abdos de mes ongles et observant ses muscles se contracter par réflexe. Puis je fonçai sur la braguette de son jean.

J'avais défait le premier bouton lorsqu'il me saisit les poignets. Je levai le regard vers lui et vis que les petites rides au coin de ses yeux s'étaient creusées.

— Pressée ? demanda-t-il.

— Euh…, dis-je, l'air de dire « évidemment, idiot ». Ouais.

— Pas besoin de se précipiter.

Lee repoussa mes mains, avant de les lâcher pour poser les siennes sur mes hanches.

— Tu étais plutôt pressé, ce matin, toi aussi, lui fis-je remarquer tandis qu'il contemplait ses mains qui remontaient le long de mon corps et s'arrêtèrent tout contre mes seins.

Lee replia la main droite et fit glisser ses phalanges jusqu'au téton. Qui durcit. Lee contempla cela aussi.

Je me mordis la lèvre inférieure. Un spasme partit de mon téton pour filer vers des parties encore plus intimes et je m'exclamai, exaspérée :

— Lee !

Il détacha ses yeux de mes seins pour me regarder.

— Ce matin, c'était différent, expliqua-t-il.

— Comment ça, différent ?

— Je suis un mec, me rappela-t-il comme si ça expliquait tout.

Bon, il est vrai que ça expliquait un peu la chose. Je n'avais jamais rencontré d'homme qui ne se réveille pas avec une seule idée en tête, au garde-à-vous avant même d'avoir ouvert les yeux.

— Eh bien, l'état dans lequel tu étais ce matin, c'est l'état dans lequel je suis moi *maintenant*, déclarai-je.

Et je reposai les mains sur sa braguette.

Lee me saisit à nouveau les poignets et les ramena derrière mon dos.

— Je croyais que tu voulais prendre ton temps.

Je vous jure que je pouvais entendre des éclats de rire dans sa voix.

Enfoiré.

— Voilà ce que je te propose : tu fais ça à ta manière, et moi à la mienne, suggérai-je.

Lee plongea les yeux dans les miens.

— Ça devrait être intéressant.

— Tout à fait, grommelai-je.

Et je l'embrassai. Je savais qu'il aimait ça : il me l'avait avoué et jusqu'ici, Lee ne m'avait jamais menti.

Sa réaction fut immédiate.

Il lâcha mes poignets et m'enlaça.

Je reposai les mains sur sa braguette mais cette fois, au lieu de l'ouvrir, je fis glisser ma paume dessus, tout le long de son érection. Hum. Délicieux. Trop, trop bon.

Lee m'attrapa par la taille, me fit basculer sur le dos sur le canapé et se plaça sur moi. Je m'agrippai à ses épaules pour ne pas tomber. Je venais de perdre ma position dominante durement conquise.

Lee m'embrassa. Cerise sur le gâteau, sa main enserra mon sein, le pouce caressant mon téton, puis l'index rejoignit le pouce et il entreprit de faire rouler de manière exquise le satin de ma robe, accentuant le frottement.

Waouh.

Double *waouh.*

Je levai un genou pour faire levier, me retrouvai avec les hanches de Lee entre les jambes, passai ma seconde jambe autour de lui, m'agrippai à son épaule d'une main, appuyai mon coude sur le canapé et fis contrepoids à l'aide de mon pied, décochai une ruade et roulai sur moi-même.

On tomba du canapé. Lee atterrit sur le dos, dans un grognement. Je m'affalai sur lui. Je me redressai avant qu'il ait eu le temps de se ressaisir et me remis à califourchon, puis je me penchai, dos cambré. Je parcourus son torse avec ma bouche, effleurant sa peau avec mes dents. Je descendis et, de la langue, traçai les contours de ses abdos. Exquis. Lee avait la peau salée, tendue sur ses muscles ciselés.

L'extase.

Du doigt, je défis un autre bouton de sa braguette. Je descendis, de plus en plus bas, tout en m'efforçant de défaire le bouton suivant, qui se trouvait juste au-dessous de mes lèvres impatientes. Je me réjouissais d'avance.

Pendant tout ce temps, Lee avait gardé les mains sous ma robe, posées sur mes fesses. Il les dégagea brusquement, me força à me redresser, passa les mains sous mes bras et me fit remonter d'un seul coup avant de me retourner comme une crêpe.

Nos jambes et nos hanches heurtèrent la table basse. Celle-ci valsa sur le côté et vacilla avant de basculer complètement. Télécommandes, revues et téléphones volèrent à travers la pièce.

Le corps rivé au mien, Lee attrapa mes poignets et les maintint au-dessus de ma tête, plongeant ses yeux dans les miens.

— Tu es vraiment vachement pressée.

— On en a déjà parlé, non ?

Ses lèvres effleurèrent les miennes.

— Détends-toi.

— Détends-toi toi-même ! Peux-tu me garantir que ton interphone ne va pas se déclencher à nouveau ?

— Non.

— Peux-tu me garantir que ton téléphone ne va pas se mettre à sonner ? Mon téléphone à moi ne sonnera pas. Es-tu sûr que la moitié ouest des États-Unis ne va pas s'effondrer d'un seul coup dans l'océan Pacifique ?

Le corps de Lee fut agité de soubresauts et je compris qu'il rigolait.

— Non, répondit-il.

— Je suis vraiment désolée pour ton employé. Vraiment. Ça craint. Ce n'est pas ta faute, mais ce n'est pas *moi* dont l'interphone a sonné pendant que *toi*, tu avais *ma* bouche entre *tes* jambes. Pigé ?

Lee nicha son nez dans mon cou, sans lâcher mes poignets.

— Oui, je crois que je commence à comprendre, répondit-il.

— Alors ?

— Alors, on va quand même prendre notre temps.

Je gémis d'impatience.

— Pourquoi ?

— Parce que j'en ai envie.

— Et mes envies à moi ?

Lee releva la tête et me regarda à nouveau, les yeux emplis de tendresse.

— Elles seront satisfaites, m'assura-t-il.

Je le fusillai du regard. *J'espère bien, oui !* songeai-je.

Lee nicha à nouveau sa tête dans mon cou. Je me tortillai. Impossible de faire autrement : c'était trop bon.

Comprenez-moi bien. Je ne me lançais pas dans une course à l'orgasme juste parce que je me trouvais face à Lee Nightingale. Ni parce que je n'avais pas eu d'orgasme depuis des lustres (même si c'était le cas, sauf si on comptait ceux que je me procurais toute seule). Non, j'étais simplement terriblement excitée : ça faisait plusieurs jours que je me consumais à petit feu.

Lee était aussi doué avec ses mains qu'avec sa bouche. Son corps dur et chaud pesait sur le mien de façon délicieuse. Sa puissance me donnait un sentiment de sécurité. Il y avait autre chose de dur pressé contre ma cuisse. Je savais parfaitement à quoi ça ressemblait, et je mourais d'envie de le sentir. D'abord dans ma main, puis en moi et, s'il devait y avoir un intervalle entre les deux, j'avais plein d'autres projets intéressants pour lui.

Lee fit glisser ses mains sur mes bras. Des lèvres, il caressa mes seins à travers l'étoffe, puis remonta pour m'embrasser.

Je posai une main sur ses fesses, à l'intérieur de son jean, et m'y cramponnai. Lorsque ses lèvres se détachèrent des miennes, je l'embrassai dans le cou puis, du bout de la langue, j'explorai sa gorge et les contours de sa mâchoire.

Ensuite, je fis passer ma main à l'avant de son jean.

— Indy ! grogna Lee d'un ton mi-menaçant, mi-rieur.

Je ne m'embarrassai pas des boutons. Je plongeai la main et, tout en embrassant Lee, je le pris entre mes doigts, dans le peu d'espace qui me restait entre le jean et ses attributs.

Enfin.

— Oui ? murmurai-je tout contre ses lèvres en faisant glisser ma main.

— Ça suffit.

Lee fit un saut de carpe pour se relever, et je lâchai prise. Il se pencha, me saisit par la main et me redressa.

— Qu'est-ce qui se passe ?

Lee se pencha à nouveau, passa un bras sous mes genoux, l'autre autour de ma taille et me souleva.

— Tu veux aller vite ? C'est parti.

— Youpi ! m'exclamai-je.

Lee me portait vers la chambre.

— C'est bien « youpi » que tu viens de dire ?

Oups. Je ne m'étais pas aperçue que je pensais à voix haute.

— Ça m'a échappé.

— OK. Pour une fois, tu es autorisée à te sortir de là en battant des cils, dit-il.

En atteignant le bord du lit, Lee lâcha mes jambes, me libéra et s'assit pour retirer ses bottes. Il releva la tête pour me mettre en garde :

— Mais que ça ne devienne pas une habitude.

N'importe quoi, songeai-je en me baissant pour détacher les lanières de mes sandales. Mission accomplie en une nanoseconde. J'envoyai valser mes chaussures, me redressai, fis passer ma robe par-dessus ma tête et la balançai sur le côté.

Je posai un genou sur le lit et me mis à ramper. Deux mains m'attrapèrent et me retournèrent sur le dos. En un éclair, Lee me débarrassa de ma culotte. Comme ça, d'un seul coup, « pouf » ! je me retrouvai nue.

Je n'avais pas fait attention, mais Lee m'observait depuis un moment. Manifestement, il appréciait la vue. Il n'avait pas perdu de temps à se déshabiller, lui non plus. Il vint se placer au-dessus de moi, ses yeux chocolat fondu brillant si intensément qu'ils en scintillaient.

Lee posa la main entre mes cuisses. Ses doigts me caressèrent. C'était magique.

— Pas besoin d'aller si vite que ça, murmurai-je en me pressant contre lui.

— Trop tard.

Il écarta mes jambes et sa bouche vint remplacer sa main. Il avait déjà bien échauffé le chœur. En quelques minutes, sa bouche et sa langue expertes m'envoyèrent tout droit au septième ciel et j'entonnai les aigus de l'aria.

Mon Dieu, c'était merveilleux.

Avant que j'aie chanté la dernière note, Lee se redressa et me pénétra. Ce fut si incroyablement bon qu'après un premier acte pourtant spectaculaire, le second suivit aussitôt, ébranlant mon univers.

— Je crois que j'ai faim, murmurai-je.

— Encore ? Si je compte bien, tu as joui deux fois.

Grr.

Évidemment, Lee tenait les comptes.

J'avais bel et bien joui deux fois. Hum, peut-être même trois, à moins que la seconde fois n'ait duré très longtemps.

Nous étions tout emmêlés. Je me démêlai donc, me dégageai de Lee et farfouillai sous l'oreiller. Je découvris que Judy ne s'était pas contentée de laver mon tee-shirt Night Stalker, mais l'avait aussi repassé (sincèrement, qui repasse ses tee-shirts ?). Je l'enfilai.

— Faim de *nourriture*. (Je me tournai vers Lee.) Tu veux manger ?

— Qu'est-ce que tu avais préparé ?

— J'avais prévu steaks, haricots verts et gratin dauphinois. Je n'ai terminé que le gratin.

Les yeux de Lee s'adoucirent à l'évocation du menu.

— Ouais, je mangerais bien un morceau.

Chouette. Le repas venait de me faire marquer un point, même si je n'avais pas vraiment pu le préparer.

Je me rendis pieds nus dans la cuisine et fonçai sur le vin. J'étais en train de me débattre avec le tire-bouchon quand Lee me rejoignit. Il ne portait que son jean. Il me prit la bouteille des mains et la déboucha sans effort. J'attrapai les verres, les posai sur le comptoir et Lee nous servit.

Je versai une bouillie de patates dans un bol que je mis à réchauffer. Pour apaiser ma faim à moi, je décidai de zapper les patates pour me jeter directement sur la tarte. Je sirotai mon vin en contemplant le micro-ondes. Je me sentais bizarre. Lee et moi avions franchi une autre étape de notre relation – la meilleure étape, et de loin – mais ça me collait encore la pétoche.

— Comment s'est passée ta journée ? demandai-je pour masquer ma gêne.

Ouh là. Lamentable.

— Les autres affaires progressent davantage, répondit Lee dans mon dos.

Le bip du micro-ondes retentit. Je sortis les patates, posai le bol chaud sur une serviette repliée et tendis le tout à Lee, accompagné d'une fourchette. Il s'appuya contre le comptoir et mangea debout.

Je bus encore un peu de vin avant de me diriger vers le frigo.

— J'ai décidé de rebosser sur l'affaire Rosie, annonçai-je. Je vais recruter Tex. Il est doué.

Par là, je voulais dire que Tex n'avait peur de rien, y compris d'enfreindre la loi. Sans oublier le fait qu'il me trouvait marrante.

J'ouvris le réfrigérateur et sortis la tarte.

Lee m'observa.

— Tu n'avais pas parlé de tarte.

— Chocolat et crème pâtissière.

Lee me dévisagea, la fourchette suspendue à mi-chemin de sa bouche. Il se passait quelque chose dans sa tête. Quelque chose qui lui faisait plaisir, mais qu'il ne partagea pas avec moi. Je ne lui en tins pas rigueur : il me le dirait s'il en avait envie. Pas besoin d'être neurochirurgienne pour comprendre qu'il était heureux que j'aie préparé son dessert préféré.

— Pourquoi cherches-tu Rosie ? demanda-t-il.

— Parce qu'il m'a collée dans ce merdier. J'en ai ras le bol des cadavres et des balles qui fusent. Tous les gens que j'aime ont peur pour moi, et Rosie est la clé de cette histoire. Je vais le dénicher, lui botter le cul et tout reviendra à la normale.

Je traversai la cuisine, posai la tarte sur le comptoir et m'emparai d'une fourchette.

— Tu veux plutôt dire que tu vas lui faire botter le cul par Tex, précisa Lee.

J'envisageais de me couper une part, mais finalement, j'y renonçai. Lee et moi étions entre nous : pas besoin de faire des manières. Je plongeai le doigt dans la crème et me tournai vers lui.

— Je peux régler son compte à Rosie sans problème, décrétai-je.

Et j'introduisis le doigt dans ma bouche.

Lee baissa les yeux sur mes lèvres. J'étais en train de sucer mon doigt. J'inclinai la tête et souris. Lee me gratifia de son sourire qui tue, m'envoyant dans les choux. Le hic, c'est que ce sourire était empreint d'une extrême douceur et d'intimité, et comme si ça ne suffisait pas, c'était un sourire à deux mille volts. Il irradiait la sensualité que nous venions de partager et la promesse de sexe torride.

Mes jambes flageolèrent.

— La dernière fois que tu as croisé Rosie, il t'a braquée avec son revolver, me rappela Lee.

— Tex a un flingue.

— Tex a un *fusil*. Un civil avec un revolver, c'est un brin flippant. Un civil avec un revolver dont il ne sait pas se servir, c'est *carrément* flippant. Un mec qui se trimballe avec un fusil de chasse, c'est un cinglé.

Je haussai les épaules, sautai sur le comptoir, croisai les jambes et avalai une autre gorgée de vin. Puis je saisis la tarte. Je ne savais pas par où commencer, alors j'optai pour le meilleur. Je m'emparai de la fourchette et fis un gros trou en plein milieu.

Après quatre bouchées, je levai les yeux vers Lee. Il m'observait, son verre de vin à la main. Son bol avait atterri dans l'évier.

— Quoi ? demandai-je.

— Ça t'ennuie que je sois rentré tard ? Tu t'étais décarcassée pour le dîner.

— Pas du tout.

— Tu mens comme tu respires. Sois honnête.

Je le dévisageai.

— Pourquoi est-ce que ça m'ennuierait ? J'ai l'air énervée ? Tu m'avais dit que tu téléphonerais avant de rentrer. Je sais que tu as du boulot et que beaucoup de choses reposent sur tes épaules. J'ai préparé le dîner en fonction. Rien ne sera gâché. Bon sang, Lee. Je raconte peut-être des bobards de temps en temps, mais seulement quand c'est pas important. On parle juste d'un dîner, là, pas d'un rendez-vous manqué avec Led Zeppelin.

Lee prit une gorgée de vin sans cesser de m'observer.

Je refis un énorme trou au milieu de la tarte et lui tendis la fourchette.

— Tu en veux un peu ?

L'expression de Lee changea d'un seul coup. Il posa son verre sur le côté.

— Ouais, dit-il en avançant vers moi.

Ouh là.

J'avais l'impression qu'il ne parlait pas de la tarte.

Et je n'avais pas tort.

Lee s'empara de ma fourchette et la planta dans le gâteau. Puis il repoussa la tarte.

— Je n'ai pas fini, protestai-je.

— Tu y reviendras plus tard.

Il m'écarta les jambes. Je n'avais pas enfilé de culotte et je me sentis aussitôt toute nue. Lee se cala entre mes cuisses, fit glisser mes fesses sur le comptoir et ma gêne se dissipa lorsque je perçus la chaleur de son corps.

— Qu'est-ce que tu fais ? demandai-je.

Bon, d'accord, je savais parfaitement ce qu'il s'apprêtait à faire.

— Je prends mon dessert, répondit-il en m'embrassant.

Lee sentait le vin. Et moi, j'étais sûre d'avoir un goût de tarte choco-crème.

Je n'avais pas menti en disant vouloir encore du gâteau. Mais après le premier baiser de Lee, ça ne me manquait déjà plus tant que ça.

L'une de ses mains reposait sur ma hanche ; l'autre s'activait entre nous. Lee déboutonnait sa braguette.

— Accroche-toi au comptoir, m'ordonna-t-il.

— Pardon ?

En guise de réponse, il me tira en avant et mon bassin bascula. Je m'agrippai aussitôt au comptoir et Lee me pénétra brusquement.

Je n'ai rien d'une prude ni d'une sainte-nitouche, mais on ne peut pas dire que ma vie sexuelle ait été trépidante. En tout cas, je n'avais jamais fait l'amour sur le comptoir d'une cuisine.

C'était génial. Un peu osé, avec un petit parfum d'interdit, et on savait, dans un recoin de son esprit, qu'on s'en souviendrait la prochaine fois qu'on ferait le café.

— Et maintenant, qui est pressé, hein, dis-moi ? demandai-je en passant mes jambes autour des hanches de Lee.

Il plaqua son bassin contre moi. C'était tellement bon que je m'en mordis la lèvre inférieure.

— Autre chose à ajouter ? demanda-t-il à son tour.

Je secouai la tête avant de me raviser.

— Oh si, attends une seconde. Refais-moi ça.

Lee se figea et haussa les sourcils.

Je posai mes lèvres sur sa bouche et murmurai :

— S'il te plaît.

Il me gratifia de son fameux sourire, dans sa version la plus érotique, la plus belle et la plus dangereuse. La version chaleureuse et intime que Lee vous accorde lorsqu'il s'immisce en vous.

On enchaîna avec la tarte.

Puis avec une douche.

Et évidemment, comme nous étions nus, trempés et savonneux, et que l'un des corps dénudés était celui de Lee, les choses dérapèrent. On bascula hors de la douche sur le tapis de bain.

À la suite de quoi je remerciai mentalement l'invisible Judy, car la salle d'eau était étincelante de propreté et le tapis de bain fleurait bon le sèche-linge.

Un peu plus tard, Lee et moi étions au lit. J'étais blottie contre son flanc, il avait passé son bras autour de ma taille et j'avais posé le mien sur ses abdos. J'avais aussi une jambe sur sa cuisse et la tête sur son épaule.

Je me sentais merveilleusement bien dans mon petit nid douillet et j'étais très, très somnolente.

C'était délicieux. Si je m'autorisais à y réfléchir (ce que je fis, mais de manière très brève), je devais bien convenir que je me sentais heureuse.

— À propos de ton projet de chercher Rosie en compagnie de Tex… j'ai bien peur d'être obligé de te demander d'y renoncer, annonça Lee.

Aucune envie d'avoir cette conversation maintenant. J'étais épuisée, très, *très* détendue, peut-être même heureuse : je voulais éviter une discussion qui pourrait se révéler houleuse.

Par conséquent, je fis celle qui n'avait rien entendu.

Lee me secoua légèrement.

— Indy.

— Hum ? marmonnai-je contre son épaule.

— Tu m'as entendu ?

— Oui.

Lee soupira.

— Tu songes à me menotter au lit, hein ? demandai-je.

— Ouais.

J'inclinai la tête pour pouvoir le regarder sans décoller ma joue de son épaule.

— Pourquoi veux-tu que je renonce à chercher Rosie ?

— De combien de raisons as-tu besoin ?

— Deux.

Je me sentais toujours détendue, mais je commençais à être de mauvais poil.

— Tu ne sais pas ce que tu fais et Tex est complètement cinglé.

— Deux arguments valables.

Et merde.

Est-ce que je venais vraiment de dire ça à voix haute ?

C'était quoi, mon problème ? Voilà que je divulguais franco mes pensées les plus intimes !

Lee roula sur moi. Sa cuisse vint se placer entre mes jambes, me forçant à poser la mienne sur sa hanche, et il mit une main sur mes fesses pour me plaquer contre lui. De l'autre, il nicha ma tête dans son cou.

Il croyait que j'étais d'accord avec lui et c'était ma récompense.

C'était plutôt agréable de se retrouver ainsi dans ses bras. Très, très agréable.

Lee n'avait pas besoin de savoir que même si j'étais d'accord avec lui, je n'en ferais qu'à ma tête, malgré tout.

Je me réveillai lorsque le matelas s'enfonça sous le poids de Lee.

J'ouvris des yeux embrumés.

— Café, annonça-t-il.

Je discernai un nuage de vapeur s'élevant d'une tasse qu'il tenait à la main.

Je me redressai aussitôt, arrangeai les oreillers, remontai le drap sur ma poitrine et m'emparai de la tasse. Je pris une gorgée de café ; il était fort.

— Mon héros, murmurai-je le nez dans le mug.

— Tu as prévu quoi, aujourd'hui ? s'enquit Lee.

Je mentis par automatisme :

— Je ne suis pas encore assez imprégnée de caféine pour avoir des projets.

Lee me dévisagea.

Il savait très bien que j'avais un programme.

Il se leva. Il portait un jogging délavé qui avait un jour dû être bleu marine et descendait bas sur ses hanches, ce qui les faisait ressortir de manière très sexy. Le pantalon avait été coupé à mi-cuisse. Lee avait les cheveux en bataille, pas seulement parce qu'il venait de se réveiller mais à cause du désordre que j'y avais mis. À la vue du jogging et des cheveux, je commençai à me sentir légèrement excitée.

Lee traversa la pièce avant de faire demi-tour.

Je bus une autre gorgée. D'une oreille distraite, je perçus un cliquetis métallique, mais je n'étais pas encore assez réveillée pour en déterminer l'origine.

Lorsque je compris qu'il s'agissait des menottes, Lee m'avait déjà ôté la tasse des mains et levé le poignet vers la tête du lit.

Trop tard. Il me passa une menotte et j'entendis le bracelet se refermer. Je me tortillai, mais le cliquetis du second bracelet résonna et je me retrouvai coincée.

Je me retournai vers Lee, furieuse.

— Tu plaisantes ! m'écriai-je d'un ton cassant.

Il se glissa au lit à côté de moi, rabattant les draps.

— Pas du tout.

Il se mit à me caresser et posa sa bouche au creux de mon cou.

— Nan nan. Certainement pas. (Je le repoussai de ma main libre.) Hors de question que tu m'attaches au lit pour satisfaire ta perversité.

Lee saisit mon poignet et le plaqua dans mon dos.

— On parie ?

De l'autre main, il repoussa le drap et je me retrouvai complètement exposée.

— Tu comptes me laisser là toute la journée ? demandai-je.

— Après… ouais, murmura-t-il dans mon oreille.

Grr.

— Détache-moi !

— Non.

— Lee, ce n'est pas drôle. Et de toute façon, le sexe le matin, ça ne marche pas pour nous. À peine auras-tu commencé que quelqu'un va sonner à la porte et t'informer que Fort Alamo s'est fait attaquer, et tu vas t'envoler.

La main de Lee s'était égarée sur mes fesses et il plaqua sa bouche sur la mienne.

— Tu survivras, dit-il.

— Certainement pas !

Il fit glisser sa bouche jusqu'à mon oreille.

— Tu l'as déjà fait, susurra-t-il.

— C'était avant de savoir ce que je manquais !

Lee releva la tête avec un sourire.

Quel salaud.

— Je te détacherai si tu me promets de ne pas partir à la recherche de Rosie avec Tex.

J'ouvris la bouche, mais avant que j'aie pu dire quoi que ce soit, il ajouta :

— Une promesse sur l'honneur.

Je refermai la bouche.

Si j'avais pu croiser les bras sur ma poitrine, je l'aurais fait sans hésiter. Au lieu de ça, je m'expliquai :

— Stevie m'en veut parce que Tod s'est retrouvé dans la ligne de tir. Ally se lance à la poursuite de sales types et bousille sa Mustang. Ma vie est complètement hors de contrôle, et celle des autres avec moi. Je ne peux pas rester assise là à attendre. Il faut que je fasse quelque chose. Je suis fatiguée d'avoir peur.

Je me tortillai dans tous les sens pour essayer de m'échapper. Lee balança une cuisse par-dessus la mienne, m'emprisonna, lâcha mon poignet, se redressa sur un coude et suivit le contour de ma mâchoire du doigt en me regardant droit dans les yeux.

Il réfléchissait à quelque chose.

Puis il décréta :

— Dans ce cas, tu bosses avec moi.

Je me figeai. Est-ce qu'il était sérieux ? Bosser avec Liam Nightingale, le dur à cuire auréolé de mystère ?

— Pardon ? dis-je.

— Nous allons chercher Rosie ensemble.

Je faillis m'en décrocher la mâchoire.

— Sérieusement ? soufflai-je.

Lee acquiesça.

J'esquissai un sourire, juste avant qu'il précise :

— Sous conditions.

Mon sourire s'évanouit et je plissai les yeux.

— Quelles conditions ?

Le regard de Lee s'adoucit et les petites rides autour de ses yeux refirent leur apparition.

— Tu es vraiment mignonne, chuchota-t-il.

« Mignonne » ? Pardon ?

— Quelles conditions ? répétai-je sèchement.

J'avais décidé de m'occuper du « mignonne » un peu plus tard.

— Tu fais ce que je te dis, quand je te le dis, et sans discuter. Si on se retrouve dans une situation que je ne sens pas et dans laquelle je pense que tu ne devrais pas te retrouver, tu n'argumentes pas : tu quittes la scène.

Je réfléchis à ce que Lee venait de me proposer et décidai que c'était dans mes cordes.

— Détache-moi, répétai-je.

— Tu acceptes ?

— Oui.

Lee me détacha et je roulai sur moi-même pour m'écarter de lui. Il me rattrapa et me fit faire marche arrière.

— Où vas-tu comme ça ?

— Ce n'est pas parce que j'ai accepté de bosser avec toi que je ne suis pas en colère que tu m'aies menottée. Tu veux de la franchise ? Je vais t'en donner. Tu me fais chier.

Lee nicha son nez dans mon cou. Il n'avait pas l'air le moins du monde affecté par ma remarque.

— Je peux t'aider à surmonter ça, déclara-t-il.

— Quel prétentieux !

— Oui, mais ça ne t'empêche pas d'être amoureuse de moi.

Je me pétrifiai.

— Pardon ?

Lee m'enlaça et me serra fort, comme s'il avait deviné que j'étais prête à prendre mes jambes à mon cou. Il leva la tête et me regarda. Ses yeux étaient sombres, chaleureux.

— Tu es amoureuse de moi.

Je le dévisageai et, les dents serrées, lui servis un mensonge (et je fus bien contente de voir que j'en étais encore capable) :

— Je ne suis *pas* amoureuse de toi.

Il me serra encore plus fort.

— Menteuse, murmura-t-il. Tu es amoureuse de moi depuis que je t'ai pris la main à l'enterrement de ta mère, quand tu avais cinq ans.

Et là, « pop » ! ma tête explosa.

16

Faut... que j'arrête... mon cerveau.

— *Quoi ?!* hurlai-je.

Lee ne me quittait pas des yeux.

Je me contorsionnai dans tous les sens pour tenter de me dégager, mais il tenait bon.

— Lâche-moi !

Lee ne répondit pas, se contentant de me garder emprisonnée sans l'ombre d'un effort.

Je me calmai et le dévisageai.

Fait indéniable : les informations qu'il détenait sur la naissance de mon amour obsessionnel étaient bien trop détaillées pour qu'il les ait inventées.

— Comment l'as-tu su ? C'est Ally ? demandai-je.

— J'ai lu ton journal.

Oh… Mon… Dieu !

— Quoi ? Quand ça ?

— Je ne sais plus. Quand tu avais quinze ou seize ans. Tu échafaudais tout le temps des plans pour me sauter dessus, en recrutant tes copines pour t'aider. Franchement, certaines fois, tes manœuvres étaient ingénieuses. Je cherchais un moyen de… (Lee hésitait sur la formulation) calmer ton impatience.

Putain de merde.

C'était affreusement mortifiant.

Ça s'était passé il y avait un bout de temps et je ne me rappelais plus ce que j'avais bien pu écrire dans mon journal. Ce dont je me souvenais, en revanche, c'était que j'y parlais presque tout le temps de Lee et que tout y était très, *très* personnel.

Je posai mes mains sur sa poitrine et baissai le menton pour ne pas le voir.

Je ne parviendrais jamais à oublier un tel affront. J'avais l'impression que mon corps se consumait de honte. Il fallait que je sorte d'ici avant d'imploser. Je m'étais transformée en bombe à retardement d'humiliation.

— Indy.

— Tu n'aurais jamais dû lire mon journal. C'était mesquin, déclarai-je au torse de Lee. Mais ça date, cette histoire. Les choses ont changé. Moi, j'ai changé. Je n'éprouve plus les mêmes sentiments.

— C'est pour ça que tu as fait une tarte choco-crème hier soir.

Je relevai la tête et le fusillai du regard.

— Tu avais eu des journées difficiles. J'essayais juste d'être gentille !

— Tu as été gentille hier soir. Très gentille.

— Va te faire foutre.

J'étais trop gênée pour recevoir des compliments, pour faire preuve d'honnêteté ou me montrer raisonnable. Je n'avais qu'une seule envie : partir en courant.

— Étant donné que j'ai fini par coucher avec toi, dans trois pièces différentes, et que ça m'a fait vachement plaisir, je vais passer sur cette remarque, déclara Lee.

Une pointe d'agacement perçait dans sa voix.

— Sympa de ta part, sifflai-je.

Je me débattis pour me libérer et Lee roula sur moi.

— Calme-toi, ordonna-t-il.

— Pousse-toi de là !

— Très bien, dit-il d'un ton sec (yep, il était bel et bien agacé). Ferme-la et écoute-moi.

Sous l'effet de la colère, mes yeux s'arrondirent tellement qu'ils faillirent me sortir de la tête. Avant que j'aie pu dire un mot, Lee poursuivit :

— Tout d'abord, à l'époque, tu étais mineure. Impossible de te toucher légalement. En tout cas pas comme j'en avais envie. L'opinion des gens m'importe peu, mais celle de ton père compte pour moi. Il aurait pété les plombs si on était sortis ensemble à ce moment-là, vu que ma réputation était plutôt fondée.

Là, j'étais d'accord.

Mais ça ne m'empêcha pas de continuer à fusiller Lee du regard.

— Ce n'était pas facile de toujours te dire non, poursuivit-il. Tu es une fille canon. Tu l'as toujours été. Je te désirais déjà, mais tu étais une vraie rebelle. Tu donnais du fil à retordre à tout le monde. Je ne pouvais pas t'approcher avant que tu te sois calmée. Ça pouvait être marrant à observer de loin, mais si on était sortis ensemble, tu m'aurais rendu cinglé. Je me connaissais assez pour le savoir.

Il y avait peut-être quelques accents de vérité là-dedans, mais je n'avais pas du tout envie de l'entendre.

Lee n'en avait pas terminé.

— Malgré tout, je voulais qu'on finisse ensemble. J'ai toujours gardé ça à l'esprit. Donc, je considérais que tu m'appartenais, même si ce n'était pas le cas. Tout le monde savait que nos familles étaient proches. La moitié des connards de ma connaissance venaient me voir quand ils voulaient te baiser, et l'autre moitié pour me raconter comment ça s'était passé. Pourquoi crois-tu que je me battais autant ?

Flûte alors.

Ça, c'était nouveau.

— Je savais que je devais cesser mes conneries avant qu'on sorte ensemble. Quand je l'ai fait, tu avais déjà commencé à m'éviter. On a déjà évoqué le sujet et tu n'as pas été très honnête. Ça nous amène à aujourd'hui.

Lee me dévisagea.

Je ne dis pas un mot.

— Tu interviens quand tu veux, hein, suggéra-t-il.

Hum. Du sarcasme.

— Tu n'aurais pas dû lire mon journal, rétorquai-je.

— Ça va.

— Non. C'est personnel. Ç'aurait dû être à moi de te dire ce que j'éprouve pour toi.

Lee resta muet quelques secondes avant de répliquer :

— Pigé.

C'est tout. Pas d'excuses, pas de remords.

Connard.

— J'étais une jeune fille avec un béguin, insistai-je. Tu ne devrais pas confondre celle que j'étais à ce moment-là avec la femme que je suis maintenant.

Lee ne fit aucun commentaire, alors je poursuivis :

— Ça, c'est dit. Mais je reste qui je suis. Je suis restée rebelle. Je fais encore des trucs débiles. J'écoute du rock. Fort. Je chante en play-back avec des drag-queens. Ça me fait marrer d'essayer d'avoir plus de classe que les serveuses de chez *Sushi Den*. Des fois, avec Ally, on fait des virées en voiture dans Denver. Juste pour le plaisir. Je n'ai pas changé et tu ne peux pas me contrôler. Si tu tentes de le faire, je me casse.

— Il y a une différence entre contrôler et protéger, fit remarquer Lee.

— Ouais, fais bien gaffe à ne pas franchir cette limite. Tu l'as d'ailleurs franchie ce matin. (J'étais lancée.) Et puisqu'on parle de contrôle, je n'ai peut-être pas changé, mais *toi*, si. Le Lee que je croyais aimer adolescente, ce n'est pas toi.

Ah. Je venais de l'énerver sérieusement. Lee plissa les yeux.

— *Moi*, je ne te cache rien, répliqua-t-il.

— Tu sous-entends que moi, si ?

— Bon sang, Indy ! Si tu t'enterrais un peu plus profondément sous tes barricades, tu étoufferais, bordel !

— Je n'ai jamais eu de secrets pour personne !

— Foutaises.

J'étais si en colère que j'émis un son étrange, comme si on venait de m'envoyer un coup de poing dans l'estomac.

— Tu as quelque chose à dire ? demandai-je.

Le visage de Lee se métamorphosa pour céder la place à une expression que je ne lui avais jamais vue. Une expression qui me colla une frousse bleue.

Il me répondit d'une voix presque douce :

— Tu vis chaque journée comme s'il n'y avait pas de lendemain. Ta mère est morte avant d'avoir ton âge. Tu as vu ton père faire le choix de rester célibataire plutôt que de la remplacer. Pas besoin d'être psy pour assembler le puzzle et découvrir les raisons pour lesquelles tu prends soin de tous les Rosie et Tex du monde, sans jamais permettre à personne de devenir intime avec toi.

Bon. Là, j'avais vraiment l'impression qu'on venait de me frapper à l'estomac.

Je détournai la tête et me remis à me débattre.

— Pousse-toi de là.

— Nan nan. (Lee prit mon visage entre ses mains et m'obligea à le regarder.) Je ne me pousserai pas, je ne partirai pas, je ne jouerai plus à des jeux stupides et je ne perdrai plus mon temps, bordel. Je ne crois ni au sort, ni au destin, ni à toutes ces conneries. Ce que je sais, c'est que jusqu'ici, je n'ai rencontré aucune autre femme qui cadre avec ma vie. Une femme qui ne m'en veut pas si je rentre tard alors qu'elle a préparé un repas de fête. Une femme qui ne fait pas une hémorragie quand je lui annonce qu'un de mes gars s'est fait tirer dessus. Qui ne se lamente pas sur ce qu'elle ressent, *elle*, quand je bosse. Toi, tu t'es levée et tu as préparé du café à tout le monde, bordel ! Tu es la femme qui me dit de faire attention à moi quand je pars traquer des mecs, au lieu de râler et d'essayer de me faire comprendre l'enfer que je lui fais vivre en ayant choisi ce métier. Si un de leurs employés entrait dans leur cuisine armé d'un revolver et tirait sur leur voisin, la plupart des gens péteraient les plombs. Toi, tu as passé la matinée à faire des brownies et l'après-midi à faire la sieste au soleil. Tu vis à la dure, joues à la dure et tu n'as pas peur de grand-chose, mais tu réussis à conserver une douceur presque surnaturelle. Tu voulais que je te dise pourquoi j'étais sûr que tu étais la femme de ma vie ? Voilà les raisons. Tu as grandi avec un seul parent et celui-ci était flic : tu es rodée. Ça ne m'intéresse pas de former une autre fille pour qu'elle s'habitue à tout ça. J'ai besoin d'une femme assez forte pour vivre avec. Et cette femme, c'est toi.

Je restai là à dévisager Lee, les yeux écarquillés. Je ne l'avais jamais entendu dire autant de choses en une seule fois de toute mon existence. Et je le connaissais depuis toujours.

— Tes employés se font tirer dessus à quelle fréquence ? demandai-je.

— « Tirer dessus » ? Trop souvent. Toucher, rarement, heureusement.

J'avais envie de demander à Lee à quelle fréquence lui-même se faisait tirer dessus. À quelle fréquence il se faisait toucher. Très envie. Mais je ne voulais pas connaître la réponse. Par conséquent, je m'abstins.

— Sage décision, murmura-t-il.

Lee avait lu dans mes pensées. Une fois de plus.

— Parfois, j'ai peur, chuchotai-je. De toi.

Les petites rides autour de ses yeux refirent leur apparition.

— C'est la meilleure chose que j'ai entendue de toute la semaine.

Je restai abasourdie.

— Quoi ? Que tu me fais peur ?

Lee effleura ma bouche avec ses lèvres.

— Si je t'effraie, c'est que je compte à tes yeux. Je suis toujours le même Lee, juste plus âgé et plus malin. Tu m'aimes. Tes barricades finiront par s'effondrer et tu finiras par te l'avouer. Ensuite, c'est à moi que tu l'avoueras.

Bon sang, mais quel prétentieux !

Les mains de Lee se remirent à me caresser et il nicha sa tête dans mon cou.

Apparemment, notre petite scène de ménage venait de prendre fin.

— Je crois que je t'en veux encore, l'informai-je.

— Pas grave, chuchota-t-il dans le creux de mon oreille. Je peux te faire l'amour même si tu es en colère.

Incroyablement prétentieux.

— Ça m'étonnerait.

Lee glissa une main entre mes jambes et ses doigts exécutèrent de petits cercles exquis, juste assez appuyés pour capter mon attention, juste assez légers pour que je meure d'envie qu'il continue.

Salaud.

J'écartai légèrement les jambes. Je ne pouvais pas m'en empêcher.

En récompense, Lee m'embrassa.

— Je t'ai promis de te montrer qui j'étais. Tu le sais déjà en grande partie. Aujourd'hui, tu vas en apprendre un peu plus, déclara-t-il.

Je l'écoutais d'une oreille distraite, car ses doigts continuaient leur petit manège de manière appuyée. Ça me rendait la tâche difficile.

— Je t'ai aussi promis de te montrer ce que je désirais et de te laisser le temps de prendre ta décision, poursuivit Lee.

Oh non, là, c'était injuste !

J'avais écarté davantage les jambes et les petits cercles de Lee s'accentuaient sérieusement. Je caressais son dos, le visage niché au creux de son cou. J'étais dans l'incapacité totale de mener à bien une conversation sérieuse.

— Est-ce que… on peut en parler plus tard ? haletai-je.

Je crois que Lee acquiesça car il me pénétra aussitôt.

Hum. C'était exquis.

Lee entama ses va-et-vient.

— Je te veux chez moi, dans mon lit, murmura-t-il. Je veux que tu emménages ici ce week-end.

J'avais fermé les yeux. Je les rouvris d'un seul coup. Lee m'observait.

Moi, je tenais toujours à prendre mon temps. Lee, lui, faisait avancer les choses à la vitesse de l'éclair.

Je ne pouvais pas régler ça maintenant. Lee poursuivait ses mouvements et c'était si bon de le sentir en moi… Je l'entourai de mes bras et jambes et glissai une main dans ses cheveux.

— Lee…

Je n'avais pas l'intention d'ajouter autre chose : je voulais juste le faire taire pour pouvoir me concentrer.

— Bon sang ! grogna-t-il en enfouissant sa tête dans mon cou. Il n'y a rien de meilleur au monde que de t'entendre prononcer mon nom quand je suis en toi.

Il s'enfonça encore et je me sentis comblée.

— Ça faisait des années que j'attendais ce moment, murmura Lee.

Zut alors.

Lee colla sa bouche contre mon oreille.

— Je pourrais partir en mission dans un désert brûlant comme un four ou me perdre dans une jungle impénétrable. Je m'en sortirais toujours en me souvenant du moment où tu as prononcé mon nom de cette façon.

Mince, mince, mince.

— J'emménagerai ce week-end, affirmai-je.

Lee leva la tête et me sourit.

Quel salaud.

J'étais en train de me maquiller dans la salle de bains.

Le bleu sur ma joue avait presque disparu et mon check-up mental faisait seulement état de quelques douleurs. J'avais passé une journée complète sans faire de cascades. Sans oublier une nuit et une matinée de sexe torride. Visiblement, le sexe était un décontractant musculaire hyperefficace. La chance était peut-être en train de tourner ? La veille, excepté le fait que j'étais enfin passée à l'acte avec Lee, mes mésaventures n'avaient inclus qu'un cadavre. Et ce n'était même pas le mien. Ouf. Il y avait donc eu du bon *et* du mauvais, plutôt que du mauvais tout le temps.

Lee entra dans la salle d'eau, vêtu de son short taillé dans le jogging bleu marine.

Je l'observai du coin de l'œil dans le miroir en tentant de faire refluer ma panique.

Dans le feu de l'action, j'avais accepté d'emménager chez lui…

Bon, d'accord. C'était davantage les paroles de Lee que le feu de l'action qui m'avaient influencée. Mais j'avais accepté d'emménager quand même.

En plus, je venais de remarquer quelque chose qui m'avait échappé la veille. Judy m'avait réservé un tiroir dans la commode de la salle de bains de Lee.

Là, ça faisait beaucoup pour moi.

Lee déposa une tasse fumante de café de Java et mon téléphone sur la commode.

— Ton portable a bipé, dit-il.

Je me poussai pour lui faire de la place. Il s'apprêtait à se raser. Je bus une gorgée de café en laissant mon esprit vagabonder.

Oh mon Dieu. J'étais en train de me maquiller à côté de Lee qui se rasait ! Au même moment ! Dans la même pièce ! Après avoir fait l'amour des tonnes de fois, dont une fois dans cette salle de bains, d'ailleurs !

Je restai figée, à le dévisager.

Lee fit mousser une fine couche de gel sur ses joues. Puis il me jeta un regard en coin, avant de m'observer délibérément.

— Un problème ? demanda-t-il.

— Je n'ai pas l'habitude de partager la salle d'eau.

Lee reporta son attention sur le miroir et se remit à la tâche.

— Trésor, heureusement que tu es canon, sinon tu serais vraiment trop chiante, déclara-t-il.

Mais bien sûr.

Je m'emparai de mon téléphone, consultai l'écran et m'aperçus que j'avais raté sept appels.

Mince alors.

Comment cela avait-il pu se produire ?

Je composai le numéro de ma messagerie. Je m'appuyai de mon mieux sur ma moitié de lavabo (bon, je devais bien admettre que le lavabo était grand… peut-être que j'étais un tout petit peu, mais vraiment *un tout petit peu*, exigeante) et appliquai du mascara sur mes cils.

Quatre messages.

Le premier de Willie Moses.

— Indy, c'est Willie… Rappelle-moi.

Hum.

Le deuxième de Marianne.

— Je sais qu'Ally dit que ça ne me regarde pas, mais faites pas chier. J'habite chez mes parents. Ma vie, c'est le néant. La tienne est plus sympa et je veux *tout* savoir. On se retrouve au *Frelon* ce soir, si tu peux garantir qu'on ne se fera pas tirer dessus.

Merde alors.

Le troisième de Stevie.

— Alors ? Comment ça s'est passé ? N'oublie pas Chowleena. Je pars juste avant midi. Tod rentre demain, tôt, donc si tu passes la nuit ailleurs avec elle, laisse-nous un petit mot. Bisous.

Le quatrième de Duke, qui avait visiblement commencé à parler avant le signal sonore.

— … ramener ton cul ici ou j'vais finir par le buter.

Je m'enfonçai la brosse à mascara dans l'œil.

— Bordel de merde, marmonnai-je.

— Ça, ça doit faire mal.

Je clignai des yeux comme une malade, mon œil s'emplissait de larmes, l'autre suivait le même chemin. En même temps, j'essayais de distinguer l'écran de mon téléphone pour réécouter le message de Duke.

Lee déchira un bout de papier toilette, me le tendit et s'empara de mon portable.

— Écoute le dernier message ! m'exclamai-je.

J'ouvris grand la bouche. C'est un mécanisme que nous, les femmes, sommes obligées d'employer pour écarquiller les yeux le plus possible. Je tamponnai larmes et traînées de mascara pour tenter d'endiguer le cataclysme.

— Duke veut buter qui ? s'enquit Lee.

— Aucune idée. C'est Duke. Il a la patience d'un moucheron et il se met en rogne à toute berzingue. Tu crois qu'il pourrait s'agir de Rosie ?

— Où est Duke ?

— Aucune idée ! C'est Duke ! m'écriai-je, exaspérée. Il refuse de s'acheter un téléphone portable ou un répondeur. C'est un homme des cavernes, bordel.

Lee fit défiler mes contacts et appuya sur un bouton de mon téléphone.

— Dolorès ? C'est Lee. Est-ce que je peux parler à Duke ?

OK. Lee réfléchissait plus vite que moi. Il avait décidé d'appeler chez Duke et Dolorès. Tout simplement. J'avais horreur de passer pour une idiote. Heureusement que dans la famille, c'était Lee le détective, pas moi.

Oh mon Dieu. Est-ce que je venais vraiment de penser « dans la famille » ?

Faut… que j'arrête… mon cerveau.

Je réappliquai un peu d'ombre à paupières et arrangeai mon mascara pendant que Lee continuait de parler au téléphone. Il finit par déclarer :

— Ouais ? OK. C'est noté. Merci.

Je rebouchai mon flacon avant de le balancer dans le tiroir. Lee referma mon téléphone et le reposa sur le comptoir. Puis il reprit calmement son rasage. Je refermai le tiroir d'un coup de hanche.

— Alors ? demandai-je pour l'inciter à parler.

— La police a levé les scellés sur la boutique. Willie t'a appelée pour t'en informer, et comme il ne réussissait pas à te joindre, il a contacté Duke. Apparemment, il y a un Italien taré à *Fortnum's* qui affirme être ton nouveau *barista*. Jane a appelé Dolorès parce que Duke commençait à s'échauffer. Dolorès a appelé les flics. Ils s'en occupent.

— Comment ça, un Italien taré ?

Lee pencha la tête sur le côté pour exposer sa mâchoire et fit glisser le rasoir sur son cou.

— Aucune idée, répondit-il.

— Je ne savais même pas qu'on était ouvert aujourd'hui ! m'exclamai-je. Il va falloir aller là-bas.

— Dolorès ne semblait pas très inquiète.

— Dolorès partage sa vie avec Duke et elle pense que c'est un bon gros nounours. Elle bosse à *L'Ourson,* où les clients se balancent leurs sous-vêtements à la tête. Dolorès n'est *pas* un bon exemple pour savoir quand s'inquiéter !

Lee me jeta un coup d'œil dans le miroir.

— Je crois qu'à ce stade, toi non plus, répliqua-t-il.

J'étais habillée à présent. J'avais revêtu un short kaki ultracourt (pas une taille ultrabasse à la Britney Spears, mais il dévoilait quand même une partie du bas de mon dos), un tee-shirt moulant bleu ciel sur lequel scintillait le mot « Xanadu » en travers de la poitrine, et une large ceinture marron foncé à grosse boucle en argent mat.

Je sortis de la salle d'eau, me dirigeai vers le placard et y dénichai une paire de tongs aux lanières kaki à motifs bleu ciel. Je les enfilai, saisis mon sac à main et le jetai sur mon épaule. Je retournai à la salle d'eau, récupérai mon téléphone et le fourrai dans mon sac. Puis j'appuyai ma hanche sur le rebord du comptoir et me mis à pianoter des ongles sur le dessus, l'autre main posée sur ma seconde hanche.

Et je restai comme ça, à dévisager Lee.

Celui-ci attrapa une serviette de toilette, s'essuya le visage et balança la serviette dans le lavabo.

— Hé ! Tu ne peux pas jeter ta serviette dans le lavabo comme ça ! m'écriai-je, exaspérée. Qui va la replier et la reposer sur la tringle ? Si tu penses que c'est moi, tu peux toujours rêver !

Lee me prit par la taille, me fit pivoter vers lui et sourit.

— Tu fais un concours pour la plus courte proposition de vie à deux au monde, c'est ça ?

— Pas du tout. D'ailleurs, on ne peut pas tant parler de proposition que de chantage sexuel.

Le sourire de Lee s'élargit.

Quel salaud !

— Youhou ! m'écriai-je. *Fortnum's ?* Mon job ? L'entreprise familiale depuis la dernière… (Waouh, je ne savais même pas depuis combien de temps la librairie appartenait à la famille. J'allais devoir improviser.) Depuis un nombre incalculable d'années ! Le taré italien ? Ça te dit quelque chose ?

Lee me serra contre lui.

— Je t'ai déjà dit que tu étais mignonne ? demanda-t-il.

Grr.

Nous fîmes notre entrée dans *Fortnum's* et ma matinée de folie atteignit des sommets.

Terry Wilcox, Gary le Gorille et le Crétin du Siècle étaient en pleine confrontation avec Duke.

— Qu'est-ce qui se passe ici ? demandai-je aussitôt.

J'avais le ventre noué. Les mauvaises vibrations qui emplissaient la pièce étaient palpables.

Il n'y avait aucun client (ouf ! pour une fois, ça me faisait plaisir) et Jane paraissait avoir disparu (ouf bis).

— Cet imbécile a *ramené* cet Italien après que la police l'a obligé à s'en aller ! m'informa Duke. Il prétend que c'est un putain de cadeau.

— India. Toujours en beauté, déclara Terry Wilcox en me détaillant de pied en cap.

Beurk.

J'avais l'estomac barbouillé. Manifestement, c'était la réaction de mon corps à chacune de mes rencontres avec Terry Wilcox. J'espérais bien qu'elles se limiteraient à deux : celle-ci et la précédente.

— Coxy, dit Lee en guise de salut.

— Lee, répondit Wilcox.

— Tu le connais ? demanda Duke.

— Ouais, répondit Lee.

Rien que dans cette seule syllabe, on sentait bien que Lee ne l'appréciait pas beaucoup.

Duke s'avança vers nous. Au même moment, Lee exerça une pression sur mes hanches et me fit passer derrière lui. Je me campai sur mes pieds sans bouger d'un pouce.

Gary le Gorille et le Crétin du Siècle se trémoussaient sur place, prêts à l'action.

Génial. Exactement ce dont j'avais besoin : une rixe dans *Fortnum's*.

Wilcox décida de jouer les conciliateurs.

— Pas besoin de s'exciter, les gars, dit-il. India, tu m'as parlé d'un de tes problèmes : ton *barista* est parti et ça te fait perdre de l'argent. Je t'en ai amené un nouveau, tout droit venu d'Italie, le pays d'origine de l'expresso. Je te présente Antonio. Il est bourré de talent.

J'aperçus un type que je n'avais pas encore remarqué, planqué derrière Gary le Gorille. On aurait dit une version italienne de Rosie, en un peu mieux coiffé. Juste un peu.

La porte s'ouvrit au moment où je déclarais :

— Je n'ai plus besoin d'un *barista*, merci. On a résolu le problème.

Une voix s'éleva derrière moi.

— Oh oh. Hypermauvaises vibrations. C'est quoi le 'blème, maintenant, ma jolie ?

Je pivotai vers la porte : c'était Tex.

Merveilleux. Vraiment, de mieux en mieux. À présent, on intégrait Tex au mélange.

— Qu'est-ce que tu fais ici ? demandai-je.

— J'suis venu pour le café.

Évidemment.

— Tu es venu comment ? insistai-je.

— En bagnole. J'en ai une, mais d'habitude, je la prête aux voisins.

Je restai bouche bée.

— Tu as conduit avec le bras en écharpe ?

— Putain, ouais ! Le seul moment délicat, c'était quand je changeais de vitesse.

Je levai les deux mains en l'air et posai mes paumes sur mon front. Je vivais un grand moment de solitude.

— Coxy, Indy ne veut pas de ton gars. Tu peux le renvoyer chez lui, dit Lee d'une voix au calme effrayant.

— Il s'agit d'un cadeau pour India. Tu n'as rien à voir là-dedans, répliqua Wilcox d'une voix tout aussi calme, mais plus combative.

— Si Lee dit qu'il se casse, il se casse, putain ! rugit Duke, pas calme du tout.

— Je fais du café ! hurla l'Italien, qui paraissait un peu plus à l'aise maintenant que tout le monde vociférait.

J'eus une vision de Gary le Gorille volant à travers les airs et la vitrine de ma boutique.

— Tout le monde sait faire du café, imbécile, dit Tex. Même moi, j'en fais. Bordel, c'est quoi ce trip autour du café ?

Il se dirigea d'un pas pesant vers la machine à expresso, comme si l'atmosphère n'était pas assez tendue comme ça.

Tex s'installa derrière le comptoir.

— Qu'est-ce que ce sera ? Je vais en préparer pour tout le monde.

Oh... Mon... Dieu.

Impossible. Ça n'était pas en train d'arriver.

Je vis ma vie défiler devant mes yeux. Bon, peut-être pas ma vie, mais au moins le solde de mon compte bancaire.

Je me tournai vers Lee et murmurai :

— Lee, cette machine à expresso coûte des milliers de dollars…

Je m'interrompis et fis la grimace en entendant Tex taper sur quelque chose. Fort.

— S'il la casse, je suis foutue, ajoutai-je.

— Allez ! Qu'est-ce que ce sera ? Passez-moi commande. Ma jolie, tu veux quoi ?

Tex pointait le porte-filtre dans ma direction.

— Je suis *barista* ! Le meilleur *barista* de Milan. C'est moi qui prépare le café ! hurla Antonio en se ruant derrière le comptoir. *Signorina*, je vous fais un expresso.

Lee m'ignorait totalement, et je me mis donc à hurler à la cantonade :

— Mais arrêtez-les, quelqu'un !

— Elle boit des *vanilla latte* ! cria Duke.

Je saisis le bras de Lee.

— Lee !

Lee observait Gary et le Crétin. Il ne m'accorda même pas un regard en répliquant :

— S'il la casse, je t'en rachète une.

Je me collai à lui.

— Quand je te dis « milliers de dollars », c'est de 7 000 dollars que je te parle !

Lee tourna les yeux vers moi.

— Indy, trésor, qu'est-ce que je viens de te dire ?

Pardon ?

D'accord. Lee était concentré et manifestement, dans ce cas-là, mieux valait ne pas le déranger.

— Ah ah ! exulta Antonio en voyant Tex cogner joyeusement la machine. Vous n'y connaissez rien en matière d'expresso ! Moi, je suis *barista*. Mon père est *barista*. Mon grand-père…

— Ta gueule, bordel, et prépare ton café si c'est la seule chose que tu sais faire, gros balourd ! brailla Tex.

Wilcox fit deux pas vers nous. Lee se plaça aussitôt devant moi et Duke ferma les rangs.

— Ne t'approche pas, Coxy, l'avertit Lee.

Wilcox me regardait, mais il s'arrêta sous la menace de Lee.

— Tu ne cesses de me renvoyer mes cadeaux, dit-il à mon intention.

Un frisson glacé me parcourut l'échine. Wilcox avait un regard étrange, intense et effrayant.

— Je vous remercie, vous vous montrez très sympathique, mais ce serait malpoli de ma part de les accepter, répliquai-je.

— Tu as accepté celui que je t'ai offert hier, fit-il remarquer.

Lee se raidit et de l'électricité crépita dans l'air.

Et soudain, je compris.

Lorsque j'avais eu Lee au téléphone la veille pour l'informer de la présence du cadavre de Rick Poivre et Sel, il avait mentionné un « cadeau ».

Je n'y avais pas repensé, mais c'était de ça qu'il parlait. Wilcox avait assassiné mon ravisseur et m'en avait fait présent.

Oh... Mon... Dieu.

Plus répugnant, tu meurs.

Je me trouvais debout derrière Lee. J'empoignai son tee-shirt à pleines mains sans quitter Wilcox des yeux.

— Vous n'avez pas fait ça, murmurai-je.

— Moi, j'ai les moyens de te protéger, India, répliqua Wilcox. Mon cadeau d'hier est là pour te le prouver.

Je sentis la bile remonter dans ma gorge.

Puis une idée me traversa l'esprit.

La boutique était sur écoute. Lee l'avait truffée de micros voilà déjà plusieurs jours. Si je parvenais à faire parler Wilcox, ses paroles pourraient être enregistrées ou entendues par un des gars du QG. Wilcox se ferait alors coffrer pour meurtre et je n'aurais plus jamais besoin de m'inquiéter de lui. En tout cas jusqu'à ce qu'on le libère.

— Lee me protège très bien, rétorquai-je.

Je ne savais pas trop quoi dire pour lui tirer les vers du nez.

Wilcox m'adressa son sourire mielleux.

— Pour faire les choses dans les règles de l'art, il faut éliminer la menace, susurra-t-il.

— C'est ce que vous avez fait ? Vous avez éliminé la menace et l'avez déposée devant ma porte ?

Wilcox souriait toujours, mais ne répondit rien.

— Je ne savais pas que ça venait de vous, poursuivis-je. Comment aurais-je pu deviner que vous m'offriez le cadavre de ce type ? Vous auriez dû me laisser un indice. Comme un petit mot, par exemple.

— Antonio ! cria Wilcox si soudainement que je sursautai. On y va. La jeune femme a déclaré qu'elle n'avait pas besoin de nos services.

— Mais je prépare le café ! geignit Antonio.

Wilcox se contenta de plisser les yeux. Antonio se tut et se rua vers lui, la queue entre les jambes.

Wilcox m'adressa un clin d'œil, hocha la tête à l'intention de Lee et de Duke et sortit, Antonio et le reste de sa troupe sur ses talons.

Je retenais mon souffle. Lorsque la porte se referma, je vidai mes poumons d'un seul coup avec un grand « whouf » et m'effondrai contre le dos de Lee.

— J'suis surpris que tu ne lui aies pas envoyé ton poing dans la gueule, fit remarquer Duke à Lee.

— Je préférerais lui coller une balle dans le cerveau, répliqua Lee d'une voix beaucoup plus flippante que celle, très calme, dont il avait usé un peu plus tôt.

À son ton, on aurait juré que c'était exactement ce qu'il s'apprêtait à faire.

Il se contorsionna et me fit passer devant lui, puis déposa un baiser sur mon front.

— Tu as été parfaite.

— Il faut que ce truc s'arrête bientôt. Je vais finir par craquer.

Lee passa un bras autour de mes épaules et me serra contre lui.

Jane sortit en flânant du labyrinthe d'étagères, un livre ouvert à la main. Elle bouquinait en marchant, totalement inconsciente du drame qui venait de se jouer. Elle parut sentir notre présence et leva les yeux, tout étonnée, comme si elle venait de nous croiser dans son salon, et non dans une gigantesque librairie d'occasion. Elle s'arrêta net et dévisagea Tex.

— Salut, Jane, ma belle. Comment ça va, aujourd'hui ? demandai-je.

Je craignais que Jane subisse un contrecoup après la découverte du cadavre de la veille.

Elle cessa de dévisager Tex pour poser les yeux sur moi, puis sur Lee, et elle rougit.

Pas étonnant. Lee avait cet effet-là sur les femmes.

Jane ne me répondit pas. Elle se contenta de hocher la tête et alla se placer derrière la caisse, côté vente de livres.

— Elle tient le coup, marmonna Duke pour répondre à ma question muette.

— Indy, tu vas le tester, ce café, oui ou merde ? beugla Tex.

Je me dégageai de Lee et me dirigeai vers le comptoir, les jambes flageolantes. Je pris la tasse des mains de Tex. Avant même d'avoir bu une gorgée, je me pétrifiai et dévisageai ce bon gros géant complètement cinglé.

L'odeur du breuvage avait atteint mes narines, et ça sentait très, très bon.

J'y trempai les lèvres.

C'était divin.

— Tex, murmurai-je. C'est le nectar des dieux.

— Je t'avais bien dit que n'importe qui était capable de faire du café.

— Tu cherches du boulot ? demandai-je.

Tex me dévisagea.

— Tu te fous de moi ?

— Pas du tout.

— Et les chats ?

— À certains moments ils ont besoin de jouer et à d'autres moments de dormir. Ils feront la sieste pendant que tu prépareras le café, répondis-je.

17

Le Triple Avertissement Me-Fais-Pas-Chier-Salope.

Nous laissâmes Tex au remplissage des papiers d'embauche et Lee nous conduisit dans LoDo, où il s'engagea dans un parking souterrain. Certains emplacements indiquaient « Nightingale, détective privé ». Lee gara la Crossfire sur l'un d'entre eux. La plupart des autres emplacements étaient vides ; l'un contenait une Jeep bâchée, un autre la Mercedes que Lee conduisait le soir où Tex et moi avions commis notre effraction, un autre encore une Miata rouge, et le dernier une Ducati Monster Testastretta noire, garée à côté d'une Harley Dyna Low Rider argentée.

J'avais déjà vu Lee sur la Ducati. C'était beau à voir. Je nourrissais l'espoir que la Harley lui appartienne aussi.

Pourtant, impossible de me concentrer sur mon fantasme d'une virée en Ducati ou en Harley : j'étais bien trop excitée à l'idée de visiter enfin le QG de Lee à LoDo.

On sortit de l'ascenseur au deuxième étage. Le nom de l'entreprise de Lee était inscrit sur une plaque en laiton accrochée à une porte. Lee me la tint et j'entrai.

Déco typiquement masculine. Murs recouverts de boiseries, bureau de réception imposant, canapés en cuir, tapis épais et plancher en bois sombre. Des gravures de cow-boys étaient accrochées dans de gros cadres aux murs, non loin d'une statue en bronze représentant un cheval sauvage en train de ruer posée sur une colonne, dans un coin.

Et la touche finale : une blonde glamour, genre top model, assise à la réception.

Elle leva les yeux. Au moment précis où elle aperçut Lee, ses yeux interrogateurs se parèrent d'une étincelle séductrice.

— Salut, Lee, dit-elle – ou plutôt susurra-t-elle, d'une voix aussi sensuelle que Marilyn Monroe chantant *Happy Birthday, Mr President.*

— Dawn. Je te présente Indy.

Dawn n'avait pas attendu les présentations pour me jauger du regard.

Elle portait des vêtements de styliste, exhibait une french manucure et son budget annuel chez le coiffeur devait dépasser celui que j'avais dévolu à mon mobilier. À la voir, on aurait dit qu'elle s'apprêtait à monter dans un jet privé. Moi, j'avais l'air d'être en route pour le parc d'attractions de Denver.

Elle le savait parfaitement, moi aussi, et lorsqu'elle reposa les yeux sur Lee, je sus que Dawn ne bossait pas ici pour les opportunités de carrière. Je lui souris gentiment et lui servis un gros mensonge :

— Ravie de vous rencontrer, Dawn.

Elle me sourit tout aussi gentiment. Un sourire qui sonnait ultrafaux.

— Indy, me salua-t-elle avant de reporter son attention sur Lee. Luke est sorti d'affaire, je me suis dit que tu voudrais le savoir. J'ai transféré tes messages téléphoniques sur ta boîte mail ; deux sont urgents, mais tu t'y attendais, et il y a un nouveau gros contrat qui mérite ton attention. Le dossier est sur ton bureau.

Lee hocha la tête. D'une main sur ma hanche, il me poussa vers un couloir.

— Peux-tu équiper Indy d'un ceinturon avec pistolet paralysant, Taser et lacrymo ? demanda-t-il.

Ouh là.

Pourquoi donc avais-je besoin de tout ça ?

Je décidai de ne pas poser la question.

— Bien sûr, répondit Dawn, manifestement toujours prête à rendre service.

Nous descendîmes le couloir jusqu'au bureau de Lee, qui ressemblait à s'y méprendre à la réception, sauf que son bureau était plus grand. En entrant, j'eus un choc. Tout était net et soigné. De manière obsessive. Une tasse de café aux lignes épurées et d'une brillance irréprochable trônait sur un dessous de verre en cuir, sur le bureau. Un ordinateur portable fermé était posé sur le côté, formant un angle parfait. D'autres accessoires en bois et en cuir ornaient le bureau, mais ils étaient vides, à l'exception d'un pot plein de crayons taillés à la perfection et d'un dossier dans le bac « arrivés ».

— C'est flippant. Quel maniaque ! fis-je remarquer.

Lee passa derrière son bureau, ouvrit l'ordinateur portable et appuya sur un bouton.

— C'est Dawn qui s'occupe d'entretenir la pièce.

Ah. Rien de surprenant, alors.

— J'imagine, ouais, marmonnai-je.

Lee me regarda.

— Mon job ne me permet pas franchement de garder des dossiers ouverts sur mon bureau, observa-t-il.

Mouais.

Mettre sous clé des dossiers confidentiels, c'était une chose. Faire reluire la tasse à café de son patron, c'en était une autre. Si j'essayais de deviner qui avait offert cette tasse à Lee, je miserais sur Dawn. Je me demandais s'il s'agissait d'un cadeau postcoïtal ou d'une invitation au coït.

Je ne répondis pas à Lee. J'étudiai ostensiblement la gravure de cow-boy accrochée au mur, et décidai de ne pas lui révéler que Dawn nettoierait sa Crossfire avec sa brosse à dents s'il le lui demandait.

Connaissant Lee, il le savait déjà.

— Elle sort avec un défenseur du Bronco, m'informa Lee, qui comme toujours lisait dans mes pensées.

— Hum hum, dis-je en m'adressant au mur.

Il y avait une sacrée différence entre sortir avec un mec qui jouait au dur à cuire le dimanche pendant quelques saisons chaque année, équipé de protège-tibias, et un *vrai* dur à cuire. Ce défenseur se faisait peut-être des couilles en or, mais il n'avait rien à voir avec l'original. En plus, Lee était loin d'être dans la misère : ça, c'était une certitude.

Quand je me retournai vers lui, il était en train d'étudier le dossier. Les petites rides autour de ses yeux avaient refait leur apparition.

Manifestement, je l'amusais beaucoup.

— Qu'est-ce qu'il y a de drôle ?

Lee ne leva même pas les yeux pour me répondre.

— Tu es jalouse.

N'importe quoi !

— Pas du tout !

Lee secoua la tête sans rien dire, les yeux toujours rivés sur le dossier.

— Lee, si tu crois que cette fille ne te court pas après, tu es moins malin que ce que je pensais. Et si tu l'as déjà baisée, tu n'es vraiment *pas* malin *du tout*.

Lee referma le dossier, le déposa sur son bureau et se leva pour s'avancer vers moi.

— Dawn est organisée, cordiale, ponctuelle, prête à faire des heures supplémentaires à n'importe quel moment du jour et de la nuit et il en faut beaucoup pour la décontenancer. Je sais que je l'attire, mais c'est mon employée et elle fait du bon boulot. Hors de question que je la touche. On ne salit pas son propre lieu de vie.

Lee m'acculait progressivement dans un coin du bureau, tout en continuant de me parler avec la franchise désarmante dont il savait faire preuve. Je devais bien admettre que ça me faisait plutôt plaisir qu'il ne se soit pas tapé sa réceptionniste. Ça m'aurait compliqué les choses et surtout, ça aurait fait vulgaire. D'ailleurs, à présent que j'avais les idées un peu plus claires, je me rendais compte que Dawn n'était pas son genre.

— Très bien, dans ce cas…, commençai-je.

Mes jambes venaient de heurter un canapé en cuir.

Lee effleura ma joue.

— Tu n'as aucun souci à te faire.

— Je ne me faisais pas de souci.

Ce n'était pas vraiment un mensonge. Dawn était jolie, mais aussi ultramince. Lee avait toujours aimé les femmes avec des formes, et j'espérais bien que ça durerait.

— Ah non ? s'enquit-il.

Ses yeux comme son visage arboraient une tendresse qui commençait à me devenir familière. Je ne l'avais jamais vu afficher cette expression en présence de quelqu'un d'autre.

Visiblement, il ne me croyait pas.

— Tu aimes les femmes rondes, pas maigrichonnes, expliquai-je. Dawn est mignonne, c'est sûr, mais elle n'est pas franchement ton genre.

Comme pour me prouver que j'avais raison, Lee posa les mains sur mes fesses.

Je plaquai les miennes sur son torse.

— C'est parti pour jouer aux détectives privés ? demandai-je.

Lee se pencha sur moi.

— Dans une minute.

J'avais un peu de mal à rester debout. Lee s'appuyait contre moi, les mains toujours sur mes fesses, et me regardait de ses yeux chocolat fondu. Ses intentions étaient très claires.

— Euh, excuse-moi, intervins-je, mais la porte n'est pas fermée à clé. N'importe qui peut entrer. Et on doit traquer un roi du café renégat. On n'a pas le temps pour ce que tu envisages. Ah là là, à quoi penses-tu ?

— À te baiser sur mon canapé.

Ouh là.

Un tremblement me parcourut des pieds à la tête.

— Lee ! On a des trucs à faire, des endroits à visiter, des culs à botter et on est dans ton bureau. Dawn est juste au bout du couloir, bon sang ! Et si elle entrait pour me donner mon pistolet paralysant ?

Lee me lâcha, alla fermer la porte à clé et me rejoignit.

Je tentai de m'échapper mais il me prit par la taille, me ramena vers lui et me poussa doucement. Je basculai sur le canapé. Suivie de Lee.

— Je comprends pourquoi tu n'as toujours pas trouvé Rosie ni les diamants. C'est facile de te distraire, fis-je remarquer.

Lee avait la tête nichée dans mon cou.

— Ouais, c'est toi qui me distrais. Sans oublier que je viens rarement au bureau. Je préfère être sur le terrain. J'ai horreur de rester assis ici, murmura-t-il juste en dessous de mon oreille, avant de poser ses lèvres sur les miennes. À partir de maintenant, quand je serais obligé de venir, je pourrai regarder ce canapé, me souvenir de ton joli cul posé dessus, de ce qu'on y aura fait et le temps passera vachement plus vite.

Merde alors.

J'aurais probablement dû être horrifiée, voire scandalisée. Au lieu de ça, j'aimais bien l'idée que Lee pense à moi dans son bureau, même dans de telles circonstances – hum, peut-être même *surtout* dans de telles circonstances. J'aimais qu'il me le dise de manière désinvolte. Ce n'était pas un compliment accompagné de roses et de champagne, mais ça me faisait le même effet.

Je capitulai.

— Bon, d'accord, soupirai-je en l'enlaçant.

Il m'embrassa, et je vous jure que je sentis son corps tressauter comme s'il était pris d'un fou rire.

Après notre petite pause-canapé, je filai dans la salle d'eau privée de Lee tandis qu'il consultait ses mails et passait quelques coups de fil. Une fois que je fus rhabillée et recoiffée, nous sortîmes du bureau. Lee avait prévu de me faire visiter les lieux. Il me fit descendre le couloir dans le sens opposé à la réception.

Plusieurs portes donnaient sur ce couloir. Lee ouvrit celle qui se trouvait juste à côté de son bureau. La pièce était vaste. Elle contenait un vélo d'appartement, un tapis de jogging, des haltères, une télé à écran plat et un énorme canapé moelleux.

— C'est la salle qu'on utilise pour faire une pause, attendre ou passer des coups de fil.

Lee n'ajouta rien d'autre et ferma la porte.

Il bifurqua dans le couloir et ouvrit une autre porte. Je jetai un coup d'œil à l'intérieur de la pièce. Il s'agissait d'une salle de bains, avec deux lavabos surmontés de deux placards à glace. Un meuble de rangement à portes vitrées laissait apercevoir une pile de serviettes et des articles de toilette masculins, genre crème à raser et déodorant. Oui, bon, en fait, c'étaient les seuls articles de toilette présents, mais les mecs n'en ont jamais des tonnes. Et de ce que j'avais pu constater, ni Lee ni ses employés n'étaient du genre à se pomponner ou à se mettre des tas de produits dans les cheveux. L'espace restant était occupé par des médicaments divers. Je trouvai ça légèrement alarmant, mais je ne fis aucun commentaire. Il y avait aussi des toilettes dans un coin, ainsi qu'une douche munie de deux pommeaux. Le tout d'une propreté exemplaire et apparemment neuf.

Lee referma la porte en m'informant :

— Quand tu passeras au bureau, utilise ma salle d'eau. Celle-ci est réservée aux hommes.

Un frisson d'allégresse me parcourut en entendant Lee me donner cette instruction. Peut-être qu'à ma prochaine visite, quelqu'un sortirait de cette salle d'eau quand je serais dans le couloir ? Je ferais peut-être bien d'amener Marianne ici. Ça pourrait transformer sa vie. Je commençais à me dire que Dawn était une fille sacrément intelligente, même si je ne l'appréciais toujours pas et que je ne lui faisais absolument pas confiance.

— Dawn utilise laquelle ? demandai-je.

Lee haussa les sourcils.

— Aucune idée. Je ne lui demande pas.

On continua notre chemin dans le couloir et Lee ouvrit la porte d'une petite pièce. À l'intérieur s'alignaient une douzaine de casiers, un énorme meuble ignifugé muni d'une fermeture électronique trônait au milieu, et au fond se trouvait une kitchenette. Pas besoin d'explication quant à la fonction de cette pièce. J'étais bien contente de savoir où je pourrais trouver du café.

Ensuite, Lee fit demi-tour. Il frappa deux coups sur une autre porte et fit glisser une carte magnétique dans un boîtier sur le côté. Une lumière verte s'alluma et Lee ouvrit la porte.

Waouh !

On passait aux choses sérieuses.

Le cœur de l'entreprise.

Nous pénétrâmes dans une pièce où approximativement trois millions d'écrans télé étaient accrochés aux murs, chacun équipé d'un lecteur DVD. En dessous, un tableau de commandes saturé de boutons. Sur le tableau de commandes, plusieurs téléphones multilignes. Des étagères encastrées dans un autre mur contenaient des radios. J'entendais la fréquence de la police en sourdine. Deux hommes étaient assis dans la pièce, qui contenait quatre chaises. La plupart des écrans étaient allumés ; quelques-uns seulement restaient blancs. Deux bureaux étaient calés contre le mur opposé, tous deux beaucoup plus bordéliques que celui de Lee. Ils étaient jonchés de dossiers, de papiers, de canettes vides et de tasses de café sales.

Beurk.

Je tenais ma preuve contre Dawn.

Les deux hommes étaient assis. Ils se retournèrent à l'unisson à notre entrée. En m'apercevant, ils arborèrent un grand sourire. J'eus la sensation étrange et embarrassante qu'ils étaient tous les deux au courant de ce qui s'était passé dix minutes auparavant dans le bureau de Lee.

— Indy, voici Monty et Vance. Les gars, je crois que vous connaissez Indy.

Pardon ?

— Salut Indy ! me lança Monty.

Il avait les cheveux blonds, une coupe militaire, un corps bien entretenu et une posture décontractée. Je lui donnais dix ans de plus que Lee. Il n'avait pas cessé de me sourire et il leva la main pour désigner une rangée de quatre écrans. Tous révélaient l'intérieur de *Fortnum's* sous des angles différents.

Ah ah !

À présent, je savais pourquoi Lee était persuadé que Monty et Vance me connaissaient.

Je cessai soudain de réfléchir pour observer, horrifiée, Tex qui cognait le porte-filtre sur le couvercle de la machine à expresso. Monty appuya sur un bouton, et la radio de la police fut étouffée par la voix de Tex qui braillait :

— De la pression, putain ! Donne-moi de la pression, bordel, espèce de monstre !

Suivi de Duke qui gueulait :

— Elle peut pas faire mieux, mec !

Merveilleux.

À présent, je comprenais pourquoi Monty et Vance me souriaient de la sorte.

Je détournai les yeux des événements effrayants qui se déroulaient à *Fortnum's* et observai Vance.

Il semblait plus jeune que Lee, mais de peu. Ses cheveux lisses d'un noir de jais étaient rassemblés en catogan, et il avait le corps élancé, l'ossature fabuleuse et la couleur de peau des Amérindiens.

Waouh, il était franchement canon.

Ouais. Il fallait vraiment que j'amène Marianne ici. Et certainement aussi Andrea. Et encore plus certainement Tod.

Ces mecs, on aurait dit des Chippendales, mais en mieux.

J'étais captivée par la beauté de Vance. Je les observai, Monty et lui, échanger des regards devant la scène entre Tex et Duke.

Les lèvres de Vance tressaillirent. Il trouvait Tex marrant.

Vance leva les yeux et me surprit à le contempler. J'inclinai la tête avec un petit sourire sexy, sourire qu'il me rendit, tout en dents blanches contrastant avec sa peau sombre.

— Salut! lançai-je.

Le sourire de Vance s'élargit.

Oh, miam.

La main de Lee se crispa sur l'ourlet de mon short.

Oups.

Monty et Vance reportèrent leur attention sur les écrans. Je les imitai. On y voyait un angle du hall d'entrée de l'immeuble de Lee, ainsi que sa place de parking vide, dans le garage souterrain de l'immeuble. Il y avait aussi une vue de la réception, où Dawn était au téléphone (probablement en train de me mettre en pièces auprès d'une de ses copines) et deux autres vues sur les places de parking de l'entreprise. À ce stade, je priais pour qu'aucun des écrans vierges ne donne sur le bureau perso de Lee.

Huit écrans supplémentaires dévoilaient des lieux divers, intérieurs comme extérieurs, certains montrant des gens chez eux ou au travail.

— La boîte était spécialisée dans la sécurité, m'expliqua Lee. Ça payait bien, mais on s'ennuyait à mort. Ça devenait difficile de fidéliser les employés.

— On n'aura plus de problème pour les fidéliser si on maintient la surveillance de ta boutique. C'est comme regarder une série télé, m'informa Monty d'une voix où perçait l'amusement.

Génial.

Monty se tourna vers moi.

— On a demandé à Dawn de faire une transcription de ton speech sur le Salvador, les entreprises familiales et le mode de vie américain, et on l'a fait circuler par mail. Hank ne fait même pas partie de nos effectifs, et il a été consacré « employé honoraire » de la semaine pour s'être occupé de toi ce jour-là.

J'aurais payé pour voir sa tête quand il est entré dans cette ferme de marijuana.

Doublement génial.

Non seulement c'était Dawn qui avait fait la transcription, mais j'étais sûre qu'elle s'était assurée d'en envoyer un exemplaire à Lee.

Sans oublier le fait que je constituais la pause divertissement de ses troupes.

Lee lâcha mon short et annonça :

— *Fortnum's* sera sous vidéosurveillance encore un moment. On va devoir installer une caméra à la porte d'entrée.

Je le dévisageai. Il fixait l'ensemble des écrans, et pourtant, j'avais l'impression que rien ne lui échappait.

Il me jeta un coup d'œil avant de reprendre son observation. Lee se montrait très pro, mais j'avais l'impression que quelque chose le perturbait et qu'il ne voulait pas le laisser paraître devant ses hommes.

— Actuellement, poursuivit-il, on bosse surtout sur des enquêtes. Principalement pour des entreprises. Tout ce qui concerne les détournements de fonds, les fraudes, les vols. On accepte quelques enquêtes domestiques, uniquement quand elles rapportent un max. En général, ça consiste à rassembler les preuves d'un adultère, le genre de pièces à conviction qui permettent d'obtenir une grosse pension alimentaire et des dédommagements.

— En général, ils font ça en baisant la nounou, intervint Monty. C'est sympa à regarder.

— Ça dépend de la nounou.

C'était Vance qui venait de parler pour la première fois. Il avait une voix grave, sensuelle, et il avait quitté les écrans des yeux pour contempler mes jambes. Visiblement, ça ne l'aurait pas dérangé de me regarder me faire baiser si ç'avait été moi la nounou. J'espérais surtout qu'il n'essayait pas de me faire comprendre que ça lui avait bien plu de mater mes ébats avec Lee, juste avant.

Et merde.

Cela dit, il fallait bien admettre qu'il avait du cran de me reluquer comme ça en présence de Lee.

Ce dernier poursuivait ses explications.

— Le personnel effectue des rotations ici, en fonction des missions. Comme ça, les gars n'ont pas à rester assis dans une pièce borgne trop souvent. Ils conservent leur forme et leur efficacité en bossant sur le terrain.

Lee se dirigea vers la porte en me poussant devant lui. Je lançai :

— À plus, les gars.

Monty et Vance me regardèrent. Monty m'adressa un petit signe de la main. Vance me sourit. Je me demandai si je les reverrais bientôt, à un pique-nique de l'entreprise, par exemple.

— Il y a des caméras dans ton bureau ? demandai-je à Lee une fois la porte refermée.

— Non.

Ouf!

— Parle-moi de Monty.

— Monty est un ancien SEAL. Une blessure au genou l'a forcé à quitter les forces spéciales, et c'est le seul de mes hommes à effectuer cinq services de surveillance par semaine. C'est lui qui contrôle cette salle. Il intervient chaque fois qu'on part en opération sur le terrain. C'est lui qui les planifie presque toutes ; il est doué pour ça. Marié depuis vingt ans, cinq enfants. Il a peut-être l'air sympa comme ça, mais même avec un genou HS, il ne plaisante pas. Personne n'a envie de lui chercher des noises.

Pigé.

— « Opération sur le terrain » ? répétai-je.

— Parfois, c'est comme ça que se terminent nos enquêtes sur les entreprises. Surtout quand on bosse avec la police ou le FBI.

— Qu'est-ce que tu fabriques avec la police et le gouvernement ?

Pas de réponse.

Je n'insistai pas.

— Et Vance ? m'enquis-je.

— Vance, c'est le multitâche par excellence. Un ancien du réseau, ancien alcoolique, ancien taulard, voleur de bagnoles à grande échelle. Il est ultrarapide, ultrasilencieux, peut se rendre invisible, c'est un excellent pisteur et il peut faire n'importe quoi avec des caméras et l'électronique. En général, il traque les fugitifs, mais c'est aussi lui qui effectue la plupart des mises sous surveillance. C'est lui qui s'est chargé de ce boulot à *Fortnum's*. Je lui aurais bien confié la prochaine traque, mais il va se récolter une semaine complète en salle de surveillance. Quant à toi, si tu le regardes encore une fois comme tu l'as fait, je te menotte au lit et je ne te libère que pour aller pisser.

— Bon sang, qui est jaloux, à présent ?

J'avais prononcé le commentaire à voix haute alors qu'il était censé rester secret. Cette nouvelle habitude commençait à m'inquiéter un peu.

Et ce commentaire était une grossière erreur.

Sans préambule, Lee me saisit par l'avant-bras, ouvrit la porte du vestiaire et me poussa à l'intérieur. Il claqua la porte derrière nous et me plaqua contre les casiers, de telle façon que je ne pouvais plus bouger.

Je levai les yeux vers lui. Je m'apprêtais à dire quelque chose, mais changeai aussitôt d'avis : l'expression de Lee était celle d'un dur à cuire très, *très* en colère.

— Un truc bon à savoir sur moi, puisque tu n'as pas l'air de l'avoir encore compris, dit-il de sa voix ultraflippante. Je sais que je vais devoir composer avec le fait qu'on te drague souvent. Ça ne me pose pas de problème. J'ai de l'expérience en la matière. Ce que je n'apprécie pas *du tout*, c'est que tu flirtes avec autant d'aisance que tu mens. C'est une seconde nature. Il va falloir que tu fasses un effort pour arrêter, parce que je n'aime pas ça. Encore moins quand c'est avec mes hommes. Ils doivent rester concentrés, et on est d'accord tous les deux sur le fait que tu es distrayante. Perso, je peux fantasmer de te baiser sur mon canapé ; ce n'est pas un problème. Mais hors de question que je me farcisse l'idée de Vance s'imaginant te baiser dans la salle de surveillance ou sur sa Harley. Il t'a forcément vue admirer sa moto avec l'air d'être prête à donner n'importe quoi pour monter dessus.

— Alors comme ça, c'est la Harley de Vance…

Ouais. Je venais de penser à voix haute, une fois de plus.

Lee se rapprocha encore, me plaquant contre les casiers.

— Lee, recule !

Ça commençait à m'énerver.

Lee ne bougea pas d'un pouce.

Du coup, je vis rouge et plaquai les mains sur son torse pour le repousser.

Pas un mouvement.

— C'est inoffensif ! m'exclamai-je.

— Ah bon ? Aussi inoffensif que de m'imaginer bosser tard en compagnie de Dawn ?

Je clignai des yeux, confuse. Après nos exploits ahurissants sur le canapé, j'étais franchement loin de me tracasser au sujet de Dawn.

— Ben, ouais, répondis-je.

Lee me dévisagea, le visage impassible.

— Bon sang, Lee, elle n'est pas ton genre ! Vance est mignon, je ne vais pas le nier, mais il n'est pas mon genre non plus.

— Après une décennie à t'observer de près, je ne dirais pas que tu recherches un genre spécial, rétorqua-t-il.

À mon tour de le fusiller du regard. Sa remarque était franchement insultante.

Les hommes étaient tous des cons, et Lee se trouvait au sommet de la liste.

Non mais vraiment ! Il venait d'avouer avoir lu mon journal, non ? Et il ne comprenait pas que je n'avais qu'un seul genre d'homme : lui ? Dire que c'était lui qui m'avait décrété que j'étais amoureuse et que je finirais par l'admettre !

Nous sortions ensemble. Enfin. Liam et India, en couple, et même prêts à emménager ensemble, bordel !

Il allait falloir que je m'habitue à cette situation, quand j'aurais le temps de me poser deux minutes. Honnêtement, contrairement à la plupart des autres aspects de ma vie, celui-ci advenait tout naturellement. Il faisait partie du peu d'événements que je n'éprouvais pas le besoin de commenter pendant des heures avec Ally, Andrea ou Tod et Stevie.

Lee pensait-il vraiment que j'allais foutre tout ça en l'air en m'engageant dans un double jeu avec l'un de ses employés ?

— Espèce d'imbécile ! m'écriai-je.

Lee plissa les yeux et un muscle de sa mâchoire tressauta de manière flippante.

— Qu'est-ce que tu viens de dire ?

— Es-pè-ce d'im-bé-ci-le, répétai-je. Réfléchis deux secondes, et quand tu seras prêt à t'excuser, je t'écouterai. Cela dit, j'accepte que tu t'excuses tout de suite pour l'insulte que tu viens de me balancer.

— Je te suggère de t'expliquer, répliqua Lee.

À sa voix, je compris très clairement qu'il ne s'agissait pas que d'une suggestion.

— Hors de question. Mais je vais te donner un indice. De toute ma vaste expérience avec les hommes, au cours de ce que tu considères être LA décennie où j'ai joué la pute, jamais, pas même une seule fois, je n'ai eu de brosse à dents à demeure chez un autre homme.

Lee continuait de me fixer du regard. Soit il ne comprenait pas, soit il était trop en colère pour assimiler l'info. Et il ne bougeait toujours pas, ce qui faisait que j'étais toujours scotchée aux casiers. Je fus forcée de m'expliquer davantage et je me laissai légèrement emporter.

— J'en ai eu une chez toi après ma première nuit à l'appart. D'accord, elle était déjà dans ton placard, mais c'est *une brosse à dents*, Lee ! Une seule utilisation, et c'était devenu la mienne ! Et on n'était même pas encore passés à l'acte ! Sans mentionner mes sous-vêtements dans ton tiroir et le fait que je porte tes tee-shirts. (Je posai les mains sur mes hanches.) Et je dors chez toi presque tout le temps ! Rien de tout ça n'est arrivé avec un autre homme. Jamais, jamais, *jamais*.

Han ! Compris, oui ?

Les yeux de Lee changèrent d'expression, mais le sentiment qui s'y trouvait déjà ne fit que s'intensifier. D'effrayant mais sous contrôle, ça devint complètement déchaîné.

Mon ventre se noua. Je n'étais pas certaine de ce qui allait suivre.

Lee posa les mains sur mes hanches, qu'il plaqua contre les siennes. Puis il m'enlaça et passa une main dans mes cheveux. Il tira, pas si doucement que ça, comme s'il ne parvenait plus à contrôler sa force.

Je rejetai la tête en arrière avec un petit cri, aussitôt étouffé par la bouche de Lee qui m'embrassait. Ça ne ressemblait à aucun des baisers qu'il m'avait donnés auparavant. Celui-ci était un baiser fou, brutal.

Lee avait perdu la maîtrise de lui-même, et je devais bien avouer que l'idée d'en être responsable me plaisait.

Me plaisait beaucoup, même.

En relevant la tête, Lee posa son front contre le mien, les yeux fermés, sans dire un mot. Nous étions tous les deux pantelants. J'avais les mains sur ses hanches, cramponnées à son tee-shirt. Lee semblait mener une lutte intérieure. Lorsqu'il ouvrit enfin les yeux, je compris qu'il avait gagné la bataille contre lui-même.

— Je t'ai fait mal ? demanda-t-il en relevant la tête.

Je secouai la mienne.

— Putain, Indy, tu me rends dingue.

Je restai une seconde immobile avant de répondre à voix basse :

— Lee, je ne te fais rien du tout. C'est toi qui te fais ça tout seul. Je commence à croire que tu ne me connais pas, toi non plus. Il y a eu d'autres mecs, oui, mais…

J'allais dire : « aucun n'était toi », mais je m'arrêtai juste à temps et déclarai :

— C'était pour le fun. La moitié d'entre eux n'ont même pas eu l'occasion de me toucher. Je ne suis pas la salope que tu crois.

— Je ne te prends pas pour une salope.

— À t'entendre parler, on dirait que si.

— J'ai regardé des mecs me voler ce que je considérais comme ma place pendant un sacré bout de temps. Ça ne me plaisait pas. J'aurais dû réagir plus tôt. C'est mon problème. Et je m'en prends à toi.

Je le dévisageai et m'aperçus que moi aussi, j'avais passé des années à me jeter à son cou, à me faire repousser et à le regarder sortir avec toutes les filles qui passaient. Chaque fois, ça m'avait brisé le cœur, de manière toujours plus déchirante.

Ce dont je ne m'étais pas rendu compte, en revanche, c'était que Lee avait vécu la même chose pendant des années.

— Quand je flirte, c'est innocent, dis-je. Tu n'as aucune raison de t'inquiéter.

— Je te demande quand même d'arrêter.

Je regardai Lee droit dans les yeux pendant quelques secondes avant de pousser un soupir.

— Très bien. Fini le flirt.

Lee m'enlaçait toujours. Il me serra entre ses bras.

— Merci, chérie.

Ça y est. Il m'avait appelée « chérie ».

Et c'était plutôt génial.

Ouh là.

Je reculai d'un pas pour masquer ma réaction et demandai :

— Est-ce que je peux inviter Marianne à venir ici ? Juste pour lui faire rencontrer Vance et Matt… euh, et peut-être aussi Bobby ? (Lee me fixa du regard.) Et je pense que Tod serait heureux de passer lui aussi.

— Non, répondit Lee.

Il arborait son sourire trop-mignonne-cette-Indy.

— J'étais sûre que tu refuserais, marmonnai-je. Bon, on va chercher Rosie, maintenant ?

Une fois que j'eus apprivoisé la bête sauvage qui sommeillait en Lee, on sortit des vestiaires et on poursuivit la visite.

Il restait encore trois autres portes à ouvrir.

La première pièce, à la décoration spartiate, contenait un lit double, une chaise longue, une télé, un lecteur DVD et une étagère remplie de livres et de vidéos. On y trouvait aussi une salle d'eau privative. C'était une chambre forte : pour y pénétrer, il fallait glisser une carte magnétique dans un boîtier et poser le pouce sur un autre, en plus d'utiliser une bonne vieille clé traditionnelle.

La pièce numéro deux était divisée en quatre box, chacun équipé de fauteuils, d'un bureau, d'ordinateurs et de meubles de rangements. Brody, un de nos potes fou d'informatique, à Ally et moi, en émergea.

— Indy ! s'écria-t-il.

— Bon sang, Brody ! Qu'est-ce que tu fabriques ici ? demandai-je en avançant vers lui, tout sourires.

Je lui fis un câlin. Brody était un vrai plouc. Il était vêtu d'une chemise noire, d'un jean noir, de Doc Martens noires, avait les cheveux en bataille et des lunettes à la Buddy Holly. Son corps était informe, vu qu'il passait le plus clair de son temps assis devant un ordinateur.

— Ally m'a dit qu'il fallait que je sorte de mon trou, alors elle m'a dégotté un job à temps partiel chez Lee, répondit Brody. Et toi, qu'est-ce que tu fous là ? (Il nous observa à tour de rôle, Lee et moi.) Ah ouais ! J'avais oublié. Ally m'a raconté que vous sortiez ensemble, tous les deux. Enfin ! C'est cool. T'es heureuse, j'imagine.

Je jetai un coup d'œil furtif à Lee. La bête sauvage avait disparu pour céder la place à Lee le Prétentieux.

Je l'ignorai et me retournai vers Brody.

— Tu t'occupes de la programmation ?

— Nan, du piratage informatique. En général, je dépiste les détournements de fonds, mais des fois…

— Brody ! l'interrompit Lee.

Brody ne dit plus rien et écarquilla les yeux.

— Ouais, désolé, ouais, ouais, ouais, marmonna-t-il en regardant Lee, avant de tourner les yeux vers moi. C'est confidentiel, murmura-t-il. J'arrête pas d'oublier.

Je jetai un coup d'œil à la pièce, fascinée par ce que Lee était parvenu à construire en si peu de temps. Ça devait exiger une gestion monstrueuse.

— Ces box-là, dit Brody en les désignant, servent à faire des recherches, ce genre de trucs. Celui-ci, c'est celui de Kim. Elle est hilarante, tu l'adorerais. Son mari est auxiliaire médical, alors elle préfère bosser quand il est de garde, des fois de 7 à 15 heures, des fois de 15 à 23 heures. Y a aussi Pablo, mais lui, il est à temps partiel, comme moi. Je fais les matins, lui les après-midi. Le dernier, là, c'est pour les gars, quand ils ont besoin de faire un boulot informatique top secret.

— Ah, dis-je.

Brody regarda Lee.

— T'as vu ça ? demanda-t-il. Je lui ai tout expliqué sans parler du job sur lequel on bosse.

Lee regardait fixement Brody avec l'air de reconsidérer l'idée de rendre service à sa sœur.

— C'est bien, Brody ! le félicitai-je comme s'il était un adorable chiot, ce qui n'était pas loin d'être le cas.

Lee posa la main dans mon dos, signe qu'il était temps de partir.

— Après notre départ, verrouille la porte et ne la rouvre pas avant quinze minutes, sauf si on frappe trois coups, puis deux, et encore deux. Compris ? ordonna Lee.

— Trois, deux, deux. Pigé. (Brody se retourna vers moi.) Y a des tonnes de codes ici. Trois coups rapides suivis d'un long. Ou encore trois courts, trois longs, trois courts. Merde, c'est quoi déjà, le nouveau code ? demanda-t-il à Lee.

Ce dernier poussa un soupir.

— Trois, deux, deux.

— Ah ouais, d'accord. Trois, deux, deux. À plus, Indy. Et, au fait, j'ai trop kiffé le mail sur le Salvador. Hilarant, ce truc. D'où tu sors toutes ces conneries ?

Brody ne s'attendait visiblement pas à ce que je lui réponde, car il regagna son bureau en chantonnant :

— Trois deux deux, trois deux deux…

Lee me guida hors de la pièce, jusqu'à la réception. Derrière son bureau, Dawn se composa un masque au sourire bienveillant. Son plan de travail immaculé était quelque peu gâché par la présence d'un ceinturon. Lee s'en empara, avec un hochement de tête presque imperceptible à l'intention de Dawn.

Il en sortit un truc noir tout plat muni de deux pointes sur le dessus.

— Pistolet paralysant, expliqua-t-il. Il faut te trouver près de ton adversaire pour l'utiliser. Ça agit en une nanoseconde. Ultrarapide. Ne touche pas aux pointes, ou tu te prends 625 000 volts dans la poire.

Putain de merde !

Était-ce vraiment ce qui m'était arrivé ?

625 000 volts ?

Ça faisait beaucoup.

Vraiment beaucoup.

Lee poursuivait ses explications :

— Les piles sont neuves. Tu l'allumes, tu touches ta cible avec les pointes et elle s'effondre.

— Vous devez savoir ce que ça fait, quand on y pense, intervint Dawn d'une voix suave. C'est moche, mais ça fonctionne !

Lee la transperça du regard, et elle reporta aussitôt son attention sur l'ordinateur. Je me contrôlai juste à temps pour ne pas lui tirer la langue et lui chantonner « nananané-reuh » sur tous les tons.

Lee fourra le pistolet paralysant dans le ceinturon et en sortit un objet qui ressemblait un peu à un vrai revolver.

— Taser, dit-il. Tu peux l'utiliser à distance : tu vises, tu tires. Même effet que le pistolet paralysant. Les pointes sortent et elles envoient le jus. Ne te tracasse pas pour les vêtements : ces ondes-là traverseront même un gilet.

— Un gilet *pare-balles*, intervint à nouveau Dawn.

— Merci, dis-je d'un ton tranchant.

Je lui adressai un sourire mielleux doublé d'un regard meurtrier.

Ton sec, sourire mielleux et regard assassin : une combinaison mieux connue sous le nom du Triple Avertissement Me-Fais-Pas-Chier-Salope.

Lorsque je me retournai vers Lee, il était en train de ranger le Taser dans le ceinturon, les yeux rieurs.

Super. Il nous trouvait marrantes.

Je décidai de ne pas entrer en mode combat de catch entre filles. J'avais fourni assez de divertissement aux employés de Lee pour la semaine.

Lee sortit un boîtier.

— Spray au poivre. Tu le secoues avant de le faire fonctionner et tu t'assures de bien viser. Celui-ci fonctionne à distance. Tu peux t'éloigner jusqu'à cinq mètres. Vise le visage. Ne l'utilise pas dans des espaces clos, sinon tu en profiteras aussi.

— D'ac, répondis-je le plus vite possible, avant que Dawn ait l'occasion de me faire partager ses précieux conseils.

Lee se tourna vers elle.

— Prends ta pause-déjeuner.

Sans un mot, Dawn saisit son sac à main et franchit la porte tel un mannequin sur le podium : tout en jambes, un pied devant l'autre, ondulant des hanches (et du cul).

Lee et moi l'observâmes. Je venais encore de changer d'avis sur Dawn. Je me tournai vers Lee et décrétai :

— Sans vouloir te vexer, cette fille pose un problème.

Lee m'équipa du ceinturon, secoua la tête et plongea ses yeux dans les miens.

Il avait l'air grave, et Dawn tomba dans les oubliettes.

— Fin de la partie sympa de la journée, annonça Lee en attachant le ceinturon autour de ma taille.

Oh oh.

— Tu vas voir et entendre des trucs que tu ne vas peut-être pas apprécier, poursuivit-il. C'est mon boulot. Quoi qu'il arrive, souviens-toi qu'il y a une explication derrière tout ça et que tout est sous contrôle. Parle-moi avant d'agir et surtout, *tu m'obéis*. Fais gaffe et sois futée. Si ça devient trop dur, trop intense, il suffit que tu me le dises. Peu importe où nous sommes ou ce qu'on est en train de faire, je te ferai quitter les lieux. OK ?

Ça ne me disait rien qui vaille.

Lee m'observait de près, guettant ma réaction.

— OK.

— On va en salle de détention. Quand on capture un fugitif et que, pour une raison ou pour une autre, on n'a pas le temps de l'emmener au commissariat, on utilise cette pièce. Maintenant, tu vas voir qu'elle sert aussi à d'autres choses.

Mince.

— Tiens ta langue, ouvre bien les yeux et garde à l'esprit l'endroit où sont glissées tes armes. N'utilise pas le spray au poivre. On a un type là-dedans. On va le laisser sortir. Je ne sais pas comment il va réagir.

— Le « laisser sortir » ? répétai-je.

Je ne savais pas de qui il s'agissait, mais ce type se trouvait dans une salle de détention. Le laisser sortir ne me paraissait pas une très bonne idée.

— Ça fait partie d'une stratégie d'ensemble, expliqua Lee. On le travaille depuis plusieurs jours pour essayer de le faire parler. Rien à faire. Maintenant, pour le reste de nos projets, il sera mieux dehors que dedans.

J'avais des questions, mais pas le temps de les poser : Lee s'éloignait déjà. Je n'avais pas d'autre option que le suivre ou prendre mes jambes à mon cou.

18

Récompensé par une nuit torride.

Pour le meilleur et pour le pire, j'emboîtai le pas à Lee dans le couloir.

Il frappa deux coups à la porte de la salle de surveillance, inséra sa carte magnétique et entra.

— C'est l'heure, annonça-t-il.

Vance se leva et se dirigea vers un bureau. Monty se pencha, appuya sur quelques boutons, et plusieurs écrans s'allumèrent. J'avais à présent vue sur Brody au travail, sur le couloir désert et sur une pièce équipée d'un lit, de toilettes et d'un lavabo. Sur le lit, un homme était étendu sur le côté. Je ne le distinguais pas très précisément. Soudain, Vance réapparut. Il tenait un ceinturon replié qu'il fit passer derrière son dos, ouvrit et fixa. Le ceinturon contenait les mêmes armes que le mien, en plus d'un vrai revolver et de menottes.

Vance leva la main, ses yeux sombres rivés aux miens. Plus trace de flirt. Il pointa un doigt vers la porte.

Je sortis à la suite de Lee. Vance nous emboîta le pas et referma derrière nous.

Lee descendit le couloir jusqu'à la dernière porte. C'était la seule que Lee n'avait pas ouverte pour me montrer ce qui se trouvait à l'intérieur.

— Tu as tes armes à disposition ? me demanda Lee.

Je tâtai mon ceinturon et hochai la tête. Je me sentais super idiote avec ce ceinturon, pas super cool comme Vance.

Lee, lui, ne portait que sa superbe ceinture en cuir brun qui retenait son treillis marron délavé.

Il adressa un signe de tête à Vance. Ce dernier inséra une carte magnétique, et une lumière verte s'alluma.

— Suis-moi, ordonna Lee en ouvrant la porte pour entrer.

J'obéis. Une fois dans la salle, je me retrouvai face à Teddy la Terreur, l'homme de main de Coxy, celui qui m'avait frappée. J'avais l'impression que des années s'étaient écoulées depuis. Teddy pivota sur le lit et se releva.

Je cessai de respirer.

Il avait un bandage sur le nez et un coquard ignoble. Son nez comme son œil étaient tellement enflés qu'il ressemblait à Rocky Balboa après un combat contre Apollo Creed.

Teddy ne m'accorda qu'un bref coup d'œil avant de poser des yeux méfiants sur Lee.

Vance était resté à la porte, une main posée sur son Taser.

Teddy tourna les yeux vers lui. Vance avait sorti le Taser de son étui et faisait signe à Teddy de quitter la pièce.

J'avais le cerveau en ébullition. J'essayai de compter les jours depuis ma brève rencontre avec Teddy ; je me souvenais que Lee avait ordonné à ses hommes de le rechercher. Se trouvait-il dans cette salle depuis tout ce temps ? Et comment avait-il pu se retrouver avec le visage dans un tel état ?

— Je suis libre ? s'étonna Teddy.

— Ouais, répondit Lee.

— D'un seul coup, juste comme ça ?

Personne ne dit mot. Teddy me regarda. Je ne dis rien moi non plus. Lee m'avait ordonné de tenir ma langue, mais même s'il ne l'avait pas fait, j'étais trop choquée pour parler.

— J'comprends pas, dit Teddy.

— Je ne sais pas comment c'est arrivé, mais une rumeur circule comme quoi tu aurais parlé, l'informa Lee.

Lee regarda Vance, qui haussa les épaules.

Ils jouaient avec leur proie, tous les deux.

— Coxy est en guerre contre moi, poursuivit Lee. Il tente d'impressionner Indy. Tu te souviens de Rick, Teddy ?

Teddy hocha la tête lentement.

— Coxy lui a collé une balle dans le cerveau. Il avait foiré avec Indy. Il lui avait fait du mal. Hier, Coxy lui a offert son cadavre. Avec la moitié de la tête explosée. Toi, tu as frappé Indy et elle en garde encore la marque. Maintenant, tu es libre. Bonne chance.

— Putain ! jura Teddy en me regardant comme si je pouvais l'aider à sortir de ce pétrin.

Il m'avait collé une beigne et je n'avais aucun doute sur le fait que Teddy était un sale type, mais je dois dire que j'avais pitié de lui.

— Allez, ordonna Vance.

Teddy se tourna vers Lee.

— Si je parle, Wilcox me tue. Si je parle pas, il me tue quand même, dit-il comme s'il cherchait à s'expliquer.

— Chienne de vie, répliqua Lee en lui tournant le dos.

Il me fit un signe de tête et je sortis de la pièce. Lee m'emboîta le pas. Vance pénétra dans la salle après notre départ. J'avançai jusqu'au bureau de Lee. Là, il m'arrêta, ouvrit la porte, me poussa à l'intérieur et leva trois doigts en l'air, puis deux, puis encore deux, les yeux plongés dans les miens. Je hochai la tête et Lee referma la porte. Je la verrouillai derrière lui.

Bordel de merde.

À peine cinq minutes plus tard, des coups résonnèrent sur la porte. Trois, deux, deux.

J'ouvris. Lee entra.

— Teddy est parti. C'est l'heure du déjeuner. On y va.

J'attendis que nous soyons parvenus à l'angle du Brown Palace pour demander :

— Comment Teddy la Terreur s'est-il retrouvé avec le visage dans cet état-là ?

— Il m'a croisé.

— Tu l'as frappé ?

— Il t'avait touchée. Tu m'as dit que ça te faisait mal. Je l'ai débusqué et je l'ai passé à tabac.

Oh mon Dieu.

— Dis-moi que tu n'as pas fait ça dans cette petite salle, l'implorai-je d'une voix fluette.

— C'était avant qu'il arrive en salle de détention.

Bon. C'était au moins ça.

Je restai muette tout le trajet. J'avais ôté mon ceinturon, que j'avais posé dans le coffre à côté de celui que Lee avait sorti d'un tiroir de son bureau. Le sien était équipé des mêmes armes que celui de Vance.

Lee fit un créneau pour garer la Crossfire juste devant *Las Delicias*, sur un emplacement de choix.

J'adorais *Las Delicias*. Après *El Tejado*, c'était le meilleur resto mexicain de Denver. Mais bon, les deux ne se faisaient pas concurrence, puisque *El Tejado* se trouvait à Englewood.

Je restai muette le temps qu'on nous installe dans un box. Lee se glissa à côté de moi plutôt que sur le siège qui me faisait face.

Je me tournai vers lui, fixant du regard la banquette, puis Lee.

— Laisse-moi deviner : tu n'as pas l'habitude de partager ta banquette ? me demanda-t-il.

Je secouai la tête.

— Moi non plus, me rassura-t-il. Mais j'essaie de surveiller mon entourage.

Je jetai un coup d'œil derrière Lee. Il avait pivoté vers moi, le dos tourné à la porte du restaurant.

— Wild Bill Hickock s'est fait abattre le dos tourné à la porte, l'informai-je.

— Ce n'est pas la salle que je surveille. C'est toi.

Oh oh.

Une serveuse posa un bol de chips et un de sauce sur la table.

Ni Lee ni moi n'avions consulté la carte. Pas besoin.

Ally et moi mangions à *Las Delicias* ou au *El Tejado* deux fois par mois, parfois plus. Papa nous y rejoignait à l'occasion. Hank, lui, nous y retrouvait presque tout le temps, même en service : il y prenait sa pause-déjeuner. De temps à autre, Lee venait aussi. À bien y réfléchir, il nous y rejoignait beaucoup plus souvent depuis un an ou deux. Si souvent que j'aurais pu passer commande à sa place. Trois burritos au poulet avec salade et fromage, plus une bière le soir ou un thé glacé dans la journée.

Lee leva la tête vers la serveuse et commanda un soda sans sucre pour moi, un thé glacé pour lui, ses burritos et ma tostada aux haricots accompagnée d'un burrito chicharrone, le tout avec supplément salade et fromage.

Bon, d'accord. Visiblement, Lee était capable de commander à ma place aussi.

Il me tourna le dos et annonça :

— On est ici parce que c'est bon et que le service est rapide. On ne traîne pas.

J'acquiesçai. J'étais encore en train de gérer ma peur panique, et j'avais donc un peu de mal à traiter les informations. J'espérais juste que je parviendrais à avaler mon burrito et ma tostada, sinon, j'étais bonne pour payer le nettoyage de la Crossfire par un professionnel.

Lee passa un bras derrière moi, sur le dossier de la banquette, et pivota à nouveau pour me faire face.

— D'abord, Teddy. Pour résumer, ce n'est pas un gentil. Te cogner a été une broutille parmi toutes les saloperies qu'il a commises. Il y a différents moyens de rendre justice. Hank le fait à sa façon. Moi, je le fais à la mienne.

Hum… mouais !

Manque de bol, Lee n'avait pas terminé.

— Je bosse dans un secteur dangereux. J'ai des ennemis. Maintenant, tu fais partie de ma vie. Les gens doivent savoir que quiconque touchera à un de tes cheveux devra en payer les conséquences.

— C'est aussi simple que ça ? demandai-je.

J'essayais de ne pas laisser paraître qu'il me fichait vraiment la trouille.

— Non, pas si simple. Ça ne m'a pas fait plaisir de rester debout dans ma cuisine à t'écouter me raconter que quelqu'un t'avait fait du mal. Je me suis fait un plaisir de coller mon poing dans la gueule de Teddy et de sentir son nez se briser. C'est une armoire à glace ; il aurait pu t'amocher salement. Il y réfléchira à deux fois avant de frapper à nouveau une femme.

Bordel de merde.

— Ça te pose un problème ? demanda Lee.

— Oui, répondis-je en toute franchise.

— Ça va t'empêcher de dormir ?

— Non, dis-je tout aussi honnêtement.

— Tu veux en discuter ?

— Non.

C'était la vérité. Je n'avais vraiment pas envie d'aborder le sujet. En fait, j'allais régler la chose en optant pour le déni, et si j'en discutais, ça anéantirait automatiquement ma stratégie.

Lee m'observa longuement, comme s'il me passait au détecteur de mensonge Spécial Indy. Puis il se pencha et effleura mes lèvres.

Ouf. J'avais dû réussir l'examen.

La serveuse revint avec nos boissons.

S'il y avait une justice en ce bas monde, n'importe qui devrait pouvoir goûter une fois dans sa vie à la sauce de *Las Delicias*. Un délice de petits oignons frais croquants et juste ce qu'il fallait de coriandre. Après quelques margaritas, Ally et moi étions même capable de bétonner un dossier comme quoi la sauce de *Las Delicias* était la solution aux conflits du Moyen-Orient.

Je m'emparai d'une chips que je plongeai entièrement dans la sauce.

— Que va-t-il arriver à Teddy ?

— S'il est malin, il quittera la ville, répondit Lee en plongeant à son tour sa chips dans la sauce.

— Et il est malin ?

— Pas vraiment. Les deux gars les plus futés de Coxy, c'étaient Rick et Pete. Mais bon, finalement, ils ne devaient pas être si malins que ça. Rick est mort. Pete risque la tôle pour kidnapping, agression et peut-être même meurtre. Sur la fille d'un policier, en ce qui concerne les deux premiers cas. Les flics doivent avoir envie de lui faire avaler ses lacets, mais ils feront tout dans les règles, méthodiquement, pour s'assurer qu'il prenne un max. Pete est foutu.

Je pris une autre chips que je cassai en deux : c'était la meilleure technique pour prélever un max de sauce. Je n'allais pas perdre mon temps à plaindre Pete, alias Blondinet. Pete m'avait ligotée sur une chaise et canardée à deux reprises. Je ne comprenais pas bien ce que Lee voulait dire en parlant de ses lacets, mais ça ne me dérangeait pas trop qu'il fasse de la tôle.

— Qui a les diamants, à ton avis ? demandai-je.

— Moi.

— *Quoi ?*

Oui, bon, je venais de hurler. Les autres clients se retournèrent pour m'observer. N'empêche, qu'est-ce que c'était que ce bordel ?

— Baisse la voix, m'intima Lee.

— Est-ce que tu viens juste de me dire que c'est *toi* qui as les diamants ?

Lee hocha la tête. Il était toujours tourné vers moi, dégustant ses chips nappées de sauce de la main droite, son bras gauche m'emprisonnant au fond de la banquette.

— Je te conseille de t'expliquer avant que j'envisage de planifier ton assassinat, l'avertis-je.

Les petites rides autour de ses yeux se creusèrent.

— Tu ne t'en tirerais jamais, répliqua-t-il.

— À ce stade, la prison ne me fait plus peur.

Lee prit une gorgée de thé glacé avant de rétorquer :

— J'ai trouvé les diamants chez Duke, le matin où Rosie a quitté mon appart. Je te dois une fière chandelle à ce sujet. Duke est au courant, mes contacts à Sturgis l'ont informé quand ils ont mis la main dessus.

— Tes contacts ?

— J'ai refilé le job à d'autres privés et chasseurs de primes, aux endroits où je soupçonnais Duke de se rendre. Ils ont fouiné, posé quelques questions, remonté sa piste. Les gars du Dakota du Sud ont fini par lui mettre le grappin dessus.

— Si tu factures 500 dollars de l'heure, combien ce bordel a-t-il coûté ?

— Disons que tu me reviens cher.

Je plissai les yeux.

— T'es payé pour ça, tu t'en souviens ? lui remémorai-je.

— J'ai trois jobs en lien avec ce merdier. L'un d'eux était de trouver les diamants. Mission accomplie le premier jour. M'assurer que Duke était vivant et rentre sain et sauf chez lui, à Evergreen, ça, je l'ai fait pour toi.

J'étais super énervée, mais mon cœur se mit à palpiter.

— Je te rembourserai.

Lee passa une main dans mes cheveux et enroula une boucle autour de son doigt.

— Tu n'as pas à me rembourser.

Je ne savais pas quoi répondre, alors j'optai pour :

— Merci.

— Tu me remercieras ce soir, quand tu seras toute nue.

Nom d'un chien.

La serveuse déposa nos plats sur la table. Je déballai mes couverts de l'espèce d'étiquette autocollante un peu bizarre qui les enveloppait et sortis ma serviette en papier.

— Avant de parler de la pure gratitude dont je ferai preuve une fois nue, parlons plutôt du fait que tu me mens depuis des jours au sujet des diamants.

Je plantai ma fourchette dans mon burrito.

— Je ne t'ai pas menti, protesta Lee. Je t'ai fait des réponses détournées.

Lee lâcha mes cheveux et reporta son attention sur son assiette.

— Le fait que je sois en possession des diamants était confidentiel. Tu n'avais pas besoin d'être au courant.

Je déglutis avec difficulté pour faire descendre ma bouchée de burrito.

— Pardon ?

Lee engloutit sa propre bouchée et se retourna vers moi. Je lui lançai mon regard le plus féroce, si froid qu'il aurait pu le congeler sur place.

— Très bien, dit-il. Je ne peux pas te dire grand-chose, mais je vais te raconter ce que je suis autorisé à partager.

— Ce serait bien, oui.

— D'abord, quelques explications. Dans les hautes sphères, le crime est très organisé. Les criminels ont une hiérarchie. Ils sont formés. Ils ont leurs territoires. La plupart du temps, ce genre d'opérations possède de multiples facettes, en passant par les armes, la drogue, les filles, l'extorsion de paiement en échange d'une protection, etc. Tout le monde sait qui fait quoi et les criminels gèrent leurs embrouilles dans leurs propres quartiers. Ils ne transgressent cette règle que s'ils sont certains de pouvoir conserver le pouvoir.

Je hochai la tête. Lee avala une autre bouchée et poursuivit :

— Coxy ne joue pas le jeu. Il fait ce qui lui chante, où ça lui chante. Il est bordélique, cupide et complètement cinglé. Mais il est aussi déterminé, tenace et, je le répète, complètement cinglé. Ça fait un bail qu'il pose un problème aux criminels de Denver. On ne peut pas nier les avantages d'une bonne organisation, même en matière de criminalité. Le bordel, ça reste le bordel ; dans le cas qui nous occupe, ça signifie davantage de drogue, davantage de flingues, mais surtout, et c'est ça le pire, plus de cadavres. Coxy était déjà casse-burnes, mais là, ça s'est intensifié. Le monde du crime a tout autant d'intérêt à le voir quitter la scène que les flics.

— Je ne saisis pas. Pourquoi les criminels ne se contentent-ils pas de… euh, de lui faire quitter la scène ?

— Attaches familiales.

Je dévisageai Lee, qui ajouta :

— Sa mère est italienne. Elle vient de New York, une famille puissante. Du milieu. Coxy avait du soutien. Si quelque chose lui était arrivé, New York aurait riposté. En tout cas, c'est ce qui se disait. New York a soutenu Coxy sur plusieurs boulots et a nettoyé un paquet des foutoirs qu'il semait.

— On parle de la mafia, là ? murmurai-je.

Lee termina son deuxième burrito et me jeta un regard en coin. C'est tout.

Nom d'un chien.

Puis il ajouta :

— Le problème, c'est que Coxy a trempé dans tellement de merdes que, selon la rumeur, New York en a marre. Qui sait, peut-être qu'il n'avait pas tant de soutien que ça. Sa mère s'est mariée en dehors de la famille, en dehors de New York, à un mec réglo de Denver qui détient une fortune. Peut-être que les liens familiaux ne vont pas si loin et que Coxy a atteint le point de rupture. Il ne s'est pas fait tout seul, n'a pas suivi le programme, et à ce qu'on en sait, c'est juste un lointain cousin qui habite à Denver.

Je saisis ma tostada et mordis dedans. J'essayais de paraître désinvolte, mais au fond, je n'arrêtais pas de penser à Tony Soprano. Je me faisais flipper toute seule.

— C'est du nouveau, tout ça ?

— Non, ça dure depuis des années. La rumeur que New York l'a lâché est nouvelle, en revanche, mais pas fondée. Un marché a été conclu pour restaurer l'ordre. Coxy doit disparaître, mais sans que ça donne l'impression qu'il ait été éliminé. De cette manière, New York n'éprouvera pas la nécessité de réagir et tout ira à nouveau pour le mieux dans l'univers du crime.

— Et toi, qu'as-tu à voir là-dedans ?

— J'ai des relations des deux côtés. Eddie et Hank m'ont utilisé comme intermédiaire, avec Marcus et Darius.

Je restai figée avec ma tostada dans les airs. Je dévisageai Lee.

Eddie Chavez et Darius Tucker étaient les deux meilleurs potes de Lee au lycée.

Eddie Chavez était un beau gars enjôleur à la morale discutable, exactement comme Lee à l'époque. Tout le monde était certain qu'Eddy allait passer du côté obscur de la Force et passer une bonne partie de son temps en prison. Au lieu de ça, il était devenu flic. Il bossait à la brigade des mœurs et on le considérait comme un franc-tireur (aux dires de papa, qui en parlait avec une pointe d'admiration) ou un dissident (aux dires de Malcolm, qui en parlait avec un accent de désapprobation).

Darius Tucker lui ressemblait beaucoup, mais, en prime, ce mec était hilarant. Avec lui, on était toujours à deux doigts de mouiller sa culotte. Il avait des yeux expressifs et une épaule toujours prête à apaiser vos larmes, surtout si vous étiez une fille. Tout le monde s'attendait à ce qu'il se marie vite, trouve une bonne situation et fasse un gendre idéal. Mais le père de Darius avait été assassiné alors que son fils avait dix-sept ans, et Darius était sorti des rails comme de nos vies. Ça faisait des années que je ne l'avais pas revu. Il me manquait. C'était un chouette type. Il m'avait fait mourir de rire et laissée pleurer sur son épaule à des tas de reprises. De l'avis de Malcolm *et* de papa, lui avait vraiment mal tourné.

Je ne connaissais personne du nom de Marcus.

— Darius ? demandai-je lorsque je parvins enfin à articuler quelque chose.

Lee repoussa son assiette et se tourna à nouveau vers moi.

— Ouais. Le marché, c'était que nous bossions tous ensemble pour créer des problèmes à Coxy : retards à l'expédition, marchandises manquantes, flics qui se pointent aux mauvais moments. Je faisais tourner les infos. Les gars et moi étions à l'origine de certaines des complications que Hank et Eddy ne pouvaient pas causer. Les réseaux d'acheteurs et de fournisseurs de Coxy se sont mis alternativement à flipper et à s'énerver, et ses hommes ont commencé à le lâcher. Rick et Pete avaient opté pour une retraite anticipée. Pour augmenter leur pension, ils ont volé les diamants de Marcus.

— Marcus ?

— Un vestige de l'époque où je bossais dans la sécurité. Il nous garde sous contrat pour certains jobs. Un homme puissant, pas du genre à apprécier qu'on le vole. J'étais dans le district de Columbia quand j'ai reçu un appel en urgence de sa part m'informant que ses diamants avaient disparu.

— Pourquoi t'a-t-il appelé, toi ?

Lee haussa les épaules.

— Je suis doué pour retrouver toutes sortes de trucs.

Oh, bonté divine.

J'avais le sentiment qu'il s'agissait d'une de ces affaires dont je préférais ne rien savoir.

Je changeai de sujet.

— Comment diable Rosie s'est-il retrouvé au milieu de tout ça ?

— Rosie avait un bon petit commerce. Pas un gros truc, mais il avait du succès et n'était pas discret, ce qui n'était pas très futé. Coxy en a entendu parler et a voulu sa part du gâteau ; il a donc contraint Rosie à la lui fournir. Puis il l'a obligé à faire d'autres choses pour lui, des trucs que Rosie ne voulait pas faire, mais qu'il ne pouvait pas refuser. Rick et Pete ont décidé de jouer les innocents au sujet des diamants, jusqu'à ce qu'ils aient tout prévu pour s'enfuir au Brésil, ce qui devait se faire d'ici un ou deux jours. Ils ont planqué les pierres chez Rosie, persuadés que celui-ci avait trop la trouille pour ne pas leur obéir. Sauf que, apparemment, Rosie était assez furax pour utiliser les diamants comme moyen de faire chanter Rick et

Pete afin qu'ils le soustraient à Coxy. Malheureusement, il ne jouait pas dans la même catégorie. Dans l'intervalle, la rumeur s'était répandue que les diamants avaient disparu et Coxy avait découvert que ses gars l'avaient lâché. Même Coxy n'est pas assez taré pour rentrer dans le lard de Marcus frontalement, surtout avec son réseau qui se cassait la figure. Du coup, tout le monde courait après les diamants. Et là, tu entres en scène.

— Euh, je suis un peu perdue.

— Je le serais aussi si j'arrivais au milieu d'un tel bordel. C'est un vrai merdier.

— Pourquoi fais-tu ça ?

— On me paie pour.

— C'est tout ?

— Non, ce n'est pas tout. Faut préciser qu'on me paie un max.

— Et ça vaut le coup ?

Lee passa un bras derrière moi et pivota sur son siège. J'avais abandonné la moitié restante de ma tostada pour me tourner vers lui.

— J'aime mon job, mais c'est comme le foot. C'est une carrière éphémère. Je compte prendre ma retraite à quarante-cinq ans, avec mon chalet à Grand Lake, un appart en Floride, un putain de bon bateau à ces deux endroits et assez de fric pour mener une vie sans souci jusqu'à ma mort.

— Donc, ce que tu dis, c'est que ça vaut le coup.

Lee enroula une mèche de mes cheveux autour de son doigt. Sa voix changea d'intonation, et ses yeux, de graves, devinrent doux et tendres.

— Ouais, ça vaut le coup, dit-il. Tu aimes la Floride ?

Mon estomac fit un looping.

— La Floride va-t-elle de pair avec une femme de ménage qui range tes serviettes sur l'étendoir après que tu les as balancées dans le lavabo ?

Les yeux de Lee pétillèrent.

— Ça fait partie d'une vie sans souci, ouais.

— Dans ce cas, la Floride pourrait me plaire.

Lee se remit à jouer avec mes cheveux. Je passai outre et demandai :

— Qui te paie ?

Lee lâcha mes boucles, se pencha et attrapa son portefeuille.

— L'heure des histoires est terminée. On a du pain sur la planche.

— Dans ce cas, j'imagine que ce n'est plus l'heure des questions non plus.

Lee me lança un regard en coin. Message reçu.

Nous étions dans la Crossfire lorsque je lui annonçai qu'il fallait passer prendre Chowleena chez Tod et Stevie.

— Pardon ? s'étonna-t-il.

— Je la garde quelques jours.

— On ira la chercher plus tard.

— Impossible. Si on va la chercher plus tard, ça veut dire que je ne la garde pas. Elle serait toute seule à la maison sans personne pour veiller sur elle.

— Hors de question que j'emmène un chow-chow au boulot, décréta Lee.

— Elle sera mignonne. Promis. C'est un super chien.

— Non.

Bon. La fin justifie les moyens.

— Tu seras récompensé par une nuit torride.

Lee hésita. Trois secondes.

— Merde, marmonna-t-il.

La Crossfire prit la direction de Baker District.

19

Eddie et Darius.

Chowleena fit le trajet jusqu'au café *Paris* sur mes genoux, la tête à la fenêtre, les yeux mi-clos sous l'effet de la brise, gueule haletante et fourrure au vent. Avec *Jungle Love* de Steve Miller à fond sur les haut-parleurs.

C'est un crime contre nature d'écouter certaines chansons trop doucement. *Jungle Love* en fait partie. Même si Lee n'était pas d'accord.

Je venais de découvrir que la promesse de ma nuit torride pouvait m'accorder tout un tas de faveurs.

Tandis que Lee se garait, j'observai *Paris* : une boutique mi-librairie, mi-café à la page, qui existait depuis une éternité. Une véritable institution. À côté, le café que préparait Rosie se trouvait dans la catégorie amateur.

Assis à l'une des tables en terrasse se trouvait Eddie Chavez, jambes étendues devant lui, chevilles croisées, coudes sur les accoudoirs, mains pendantes.

Une allégorie de la cool-attitude.

Eddie portait un tee-shirt blanc en Thermolactyl, un Levi's délavé, des bottes de cow-boy noires et une ceinture assortie avec une énorme boucle plaquée sur sa tablette de chocolat. Il avait la peau mate, les cheveux noirs et arborait une paire de lunettes de soleil à effet miroir ultratendance. Lunettes dont je savais qu'elles cachaient des yeux d'un marron si foncé qu'ils en étaient presque noirs. Eddie nous souriait et ses dents blanches formaient un contraste parfait avec sa peau mate.

Canon.

Adolescente, je connaissais bien Eddie. Lee, Darius et lui traînaient tout le temps ensemble. Et comme je faisais de mon mieux pour suivre Lee à la trace, je passais pas mal de temps en leur compagnie. Depuis, je le côtoyais toujours beaucoup. Eddie était resté proche de Lee comme de Hank. Il était invité aux fêtes de Kitty Sue et Malcolm et passait regarder le foot chez Hank avec nous. Nous n'étions peut-être pas des amis proches, mais je l'aimais bien, et je savais que c'était réciproque.

En fait, je crois qu'Eddie m'aimait *vraiment* bien. Un peu plus que bien, je veux dire. Il pouvait se montrer incroyablement suggestif et flirtait de manière hilarante, mais ça ne s'arrêtait pas là. Ça, c'était juste une plaisanterie.

Si Eddie était attiré par une fille, ce n'était pas en flirtant qu'il le lui faisait comprendre. Ce n'était pas le genre de mec à draguer ouvertement une nana pour l'attirer dans son lit. Sa stratégie était bien plus subtile, et bien plus experte. Eddie adorait jouer, tout comme il adorait les défis. Comme séducteur, il avançait à la dérobée. Il vous faisait part de son approbation par des moyens non verbaux, en usant surtout de son regard et en se montrant d'une sensualité provocante qui faisait que vous vous posiez des questions. J'imagine que c'était exactement ce qu'il recherchait.

Eddie ne faisait pas grand-chose au hasard.

Je descendis de la Crossfire et conduisis Chowleena jusqu'à Eddie. À la seconde où il la vit, son sourire atteignit ses oreilles.

— Indy.

Eddie passa un bras autour de ma taille, me pressa contre son corps ultraferme et m'embrassa dans le cou (quand je vous parlais de sensualité provocante !). Il faisait quinze centimètres de plus que moi, dont cinq dus aux talons de ses bottes.

Je m'assis, Lee m'imita et Chowleena trottina pour aller s'allonger aux pieds de Lee. Eddie observa la scène sans se départir de son sourire.

Ses lunettes de soleil pivotèrent vers Lee.

— Un chow-chow ?

— M'en parle pas, grogna Lee d'une voix rauque où perçait l'impatience.

Eddie pouffa. Je pris soudain conscience qu'un chow-chow, ce n'était pas le must pour la réputation de dur à cuire de Lee. Surtout quand ce chow-chow était tondu à la manière d'un lion muni de jambières, version chien.

Un berger allemand ou un rottweiler auraient mieux convenu. Un chow-chow à jambières, c'était moyen.

— Il aura droit à une nuit cochonne en récompense, lâchai-je étourdiment pour tenter de sauver la réputation de Lee.

Les lunettes à effet miroir se tournèrent vers moi.

— J'espère bien, déclara Eddie avant de se pencher vers moi. Juste pour info, si c'était moi, une nuit cochonne ne suffirait pas à me faire sortir en compagnie d'un chow-chow. J'exigerais de la lingerie noire, en dentelle, un porte-jarretelles assorti, des bas et des talons aiguilles.

Waouh.

C'était moi ou la remarque était hypersexy, limite effrontée ? Qu'est-ce que je pouvais bien faire de ça ? Surtout venant du meilleur pote de Lee, et juste sous son nez. Dire que je venais de promettre de ne plus flirter…

Merde alors.

Je me tournai vers Lee. Lui aussi portait des lunettes de soleil. Les siennes étaient des lunettes d'aviateur à la *Top Gun*, aux verres fumés et à monture dorée. Lee avait le visage fermé et les lèvres pincées.

— Je n'ai ni lingerie en dentelle noire, ni porte-jarretelles assorti, l'informai-je.

Eddie se cala dans son siège et s'esclaffa. Lee resta impassible.

— Mais j'ai des sous-vêtements en dentelle rouge et le porte-jarretelles qui va avec, ajoutai-je.

C'était vrai.

Eddie cessa aussitôt de rire.

— Et des sous-vêtements en satin noir, avec porte-jarretelles assorti. Et aussi ce truc, là : un tanga violet avec porte-jarretelles de la même couleur. (Je marquai une pause.) Je te ferai un défilé et tu pourras choisir.

Du coin de l'œil, j'observai Eddie. Son sourire avait disparu.

Je me calai dans mon siège.

Mission accomplie.

Lee me récompensa d'un sourire radieux. Discret, mais éloquent.

— T'as toujours été un veinard au lit, murmura Eddie à l'intention de Lee.

La serveuse vint prendre notre commande. Je pris ce que je choisissais toujours : un café Fantasia. Chocolat fondu au fond, expresso sur le dessus, le tout séparé par une rondelle d'orange et surmonté de crème fouettée parsemée de minuscules paillettes de sucre aromatisé à l'orange. Une vraie luxure.

Pour Chowleena, je commandai un bol d'eau.

— T'as des infos pour moi ? demanda Lee à Eddie quand la serveuse s'éloigna.

— Yep. La rumeur circule que Rick s'est fait descendre par un type qui n'est pas de la ville, répondit Eddie.

Lee se cala dans son siège, les lèvres crispées.

— New York ?

— Ouais, mais pas de la famille. Un indépendant. Coxy a du mal à trouver des tueurs, ces temps-ci. Gary serait infoutu de coller une balle dans le cerveau de qui que ce soit, même avec un flingue braqué sur le front.

Ça, c'était une bonne nouvelle. Gary le Gorille me paraissait tout de suite moins menaçant. J'accueillais les bonnes nouvelles à bras ouverts en ce moment, même si la plupart de ces bonnes nouvelles me fichaient plutôt la trouille.

— On parle de deux noms sur la liste de ce type. Rick était le premier, ajouta Eddie.

— Teddy ? suggéra Lee.

— Non. Coxy l'avait rayé de sa liste, du moins jusqu'à ce qu'il réapparaisse, il y a une heure.

— Qui, alors ?

— Coltrane, répondit Eddie.

Oh non. Rosie.

Je cessai de respirer et observai Lee. Moi aussi, je portais des lunettes de soleil. Les miennes étaient gigantesques, brillantes, noir rock'n roll. Une sorte d'hybride entre Jackie Onassis et Bono. J'avais le regard tellement brûlant que je craignis que les verres ne fondent.

La serveuse apporta les cafés et l'eau de Chowleena, puis repartit.

— Il faut le retrouver, dis-je à Lee.

— On le trouvera.

Je ne voyais pas encore bien comment, vu que nous étions assis au soleil à siroter nos cafés.

À ce que j'en savais, ce job de détective privé, c'était du gâteau. En fait, il était plus dangereux d'affronter une émeute causée par l'absence de Rosie que de faire le boulot de Lee.

La dernière nouvelle ne semblait pas l'inquiéter le moins du monde. Moi, si. Un tueur à gages était lancé après Rosie. J'étais sacrément en rogne contre ce dernier, mais je l'aimais quand même encore assez pour souhaiter que son cerveau reste bien au chaud dans son crâne pour les jours à venir.

— Tu sais que les paris sont ouverts chez les bookmakers ? Toi contre Coxy. C'est à celui qui remportera Indy, dit Eddie à Lee.

Puis il me regarda.

Oh mon Dieu.

— C'est vrai ? demandai-je.

— Qui est le favori ? s'enquit Lee.

Je me décrochai la mâchoire et dévisageai Lee. Il était cinglé ou quoi ? Qui s'en souciait ? Les gens prenaient des paris sur nous !

Eddie se retourna vers Lee.

— Toi, répondit-il.

— Vous blaguez, hein, les gars ?

Eddie secoua la tête.

Je me concentrai sur mon breuvage. C'était la seule chose saine que je puisse faire.

Dans le doute, toujours rester concentrée sur le café.

J'adorais la crème fouettée, mais je n'en étais pas fan quand elle se mélangeait au café. Les cafés Fantasia étaient servis dans un gobelet en plastique parfait pour la glace. Je m'en emparai, ouvris la bouche en grand et gobai la crème d'une seule bouchée. Avec un grand « slurp ». Puis je saisis ma cuillère pour écrabouiller l'orange, la réduire en bouillie et mélanger le café avec le chocolat. Je sentis des frissons me parcourir la nuque. Je levai les yeux vers Lee et Eddie, dont les lunettes étaient rivées sur moi.

Eddie pivota vers Lee et grommela :

— Veinard.

Le téléphone de Lee se mit à sonner. Il l'ouvrit d'un geste sec et lança :

— Ouais.

Pause.

— Hein hein.

Pause.

— J'arrive dans dix minutes.

Il referma le téléphone et annonça :

— On tient Rosie.

On monta dans la voiture de police d'Eddie, Lee sur le siège passager, Chowleena et moi à l'arrière. Lee portait son ceinturon. Le mien était posé par terre, à côté de Chowleena.

On s'arrêta dans un quartier résidentiel de maisons mitoyennes à un étage toutes identiques : perron et petit porche jouxtant le trottoir, fenêtre du salon donnant sur la rue.

Quartier ni sympa ni craignos. Simplement laissé à l'abandon, mal entretenu et désert.

À peine Eddie avait-il éteint le moteur que la portière en face de moi s'ouvrit. Darius Tucker se faufila sur la banquette.

Lee et Eddie faisaient tomber les filles comme des mouches au lycée, et ils étaient tout naturellement devenus des hommes sur lesquels toutes les femmes se retournaient. Aucune représentante du sexe féminin normalement constituée ne restait indifférente à la vue de ces beaux gosses.

Darius n'avait pas aussi bien vieilli. Il avait toujours été grand et élancé, mais était à présent presque maigre. Il avait davantage de rides et ses cheveux afro, autrefois coupés ras, partaient à présent dans tous les sens, formant des minidreadlocks bizarres qui lui donnaient presque l'air cool. Mais les yeux sombres pleins d'empathie dont je me souvenais s'étaient parés d'une lueur lugubre, où je crus même déceler de la méchanceté.

— Qu'est-ce qu'elle fout là, putain ? Et avec un chien, en plus ? demanda-t-il.

Euh, bonjour à toi aussi.

Heureusement, je le pensai très fort mais n'en dis pas un mot.

Lee et Eddie s'étaient tous les deux retournés vers Darius.

— On a le temps de s'expliquer ? demanda Lee.

— Aucune idée, rétorqua Darius. J'ai eu un truc à faire. Ça m'a pris une minute, mais j'ai pas pu surveiller la maison. Ce que je sais, c'est que j'ai autre chose à faire de ma journée que de bosser sur ce merdier.

— Où est-il ? s'enquit Eddie.

— Troisième porte en remontant.

Lee était concentré sur quelque chose derrière moi, à travers le pare-brise arrière.

— Faut qu'on se magne, dit-il. Quelqu'un est arrivé avant nous.

Sa voix avait changé. Son ton était sec et pressant. Il me transperça du regard.

— Baisse-toi, reste hors de vue. Bon sang, comment est-ce que j'ai pu me laisser convaincre de t'amener au milieu de ce bordel ?

— J'étais menottée au lit, lui remémorai-je.

J'avais répondu par automatisme, sans vraiment comprendre ce qui se passait. La seule chose que je saisissais, c'est que l'air était soudain très tendu.

— Veinard, va, grommela Eddie en ouvrant sa portière.

Et il disparut.

Si, si, je vous jure : il s'était évaporé dans l'air. L'instant d'avant, il descendait de voiture, la seconde d'après, il n'était plus visible.

— Ton père t'a appris à manier un flingue ?

C'était Darius qui me parlait. Je l'observai. Son regard était glacial. Ça allait si peu avec son visage, un visage que je connaissais si bien autrefois, que ça me prit aux tripes.

J'acquiesçai.

Lee s'était penché pour atteindre le dessous du siège conducteur. Il se redressa, un revolver à la main, et me le tendit.

— Montre-moi, exigea Lee d'un ton tranchant.

Merde.

Quelle pression.

Il s'agissait d'un Glock. L'arme de mon père.

— Cran de sécurité sur la gâchette..., murmurai-je avant de dégager le verrou.

Je retirai le barillet et une balle tomba. Je la saisis, la réinsérai dans la chambre et remis le chargeur en place.

Je regardai les garçons. Je ne savais pas quoi faire d'autre.

Ils ne dirent pas un mot. Ils ouvrirent chacun leur portière et disparurent. Pouf.

Évaporés dans la nature.

Exactement comme Eddie.

Je poussai Chowleena au pied de la banquette. Elle ne paraissait pas très concernée par tout ce drame ; visiblement, elle trouvait le temps bien choisi pour une petite sieste. Je me retins de l'embrasser.

Je jetai un bref coup d'œil à la porte numéro trois – celle de Rosie – avant de me recroqueviller sur mon siège.

Puis je me redressai aussitôt pour scruter la fenêtre de la maison.

Ally était là-dedans, avec Rosie.

Je ne l'avais vue que le temps d'un éclair, mais je savais qu'elle était là.

Bordel de merde !

Qu'est-ce qu'elle fichait là ? Lee était-il au courant ?

Je ne pouvais pas franchement lui téléphoner, là.

Merde !

C'est alors que je vis le type qui descendait la rue. Il dénotait dans le paysage, en grande partie parce qu'il ressemblait à monsieur Tout-le-monde. Habillé pour se fondre dans le décor. Comme Tom Hanks. Sauf que Tom Hanks n'habitait pas le quartier.

Un frisson me glaça l'échine.

J'attrapai mon ceinturon et sortis le spray au poivre, que j'enfonçai dans ma poche avant. Puis je sortis le Taser, que je fourrai dans l'élastique de mon short. Ensuite, je glissai le Glock à l'arrière, baissai mon tee-shirt Xanadu par-dessus la crosse du revolver et, avant que mon cerveau ne trouve des prétextes pour que je me défile, je sortis de la voiture.

Je n'avais aucune idée de ce que je faisais ni des raisons pour lesquelles je le faisais. Tout ce que je savais, c'était que trois mecs armés se trouvaient là-dedans, aussi invisibles que de la fumée, plus un sale type potentiel, et qu'Ally se trouvait au milieu de tout ça, avec Rosie.

Je traversai la rue au pas de course et longeai le trottoir.

L'homme avait presque atteint la porte numéro trois lorsqu'il entendit le claquement de mes tongs.

Il fit volte-face.

Je levai le menton de manière désinvolte, le saluant comme une simple passante, et continuai d'avancer vers lui.

Il baissa les yeux sur l'élastique de mon short.

Manque de pot, je portais un tee-shirt moulant loin d'être ample à la taille, qui faisait un gros renflement sur la crosse du Taser.

Notre réaction à tous les deux fut immédiate. J'arrachai le Taser de mon short. Mon tee-shirt remonta dans le mouvement, offrant au type une vue imprenable sur mon soutien-gorge en dentelle jaune citron. Le tee-shirt retomba en place lorsque je levai le bras et appuyai sur la gâchette. Les pointes jaillirent et touchèrent le type au moment où il dégainait son revolver, après quelques secondes d'hébétude dues à ma petite séance d'exhibitionnisme. Je m'en contrefichais : l'homme s'affaissa avant même d'avoir le bras tendu et moi, je ne m'étais pas fait trouer la peau.

À peine avait-il touché le sol que des mains puissantes me saisirent par les hanches pour me plaquer contre une voiture garée là. Une main se posa sur mon estomac pour m'immobiliser.

— Tu te crois où, bordel ? À Disneyland ? siffla Eddie.

Il avait le visage tout près du mien et paraissait très, *très* énervé. Il m'arracha le Taser de la main et se mit à parler à toute vitesse, en espagnol. Je n'y comprenais rien du tout, mais c'était peut-être mieux.

Lee se matérialisa à côté de nous. Il n'était pas énervé. Il était furieux. Il émanait de lui des vagues de fureur.

— Ally est là-dedans. Je l'ai vue par la fenêtre, l'informai-je.

Lee et Eddie pivotèrent à l'unisson vers le numéro trois. Je sentis les vagues de fureur refluer. Ils savaient que je me jetterais sous un bus, un train ou sur un assassin pour sauver Ally.

La porte s'ouvrit. Ally apparut dans l'embrasure, derrière une porte grillagée branlante.

— Qu'est-ce qui se passe ? demanda-t-elle en baissant les yeux vers le tueur à gages inconscient.

Ensuite, elle nous dévisagea, sourcils haussés, avec un calme olympien.

Impossible de ne pas aimer Ally.

Quelques jurons fusèrent à voix basse. La main d'Eddie quitta mon estomac et il sortit des menottes. Il s'approcha du tueur à gages. Lee se dirigea vers Ally. Moi, je fonçai à la voiture pour récupérer Chowleena. Le temps qu'elle et moi atteignions la porte d'entrée, Eddie avait fait rouler le tueur à gages sur le dos. En entrant, je vis Rosie étalé sur le ventre, par terre, grognant et gémissant. Lee était à moitié accroupi à côté de lui, un pied au sol, l'autre sur le dos de Rosie. Il était en train de lui passer les menottes.

Lee hissa Rosie sur ses pieds pendant qu'Eddie traînait le tueur à gages dans le salon, calant le corps encore tout mou dans le canapé.

Darius surgit à pas de velours d'on ne savait où dans la maison. Il jeta un coup d'œil à la scène.

— J'ai oublié d'amener la fondue, dit-il.

Je faillis éclater de rire. Ça ressemblait davantage au Darius que je connaissais.

— Darius ! s'écria Ally en faisant enfin montre d'une réaction.

Elle dévisageait Darius, un sourire timide aux lèvres.

— Indy et toi, vous n'avez pas beaucoup changé, à ce que je vois, observa Darius.

Tout le monde échangea des regards. Personne ne fit aucun commentaire ; la remarque était plus ou moins justifiée.

Après quelques secondes, Eddie déclara :

— Ça, c'était pas un moment clé.

Je me dirigeai vers Rosie et lui assenai une claque sur le haut du crâne.

— Aïe ! cria Rosie.

Au même moment, Chowleena aboya.

Je fixai Rosie du regard avant de lui filer une autre claque sur la tête. Chowleena aboya de nouveau. Elle croyait que nous étions en train de jouer et elle voulait participer.

— Espèce d'imbécile ! hurlai-je avant de coller une autre tape à Rosie.

— Ouïe ! Arrête ! Elle me frappe ! (Rosie regarda Lee.) Faites quelque chose ! C'est vous, la police !

Lee se contentait de contempler la scène.

— Il n'est pas de la police, informai-je Rosie avant de le frapper à nouveau.

— Ouïe ! (Rosie lança un regard désespéré à Darius.) Et vous ?

— Moi ? Flic ?

Et Darius éclata de rire, de manière totalement inattendue. Il rajeunit de dix ans et redevint aussitôt très beau. Si je n'avais pas été furax, j'aurais peut-être même fait une pause pour l'admirer.

Je frappai à nouveau Rosie sur le haut du crâne. Chowleena aboya une fois de plus.

Rosie jeta un coup d'œil éperdu à la ronde et hurla :

— Vous avez tous des menottes et des flingues ! Comment se fait-il que vous ayez des menottes et des flingues si vous ne faites pas partie de la police, bordel ?

Au lieu de cogner sur la tête de Rosie, je lui balançai un coup dans l'épaule.

Eddie leva lentement la main.

— Indy, je crois que je vais devoir te demander d'arrêter, dit-il.

Je me relevai à côté de Rosie et baissai les yeux vers lui.

— Si je n'étais pas aussi heureuse que tu sois vivant, je te tuerais, annonçai-je.

Rosie parut se dégonfler d'un seul coup.

— Je suis désolé, Indy, murmura-t-il d'un air misérable.

Il dégageait une odeur infecte. Moi aussi, à sa place, j'aurais eu cet air abattu.

— Pardon ? dis-je. Il y a une semaine, tu avais trois potes. À présent, Tim est mort, Super-Kev est derrière les barreaux pour avoir tenté de sauver tes plants de hasch, et je n'ai pas tout l'après-midi de libre pour te raconter ce qui m'est arrivé. Le cauchemar le plus récent ? Les bookmakers prennent des paris pour savoir si je vais sortir avec ce gros dégueu de Wilcox qui me fout la chair de poule !

Rosie blêmit et commenta :

— Beuuurk. Il ressemble à Gomez Addams, en plus petit.

— C'est ce que je te dis ! hurlai-je.

— J'adorerais avoir toute la journée pour profiter du spectacle, mais j'ai des trucs à faire, intervint Darius. Eddie, tu mets les flics là-dessus ?

— Ouais.

Eddie avait ôté ses lunettes de soleil et desserré sa cravate, qui pendouillait, lâche, autour de son cou. Il regarda Lee.

— Faut qu'on parle, dit-il. Tu crois que Mary-Kate et Ashley ici présentes peuvent garder un œil sur ces deux-là ?

— Ashley, c'est forcément moi, répliqua instantanément Ally.

Je pivotai vers elle.

— Et pourquoi ça ?

Je n'avais aucune envie d'être Mary-Kate. Ashley avait plus de classe.

— Parce qu'Ashley, c'est tout moi, répondit Ally.

— Arf, grogna le tueur à gages inconscient.

— Bon sang, grommela Darius.

Lee attrapa sèchement Rosie et l'assit sur le canapé, juste à côté de son assassin potentiel.

Il tendit un doigt vers lui et ordonna :

— Assis. Pas bouger.

Alors que je regardais Lee, je sentis une main se poser dans mon dos et soulever mon tee-shirt. Je me dévissai le cou pour voir Eddie qui glissait une main dans mon short afin d'en extirper le revolver.

Il aurait pu le saisir par la crosse en m'effleurant à peine, mais non. Eddie glissa son index le long du Glock et les articulations de ses doigts se resserrèrent autour de la crosse, frôlant mes reins. Il s'assura que je percevais bien la chaleur de sa peau contre la mienne, juste au-dessus de ma culotte. Et je devais bien avouer que c'était une sensation agréable.

D'une sensualité provocante.

Lorsque je me retournai vers Lee, celui-ci nous observait, et le muscle de sa mâchoire tressautait.

— Dehors, grogna-t-il à l'intention d'Eddie.

Eddie me tendit le revolver et me donna ses directives :

— Tu vises ce connard et tu ne le quittes pas des yeux. S'il bouge, tu tires. Pigé ?

J'acquiesçai.

Lee, Darius et Eddie sortirent de la maison.

Je pointai le revolver sur le tueur à gages, extirpai le spray au poivre de ma poche et le tendis à Ally en lui demandant :

— Comment as-tu retrouvé Rosie ?

— Tu sais, toutes ces pistes dont je t'avais parlé ?

— Ouais.

— Eh ben, je les ai suivies. J'ai distribué d'autres cartes, les pistes m'ont menée à d'autres pistes, et voilà. Bing. Rosie.

J'étais impressionnée.

— T'es sensass.

— Tout à fait, répliqua mon amie avec un grand sourire.

Des voix nous parvinrent à travers la porte grillagée.

— Elle était en mission, disait Lee d'un ton sec.

— Ouais. En mission avec un chow-chow, commenta Darius.

— Elle s'est retrouvée au milieu d'un putain de duel, à celui qui dégainerait le plus vite, contre un tueur à gages, en plein jour, et elle n'avait qu'un Taser ! rétorqua Eddie d'un ton tranchant.

— C'est pas tes oignons, Eddie, mais elle et moi, on avait conclu un marché, l'informa Lee.

— Ouais, j'ai cru comprendre. Un marché conclu alors qu'elle était menottée à ton lit. Bon sang, je n'aurais jamais pensé voir le jour où *toi,* tu te laisserais mener par ta queue, répliqua Eddie.

Oh oh.

Là, c'était une déclaration de guerre.

Je hasardai un coup d'œil en direction d'Ally. Même elle avait blêmi.

— Les gars ! intervint Darius à voix basse.

— Tu sais quoi ? Je suis presque tenté de te la laisser une semaine pour voir comment tu arrives à la gérer, lâcha Lee.

Euh, pardon ?

— Quand tu veux, répliqua Eddie.

Oh mon Dieu.

— Euh… Je crois que j'ai oublié de te parler d'un truc, murmura Ally à côté de moi.

Sauf que je n'écoutais rien du tout.

— Ouais, j'avais remarqué. (La voix de Lee était devenue flippante.) Un baiser dans le cou. Ta putain de main dans sa culotte. Je te préviens, Eddie, il n'y aura pas de troisième tentative.

— Euh… Indy ? insista Ally.

— Chut ! répliquai-je.

— Je t'ai dit il y a un an de te bouger le cul ou de me céder la place, rétorqua Eddie. Maintenant que tu t'es décidé, j'arrive au commissariat et j'apprends qu'elle a été retrouvée en train de prendre ses jambes à son cou dans le quartier des Highlands, les mains menottées dans le dos, du gaz lacrymo plein les yeux, avec les trouducs de Coxy qui lui tiraient dessus et une espèce d'ex-taulard cinglé qui s'est pris une balle pour elle. Qu'est-ce que ça signifie, bordel ?

— Eddie, intervint Darius qui essayait à l'évidence d'apaiser l'atmosphère. On parle d'Indy, là. Pour elle, c'était un samedi soir comme les autres.

Personne ne rit.

Le silence était très, très lourd.

Puis Eddie déclara :

— Si tu foires le coup avec elle, je n'hésiterai pas une seconde. Tu m'entends ?

Ally me saisit le bras et je sursautai. Le tueur à gages revenait à lui et nous observait.

— Qu'est-ce qui se passe, putain ? grommela-t-il.

— La ferme ! lui balançai-je.

J'agitai le revolver dans sa direction d'un air menaçant, puis me tournai vers Ally en faisant un signe de tête vers la porte.

— T'as entendu ça ? lui dis-je en aparté.

— Ouais, j'ai entendu.

Elle n'avait pas l'air très heureuse.

— C'était quoi, ça ?

— Ben…

Ally eut soudain l'air mal à l'aise. Elle n'avait pas souvent l'air gênée, et je sus que je n'allais pas aimer ce qui allait suivre.

— Le truc, c'est que, tu vois…

— Crache le morceau !

— D'accord. Tu sais, il y a un an, quand Eddie et Lee ont cessé de se parler ?

— Non, je ne sais pas. J'évitais Lee, tu t'en souviens ? Je te l'ai dit genre un million de fois !

— Bon, ben il y a environ un an, Eddie et Lee ont cessé de se parler.

— Génial. Merci.

— Ouais, bon. Hank m'a raconté qu'Eddie avait le béguin pour toi depuis un bout de temps, mais qu'il gardait ses distances parce que tout le monde savait ce que tu ressentais pour Lee, et que tout le monde attendait que Lee fasse quelque chose à ce sujet. C'était une situation plutôt délicate, étant donné qu'ils étaient meilleurs amis.

Bonté divine.

Exactement ce dont j'avais besoin. Un peu plus de bordel dans ma vie.

— Et ? demandai-je.

— L'an dernier, Eddie a perdu patience et a dit à Lee que s'il ne réglait pas les choses, il tenterait sa chance.

Merde alors !

— Naaaan, murmurai-je.

Ally hocha la tête.

— Pourquoi ne m'en as-tu jamais parlé ?

— Tu évitais Lee, et Eddie est canon. Je pensais que si je te parlais d'Eddie, tu renoncerais peut-être à Lee. Je n'aurais jamais eu de nièce portant mon prénom.

Je regardai le tueur à gages. Il nous observait attentivement. Je lui lançai :

— N'allez pas croire qu'au milieu du feuilleton à l'eau de rose qu'est ma vie, je vous ai oublié. Et toi non plus, Rosie.

Je les fixai du regard et ils se renfoncèrent dans leur siège. Apparemment, j'avais l'air d'une femme qui n'avait besoin que d'un tout petit prétexte pour tirer sur quelqu'un.

— Depuis combien de temps Eddie est-il accro ? demandai-je à Ally.

Elle haussa les épaules.

— Aux dires de Hank, ça s'est produit à peu près en même temps que tu es tombée amoureuse de Lee.

Oh putain.

— Comment ça, « en même temps » ?

— Ben apparemment, l'an dernier, ce n'était pas la première fois qu'ils se disputaient à ton sujet. Tu te souviens quand Lee est venu nous chercher dans cette maison hantée avec du sang sur son tee-shirt ? Quand on a vu qu'il avait saigné du nez ? On a croisé Eddie un peu plus tard, à la soirée d'Andrea, et il avait la tronche démolie et l'œil tout gonflé.

Oui, je m'en souvenais. Vaguement. J'étais en terminale, j'avais dix-sept ans. Lee avait régulièrement du sang sur son tee-shirt à l'époque, et Eddie aussi était un castagneur. J'avais cru qu'ils s'étaient battus ensemble contre d'autres gars. Ça arrivait tout le temps. Certainement pas l'un contre l'autre.

— C'était à cause de moi ?

— Oui. Ce n'était ni la première ni la dernière fois, manifestement.

Je ne savais pas comment traiter cette information. En fait, je n'avais même pas envie de me retrouver en sa possession.

— Bon. Je crois qu'il est temps de faire appel à la stratégie du déni, dis-je à Ally.

— Exactement ce que je t'aurais conseillé.

Visiblement, en sortant avec Lee, je risquais d'avoir recours très souvent à cette stratégie.

Lee et Eddie rentrèrent tous les deux. Leur attitude distante parlait pour eux. Darius était parti.

Ils attrapèrent chacun leur téléphone, sans nous adresser un mot.

Lee appela son QG pour qu'on vienne le chercher. Eddie téléphona au commissariat. Une fois qu'il eut terminé, il s'adressa aux occupants du canapé :

— Vous êtes en état d'arrestation.

Le tueur à gages resta impassible.

— Moi ? Qu'est-ce que j'ai fait ? geignit Rosie.

Apparemment, il avait oublié qu'il cultivait des plants de shit de première qualité et que, manque de bol, il s'agissait toujours d'une substance illégale.

Eddie le transperça du regard. Si des yeux pouvaient brûler, Rosie se serait consumé.

— Je vais trouver une raison, répondit Eddie.

Lee avait raccroché et dévisageait Ally.

— Plus tard, faudra qu'on parle, tous les deux, dit-il.

Ally lui sourit.

— Tu vas m'offrir un job ? demanda-t-elle.

Lee n'était pas d'humeur à plaisanter. Il darda ses yeux vers moi.

— On a trouvé Rosie. Notre marché s'arrête là.

Je venais tout juste d'ouvrir les portes de ma Citadelle du Déni. Je comptais y enfermer bien au chaud et loin de mes pensées le nouveau Darius qui me fichait les jetons, le tueur à gages que j'avais neutralisé au Taser après m'être exhibée devant lui et la nouvelle qu'Eddie avait le béguin pour moi. En dehors de ça, le restant de ma journée s'était plutôt bien déroulé. Parfois très bien, même. Et pour être honnête, ça m'avait bien plu de bosser avec Lee. C'était fascinant. Et à la fin, il y avait eu un sacré rush.

Un seul regard vers lui suffit à me faire comprendre qu'il valait mieux ne pas pousser le bouchon.

— D'accord, acquiesçai-je. De toute façon, je dois retourner à la boutique, et Marianne veut qu'on se retrouve au *Frelon* pour prendre un verre ce soir.

Lee s'était attendu à ce que je proteste. Son expression de colère se fissura et ses yeux s'adoucirent. Si nous avions été en privé, il m'aurait sauté dessus comme la misère sur le monde.

20

Deux âmes séparées au paradis.

— Pas besoin de me faire un défilé. Je sais que le rouge va me plaire, déclara Lee.

Nous étions de retour dans la Crossfire arrêtée devant *Fortnum's*, et Chowleena haletait sur mes genoux.

Rosie et le tueur à gages avaient été arrêtés. Eddie était en possession du flingue de l'assassin, flingue qui avait probablement été utilisé pour tirer une balle dans le cerveau de Rick Poivre et Sel. J'avais fait ma cent millionième déposition de la semaine au commissariat. Hank était passé. Il avait eu l'air d'employer toute son énergie à s'empêcher de nous assassiner, Ally et moi. Il n'avait pas adressé un mot à Lee, mais semblait prendre le parti d'Eddie dans le grand débat Indy en Mission. Il émanait d'Eddie un tel énervement que tout le monde gardait ses distances. Finalement, Matt, l'un des gars de Lee, était passé nous chercher pour nous reconduire à la Crossfire.

Comme je ne comprenais pas très bien de quoi Lee me parlait, je lui jetai un coup d'œil interrogateur.

— En premier, en tout cas, dit-il pour achever sa pensée.

— De quoi parles-tu ? demandai-je.

Il tendit la main et m'attira contre lui.

— Lingerie, porte-jarretelles et bas, murmura-t-il tout contre ma bouche.

Évidemment.

Ça ne me surprenait pas que Lee choisisse le rouge. C'était une couleur osée, et c'était aussi celle du pouvoir.

Il effleura mes lèvres avant de me libérer.

— Passe-moi ton téléphone, ordonna-t-il.

Je le lui tendis. Il s'en empara et appuya sur les boutons avec le pouce.

— Dis-moi où tu te trouves dès que tu bouges. Je veux savoir que tu es arrivée à bon port. J'ai des trucs à faire, et je ne sais pas où je serai dans les heures à venir. Si tu ne parviens pas à me joindre, j'ai programmé le numéro de la salle de surveillance sur ton téléphone. Il y a toujours quelqu'un là-bas, vingt-quatre heures sur vingt-quatre, sept jours sur sept, et ils sauront où me contacter.

— D'accord.

— Si j'ai fini à temps, je te rejoins au *Frelon*. Dans le cas inverse, on se retrouve chez toi.

— Et si tu ne finis pas à temps, mais au milieu de la nuit, comme hier soir ?

Lee plongea ses yeux dans les miens.

— Je te retrouverai chez toi.

— Et si je dors ?

— J'utiliserai ma clé.

— Quelle clé ?

— Celle que j'ai fait faire à partir de la clé d'Ally.

— Elle est au courant ?

Pas de réponse. Donc, non.

— Quand as-tu fait ça ? demandai-je.

Ses yeux sourirent, mais il ne me répondit pas.

— Pourquoi as-tu fait ça ? insistai-je.

L'avant-bras de Lee reposait sur le volant, l'autre sur le dossier de mon siège. Il saisit une boucle de mes cheveux et l'enroula autour de son doigt.

— Je me suis dit que je finirais bien par en avoir besoin. Alors, quand j'ai eu l'occasion de m'occuper de cette corvée, je l'ai saisie.

— Tu es très prétentieux, je te l'ai déjà dit ?

— Il me semble que tu l'as déjà mentionné, oui.

Lee m'attira vers lui et je n'eus pas d'autre choix que de pencher la tête. Il m'embrassa – pas un simple effleurement des lèvres, cette fois-ci, et ce baiser-là me laissa plutôt pantelante.

Bon, d'accord, *très* pantelante.

Lee attendit que la porte de *Fortnum's* se soit refermée derrière Chowleena avant de démarrer.

Duke se trouvait derrière le comptoir des livres. Tex derrière celui de la machine à expresso. Pas de clients, et aucun signe de Jane.

— Il faut que tu rentres chez toi. Tu t'es fait tirer dessus il y a trois jours, dis-je à Tex.

— J'attendais que tu reviennes. Je voulais que tu me racontes ta journée, répondit-il.

Je m'affalai de tout mon long sur un canapé. Chowleena bondit pour s'asseoir à côté de moi et dévisagea Tex. Tout le monde dévisageait Tex : homme, femme et chien.

J'optai pour un résumé.

— J'ai visité le QG de Lee, failli engager un combat de catch avec sa réceptionniste, et ensuite j'ai assommé un tueur à gages au Taser dans la rue juste avant qu'il ne me tire dessus. On a trouvé Rosie, qui s'est fait arrêter, et me voilà.

Tex me fixait du regard, l'air déçu.

Puis il haussa les épaules.

— La journée n'est pas terminée, dit-il.

Je fermai les yeux.

Tex s'en alla. Moi, je restai là où je me trouvais.

— Tu sais quel âge a ce mec ? me demanda Duke.

Je répondis à la question par une autre question :

— Plutôt vieux ?

Duke ne répondit pas. Au lieu de ça, il ajouta :

— Tu savais que c'était un ex-taulard ?

— Ouais.

— Tu savais qu'il n'avait jamais rebossé depuis son retour du Vietnam ?

J'ouvris les yeux et regardai Duke.

— Non, répondis-je.

— Tex est totalement sorti du système. À tel point qu'à côté de lui, j'ai l'air d'une midinette. Même avant qu'il aille en tôle. Pire après.

Zut alors.

— Comment sais-tu tout ça ? demandai-je.

— Hank est passé.

Je hochai la tête et refermai les yeux.

— Ce mec fait un café du feu de Dieu. Tout le monde en parle, annonça Duke.

Aaah ! Enfin une *vraie* bonne nouvelle !

Lorsque Duke reprit la parole, sa voix râpeuse résonna juste au-dessus de ma tête. Je rouvris les yeux d'un seul coup.

— C'est bien, ce que t'as fait pour lui. Personne ne peut vivre toute sa vie entouré de chats, sans jamais quitter son quartier.

J'acquiesçai de nouveau et déclarai :

— En dehors de sa blessure par balle, Tex tient la forme. Il m'a balancée par une fenêtre, et tu aurais dû le voir sur la scène du *BJ*. Il est en pleine forme, physiquement, en tout cas. Mentalement, ça peut se discuter.

— Ouais, répondit Duke en regardant par la fenêtre. Ça ne me regarde pas, mais faut quand même que je te le dise : ça fait du bien de voir que Lee et toi avez cessé de vous tourner autour. Ta grand-mère disait que vous ne formiez qu'une seule âme qui avait été divisée au paradis. Elle voulait surtout dire que vous causiez tous les deux des emmerdes à tout le monde et que vous vous méritiez l'un l'autre.

Génial.

Duke poursuivit :

— Elle serait aux anges si elle était encore vivante.

Ma gorge se serra. Lorsque je réussis à articuler quelque chose, je murmurai :

— Merci, Duke.

— À la fermeture, je te raccompagne chez toi.

Il ne s'agissait pas d'une question. Bien sûr, j'avais Chowleena avec moi, mais je ne pensais pas que des sales types se laisseraient impressionner par un chow-chow à jambières de fourrure, même si cette chienne avait une classe folle.

— D'accord, acquiesçai-je.

En rentrant chez moi, j'appelai Marianne pour convenir d'une heure où nous retrouver au *Frelon*. Ensuite, j'appelai Lee pour lui dire que j'étais à la maison. Il était à l'hôpital, auprès de Luke. J'étais bien contente de ne pas être responsable de cet accident-là, sinon, ma Citadelle du Déni aurait été surchargée.

Je donnai des croquettes et de l'eau à Chowleena. Comme elle ne fit que renifler les croquettes, je lui donnai un biscuit pour chien. Ensuite, elle me lança son regard de chien battu, et je lui en redonnai un deuxième. Après quoi elle caracola jusqu'au salon, sa queue redressée battant l'air, puis sauta sur mon canapé tout neuf, décrivit une vingtaine de cercles sur elle-même et s'affala en position de repos.

Je filai sous la douche et me lançai dans mes préparatifs « soirée en vue », qui incluaient le rasage de mes jambes. Ça me tentait moyen. J'étais fatiguée et je n'avais pas pu faire ma petite sieste réparatrice. Mais bon, il y avait une chance que Lee nous rejoigne au *Frelon*, et sa réceptionniste avait l'air tout droit sortie d'une revue de mode. Je jugeai donc plus raisonnable de faire un petit effort.

Je choisis une robe composée d'un simple fourreau en stretch noir d'où retombait un tissu vaporeux vert olive, crème et noir. Le fourreau m'arrivait juste au-dessus des seins, et la mousseline retombait en écharpe juste au-dessus de mes genoux. Je passai une ceinture souple noire munie d'une énorme boucle ronde en argent et fis bouffer la robe par-dessus pour la transformer en minijupe. J'ébouriffai mes cheveux, farfouillai au fond de mon tiroir à cosmétiques et appliquai un peu de maquillage, mis une paire de grosses créoles en argent à mes oreilles, un assortiment de bracelets à mes poignets, de bagues en argent à mes doigts, et enfilai mes bottes de cow-boy noires. Je fourrai quelques affaires dans mon sac à main et me dirigeai vers la porte.

Je me rendis au *Frelon* à pied, d'un pas décidé. Le bistrot ne se trouvait qu'à quelques pâtés de maisons de chez moi. Nous avions retrouvé Rosie. Rick Poivre et Sel et Pete le Blondinet ne faisaient plus partie du film, et le tueur à gages se trouvait derrière les barreaux. A priori, j'étais relativement en sécurité, mais je n'allais prendre aucun risque.

À mon arrivée, Marianne était déjà assise sur un tabouret au bar. J'avais demandé à Ally de nous rejoindre, mais elle bossait au *Frangin*. J'avais bravé la bête en colère et invité Eddie, mais il était dans la paperasse jusqu'au cou.

— J'adorerais pouvoir porter ce genre de robe, déclara Marianne lorsque je me glissai dans le box à côté d'elle.

Avant, Marianne faisait un petit 34. Ses cheveux changeaient de couleur en fonction de son humeur, à tel point que je ne me rappelais plus leur nuance d'origine. En ce moment, elle était brune. Elle avait de grands yeux gris. Elle était toujours aussi jolie et, si on ne faisait pas cas de son poids, elle était toujours canon. Elle avait eu du succès : en étant si délicate et si mignonne, elle avait vu les garçons se jeter à ses pieds. Mais son divorce l'avait ébranlée : ça avait été affreux, Marianne ne l'avait toujours pas surmonté, et elle se réconfortait en mangeant.

Je n'avais pas de réponse à lui apporter, alors je commandai un rhum arrangé au soda, puis je m'excusai et rappelai Lee pour l'informer que je me trouvais au *Frelon*. Marianne ne s'en froissa pas. Elle avait assisté en spectatrice innocente à l'une des fusillades. En plus, Lee était canon.

— Alors ? s'enquit-elle lorsque je refermai le clapet de mon téléphone.

Je poussai un soupir.

— Lee ne collectionne pas les petites fleurs de soutien-gorge ni de culotte. En tout cas, il ne le fait plus.

Les yeux de Marianne étincelèrent.

— Il est doué au lit ?

Elle n'avait pas posé cette question pour cancaner, ni par voyeurisme. C'était une fille qui demandait à son amie comment se déroulait sa vie sexuelle, chose naturelle dans mon cercle de copines. On ne pouvait pas nous comparer à *Sex and the City,* mais on partageait nos sentiments. Ce qui signifiait aussi que l'ensemble de notre conversation ne risquait pas de se retrouver en pièce jointe d'un e-mail envoyé à la moitié du Grand Denver, à minuit. Par conséquent, je répondis :

— Il est doué, oui.

— Doué comment ?

Je lui jetai un regard en coin.

— *Très* doué.

Marianne afficha un sourire radieux, que je lui rendis.

— Je suis si heureuse pour toi ! murmura-t-elle.

Je commençais à être heureuse pour moi, moi aussi.

Ma boisson arriva et je commandai une salade au poulet sauce Buffalo, avec un supplément de roquefort. Marianne annonça qu'elle entamait un régime. Elle commanda la même chose, mais sans le supplément.

Nous mangeâmes au bar, les assiettes disparurent comme par enchantement, j'en étais à mon troisième rhum arrangé et Marianne était partie aux toilettes lorsqu'une main fit glisser mes cheveux sur le côté avant de se poser sur mon épaule dénudée. Je tournai la tête, puis la levai pour regarder Lee au-dessus de moi.

Il avait pris une douche, s'était changé et était toujours aussi canon. Il portait un jean délavé tout propre, des bottes de cow-boy marron et une chemise vert sapin.

Je lui souris.

Il fronça les sourcils.

— Où est le reste de ta tenue ? demanda-t-il.

Je baissai les yeux sur ma robe, puis le regardai à nouveau.

— *C'est* ma tenue. Tu n'aimes pas ?

— Si, j'adore. Si tu la portes dans ma cuisine, en faisant griller un steak. Pas quand tu la portes assise sur un tabouret de bar et que trente mecs sont là à t'imaginer avec les jambes autour de leur taille.

Bon sang.

— Lee, il va falloir que tu règles ton problème de jalousie et ton côté possessif.

— Indy, il va falloir que tu t'habitues au fait que je suis le genre de mec jaloux et possessif.

Super.

Je décidai de changer de sujet. Hors de question que je change quoi que ce soit à ma manière de m'habiller, et Lee ne changerait pas lui non plus. Nous nous trouvions dans une impasse.

— Tu as déjà dîné ? demandai-je.

— J'ai grignoté à l'appartement.

Lee fixa le bar du regard, leva le menton et lança au barman :

— Une Fat Tire.

Marianne n'avait toujours pas réapparu. Je décidai donc d'aborder un autre sujet.

— Il faut qu'on parle d'Eddie.

Lee se glissa dans le petit espace entre moi et le tabouret de Marianne. Sa hanche s'appuyait contre mon genou et il posa l'avant-bras sur le bar.

— Ouais, faut qu'on en parle. À partir de maintenant, tu ne vois Eddie que si je suis avec toi.

Je serrai les dents.

— OK. D'abord, on va devoir discuter de cette manière que tu as de me donner des ordres tout le temps, parce que je déteste ça, répliquai-je.

Un sourire apparut dans les yeux de Lee. Il me trouvait mignonne.

— Je suis sérieuse, là.

La bière de Lee arriva. Il posa un billet sur le comptoir, avala une gorgée et se pencha vers moi.

— Bon, voilà comment ça marche. Je te dis ce que je ressens, avec franchise, et tu fais la même chose. La plupart du temps, on ne sera pas d'accord, mais on va gérer.

Je plissai les yeux.

Il croyait *vraiment* que ça fonctionnerait ?

— Manifestement, tu as entendu notre conversation, poursuivit Lee. Je sais ce que pense Eddie, et lui sait ce que je pense. Si tout va bien entre toi et moi, Eddie ne constituera pas une menace. Si ça foire, Eddie tentera sa chance.

— Ouais, j'avais compris.

— Je n'ai pas l'intention que ça foire entre nous, mais ça ne veut pas dire qu'Eddie ne te donnera pas quelques occasions de savoir ce que tu manques.

Oh merde.

— Donc, je veux être présent quand tu es en sa compagnie, parce que je suis du genre jaloux et possessif. C'est comme ça, et maintenant, tu sais ce que je ressens. Si tu le vois sans que je sois là, alors c'est ton problème. OK ?

— Donc, tu ne me dis pas ce que je dois faire, tu me dis ce que tu aimerais que je fasse, toi, c'est ça ?

— Si je voulais d'une femme qui fasse ce qu'on lui demande, je ne sortirais pas avec toi.

Je ne connaissais aucune femme qui faisait ce qu'on lui disait de faire, mais je soupçonnais que ça devait bien exister, quelque part. C'est juste que je ne traînais pas avec elles, vu qu'elles ne faisaient pas vraiment partie de mes fréquentations.

— Si tu souhaites simplement me faire part de ce que tu ressens, tu peux peut-être le faire sonner un peu moins comme un ordre ? suggérai-je.

— J'ai l'habitude de donner des ordres. En plus, si ça sonne comme un ordre, j'ai peut-être une infime chance que tu m'obéisses.

Je le fusillai du regard.

Lee me décocha son sourire qui tue.

Marianne approcha, mettant fin à la conversation. Tandis que Marianne et moi finissions nos verres en papotant, Lee resta derrière moi, tout proche, sa Fat Tire entre les mains. Si proche que je me mis à l'aise et m'adossai à son torse. De temps en temps, Marianne nous observait tous les deux et poussait un soupir.

À la fin de la soirée, Lee et moi la raccompagnâmes à sa voiture. Je lui fis un câlin pour lui dire au revoir et on la regarda s'éloigner. Puis on regagna le *Frelon* : Lee était garé juste devant, presque en face de l'entrée.

— Comment fais-tu pour trouver des places de parking comme celle-ci ? demandai-je lorsqu'il m'ouvrit la portière.

— Coup de chance.

Tu parles d'un coup de chance. Ça faisait partie des « méthodes » de Lee.

La voiture s'éloignait à peine du bord du trottoir lorsque son téléphone sonna. Lee décrocha tout en se rabattant sur les quatre files de Broadway dans l'intention de tourner à droite, vers chez moi.

— Quoi ? dit-il avant d'aboyer : File-moi les coordonnées.

Avant même d'avoir raccroché, il se réinsérait dans le trafic. Il referma le téléphone qu'il glissa dans la console du tableau de bord.

— Je pensais avoir une nuit calme. J'en avais vraiment besoin, marmonna-t-il en direction du pare-brise, sans vraiment s'adresser à moi.

— Qu'est-ce qu'on fait ?

— *Nous*, rien. Moi, j'ai un truc à faire. Toi, tu m'attends dans la voiture.

— Lee, ça sonnait comme un ordre, là.

— C'en était un.

Hum.

— Luke était de garde ce soir, expliqua Lee. Mais comme il est à l'hôpital, il nous manque un employé. Je pensais que la nuit serait calme. On n'a qu'un seul type à coincer et ça pouvait attendre. La plupart des gars ont mis les bouchées doubles : ils ont bossé sur leurs propres affaires en cours et sur la tienne en même temps. En ce qui te concerne, tous les cinglés sont soit morts, soit derrière les barreaux, ou bien ils se sont vu offrir un job à *Fortnum's*. Un indic a appelé Ike, qui est de service en salle de surveillance. Le type qu'on recherche vient de se pointer. Bobby et Vance sont de garde, mais au lieu de les faire rester au bureau, je les ai renvoyés chez eux. Vance habite un chalet à l'extérieur de Golden. C'est moi qui suis le plus près. Bobby arrive en renfort. Il est cinq minutes derrière nous.

— Comment savent-ils que c'est toi le plus près ?

— Tous les véhicules de l'entreprise sont équipés d'un dispositif de pistage. La Crossfire et ta Volkswagen aussi.

— Ma Volkswagen ? C'est vrai ?

Ça, c'était nouveau.

— Oui.

— Ces temps-ci, ma bagnole ne bouge jamais, dis-je.

Comme si Lee n'était pas au courant. C'était lui qui me conduisait presque partout.

— Je sais.

— Tu vas retirer le dispositif, maintenant qu'on a retrouvé Rosie ?

— Non. À présent, tu es sous la protection de Nightingale Security.

Euh... pardon ?

— Je croyais que tu ne t'occupais plus de sécurité.

— Seulement pour des occasions spéciales. Les gars surveillent mon appartement, et maintenant, ils te surveillent aussi.

— Je ne sais pas si je suis tellement d'accord.

— Tu le seras quand un taré qui voudra se venger de moi se servira de toi pour m'atteindre, et que mes gars te récupéreront en cinq minutes, t'évitant ainsi de te faire violer et assassiner.

Ouh là !

Mentalement, j'appuyai sur le bouton qui activait ma Citadelle du Déni, y fis basculer cette info et changeai de sujet.

— Qui est Ike ?

— Un de mes employés.

— Combien y en a-t-il que je n'ai pas encore rencontré ?

— Luke, Masse, Jack et Ike.

Masse ? Qui pouvait bien porter un nom pareil ? Où ces gros machos avaient-ils déniché un tel surnom ?

— L'un de tes employés s'appelle Masse ?

Je n'avais pas pu m'empêcher de poser la question.

— Son nom, c'est Mason. Mason, c'est un nom de chiottes. Alors, on l'appelle Masse.

OK. Logique.

— Oh, dis-je.

Lee s'arrêta devant un bar dont je n'avais jamais remarqué l'existence, sur Colfax Avenue. Cela dit, on ne pouvait pas dire que je passais souvent sur Colfax.

L'agitation semblait régner à l'intérieur.

Lee serra le frein à main d'un geste sec, coupa le moteur et se tourna vers moi.

— Tu restes ici, tête baissée, portières verrouillées. Bobby sera là dans cinq minutes.

Je hochai la tête.

Lee descendit. Je verrouillai les portières et l'observai pénétrer dans le bar. Ensuite, je me penchai vers le tableau de bord, appuyai sur le bouton qui débloquait le coffre et saisis les clés. Je sortis de la voiture et allai récupérer mon ceinturon dans le coffre. À ce que je savais, Ally avait conservé le spray au poivre et Eddie le Taser. Ça me laissait le pistolet paralysant. Je m'en emparai, fermai la voiture et me dirigeai vers le bar.

Plusieurs raisons me poussaient à agir ainsi. La première, c'était que je me sentais plus vulnérable dans la voiture, exposée. La seconde, c'était que je détestais être mise à l'écart. Sans oublier que je commençais à comprendre pourquoi les mecs aimaient ce genre de situation débile. Rien de tel pour une bonne poussée d'adrénaline. Et enfin, je voulais voir Lee en pleine action.

J'entrai et me figeai.

Lee m'avait quittée depuis à peine deux minutes, mais un homme noir aux dimensions impressionnantes gisait déjà au sol, bras et jambes écartés, un poignet passé par-dessus la tête. Il était menotté à la barre où les clients posaient les pieds, au bas du comptoir.

Lee était au milieu de la pièce. Un type s'acharnait à essayer de le frapper, sauf que ce type était soit complètement soûl, soit pas très doué. Lee esquivait chaque coup d'un petit mouvement désinvolte de la tête ou du torse. Puis, sans prévenir, son poing s'abattit sur l'œil gauche de son adversaire. La puissance du coup et la surprise envoyèrent le type valser à trois pas.

Lee avançait vers lui lorsqu'un autre type lui sauta dessus par-derrière. J'entrevis un autre homme qui s'approchait. Lee se courba en deux et fit passer le premier assaillant par-dessus son épaule. À mi-mouvement, il se redressa et, usant de sa propre force et de celle de son agresseur, il le balança sur le type qui arrivait vers lui. Les deux hommes allèrent rouler au sol, heurtèrent une table et les boissons volèrent dans les airs.

Ce furent les prémices d'une belle bagarre avec cris, grognements, bouteilles de bière volant à travers la pièce et mobilier cassé au programme. La seconde précédente, Lee était le clou du spectacle ; l'instant d'après, tout le monde participait.

Deux autres types s'approchèrent de Lee. Celui-ci se retourna vers l'un d'eux – un type imposant, même s'il n'était pas immense –, l'attrapa par le col de son tee-shirt et la ceinture de son pantalon, le souleva de terre et l'envoya valser à deux mètres.

Comme ça, sans effort apparent.

Le type qu'avait frappé Lee s'était remis sur ses pieds et se dirigeait vers lui. Je jugeai qu'il était temps de passer à l'action. J'appuyai sur le bouton de mon pistolet paralysant. L'appareil se mit à crépiter, j'avançai vers le type et l'effleurai avec les aiguilles. Mon ennemi se pétrifia et s'affala au sol.

Bordel de merde!

Trop cool, ce truc!

Lee m'observa, secoua brièvement la tête et pivota pour envoyer un uppercut exécuté dans les règles de l'art à un autre type, qui vola dans la pièce.

— Hé, la Blanche! Tu fous quoi, là?

Je me retournai. Une femme noire, main sur la hanche, me dévisageait, la tête oscillant d'un côté et de l'autre.

— Tu peux pas paralyser mon mec comme ça, là! Tu peux pas… argh!

Je l'avais effleurée avec les aiguilles du pistolet. Elle se figea et glissa par terre.

— Yo, salope! Tu emmerdes qui, là?

La copine de ma victime avançait dans ma direction, irradiant de colère. Je n'avais aucun doute sur le fait qu'elle était prête à se lancer dans un crêpage de chignons en règle. Par conséquent, je me penchai, la touchai à son tour avec les aiguilles du pistolet, et elle s'affala comme son amie.

Malgré le chahut ambiant, la foule nous laissait un bel espace, à mon pistolet paralysant et moi. Deux mains me saisirent soudain par les hanches. Je m'envolai pour me retrouver les fesses juchées sur le bar. Lee se pencha, attrapa mes chevilles, fit passer mes jambes derrière le comptoir puis, d'une main entre mes épaules, il me poussa et je basculai de l'autre côté.

Bobby fit irruption. Il repéra aussitôt Lee et se fraya un chemin jusqu'à lui, puis ils se baissèrent tous les deux. Impossible de les apercevoir depuis mon poste derrière le bar. L'endroit était devenu un véritable tohu-bohu. À deux reprises, je dus me baisser à toute vitesse: la première fois pour esquiver une bouteille de bière qui se prenait pour une soucoupe volante, la seconde pour éviter une chaise qui volait vers moi.

Bobby et Lee surgirent, accompagnés de l'armoire à glace du début. Le type était à présent menotté mains dans le dos.

Bobby poussait l'armoire à glace vers la sortie, le traînant à moitié. Soit ce type s'était fait sérieusement tabasser, soit on avait dû le paralyser. Bobby, qui était encore plus baraqué – en fait, il était plus massif que quiconque dans la pièce –, n'avait aucune difficulté à le maîtriser, et il se frayait tranquillement un chemin à travers la foule.

Lee sauta par-dessus le bar et me souleva pour me reposer sur le comptoir. J'éprouvai un sentiment de déjà-vu. Lee repassa par-dessus le bar, me prit par la taille et me traîna hors de la pièce.

Des sirènes hurlaient au loin. Une voiture de police était déjà sur place. À notre sortie, Willie et Brian fonçaient vers le bar, et je vis une autre voiture de patrouille approcher.

En me voyant, Brian manqua de se décrocher la mâchoire.

Willie dévisagea Lee. Suivit une conversation non verbale typiquement masculine. Je n'y compris pas grand-chose, si ce n'est que Lee ne risquait pas d'être consacré Meilleur Petit-Ami d'une Fille de Flic cette année.

— Je dépose Indy et je te retrouve au poste, dit Lee à Bobby.

Bobby poussa l'armoire à glace à l'arrière d'un SUV avant de sortir des chaînes de chevilles.

J'étais surexcitée. Je n'avais encore jamais participé à une rixe de comptoir, si on exceptait ce qui s'était passé au *BJ Carrousel*. Et personnellement, je classais cet épisode dans la catégorie des fusillades plutôt que dans celle des rixes de comptoir.

Je venais de découvrir que j'*adorais* les pistolets paralysants. Quand ce n'était pas moi qui en faisais les frais, c'était le top du top.

Et Lee cassait la baraque.

Il avait un sang-froid du tonnerre, restait super cool et contrôlait absolument tout.

Personne n'était capable de l'atteindre. En fait, personne ne parvenait même à l'approcher.

Lee descendit Colfax Avenue en se faufilant à travers la circulation sans dire un mot.

— Tu songes de nouveau à me menotter au lit, hein ? demandai-je.

— Non, je me demande si je ne devrais pas envisager de quitter la ville avant de me faire lyncher.

Hum.

— Je peux garder le pistolet paralysant ?

Pas de réponse.

Lee s'arrêta devant chez moi. Je me tournai vers lui. Impossible de contenir plus longtemps mon excitation.

— C'est mal que je sois… ben, euh, disons, euphorique ?

Lee pivota vers moi, le visage dans la pénombre.

— Non.

— C'est à l'école des forces spéciales que tu as appris à te battre comme ça ?

— J'ai appris à me battre comme ça dans des bagarres dans des bars.

— Tu n'es pas euphorique, toi ?

Il semblait si calme…

— Si, je suis euphorique. Et j'aimerais bien que tu sortes de la voiture pour que je puisse aller au poste, régler la paperasse et rentrer à la maison. Comme ça, je pourrai partager mon euphorie avec toi.

Youhou !

— D'ac ! pépiai-je.

Je me penchai, déposai un baiser sur ses lèvres et descendis à toute berzingue.

Lee démarra une fois que je fus bien en sécurité à l'intérieur.

Je lâchai Chowleena dans le jardin pour qu'elle change un peu d'air.

Puis, je fonçai à l'étage et sortis mes sous-vêtements rouges en dentelle ainsi que mon porte-jarretelles.

Lee méritait que je lui montre ma gratitude. Sans oublier que j'étais en train de laisser le bonheur filtrer à travers les barricades que j'avais érigées autour de moi. Dixit Lee.

Et j'avais un petit ami hypercanon, ultrasexy, un vrai dur à cuire.

Je n'avais aucun bas qui ne soit pas noir ; ça devrait donc faire l'affaire. Une de mes paires de chaussures avait le bout si pointu que ça en devenait dangereux et des talons aiguilles avec une petite lanière provocante enroulée autour de la cheville. Je les sortis de leur boîte. Je me déshabillai, enfilai les sous-vêtements, un peignoir court, puis je courus rappeler Chowleena. Ensuite, je lissai mes bas et tamisai la chambre avec la lumière de ma coiffeuse, de manière à obtenir juste assez de luminosité pour discerner les choses sans les voir réellement.

Je fis les cent pas en attendant Lee. Il ne devrait pas mettre très longtemps, et comme il était euphorique, il serait pressé de rentrer.

Je posai mes chaussures au pied du lit pour pouvoir les enfiler dès que j'entendrais Lee arriver.

Puis je m'allongeai sur mon lit pour attendre.

L'adrénaline reflua aussitôt, et je m'endormis.

21

On n'est pas là pour une séance d'entraînement.

J'entendis Lee marmonner: « Merde! » et il m'agrippa le poignet.

J'ouvris les yeux. Lee était allongé sur le lit, la main sur la mâchoire.

— Salut, dis-je d'une voix ensommeillée.

— Tu ne m'as pas attendu très longtemps, observa-t-il en me lâchant le poignet.

— Je me suis effondrée.

Lee était calé contre les oreillers, la chemise déboutonnée. Sa ceinture avait disparu. Il avait l'air tout chaud et confortable et je vins me blottir contre lui, enfouissant le visage dans son cou.

Il passa un bras autour de mes épaules. De l'autre main, il se frottait toujours la mâchoire.

— Qu'est-ce que tu as à la mâchoire?

— J'étais en train de me mettre au lit quand tu t'es retournée. Tu m'as collé un pain.

Oups.

— Désolée. Ça m'arrive. J'ai le sommeil agité.

— Ouais, je suis au courant.

Je me lovai un peu plus contre Lee et posai un bras sur sa tablette de chocolat. Je fermai les yeux, la joue contre son épaule.

— Qu'est-ce que tu fais? demanda-t-il.

— Je m'installe. J'ai sommeil.

— Et ton euphorie, alors ?

— Fini l'euphorie, murmurai-je. Je m'endors.

Lee remua et posa une main sur ma hanche. Je la repoussai. Mon corps pivota en même temps et j'ouvris les yeux.

La main de Lee descendit vers mes fesses, lissant l'étoffe du peignoir.

Je le regardai. Il faisait sombre, mais je distinguais malgré tout son regard brûlant.

Hummm.

Pas si au hasard que ça, je lançai dans l'obscurité :

— Toi, tu es toujours euphorique, hein ?

— Totalement, répondit Lee en faisant courir ses lèvres sur l'angle de ma mâchoire, puis dans mon cou.

Il passa la main sous mon peignoir, frôla le porte-jarretelles et se figea.

Ça m'était sorti de l'esprit.

— Euh… je t'avais préparé une petite surprise avant de m'endormir, expliquai-je.

Lee fit courir ses doigts jusqu'à l'endroit où étaient attachés les bas.

— Ouais, je sens ça.

Il me tourna le dos, alluma la lampe de chevet, et adieu l'éclairage romantique tamisé.

— Lee, la lumière…

— Chut ! Je veux voir.

Il dénoua le peignoir et en écarta les pans. Je me sentais un peu comme une idiote. C'est vrai : j'avais acheté ces sous-vêtements pour les porter. Je trouvais les bas plus confortables que les collants. Je ne les avais jamais utilisés que dans ce but-là.

Lee baissa le regard sur mon corps puis plongea ses yeux dans les miens. Il y brillait la même lueur que j'y avais décelée dans les vestiaires de son QG. Je fus parcourue d'un frisson. Lee était à deux doigts de perdre le contrôle de lui-même.

— C'est Noël, dit-il.

Du doigt, il traça le contour de mon sein, par-dessus la dentelle. Puis sa langue remplaça sa main.

Finalement, je n'avais plus si sommeil que ça.

La bouche de Lee remonta sur ma poitrine, vers mon menton, puis jusqu'à ma bouche.

— Tu accordes une valeur sentimentale à ces sous-vêtements ? demanda-t-il.

Je fronçai les sourcils, confuse. J'avais envie de l'embrasser, et lui me parlait de la valeur sentimentale de mes sous-vêtements. Encore un truc de mec jaloux et possessif? Croyait-il qu'un autre homme me les avait offerts ?

Je me tortillai pour passer une jambe autour de la taille de Lee, les bras autour de son dos, et je me plaquai à lui.

— Non, je me les suis achetés toute seule, pour des raisons purement utilitaires, répondis-je.

— Alors, si je les déchire, je peux t'en racheter sans provoquer de crise de nerfs ?

Oh mon Dieu.

Je regardai Lee droit dans les yeux. Il était en train de perdre le contrôle, la bête sauvage refaisait surface. Je n'arrivais pas à articuler un mot, et je me contentai de hocher la tête.

— Parfait, grogna-t-il.

À la fin de nos ébats, j'étais à califourchon sur Lee, les genoux pressés contre ses flancs, torse contre torse et le visage dans son cou.

Lorsque je retrouvai mon souffle, je murmurai :

— Je ne suis pas trop lourde ?

— Non.

Lee me caressait distraitement le dos et les fesses. J'étais bien contente de ne pas être trop lourde, parce que j'envisageais de rester dans cette position pour le restant de mes jours.

Des deux mains, Lee rassembla mes cheveux en un chignon et tira doucement dessus.

Je levai la tête pour le regarder. Il me dévisagea et un sourire s'épanouit lentement sur son visage.

— Qu'est-ce qu'il y a ?

— J'adore ton expression d'après l'amour. Tu parais heureuse, détendue... (Il marqua une pause et son sourire atteignit ses oreilles.) Comblée.

Il tira à nouveau sur le chignon avant de libérer mes cheveux, qui retombèrent, épars, sur nos deux corps. Il les ôta de son visage et passa les doigts sur ma tempe.

— Prétentieux, marmonnai-je dans son cou.

Je sentis que son corps était parcouru de soubresauts et il m'enlaça à nouveau.

— J'aime ça, dis-je d'une voix endormie.

— Quoi ?

— T'entendre rire. Avant, tu riais tout le temps. Ça ne t'arrive plus beaucoup.

— Tu m'évitais. On ne se fréquentait pas tant que ça.

— Alors, tu es en train de me dire qu'en fait, tu ris tout le temps, mais que je ne le vois pas ?

— Non. Je te dis que je riais tout le temps parce que j'étais avec toi. Tu es folle et tu es drôle. C'est une des choses que j'adore chez toi.

Je me pétrifiai.

— Qu'est-ce que tu viens de dire ?

— Que tu étais drôle.

— Non, la suite.

Lee resta silencieux. Je levai la tête pour l'observer.

— « L'une des choses » que tu adores chez moi ?

— Ouais, fit-il.

— Qu'est-ce que tu aimes d'autre ?

Lee avait le regard tendre, les yeux chocolat fondu et l'air comblé, lui aussi. C'était ultrasexy. Pourtant, j'avais le sentiment qu'il était on ne peut plus éveillé.

— J'adore tes fesses, tes cheveux et tes jambes, répondit-il.

— C'est tout ?

— Non, j'adore aussi tes yeux.

Les yeux que Lee adorait se rétrécirent.

— C'est tout ? répétai-je.

— Je devrais peut-être préciser que j'adore tout particulièrement tes fesses.

J'amorçai un mouvement pour me relever, mais Lee roula sur moi et me plaqua sur le lit.

— Je veux juste m'assurer de bien comprendre de quoi il s'agit, dit-il. C'est une conversation postcoït qui va nous mener en douceur au pays des rêves, ou une conversation sérieuse ?

C'était une conversation on ne peut plus sérieuse. Je ne sommeillais plus du tout. Je flippais totalement et mon cœur tambourinait dans ma poitrine.

— Deuxième option, l'informai-je.

— D'accord. Alors maintenant, je veux savoir si tu as eu l'occasion d'ériger à nouveau toutes tes barricades, ou si nous allons avoir une conversation franche, à laquelle tu vas participer toi aussi ?

Hum. Ça, c'était une question à laquelle il était vachement plus difficile de répondre.

Lee m'observa.

— Je m'en doutais, marmonna-t-il.

Merde.

Merde, merde, merde.

— Pour ce que ça vaut, je vais te faire partager mes intentions, annonça Lee. Toi et moi, on n'est pas là pour une séance d'entraînement. Et ça n'a rien à voir avec la famille ou les amis. C'est parce que je t'aime. Tu es marrante, belle et tu prends soin des gens. J'aime la manière dont tu me regardes, surtout quand tu crois que je ne m'en aperçois pas. J'aime le fait qu'on ait une histoire commune, que nos gosses se retrouveront avec une immense famille et partageront cette histoire. J'aime l'idée qu'il n'y ait jamais eu d'époque où leur papa et leur maman ne se connaissaient pas. Si ça avait été la cata au lit, j'aurais peut-être hésité un peu, mais toi et moi, c'est de la dynamite. J'ai l'intention de t'épouser. Je veux passer le restant de ma vie avec toi. Pas de bol si ça te fout la trouille, parce que maintenant qu'on est lancés, hors de question de revenir en arrière. Il n'y a pas de retour possible.

Après quelques secondes, je m'aperçus que j'avais cessé de respirer. Je fis un monstrueux effort pour reprendre ma respiration.

Lee m'observait.

— Tu as quelque chose à dire ?

J'avais un tas de trucs à dire, mais rien que je sois prête à formuler.

— Quand as-tu su que tu étais amoureux de moi ?

Lee soupira et se poussa pour s'allonger sur le côté, m'entraînant avec lui. On se retrouva tous les deux étendus face à face.

— Je l'ai su la dernière fois que tu as essayé de me séduire, juste avant que tu ne commences à m'éviter. J'étais en permission, tu m'as coincé dans le salon de ton père et je t'ai dit que je te considérais comme une sœur.

À ce souvenir, mon estomac se noua. Ça avait été le moment le plus affreux, le plus humiliant et le plus atroce de toute mon existence.

— Je ne t'ai pas « coincé », répliquai-je.

— Ça y ressemblait fortement.

Gnagnagna.

Bon, passons.

— Pourquoi à ce moment-là ?

— Parce que je mourais d'envie de coucher avec toi. C'était limite physiquement douloureux de te repousser. Et ça m'a fait vraiment mal de voir ton expression quand je t'ai dit que je te considérais comme ma sœur. Ça m'a fait souffrir de te faire souffrir. C'est à ce moment-là que j'ai compris.

— Ça fait un bail.

La main de Lee qui était posée sur ma taille passa dans mon dos. Il m'attira contre lui.

— Ouais, on a perdu un max de temps. On a plein de choses à rattraper.

Lee nicha sa tête dans mon cou, mais je n'avais pas fini de parler.

— Tu voudrais m'épouser ? demandai-je.

— Non. Je vais t'épouser, ce n'est pas pareil. (Il releva la tête.) Tu emménages chez moi ce week-end. On va s'installer, s'habituer à la vie à deux, passer un peu de temps au chalet, peut-être s'offrir un peu de bon temps dans un coin de nature avec une plage… Dans quelques mois, je t'achète une bague et on se marie.

Je n'arrivais pas à croire à ce que j'entendais.

— Tu as tout planifié.

— Ben… ouais.

— C'est tout ? demandai-je.

— C'est tout. Ce n'est pas comme ça que ça se passe, normalement ?

J'imaginais que si, mais quand même.

Je sentis le corps de Lee frémir contre moi et je m'aperçus qu'il était en train de rire.

— Nom d'un chien, India Savage réclame du romantisme !

Je me redressai sur mon avant-bras. Du « romantisme » ! N'importe quoi ! J'étais une rockeuse, quand même !

— Pas du tout ! rétorquai-je, tranchante.

Lee me souriait.

— Oh que si.

— Pas *du tout* !

Il me fit rouler sur le dos et atterrit sur moi. Ses mains vinrent s'emmêler dans mes cheveux, et il plongea ses yeux dans les miens.

— Je ne donne pas dans le côté fleur bleue, mais je te promets que tu ne seras pas déçue.

— Quel prétentieux.

— Trésor, je me contrefous que tu sois persuadée que ça ne marchera pas entre nous. Moi, je sais qu'on va adorer tous les deux la manière dont je vais t'en convaincre.

Waouh.

J'en eus le souffle coupé. Je dévisageai Lee.

Celui-ci ignora mon regard, roula à nouveau sur le dos, me fit pivoter, colla mon dos contre son torse et me serra contre lui.

Je m'attendais à avoir le cerveau en ébullition. Au lieu de ça, je m'abandonnai à mon épuisement, à la chaleur de Lee et au sentiment délicieux qui fleurissait au creux de mon ventre, me murmurant que j'étais exactement là où je devais être.

Je me réveillai blottie contre le dos de Lee, la joue collée à son omoplate.

Je jetai un coup d'œil au réveil derrière lui. 6 h 05.

J'étais bien au chaud dans mon nid douillet, mais manque de bol, j'étais réveillée. Et une fois réveillée, il fallait que je me lève.

Comme Lee dormait encore, je m'éloignai doucement et roulai de l'autre côté du lit.

Lee se retourna, m'attrapa par la taille et me pressa contre lui.

J'attendis qu'il se passe quelque chose d'autre, avant de me rendre compte qu'il dormait profondément.

— Lee.

— Mmm ? marmonna-t-il d'une voix ensommeillée ultrasexy.

— Chéri, il faut que j'aille aux toilettes.

Il baissa le bras et je me glissai hors du lit.

Je ramassai la culotte rouge en dentelle que Lee n'avait finalement pas déchirée (même si ça avait été de justesse). Je la mis et enfilai sa chemise, ne boutonnant que le haut.

Je filai à la salle d'eau, me brossai les dents, utilisai du fil dentaire et me lavai le visage. Je dégottai un élastique et attachai mes cheveux en un chignon informe sur le haut de mon crâne, puis farfouillai dans mon placard jusqu'à trouver mon nouveau stock de brosses à dents. J'en avais trois d'avance. Pas pour les invités d'un soir, mais parce que j'étais une obsédée de l'hygiène dentaire. J'en posai une sur le comptoir à côté du lavabo, avec le dentifrice, au cas où Lee se lèverait.

Je descendis au rez-de-chaussée, mis la cafetière en route et laissai sortir Chowleena. J'ouvris le portail qui séparait mon jardin de celui de Tod et Stevie : ainsi, la chienne aurait un maximum d'espace.

Je buvais ma seconde tasse de café et j'étais en train de consulter mes mails, assise à la table de la salle à manger, les deux pieds sur le siège devant moi et les genoux ramenés contre la poitrine, lorsque Lee apparut à l'angle de l'escalier.

Il était tout hirsute (ça lui allait à merveille) et ses joues arboraient une barbe naissante. Il avait enfilé un jean dont il n'avait boutonné que le minimum pour que son pantalon ne lui tombe pas sur les jambes quand il se déplaçait. Il avait les yeux encore tout embués de sommeil, comme s'il venait tout juste de se réveiller, et il me fixait du regard en avançant vers moi.

— Salut, dis-je.

Il me rejoignit, m'empoigna les cheveux, me rejeta la tête en arrière et m'embrassa fougueusement.

En relevant la tête, il annonça :

— J'ai horreur de me réveiller sans toi.

Mon cœur cessa de battre et je clignai des yeux.

— Pardon, murmurai-je.

Lee lâcha mes cheveux et se dirigea vers la cuisine d'un pas indigné.

Nom d'un chien.

Apparemment, je n'étais pas la seule à avoir besoin de mon café du matin.

La sonnette retentit. Je me levai et allai à la fenêtre voir qui venait me rendre visite à cette heure indue. À coup sûr, c'était l'Apocalypse et on faisait appel à Lee pour sauver le monde.

C'était Eddie.

Merde.

Je gagnai la porte, attrapai la clé sur le crochet juste à côté, ouvris et dégageai la chaîne de sécurité.

Eddie était vêtu exactement comme la veille. Sauf que son jean actuel était encore plus usé, qu'il lui allait donc encore mieux, et que le tee-shirt en Thermolactyl blanc avait été remplacé par un noir.

J'ouvris le sas de sécurité et lançai :

— Salut, Eddie.

Il entra en retirant ses lunettes de soleil.

— Salut Indy. Je cherche Lee. (Il baissa les yeux sur moi et aperçut la chemise.) Je crois que je l'ai trouvé.

— Eddie, le salua Lee.

Lee se tenait debout à la porte de la cuisine, une tasse de café à la main, le jean boutonné, le regard froid et le visage fermé.

Ouh là.

Pas vraiment la situation idéale.

Personne ne faisait un geste, personne ne pipait mot.

Je décidai de m'engouffrer dans la brèche.

— Eddie, un café ? proposai-je en le contournant pour me diriger vers le salon.

— Oui, avec trois sucres et de la crème. Merci.

J'inclinai la tête avec un petit geste sexy et lançai :

— Tu l'aimes sucré. Plein de douceur.

Bordel !

Merde, merde, merde.

Je venais de flirter. Je n'en avais pas eu l'intention, mais c'était sorti comme ça.

Eddie me regarda, une étincelle d'amusement dans les yeux.

— Ouais, je l'aime sucré.

Merde.

— OK, marmonnai-je avant de foncer vers la cuisine.

Lee se tenait toujours à la porte. Il ne fit pas un mouvement tandis que j'avançais vers lui.

Il se poussa sur le côté quelques secondes à peine avant que je sois obligée de m'arrêter. Je fus contrainte de me contorsionner pour passer et je le sentis me fusiller du regard au passage.

Il s'éloigna de la porte et entra dans le salon au moment où je pénétrais dans la cuisine.

— Qu'est-ce que tu fous ici, Eddie ? demanda-t-il.

— Je te cherchais.

— Tu m'as trouvé, déclara Lee.

Son ton était provocant. L'air était plein de très *très* mauvaises vibrations.

— On m'a raconté qu'Indy et toi, vous aviez participé à une rixe sur Colfax, hier soir, déclara Eddie.

Oh oh.

Mauvais départ.

Je sortis un mug.

— C'était pas une rixe. Je récupérais un fuyard. Indy était censée rester dans la voiture. Elle rêvait de tester son nouveau pistolet paralysant, alors elle m'a suivi à l'intérieur et a assommé tous ceux qui se sont approchés d'elle. Mon renfort est arrivé. On est partis. (Lee attendit quelques secondes avant de conclure.) Indy s'est découvert une passion pour les pistolets paralysants.

Silence. Puis Eddie répliqua :

— Ouais, on m'avait raconté ça aussi. Willie l'a vue avec. Il dit que le sol était jonché de victimes.

Autre silence.

Je retins ma respiration et ajoutai du sucre dans le café d'Eddie.

Puis j'entendis des rires étouffés.

Je vidai mes poumons.

D'accord, Eddie et Lee se réconciliaient autour de mes conneries. C'était un peu embarrassant, mais ils se réconciliaient quand même. C'était le principal.

Je regagnai le salon et tendis son café à Eddie.

— Je vais m'habiller, annonçai-je.

Lee me détailla de pied en cap, mais j'étais incapable de deviner ce qu'il pensait.

— Rapporte-moi ma chemise quand tu auras fini, s'il te plaît, dit-il.

J'acquiesçai. Je me demandais de quelle humeur il était. Après l'incident du flirt, il ne devait pas être de bon poil. Je filai dans l'escalier.

J'enfilai mon soutien-gorge rouge et un pantalon de jogging de la même couleur, avec une bande blanche qui remontait de la cheville jusqu'aux fesses et redescendait le long de l'autre jambe. Je complétai la tenue avec un débardeur blanc tout fin au joli décolleté. Je vaporisai un peu de parfum et appliquai déodorant, crème hydratante et un peu de poudre, de blush et de mascara. Pas envie de me faire la totale. Je chaussai une paire de tongs et redescendis.

À mon arrivée, Lee et Eddie étaient tous les deux assis – ou, pour être plus précis, affalés – sur la table de ma salle à manger, en mode c'est-moi-le-roi-de-ce-château.

Purée.

Ça ne leur avait pas pris beaucoup de temps.

Je m'approchai de la table.

— C'est le premier jour de Tex face à la cohue du matin. Je dois aller bosser, les informai-je.

Lee m'étudia. Je m'approchai d'Eddie, qui leva les yeux vers moi et s'arrêta sur mes seins.

Je l'ignorai et tendis sa chemise à Lee, qui l'enfila illico.

— À plus tard, dis-je.

Je m'apprêtais à partir lorsque Lee me saisit le poignet.

Je me tournai vers lui.

— Tu oublies deux choses.

— Lesquelles ?

Lee posa les yeux sur mon débardeur.

— La première, c'est d'enfiler une vraie tenue.

Euh… pardon ?

— Excuse-moi ?

Juste au cas où j'aurais mal entendu, je laissais à Lee une occasion de se rattraper.

— Tu ne sors pas habillée comme ça, insista-t-il.

OK. Je ne m'étais pas trompée. Lee était complètement à côté de la plaque.

Impossible de déterminer si la pièce s'était mise à vrombir ou si tout se passait dans ma tête. C'était un peu comme dans les films, juste avant qu'un tremblement de terre n'engloutisse les voitures et tous les immeubles alentour.

— Hum, *excuse-moi ?* répétai-je, cette fois-ci totalement outrée.

Eddie leva la main et entreprit de s'inspecter les ongles. Je ne le voyais que de profil, mais je savais qu'il souriait parce que je pouvais voir sa foutue fossette.

— On devrait peut-être avoir cette discussion en haut ? suggéra Lee en voyant que je m'intéressais à Eddie.

— Ou peut-être dans un univers parallèle, où l'avatar d'Indy ne se contrefoutrait pas de ce que l'avatar de Lee lui dirait de porter ? rétorquai-je.

Impossible de ne pas comprendre l'ampleur de mon indignation, là, si ?

Eddie se leva et déclara :

— Je vais me resservir du café.

— Désolée, Eddie, dis-je.

Il se dirigea vers la cuisine.

— Faites pas gaffe à moi, dit-il en fonçant vers la cafetière.

Une fois qu'Eddie eut disparu, je sifflai :

— Dis-moi que tu ne viens pas de me faire une réflexion sur ma tenue devant Eddie !

— Je te dirai ça quand l'image de toi flirtant avec lui sera un peu moins gravée dans mon cerveau, répliqua Lee.

Yep, j'avais raison. Me voir flirter avec Eddie n'avait pas mis Lee de bon poil.

J'arrachai mon poignet de son emprise.

— C'est bon, Eddie ! criai-je. Tu peux revenir. Je m'en vais.

— Si tu essaies de partir, je te porte jusqu'en haut et je te change moi-même, m'avertit Lee.

Eddie s'appuya contre le chambranle de la porte de la cuisine.

— J'ai l'impression que vous n'avez pas franchement terminé, observa-t-il. Et ça vaut ce que ça vaut, mais je suis du côté de Lee. Si tu étais ma nana, j'te laisserais jamais sortir dans cette tenue.

Je fusillai Eddie du regard.

— On t'a sonné ?

— Non. J'essayais juste d'aider, répondit-il avec un sourire.

Il entra dans la pièce.

J'ouvris la bouche pour… je ne sais pas, moi, crier, hurler, jurer, lorsqu'un bruit nous parvint depuis la porte de derrière.

— Youhou !

Tod entra en tenue de steward.

— J'ai vu Chowleena en pleine forme et tout heureuse dehors, et ta porte était ouverte. Je savais que tu aurais du café. T'en as toujours, et j'en ai vachement besoin. La BM est au garage, alors Stevie et moi, on n'a plus qu'une seule voiture. Faut que je reste éveillé, que je retourne à l'aéroport et que j'aille chercher Stevie un peu plus tard dans la matinée, et je suis démoli, là. Je tiens plus debout. Ton café est tellement fort qu'on pourrait y dissoudre des ongles, et…

Tod nous débitait son petit discours tout en entrant dans la cuisine par la porte de derrière. Il s'empara d'un mug de café. Parvenu à la porte de la cuisine, il se figea et resta bouche bée.

Il dévisagea Lee et Eddie, son regard passant de l'un à l'autre. Plusieurs fois.

Puis il braqua les yeux sur moi.

— Qu'est-ce que tu fabriques ? Tu recrées une version hétéro de Village People en version ultravirile ?

Eddie éclata de rire. Lee baissa les yeux, mais je surpris une lueur d'amusement dans son regard.

Je serrai les dents.

Une fois qu'Eddie eut arrêté de rire, je fis les présentations :

— Tod, Eddie. Eddie, Tod.

Ils se saluèrent d'un geste de tête.

Je n'hésitai pas une seule seconde. Les mecs s'étaient ligués contre moi. J'avais besoin de renfort.

Je demandai donc à Tod :

— Que penses-tu de ma tenue ?

Tod jeta un coup d'œil autour de lui, sauf que cette fois, il s'attarda juste sur Lee et moi.

— Oh oh, y a un problème au paradis ? s'enquit-il.

— Réponds à ma question !

— D'accord, ma belle. Pas la peine de monter sur tes grands chevaux.

Tod me jaugea du regard, me détaillant des pieds à la tête.

— Super sympa, le pantalon. Tu sais très bien que je ne suis pas fan des tongs, mais là, ça passe. Génial, le soutif, mais je te dis ça parce qu'on ne voit que lui. D'habitude, ma devise, c'est : si t'as des nibards, exhibe-les. Sauf que là, avec tes airbags, t'en as vraiment beaucoup, beaucoup. Ce haut plus ce soutif sur toi, ça pourrait provoquer des accidents de la route. Es-tu prête à vivre avec ça sur la conscience ?

Génial.

J'évitai de regarder Lee, soufflai comme un bœuf, fis demi-tour et fonçai vers l'escalier.

— Très bien. Je vais me changer. Je ne voudrais pas être responsable d'accidents.

Je remontai à l'étage, troquai le pantalon de jogging pour un jean, enfilai une chemise cintrée en tissu écossais, à manches courtes, dans le plus pur style cow-boy, avec boutons-pressions en perles sur le devant et sur les deux poches de poitrine, et échangeai mes tongs rouges pour une paire en cuir marron. Ensuite, je dévalai l'escalier et fonçai dans la cuisine.

Tod était à présent assis à table avec les garçons, à siroter son café. Chowleena était couchée à ses pieds. Elle me suivit dans la cuisine, où je lui lançai un biscuit pour chien par pure solidarité féminine.

— Faut qu'on se soutienne, entre filles, lui dis-je en farfouillant dans mon tiroir fourre-tout à la recherche de mes lunettes à grosse monture dorée façon Elvis.

C'étaient des lunettes sensass, qui iraient impec avec ma chemise.

Je les dénichai au moment où Lee entrait dans la cuisine. Je lui dardai un regard qui aurait pu pulvériser un caillou et glissai mes lunettes dans le fouillis de cheveux sur ma tête.

— À plus tard, marmonnai-je avec l'intention de le contourner pour sortir.

Il fit un pas vers moi et m'accula contre le frigo, près de la cafetière, dans un coin invisible depuis la salle à manger.

— Nous n'avons pas évoqué le deuxième truc que tu as oublié, me dit-il en posant les mains sur le comptoir de chaque côté de mon corps.

J'ignorai sa manœuvre et plantai les mains sur mes hanches.

— De quoi s'agissait-il ? demandai-je.

Lee m'enlaça et m'embrassa.

Lorsqu'il eut terminé, je tentai de me ressaisir : hors de question qu'il voie l'effet qu'avait provoqué son baiser.

— Pousse-toi, ordonnai-je.

— Tu es en colère.

Sans blague.

— Plutôt, oui.

— On en rediscutera ce soir.

— Certainement pas. Ce soir, c'est soirée entre filles. Je suis prise.

— Je viendrai te chercher pour déjeuner.

— Pas de déjeuner, pas de dîner, pas de nuit ensemble. Aujourd'hui, toi et moi, on fait une pause. On ne se parle pas, on ne se voit pas, on ne fait rien du tout. Si je me suis un peu calmée, on se verra peut-être demain.

— Indy, je peux te laisser de l'espace aujourd'hui, mais ce soir, tu dors dans mon lit.

— Ça m'étonnerait.

— Je serai là ce soir à ton retour.

— Je ne rentre pas chez moi.

Une lueur un rien effrayante passa dans les yeux de Lee. Il se pencha légèrement au-dessus de moi. Étant donné qu'il était déjà très *très* près, ça devenait plutôt oppressant.

— Trésor, tu oublies qu'une partie de mon boulot, c'est de retrouver les gens. Tu crois vraiment pouvoir m'échapper ?

Non, je ne pensais pas pouvoir lui échapper. Mais j'allais quand même essayer.

— On se retrouve demain, dis-je.

Je me dégageai d'entre ses bras, traversai la cuisine d'un pas furieux, agitai la main en guise d'au revoir à Eddie et Tod qui, avec sagesse, gardèrent le silence, et ruminai ma colère tout le long du chemin jusqu'à *Fortnum's*.

22

Serial killer mutant.

J'étais presque arrivée à *Fortnum's* lorsque, du coin de l'œil, je remarquai un bout de papier jaune citron avec une photo et quelques mots écrits au-dessous. Le prospectus semblait avoir été accroché à chaque poteau téléphonique et chaque feu de circulation de Broadway, aussi loin que l'on puisse voir.

Je me dis que quelqu'un voulait à tout prix retrouver un chat perdu, et j'allai vérifier d'un pas raide. En approchant, je me pétrifiai.

Il s'agissait d'une photo de Tex, sans ses lunettes de vision nocturne (ouf), mais avec les cheveux en désordre et un sourire de maniaque scotché au visage. On aurait dit un croisement entre un tueur en série et un gentil voisin. La photo avait à l'évidence été prise en couleurs, mais photocopiée en noir et blanc, ce qui formait des taches et la rendait granuleuse et d'autant plus effrayante.

Légende de la photo : « Tex, le nouveau roi du café, *Fortnum's.* »

Bordel.

J'arrachai le prospectus du panneau téléphonique et fonçai dans la boutique.

Il y avait cinq clients. Trois faisaient la queue, deux attendaient leur café à l'autre bout du comptoir. Tex et Jane se trouvaient derrière.

— Qu'est-ce que c'est que ce bordel ? hurlai-je en agitant le papier jaune citron dans les airs.

Tex leva la tête, jeta un coup d'œil par la fenêtre, puis reposa les yeux sur moi et tendit le porte-filtre dans ma direction. Malheureusement, il n'avait pas vidé le marc de café usagé, qui décrivit un parfait arc de cercle devant lui. Les clients s'écartèrent aussitôt pour éviter l'averse.

— Qu'est-ce que tu fiches, ma jolie ? Ce truc fait une pub d'enfer, là, juste devant la boutique. Pourquoi tu l'as retiré ?

Je ne savais pas quoi dire. Je ne voulais pas lui annoncer qu'il ressemblait à un *serial killer*.

Pourtant, nom d'un chien, c'était quand même le cas.

— Tex, tu as l'air d'un tueur en série sur cette photo ! criai-je.

— Ouais, et alors ?

J'en restai comme deux ronds de flan.

— Tu crois pas que les gens donneraient un paquet de fric pour qu'un tueur en série leur serve un café ? beugla-t-il.

Bon argument. On était en Amérique. Les gens feraient la queue pour pouvoir toucher la croix gammée sur le front de Charles Manson.

Je passai derrière le bar pour récupérer la serpillière et nettoyer le sol. Une fois que j'eus terminé, je collai Jane à la caisse. Tex jurait, cognait, frappait et assenait des claques à qui mieux mieux pour chaque tasse de café qu'il préparait, comme s'il arrachait de force chacune de ses créations à ma machine à 7 000 dollars. Je mis ça sur le compte de son bras en écharpe qui l'obligeait à préparer le café d'une seule main, mais je dus faire un effort surhumain pour ne pas me prendre la tête entre les mains et hurler au meurtre.

— Qu'est-ce que t'as… (*Bang!*) fait hier soir ? (*Clank!*) me demanda Tex.

— Bagarre dans un bar… (*Smash!*) testé mon pistolet paralysant sur quelques personnes… (*Kablam!*) Lee a arrêté un type qui ne s'était pas présenté au tribunal, et on est rentrés à la maison. (*Crash!*) Et toi ?

— J'ai préparé les affiches et après, les chats et moi, on a passé une soirée tranquille. (*Bam!*)

La matinée s'écoula à peu près normalement, excepté le fait que Jane et moi sursautions chaque fois que Tex cognait la machine à expresso ou poussait un juron (c'est-à-dire très souvent). Je passai la matinée à essayer de décider où je pouvais bien aller pour éviter Lee cette nuit-là, parce que, soyons franc, dicter sa tenue à sa petite amie était déjà inadmissible. Le faire devant une tierce personne, c'était une sérieuse transgression.

S'il s'était agi de n'importe qui d'autre, je l'aurais fichu dehors manu militari. Mais comme il s'agissait de Lee, et qu'il voulait (ou plutôt, pardon, « allait ») m'épouser, j'étais disposée à rester dans une colère noire quelque temps, puis à lui en vouloir pendant des plombes.

Impossible de dormir chez une de mes connaissances : Lee les connaissait toutes. Il me restait l'hôtel. Trop facile pour Lee. Il ordonnerait sans doute à Brody de lui concocter un logiciel capable de pirater tous les registres informatiques de tous les hôtels de Denver, et il me retrouverait en moins d'une demi-heure.

Non, il fallait que je me montre astucieuse. Manque de bol pour moi, je n'étais pas si futée que ça.

Vers 11 h 30, Duke entra en titubant. Il avait l'air d'avoir une belle gueule de bois, ce qui s'avéra effectivement être le cas. Duke cuvant et Tex cognant sur la machine à expresso, ça faisait une mauvaise combinaison. Par conséquent, quinze minutes plus tard, Duke partit se reprendre un petit verre au bar dans l'espoir de faire disparaître sa gueule de bois.

La foule matinale avait disparu depuis longtemps. Tex était occupé à raccrocher le prospectus que j'avais arraché. Je l'observai marcher avec raideur, un pistolet agrafeur à la main, pour rattacher le papier au poteau. Et là, une idée géniale me traversa l'esprit. Je suivis Tex dehors.

— Hé, Tex ?

— Quoi ?

Il planta tellement d'agrafes dans le prospectus déjà à moitié mutilé que celui-ci n'avait plus aucune chance de survivre à son passage sur le poteau.

— Ça t'ennuie si je crèche chez toi ce soir ? demandai-je.

— T'as pas de chez-toi ?

— Je ne peux pas y aller.

— Et ton mec, il a pas de chez-lui ?

— Ça ne fait pas partie de mes options.

Tex cessa de planter ses agrafes pour se tourner vers moi. Il m'observa quelques secondes, comme s'il calculait dans sa tête, puis prit sa décision et haussa les épaules.

— Tu peux partager le canapé avec Tiddles, Winky et Flossy.

— Merci.

Je devais bien admettre que j'adorais dormir avec Lee. Son corps me faisait un nid douillet tout en étant fort et solide, si bien que je me sentais protégée et enveloppée en même temps. Tiddles, Winky et Flossy ne risquaient pas de me faire le même effet, mais ce ne serait que pour une nuit. Je survivrais.

Il était 15 heures et Duke n'était pas revenu. Jane était partie vaquer à ses occupations (lorsqu'elle n'était pas à *Fortnum's*, j'imaginais qu'elle tapait sur une vieille machine à écrire, une antiquité du genre de celle d'Angela Lansbury). J'étais assise derrière le comptoir des bouquins à feuilleter une revue oubliée là. Tex était assis en plein milieu d'un des canapés, les yeux écarquillés, l'air effrayant.

— On se fait chier, dit-il.

J'étais plongée dans le merveilleux récit d'un jeune homme courageux confronté à une forme rare de cancer. Je levai les yeux avant de reprendre ma lecture sans répondre.

Qu'aurais-je pu répliquer, de toute façon ? C'était vrai : on se faisait chier.

— Fais quelque chose, me supplia Tex.

Je levai à nouveau les yeux.

— Qu'est-ce que tu veux que je fasse ?

— Je ne sais pas, moi. Quelque chose. Personne n'a prévu de te kidnapper pour te garder en otage, aujourd'hui ?

Bonté divine.

— Tous les méchants sont morts ou derrière les barreaux, l'informai-je.

— Quelle poisse !

Génial.

La porte s'ouvrit et M. Kumar entra, suivi de l'effrayante Mme Salim qui traînait des pieds derrière lui à la manière d'une morte-vivante.

— Nous sommes venus vous revendre votre livre, annonça M. Kumar.

Doublement génial. Bon, ben cette victoire-là avait été courte.

— C'est chouette, M. Kumar, mais je ne les rachète pas aussi cher que je les vends, expliquai-je.

M. Kumar hocha la tête.

— C'est comme une bibliothèque de prêt, déclara-t-il.

Euh, oui. Presque.

Mme Salim traîna les pieds jusqu'au labyrinthe de livres.

— Elle en veut un autre, déclara M. Kumar.

Ah. Ma journée s'ensoleillait.

— C'est chouette, ça aussi, observai-je.

— Salut, Kumar. Un café ? lança Tex.

— Bonjour Tex ! Non, pas de café. Mais je prendrais bien un thé.

— Pas de thé, rétorqua Tex.

Je fixai les milliers de boîtes de thé Celestian Seasonings alignées sur les étagères le long du mur.

— On a du thé, dis-je à Tex.

— Ouais. Mais moi, j'en sers pas.

Je poussai un soupir, passai derrière le comptoir et préparai un thé à M. Kumar.

Je lui tendais la tasse lorsque la porte s'ouvrit sur Ally et Kitty Sue.

— Alors, ça gaze ? demanda Ally avant d'apercevoir Tex et M. Kumar. Salut Tex. M. Kumar.

— Un café ? aboya Tex.

Ally et Kitty Sue reculèrent toutes les deux de quelques pas.

— Le remplaçant de Rosie, les informai-je. Un expert du Java.

— Ouais, je prendrais bien un café, dit Ally.

Sage réponse.

— La soirée entre filles est toujours d'actualité ? me demanda Kitty Sue.

— Yep.

— Je vous tiendrai compagnie, intervint Tex.

On le regarda en chœur.

— C'est une soirée entre *filles*, Tex, expliquai-je.

— Et alors ? Quoi ? Y a un règlement ?

— Oui. La règle, c'est de passer la soirée *entre filles*.

— Ma jolie, si tu crois que je vais rater une autre bagarre dans un bar, ou une fusillade, t'es malade. Je sors avec vous ce soir.

Kitty Sue pâlit ostensiblement.

Je me dis qu'il valait mieux céder à Tex avant qu'elle ne fasse une crise cardiaque.

— J'inviterai Tod et Stevie aussi, ça égalisera, grommelai-je.

La porte s'ouvrit soudain sur un petit homme menu, aux cheveux bruns froissés très tendance et vêtu d'un costume bien coupé. Il portait un sac bleu canard de chez *Tiffany*.

— Y a-t-il une India Savage ici ? s'enquit-il.

Mon cœur cessa de battre.

Il devait s'agir d'un cadeau de Lee. Il avait décrété ne pas faire dans le romantisme, mais c'était avant de m'avoir ordonné de changer de tenue devant Eddie. Ce devait être un cadeau d'excuses. Et un cadeau d'excuses dans un sac de chez *Tiffany*, c'était le pardon assuré.

Je ne savais pas ce qui me bouleversait autant. Ce n'était pas comme si Lee ne m'avait jamais fait de cadeau. Le Noël précédent, il nous avait offert, à Kitty Sue, Ally et moi, une journée au *Tall Gras Spa*, à Evergreen. L'année précédente, il m'avait également acheté une ceinture noire avec des rivets en argent mat et une énorme boucle carrée, cadeau spécial pour mes trente ans. D'habitude, il m'offrait des bijoux en argent de chez *Cry Baby Ranch* ou des chèques-cadeaux chez *Wax Trax*. *Tiffany* n'était pas trop son genre, mais bon, je n'allais pas me plaindre, hein.

Avant que j'aie pu atteindre le livreur, Tex me devança et lui arracha le paquet des mains. Le livreur en resta pétrifié, dévisageant Tex d'un air horrifié.

— Qu'est-ce que c'est ? Ça fait « tic tac » ? beugla Tex.

Je fonçai sur lui.

— Tex, donne-moi ça.

Tex fourra le sac sous son bras en écharpe et en sortit une minuscule boîte bleue. Il déchira tout l'emballage de chez *Tiffany* (profanateur !) puis, avec les dents, arracha le petit nœud en satin blanc et secoua la boîte jusqu'à en extirper l'écrin, qu'il ouvrit d'un seul coup.

Je fis un dérapage à côté de lui et m'arrêtai pour contempler une paire de boucles d'oreilles incrustées de diamants. Des diamants *énormes*.

Waouh. Lee devait s'en vouloir à mort.

— Il y a une carte, précisa le livreur de chez *Tiffany* en récupérant avec précaution le sac sous l'écharpe de Tex.

Il en sortit une petite enveloppe qu'il me tendit.

Je l'ouvris et en sortis la carte. Un seul mot avait été griffonné à la hâte : « Terry ».

Mon estomac se noua.

— Range-les, ordonnai-je à Tex.

— Quoi ?

Tex était aveuglé par les diamants.

— Range-les.

Comme il ne bougeait pas, je me mis à hurler :

— Range-les, je te dis ! Range-les !

— Bon sang, ma jolie, pas la peine de s'exciter. Je les range.

— Reprenez-les, dis-je au livreur.

— Je ne peux pas les reprendre. On me l'a expressément interdit, répliqua celui-ci.

— Vous *devez* les reprendre !

— Impossible.

J'arrachai la boîte des mains de Tex et la tendis au livreur. Celui-ci leva les mains en l'air et recula.

— Prenez-les ! criai-je en tendant le bras vers lui.

— Non, c'est impossible. On nous a demandé de ne pas accepter un refus.

— *Prenez-les !* répétai-je d'une voix stridente.

— Bon sang, mec, prends-les ou elle va exploser ! mugit Tex.

Le livreur n'obtempérant pas, je lui balançai la boîte. Elle rebondit sur son torse avant d'atterrir par terre. Nous étions tous là à la contempler lorsque mon téléphone se mit à sonner.

Je sentis quelque chose sur mon bras et baissai les yeux sur un zombie. Mme Salim. Elle était accrochée à moi et me regardait droit dans les yeux. Ses doigts serraient mon bras avec une force surprenante, et une étrange vague de bien-être m'envahit.

Je m'aperçus que je frôlais la crise d'hystérie. J'inspirai profondément, hochai la tête à l'intention de Mme Salim et ramassai la boîte. J'arrachai le sac des mains du livreur, remis la boîte à l'intérieur et posai le tout sur le comptoir des livres.

Tant pis.

Je les donnerais à une association caritative.

— Indy, c'est Lee.

Ally se tenait à côté de moi et me tendait mon téléphone.

Comment avais-je pu oublier ? La librairie était sur écoute et il y avait des caméras. Le QG avait informé Lee de la dernière livraison en date.

Je m'emparai du téléphone, dont je refermai le clapet d'un coup sec.

Ally fixa mon portable des yeux, puis moi.

— Tu viens de raccrocher au nez de Lee ? demanda-t-elle.

— Yep.

Ally contempla à nouveau le téléphone, puis moi.

— Tu viens de raccrocher au nez de mon frère ? répéta-t-elle d'une voix légèrement suraiguë.

Elle venait de passer en mode hystérique, genre on-ne-touche-pas-à-ma-fratrie.

— Ally ! dit Kitty Sue d'une voix apaisante.

— On fait une pause, tous les deux, informai-je mon amie.

— Comment ça, une pause ? Ça fait une semaine que vous êtes ensemble ! hurla-t-elle.

— On fait une pause, répétai-je.

— J'y crois pas ! s'écria Ally, la main sur la hanche.

Le compte à rebours avait commencé. Dans trois secondes, elle me sauterait dessus et m'arracherait les yeux.

— Ally, intervint Kitty Sue, ça ne te regarde pas.

— Comment ça, ça ne me regarde pas ? Lee est mon frère et Indy ma meilleure amie.

— Ta mère vient de te dire que ça ne te regardait pas, dis-je. Laisse tomber.

— Laisse tomber ? Tu viens de me dire de laisser tomber, c'est ça ? Ça fait vingt-deux ans que j'attends ce moment ! (Ally s'était remise à hurler.) Tu ne peux pas faire de pause. C'est ridicule ! Hank ne se mariera jamais, aucune femme n'est assez parfaite pour lui. Toi, tu es parfaite pour Lee, et tu refuses de régler tes problèmes avec lui. Je n'aurai jamais de nièce qui portera mon prénom !

— Bordel, Ally ! Fais tes propres gosses ! répliquai-je en hurlant à mon tour.

— Non, mauvaise idée, ne fais pas ça, intervint Kitty Sue. Pas avant d'avoir trouvé un homme spécial.

— Euh… Je ne voudrais pas interrompre votre discussion débile, mais on va laisser ces boucles d'oreilles en diamants sur le comptoir, oui ou merde ? demanda Tex.

— Qu'est-ce qui se passe ? interrogea une voix.

Duke était de retour et observait la scène.

Je ne savais pas quoi faire. Mon existence n'avait jamais été aussi hors de contrôle. Je ne savais pas comment gérer. J'avais besoin d'espace. De temps. De rock.

— Duke, ça ne te dérange pas de fermer la boutique ? demandai-je.

Duke hocha la tête. Je lançai à la cantonade (sauf à Ally, évidemment) :

— Kitty Sue, merci d'aider Mme Salim à trouver un livre. M. Kumar, la maison vous offre votre thé. Que quelqu'un mette ces boucles d'oreilles en sûreté, et si Lee ou l'un de ses sbires passe les chercher, donnez-les-lui. Tex, est-ce que je peux emprunter ta voiture ?

Tex me balança les clés.

— C'est la El Camino couleur bronze garée derrière.

Je sortis comme une furie, me glissai à l'intérieur de l'El Camino et restai figée devant le lecteur CD. Au bout de quelques minutes, je remarquai une énorme valisette en skaï sur le siège passager. Je l'ouvris.

Et là, je sus que j'avais trouvé le filon.

Je fis courir mes doigts sur le contenu. Carlos Santana, The Eagles, Heart, War, Neil Young, George Thorogood, Thin Lizzy, The Allman Brothers Band, Molly Hatchet, BTO… le nirvana du rock'n roll.

Je sortis un CD de Free de la valisette et le fourrai dans le lecteur. J'allumai le moteur, baissai les vitres, haussai le volume, chaussai mes lunettes dorées à la Elvis Presley et descendis l'allée pour m'engager sur Bayaud, puis Broadway. Dans un crissement de pneus, je dépassai Lee qui claquait la porte de la Crossfire garée juste devant *Fortnum's*. « All Right Now » se déversait par les vitres ouvertes. L'extase.

23

Say It Ain't So, Tex.

Tex et moi étions en route pour les *Deux Dragons*. Ce soir-là, c'était soirée entre filles au Chinois.

J'avais passé l'après-midi au centre commercial de Flat Iron Crossing.

Pour apaiser l'âme d'une fille, la meilleure solution, après le rock'n roll, c'était le shopping et les bretzels de Tante Annie. Je m'adonnai à ces deux activités dans des proportions thérapeutiques.

Comme il n'aurait pas été très intelligent de rentrer chez moi (à l'heure qu'il était, Vance avait dû truffer toute la maison de micros directement reliés au QG), je m'achetai une tenue toute neuve pour la soirée filles, sous-vêtements et maquillage inclus.

Je téléphonai à Tod et Stevie pour les inviter. Tex m'appela pour m'informer que Kitty Sue le reconduisait chez lui.

Je pris une douche chez Tex, en compagnie d'un chat assis sur la cuvette des toilettes qui contemplait le spectacle. J'enfilai mon nouveau pantalon à cordon en satin rouge, un caraco en soie couleur bronze avec des petites perles brodées autour du décolleté, et des nu-pieds à lanière assortis. Le rouge et le bronze, c'étaient les couleurs parfaites pour se rendre aux *Deux Dragons* : comme ça, je me fondrais dans le décor.

Tex conduisait. Moi, je stressais. Je passais toutes les vitesses en même temps que lui.

— C'est quoi le problème avec les boucles d'oreilles ? demanda Tex.

— Elles sont malvenues.

— Y a pas beaucoup de nanas qui diraient ça d'une paire de boucles d'oreilles en diamants.

— Je ne suis pas une nana comme les autres.

— Ça, tu l'as dit.

On s'arrêta à un feu rouge. Je rétrogradai en même temps que Tex et expliquai :

— C'est la guerre. Tu vois ce type affreux qui ressemble à Gomez Addams et qui est venu hier matin ? C'est lui contre Lee. À celui qui me remportera. Les bookmakers prennent les paris.

— Alors, le sale type essaie de t'acheter avec des diamants ? déduisit Tex.

— Yep. Et avec une robe de chez *Saks* à 7 000 dollars.

— Et Lee, y te donne quoi ?

Je comptai sur mes doigts et répliquai :

— Six des meilleurs orgasmes de toute ma vie.

— Trop de détails pour moi, dit Tex.

Il démarra en trombe au feu vert et je passai la seconde.

— En plus, je suis amoureuse de Lee depuis mes cinq ans, ajoutai-je.

— C'est gagné d'avance, alors.

Je soupirai.

— Ouais.

On se gara et on entra. La table ronde était bondée. Il y avait Marianne, Dolorès, Tod, Stevie, Kitty Sue et Ally. Entre Ally et Dolorès, deux sièges restaient inoccupés. Tex s'installa à côté de Dolorès, ne me laissant pas d'autre choix que celui de m'asseoir auprès d'Ally.

Je me tournai vers elle.

— Alors, sans rancune ? Ça t'est passé ? lui demandai-je.

— Quelle que soit la raison de ta colère contre Lee… ça t'est passé, à toi ? répliqua-t-elle.

OK. Au moins, nous savions l'une et l'autre à quoi nous en tenir.

Je pivotai vers Tex.

— C'est toi qui conduis au retour, ou c'est moi ?

— Envie de te prendre une cuite ?

— Ouais.

— Alors fonce.

Je commandai un rhum épicé, en demandant à être resservie chaque fois que le verre était vide. Je ne pensais pas que la serveuse ait compris quoi que ce soit, vu que le seul anglais qu'elle parlait était celui des plats au menu, mais elle hocha la tête et sourit. C'était encourageant.

On commanda les boissons, puis les assortiments de plats sur plateaux tournants. Tout le monde les dégusta avant de recommander des boissons.

Une fois les plateaux tournants débarrassés, on nous servit les soupes. Tex demanda :

— C'est quoi, la suite du programme ?

— Quelle suite du programme ?

— Ben, la suite de la soirée ! expliqua Tex.

— Tu veux dire, après le resto ? On rentre.

Tex me dévisagea.

— Tex, c'est une soirée filles. On compare les meilleurs régimes en engloutissant trois tonnes de plats et un max de boissons. On discute des mecs pour constater que ce sont tous des salauds, des faignasses et des bons à rien, en particulier l'ex-mari de Marianne, qui est effectivement un salaud, une faignasse et un bon à rien, doublé d'un gros connard par-dessus le marché. Enfin, on parle des gens en prétendant être gentilles et pleines de délicatesse alors qu'on dissèque leur vie pour la mettre en lambeaux. Puis on s'embrasse et on rentre chez nous. C'est ça, une soirée filles.

Tex me dévisageait toujours lorsqu'on posa ma soupe devant moi.

— Merde alors ! Je rêve ou c'est Indy Savage ?

En entendant cette voix, les poils de mes avant-bras se hérissèrent. Toutes les personnes présentes à la table cessèrent de respirer. L'atmosphère se figea.

Je me retournai et n'en crus pas mes yeux. J'avais vraiment une putain de poisse.

Cherry Blackwell se tenait derrière moi.

C'était une grande blonde super mignonne. Elle avait les yeux bleus, une crinière de cheveux si clairs qu'ils étaient presque blancs et le plus beau corps de Denver, tout en seins et en fesses. C'était Barbie faite femme.

Elle était deux classes au-dessus de moi à l'école et c'était la fille la plus populaire, sans conteste. Son père était riche : à Pâques, la famille partait à Hawaï ou dans les Caraïbes, et l'été, ils voyageaient dans des lieux exotiques comme le sud de la France ou des villas en Italie.

Cherry était sortie avec Lee pendant six mois en terminale. Ça avait été les six mois les plus horribles de toute mon existence. Lee l'avait même emmenée au bal de promo. Il avait rompu avec elle avant la remise des diplômes et j'avais célébré ça en buvant peu ou prou la moitié d'un tonnelet de bière lors d'une fête. Je m'étais effondrée, ivre morte, à l'arrière de la Mustang de Lee, qui m'avait portée jusqu'à mon lit (selon les dires d'Ally, en tout cas ; moi, j'étais inconsciente à ce moment-là, et c'était bien dommage).

Cherry et Lee s'étaient retrouvés voilà quatre ans. Ils étaient sortis ensemble trois mois, et les deux derniers jours de leur brève relation avaient été marqués par la crainte d'une grossesse. Encore deux des pires journées de ma vie.

La prétendue grossesse se révéla être une tentative pour piéger Lee. Au cours de ces deux jours, ce dernier avait été d'humeur si épouvantable que je n'avais pas été la seule à l'éviter. Lorsqu'il avait découvert le mensonge, Lee avait rompu. Il n'était jamais revenu en arrière. Je n'avais plus entendu parler de Cherry jusqu'à l'année dernière.

Le bruit courait que Cherry avait eu une aventure avec le mari de Marianne. C'était Cherry elle-même qui avait propagé la rumeur, ce qui signifiait qu'elle était probablement fondée. Ça avait été la goutte d'eau qui avait fait déborder le vase déjà bien rempli du mariage de Marianne.

Un autre truc essentiel à savoir au sujet de Cherry ? C'était une pétasse de première classe.

— J'ai entendu dire que tu couchais avec Lee, déclara-t-elle.

— Ouais.

J'espérais que la conversation serait brève et pas trop douloureuse.

Cherry ne tourna pas autour du pot. Elle mit directement les pieds dans le plat.

— Je vous donne une semaine.

Je me pétrifiai. Autour de la table, je pouvais sentir presque toute l'assemblée passer en mode touche-pas-à-ma-pote.

— Ça fait *déjà* une semaine, lança Ally.

Cherry regarda mon amie, puis moi, et je remarquai deux de ses amies Barbie derrière elle. Barbie Châtain et Barbie Afro-Américaine.

— Waouh. Félicitations, dit Cherry d'un ton d'extrême surprise.

Toujours aussi douée pour sortir des vacheries, celle-là.

— Cherry, on essaie de passer un dîner sympa.

J'avais opté pour la diplomatie. Je n'avais aucune envie de provoquer un incident. Ce dont j'avais besoin, c'était d'une chouette soirée entre amis, de me relaxer, de finir bourrée, et de m'effondrer avant d'affronter les affres de la gueule de bois du lendemain. Je n'avais bu qu'un seul rhum épicé. Il m'en aurait fallu au moins six pour défier Cherry.

Celle-ci balaya la table du regard et s'arrêta sur Marianne, qui était rouge comme une tomate.

— Marianne, tu as l'air en pleine forme ! roucoula Cherry.

Quelle peau de vache !

Impossible de me retenir : je repoussai ma chaise, menaçante.

— Cherry…

Cherry reporta son attention sur moi, le regard glacial.

— Juste un petit conseil, Indy, de fille à fille, si tu veux tenir au moins deux semaines avec Lee. Il adore qu'on le suce le matin. Au lit, c'est une bête sauvage ; mais une bonne fellation au réveil, et il te rendra la pareille. Ça te changera la vie.

Tous mes muscles se pétrifièrent.

— Qu'est-ce qu'elle vient de dire, là ? demanda Stevie.

— Elle n'a pas dit ça devant moi, quand même ! s'écria Kitty Sue.

— Oh bordel ! s'exclama Dolorès.

— Bonté… diviiiiine, dit Tod.

— Espèce de pouffiasse ! s'écria Ally.

— Ouais, tout à fait d'accord, ajouta Tex.

J'allais me lever de ma chaise. J'avais l'intention de lacérer le visage de Cherry. Mais la dame qui se trouvait à la table de derrière prit la parole.

— Excusez-moi, mais nous essayons de manger ! lança-t-elle à Cherry.

J'observai la dame. Elle avait l'âge de Kitty Sue, les cheveux teints d'un châtain uniforme, le corps menu et le ventre mou.

— Mets-la en sourdine, vieille bique. Je discute, répliqua Cherry.

Qu'est-ce que je vous disais ? La reine des salopes.

La dame regarda son mari, qui était assis en face d'elle.

— Est-ce qu'elle vient de me traiter de vieille bique ?

Le mari paraissait tétanisé. À l'évidence, la bête qui sommeillait en Martha depuis sa ménopause venait d'être libérée.

La dame reporta son attention sur Cherry.

— Vous ne pouvez pas me traiter de vieille bique. Je n'ai que cinquante-deux ans. Cinquante ans, c'est la nouvelle quarantaine, expliqua-t-elle à Cherry.

— Quand on est vieux, on est vieux, et toi, t'es une ancêtre, rétorqua Cherry avant de se retourner vers moi.

Elle ouvrit la bouche pour dire quelque chose, mais un petit pois vola dans les airs et atterrit dans ses boucles coiffées à la Farrah Fawcett.

Oh-oh.

Ça sentait le roussi.

Cherry perçut l'atterrissage du petit pois. Elle se mit à taper sur ses cheveux comme si elle s'était fait attaquer par un essaim d'abeilles tueuses.

Le petit pois parti, elle se retourna vers la dame.

— Vous venez de me jeter un petit pois ?!

En guise de réponse, la dame isola un autre petit pois dans son riz cantonais et le balança sur Cherry. Il lui rebondit sur le menton avant d'atterrir par terre.

— Bataille de bouffe ! brailla Tex.

Je me tournai vers lui et lançai :

— Chut !

— Que se passe-t-il ici ?

Tout le monde regarda la propriétaire des *Deux Dragons* qui régnait sur l'avant du restaurant. Elle était super, ultra, mégacool, sublime, svelte, ses cheveux noirs étaient rassemblés en un chignon impeccable et c'était une vraie pro de l'eye-liner.

— Rien du tout, répondis-je.

J'essayais de jouer la conciliatrice : on pouvait peut-être encore sauver la soirée ? J'avais l'espoir de prendre quelques verres de plus et de pouvoir déguster mon poulet au sésame.

— Elle m'a traitée de vieille bique ! s'exclama la dame derrière nous, contrecarrant mes plans.

La femme-Dragon se tourna vers Cherry.

— C'est vrai ?

— *C'est* une vieille bique. Putain, c'est quoi, le problème, bordel ? répliqua Cherry.

— Ce n'est pas gentil, décréta la femme-Dragon.

— Et ce n'est pas tout ! ajouta la dame de derrière. Cette tablée était tranquillement en train de savourer son repas quand cette fille est arrivée et s'est mise à parler de... (la dame baissa la voix) de fellation !

La femme-Dragon se tourna vers Cherry, les yeux plissés, menaçante.

— Vous harcelez mes clients avec des cochoncetés ? C'est quoi, votre problème ?

C'est alors que, surgi de nulle part, un bol de soupe aux œufs pochés fendit les airs. Il entra en collision avec le crâne de Cherry et la soupe se mit à goutter sur ses cheveux et ses épaules.

Tout le monde se tourna vers Marianne, qui était debout, haletante, les poings serrés sur les hanches.

— *Tu as couché avec mon mari !* hurla-t-elle.

Dieu du ciel.

À cette annonce, la dame qui s'était fait insulter balança le plat de riz cantonais sur Cherry. Son contenu se répandit partout en minuscules petits bouts. Cherry poussa un cri suraigu de toute la force de ses poumons. Plusieurs bols de soupe se mirent soudain à converger dans sa direction, tous propulsés par Tod et Stevie qui, soit dit en passant, visaient sacrément bien.

Puis Marianne contourna la table à toute vitesse et plaqua Cherry au sol. Elles entreprirent de se rouler par terre en grognant et en se tirant les cheveux. Ally et moi essayâmes de les séparer, mais la dame qui s'était fait insulter nous sauta dessus et on se retrouva au beau milieu du grabuge. Les deux copines de Cherry s'en mêlèrent – il faut dire qu'on leur roulait sur les pieds. Elles s'effondrèrent l'une sur l'autre comme deux quilles de bowling.

Après ça, je ne me rappelle plus grand-chose, si ce n'est que la femme-Dragon se mit à hurler « Au secours ! Police ! » avant de s'enfuir en courant.

Cherry et moi, on cessa l'échauffourée en même temps. Nous nous roulions dans la soupe et le riz cantonais en tapant des pieds, mordant et s'arrachant les cheveux, lorsque deux bras me prirent par les aisselles et me soulevèrent.

En me retournant, je tombai nez à nez avec Tony Petrino, un policier en uniforme que je connaissais de vue. On s'était croisés au cours de deux ou trois soirées et on avait passé plusieurs heures tous les deux bourrés sur des transats, à essayer de déchiffrer le sens caché des paroles d'« American Pie » de Don McLean.

Tony me traîna illico au-dehors, sur le côté du restaurant, vers le parking. Il se retourna soudain et mit la main sur l'étui de son revolver.

— Toi, l'armoire à glace, tu recules, ordonna-t-il à Tex.

— Je suis avec elle. J'suis son garde du corps.

Tony me regarda en haussant les sourcils.

— C'est vrai, dis-je, parce que c'était la vérité. Enfin, presque. Tu vas m'arrêter ?

Tony secoua la tête.

— Tu rigoles ? Ton père et Malcolm me tomberaient dessus. Et hors de question que j'arrête la petite amie de Lee Nightingale. Il me couperait les couilles. Et j'y tiens, à mes couilles. Monte en voiture et file.

Tex et moi ne nous fîmes pas prier. Au vu de l'état actuel de mon existence, cette opportunité était un cadeau du ciel.

Je remerciai Tony, on monta dans l'El Camino et Tex démarra. Quelques pâtés de maisons plus loin, il bifurqua vers un *Sonic* et s'arrêta devant l'une des bornes du drive-in.

Je jetai un coup d'œil autour de moi. J'adorais *Sonic*. C'était le seul fast-food de ma connaissance à servir des Tater Tots, des pommes de terre râpées frites.

Sauf que *Sonic*, c'est une franchise.

— Tex…

— Je sais, je sais. Mais j'ai vu ce machin sur une pub. J'ai la dalle, et ils t'amènent ta bouffe dans la voiture. On nous laissera entrer nulle part, vu que tu es couverte de soupe wonton et de riz cantonais.

Manque de bol, Tex avait raison.

— Je suis désolée pour ta El Camino. Elle va puer. Je te paierai le nettoyage.

Tex haussa les épaules.

— C'est pas plus mal, je dirai, dit-il.

Il me demanda ce que je prenais avant d'aboyer la commande dans le haut-parleur, tandis que je faisais la tournée des coups de fil pour m'assurer que tout le monde allait bien et que personne n'était ni blessé ni au poste. Une fois que je fus certaine que le monde ne s'était pas arrêté de tourner, j'engloutis mes Tater Tots nappées de fromage orange fluo et les fis descendre à l'aide d'une boisson chocolatée. Puis Tex démarra la El Camino. En route pour le royaume des chats.

Je pris ma seconde douche en compagnie du chat (un certain Rocky) qui m'observait depuis la cuvette des toilettes. Dans ma frénésie d'achats, j'avais oublié la lingerie de nuit. Tex me prêta une chemise en flanelle propre et un pantalon de jogging quinze fois trop grands, mais bon, c'était mieux que rien. Je fourrai mes habits imbibés de cuisine chinoise dans un sac plastique et le fermai avec un double nœud.

C'était sympa de dormir chez Tex. Après ma douche, il nous sortit une gnôle capable de vous incendier la gorge mais qui, curieusement, avait un effet apaisant. Il sortit également un sachet de chips de maïs et une gigantesque barre chocolatée aux amandes. On s'installa pour grignoter devant la télé en regardant tout ce qui passait, pubs comprises, chose inédite à l'ère de la télécommande. La monstrueuse télévision de Tex devait dater du bicentenaire de l'Amérique ; elle n'était pas équipée de télécommande, et aucun de nous deux n'avait envie de se lever pour changer de chaîne toutes les dix minutes.

À la fin de la soirée, Tex me fournit un drap, un oreiller et une couverture avant de me présenter à Tiddles (un angora gris qui s'installa sur mon ventre), Winky (une minette au poil tigré lustré qui se nicha entre mes chevilles) et Flossy (un matou en smoking qui se blottit au creux de mon bras). Tex éteignit la lumière. Comme d'habitude, je m'endormis d'un seul coup.

Je fis un rêve étrange. Ça commença avec le cliquetis d'un téléphone à mollette, un truc que je n'avais pas entendu depuis des siècles.

Ensuite, dans mon rêve, j'entendis Tex chuchoter (si si, chuchoter. C'est comme ça que je sus qu'il s'agissait bien d'un rêve.) :

— J'suis bien chez Nightingale Investigation ? (Silence.) Ouais, c'est Tex MacMillan. Dites à votre patron que j'ai un truc à lui.

Puis on replaça le combiné sur le récepteur.

Ça ne pouvait être qu'un rêve : jamais Tex ne m'abandonnerait ainsi.

Jamais de la vie.

Je repris conscience lorsque je m'envolai dans les airs. Des chats furent projetés tout autour de moi.

En ouvrant les yeux, je me retrouvai face à Lee. Il me cala dans ses bras en observant quelque chose, derrière moi.

Je tournai la tête et vis Tex avancer vers nous, mon sac plastique, ma besace et mes achats à la main.

— *Say It Ain't So, Tex*, murmurai-je.

— *Don't Let the Sun Go Down on Lee*, rétorqua Tex.

Je jetai un coup d'œil par la fenêtre avant de faire remarquer :

— Ça fait des heures que le soleil a disparu.

De la même voix calme que dans mon rêve (qui n'en était peut-être pas un, finalement), Tex répliqua :

— Tu sais très bien ce que je veux dire, ma jolie.

J'émis un sifflement agacé. Franchement, qu'est-ce que je pouvais bien répondre à ça ? J'avais horreur de ne pas trouver de repartie.

Lee resta silencieux tout le long de notre échange, puis il se dirigea vers la porte.

Tex lui emboîta le pas.

— Je sais marcher, tu sais, dis-je à Lee.

— Tu sais aussi courir, répliqua-t-il.

— Pas dans ce jogging, non. Il est dix fois trop grand pour moi.

Lee ne fit aucun commentaire. Il ne me lâcha pas avant d'avoir atteint la portière de la voiture. Il me déposa à l'intérieur, claqua la porte, et Tex et lui chargèrent mes affaires dans le coffre.

Tex nous fit « au revoir » de la main tandis que la voiture s'éloignait.

Traître.

Je ne prononçai pas un mot de tout le trajet jusqu'à l'appartement. Lorsque Lee serra le frein à main dans le parking souterrain, je descendis de voiture et marchai d'un pas traînant jusqu'à l'ascenseur, pieds nus, en retenant mon jogging à la taille des deux mains.

Lee saisit le sac plastique qui contenait mes habits imbibés de soupe chinoise, mon sac à main, mes achats dans le coffre, et me suivit.

Nous restâmes silencieux le temps que l'ascenseur monte et que Lee m'ouvre la porte de l'appartement. Je fonçai droit dans la chambre, sur le tiroir où Judy, la femme de ménage, rangeait mes sous-vêtements. Je retirai le jogging, enfilai une culotte, gardai la chemise en flanelle et me glissai au lit, sur le flanc, agrippée au rebord du matelas et la main coincée entre matelas et sommier. Je m'accrochais comme si c'était une question de vie ou de mort : il n'y aurait pas de câlins ce soir.

J'entendis des bruits d'eau. Manifestement, Lee ne tenait pas à prendre de risques avec mes habits couverts de nourriture : il les avait mis à la machine illico.

Je refusai de me laisser déstabiliser par ce contretemps gênant.

Lee entra dans la chambre. Je l'ignorai royalement. J'entendis le froissement de ses vêtements, puis je le sentis se glisser au lit et trouver sa place. Il ne me toucha pas et ne m'attira pas non plus contre lui comme il le faisait d'habitude. Tendue, j'attendis. Cinq minutes. Dix. Puis, alors que j'étais à deux doigts de m'endormir, Lee passa un bras autour de ma taille et me tira à travers le lit. Je me retrouvai en cuillère contre lui, à moitié coincée.

Je me figeai.

Je le sentis enfouir le visage dans mes cheveux, et il murmura :

— Quel con. Je n'aurais pas dû dire ça devant Eddie. Excuse-moi.

Merde alors.

Merde, merde, merde.

Non seulement je ne pouvais pas en vouloir à un homme qui s'excusait de manière aussi directe, mais en plus, je ne pouvais pas non plus me montrer rancunière. Double coup dur.

Je gardai le silence. Pas pour enquiquiner Lee, juste parce que je ne savais pas quoi dire.

— Je n'aime vraiment pas quand tu flirtes, ajouta Lee.

— J'avais compris.

Il fit glisser mes cheveux dans mon cou pour dénuder mon épaule, puis fit descendre sa main le long de mon bras et entrelaça ses doigts aux miens.

— On n'est pas très doués, hein ? dit-il.

— Pas vraiment, non.

Lee soupira.

— J'ai vu Cherry Blackwell, ce soir, l'informai-je.

Silence, puis :

— Ouais, c'est ce qu'on m'a dit.

— Elle était en super forme.

Autre silence.

— Cherry a déclaré tranquillement devant ta mère que tu aimais bien te faire sucer le matin.

Silence ininterrompu.

— Elle a tort, dit enfin Lee. J'aime ça tout le temps.

Cette fois, ce fut à mon tour de rester muette. Je n'étais pas certaine d'apprécier la réponse de Lee.

— Cherry est un meilleur coup que moi ? demandai-je.

Je n'avais pas pu résister : j'avais encore tout un stock de colère résiduelle, et Lee était la seule personne sur qui je pouvais la déverser.

Il poussa un soupir et ses doigts se crispèrent sur ma main.

— Indy, ne me demande pas des trucs pareils.

Oh mon Dieu ! Quelle horreur ! Cherry Blackwell était un meilleur coup que moi !

Dans le cas contraire, Lee me l'aurait dit. Il était franc du collier et ne mentait absolument *jamais*. Il omettait juste de divulguer certaines informations, à l'occasion.

— Très bien, rétorquai-je, ultra-énervée.

Je pivotai et poussai sur les épaules de Lee jusqu'à ce qu'il se retrouve sur le dos. J'étais en train de faire descendre ma bouche de son torse vers ses hanches lorsqu'il m'obligea à me redresser.

— Qu'est-ce que tu fabriques ?

— Je vais te donner de quoi comparer. Tu peux nous noter, toutes les deux. Cherry contre Indy. Comme les patineurs aux jeux Olympiques.

— Des jeux Olympiques porno ? s'enquit Lee avec une pointe d'amusement.

— Ouais, un truc dans le genre, répliquai-je.

À présent, j'étais furax. Lee me trouvait marrante. Je me dégageai de son étreinte et me remis à la tâche.

Lee m'obligea à nouveau à me redresser.

— Ta bouche n'approche pas de mon sexe quand tu es en colère, décréta-t-il.

Je tentai de descendre malgré tout, mais Lee me retenait sans cesse. Ça finit par prendre la tournure d'un match de catch. Lee aurait pu le gagner sans le moindre effort : je voyais bien qu'il essayait de rester doux et de ne pas me faire mal, ce qui le désavantageait plus qu'autre chose.

La lutte se poursuivit. On s'enchevêtra dans les draps, roulant sur nous-mêmes, jusqu'à finir par tomber du lit, moi la première. Heureusement, Lee me tenait par la taille et il resserra son emprise au cours de la chute, projetant son autre bras en avant pour amortir le choc. Ça ressemblait un peu à une pompe sur une seule main, avec moi au milieu. Ce qui n'empêcha pas mes fesses de heurter le sol et la hanche de Lee de broyer la mienne.

J'en eus presque le souffle coupé, mais je résistai, roulant sur Lee, qui me roula dessus à son tour l'instant d'après.

À partir de là, coups de jambe et roulis-boulis se muèrent en baisers, jeux de langue et jeux de mains, et le combat de catch devint nettement plus intéressant.

Lee et moi étions tous les deux haletants. J'étais déjà dans tous mes états lorsque la chemise en flanelle passa par-dessus ma tête, que ma culotte s'envola et que Lee me pénétra d'un seul coup.

Je cessai instantanément de lutter, enroulai mes jambes autour de ses cuisses et passai les bras dans son dos.

Lee commença à aller et venir en moi et j'accompagnai ses mouvements de bassin. Nos lèvres s'effleuraient, notre respiration s'accélérait. Je levai la tête pour l'embrasser, mais il recula, sans cesser de bouger en moi. Puis ses lèvres revinrent effleurer les miennes. Je tentai à nouveau de l'embrasser, mais il recula encore.

— Lee…, murmurai-je.

Je m'apprêtais à lui dire que j'avais envie de sa bouche et qu'il ferait mieux d'arrêter de lanterner.

Soudain, il me pénétra plus profondément encore et chuchota tout contre mes lèvres :

— Là, c'est ça.

Ensuite, c'est lui qui m'embrassa.

À la fin, je me retrouvai les jambes autour des cuisses de Lee, une main dans ses cheveux, l'autre sur ses fesses. Lee, toujours en moi, avait le visage enfoui dans mon cou.

— Cherry obtient un quatre. Toi, tu as explosé le barème, marmonna-t-il.

J'aurais pu croire qu'il disait des conneries, mais Lee n'était vraiment pas du genre à ça.

— Je n'aurais pas dû poser la question.

— Non, tu n'aurais pas dû.

Lee s'écarta, nous souleva sur le lit et me positionna en face de lui.

— Je n'avais pas l'intention de flirter avec Eddie, murmurai-je dans son cou. C'était un pur réflexe.

Son bras se serra autour de moi et, de l'autre main, Lee se mit à jouer avec mes cheveux.

— Je vais essayer de faire mieux… pour le flirt, déclarai-je.

— Ça me ferait plaisir.

— Et toi, il faut que tu fasses mieux… en ce qui concerne ta jalousie. Tous les types n'ont pas l'intention de coucher avec moi.

— Tu te trompes. C'est ce qu'ils veulent tous.

— Pas Tex.

— Tex n'est pas un type normal. C'est un cinglé et il a l'âge d'être ton père.

— Duke non plus, insistai-je.

— Dolorès lui trancherait la queue s'il osait regarder une autre femme. Et lui aussi a l'âge d'être ton père.

— Hank non plus, insistai-je. (J'étais la reine de la persévérance.)

— Hank ne compte pas. Il te considère comme sa petite sœur.

— Darius non plus. (On aurait dit un chien refusant de lâcher son os.)

— Darius ne baise pas les Blanches.

Bonté divine.

Je changeai de tactique.

À voix basse – très, très basse, parce que quelque part, j'espérais que Lee ne m'entendrait pas –, je murmurai :

— Tu sais très bien qu'il n'y a jamais eu que toi.

Lee m'avait entendue.

Il se figea. Puis il plongea la main dans mes cheveux, me fit rejeter la tête en arrière et me gratifia d'un long baiser langoureux. Ensuite, il replongea la tête au creux de mon cou.

Je pris une grande inspiration avant de vider mes poumons.

— Ce n'était pas si dur que ça, si ? me demanda doucement Lee.

Si. Ça avait été affreux, ça me fichait la trouille et je me sentais atrocement vulnérable.

Comme j'avais la sensation d'avoir fait assez d'aveux pour cette nuit-là, je me tus.

Lee me laissa retrouver la maîtrise de mes émotions.

— Ally a essayé de rendre les boucles d'oreilles chez *Tiffany*, dit-il. Ils ont refusé de les reprendre. Je garde mes distances avec Coxy pour diverses raisons. Tu es coincée avec les bijoux.

— Pas de problème. J'avais décidé d'en faire don à une association caritative.

— Bonne idée. (Lee marqua une pause.) J'étais dans la salle de surveillance quand les boucles d'oreilles sont arrivées. Tu as cru qu'elles venaient de moi.

— Ouais.

— Si tu as envie de quelque chose, dis-le-moi. Je te l'offrirai. Tu peux me demander ce que tu veux.

Je retins mon souffle.

— Sérieusement ? demandai-je, une fois que je me remis à respirer.

— Je ne vais pas essayer de lire dans tes pensées pour savoir quand tu as envie d'un truc. Dis-le-moi et je t'en ferai cadeau.

Eh ben, purée ! ça lui rendait les choses un peu faciles, non ?

Pas besoin de poser de subtiles questions, d'exercer ses talents de détective ni de faire quelque effort que ce soit, si je me contentais de lui dire ce dont j'avais envie.

Je décidai de changer de sujet, parce que celui-ci risquait fort de faire grimper ma tension artérielle.

— Pourquoi Eddie était-il si impatient de te voir, ce matin ? demandai-je.

Lee roula sur le dos. Je me lovai contre lui, la joue posée sur son épaule.

— Darius a des problèmes.

— Quel genre de problèmes ?

— Le genre de problèmes dans lesquels Eddie ne peut pas s'impliquer. Le Service fait pression sur lui, au sujet de Darius. Les flics n'aiment pas leur relation. Ils voudraient mettre Darius à l'ombre.

— Eddie refuse de le faire ?

— Eddie est mexicano-américain. La famille, c'est sacré. Il nous considère comme des frères, Darius et moi. C'est l'une des raisons pour lesquelles notre amitié a survécu alors qu'on était tous les deux amoureux de toi. Eddie ne livrera jamais Darius.

Je passai le bras autour de la taille de Lee.

— Qu'est-il arrivé à Darius ?

— Après le meurtre de son père, l'assurance-vie a couvert les dépenses liées aux funérailles, plus quelques factures. Pas assez de rentrées d'argent : le niveau de vie de la famille s'est effondré. Du jour au lendemain, Darius et sa mère se sont retrouvés responsables d'une maison et des trois sœurs cadettes de Darius. C'était dur. Il était jeune. On lui a offert une voie plus facile, et il l'a empruntée. Personne n'aurait pu imaginer qu'il ferait ce choix. Mais après ce qui est arrivé à son père, Darius est devenu un jeune Black sérieusement en colère. Il cherchait la bagarre. Il l'a trouvée.

— Il pourrait s'en sortir ?

— C'est plus simple d'y entrer que d'en sortir, mais ouais. On peut tout faire, du moment qu'on le veut vraiment.

— Darius a besoin d'aide ?

Les doigts de Lee me caressaient distraitement le dos. Ils cessèrent instantanément. Lee passa un bras autour de moi et, de l'autre main, il releva mon menton pour que je le regarde.

— N'essaie pas de sauver Darius, m'ordonna-t-il d'une voix ferme.

Je fis une moue boudeuse.

— Ça ressemblait à un ordre.

— Les frères ne sont pas fans des nénettes qui se mêlent de leurs affaires. Surtout quand lesdites nénettes sont blanches. Darius ne fait pas exception. Le garçon que tu as connu au lycée a disparu.

La voix de Lee avait pris un accent qui me fichait un peu les jetons. Je capitulai.

— D'accord. Pas besoin de devenir flippant.

Lee me lâcha le menton et je me blottis à nouveau contre lui.

— Je commence à comprendre les souffrances de ma mère, dit-il. Je n'ai à m'inquiéter que de toi et j'en ai déjà la tête farcie. Elle, elle devait prendre soin de nous quatre.

— T'es un gros dur coriace. Tu survivras.

Lee roula sur moi et fit courir ses lèvres de ma joue jusqu'à mon oreille.

— Ton job à toi, c'est de t'assurer que ça en vaille le coup, déclara-t-il.

OK. Ça, ça devait être dans mes cordes.

24

Moment Metallica.

Nous étions assis sur les chaises en teck du balcon. C'était le matin, nous venions de faire l'amour et je portais un des tee-shirts de Lee et un shorty en dentelle rose indien. Je buvais mon café, les pieds sur les genoux de Lee. J'étais en mode automatique, le regard perdu vers la chaîne des Rocheuses. Lee buvait son café aussi, mais pas en mode automatique, lui. Il lisait un journal étalé sur la table, tout en caressant distraitement mon pied. Il portait un pantalon de jogging gris et rien d'autre.

Ça avait été une matinée agitée et pourtant, je n'en étais qu'à mon premier café. Je n'avais pas encore retrouvé tous mes esprits. À part ça, je m'apercevais que j'éprouvais un sentiment de satisfaction, voire, oui… de bonheur. Peut-être même de plénitude. Voire d'extase pure et simple.

Lee posa le journal, se cala sur sa chaise, étendit les jambes devant lui, croisa les chevilles et but une gorgée de café. Puis il m'observa. Je ne regardais pas dans sa direction, mais je sentais son regard.

Lee posa sa tasse et entreprit de me masser le pied, des deux mains, cette fois. C'était délicieux. Il avait des mains puissantes et savait s'en servir.

— J'ai demandé à Dawn de réquisitionner quelques gars pour mettre tes affaires dans des cartons et les déménager. Ils déposeront aussi ton mobilier dans un garde-meubles. Profite de la journée pour emballer ce que tu préfères transporter toi-même. Je repasserai ce soir, et on fera le chargement.

Mon extase s'évanouit aussitôt et la panique s'empara de chaque cellule de mon corps. Mon regard passa des Rocheuses à Lee. Je le dévisageai, incapable de prononcer un mot.

Il était lancé.

— Je connais des agents immobiliers. Je les ai appelés hier. Ils se chargeront de louer ta maison à un locataire fiable, et ils l'entretiendront en échange d'un pourcentage sur le loyer. L'annonce paraîtra la semaine prochaine.

Je retrouvai enfin l'usage de la parole.

— Je sais que je t'ai promis d'emménager ce week-end, mais… on ne va pas un peu vite, là ?

Lee entreprit de masser mon autre pied.

— Yep, répondit-il.

— Tu ne crois pas qu'on devrait ralentir un peu ?

— Non.

— Pourquoi ?

Bon, d'accord. Même moi, je percevais l'accent de panique qui perçait dans mes deux dernières syllabes. Mais quand même.

Au lieu de répondre, Lee laissa retomber mon pied, se releva et déposa un baiser sur mon front. Puis il rentra dans l'appartement.

Je l'observai s'éloigner.

Il avait une démarche agréable, très assurée mais pas arrogante. Son pantalon de jogging, resserré par un cordon, lui descendait sur les hanches. Son dos était superbement musclé. Je continuai de regarder en direction du salon même après que Lee eut disparu. J'étais repassée en mode automatique. L'image du dos nu de Lee restait imprimée sur ma rétine, comme quand on fixe le soleil trop longtemps. C'était une belle vue.

Puis Lee réapparut.

Il s'assit, saisit mes mollets, reposa mes pieds sur ses genoux et jeta une minuscule boîte rose sur la table. Je la fixai, horrifiée.

Ma pilule contraceptive ! Je l'avais complètement oubliée. Bordel de merde.

J'attrapai la boîte et jetai un coup d'œil à l'intérieur. J'avais pris le dernier cachet le lundi. J'avais été totalement décalée ces derniers jours ; mes horaires habituels en avaient pris un sacré coup. J'avais deux cachets de retard. Trop tard pour rattraper les oublis. Et j'avais fait l'amour. Plein de fois. Sans être protégée, apparemment.

Je balançai la boîte sur la table.

— Je ne l'ai pas fait exprès, je te jure.

— Je sais, me rassura Lee.

Il avait repris le massage de mon pied.

— Faut qu'on arrête le sexe. Genre, tout de suite.

Lee interrompit son massage.

— Hors de question, décréta-t-il.

— Lee ! Et si je suis enceinte ?

Il sourit.

— Dans ce cas-là, on aura un bébé magnifique.

J'arrachai mes pieds de ses genoux, bondis de ma chaise et me mis à sautiller partout en psalmodiant :

— Oh mon Dieu, oh mon Dieu...

Lee se leva et m'attira contre lui.

— Calme-toi, dit-il.

Bon sang, il se retenait de rire !

— Ce n'est pas drôle ! hurlai-je. Tous les deux, on ne tient pas une semaine sans faire de pause. C'est trop nouveau, ça va trop vite, c'est trop bizarre, bref c'est trop tout. Oh mon Dieu, oh mon Dieu...

C'était un moment grave. Un tournant de mon existence. Il me fallait du Van Halen.

Non, Van Halen, ça ne suffirait pas. C'était un « Moment Metallica ».

Aux soubresauts de Lee contre moi, je sus qu'il n'essayait plus de réprimer son amusement. En fait, il était mort de rire.

— Qu'est-ce qui te fait marrer ? criai-je.

— Tu es trop mignonne, dit-il en me regardant. Et tu es marrante quand tu dramatises. Ce n'est pas la fin du monde. Tu ne sais même pas si tu es enceinte, et on emménage ensemble, bordel !

— Pourquoi m'as-tu apporté ma pilule ?

— Parce que si tu es enceinte, mieux vaut ne pas perdre de temps avant de faire vie commune. Dans le cas contraire, il faut qu'on prenne nos précautions, et il vaut mieux ne pas perdre de temps avant de faire vie commune.

— Pourquoi est-ce que je dois emménager chez toi ? Pourquoi pas l'inverse ?

— Pas de problème.

Ma crise d'hystérie s'arrêta net. Je fixai Lee.

— Comment ça, pas de problème ?

— On mettra mes affaires au garde-meubles et c'est moi qui emménagerai chez toi. Ça ne me dérange pas.

Fixer Lee ne me suffisait plus. À présent, je le dévisageais bouche bée.

— Mais… et ta vue panoramique ?

Lee haussa les épaules.

— Et je n'ai qu'une seule salle de bains, lui rappelai-je.

— Ça devrait suffire.

— J'ai aussi un jardin. Il faudra que tu tondes la pelouse. Je ne pense pas que Stevie continuera de le faire si tu habites avec moi.

— Ton jardin a la taille d'un timbre-poste. Je devrais m'en sortir.

— La maison n'est pas sécurisée. Il n'y a même pas de système d'alarme.

— Vance en installera un.

— Et la Tour de Contrôle ? Je n'ai aucune chambre dans laquelle tu puisses installer ton matos top secret pour le boulot.

Lee éclata de rire.

— Tu veux que j'emménage chez toi ou tu préfères emménager chez moi ? À toi de choisir, dit-il.

— Je ne sais pas.

C'était vrai.

— Eh bien, il va falloir te décider, parce que l'un de nous deux déménage ce soir. Fini de tourner autour du pot.

— Je ne peux pas choisir maintenant. Je suis trop stressée. Je suis peut-être enceinte. Je crois qu'il faut que j'aille acheter des vitamines ou un truc dans le genre.

Lee me serra contre lui. Il était secoué de hoquets de rire. Moi, je ne trouvais pas ça marrant du tout. Je trouvais ça flippant à mort.

Lorsqu'il eut retrouvé le contrôle de lui-même, il annonça :

— On emménage chez toi. C'est près de *Fortnum's* et tu as des voisins sympas. Et puis, j'aime bien ta chambre. Je vais louer l'appart.

Ma panique reflua un peu, sans pour autant disparaître totalement.

Lee me dévisagea.

— Ça te va ? demanda-t-il.

Je hochai la tête.

Lee arborait une expression emplie de douceur, et la couleur chocolat fondu avait repris possession de ses yeux. Mes genoux flageolèrent. Je m'appuyai contre lui.

Et l'interphone se mit à sonner.

— Putain, grommela Lee.

Il me lâcha et gagna la porte.

En revenant, il annonça :

— Darius monte.

J'avais déjà accueilli Eddie vêtue du tee-shirt de Lee. Hors de question que je me balade devant Darius dans cette tenue. C'est vrai, quoi : j'étais peut-être enceinte. Les femmes enceintes ne se baladent pas sous le nez de tout le monde vêtues d'une simple culotte et d'un tee-shirt.

Je saisis ma tasse, la re-remplis et courus dans la chambre.

Je me maquillai à la va-vite : trois tonnes d'ombre à paupières scintillante, dix couches de mascara et du blush translucide. J'enfilai un jean et la ceinture noire à clous que Lee m'avait offerte, surmontée d'un tee-shirt blanc qui déclarait : « J'ai abattu J.R. » en lettres noires, puis me glissai dans des tongs assorties.

Je regagnai la cafetière en traînant des pieds, versai du café dans un mug de voyage et me rendis sur le balcon, où étaient avachis Lee et Darius.

Je restai debout à la baie vitrée.

— Salut, Darius.

Darius m'avait observée approcher. Il hocha la tête en ébauchant un sourire, sans rien dire.

Je me tournai vers Lee.

— Faut que je passe à la librairie.

— Prends la Crossfire. Je vais conduire la Duc, ce matin, me dit-il.

— La Ducati est ici ?

— Ouais.

Super.

Je mourais d'envie que Lee m'emmène bosser sur la Ducati, mais hors de question que je le lui demande.

— Je t'emmènerai faire un tour à moto ce soir, proposa-t-il, un sourire dans les yeux.

— Sors de mon cerveau ! m'écriai-je, la main sur la hanche.

J'eus droit à un sourire radieux.

— Tu m'accompagnes jusqu'à la porte ? demandai-je.

J'observai Lee se lever et je le précédai vers l'entrée, avant de m'arrêter et de me retourner vers Darius.

— On fait un barbecue samedi, chez Ally. Je suis sûre que tout le monde serait content de te revoir, lançai-je.

Lee baissa le menton en hochant la tête, l'air de dire : « Je n'arrive pas à croire qu'elle soit aussi stupide ».

— Merci, Indy, mais je suis pris, répliqua Darius.

— Pas de souci, viens quand tu auras fini.

Darius fit « non » de la tête.

— Viens avant, alors. Amène ta mère et tes sœurs. Ça fait une éternité que je ne les ai pas vues, insistai-je.

Lee me saisit l'avant-bras, me fit pivoter et me reconduisit d'un pas ferme vers la porte. Je me contorsionnai pour jeter un regard en arrière. Darius souriait.

— Ciao ! criai-je alors que j'atteignais l'angle du canapé, juste avant d'entrer dans la cuisine.

Au passage, Lee attrapa les clés de la Crossfire sur le comptoir, puis il me stoppa net.

— Qu'est-ce que je t'avais dit au sujet du sauvetage de Darius ? s'enquit-il.

— Quoi ? Je l'ai juste invité au barbecue.

— Tu es toquée.

Je mis le poing sur ma hanche.

— Pardon ?

Lee secoua la tête.

— Non, dit-il. Hors de question. Je ne mords pas à l'hameçon. On ne se dispute pas aujourd'hui. Tu peux pousser le bouchon tant que tu voudras.

N'importe quoi ! Comme si *moi*, j'avais envie qu'on se dispute.

Je me hissai sur la pointe des pieds et déposai un baiser à la va-vite sur les lèvres de Lee, puis je lui pris les clés des mains.

— C'était quoi, ça ? demanda-t-il.

— Un bisou d'au revoir.

Lee fit deux pas vers moi. Je reculai d'autant et heurtai un mur. Lee posa les mains sur mes fesses, m'attira contre lui et m'embrassa à en perdre haleine.

— Ça, c'était un au revoir, annonça-t-il une fois qu'il eut fini.

Je repris mon souffle, toute flageolante.

Tu parles d'un bisou.

Lorsque j'arrivai à *Fortnum's*, Ally et Tex se trouvaient derrière le comptoir à café. Six personnes faisaient la queue.

Trois autres avaient déjà passé commande et attendaient leur café. Tous les fauteuils et divans étaient occupés, et tout le monde sirotait son breuvage.

« Girls Girls Girls » de Motley Crue résonnait dans les haut-parleurs du lecteur CD.

Je jetai un coup d'œil à ma montre. La librairie était ouverte depuis seulement vingt minutes.

Apparemment, les gens payaient *vraiment* pour avoir le privilège qu'un sosie de *serial killer* leur prépare le café.

— Merde alors, dis-je.

— Amène ton cul derrière le comptoir, ma jolie ! T'as vraiment l'impression qu'y a rien à faire ? Tu crois que t'as le temps de rester là à gober les mouches ? beugla Tex.

Je fis le tour du comptoir et repérai Annie, la blonde avec la coupe au bol qui m'avait hurlé dessus durant l'émeute pro-Rosie. Elle contemplait sa tasse avec une vénération habituellement réservée à la découverte d'un billet pour le premier rang d'un concert. Elle leva les yeux vers moi.

— Où dénichez-vous ces types ? murmura-t-elle.

— Coup de chance, répondis-je avant de me mettre au boulot.

Il y en avait tellement que pendant plusieurs heures, mes pensées se limitèrent au café, au lait, au sirop et à tout cet argent qui tombait dans ma caisse. Il n'y avait jamais eu autant de monde, même du temps de Rosie. Nous avions nos heures de pointe, bien sûr, mais là, c'était de la folie.

Vers 10 h 30, la foule se dispersa. Duke arriva et s'installa au comptoir des livres, où nous ne manquions pas de travail non plus. Un nombre considérable de clients étaient assis à lire tout en dégustant leur café.

— On est toujours fâchées ? demanda Ally lorsqu'elle eut enfin l'occasion de m'adresser la parole.

— Eh bien, vu que ton énervement allait de pair avec ma colère contre Lee… et vu que notre pause à Lee et moi est terminée… Hum, non, on n'est plus fâchées.

Ally sourit.

— Chouette.

Ça marche comme ça, avec les meilleures amies. On se fâche et on se réconcilie.

Je me tournai vers Tex.

— Toi, par contre, tu es un traître. Je ne t'adresserai plus jamais la parole, décrétai-je.

— T'as eu le numéro sept hier soir ? me demanda Tex.

Je le dévisageai. Je n'avais absolument aucune idée de ce dont il pouvait bien parler.

Et soudain, ça fit tilt.

L'*orgasme* numéro sept.

Oh merde.

Hum, j'avais peut-être effectivement partagé un peu trop d'infos avec Tex la veille au soir.

Comme j'avais bien eu le numéro sept la veille et même le numéro huit ce matin, je gardai le silence.

Mais la réponse dut se lire sur mon visage, car Tex explosa de rire et déclara :

— T'as aucune raison de m'en vouloir. J'veux plus en entendre parler.

— De quoi il parle ? demanda Ally.

Je me tournai vers elle.

— D'orgasmes.

Ses yeux s'arrondirent comme des soucoupes.

— T'inquiète. Tu sais où je peux trouver un test de grossesse ?

À présent, les yeux d'Ally avaient l'air de vouloir lui sortir de la tête.

— Naaaan, dit-elle.

— Je ne sais pas. J'ai merdé. J'ai oublié de prendre ma pilule deux jours de suite.

— Naaaaaaaaaan !

— J'ai pas fait exprès.

— C'est génial ! s'écria Ally. J'appelle maman !

— Non ! N'appelle pas Kitty Sue ! N'appelle personne, d'ailleurs. Ce n'est pas génial du tout. Je ne veux pas de bébé. Enfin, j'en veux peut-être un… peut-être que je veux un bébé de Lee… mais pas tout de suite. Il n'a même pas encore vu tous mes sous-vêtements !

— Tu ne rajeunis pas, tu sais, dit Ally.

Mon Dieu.

— Réponds à ma question, dis-je.

— Quelle question ?

— Sur le test de grossesse.

— Je crois qu'il faut attendre la date de tes règles. Je file chez *Walgreen* pour voir si j'en trouve un.

Ally partit en trombe. Par chance, *Walgreen* se trouvait à quelques pâtés de maisons.

— Tex, est-ce que tu pourrais me faire un *skinny vanilla latte*, s'il te plaît ? demandai-je.

— Alors comme ça, tu me parles à nouveau ?

— Oh, fais-m'en un, bordel ! explosai-je.

— Tu te prends pour qui ? Le boss ?

— Non, LA boss, qui veut un *vanilla latte* !

— OK, OK ! Ouh là. Je vais te faire un *latte*. Sans caféine, pour te calmer.

— Si tu me fais un déca, je te vire.

— La caféine, je sais pas si c'est bon pour le bébé, répliqua Tex.

C'est là que je me mis à hurler. Un cri digne des *Griffes de la nuit*, à pleins poumons.

Les clients sursautèrent et me fixèrent.

La clochette qui se trouvait au-dessus de la porte se mit à tintinnabuler. Je cessai de hurler et observai Eddie entrer dans la boutique.

Il n'avait pas l'air heureux.

En fait, il avait l'air si peu heureux que ça me ficha la frousse.

Il avait ôté ses lunettes de soleil, et ses yeux sombres étaient graves.

La frustration liée à ma vie de cinglée qui partait en vrille disparut comme par enchantement. J'avançai vers Eddie.

— Ça va ? demanda-t-il.

Mon estomac se noua. Eddie n'avait même pas évoqué mon hurlement.

Au vu de son attitude, je présumai qu'il était arrivé quelque chose à une personne que j'aimais. Comme j'étais la fille d'un flic, cette éventualité restait toujours là, dans un coin de mon cerveau. Dans mon cas, surtout si c'était un gars comme Eddie qui venait me l'annoncer, il pouvait s'agir de n'importe qui : Lee, papa, Malcolm, Hank ou des dizaines d'autres types qui faisaient partie de mes amis ou de ceux de papa.

J'ouvris la bouche pour répondre. Au même moment, je reconnus le bruit de la Ducati. La moto s'arrêta juste devant la boutique, Lee mit la béquille et descendit, puis entra dans la boutique.

Il avait les lèvres crispées, le regard vide et l'air sinistre.

Il nous regarda tour à tour, Eddie et moi.

— Ça va ? me demanda-t-il à son tour.

— Mais qu'est-ce qui se passe, bordel ! ? explosai-je.

— Elle a besoin de caféine, les informa Tex en me tendant mon *latte*.

Lee s'approcha de moi. Eddie et lui se tenaient à moins de trente centimètres ; ils m'acculaient. Tex resta à mes côtés. Duke était arrivé en flânant ; il avait perçu l'ambiance et se tenait tout près de moi.

C'était l'heure des mauvaises nouvelles.

— La voiture de Cherry Blackwell a explosé ce matin, annonça Lee.

Je le dévisageai.

Qu'est-ce que c'était que ces conneries ?

— Puuuu-taiiiin. C'est l'espèce de débile avec qui tu t'es bagarrée hier soir ? demanda Tex.

Je l'ignorai et murmurai :

— Je t'en prie, dis-moi qu'elle ne se trouvait pas à l'intérieur.

— Elle n'y était pas, dit Lee.

Je vidai mes poumons avant de prendre une gorgée de *latte*. Même dans cette situation tendue, impossible de ne pas s'apercevoir qu'il était divin.

— Que s'est-il passé ? demandai-je.

C'est Eddie qui répondit :

— On ne sait pas. La voiture est encore trop chaude pour qu'on s'en approche. On suppose que Cherry se trouvait à deux ou trois mètres quand c'est arrivé. Elle a été heurtée par des débris volants et brûlée par l'explosion. Elle est au Swedish Medical Center.

— Elle va bien ?

— Pas encore de nouvelles.

Bon sang. Je n'appréciais pas Cherry ; je la détestais, même. Mais je n'aimais pas non plus l'idée qu'elle ait été blessée par les débris volants d'une explosion de voiture. La seule personne à qui je souhaitais un truc pareil, c'était Oussama Ben Laden, mais j'aurais préféré que lui soit *dans* la voiture.

Je regardai Lee. Il avait toujours l'air sombre. Je me dis que même si Cherry et lui s'étaient séparés en mauvais termes, elle n'en restait pas moins son ex-petite amie. Il était sorti avec elle deux fois. Je glissai ma main dans la sienne.

— Et toi, ça va ? demandai-je.

— Ouais, dit Lee en me regardant bizarrement.

— Elle ne comprend pas, grommela Eddie.

— Comprendre quoi ?

Et soudain, ça fit tilt. La veille au soir, je me roulais dans le riz cantonnais avec Cherry. Aujourd'hui, elle avait failli se faire exploser.

Je regardai Eddie.

— J'ai un alibi, dis-je. En fait, j'en ai même deux ! En plus, je n'y connais rien en matière d'explosifs.

Ce n'était pas tout à fait vrai. Ce n'était un secret pour personne qu'Ally et moi avions lancé une vingtaine de bouteilles explosives dans le jardin de Nina Evans, après que celle-ci avait lancé une sale rumeur disant qu'Ally souffrait d'herpès.

Mais bon, des bouteilles explosives et des bombes capables de faire exploser une voiture, ce n'était pas franchement comparable.

— Ouais, elle a passé la plus grande partie de la nuit avec les chats et moi, à bouffer des chips et à boire de l'alcool de contrebande, lâcha Tex en regardant Lee. Je l'ai pas quittée des yeux jusqu'à ce que tu viennes la récupérer.

Eddie dévisagea Tex et un peu de la gravité de son regard s'estompa. Il devait nous imaginer, Tex, les chats et moi, en train de manger des chips et de boire de la gnôle.

— Darius m'a dit qu'un de ses hommes se trouvait dans un club de striptease, hier soir, et avait entendu un des sbires de Coxy discuter de ton crêpage de chignons avec Cherry, annonça Lee.

Pas très intéressant, comme nouvelle. Je me doutais que j'étais devenue le principal sujet de conversation sur les radios de la police depuis au moins une semaine. Je devais avoir mon propre code, à présent, un truc du genre Indy-666. Tout le monde pouvait écouter la fréquence de la police.

— Et ? demandai-je.

— Et Coxy nous a déjà prouvé en beauté qu'il éliminait tout ce qu'il pouvait considérer comme te causant du souci.

Je lâchai la main de Lee et reculai d'un pas.

— Tu penses que Wilcox a tenté de tuer Cherry… pour moi ?

C'est à nouveau Eddie qui répondit :

— Trop tôt pour le savoir. Cherry ne s'est pas fait beaucoup d'amis, mais la faire griller juste parce qu'elle se comporte en salope, c'est quand même un peu dur, comme châtiment.

— C'est pas vrai, marmonnai-je. Je rêve.

J'étais ébranlée. Je ne savais plus ni quoi faire, ni quoi penser.

— Vous voulez du café, les gars ? demanda Tex à Lee et Eddie.

— Avec plaisir. Cappuccino triple shot, répondit Eddie.

— Ouais, un Américain, noir, dit Lee.

Tex se dirigea d'un pas pesant vers le comptoir à expresso, tandis que je continuais en silence à sombrer dans la dépression. Je cherchais désespérément la Citadelle du Déni au tréfonds de mon cerveau complètement HS.

Puis, de sa voix grave et sérieuse à la Sam Elliott, Duke demanda :

— Plutôt que de discuter d'un foutu café, putain, on pourrait peut-être parler de la manière dont vous, les durs à cuire de mes deux, vous allez protéger Indy de cette espèce de taré ?

Je me tournai vers lui. Aucun doute à avoir, Duke était en colère.

Il regarda Lee.

— Y serait pas temps que t'arrêtes de déconner et que tu te magnes le cul pour t'occuper de cet enfoiré de mes deux, putain ?

Oh-oh.

Duke était un habitué du juron, mais il n'en parsemait aussi généreusement ses discours que lorsqu'il était sur le point de péter les plombs.

Lee le dévisagea.

— J'y travaille, répondit-il.

Duke fit un pas vers lui.

— Ben mets-y un coup.

Ça dégénérait, là.

Je savais, parce que j'en avais été témoin, que Lee pouvait casser la gueule à quelqu'un. Duke était loin d'être une mauviette. Il était peut-être plus âgé, mais il savait se bagarrer : il avait un bel entraînement en la matière.

Je ne savais pas trop comment Lee allait réagir face à l'accusation qu'il « déconnait », et je n'avais pas envie que deux hommes que j'aimais s'affrontent au corps à corps dans ma librairie.

— Duke…, dis-je.

Duke tourna les yeux vers moi, et l'expression de son regard fit que je me rapprochai de Lee.

— On ne sait pas quand ce putain de cinglé va perdre patience et se retourner contre toi, assena Duke. Les balles volent, les voitures explosent et y a des cadavres partout. Ce bordel doit s'arrêter, putain. Tout de suite.

— Il a raison, intervint Eddie. Indy a besoin de protection. Tu peux la mettre en lieu sûr ?

— Ouais, répondit Lee.

Eh, oh !

— Non ! Non, non, non ! m'écriai-je, en commençant à paniquer. Hors de question qu'on me mette en lieu sûr. C'est impossible. J'aurais l'impression d'être une cible facile.

Lee m'enlaça.

— Ce ne sera pas pour longtemps, me dit-il.

Je le repoussai.

— Non ! Je ne peux pas faire ça. Je ferai le mur. Je te jure, Lee : si tu m'enfermes, à la minute où je sors, je déménage en Argentine.

Soit Lee ne me croyait pas, soit il se savait en mesure de me pister à travers la steppe, parce qu'il n'avait pas l'air prêt à céder.

Par conséquent, j'insistai.

— Lee, redonne-moi le pistolet paralysant. Je l'emmènerai partout. Fais-moi suivre par un de tes hommes. Tout ce que tu veux, mais ne m'enferme pas.

— Je te laisserais bien un de mes hommes, mais si on doit mettre Coxy hors d'état de nuire, je vais avoir besoin de tous mes gars sur la cible, expliqua-t-il.

Ça ne me disait rien qui vaille. C'était comme être interdite de sortie, mais sans arbre sous la fenêtre pour s'évader une fois que papa s'était endormi. Ça faisait douze ans que je n'avais pas été punie de la sorte. J'avais oublié à quel point je détestais ça, à quel point je détestais qu'on me parque, qu'on restreigne ma liberté. C'était insoutenable.

À ma grande surprise, Eddie céda le premier.

— On jouera au garde du corps à tour de rôle, proposa-t-il devant mon expression de biche aux abois. Je vais en parler à Hank, Willie et Carl. Je ne bosse pas aujourd'hui. Je prends le premier tour de garde.

Merde.

Ça allait de mal en pis.

Ce plan ne me disait rien de bon.

Lee se tourna lentement vers Eddie.

— Je ne suis pas certain d'apprécier cette idée, dit-il.

Eddie fixa Lee.

— Tu t'en remettras.

Ils se dévisagèrent un moment. Un *long* moment. La testostérone suintait dans l'air.

— Oh, putain ! Si ça se trouve, elle est enceinte de toi, Lee. Pas de risque qu'elle aille voir ailleurs, lâcha Duke.

Je faillis me décrocher la mâchoire.

Eddie me regarda, baissa les yeux sur mon ventre, puis les reposa sur mon visage. Ensuite, il se tourna vers Lee.

— Ça n'a pas pris longtemps, fit-il remarquer.

— Je ne suis pas enceinte ! m'écriai-je.

Enfin, j'espérais.

Tex revint avec les cafés, qu'il tendit à la ronde.

— Parfait, les gars. Au boulot, ordonna-t-il.

Eddie se dirigea vers le canapé et s'y assit, une botte de cow-boy sur son genou, le bras étalé sur le dossier. Il prit une gorgée de cappuccino. Il m'observait avec un sourire ultrasexy.

Génial.

Lee me prit par le cou et m'attira contre lui.

— Tout va bien se passer, dit-il.

Je hochai la tête, même si je n'en croyais pas un mot.

Lee m'embrassa et partit.

En entrant dans la boutique, Ally fit un signe de la main à son frère qui enfourchait sa moto et elle m'annonça :

— Il faut attendre la date de tes règles, mais je t'ai acheté deux tests quand même. Juste au cas où.

Et elle agita les petites boîtes.

Je regardai Eddie.

Il me sourit.

25

Confiance à long terme.

Je mis Ally au courant de l'explosion de la voiture de Cherry, qui expliquait la présence de mon nouveau garde du corps.

Ally déclara :

— Je m'étais imaginé plein de trucs susceptibles d'arriver à Cherry après qu'elle a essayé de piéger Lee. Ça, ça n'en faisait pas partie.

Puis elle glissa du Black Crowes dans le lecteur CD et haussa le volume.

Ally n'était pas du genre à méditer. Elle préférait écouter du rock.

D'autres clients arrivèrent. Par chance, tout le monde s'affaira assez pour éviter de songer au dernier désastre en date.

Lorsque mon portable sonna, j'étais assise derrière le comptoir des livres, en train de terminer une commande de café en urgence : si on continuait à ce rythme, *Fortnum's* allait se retrouver en rupture de stock avant la fin de la semaine.

C'était mon père.

— Salut Papounet.

— Salut, ma petite chatte.

Papa avait la voix douce et mièvre. Ce qui ne lui arrivait jamais.

— Tout va bien ? demandai-je.

— Kitty Sue a appelé. Si c'est un garçon, tu devras l'appeler Herbert, comme ton papy. Je lui avais promis que si ta mère et moi avions un fils, nous lui donnerions son nom. On n'a jamais eu l'occasion de le faire. Alors maintenant, c'est à toi que ça revient.

J'étais pétrifiée sur ma chaise, comme une statue.

— Indy ?

Je restai muette.

— Bon, d'accord. Herbert, ça peut être son deuxième prénom.

— Je ne suis pas enceinte ! hurlai-je.

Tout le monde se retourna vers moi.

— Dans ce cas, pourquoi Kitty Sue m'a-t-elle téléphoné pour m'inviter à ta *baby shower* ? Cela dit, je ne suis pas trop à l'aise au milieu de ces conneries. J'enverrai un cadeau.

— Je ne suis pas enceinte ! répétai-je.

— C'est vrai ?

Purée, ça devenait embarrassant.

— Je te rappelle plus tard, dis-je.

Je raccrochai et fusillai Ally du regard.

— Tu as appelé Kitty Sue.

— Pas du tout !

Duke se faufilait vers la porte.

— Duke ! hurlai-je.

— Faut que j'aille voir un type pour…

— Arrête-toi tout de suite ! Tu as appelé Kitty Sue ?

Duke se retourna vers moi.

— Non.

Je plissai les yeux vers lui.

— As-tu parlé de quelque chose à Dolorès ?

Il se grattouilla le crâne sous son bandana.

— Euh, j'ai peut-être mentionné deux trois trucs…

Je laissai tomber ma tête sur mes bras, sur le comptoir des livres.

Chienne de vie.

Ensuite, je levai les yeux dans la direction où devaient se trouver les caméras invisibles de Lee et m'adressai directement au QG.

— Lee ! Ta mère programme une *baby shower*. Appelle-la !

Je saisis mon sac à main, y balançai mon téléphone, contournai le comptoir comme une furie et pointai le doigt vers Eddie.

— Toi ! Le gros macho ! Tu me suis !

Et je franchis la porte.

Je dévalai le quartier en tongs, au pas de course. Eddie me rattrapa et empoigna la ceinture de mon jean, me forçant à m'arrêter.

— Attends un peu, *chica*.

Il passa un bras autour de mon cou, resserra sa prise, et je me retrouvai de travers, scotchée contre son flanc. Je redémarrai en marchant comme un crabe sur quelques mètres, avant qu'Eddie ne relâche son étreinte et que je puisse à nouveau marcher normalement. Mais même ainsi, marcher normalement signifiait avancer avec le bras d'Eddie autour du cou, sa main pendant sur mon épaule et mon corps rivé au sien.

Eddie avait remis ses lunettes de soleil, mais je savais qu'il passait les alentours au crible. Je compris qu'il était sur ses gardes, et que la manière dont nous nous déplacions faisait de lui la cible la plus facile. Une vague de chaleur se répandit dans mon ventre. En plus, Eddie sentait délicieusement bon, ce qui aida la chaleur à se diffuser encore davantage.

À l'arrivée au *Walgreen*, j'étais dans ma bulle, subjuguée par l'aura d'Eddie.

Vous voyez ce que je veux dire ? Eddie n'avait pas besoin de faire de compliments aux filles, ni de leur faire un dessin. Il restait juste... lui-même. Eddie, tout simplement. Et ça suffisait.

En entrant dans le magasin, il laissa retomber son bras et ôta ses lunettes de soleil. Quant à moi, je fis un gros effort pour m'extirper de notre bulle.

J'errai dans les allées en essayant de me concentrer sur ma mission. Ça impliquait d'ignorer la tentation des rayons produits de beauté et confiseries.

Je finis par trouver ce que je cherchais et m'arrêtai devant. Puis je me tournai vers Eddie.

— Bon, écoute, je n'ai jamais fait ça. C'est le rayon des mecs, ici. Qu'est-ce qu'il faut que je fasse ? On doit trouver la taille de Lee et un truc qui convienne à un usage industriel. Montre-moi lesquels il faut que je prenne.

Eddie jeta un coup d'œil sur l'étalage et me regarda.

— Tu es en train de me demander de l'aide pour acheter des préservatifs à Lee ? demanda-t-il.

— Des préservatifs *à usage industriel,* insistai-je.

Eddie me dévisagea avec l'air de reconsidérer son béguin pour moi.

— OK, dis-je en essayant de me montrer utile. On va décomposer ma demande. Commençons par la taille.

Eddie secoua la tête.

— Primo, ça m'inquiète un peu que tu te tournes vers moi pour connaître la taille de Lee. Lee *es mi hermano,* mais on n'est pas proches à ce point-là. Deuzio, il n'y a pas le choix de la taille.

Alors là, je n'y croyais pas une seconde. Impossible que ce soit vrai.

— Tu veux dire que c'est une taille unique ?

Eddie ne prit pas la peine de répondre.

— C'est impossible ! m'écriai-je.

Quand même ! Je n'en avais peut-être pas vu des millions, mais je savais qu'elles n'avaient pas toutes la même taille.

Eddie demeura silencieux, mais l'éclat de ses yeux devint presque effrayant.

Mince alors.

— Bon, très bien, dans ce cas, passons à la catégorie suivante : résistance, durabilité, ce genre de trucs, insistai-je.

Eddie s'éloigna.

Mon téléphone se mit à sonner. Je le consultai : c'était Lee.

— Où es-tu ? Les gars m'ont dit que tu étais hystérique au sujet d'une *baby shower*, et que tu t'étais barrée avec Eddie sur les talons, me dit Lee en guise de bonjour.

— Ta mère est en train d'organiser une *baby shower*.

— Où es-tu ?

— Tu dois l'appeler, ordonnai-je à Lee.

— Où es-tu ?

— Lee !

— Je l'appellerai. Où es-tu, bordel ?

— Au *Walgreen*, avec Eddie. D'ailleurs, je suis bien contente que tu appelles, parce que Eddie refuse de m'aider. Tu utilises quoi, comme préservatifs ? Et s'il te plaît, ne me parle pas de machins colorés, parfumés ou de conneries de ce genre. Je veux ceux qui sont célèbres pour leur fiabilité sur la durée.

Silence.

— Lee ?

J'aurais pu jurer que Lee couvrait le microphone de son téléphone de la main.

— Lee ! criai-je.

— Que je te comprenne bien, dit-il (et j'étais sûre qu'il était en train de rire). Tu as traîné Eddie au *Walgreen* pour qu'il t'aide à m'acheter des préservatifs ?

— Je ne savais pas quoi faire ! Je ne suis pas le genre de fille à avoir des préservatifs sur elle. C'est le boulot du mec, ça. Et tu as dit qu'il faudrait qu'on prenne nos précautions autrement.

— Tu as mentionné cette histoire de fiabilité sur la durée devant Eddie ?

Oh mon Dieu.

— Oublie ça, marmonnai-je.

— Indy ?

— Quoi ? dis-je d'un ton tranchant.

J'étais un petit peu énervée.

— Je t'aime.

L'amusement perçait toujours dans la voix de Lee, et il y avait quelque chose de très agréable à l'entendre me dire « je t'aime » en riant.

Il raccrocha avant que j'aie pu ajouter quoi que ce soit.

Je pris toute une panoplie de préservatifs. Comme ça, Lee aurait le choix.

Eddie me rejoignit alors que j'étais perdue dans le rayon rouges à lèvres. Il m'arracha à ma contemplation. Je réussis à dérober un flacon de multivitamines (juste au cas où) et quelques barres de pâte de fruit à la pastèque avant qu'il ne me conduise à la caisse au pas de marche.

Je payai mes sept boîtes de préservatifs, mes six barres de pâte de fruit et mes vitamines, et notre petite expédition shopping s'arrêta là.

Après la fermeture de *Fortnum's*, Eddie me conduisit jusque chez moi avec la Crossfire. Il se gara sur ma seconde place de parking, celle réservée aux visiteurs, derrière la maison.

J'étais à deux doigts de me pâmer à l'idée que cette place devienne la place habituelle de la Crossfire de Lee, mais je parvins à surmonter ma panique. De justesse.

On traversa le jardin de derrière, Eddie prit mes clés et ouvrit la porte.

Je sus que quelque chose clochait à la minute où je la franchis.

— Il y a quelqu'un, murmurai-je à Eddie en posant mon sac de chez *Walgreen* sur le comptoir de ma cuisine.

Eddie se retourna pour me dévisager.

— Non, jure ! La télé est allumée.

OK. Bon, je n'étais peut-être pas une détective-née capable de flairer le danger de loin.

— Reste ici, je vais voir, m'ordonna Eddie en sortant un revolver de sa ceinture.

Il entra dans la salle à manger.

Je lui emboîtai le pas.

Eddie se retourna vers moi.

— Qu'est-ce que tu n'as pas compris dans « reste ici » ? me demanda-t-il.

— Hors de question que tu me laisses à la traîne. J'ai horreur de ça. D'accord, quand je ne reste pas là où je suis censée être, je me fais kidnapper ou je tombe sur des cadavres, mais je suis certaine que ce serait pire si je restais en arrière.

Eddie me lança un regard indiquant qu'il guérissait spontanément de sa passion unilatérale. À vitesse grand V. Grâce à moi.

Nous traversâmes la salle à manger et montâmes à l'étage. La télé se trouvait dans la chambre d'amis. Lorsque j'atteignis le palier et jetai un coup d'œil à la pièce, je me figeai brusquement.

Eddie entra et demanda :

— Ça gaze, *hombre?*

Par la porte ouverte, je vis la monstrueuse télé à écran plat de Lee à la place de ma vieille télé déglinguée. J'aperçus aussi plusieurs cadres empilés les uns sur les autres, par terre, en équilibre contre un mur.

Je tournai la tête dans la direction opposée et vis deux énormes valises sur le sol de ma chambre à coucher. L'une d'entre elles était ouverte. On aurait cru qu'elle venait d'être victime d'une explosion. Des vêtements d'homme – ceux de Lee, pour être plus précise – jonchaient le sol.

Je jetai un coup d'œil à la salle de bains. Une trousse de toilette masculine était posée sur le comptoir près du lavabo.

Lee avait emménagé.

J'errai jusqu'à la pièce télé. Sur mon bureau, tous mes petits articles de papeterie féminins avaient disparu : mes petites boîtes rigolotes à motifs, mes bibelots, les calepins colorés que j'amassais sans jamais écrire dessus, tout était soigneusement aligné sur les étagères, en compagnie de mon ordinateur portable refermé. Tout avait été poussé pour laisser la place à un gigantesque écran d'ordinateur, un clavier sans fil, une souris et un monceau d'autres cochonneries qui jonchaient le bureau et le sol. Il y avait des câbles absolument *partout*.

Et aussi un énorme coffre à côté du meuble télé.

Lee était étalé sur le dos sur mon grand canapé rouge spécial fille ultraconfortable. Il avait fourré tous mes coussins décoratifs, d'habitude savamment disposés, sous sa tête et ses épaules. Il avait une bière à la main et regardait un match de base-ball.

Eddie et lui étaient en train de discuter, mais Lee leva les yeux lorsque j'entrai dans la pièce.

— Salut, dit-il.

Je restai muette. J'étais physiquement dans l'incapacité de répondre.

Je sortis de la pièce et traînai les pieds jusqu'à ma chambre.

J'eus vaguement conscience du départ d'Eddie. J'étais en train de fixer les vêtements qui semblaient avoir explosé partout lorsque Lee entra dans la chambre.

— Cherry va bien, m'annonça-t-il.

Je ne répondis pas. Bien sûr, comme n'importe quelle belle personne, j'étais contente de savoir que Cherry allait survivre à cette journée et continuer de nous donner l'impression, à nous pauvres mortels, que nous étions des êtres inférieurs ; c'est juste que là, j'étais complètement flippée.

Je me dirigeai vers mon armoire dont j'ouvris les portes. Je glissai les deux mains au fond de la penderie et poussai de toutes mes forces les vêtements de l'autre côté de la tringle. Ce qui représentait un effort surhumain. Les cintres cliquetèrent les uns contre les autres, tous mes vêtements s'écrasèrent et je parvins à libérer environ trente-cinq centimètres de tringle. Je reculai et jetai un coup d'œil aux vêtements de Lee explosés sur le sol.

Et là, je me mis à hyperventiler.

Lee m'enlaça par-derrière et posa le menton sur mon épaule.

— Respire profondément, me conseilla-t-il.

J'obtempérai. Inspire. Expire. Inspire. Expire.

— Ça va mieux ?

— Non.

Lee se dirigea vers le lecteur CD et farfouilla parmi les disques. Ensuite, les notes de « Dakota » des Stereophonics me parvinrent aux oreilles. Une chanson géniale. Je commençais à me sentir mieux. Je jetai un coup d'œil à Lee et pris une grande inspiration.

— Donne-moi une minute. Je sais que je peux le faire, assurai-je.

Lee suivit mon conseil.

Une demi-heure plus tard, je pétais les plombs. J'avais libéré trente centimètres de plus dans ma penderie, et une petite pile d'affaires que j'aurais dû jeter depuis des lustres gisait au sol.

Ça ne suffirait jamais.

— Ça ne va pas suffire ! hurlai-je, hystérique.

Lee revint dans la pièce.

— T'as le droit de m'aider, tu sais ! lançai-je, une main sur la hanche.

Lee s'approcha de la penderie, tapota sur quelques cintres et sortit ma chemise à ailes de papillon avec une multitude de fils argentés. Je la portais quand je voulais me faire passer pour Olivia Newton-John. Ce n'était pas ma tenue la plus flatteuse, mais j'avais passé de bons moments avec elle. C'était une chemise « souvenir ».

— N'y songe même pas, dis-je à Lee d'un ton menaçant.

Une lueur d'amusement scintilla dans ses yeux, mais il reposa la chemise. Il tapota deux ou trois autres cintres et sortit un corsage brodé avec un énorme trou. Ce chemisier avait été magnifique, mais on n'avait jamais pu le réparer. Lui aussi avait été le témoin de chouettes moments.

— Ça va pas la tête ? m'écriai-je. J'ai assisté au concert des Red Hot Chili Peppers là-dedans !

Lee reposa le corsage, quitta la chambre et descendit l'escalier. Il revint avec deux bouteilles de Fat Tire, m'en donna une et ressortit. Ça ne m'aidait pas beaucoup, mais ça partait d'une bonne intention.

Quarante-cinq minutes plus tard, j'avais gravi la montagne. Une pile monstrueuse de vêtements à jeter s'étalait sur le palier, en compagnie de chaussures, sacs et autres cochonneries. Les valises de Lee avaient été défaites, refermées, et attendaient elles aussi sur le palier. Il avait deux tiroirs et demi pour lui tout seul et environ un tiers de ma penderie.

J'étais à plat ventre sur le lit, en train d'écouter Kelly Jones se donner à fond sur « Handbags and Gladrags » de Rod Stewart. Autrement dit « Sacs à mains et belles fringues ». Très à propos.

Le lit se creusa sous le poids de Lee et une main se posa sur mes reins.

— J'ai commandé une pizza. Je vais chez *Famous* à pied la chercher. Tu veux venir ?

Je fis « non » de la tête. Lee s'en alla.

Je laissai la chanson se terminer, réécoutai « Have a Nice Day » puis j'éteignis le lecteur CD, titubai jusqu'à la pièce télé et m'effondrai sur le canapé. Deux minutes plus tard, Lee revenait avec un carton de pizza et deux Fat Tire en équilibre sur le couvercle.

— Je t'en prie, dis-moi que c'est une pepperoni-champignon, suppliai-je.

Lee sourit.

— Avec des olives noires, annonça-t-il.

Merci mon Dieu.

On mangea. On regarda le base-ball. Une fois que ce fut fini, Lee débarrassa le carton et les restes, qu'il descendit, et il revint avec deux nouvelles bières.

Ce n'était pas si mal, finalement.

Il me poussa du canapé, s'allongea sur le dos et me hissa sur lui, me faisant passer sur le côté pour me blottir contre lui. J'étais lovée contre son corps, la joue sur son torse, à regarder le match en nocturne des Rockies.

Bon, d'accord. J'avais connu pire. C'était plutôt chouette. Après m'être fait cet aveu capital, je m'endormis.

Lee me réveilla en me secouant.

— C'est l'heure d'aller au lit, ma jolie.

Je roulai sur lui et me levai du canapé.

Je me déshabillai entre le canapé et la chambre et me glissai sous la couette sans rien d'autre que mon shorty rose indien. J'étais trop épuisée pour me brosser les dents, c'est dire.

Je mis quelques secondes à m'apercevoir que Lee se déplaçait dans la chambre, mais que les bruits qu'il faisait n'étaient pas ceux de quelqu'un qui s'apprêtait à aller au lit.

— Qu'est-ce que tu fais ? marmonnai-je.

— J'ai du boulot.

Je savais qu'il valait mieux ne pas poser de questions. De toute façon, je n'avais pas envie de savoir.

Lee éteignit la lumière, se pencha sur moi et déposa un baiser sur ma tempe.

— Fais attention à toi, dis-je.

— Toujours, murmura-t-il.

Et il s'en alla.

Lee me réveilla en se mettant au lit.

Je roulai dans sa direction. Il me prit dans ses bras et me lova contre lui.

— Tout va bien ? marmonnai-je.

Il y avait peu de chances que Lee m'ait entendue, vu que ma bouche était à moitié écrabouillée sur son torse.

— Ouais. Rendors-toi.

Je restai ainsi quelques secondes, à l'orée du pays des rêves. Je finis par demander tout doucement, parce qu'il fallait que je sache :

— Est-ce que ma vie va ressembler à ça ?

Le corps de Lee était tendu lorsque je m'étais blottie contre lui. Il s'était relaxé juste après m'avoir prise dans ses bras. Il se contracta à nouveau.

—Ouais, répondit-il, toujours aussi franc.

Je pris une grande inspiration par le nez et expirai par la bouche.

—Promets-moi juste une chose, dis-je.

—Laquelle?

—Je veux que tu me réveilles quand tu rentres à la maison.

Le corps de Lee resta crispé une seconde avant de se détendre.

—Pas de problème.

—Merci, dis-je.

Et je me rendormis.

Tôt le lendemain matin, je me retrouvai au milieu de mon jardin, vêtue d'un short et du tee-shirt vert olive de Lee, sur lequel était inscrit «Armée» en travers de la poitrine. Je tenais une tasse de café d'une main et le tuyau d'arrosage de l'autre, le pistolet à eau dirigé vers le bas: j'étais en train d'arroser mes fleurs.

J'entendis une porte s'ouvrir et Stevie me cria:

—Arrose les nôtres aussi, s'il te plaît!

J'étais encore dans mon état comateux du matin. Je levai maladroitement ma tasse de café dans sa direction pour signifier «OK», sans prendre la peine de me retourner. J'entendis la porte se refermer.

Lee arriva en courant sur le trottoir opposé. Il s'arrêta devant la maison, ouvrit le portail et pénétra dans le jardin avant de s'immobiliser à un mètre de moi.

Je levai les yeux vers lui. Il portait un pantalon de jogging coupé à hauteur des cuisses, noir délavé, cette fois. En haut, il avait enfilé le tee-shirt blanc Night Stalker que je considérais à présent comme le mien et qui, trempé de sueur, lui collait à la peau. Ses chaussures de course avaient l'aspect de chaussures ayant réellement servi à courir plutôt que celui de chaussures à la mode, style m'as-tu-vu.

Même couvert de sueur, Lee ne paraissait pas essoufflé. Si je n'avais pas été dans le brouillard, je lui aurais sauté dessus. Le fait qu'il soit dégoulinant ne m'aurait pas franchement arrêtée.

— Salut, dis-je.

Lee m'observa, puis baissa les yeux sur le pistolet à eau. Une lueur d'amusement étincela dans son regard et il reposa les yeux sur moi.

— Salut.

— J'arrose les fleurs l'informai-je.

Il secoua la tête.

— Trésor, je suis désolé de te l'annoncer, mais c'est la clôture que tu arroses.

Je jetai un coup d'œil au tuyau d'arrosage. Hum, oui, je visais un peu haut. Le jet d'eau se déversait sur la clôture et dégoulinait dessus, sans toucher les fleurs.

Oups.

— Je n'ai pas encore bu assez de café, me justifiai-je.

Lee fit un pas vers moi et me prit le tuyau d'arrosage des mains.

— Tu ne devrais peut-être pas t'attaquer à des tâches aussi complexes le matin, suggéra-t-il.

Arroser les fleurs n'était pas exactement une tâche complexe, mais bon, je n'allais pas chipoter.

— Arrose celles de Tod et Stevie aussi, s'il te plaît.

Je retournai à l'intérieur, m'assis sur mon nouveau canapé, les pieds sur l'ottomane, et restai là, les yeux dans le vide, jusqu'à avoir vidé ma tasse.

Je me resservis, montai l'escalier, posai mon mug sur le comptoir de la salle d'eau, me déshabillai et entrai dans la douche. Lorsque j'entendis la porte s'ouvrir et que Lee me rejoignit, j'avais la tête pleine de shampooing et j'étais en train de me rincer. Il posa les mains sur mes hanches et se mit à me caresser, ce qui rendit un peu difficile le fait de me concentrer sur ma tâche, mais je persévérai malgré tout.

Une fois que j'eus fini de rincer mes cheveux, Lee me poussa et prit ma place sous le jet. J'attrapai mon démêlant et entrepris de me masser les cheveux avec.

— Bon, explique-moi comment tu fais pour bosser toute la nuit, te lever avant 6 heures et aller faire un footing, dis-je à Lee.

— Question d'entraînement.

Le savon dégoulinait sur son corps. À ce spectacle, je perdis tout intérêt pour notre conversation. Je délaissai mon après-shampooing pour poser mes mains sur le corps de Lee, que le savon rendait doux et glissant. J'entrepris une exploration plus poussée sous le jet d'eau qui nous arrosait tous les deux. Puis je décidai de rendre cette exploration multisensorielle : à mes mains, j'ajoutai ma bouche. Lee se laissa faire quelques instants, puis il me souleva et me plaqua contre le mur.

Je plongeai mes yeux dans les siens. J'avais libéré la bête sauvage.

Sa main descendit sur mes fesses, puis sur ma cuisse, il souleva ma jambe et l'enroula autour de sa hanche.

— Tu as remonté les préservatifs ? demandai-je, les lèvres tout contre les siennes.

— Je me retirerai.

— Pas question ! Ça ne marche jamais. Demande à Andrea.

— Ne t'inquiète pas pour ça. J'ai bien envie que tu tombes enceinte.

Ouh là là.

Ma bulle d'extase explosa et je poussai un cri strident :

— *Quoi* ? Tu veux dire… maintenant ?

— Pas forcément maintenant, mais si ça arrive, ça ne me dérangera pas.

Je croyais rêver. Je posai les mains autour du visage de Lee. Il contemplait mon corps. Je lui fis relever la tête pour qu'il me regarde dans les yeux.

— J'ai cédé sur le fait qu'on sorte ensemble et qu'on emménage tous les deux. C'est allé beaucoup plus vite que ce qui me convenait, à moi. Tu dois me laisser du temps pour cette histoire de bébé, Lee. Ça ne fait qu'une semaine.

Lee m'embrassa et je regagnai aussitôt ma bulle. Lorsqu'il s'écarta de moi, je m'aperçus que l'idée d'un bébé ne me posait plus aucun problème. Mais il annonça :

— Je vais chercher les préservatifs.

Il sortit, enroula une serviette autour de sa taille et descendit.

Yep. Ce n'était vraiment pas si mal que ça, finalement.

Lee et moi étions dans mon lit, moi sur le dos, Lee sur le ventre. Il avait passé son bras sur mes hanches.

Nous nous étions légèrement laissé emporter par notre élan. Mais comment faire autrement, avec sept boîtes de préservatifs à disposition ? Après avoir baptisé la douche, je découvris (pour mon plus grand bonheur) que Cherry avait raison. Si on faisait une fellation à Lee le matin, il vous rendait la pareille.

— J'ai une idée, dis-je.

Lee s'appuya sur ses avant-bras pour me regarder.

— La dernière fois que tu as partagé une idée avec moi, on s'est retrouvés enfermés dans un cimetière au milieu de la nuit. Ally et toi êtes tombées dans une tombe fraîchement creusée et vous avez fait un tel grabuge que les voisins ont appelé la police.

Je souris. Ça avait été une chouette soirée, une nuit d'avant l'époque où je m'étais mise à éviter Lee. Eddie, Lee, Ally et moi étions en train de boire un coup quand je leur avais lancé le défi de visiter un cimetière à minuit. On s'était bien marrés. Malgré tout, je me serais quand même bien passée de l'épisode « chute dans la tombe ».

— Cette idée-là est meilleure, le rassurai-je.

Lee roula sur le côté, une lueur d'amusement dans les yeux.

— Je t'écoute.

— Je pense que je devrais faire semblant de laisser Wilcox gagner. Je pourrais sortir dîner avec lui, et…

Je m'interrompis. La lueur d'amusement avait disparu des yeux de Lee, remplacée par une expression sombre et dure, limite effrayante.

— Hors de question, décréta-t-il.

— Écoute, Lee, je pourrais porter un micro, le soûler un peu, le faire parler…

— Hors de question.

— Mais c'est un bon plan ! m'écriai-je, peut-être un peu fort. Un plan du tonnerre !

J'y croyais dur comme fer.

Je m'assis et me dirigeai d'un pas furieux vers la commode. J'en sortis une culotte blanc écru à petits carreaux orange que j'enfilai. J'attrapai le soutien-gorge assorti et luttai pour le passer, tout ça en marmonnant :

— On pourrait au moins essayer. Je pourrais glisser un pistolet paralysant dans mon sac à main. Tu pourrais nous faire suivre par un de tes hommes et… *whouf!*

Lee venait de passer un bras autour de ma taille, me coupant le souffle. Il me tira en arrière avec force. J'atterris sur le lit et rebondis deux ou trois fois, puis Lee se plaça au-dessus de moi.

— Tu m'aimes ? demanda-t-il.

Je le dévisageai tout en reprenant mon souffle.

— Tu m'aimes ? répéta-t-il d'un ton impatient.

Le muscle de sa mâchoire tressautait. Il y avait autre chose en jeu. Quelque chose qui n'avait rien à voir avec Wilcox ni avec le bordel actuel de mon existence.

Merde !

Merde, merde et re-merde.

— Lee…

— Réponds-moi, Indy.

Merde !

J'hésitai un peu trop longtemps, et Lee s'exclama (ou plutôt explosa) :

— Bon sang !

Il s'écarta de moi violemment, gagna la commode et claqua les tiroirs jusqu'à trouver le sien, dont il sortit un de ses boxers blancs ultrasexy.

— Lee…

— J'ai l'impression de t'avoir attendue toute ma vie. Maintenant que tu es là, tu veux servir de cible à un cinglé qui t'a déjà dans sa ligne de mire. Wilcox est un mec dangereux. Tu ne peux déjà pas faire un mouvement sans protection. Et toi, tu veux lui tendre un piège et servir d'appât !

— Lee…

Il enfila son boxer et un Levi's. Je m'assis sur le lit.

— Le problème, poursuivit-il, c'est ta foutue détermination à ne jamais rien lâcher. La seule manière d'être certain que tu ne vas pas faire cette connerie toute seule, c'est de te mettre en lieu sûr et de t'enfermer. Ce qui signifie que je pourrais te perdre. (Il enfila une chemise blanche.) Alors, quelle décision dois-je prendre ? Te garder en vie et te mettre tellement en rage que tu me quitteras, ou te laisser risquer ta peau, ce qui avec Coxy fait vraiment partie des risques ?

— Lee, si tu arrêtais de divaguer et que tu m'écoutais…

Lee se retourna vers moi avec une expression effrayante.

— Je ne divague pas, dit-il froidement. Je suis très sérieux.

Oui, j'avais cru comprendre.

Il se détourna et recommença à faire claquer les tiroirs. Je me campai debout sur le lit.

— Liam Nightingale, écoute-moi !

Il pivota et fixa mon nombril – il ne s'attendait pas à me voir debout sur le matelas. Puis il leva les yeux vers mon visage.

— Si tu ne veux pas que je piège Wilcox, je ne le ferai pas ! vociférai-je.

— Et comment est-ce que je peux te faire confiance ? cria-t-il à son tour.

Maintenant, je comprenais le petit garçon qui avait hurlé au loup.

— Parce que je te le promets ! m'époumonai-je.

— Et comment est-ce que je peux croire à ta promesse, hein ? brailla Lee.

— Fais-le, un point c'est tout !

Je criais toujours.

— Tu m'aimes, oui ou non ? demanda Lee sur le même ton.

— Mais oui ! Évidemment que je t'aime, imbécile ! *Je suis amoureuse de toi depuis que j'ai cinq ans !*

J'avais décidé de me lâcher : cette fois, je hurlais.

En une enjambée, Lee me rejoignit et glissa une épaule entre mes cuisses pour me plaquer. Je m'affalai sur son dos et mes pieds furent soulevés du lit. Lee fit passer mes jambes sur son flanc, me balança sur le lit, me saisit la cheville, me tira en travers du matelas puis, *whooouf*, la culotte que je venais d'enfiler s'envola. Lee se plaça au-dessus de moi, plaqua sa bouche sur la mienne et, glissant sa main entre nous deux, entreprit de déboutonner sa braguette.

Lorsqu'il cessa de m'embrasser, sa main s'était déplacée et s'activait entre mes jambes.

— Tu as tort, déclara-t-il. Je ne me rends pas dingue tout seul. C'est toi qui me rends cinglé.

— Merci.

Je voulais le dire d'un ton sec, mais le résultat fut plutôt haletant parce que, comme je crois l'avoir mentionné plus tôt, Lee était très doué de ses mains.

— Ne cours pas après Coxy, m'ordonna-t-il en m'embrassant de nouveau.

— D'accord, répondis-je à la fin du baiser.

Lee tendit la main pour attraper un préservatif et déchira l'enveloppe avec les dents, vu que son autre main était occupée.

— Lee…

Comme l'homme de ma vie était multitâche, il marmonna :

— Ouais ?

— Même si tu te conduisais comme un salaud, je ne te quitterais pas.

Il releva la tête et me regarda de ses yeux couleur chocolat fondu dans lesquels, juste avant, subsistait une trace d'énervement.

— Bon sang, Indy.

J'embrassai Lee et passai la main entre nous deux pour qu'il me pénètre. Il se mit à aller et venir en moi.

Je lui murmurai tout doucement à l'oreille :

— Je ne m'en irai nulle part. Je suis exactement là où j'ai toujours voulu être.

Lee effleura mes lèvres avec les siennes et répliqua :

— Il était temps, bordel.

26

Splaf!

Ally, Willie et moi étions assis à la terrasse de chez *Liks*. Il faisait approximativement trois cents degrés à l'ombre, mais on avait quand même choisi de s'installer sur le patio. Impensable de faire autre chose chez *Liks*. Même en plein mois de décembre, tout le monde optait pour le patio.

Après ma matinée cocooning avec Lee, Willie était venu prendre la relève. C'était lui qui avait écopé de la mission de me protéger ce jour-là.

Lee était parti bosser, Willie et moi nous étions rendus à *Fortnum's* et, dans l'après-midi, Ally et moi avions traîné mon garde du corps au centre commercial.

On lui offrait une glace parce qu'il venait de survivre à une virée shopping à Cherry Creek en notre compagnie. Une expérience traumatisante, avec ruée sur les boutiques *Levi's*, *Lucky et Diesel*, sans compter quelques détours par *Guess* et *Urban Outfitters*.

Lorsque j'avais demandé à Willie son avis sur le dixième jean Diesel que j'essayais, il m'avait répondu qu'il allait se mettre en chasse de Terry Wilcox et l'assassiner de ses propres mains. Lentement.

Hummm.

Je n'avais pas acheté le jean.

Ça me faisait un peu bizarre que ça ne me fasse pas bizarre d'avoir avoué à Lee que je l'aimais. J'avais l'impression que ça aurait dû me faire un drôle d'effet.

Question : que faire lorsqu'on obtient enfin ce qu'on désirait le plus au monde ?

Réponse : une virée shopping avec sa meilleure amie, suivie d'une glace.

J'avais du mal à m'en sortir avec mon cornet et ses deux boules de chocolat noir avec pépites. La glace fondait à toute vitesse.

Une voix s'éleva :

— Cool ! Les rockeuses !

Je levai les yeux et restai bouche bée, sous le choc. Super-Kev et Rosie se dirigeaient vers nous, tous deux avec leurs deux boules de glace. (Un cornet avec une seule boule, c'était impensable chez *Liks*. Il s'agissait là d'une règle tacite.) Ils avaient l'air de ne pas avoir un seul souci au monde.

À leur approche, Willie se leva, tendant son cornet à Ally.

Face à la posture agressive de Willie, Super-Kev recula et agita la main en l'air, index et majeur tendus.

— Eh, mec ! Paix !

— Tout va bien. On les connaît, informai-je Willie.

Ce dernier se détendit légèrement.

— Je vous croyais en prison, tous les deux ! lançai-je à Super-Kev et à Rosie en me levant de ma chaise.

— On est en liberté sous caution, expliqua Rosie.

Ses lèvres étaient cerclées d'un « O » de glace fondue. Chocolat-amande et guimauve, vu la couleur.

— Qui a payé la caution ? demanda Ally en se levant à son tour.

— Euh, une bonne fée ? répondit Super-Kev.

Je jetai un coup d'œil à Ally avant de reporter mon attention sur Kevin.

— Vous ne savez pas qui a payé votre caution ?

— C'est grave ?

Super-Kev paraissait un peu déboussolé – enfin, plus déboussolé que d'habitude.

Cette histoire ne me disait rien de bon.

— C'est possible, ça ? demanda Ally à Willie.

— Vous avez lu les journaux ? répondit Willie en s'adressant non pas à Ally, mais aux deux Bisounours équipés de leur cornet de glace qui se trouvaient devant lui.

Willie n'avait pas l'air très content.

— Quels journaux ?

Visiblement, les facultés de traitement d'informations de Super-Kev étaient surchargées.

Avant que nous ayons pu poursuivre cette conversation inutile, une BMW noire aux vitres teintées s'arrêta sur la 13e avenue dans un crissement de pneus. Sans prendre la peine de se garer. Elle s'arrêta tout simplement sur l'un des trois passages pour piétons.

— Oh merde ! s'exclama Ally, les yeux rivés sur la BMW.

— Filez à la voiture, nous ordonna Willie.

Il n'était plus détendu du tout.

Avant que nous ayons pu faire un geste, Gary le Gorille et le Crétin du Siècle avancèrent vers nous.

— À la voiture ! répéta Willie.

Allez savoir pourquoi, tout le monde restait pétrifié.

Super-Kev salua Gary le Gorille et le Crétin qui s'approchaient :

— Mecs.

Apparemment, il n'avait aucune idée de leur identité et n'était pas réceptif à la tension qui électrifiait l'atmosphère.

Rosie était devenu livide, et sa glace lui fondait dans la main.

Gary le Gorille et le Crétin du Siècle nous ignorèrent. Ils fixaient Willie du regard.

Ce dernier me poussa derrière lui.

— Vous savez qui je suis ? demanda-t-il au Gorille et au Crétin.

Le Crétin hocha lentement la tête. Le Gorille s'abstint de répondre.

— Dans ce cas, foutez le camp, ordonna Willie.

— M. Wilcox veut te parler, dit Gary en s'adressant à Rosie sans pour autant quitter Willie des yeux.

Pas à moi. À Rosie. Et Gary était un homme en mission, une mission assez importante pour qu'il ignore l'injonction d'un officier de police.

Mauvais signe.

— Hé, je vous connais ! Vous êtes venus chez moi quand vous cherchiez…

Les quatre neurones de Super-Kev venaient enfin de se reconnecter. Il avait reconnu les hommes de main. Par conséquent, il hurla :

— Putain !

Puis il balança son cornet de glace à la tête de Gary le Gorille et prit ses jambes à son cou.

— Qu'est-ce que…, marmonna le Gorille, pétrifié, avec ce qui ressemblait bien au célèbre parfum « cheesecake à la framboise » de chez *Liks* qui lui dégoulinait sur la joue et le menton.

Splaf!

Rosie jeta à son tour son cornet sur Gary, qui le reçut sur le côté du crâne, puis il démarra en trombe derrière Super-Kev.

Splaf!

Ally jeta l'un de ses cornets au Crétin. Elle l'atteignit en plein torse. Là-dessus, Willie m'empoigna et se mit à me tirer en arrière.

Splaf!

Ally balança le cornet de Willie, atteignant Gary le Gorille à l'épaule.

Comme je ne voulais pas être de reste (même s'il s'agissait d'un sacrifice : chocolat et pépites, c'était le meilleur parfum), tout en trottinant derrière Willie, je visai le Crétin. Lorsqu'il se retourna pour nous courir après, je lui jetai mon cornet. Il le reçut en plein ventre.

Tout le monde grimpa dans la Nissan Pathfinder de Willie. Le Gorille et le Crétin abandonnèrent la poursuite et se précipitèrent vers la BMW. Willie démarra avant que nous ayons attaché nos ceintures, et le véhicule quitta le trottoir dans un dérapage. Ally n'était même pas encore assise. Elle s'effondra sur la banquette arrière, se débattant au milieu des sacs *Lucky* et *Levi's*.

J'aperçus Rosie et Super-Kev à pied. Ils dévalaient le trottoir.

— Stop ! hurlai-je à l'intention de Willie. Fais-les monter.

— Certainement pas, bordel !

— Stop ! criai-je d'une voix suraiguë en jetant un coup d'œil à la BMW toujours à nos trousses. On ne peut pas les abandonner à Wilcox !

Environ un pâté de maisons après avoir dépassé les dieux de la course grunge, Willie écrasa la pédale du frein. Nous fûmes tous projetés en avant. La BMW fit un écart pour nous éviter et poursuivit sa course.

Preuve ultime que les hommes feraient n'importe quoi pour qu'une femme s'arrête de hurler.

Ally ouvrit la portière à la volée, se pencha et cria :

— Montez !

Rosie et Super-Kev grimpèrent dans le SUV, se débattant à leur tour avec nos sacs, et Willie redémarra.

Personne ne parlait. Le seul son audible, c'était la respiration haletante de Rosie et de Super-Kev.

C'est Willie qui brisa le silence.

— Lee va me devoir une sacrée chandelle, bordel.

Impossible de savoir s'il évoquait le centre commercial ou l'invasion grunge de sa Pathfinder.

Probablement les deux.

Si j'avais su que je retournerais dans les bureaux de Lee ce jour-là, j'aurais mieux choisi ma tenue.

Dawn était toujours habillée haute couture.

Moi, je portais un short taillé dans un jean, un tee-shirt bleu de l'Air Force avec « USAFA » écrit en lettres blanches (l'homme de ma vie avait beau avoir été rendu à la vie civile avec les honneurs, je n'en restais pas moins une supporter occasionnelle de l'armée) et des tongs bleues. Après trois orgasmes d'affilée et une dispute avec Lee qui s'était soldée par l'aveu que je l'aimais, j'étais épuisée. Me composer une tenue spéciale Indy était au-delà de mes capacités. Je ne m'étais même pas embarrassée d'une ceinture.

Willie, Ally, Rosie, Super-Kev et moi envahîmes la réception immaculée de Dawn. Elle nous dévisagea, horrifiée. Rosie arborait encore le « O » de crème glacée autour de sa bouche et sa main dégoulinait. Il avait été trop choqué par les récents événements pour parer à l'essentiel. Même dans leurs meilleurs jours, Rosie et Super-Kev n'étaient pas exactement des obsédés de l'hygiène corporelle, et là, nous étions loin d'être dans leurs meilleurs jours.

— Qu'est-ce qui se passe encore ? fit Dawn.

Vu son accueil, je me demandai brièvement si Lee connaissait le sens du mot « cordial ».

— Nous devons parler à Lee, annonça Willie.

Dawn lui jeta un coup d'œil et son visage se métamorphosa. Willie était canon et Dawn était en chaleur. Elle ravala donc son mépris pour lui adresser un sourire radieux.

— Je suis désolée. Il est en réunion.

— Dites-lui que nous sommes ici, insista Willie.

— Je suis désolée mais lorsqu'il se trouve en réunion, Lee demande à…

— Dites… lui… que… nous… sommes… ici, répéta Willie.

À son ton, Dawn écarquilla les yeux, posa les mains sur les accoudoirs de son siège (ses ongles manucurés bien en vue pour qu'on les remarque davantage), prit appui pour se lever, contourna le bureau et disparut derrière la porte vers le Sanctuaire Intérieur.

— Je ne suis jamais venue ici, murmura Ally à mon oreille.

— C'est vrai ? chuchotai-je à mon tour, sans trop savoir pourquoi nous parlions à voix basse.

— Il est sensass, cet endroit.

Elle avait entièrement raison. Je n'y étais pour rien, mais un étrange sentiment de fierté m'envahit.

Je souris à Ally. Elle me rendit mon sourire.

— Euh, est-ce qu'on a un problème, là ? demanda Super-Kev, brisant notre bulle.

Ally regarda Kevin d'un air las.

— Vous êtes des crétins.

— Hé, meuf !

Super-Kev semblait atterré par l'insulte.

— Vous feriez mieux de vous mettre au parfum avant que quelqu'un ne vous y aide, l'informa Ally. Des gens se font tirer dessus, assommer au pistolet paralysant, kidnapper, et des voitures explosent. Réveillez-vous, bordel !

Parfait. Plus honnête que ça, tu meurs.

Rosie et Super-Kev dévisagèrent Ally. Impossible de deviner si ses paroles avaient pénétré dans leur cerveau.

Pendant ce temps, Willie passait un coup de fil. Après la mise au point d'Ally, il referma son téléphone.

— Je suis en train de faire vérifier, annonça-t-il. A priori, c'est Wilcox qui a fait libérer ces deux imbéciles.

— Pourquoi faire un truc pareil ? s'enquit Rosie.

— Aucune idée. Peut-être que c'est plus facile de vous brûler la cervelle si vous n'êtes plus sous surveillance de la police vingt-quatre heures sur vingt-quatre, répondit Ally.

Ah si. Encore plus honnête, c'était possible, finalement.

La porte s'ouvrit et Dawn et Lee apparurent. Dawn se glissa derrière le comptoir, l'air contrit.

Hi hi.

Moi, je connaissais quelqu'un qui avait effectivement un problème, là.

Lee scanna la pièce des yeux, tomba sur moi et là, c'est mon corps qu'il scanna du regard. Après s'être assuré que j'étais bien en un seul morceau, sans aucun trou, sans traces de sang et sans parties du corps manquantes, il regarda Willie.

— Que s'est-il passé ? demanda-t-il.

Willie lui fit un résumé de la situation.

Le visage de Lee se durcit.

— Appelle Masse, ordonna-t-il à Dawn.

Elle décrocha aussitôt le téléphone.

— Ils n'en avaient pas après Indy ? demanda Lee à Willie.

— Ils ne l'ont même pas regardée.

— Même quand elle leur a balancé son cornet de glace, intervint Ally.

Lee m'observa. Il avait l'air d'hésiter entre éclater de rire ou se mettre à hurler.

Finalement, il grommela :

— Bon sang.

J'étais bien contente qu'il ait trouvé le juste milieu.

— Je prends la relève, dit Lee à Willie.

Ce dernier parut soulagé. Je savais qu'il m'aimait bien, mais il y avait des traînées de crème glacée sur le cuir de sa banquette arrière et il venait de passer trois heures au centre commercial. Et ça ne lui ferait même pas gagner les faveurs de sa petite amie. Il était allé bien au-delà de ses obligations de service.

— Merci, Willie, dis-je.

— Fais gaffe à toi, répliqua-t-il.

Et il partit.

Lee donnait ses ordres à Dawn.

— Emmène ces garçons dans la chambre forte et mets-leur un DVD. Téléphone à Hank. Quand Masse rappellera, je veux être prévenu immédiatement. (Il nous regarda, Ally et moi.) Vous deux, vous me suivez.

Ça me plaisait moyennement que Lee me donne des ordres, mais il me parut plus raisonnable de ne pas piquer ma crise devant Dawn.

Ally et moi suivîmes Lee jusqu'à la porte du Sanctuaire Intérieur. J'aurais bien aimé pouvoir affirmer que je n'étais pas le genre de fille qui faisait ce que je fis ensuite, mais bon, impossible. J'agitai les doigts en direction de Dawn, l'air de dire : « nanananananère, Lee est à moi ! » Elle comprit parfaitement la signification de mon geste et son regard se durcit de manière effrayante.

J'étais en train de me demander si j'allais lui tirer la langue lorsque je fonçai dans Lee, qui s'était arrêté pour ouvrir la porte. Il me dévisagea et je sus qu'il avait surpris notre petit échange. Comme toujours, il lisait dans mes pensées.

Il secoua la tête et nous fit entrer.

Bon, d'accord. Peut-être que moi aussi, j'avais un petit côté jaloux et possessif.

Lee nous conduisit dans son bureau.

Assis sur l'un des sièges en face de celui de Lee, en train de pianoter sur son BlackBerry, se trouvait un bel homme aux cheveux bruns et aux yeux bleus, vêtu d'un costume sombre hypercool.

À notre entrée, il leva les yeux.

— Marcus, je te présente Indiana Savage et Ally Nightingale, dit Lee en se tournant vers lui. Voici Marcus Sloan.

Ainsi, c'était le fameux Marcus.

Il se leva et nous serra la main. À sa manière de nous saluer, je compris qu'il savait qui Ally et moi étions avant même les présentations.

Contrairement à Wilcox, Marcus ne me flanquait pas les jetons. Il ne reluqua ni Ally ni moi. Il ressemblait à un homme d'affaires – vu son costume coûteux, il devait s'agir d'affaires juteuses et peut-être un peu sales, mais il restait professionnel et, au premier coup d'œil, on était rassuré sur sa santé mentale. Il faisait tout de même un peu peur, malgré tout. Je ne savais pas pourquoi j'avais cette impression, mais c'était la sensation que Marcus me donnait.

Lee lui résuma ce qui s'était déroulé sur la terrasse de *Liks*. C'était un peu embarrassant : on aurait dit deux professeurs en train de discuter des pitreries de leurs élèves. Lee et Marcus n'étaient pas du style à faire des batailles de boules de glace.

Marcus écouta Lee sans montrer de réaction.

Lorsque Lee eut terminé, Marcus observa :

— Tu te montres patient.

— Ma patience vient de trouver sa limite, répliqua Lee.

À son ton, un frisson me parcourut l'échine. Quelque chose se tramait. Quelque chose qui n'avait rien à voir avec Rosie, Super-Kev ou les boules de glace.

— Ils ne m'ont même pas jeté un coup d'œil, intervins-je.

C'était certainement une mauvaise idée. Mais ce qui s'était passé cet après-midi ne me concernait pas : ça concernait Rosie.

Marcus m'ignora.

— Suite des événements ? demanda-t-il à Lee.

— Coup de balai. D'ici à ce soir, Coxy sera hors-jeu.

Ouh là.

Ça sentait le roussi.

Marcus hocha la tête et nous regarda, Ally et moi.

— Ravi de vous avoir rencontrées, dit-il poliment.

Puis, sans un mot de plus, il quitta la pièce.

Je me retournai vers Lee.

— Il vient de se passer quoi, là ? demandai-je.

Lee s'assit sur le rebord de son bureau, se pencha en avant et saisit ma main pour m'attirer à ses côtés. J'appuyai une hanche contre le meuble et observai Lee. Ally se rapprocha.

— On va mettre Rosie et Kevin en lieu sûr. Hank s'en occupe. J'envoie Masse récupérer les hommes de Wilcox. Tous. Je veux que Coxy se sente vulnérable avant le show.

— Quel show ?

Pas de réponse.

Oh-oh.

— Lee…

— J'en ai marre de tourner autour du pot. Ce soir, ça s'arrête, décréta-t-il.

— Et la mafia ?

— Quelle mafia ? demanda Ally.

— Ne t'inquiète pas pour ça, répondit Lee.

Je mis les poings sur mes hanches.

— Tu ne peux pas me demander de ne pas m'inquiéter si tu as des soucis avec la mafia, décrétai-je.

— Quels soucis avec la mafia ? interrogea Ally.

— Je t'ai dit de ne pas te faire de souci pour ça, me dit Lee.

Il ignorait totalement Ally.

— Je vais devoir te menotter au lit, à ton tour ? demandai-je.

Évidemment, ça fit sourire Lee.

— Menotter au lit ? répéta Ally qui persévérait.

Ce fut à mon tour de l'ignorer.

— Sérieusement, Lee. Peut-être qu'on devrait juste partir dans ton chalet, à Grand Lake, le temps que l'affaire s'étouffe d'elle-même.

À mon avis, deux ou trois ans suffiraient, non ?

— Cette histoire s'arrête là. Ce soir. S'il y a des représailles, je les gérerai, répliqua Lee.

J'ouvris la bouche pour rétorquer quelque chose, mais il me devança.

— La discussion est close.

Je plissai les yeux et ôtai les poings de mes hanches pour croiser les bras sur ma poitrine. *C'est ce qu'on va voir, Monsieur M'as-Tu-Vu.*

— Youhou ! J'existe encore ! Je suis dans la pièce ! Est-ce que quelqu'un pourrait me parler ?

Ally paraissait un peu énervée.

Avant que Lee ou moi n'ayons pu lui répondre, on frappa un coup léger à la porte. Celle-ci s'ouvrit et un homme apparut, la main sur la poignée. Il n'avança que d'un pas dans la pièce.

Ce n'était pas n'importe quel homme. Au premier regard, je sus qu'il s'agissait d'un des employés de Lee.

Il était grand, plus grand encore que Lee, avec des cheveux noirs, un corps de rêve et des yeux couleur jade. Peut-être quelques origines asiatiques. C'était un bel homme. Mieux que ça, même. Artistes et sculpteurs s'étriperaient probablement pour avoir la chance de l'avoir comme modèle.

Sauf que poser comme modèle ne devait pas être le genre de ce type.

Je fis un effort surhumain pour dominer mon instinct premier – flirter – et je me contentai de lui sourire. *Exit* mon petit mouvement de tête sexy. Lee était d'assez mauvaise humeur comme ça.

Les yeux de l'homme glissèrent sur moi, puis sur Ally. Son visage demeura impassible. Ensuite, il regarda Lee.

Lorsqu'il m'avait observée, j'avais remarqué une lueur triste dans son regard. Ce qui eut pour effet de titiller mon instinct de flirter, juste pour obtenir un compliment, un sourire, une fossette, une réaction quelconque, quoi.

Ce type, c'était le défi ultime de toute fille qui souhaitait tester son pouvoir de séduction.

— Waouh ! murmura Ally.

Manifestement, elle pensait la même chose que moi.

— Masse, je te présente Indy et ma sœur Ally, dit Lee.

Là, je regrettai sincèrement d'avoir pensé qu'un type prénommé Masse ne pouvait être qu'un gros macho débile. Si un homme pouvait réussir à porter un surnom comme celui-ci, c'était celui que nous avions sous les yeux.

Les yeux de Masse retracèrent leur parcours sur Ally et moi, puis se reposèrent sur Lee.

— Va chercher les hommes de Coxy. Amène-les en salle de détention. Tous. Peu m'importe comment tu te débrouilles ou à qui tu fais appel. Fais-le, c'est tout.

Et là, Masse sourit.

Oh mon Dieu.

Hum, j'avais peut-être eu tort en ce qui concernait cette histoire de gros macho débile.

Sans un mot, Masse recula et referma la porte derrière lui.

Lee me regarda.

— Tu restes avec les gars jusqu'à ce que je sois en mesure de te ramener à la maison.

— Moi aussi, je peux ? demanda Ally.

Lee acquiesça.

Le visage d'Ally s'illumina.

— On parle de quels gars, là ? demandai-je.

Lee avait un employé à l'hôpital, et le reste allait probablement être réquisitionné pour la chasse aux méchants.

— Vous avez le choix : salle de surveillance avec Monty ou salle informatique avec Brody.

Hummm.

Choix difficile.

Non, je plaisante.

Ally sembla lire dans mes pensées :

— Salle de surveillance, dit-elle.

Je jugeai plus prudent de l'informer de la situation de Monty, juste au cas où elle aurait une idée derrière la tête :

— Monty est marié et a cinq enfants.

Ally me dévisagea.

— Salle de surveillance, répéta-t-elle.

J'acquiesçai.

La salle de surveillance sonnait définitivement mieux que la salle informatique en compagnie de Brody.

— Va pour la salle de surveillance, alors, déclarai-je à Lee.

Une main m'effleura l'épaule et je me réveillai en sursaut. Vance se tenait debout au-dessus de moi.

Je clignai des yeux et jetai un coup d'œil alentour.

Je m'étais endormie dans un fauteuil de la salle de surveillance.

Ally et moi avions fait le mauvais choix. Un *très* mauvais choix.

La salle de surveillance, c'était sympa de loin, mais au bout d'un quart d'heure, on s'y ennuyait comme un rat mort. Ce n'était pas mon genre, mais après une demi-heure à fixer des écrans où il ne se passait, en gros, strictement rien, je m'étais mise à prier pour assister à un épisode de sexe avec la nounou, juste pour voir un peu d'action.

— On y va, annonça Vance.

Je regardai autour de moi. Je n'avais aucune idée de l'heure, mais il devait être tard. Monty était parti. Ally et moi étions seules dans la pièce. Mon amie dévisageait Vance. Malgré toutes les années passées à ses côtés, je ne l'avais jamais vue regarder quelqu'un comme ça. C'était un regard oh-mon-Dieu-ce-type-est-un-dieu-du-stade mêlé à un regard oh-mon-Dieu-qu'est-ce-qui-se-passe-bordel.

Je tournai les yeux vers Vance. Il ne paraissait pas d'humeur à flirter ou à s'en payer une tranche. Il était plutôt en mode dur à cuire prêt à en découdre.

— Où est Lee ? demandai-je.

— Dehors, répondit Vance.

J'allais devoir m'en tenir à ça. Au ton de Vance, je préférai ne pas trop insister.

Au moment où je me levai, Vance se raidit. Il pivota vers la porte fermée, tout en se tenant toujours debout devant moi, et posa la main sur le revolver accroché à sa ceinture.

Un bruit sourd retentit en provenance du mur, à l'extérieur, suivi d'un cri de douleur.

Je restai bouche bée, les yeux fixés sur la porte.

Ally s'approcha de moi, les yeux rivés dans la même direction.

Vance tendait l'oreille. Lui aussi fixait la porte.

Après quelques instants, le silence revint, Vance se détendit et hocha la tête vers nous.

Puis il quitta la pièce.

Ally et moi lui emboîtâmes le pas.

Le couloir était plongé dans une semi-pénombre. La lampe était allumée sur le bureau de Dawn, tout comme la lumière au-dessus de nos têtes, mais celle-ci était tamisée. Le bureau avait l'air sinistre. De mauvaises vibrations emplissaient l'atmosphère.

Dans le parking souterrain, on tomba sur Brody.

— Salut ! s'écria-t-il en trottinant vers nous, tout excité et tout heureux – apparemment, Brody n'était pas sensible aux mauvaises vibrations. Vous savez quoi ? Monty a appelé, il me laisse la salle de surveillance ! (Brody agita un sac plastique bourré de friands au fromage et de boissons énergétiques.) Toute la nuit ! Eh, ça y est, je fais partie des troupes !

— Génial, Brody, dit Ally à voix basse – visiblement, elle percevait les mauvaises vibrations, elle.

— Eh, les filles, vous voulez faire la garde avec moi ? Ce sera cool ! On commandera des pizzas.

— Non, dit Vance.

Brody le regarda.

— Non ? répéta-t-il.

— Non. Pas de pizza et pas de visiteurs. Les bureaux ne sont plus sûrs, répliqua Vance.

Brody devint tout pâle.

Ally prit une grande inspiration.

Et moi, j'oubliai carrément de respirer.

Qu'est-ce ça pouvait bien vouloir dire ?

— Tu verrouilles la salle de surveillance après y être entré, ordonna Vance. Tu regardes les écrans, tu fais transiter les appels et c'est tout. Tu n'ouvres pas la porte à moins d'entendre le code.

Brody commençait à avoir l'air légèrement paniqué, mais il restait planté là.

— Oh merde, un autre code, c'est quoi déjà, celui-là ?

— Le même que d'habitude, répondit Vance.

Brody eut l'air interdit.

Vance ne paraissait pas très content.

— Trois deux deux.

— Pigé. Ouais. Super. OK.

Brody ne nous dit pas au revoir. Il s'éloigna en marmonnant.

Je pris quelques secondes pour souhaiter que tout se passe bien pour Brody, et nous montâmes dans une Ford Explorer noire.

Vance ramena d'abord Ally chez elle, après lui avoir demandé son adresse. Ally descendit de voiture avec un air soucieux et promit de m'appeler.

Vance attendit que la porte se soit refermée derrière elle et que les lumières s'allument, puis il me reconduisit chez moi. Sans me demander mon adresse. Il m'accompagna à la porte, me prit la clé des mains, ouvrit et, une fois entré, m'obligea à rester à côté de la porte le temps de faire le tour des lieux. Après être redescendu, il regagna l'Explorer, revint avec un petit sac de marin et se dirigea tout droit vers la table de ma salle à manger.

Vance ouvrit le sac et entreprit de poser divers objets sur la table, les nommant au fur et à mesure qu'il les sortait.

— Revolver, Glock, chargé. Recharge en munitions. Taser. Pistolet paralysant.

Je fixai les armes sur ma table, puis Vance.

— Lee dit que tu sais t'en servir, déclara-t-il.

Je compris que sa remarque était en fait une question, et j'acquiesçai.

— Verrouille portes et fenêtres après mon départ. Tu n'ouvres à personne, sauf à Lee, Masse ou moi. Même si tu connais tes visiteurs. Pigé ?

Je hochai la tête, et Vance me répondit par le même geste.

— Où est Lee ? Qu'est-ce qui se passe ? demandai-je.

— Ce sera bientôt terminé, dit Vance en guise de réponse.

Il se dirigea vers la porte, s'arrêta et se retourna vers moi.

— Ferme tes volets.

— Attends une seconde.

Je lui courus après et l'attrapai par le bras pour qu'il ne s'en aille pas.

— Qu'est-ce qui se passe, bordel ?

Vance m'observa quelques secondes. Il essayait probablement de deviner comment j'allais réagir aux sinistres nouvelles qu'il était sur le point de m'annoncer.

Manifestement, il décida qu'il pouvait me mettre au courant.

— Lee a intensifié les hostilités, m'informa-t-il. Wilcox l'a imité.

— Qu'est-ce que ça veut dire ?

Vance m'observa à nouveau quelques secondes.

Puis un sourire s'étala lentement sur son visage. Un sourire arrogant, incroyablement beau, presque béat.

— Ça veut dire que ce soir, on va s'amuser.

Là-dessus, il s'en alla.

Je restai debout devant la porte, à songer que moi, je ne trouvais pas ça amusant *du tout*.

27

Où est passé Lee, bordel ?

Une fois que j'eus verrouillé portes et fenêtres, fermé mes volets et cessé d'hyperventiler, mon téléphone se mit à sonner.

Je me précipitai dessus. Je ressemblais à une fille qui aurait suivi une journée de trop le régime Atkins et venait de pénétrer dans une boulangerie. En gros, j'avais l'air d'une folle.

C'était Ally.

— Tu sais ce qui se passe ? me demanda-t-elle.

— Les hostilités s'intensifient. Des deux côtés.

Je voulais parler à Lee, le voir, savoir qu'il allait bien. Que n'importe qui me donne de ses nouvelles. J'étais même prête à communiquer avec une divinité désincarnée.

— Qu'est-ce que ça veut dire ? demanda Ally.

— Je n'en sais fichtrement rien.

Et je n'avais aucune envie de le savoir. J'étais recluse dans ma Citadelle du Déni. Loin, loin, loin.

— Tu veux que je passe ? proposa mon amie.

— Je ne suis autorisée à ouvrir à personne sauf à Lee, Masse et Vance.

— Qui t'a dit ça ?

— Vance.

— Depuis quand obéis-tu aux ordres qu'on te donne ?

— Depuis que les mots « hostilités » et « s'intensifient » sont entrés dans mon vocabulaire et que j'ai enfin avoué à ton frère que je l'aimais et qu'il vit avec moi et que je suis peut-être enceinte de lui et que je n'ai même pas encore visité son chalet à Grand Lake et que son QG n'est plus sûr et…

— D'accord, d'accord, j'ai compris ! m'interrompit Ally. Appelle-moi quand tu sauras quelque chose.

— Pas de souci.

Je raccrochai et restai debout au milieu de mon salon, à fixer les armes posées sur ma table. Merde.

Merde, merde et re-merde.

Tout était ma faute.

Bon, peut-être pas tout. C'était surtout la faute de Rosie, mais si quelque chose tournait mal, je me sentirais responsable. Si ce truc-là partait en sucette, ça n'aurait pas les mêmes conséquences que de sauter dans une voiture avec dix dollars en poche et un réservoir à moitié plein d'essence, puis de se rendre à Colorado Springs dans l'espoir d'entrer dans un bar sans avoir à présenter de pièce d'identité, tout ça pour rencontrer des futurs pilotes de combats de l'Air Force Academy. Tentative vouée à l'échec. (Et j'en sais quelque chose : j'avais de l'expérience dans ce domaine. Comment croyez-vous que j'avais obtenu mon tee-shirt ?) Dans la situation présente, l'affaire incluait des flingues et des balles de fusil, ainsi que Brody en salle de surveillance. Une salle d'où l'on pouvait entendre, à l'extérieur de la porte, des grognements de douleur.

Je n'étais pas tellement douée pour ne rien faire. J'étais plutôt du genre à aimer l'action ; rester assise à attendre, ce n'était pas vraiment mon style.

Néanmoins, je m'enveloppai de mon suaire de fille de flic. Il n'était pas impénétrable, mais faute de mieux, il ferait l'affaire. Je m'assis dans mon canapé, hissai les pieds sur le siège, posai ma joue sur mes genoux, et j'attendis.

Avec le recul, ma réaction avait été plutôt stupide.

Bon, d'accord, je n'avais pas à m'en blâmer tant que ça. Ce n'était pas comme si des voitures explosaient devant chez moi tous les jours. Sans oublier que j'étais plutôt tendue, vu que l'amour de ma vie, avec lequel je sortais *enfin*, avec qui j'étais *enfin* passée à l'acte et qui venait d'emménager chez moi, se trouvait là-bas dehors, au milieu d'hostilités qui s'intensifiaient.

Pour ma défense, Vance ne m'avait pas interdit de sortir en cas d'explosion. Et celle-ci avait fait trembler ma maison, vibrer mes fenêtres et provoqué un tel vacarme que pendant quelques secondes, j'avais cru devenir sourde.

Je n'étais pas complètement idiote. J'avais jeté un coup d'œil dehors avant de sortir. Une voiture brûlait au milieu de la chaussée. Il y avait des débris enflammés partout. La voiture n'avait pas fini d'exploser ; on aurait dit que le désastre continuait. Des morceaux jonchaient toute la rue, le trottoir et même mon jardin, ruinant le travail méticuleux de Stevie. Des gens hurlaient et couraient dans tous les sens. Et puis, quelle voisine aurais-je fait si j'étais restée planquée chez moi alors qu'il y avait peut-être des blessés ou des grands brûlés dehors, hein ?

D'autant qu'il pouvait très bien s'agir de Lee.

Avec tous ces gens dehors, je m'étais dit que je serais en sécurité.

Je me trompais.

J'avais attrapé le pistolet paralysant (mon arme de prédilection), déverrouillé la porte puis la chaîne de sécurité, jeté un coup d'œil à mon porche et fait un pas dehors.

J'atteignais l'extrémité de mon perron lorsqu'ils m'avaient attrapée.

Ce kidnapping-là était complètement différent des deux précédents.

Je repris conscience à l'arrière d'une voiture, les chevilles ligotées, les poignets attachés dans le dos, sauf qu'en plus, cette fois, j'étais bâillonnée.

Avec du recul – et après avoir eu un max de temps pour réfléchir à l'arrière de la voiture –, l'explosion n'était même pas une stratégie très ingénieuse pour m'obliger à montrer le bout de mon nez. En fait, c'était un plan plutôt rudimentaire.

Mais j'étais tombée dans le panneau. Ça en disait long sur moi, non ?

Le trajet dura longtemps. Je ne distinguais pas grand-chose et d'ailleurs, je ne faisais pas d'effort pour. Cherry avait failli se faire exploser la veille ; par conséquent, à la minute où un appel arriverait décrivant une voiture en feu juste devant chez moi, le département de police de Denver ainsi que Lee et ses hommes accourraient comme des mouches sur de la merde.

Je ne pouvais pas m'imaginer que personne n'ait vu mes ravisseurs m'enlever, inconsciente.

Je ne pouvais pas m'imaginer que tout le monde serait loin derrière.

Je ne pouvais pas m'imaginer qu'on ne me secourrait pas.

La vie est un long apprentissage. Manque de bol, j'ai toujours appris à la dure.

J'avais l'impression que la voiture roulait depuis une éternité. Au bout d'environ une demi-heure, peut-être un peu plus, le véhicule quitta l'autoroute pour entamer plusieurs virages. Puis il ralentit ; on passa des feux de circulation, qui disparurent. Ensuite, la voiture emprunta un chemin caillouteux, roula quelques minutes et s'arrêta.

On me tira brutalement de la banquette arrière par les chevilles. J'atterris sur l'épaule de quelqu'un. Je n'y voyais pas grand-chose. Il était tard, il faisait sombre et nous nous trouvions hors de la ville : la nuit était opaque.

Malgré tout, je savais que nous étions dans les montagnes.

Merde alors.

On me conduisit dans un chalet où on me balança sur un canapé, avant de m'installer en position assise.

Lorsque mon ravisseur s'écarta, je vis Terry Wilcox assis en face de moi, dans un fauteuil.

Le chalet était sympa, très chic. Le genre de chalet que louaient les Texans très, très aisés lorsqu'ils avaient envie de changer de décor. Deux types nous tenaient compagnie, tous les deux gonflés à la stéroïde, comme Gary le Gorille, Teddy la Terreur et le Crétin, sauf que je n'avais jamais vu ces gars-là.

— Retirez-lui son bâillon, ordonna Wilcox.

Les deux types avaient les cheveux bruns, l'un un peu plus foncés que l'autre. Le plus grand devait consulter les sites de produits pharmaceutiques un peu trop souvent. Il avança vers moi et m'ôta mon bâillon. Je me rendis aussitôt compte d'à quel point il était serré : j'avais les joues meurtries. J'ouvris et refermai la bouche pour détendre les muscles de ma mâchoire.

Ensuite, je fusillai Wilcox du regard.

— Ça fait mal.

— Désolé, India. Simple précaution. On n'est jamais trop prudent, n'est-ce pas ?

Était-ce une allusion à ma réaction idiote ? Celle qui m'avait fait sortir de ma maison pour me jeter dans les griffes des bandits ?

Je plissai les yeux.

Je *savais* que j'étais une idiote. Pas besoin que ce type me le rappelle.

— Pardon ? demandai-je.

Wilcox m'ignora.

— Ne t'inquiète pas. Nous n'aurons pas à attendre trop longtemps. L'avion sera bientôt prêt et, à ce moment-là, on s'envolera.

Oh-oh.

Est-ce qu'il venait juste de dire « avion » ?

— De quoi parlez-vous ?

— Toi et moi, nous allons disparaître. On part en vacances. Pour longtemps.

Je le fixai, bouche bée.

J'avais un mauvais pressentiment.

— Je ne veux pas partir en vacances avec vous, l'informai-je même si ça me semblait évident.

— Tu vas t'amuser.

J'écarquillai les yeux.

— M'amuser ?

— Faire du shopping, manger dans les meilleurs restaurants… Je t'offrirai tout ce que tu voudras. Nous irons où tu auras envie. Je vais te faire découvrir le monde.

Waouh, Lee n'avait pas tort. Ce type était cinglé.

— Vous ne m'avez peut-être pas bien entendue. Je vous ai dit que je n'avais pas envie de partir en vacances avec vous.

— On va passer du temps ensemble. Tu apprendras à me connaître, à m'aimer.

Yep. Complètement timbré.

— Vous tuez les gens, lui remémorai-je.

— Je fais ce qu'il faut pour obtenir ce que je veux.

Bordel de merde.

— Je n'aime pas les gens qui tuent les autres, expliquai-je. Ils me fichent la frousse. *Vous*, vous me fichez la frousse.

J'aurais peut-être dû faire un peu plus attention à ce que je disais, mais apparemment, Wilcox avait l'oreille sélective : il choisit de ne pas entendre mes derniers mots.

— Nous devrons nous cacher quelque temps, dit-il. Un de mes amis nous laisse l'usage de sa charmante villa sur la plage, au Costa Rica.

Bonté divine !

Ce type était en train de parler d'une charmante maison sur la plage à une femme qu'il venait de kidnapper.

Complètement malade.

— Vous êtes flippant *et* dégoûtant, déclarai-je en espérant qu'il me recevrait depuis sa planète. Je ne veux pas aller dans une villa sur la plage au Costa Rica avec un gros dégueulasse qui me fiche les jetons et ressemble à Gomez Addams.

Wilcox continua de nous ignorer, moi et mes insultes.

— Tu pourras prendre des bains de soleil tous les jours. Je t'achèterai deux douzaines de bikinis. Je songe à six mois, peut-être plus. Ensuite, nous pourrions aller à Paris.

— Je ne pars pas en vacances avec vous. Je reste ici, décrétai-je.

Wilcox m'adressa son sourire doucereux.

Beuuuuurk.

Il était temps de passer aux choses sérieuses.

Je changeai de stratégie et me penchai en avant pour prouver ma sincérité.

— Écoutez, je suis vraiment, euh…

Je perdais les pédales : impossible d'inventer un mensonge crédible. Je ne parvenais pas à me rappeler la dernière fois que ça m'était arrivé. J'optai pour le premier mot qui me vint à l'esprit, même s'il était affreux à prononcer.

— … honorée que vous m'appréciiez, et tout et tout, mais je suis amoureuse de Lee. Je l'aime depuis mes cinq ans. Nous vivons ensemble. Nous allons nous marier, il va demander ma main. Il a tout planifié.

— Je t'aiderai à oublier Nightingale, déclara Wilcox.

OK. Sérieusement, ce type était cinglé. Même si Wilcox n'avait pas été un sale type bizarre, ignoble et flippant, aucune femme sur cette planète n'oublierait *jamais* Liam Nightingale.

Surtout si elle l'avait déjà vu nu.

D'ailleurs, pourquoi Lee mettait-il autant de temps ? Il aurait déjà dû faire irruption ici et sauver la situation, non ? Je commençais à avoir une petite expérience en matière de kidnapping à présent, et là, on en arrivait peu ou prou au moment où quelqu'un balançait une grenade ou du gaz lacrymo et où Lee entrait d'un pas nonchalant, avec son expression de dur à cuire énervé, et obligeait tout le monde à faire ce qu'il désirait avec son air effrayant.

— Peut-être vaut-il mieux t'endormir pour la première partie du trajet, dit Wilcox, interrompant le cours de mes pensées exaltées.

Je compris aussitôt mon erreur. J'avais passé trop de temps à discuter avec Wilcox et pas assez à surveiller ses acolytes bourrés de stéroïdes. L'un d'entre eux avançait vers moi, une seringue à la main.

Je l'observai s'approcher de moi et un frisson de terreur me parcourut.

J'avais l'impression de me retrouver dans le genre de films où les agresseurs mettent l'héroïne sous tranquillisants et où la fille se réveille allongée sur des édredons en soie, habillée style *Jinny de mes rêves*, et découvre qu'elle est devenue membre d'un harem où toutes les autres filles la haïssent.

Je n'avais aucune envie de faire partie du harem de Terry Wilcox, même si ce harem ne se composait que de moi.

Mon cerveau entra en ébullition. Je ne voyais que deux options : me laisser droguer, et dormir pendant qu'on venait à ma rescousse (enfin, c'était ce que j'espérais) ou, euh… eh bien, je ne savais pas trop quelle était l'autre option, vu que j'avais mains et pieds ligotés.

J'adorais les petites siestes, mais seulement celles que je choisissais de faire naturellement. Pas celles induites par des hommes de main gonflés aux hormones.

J'observai le type s'avancer et fis la seule chose en mon pouvoir – hors de question que j'aille au tapis sans lutter.

Je roulai au sol, puis sur le type pour le faire basculer. Celui-ci perdit l'équilibre et se cassa la figure en poussant un grognement accompagné d'un juron.

Je continuai mon roulé-boulé pour m'éloigner de lui, tout en me contorsionnant pour me défaire de mes liens.

Étonnamment, ça faillit marcher. On n'avait pas dû me ligoter les mains correctement, car je parvins presque à les libérer.

Comme j'avais mis le Méchant n° 1 à terre, Méchant n° 2 arriva en renfort. Je roulai sur le dos, levai les jambes et, comme Tex et Super-Kev me l'avaient conseillé, je visai droit entre celles de mon agresseur.

Je ratai mon coup, mais le frappai à la cuisse avec une sacrée force et une bonne dose d'énervement. Le type trébucha en arrière et tomba sur le genou.

Je continuai à lutter pour libérer mes mains, me rétablis en me broyant les abdos dans un mouvement qui aurait fait la fierté de n'importe quel coach de gym, et me retrouvai sur mes pieds. La vitesse et mon poids aidant, comme j'avais toujours pieds et mains liés, je basculai et allai cogner Méchant n° 2 au torse. On s'écroula tous les deux et la lutte se poursuivit. Nous roulions l'un sur l'autre. Il essayait de trouver une prise sur moi, mais je me tortillais comme un beau diable.

Je commençais à me faire du souci.

Où... était... passé... Lee, bordel ?!

Je réussis enfin à libérer une de mes mains, secouai l'autre pour la dégager de la corde, et le combat commença vraiment.

Il ne s'éternisa pas. J'avais beau avoir l'usage de mes mains, le type était plus fort que moi et il me maîtrisa en moins de deux. C'était humiliant. Il me remit sur mes pieds alors que je me tortillais toujours, me fit pivoter pour que je lui présente mon dos et maintint mes poignets emprisonnés.

— Pique-la. Tout de suite, ordonna Wilcox.

Ce salaud n'avait même pas daigné quitter son fauteuil. Il restait d'un calme olympien. C'était inquiétant. Comme s'il savait qu'il allait s'en tirer.

Méchant n° 1 s'approcha à nouveau avec la seringue.

Je fus submergée par la terreur – cette fois, il ne s'agissait plus d'un simple frisson. J'avais tellement la trouille que j'étais certaine de mouiller ma culotte.

Au lieu de ça, je me mis à hurler.

Un cri suraigu et assourdissant. J'étais la seule à le pousser, et pourtant, même à moi, il me glaça le sang. Lorsque je cessai de hurler, je me mis à lutter contre mes liens, plus fort cette fois, de manière désespérée. Mais ça ne servait à rien.

Bordel de merde !

J'allais partir en vacances avec le sosie flippant de Gomez Addams.

Comment était-ce possible ?

Après avoir déclaré ma flamme à Lee, je n'avais même pas eu une journée complète pour en profiter, ni pour savourer toutes les formes possibles et imaginables que l'aventure pourrait prendre !

L'arrière de la Pathfinder de Willie contenait un sac avec un super nouveau tee-shirt de chez *Lucky Brand Jeans*, et je n'aurais jamais l'occasion de le porter !

Et je ne verrais probablement jamais le chalet de Lee à Grand Lake.

Je n'aurais probablement jamais non plus d'enfants de lui à qui raconter, le soir, que papa et maman se connaissaient depuis toujours.

Ça… ne… pouvait… pas… m'arriver. En dernier recours, je criai :

— *Non* !

Mais personne ne m'entendit.

Tout ça parce que, au même moment, un coup de feu retentit.

Méchant n° 1, celui qui tenait la seringue, hurla de douleur. La seringue vola dans les airs, Méchant n° 1 se recroquevilla sur lui-même et tomba.

Lorsqu'il me dégagea la vue, j'aperçus Eddie derrière lui, son revolver à la main. Le canon fumait.

Dieu soit loué.

Ça aurait pu paraître affreux de remercier le Seigneur parce qu'un homme s'était fait tirer dessus, mais si l'intervention divine prenait la forme d'Eddie Chavez et de son pistolet de service, je n'allais pas faire la fine bouche.

Avant que j'aie eu le temps de réagir ou de jeter un coup d'œil autour de moi pour chercher Lee, une voix connue s'éleva derrière moi.

— Laisse-la partir.

Ce n'était pas Lee.

C'était Darius.

On me libéra les poignets, je tournai la tête et vis Darius debout derrière Méchant n° 2, un revolver braqué sur sa tempe.

Waouh.

— Recule, ordonna Darius.

Méchant n° 2 obéit et Darius recula lui aussi de quelques pas.

Eddie avança, son pistolet braqué sur l'homme à terre qui roulait sur lui-même, les mains sur la cuisse, du sang filtrant entre ses doigts.

Je restai bouche bée, horrifiée. J'avais un problème avec la vue du sang. Et là, il y en avait beaucoup.

— Écarte-toi, Indy, ordonna Eddie.

Comme je ne pouvais pas marcher normalement, je sautillai sur quelques mètres avant de m'asseoir par terre pour dénouer la corde qui entourait mes chevilles, sans baisser les yeux. Je ne voulais rien rater.

Eddie déplaça le canon de son fusil vers Wilcox, qui s'était enfin levé, et ordonna d'un ton tranchant :

— Assis.

Wilcox s'assit lentement, le regard en permanence fixé sur Eddie. Il paraissait toujours étrangement calme, comme s'il gardait un secret. Je n'aimais pas trop l'idée que Wilcox garde des secrets. Et je n'aimais pas non plus l'absence de Lee.

Je me levai. Eddie détacha les menottes de son ceinturon et me les tendit.

— Attache Wilcox, me dit-il.

Je n'avais aucune envie d'approcher Wilcox, mais je me dis que ce n'était pas le moment de discuter. J'étais toujours sous le coup de la terreur : j'avais vraiment cru que personne ne viendrait me sauver. Je n'avais pas le cœur à donner du fil à retordre à Eddie.

Je m'emparai des menottes et passai derrière la chaise de Wilcox.

— Penchez-vous, ordonnai-je.

Même moi, je percevais le tremblement de ma voix.

En fait, c'était *moi* qui tremblais. Tout mon corps en était secoué de la tête aux pieds. Je n'avais pas envie de l'admettre. India Savage, rockeuse et poule mouillée. Mais bon, c'était la triste réalité.

Wilcox obtempéra et se pencha en avant. Je lui passai les menottes et fis deux immenses pas en arrière.

Darius maintenait Méchant n° 2 à genoux au sol. Il se tenait au-dessus de lui, le canon de son revolver braqué sur sa tempe.

Tout le monde se releva pour observer Méchant n° 1 qui gémissait par terre, en sang.

— Qu'est-ce qu'on fait maintenant ? demandai-je, à personne en particulier.

Méchant n° 1 devait être un sale type, bien sûr. Mais ça ne me paraissait pas correct de le laisser se vider de son sang sur le tapis, qui par ailleurs était assez joli.

— Il faut appeler une ambulance, déclara Eddie, les yeux toujours fixés sur le type qui se tordait de douleur.

— Pas d'ambulance, intervint Darius.

Eddie tourna les yeux vers lui et sa bouche se crispa.

— Darius.

— Pas d'ambulance, Ed. Mot d'ordre de Masse. Gino va nettoyer.

À ce moment-là, l'atmosphère de la pièce changea du tout au tout.

Quelque part, au cours de ma lutte et de mon sauvetage, tout m'avait paru se dérouler normalement. Enfin, normalement pour un kidnapping suivi d'un sauvetage, quoi. Quelqu'un s'était fait tirer dessus (oui, encore) mais la bonne nouvelle, c'était que cette fois, il s'agissait de l'un des sales types et qu'il n'y avait pas eu de gaz lacrymo. Je ne m'étais pas maquillée ce matin-là et ne craignais donc rien côté traînées de mascara, mais quand même, le gaz, ça craignait.

À présent, l'atmosphère était tout sauf normale.

— Gino ? murmura Wilcox.

La manière dont il prononça ce nom m'interpella. Je lui jetai un coup d'œil furtif. Wilcox regardait Darius.

Ce dernier ne répondit pas.

À la place, il sourit.

À un moment donné, au cours des événements, les rôles s'étaient inversés. À présent, c'était Darius qui avait un secret.

Wilcox bondit sur ses pieds, les poignets attachés dans son dos, le corps tendu.

— *Comment ça, Gino va nettoyer ?* hurla-t-il.

Je fis un bond en arrière.

Il y avait tant de terreur dans sa voix rauque que j'eus presque pitié de lui. Méchant n° 1 avait cessé de se contorsionner et gisait par terre sans bouger, les yeux rivés sur Darius. Méchant n° 2 avait baissé la tête et fixait le sol d'une mine défaite.

Mince alors.

Que diable se passait-il ?

Qui était Gino ?

Et où était passé Lee, bordel ?

Eddie leva son revolver et le pointa sur Wilcox.

— Assis, ordonna-t-il.

Wilcox hésita, et Eddie fit un geste imperceptible. Jusqu'ici, il s'était montré posé, détendu, avec une parfaite maîtrise de lui-même. En un clin d'œil, il devint tendu, hostile, et ses yeux se mirent à étinceler.

— Assieds-toi, bordel de merde ! ordonna-t-il en détachant lentement chaque syllabe.

J'avais la sensation que Wilcox n'était pas la seule cause de son énervement. Il y avait autre chose.

Au ton d'Eddie, même Wilcox le Cinglé obtempéra et s'assit. Il n'était plus calme du tout, à présent. Le peu de raison qui subsistait dans son cerveau ramollo lui indiquait que là, c'était le moment de mourir de trouille.

— Bon sang, est-ce que quelqu'un va se décider à me dire où est passé Lee, bordel de merde ?! m'exclamai-je.

— Ici.

Je me tournai aussitôt vers la porte, derrière Darius.

Lee se tenait debout dans l'encadrement.

Il était toujours aussi grand et droit. Pas de sang, pas de blessure ; aucune trace de l'intensification des hostilités. En fait, Lee était magnifique dans son tee-shirt à manches longues blanc ultramoulant, avec sa ceinture noire et ses bottes de motard. On aurait dit qu'il venait de descendre de la Ducati après une petite virée touristique.

J'avais envie de courir vers lui, de lui faire un gros câlin et de me lancer dans une série de oh-mon-Dieu-je-suis-trop-heureuse-que-tu-sois-sain-et-sauf et de oh-mon-Dieu-je-suis-trop-heureuse-qu'il-ne-me-soit-rien-arrivé-à-moi-non-plus, mais l'attitude de Lee n'invitait pas à ce genre d'effusions. J'avais sous les yeux la version « dur à cuire » de Lee, et apparemment, en l'occurrence, câlins et gros bisous n'étaient pas de mise. Je gardai donc mes distances.

Lee m'observa et me passa en revue pour la seconde fois de la journée. Sauf que cette fois, un muscle tressautait sur sa mâchoire.

— Que s'est-il passé ? demanda-t-il en regardant Eddie.

Eddie avança vers Lee et lui tendit le revolver. Lee s'en empara et le fourra dans la ceinture de son jean. Moi, je restai bouche bée. Il ne s'agissait pas du revolver de service d'Eddie, mais d'une arme d'emprunt. Eddie ne se trouvait donc pas là en tant qu'officier en service. Aucune des balles qu'il était susceptible de tirer sur un autre être humain ne pourrait être reliée au revolver que le département de police lui avait fourni.

Putain de merde.

— Brody t'a raconté ? demanda Eddie.

Lee fit « non » de la tête.

— Il m'a simplement dit où te trouver, répondit-il.

Darius et Eddie échangèrent un regard.

Puis Eddie expliqua :

— Darius a entendu parler d'une explosion. Il a filé surveiller la maison d'Indy. À peine était-il arrivé qu'il les a vus embarquer Indy qui sortait de chez elle, après l'explosion de la voiture. Darius les a suivis. Comme il te savait occupé, il m'a appelé en renfort. Je me suis rendu dans tes bureaux, j'ai pris un flingue, parlé à Brody et je lui ai dit de te tenir au courant. Darius a attendu mon arrivée et on est entrés ici.

Une onde de chaleur m'envahit.

Purée, je leur devais une fière chandelle, à ces deux-là.

— Elle va bien ? demanda Lee.

Il ne m'adressait toujours pas la parole, alors que je me trouvais à moins de deux mètres.

Hum.

Je m'étais sentie fondre à l'idée d'avoir des amis aussi coriaces qui veillaient sur moi, mais ce sentiment s'évanouit aussitôt. Je ne savais pas comment interpréter le fait que Lee ne m'adresse pas la parole. La seule chose que je savais, c'est que ça ne me plaisait pas.

Je me dis qu'il valait mieux en discuter plus tard, disons, après une nuit torride pour fêter la fin de ces embrouilles, par exemple.

— Ligotée. Bâillonnée. Trimballée n'importe comment. Elle va bien. Où est Gino ?

Darius avait répondu à la question de Lee comme si je me faisais ligoter et bâillonner tous les jours. Ce qui se révélait en grande partie vrai pour ces deux dernières semaines, excepté en ce qui concernait le bâillon.

— Gino arrive dans cinq minutes, répondit Lee.

Manifestement, le sujet était clos. Lee me regarda droit dans les yeux.

— Monte dans la voiture.

Ça, ça ne me plaisait pas non plus. Le ton de Lee était autoritaire. *Beaucoup* trop autoritaire.

— Qu'est-ce qui se passe ? demandai-je.

Wilcox fit un geste. Lee le transperça du regard, sans me répondre.

— Si tu attends l'arrivée de ta cavalerie, mieux vaut que tu saches qu'on a neutralisé tes gars, là, dehors, annonça Lee à Wilcox.

Je cessai de respirer.

Ainsi, c'était ça, le petit secret de Wilcox…

Et c'était à ça qu'avait été occupé Lee.

Pendant, disons, une demi-seconde, je me demandai ce que pouvait bien vouloir dire « neutralisé ». Puis je décidai que je n'avais pas envie de le savoir.

— Détends-toi, Coxy, poursuivit Lee. Gino va arriver. Marcus lui a passé un savon. Mais comme tu es de la famille, je suis certain qu'il va te laisser une chance de t'expliquer.

Oh-oh.

Gino était un parent de Wilcox. Et Gino s'appelait « Gino ». Un nom parfait pour un parrain de la mafia, non ?

Donc, la mafia faisait une descente pour « nettoyer ».

OK. Moi, je mettais les voiles.

— Hum, je vais attendre dans la voiture, dis-je.

Lee me regarda à nouveau.

— Bonne idée.

Je me dirigeai vers la porte sans savoir quoi dire. J'avais le sentiment qu'une petite phrase d'adieu serait la bienvenue, mais aucune ne me venait à l'esprit.

Je m'arrêtai à la porte et regardai Darius.

— À bientôt ? dis-je.

Il me dévisagea une seconde, en essayant probablement de déterminer l'état de ma santé mentale. Puis il sourit et secoua la tête sans répondre.

— Indy, file à la voiture, ordonna Lee.

Je l'ignorai et me tournai vers Eddie.

— À plus, Eddie.

Eddie affichait un sourire radieux, mais secouait la tête lui aussi.

— À plus, *chica*.

— Indy, monte dans cette putain de voiture ! répéta Lee.

— Très bien, du calme ! J'y vais, marmonnai-je.

Je pivotai vers la porte en grommelant entre mes dents :

— Quel tyran, ce type !

Lee nous ramena à la maison dans sa Crossfire.

Sans dire un mot.

Je l'imitai et restai muette.

J'étais sacrément soulagée. Ma vie allait très probablement reprendre son cours normal. Je n'avais jamais été une inconditionnelle de la normalité – en fait, je l'évitais à tout prix – mais là, tout de suite, c'était devenu mon nouvel idéal.

Quelque part, j'avais envie de demander à Lee si tout était réellement terminé, mais il n'avait pas l'air d'humeur à discuter. Je le savais parce que des ondes d'agressivité parcouraient l'habitacle en hurlant : « Pas maintenant ! » Par conséquent, je jugeai plus raisonnable de repousser cette conversation.

Lee se gara derrière mon – non, *notre* – duplex. Je ne vis aucun gyrophare et n'entendis aucun bruit de course ni cri. J'en conclus que les restes de l'explosion de la voiture avaient été nettoyés et que la vie avait repris son cours sur Bayaud Avenue.

Nous entrâmes, Lee verrouilla la porte derrière nous, et j'allumai la lumière de la cuisine.

Je me tournai vers Lee.

— Tu veux une bière ? demandai-je.

Il balança ses clés sur le comptoir de la cuisine et me regarda.

— Qu'est-ce que tu viens de dire ? demanda-t-il d'une voix affreusement calme.

C'était un peu effrayant.

Hum.

Oh-oh.

— Heu… je t'ai demandé si tu voulais une bière.

— C'est bien ce que je pensais.

Je décidai de me réfugier dans le silence.

Lee m'observa un moment.

— Tu es sortie de la maison, où tu étais en sécurité, et tu t'es fait enlever, dit-il enfin. Encore une fois.

Je grimaçai.

— Ouais… eh bien…

Lee m'interrompit.

— Mes gars étaient occupés. Tu as eu un sacré bol que Darius revienne jeter un coup d'œil, sinon, qui sait ce qui aurait pu arriver, putain.

— Je vois bien que c'était une réaction un peu idiote, avouai-je. Mais…

— *Un peu ?*

Bon sang.

— D'accord, c'était une réaction vraiment idiote. Mais…

— Indy, bordel ! explosa Lee, le corps crispé.

D'effrayante, l'expression de son visage était devenue carrément démente.

Alors, je fis la seule chose que je pouvais faire.

Je lui fonçai dessus. Un, deux, trois pas, puis je me jetai sur lui de plein fouet. Je bondis et l'enlaçai, les bras autour de son cou, les jambes accrochées à sa taille. Je baissai la tête, plaquai ma bouche contre la sienne et l'embrassai.

Je l'avais pris par surprise. Un bon point. Lee fit un pas en arrière et posa les mains sur mes fesses pour me retenir. Il résista une demi-seconde avant de me rendre mon baiser, un baiser fougueux, avec un max de langue, empli de soulagement et de je ne sais quoi d'autre.

Quelque chose qui ressemblait à une promesse.

Ce fut le meilleur baiser de mon existence.

28

Quel prétentieux !

Deux matinées après mon troisième kidnapping (d'ailleurs, j'espérais bien qu'il s'agissait du dernier), je me remis au lit, remontai les draps jusqu'à mon menton et restai là, à étudier le plafond.

Deux minutes plus tard, Lee entra dans la chambre, deux tasses de café à la main. Il en posa une sur la table de nuit et resta debout, les yeux baissés sur moi, à siroter son breuvage.

J'ignorai la tasse à côté de moi.

C'était un moment capital. Je n'avais encore jamais ignoré une tasse de café le matin.

— Bon. Plus besoin de s'inquiéter pour le bébé, déclarai-je au plafond.

Je ne savais pas trop si j'étais heureuse ou triste du retour de mes règles. D'ailleurs, je ne savais pas non plus si je devais être heureuse ou triste de ne pas savoir si j'étais heureuse ou triste. Tout ça était beaucoup trop confus. Du coup, je cessai de penser.

Le matelas s'affaissa lorsque Lee s'assit à côté de moi. Il se pencha, son visage de rêve emplit mon champ de vision, il me regarda de ses yeux chocolat fondu et ses lèvres effleurèrent les miennes. Puis il recula de quelques centimètres.

— On a le temps.

Je le dévisageai quelques secondes.

Il avait raison.

On avait le temps.

Je lui souris.

Pour résumer :

Primo, Stevie avait failli faire une attaque d'apoplexie en voyant l'état de son jardin après la retombée des débris de l'explosion. Il refusa de m'adresser la parole pendant toute une semaine. Il était souvent en vol cette semaine-là, alors peut-être ne m'en voulait-il pas tant que ça et n'avait-il tout simplement pas eu le temps de me pardonner (c'était l'hypothèse que je préférais).

Deuzio, le café de Tex connaissait un succès fou. Nous avions tellement de clients que je fus obligée d'embaucher en urgence. Ma nouvelle employée s'appelait Jet. Je trouvais que c'était un nom de rebelle hyper rock'n roll, même si Jet n'était ni rebelle ni rock'n roll. Jet était silencieuse. Elle était douce. Elle était jolie. Elle concoctait un *latte* sublime et le plus chouette, chez elle, c'était que je devinais – d'ailleurs, tout le monde le devinait – qu'elle gardait un secret.

Tertio, Hank m'informa que tout irait bien pour Super-Kev. Il s'agissait de son premier délit et il écoperait probablement de travaux d'intérêt général. Rosie ne s'en tirerait pas à si bon compte. Il risquait la prison. Il avait annoncé qu'il réfléchissait sérieusement à déménager au Salvador après sa libération. Ça n'avait rien d'une blague ni d'une déclaration théâtrale. Rosie en avait terminé avec le café comme avec le hasch et il voulait partir très, très loin de Denver. Je ne l'en blâmais pas : Denver ne lui avait pas fait de bien, même si tout était sa faute. N'empêche, il allait me manquer.

Quatro, Terry Wilcox et ses hommes de main disparurent de la circulation.

« Pouf ! »

Envolés.

Lee éclaira un peu ma lanterne.

Vous voyez, Marcus avait eu une petite réunion avec la mafia de New York dans le but d'expliquer sa… comment dire… frustration face au cirque de Wilcox. Pas seulement en ce qui concernait les diamants, mais aussi avec la manière de Coxy d'interférer dans les affaires de Marcus. Oncle Gino en avait déjà ras la casquette de son neveu, ras la casquette des nettoyages constants à faire derrière lui et ras la casquette d'en avoir des migraines. Marcus n'eut pas beaucoup de mal à le convaincre d'intervenir. Le coup de fil de Lee à Gino l'informant que Wilcox harcelait sa petite amie, qui était par ailleurs aussi la fille d'un flic, accéléra les choses. Gino en avait sa claque des migraines. Il n'avait aucun intérêt à ce que le département de police de Denver s'intéresse à lui. Il décida donc de s'occuper du sort de Wilcox une bonne fois pour toutes. Soit Coxy avait pris les vacances prolongées qu'il avait planifiées… soit il servait de nourriture aux poissons.

J'essayais de ne pas trop y penser. Je détestais vraiment Terry Wilcox, mais je ne souhaitais pas sa mort.

Qu'il aille croupir en prison, en revanche, ne m'aurait posé aucun problème.

Qu'il sorte de ma vie, c'était encore mieux.

La mort, c'était cruel malgré tout, même pour un type aussi ignoble et effrayant que Wilcox, non ?

Quant à ses gorilles, Gary, Teddy, le Crétin et les Stéroïdmen, Lee m'assura qu'ils ne constituaient plus une menace. À mon avis, ça avait un rapport avec la façon de « s'amuser », (comme disait Vance) de Lee et son armada de durs à cuire, mais j'essayais de ne pas trop y penser non plus.

Enfin, personne ne découvrit qu'Eddie avait tiré sur quelqu'un pour me protéger. Oncle Gino était vraiment un as du nettoyage.

Eddie et Lee se disputèrent là-dessus. Lee avait informé Darius que Marcus et lui bossaient ensemble pour mettre définitivement Wilcox hors d'état de nuire. Eddie avait été tenu à l'écart. Il avait beau être franc-tireur, malgré tout, il aimait rester dans un cadre légal (enfin, quand ça lui convenait). Eddie ne voyait pas d'un très bon œil le fait de fermer les yeux sur un nettoyage de la mafia. Encouragé par une démonstration de ma gratitude au cours d'une nuit torride,

Lee m'avoua qu'Eddie et lui avaient eu une petite discussion par l'intermédiaire de Darius. Les dissensions étaient réglées, mais manifestement, ça avait nécessité pas mal d'efforts des deux côtés.

Voilà.

Une avalanche de drames puis, en une journée, tout était terminé.

Quelques semaines s'étaient écoulées depuis l'épreuve de force finale, et la vie avait repris son cours. Tout était redevenu normal. Normal avec Lee qui revenait dormir dans mon lit tous les soirs, et ça, c'était un type de normalité toute nouvelle. J'adorais.

Lee était un bon colocataire. Il m'apportait le café au lit le matin, n'était pas tout le temps dans mes jambes et me téléphonait lorsqu'il savait qu'il aurait du retard.

Bien sûr, il y avait aussi des désagréments.

Quand Lee avait fini d'utiliser sa serviette de toilette, il la jetait dans le lavabo. Il confondait aussi les mots « sol » et « armoire », mais je travaillais tranquillement à la résolution de ces problèmes.

Une fille pouvait supporter ce genre de trucs si elle savait qu'à un moment de la nuit (ou au petit matin, en fonction), le garçon qu'elle aimait depuis ses cinq ans se glisserait dans le lit auprès d'elle.

Ça, plus le fait que Judy, la femme de ménage, avait suivi Lee après son emménagement.

Ally et moi étions allongées au soleil sur ma terrasse, avec des cocktails rhum arrangé au soda, le téléphone et un sablier, lorsqu'une voix s'éleva :

— Youhou !

Je me relevai à demi, jetai un coup d'œil entre les barreaux de la rambarde et aperçus Tod en bas, debout sur le ponton au bout de leur jardin.

— Salut ! criai-je.

—Mission Drag-Queen samedi soir. Ça te botte ? lança Tod, la main en visière, Chowleena assise à ses pieds.

—Bien sûr !

—Stevie sera en vol ce soir-là. Ally, tu viens en renfort ?

—Hum hum, marmonna Ally, assez fort pour que Tod l'entende.

Elle était étendue sur le ventre, le visage écrasé contre le transat.

—À quelle heure ? demandai-je.

Tod marqua une pause, puis il rétorqua :

—Ma jolie, tu n'oublierais pas quelque chose, là ?

—Quoi ?

Tod secoua la tête.

—Tu vis avec le Beau Gosse, maintenant. Faudrait peut-être lui demander s'il n'a rien prévu samedi soir.

Ally ouvrit les yeux et me transperça du regard.

Zut.

J'étais vraiment nulle en matière de relations de couple.

—Appelle Lee, me conseilla Tod. Puis reviens me tenir au courant.

—Pigé.

Je me réinstallai, m'emparai du téléphone et entendis le cliquetis des griffes de Chowleena sur les briques tandis qu'elle et Tod rentraient chez eux.

Je composai le numéro de Lee.

—Je suis toujours énervée que tu ne sois pas enceinte, marmonna Ally, le nez dans le transat.

—Mais enfin, pourquoi, bon sang ?

—Je n'aurai jamais de nièce qui portera mon prénom.

J'hésitai un instant avant d'appuyer sur le bouton d'appel.

—Ally, je suis navrée de t'apprendre la nouvelle, mais génétiquement c'est… genre totalement impossible que j'aie une fille. Je suis certaine que les petits mecs de Lee refuseront que le chromosome femelle domine.

—Vous pouvez aussi appeler votre fils Ally.

Bien tenté.

— Hors de question. Il se ferait tabasser à l'école, répliquai-je.

— Mohamed Ali ne s'est jamais fait tabasser. C'est lui qui défonçait tout le monde.

— Le nom de naissance de Mohamed Ali, c'est Cassius Clay. Cassius Clay, c'est un nom de dur à cuire. Personne n'irait chercher des noises à un Cassius Clay.

— Personne n'irait chercher des noises à Mohamed Ali non plus.

Là, Ally marquait un point.

Je capitulai et appuyai sur le bouton.

Lee répondit à la première sonnerie.

— Ouais ?

Rien qu'en entendant Lee prononcer ce mot, un frisson me parcourut l'échine. Je me demandais quand ça cesserait de m'arriver – j'espérais que la réponse était : « jamais ».

— Salut. On a quelque chose de prévu samedi soir ?

— Je pensais t'emmener au *Barolo Grill.*

— Youpi ! m'écriai-je.

Mince.

Est-ce que je venais vraiment de dire ça à haute voix ?

Je me tus.

Silence à l'autre bout du fil.

— Lee ?

— Ma jolie, je sais que tu détestes quand je dis ça, mais tu es trop mignonne.

Un autre frisson me parcourut l'échine. Mais jamais, même pour un million de dollars, je ne l'aurais avoué à Lee.

— N'importe quoi ! répliquai-je à la place. Bon, en fait, Tod a besoin de mon aide pour une soirée drag-queen.

Lee, qui, contrairement à moi, était doué pour les relations de couple, dit aussitôt :

— Je demanderai à Dawn de réserver de bonne heure.

Hi hi.

Lee allait demander à Dawn de réserver notre dîner en amoureux.

Au *Barolo Grill*. Un resto fabuleux, splendide et romantique.

J'étais ravie, et je me fichais totalement de ce que ça révélait sur moi.

— Génial ! dis-je d'une voix toute guillerette.

Impossible de ne pas avoir l'air heureuse. Peut-être parce que je l'étais vraiment ?

— Autre chose ? demanda Lee.

— Oui, euh non, euh oui, répondis-je, parce que je n'avais pas envie de raccrocher.

Mince alors.

— C'est oui ou c'est non ?

Tout mon courage me déserta.

— Euh, non. À plus tard.

— À plus tard.

Avant d'entendre la tonalité qui m'indiquerait que Lee avait raccroché, je me ressaisis. Après tout, même une rockeuse avait le droit de tomber amoureuse.

— Je t'aime, dis-je.

Silence à l'autre bout du combiné. Puis Lee déclara tout doucement :

— Moi aussi.

Ces deux mots me valurent un frisson *et* une onde de chaleur qui se diffusa au creux de mon ventre.

Je raccrochai.

— Vous me filez la nausée, tous les deux, à être gnangnan comme ça, déclara Ally.

Je la dévisageai.

— J'ai juste dit : « Je t'aime ! » Ce n'est pas franchement gnangnan, si ?

— Pour toi, si.

OK. Elle avait raison.

— Est-ce que Lee te l'a dit aussi ? demanda mon amie en plissant les yeux.

— Ouais.

— Pour lui aussi, c'est gnangnan. Carrément trop, même.

Ally n'avait pas tort.

Une voix s'éleva soudain :

— Les filles !

Coup de chance, Kitty Sue nous appelait depuis l'intérieur de la maison, m'épargnant la suite de cette conversation gênante.

— On est là, dehors !

Kitty Sue passa la tête par l'embrasure de la porte.

— Rentrez donc. Je n'ai qu'une minute et il faut que je règle ce truc tout de suite.

Et elle disparut.

Ally et moi échangeâmes un regard. Kitty Sue avait employé sa voix on-ne-discute-pas-avec-maman, et au vu de notre longue expérience, nous savions qu'il valait mieux obéir.

Sa visite était plutôt impromptue.

— Tu sais ce qui se passe ? demandai-je à Ally.

Mon amie secoua la tête.

On se leva, on noua nos paréos autour de nos tailles, et on attrapa le téléphone, nos verres et le sablier au passage pour rentrer.

Kitty Sue se trouvait dans le salon.

— Qu'est-ce que tu bois ? demanda-t-elle à Ally lorsque celle-ci apparut à l'angle de l'escalier.

— Rhum-Coca.

Kitty Sue lui arracha son verre et l'engloutit en deux gorgées.

Ally et moi, on l'observa faire, puis on se regarda.

— Qu'est-ce qui se passe ? demandai-je.

Quelque chose clochait. Kitty Sue ne faisait pas partie des gens qui ne buvaient pas une goutte d'alcool, mais elle n'était pas non plus du genre à vider son verre d'un trait. Surtout s'il s'agissait d'un rhum. Je ne l'avais vue faire ça qu'une seule fois, au cours d'une partie effrénée de *Scattergories*, un soir de réveillon de Noël déjanté. Kitty Sue n'avait pas réussi à trouver de mot commençant par un « s » dans la catégorie « nourriture ». C'était tellement lamentable qu'en gage, nous lui avions fait vider une bière d'un seul trait.

Un chouette moment.

— Je ne suis pas très douée pour ce genre de choses, répondit Kitty Sue en interrompant mon voyage au pays des souvenirs.

— Quel genre de choses ? demanda Ally.

— Pour être… pour faire… je ne sais pas. Asseyez-vous, les filles.

Ally et moi échangeâmes un autre regard, puis nous assîmes.

À ce moment-là, je remarquai un petit coffre en bois sur lequel étaient peints des petits cœurs et des fleurs. Quelques paillettes ternies y adhéraient encore, ainsi que des autocollants vieillis. Le coffre était posé entre mon canapé et les fauteuils.

— Qu'est-ce que c'est ? demandai-je en installant mon verre et mon téléphone par terre, à côté de moi.

Kitty Sue s'affala sur le canapé en face de nous et posa son verre vide sur l'ottomane, près du coffre.

— Un « coffret de meilleures amies ».

Je cessai de respirer.

— Quoi ? demanda Ally tout doucement.

— Notre « coffret de meilleures amies », à Katie et moi. Nous avons fourré toutes nos affaires les plus précieuses là-dedans.

Je fixai la boîte du regard.

La boîte de ma maman.

Oh mon Dieu.

Des larmes me picotèrent les yeux et je respirai à fond.

Kitty Sue avait l'air de faire la même chose.

Ally nous imitait.

Puis Kitty Sue se pencha au-dessus du coffret et l'ouvrit.

— Voyons voir…

Elle commença à sortir des affaires de la boîte. Bibelots, bijoux en toc, des trucs qui ressemblaient à des talons de billets de concert et de cinéma. J'observai ces trésors émerger dans un silence fasciné.

Kitty Sue sortit une vieille enveloppe jaunie par le temps.

— La voilà, dit-elle.

Sans aucune hésitation, elle l'ouvrit, en sortit une feuille de papier qu'elle déplia et se mit à lire.

— *Moi, Katherine Maria Basore et moi, Kathryn Susannah Milligan, jurons solennellement de rester meilleures amies pour la vie. Quoi qu'il arrive. Même si Curt Zacharus demande à Kitty Sue de sortir avec lui alors que Katie est amoureuse de lui et veut l'embrasser sur la bouche avec la langue. Notre super amitié est encore plus forte que ça. Nous nous marierons en même temps pendant la même cérémonie et nous habiterons dans des maisons voisines avec des clôtures blanches. Juste à côté l'une de l'autre. Quand on aura des enfants, ils joueront ensemble et un jour, ils se marieront et comme ça, on fera vraiment partie de la même famille. Fin.*

J'avais à nouveau cessé de respirer et je sentais qu'à côté de moi, Ally avait fait de même.

Kitty Sue cessa de lire et retourna la feuille pour me montrer l'écriture fleurie de petite fille qui ornait la lettre. Elle désigna des petites taches marron, au bas de la feuille.

— C'est Katie qui l'a écrite, et on l'a signée de notre sang. Enfin, presque, expliqua Kitty Sue. On s'est piqué les doigts avec une aiguille, puis on les a collés l'un sur l'autre pour conclure un pacte de sang avant de les écraser sur le papier.

Elle respirait à nouveau et nous souriait.

— Très bien ! s'exclama-t-elle avant de se lever d'un bond. Voilà qui est fait. (Elle se débattit avec la lettre pour la réinsérer dans l'enveloppe, puis reposa celle-ci sur l'ottomane.) Je file. Plein de choses à faire. Je vous laisse la boîte.

— Kitty Sue…, dis-je en me levant.

Ally se leva à son tour.

— Maman…

Kitty Sue se dirigeait vers la porte.

— N'oubliez pas le barbecue chez Hank, samedi.

Merde. Lee et moi, nous n'arriverions jamais à dîner au *Barolo Grill.*

Je fis taire mon fantasme d'un exquis risotto aux truffes et emboîtai le pas à Kitty Sue.

— Kitty Sue, attends!

Elle s'arrêta à la porte de la cuisine et se retourna. Des larmes miroitaient dans ses yeux. À leur vue, je me figeai. Je ne me rappelais pas avoir déjà vu Kitty Sue pleurer.

Pas une seule fois.

Ally s'arrêta près de moi.

Nous restâmes toutes les trois muettes.

Puis Kitty Sue brisa le silence.

— Parfois, j'oublie, et je décroche le téléphone pour appeler Katie. Ça m'arrive encore. Après toutes ces années... j'ai l'impression que c'est arrivé hier.

Je déglutis. Kitty Sue devint floue, mais je savais qu'elle me regardait, elle aussi.

— Elle aurait été si heureuse, murmura l'image floue de Kitty Sue.

Avant que quiconque ait pu dire quoi que ce soit, elle ouvrit la porte et disparut.

Ally et moi la regardâmes par la fenêtre se diriger vers sa voiture et démarrer.

— Tu crois que c'est prudent qu'elle conduise? demandai-je.

Ma voix sonnait bizarrement. Je me raclai la gorge.

— On l'appellera tout à l'heure, pour vérifier.

La voix d'Ally sonnait bizarrement aussi.

— Bonne idée.

On resta là, en silence, à regarder par la fenêtre.

Ally fut la première à parler, la première à maîtriser son émotion et à passer outre.

Comme toujours.

— Il me faut un verre. Maman a vidé le mien, dit-elle.

— Mes glaçons ont fondu.

— Je vais t'en chercher d'autres.

— Il faut que j'appelle Lee. J'avais oublié le barbecue. Le *Barolo Grill* est annulé.

— La poisse.

Ally s'empara de mon verre et se dirigea vers la cuisine.

J'observai la boîte et décidai d'y jeter un coup d'œil plus tard. Lorsque je serais seule et que personne ne pourrait me traiter de chochotte, ni voir mon visage tout rouge et gonflé une fois que j'en aurais terminé.

J'étais allongée dans ma chambre, dans l'obscurité, à essayer de faire la sieste.

J'entendis Lee (en tout cas, j'espérais que c'était lui) rentrer. La maison était plongée dans un tel silence que, malgré la distance qui séparait la cuisine de ma chambre, je perçus le bruit des clés atterrissant sur le comptoir.

Je décidai qu'une autre discussion sur l'endroit où poser les clés allait être nécessaire. Un joli accroche-clés avec plein de petits chats ornait le mur près de la porte de derrière. Les clés s'accrochaient aux queues des chatons. Je l'avais déjà dit à Lee, mais m'avait-il écoutée ? Non. Il s'était contenté de me sourire comme s'il me trouvait trop mignonne.

Ses pas résonnèrent dans l'escalier et je posai un bras sur mon visage.

J'avais déballé la boîte de Kitty Sue et de ma mère, fouillé parmi les souvenirs, lu et relu la lettre jusqu'à mémoriser l'écriture de jeune fille de maman, tenu chaque trésor entre mes mains. Je les avais touchés, tournés dans tous les sens. J'en avais même reniflé quelques-uns.

Et donc, j'avais pleuré. Je n'avais aucune envie que Lee me voie après mon orgie de larmes. C'était hors de question.

— Indy ?

Lee avait prononcé mon nom tout doucement, et je sus qu'il se trouvait juste à côté du lit.

Je fis semblant de dormir.

Le matelas s'affaissa lorsque Lee s'assit dessus, puis remua lorsqu'il retira ses bottes. Je les entendis tomber par terre l'une après l'autre. Le lit bougea à nouveau lorsque Lee se glissa dedans, se tourna vers moi et plaqua mon dos contre son torse, un bras autour de ma taille.

—Arrête de faire semblant de dormir, dit-il.

—Va-t'en. Je fais une petite sieste, marmonnai-je d'une voix étouffée vu que j'avais la bouche sous mon bras.

—Tu as pleuré.

Quoi?

Comment diable Lee pouvait-il le savoir? Il n'avait pas vu mon visage!

—Nan.

Lee soupira.

—Maman a parlé du coffret à papa. Papa m'en a parlé.

Merde.

Voilà à quoi allait ressembler ma vie. Je n'avais aucun doute à ce sujet. Avec Malcolm et papa qui étaient meilleurs amis, Ally et moi les meilleures amies du monde et Hank et Lee aussi proches, sans oublier que Kitty Sue et Malcolm étaient mariés, personne ne réussirait jamais à garder un secret, quel qu'il soit.

J'optai pour le silence.

Ça ne sembla pas plaire à Lee.

Il me fit pivoter en face de lui.

Je résistai quelques secondes, puis, lorsque je compris qu'il allait gagner, je baissai la tête et l'appuyai contre son torse.

—Indy, regarde-moi.

—Non, marmonnai-je dans sa poitrine.

—Regarde-moi.

—J'ai dit non.

—Pourquoi?

—J'ai le visage marbré.

Le corps de Lee fut secoué par le rire.

—Je me contrefous que tu aies le visage marbré.

Ouais, tu parles!

Comme si ça changeait quelque chose que lui s'en contrefiche. *Moi*, je ne m'en contrefichais pas du tout.

— Eh bien, pas moi ! répliquai-je.

— Regarde-moi.

— Je ne pleure pas à cause du coffret. Je suis juste dégoûtée qu'on ne puisse pas aller au *Barolo Grill*, et surtout que Dawn ne soit pas obligée de faire la réservation, mentis-je.

Bon, c'est vrai que ça me tracassait un peu. Mais comme disait Lee, nous avions tout notre temps.

— Menteuse.

— Nan.

Lee m'enlaça et me serra contre lui, très fort.

J'attendis.

Rien ne se passa.

J'attendis encore un peu.

Toujours rien.

Je finis par comprendre que Lee capitulait.

Je me sentis toute chose, toute gaie et, oui, un peu gnangnan, et je me détendis contre Lee.

— Marianne a téléphoné, dis-je de manière impromptue, le visage toujours enfoui contre son torse. Elle a fait une proposition pour une maison et l'offre a été acceptée. Elle part de chez ses parents dans quelques mois.

Lee fit courir ses doigts le long de ma colonne vertébrale, sans répondre.

— Andrea a appelé, ajoutai-je. Elle nous invite à dîner jeudi prochain.

— Ses enfants seront là ?

— J'imagine.

— Bon sang, grommela Lee.

Je ne l'en blâmais pas. En fait, j'avais déjà dîné chez Andrea en présence de ses enfants. J'étais rentrée chez moi avec de la gelée dans les cheveux (ce n'était pas moi qui avais commencé la bataille de gelée. C'était l'aîné d'Andrea. Moi, j'avais juste participé, par mesure d'autodéfense).

— Alors, je réponds oui ou non ? demandai-je à Lee.

— Oui, mais il est possible que je doive bosser. Ça t'ennuie si tu te retrouves toute seule au dernier moment ?

Je rejetai la tête en arrière et fusillai Lee du regard.

— Oui. Pas question que tu me lâches à la dernière minute sous un faux prétexte de boulot.

Lee baissa les yeux vers moi.

— Ce ne sera peut-être pas un faux prétexte.

— Mon œil.

— Pas forcément.

— Tu parles !

Une lueur d'amusement traversa les yeux de Lee. Il baissa la tête et m'embrassa.

J'oubliai mon visage marbré et bouffi de chochotte qui s'était laissé aller à pleurer et je lui rendis son baiser.

Et lorsqu'il entrouvrit les lèvres et glissa sa langue contre la mienne, j'oubliai aussi l'invitation à dîner d'Andrea, ses gosses venus tout droit de l'enfer et les faux prétextes de Lee.

Lorsque je sentis ses mains se glisser sous mon tee-shirt, j'oubliai jusqu'à l'idée de faire la sieste.

Un peu plus tard, lorsqu'on se retrouva tous les deux nus et que Lee me pénétra, j'oubliai même dans quel univers je me trouvais.

— Lee…, murmurai-je.

Il releva la tête, baissa vers moi ses yeux couleur chocolat fondu et me décocha son sourire qui tue spécial Liam Nightingale.

Puis il posa sa bouche sur la mienne. Je pouvais sentir son sourire sur ses lèvres.

— Tu m'aimes, chuchota-t-il.

Je levai les hanches vers lui et il me pénétra encore plus profondément. C'était exquis. Je murmurai (même si ça ressemblait plutôt à un gémissement) :

— Quel prétentieux !

Milady Romance

Découvrez aussi chez Milady Romance :

ÉMOTIONS

27 MAI 2016

- **Tracy Bloom**, *La Revanche d'une célibataire*

SENSATIONS

CE MOIS-CI

- **J.B. Salsbury**, Fight, *Corps à corps*

27 MAI 2016

- **Eve Jagger**, Sexy Bastard, *Arrogant*

SUSPENSE

CE MOIS-CI

- **Laura Kaye**, Hard Ink, *De plus en plus mâle*

27 MAI 2016

- **Jaci Burton**, Wild Riders, *L'Instinct sauvage*

The Fell Types are digitally reproduced by Igino Marini.
www.iginomarini.com

Achevé d'imprimer en mars 2016
Par CPI France
N° d'impression : 3016504
Dépôt légal : avril 2016
Imprimé en France
81121707-1